JAMES L. NELSON

Die Freibeuter des Königs

Buch

Nach Jahren als ehrbarer Tabakpflanzer in Virginia gehen Thomas Marlowes Ersparnisse langsam zur Neige. Wegen des spanischen Erbfolgekriegs laufen seine Geschäfte schlecht, und so schlägt seine Frau Elizabeth kurzerhand vor, die Kosten für die Teilnahme am jährlichen Tabakkonvoi zu sparen und die Ernte auf eigene Faust nach England zu bringen. Erstmals will sie selbst mitfahren. Insgeheim trauert Marlowe immer noch seinem früheren Seeräuberleben nach und heuert daher für sein Schiff, die *Elizabeth Galley,* eine Mannschaft an, die dem Piratendasein ebenso wenig abgeneigt ist. Als sie London erreichen, trifft Marlowe unerwartet auf Roger Press, einen verfeindeten ehemaligen Piratenkapitän, der inzwischen im Auftrag der englischen Krone auf Kaperfahrt geht. Im Kampfgetümmel gelingt es Marlowe und seinen Leuten gerade noch zu fliehen, doch den Erlös für ihre Ernte können sie nicht kassieren. Um nicht völlig mittellos heimzukehren, bleibt ihnen als einziger Ausweg nur noch die Piraterie. Marlowe steuert St. Mary's an, eine kleine Pirateninsel vor Madagaskar. Dort segeln sie in die Arme von Eliphant Yancy, der zwar selbst ein Konkurrent von Roger Press, jedoch auch Marlowe keineswegs wohlgesonnen ist. Buchstäblich in letzter Sekunde kann die *Elizabeth Galley* ihrem Untergang entgehen und nimmt Kurs auf das Rote Meer, wo Marlowe alte Verbündete zu finden hofft. Er und seine Männer werden jedoch erneut von Roger Press angegriffen und geraten in dessen Gewalt. Press ist auf dem Weg nach St. Mary's. Die Auseinandersetzungen um die Herrschaft über die Insel eskalieren schließlich in einer alles entscheidenden Schlacht der Piraten, bei der Yancy und Press ihr Leben verlieren.

Aber auch Marlowe kommt nicht ungeschoren davon …

Autor

James L. Nelson hat auf einer ganzen Reihe von Segelschiffen als Matrose, Takler, Bootsmann und Offizier gearbeitet und in den USA bereits mehrere äußerst erfolgreiche Romane mit Stoffen aus der Geschichte der Seefahrt veröffentlicht.

Von James L. Nelson im Taschenbuch lieferbar:

Der Stolz der Meere. Roman (35476)
Der Sturmvogel. Roman (35674)

JAMES L.
NELSON

Die Freibeuter des Königs

Roman

Deutsch von
Jörn Ingwersen

BLANVALET

Die Originalausgabe erschien 2002 unter dem Titel
»The Pirate Round«
bei William Morrow,
a division of HarperCollins Publishers, New York.

Umwelthinweis:
Alle bedruckten Materialien dieses Taschenbuches
sind chlorfrei und umweltschonend.

Blanvalet Taschenbücher erscheinen im
Goldmann Verlag, einem Unternehmen der
Verlagsgruppe Random House.

Deutsche Erstveröffentlichung Juni 2002

Umschlaggestaltung: Design Team München
Umschlagfoto: AKG Berlin
Satz: Uhl + Massopust, Aalen
Druck: Elsnerdruck, Berlin
Verlagsnummer: 35675
Redaktion: Tina Schreck
UH · Herstellung: Heidrun Nawrot
Made in Germany
ISBN 3-442-35675-X
www.blanvalet-verlag.de

1 3 5 7 9 10 8 6 4 2

Für Lisa,
die ich liebe

Vorbemerkung des Autors

Die Hauptziele jener, die auf der Piratenroute ins Rote Meer und in den Indischen Ozean segelten, waren die Schatzschiffe des indischen Herrschers, des Großmoguls, der von den Ländern unter seiner Herrschaft gewaltige Tributzahlungen forderte und auch bekam.

Die Mogule waren Nachfahren muslimischer Invasoren, die Indien – ein vornehmlich hinduistisches Land – 1526 erobert hatten und seither beherrschten, bis ihre Macht in den 30er Jahren des 18. Jahrhunderts verblasste. Trotz despotischer Herrschaft blühte der Handel unter den Moguln, und die Schiffe, die Indien mit reicher Ladung verließen und mit den Erlösen ihrer Handelsreisen heimkehrten, boten den Piraten verlockende Beute.

Ein weiteres Ziel der »Rotmeerpiraten« waren jene Schiffe, die wohlhabende Pilger nach Mekka beförderten. Alles in allem war der Reichtum, der auf dem Indischen Ozean hin- und herging, atemberaubend.

Dieser Roman spielt in den Jahren 1706/7, als sich die meisten Menschen noch keine Gedanken über den Umgang mit anderen Kulturen machten. Nur wenige Moralisten hatten etwas daran auszusetzen, wenn dunkelhäutige Nichtchristen beraubt wurden. Moralisten und die reichen Händler, denen die zahlreichen Ostindien-Kompanien gehörten. Ihr lukrativer Handel war zunehmend gefährdet, je erzürnter der Großmogul ob der Verwüstungen durch europäische Piraten wurde.

Für die Piraten und die meisten Europäer damals war jeder dunkelhäutige Nichtchrist ein »Mohr« wie Shakespeares Othello. »Mohr« oder »Maure« war ein Überbegriff, der Muslime, Hindus, Araber, Inder und alle Völker Nordafrikas umfasste. In diesem Buch habe ich das Wort beibehalten und verwende es, wie es im frühen 18. Jahrhundert gemeint war.

Ich bin auf dem Weg nach Madagaskar,
in der Absicht, dort mein Glück zu machen,
und das all der tapferen Burschen bei mir.

Thomas Tew

Prolog

Die Luft war heiß, der Wind ging stetig. Er wehte am Roten Meer entlang, drängte durch die Straße von Bab al Mandab, strich über die kleine Insel Perim, welche unter den Piraten Bab's Key hieß. Gleich bleibend fünfzehn Knoten, doch das bedeutete keinerlei Linderung von der sengenden Hitze.

Die Schaluppe *Amity* lief gut vor diesem Wind. Nicht so schnell sie konnte, aber gut. Sie fuhr unter Gefechtsbesegelung, verringerter Segelfläche, mit der sie im Kampf besser zu lenken wäre, stabiler bliebe, wenn man die großen Kanonen bereitmachte.

Thomas Tew stand auf dem flachen Achterdeck, runzelte die Stirn, drückte sich an die Reling. Sandkörner – vom Wind aus den arabischen Wüsten hierher getragen – stachen ihm wie winzige Insekten ins Gesicht. Sie drangen durch seine Kleider, klebten an der verschwitzten Haut unter Hemd, Weste, Rock und Hosen.

Er beneidete die Männer vorn, die sich im Bug der Schaluppe drängten, halb nackt, mit freiem Oberkörper, barfüßig. Liebend gern hätte er sich ebenso seiner Kleider entledigt, doch das war unmöglich. Es stand ihm nicht an, dem Kapitän der *Amity*, dem berühmten Thomas Tew, dem märchenhaft reichen Thomas Tew, sich wie ein gewöhnlicher Seemann in den Kampf zu stürzen.

Tatsächlich trug er seine besten Kleider, burgunderrote Seide und Leinen, Silberschnallen, die so grell leuchteten, dass er sie gar nicht ansehen konnte.

Seines Rufes erfreute er sich noch nicht lange. Drei Jahre zuvor, als er von Newport, Rhode Island, aus in See gestochen war, mit dem Auftrag, eine französische Fabrik in Goorie am Gambia einzunehmen, war er nicht mehr als einer unter vielen, vielen kleinen Kaperkapitänen gewesen, Kommandeur über eine Schaluppe und etwa sechzig Mann. Damals hatte er auf dem Achterdeck nie so feine Kleider getragen. Er hatte nichts Vergleichbares besessen. Weder reich noch berühmt war er gewesen.

Ruhm und Reichtum kamen, nachdem er die wichtigste Entscheidung seines Lebens getroffen hatte, nämlich nicht an den Gambia zu fahren. Stattdessen rief er seine Männer nach achtern, erklärte ihnen, in Afrika sei nicht viel zu holen, und wenn, dann nur unter erheblichen Gefahren. Sie sollten ins Rote Meer fahren, die großen Schiffe suchen, die dem Mogul von Indien den jährlichen Tribut jener Länder brachten, die unter seiner despotischen Herrschaft standen.

Der Plan wurde mit großer Begeisterung aufgenommen. »Gold oder Holzbein!«, riefen die Männer. »Wir stehen zu Euch!«

Das war 1692 gewesen, und nun, drei Jahre später, musste Tew unwillkürlich an die damalige Situation denken, da er sich heute in ähnlicher Lage befand. Das Rote Meer, das Schatzschiff des Großmoguls, die Männer der *Amity* kampfbereit an den Kanonen, kleine Waffen an Schwert- und Schultergurten, Pistolen in verschwitzten Händen.

Monatelang hatten sie gesucht, damals '92, und nichts gefunden. Dann stießen sie – mitten in der Straße von Bab al Mandab – auf das große, rollende Schatzschiff, eine gigantische, vergoldete Monstrosität mit hohen Heckaufbauten, einer Reihe mächtiger Kanonen, die seitlich herausragten. Dreihundert dunkelhäutige Soldaten mit Turbanen schützten die Reichtümer. Eine gut gezielte Breitseite ihrer riesigen Kanonen hätte die *Amity* vom Meer gefegt, ein gemeinsamer Angriff der Soldaten hätte die kümmerlichen sechzig Kaperfahrer von Rhode Island überrollt.

Es war der reine Irrsinn, anzugreifen, doch sie hatten es gewagt, hatten Kartätschen und Kugeln verschossen, die Bordwände gestürmt und sich wie Furien auf die Verteidiger gestürzt. Die dreihundert Mann, die den Schatz des Großmoguls verteidigen sollten, hatten sich auf der Flucht gegenseitig über den Haufen gerannt. Ihre Musketen, Schwerter und Lanzen hatten die indischen Soldaten über Bord geworfen, sich dann unter Deck verkrochen und schließlich bettelnd auf den Knien gelegen.

Eine Viertelstunde halbherzigen Kampfes, und die Yankees besaßen ein Vermögen, wie es die westliche Welt seit den Tagen der spanischen Schatzschiffe nicht mehr gesehen hatte. Hunderttausend Englische Pfund in Gold und Silber, Edelsteinen, Perlen, Elfenbein, Gewürzen, Seide. Es war atemberaubend. Sie segelten nach Madagaskar, teilten die Beute nach Piratenart. Dreitausend Pfund für jeden Mann an Bord, das Doppelte für den Kapitän.

Im April 1694 fuhren sie in Newport ein wie Caesar auf seinem Triumphzug in Rom. Tew, der kaum bekannte Kaperkapitän, wurde nun in allen großen Häusern der Stadt gefeiert. Selbst bei Gouverneur Fletcher in New York waren er, seine Frau und die beiden Töchter zu Gast. Wohin er auch kam, wollten Männer wie Frauen seine Bekanntschaft machen, seine Geschichten über Arabien und Ostindien hören. Er war ein gefeierter Mann. Selten nur nannte man ihn einen Piraten, und wenn, dann kam es nie aus bedeutendem Munde.

Fast zwei Jahre lag das nun zurück, und jetzt war er wieder da. Ein neuer Mensch, reich und berühmt, jedoch an Bord desselben Schiffes, auf fast demselben Flecken Wasser, und er beobachtete ein Schatzschiff drei Kabellängen entfernt. Mit den hohen Bordwänden, plump, verziert und schwer bewaffnet, sah es dem anderen, mit dem er sein Vermögen gemacht hatte, ausgesprochen ähnlich.

Herr im Himmel, was will ich nur hier?, dachte er.

Der Druck war überwältigend gewesen. Die jungen Männer hatten ihn angefleht, erneut hinauszufahren und sie mitzunehmen. Diener liefen ihren Herren davon und bettelten darum, an der nächsten Fahrt ins Rote Meer teilnehmen zu dürfen. Reiche Gönner hatten angeboten, gegen einen gewissen Prozentsatz des Gewinns die Bürgschaft für diese Reise zu übernehmen. Acht Monate hatte sich Thomas Tew an seinem neu gewonnenen Vermögen und der Gesellschaft seiner Frau und Töchter erfreuen können, bis man ihn überredete, wiederum in See zu stechen.

Wir werden diesen klobigen Kahn schon kriegen, und dann fahren wir nach Newport zurück.

Tew trat ein paar Schritte vor, fühlte den Schweiß unter seinen Kleidern. Das Pech zwischen den Deckplanken – von der unbarmherzigen Sonne weich und klebrig – haftete an seinen Schuhen, so dass sich diese seinen Bemühungen widersetzten, die Füße anzuheben und sich zu bewegen. Er legte eine Hand an die Reling und riss sie wieder zurück, da ihm das Holz die Haut versengte. Heiß wie Eisen, das eben aus dem Schmiedeofen kam, so fühlte es sich an. Er legte eine Hand auf den Knauf an seinem Schwert, die andere an den Kolben der Pistole, die in seinem Gürtel steckte.

Vor drei Jahren, vor drei Jahren … er war über die Reling am Schiff des Großmoguls gesprungen. Er sah die Soldaten vor sich mit ihren langen, weißen Röcken, die wie Frauenkleider waren, die Köpfe mit Tuch umwickelt, die dunkle Haut, die hellen Seidengürtel, wie sie sich vor den angreifenden Engländern aufs Deck warfen. Er hatte keinen seiner Männer verloren. Keinen einzigen.

Kein Grund zur Annahme, dass es heute anders wird, dachte Tew, nur glaubte er sich selbst nicht. Irgendwas war anders. Er konnte es nicht benennen, doch es war etwas an diesem Schiff, was es von dem anderen unterschied. Mit seinem Fernrohr konnte er Männer an Deck erkennen. Von Eile oder Panik war nichts zu merken, und er hörte auch nichts, was auf hektische Vorbereitungen hingedeutet hätte. Das Schiff blieb auf seinem Kurs, würdevoll, trotz seiner Unbeholfenheit, als wäre die Schaluppe der Piraten, die sich angriffsbereit näherte, nicht mehr als nur ein kleines Ärgernis.

Thomas Tew fürchtete sich nicht. Früher hatte er sich gefürchtet, oft genug im Laufe seines fahrenden Lebens, und er wusste, dass dieses nun keine Furcht sein konnte. Es war etwas anderes. Sorge? Dunkle Ahnung? Ein flaues Gefühl in der Magengrube sagte ihm, dass er einen Fehler beging, dass er das Glück herausforderte.

Er sah zum Hauptdeck hinab, ließ seinen Blick über die Gesichter der Männer schweifen, fragte sich, ob es eine Möglichkeit gäbe, den Angriff abzubrechen. Aber ein Grund dafür fiel ihm nicht ein. In den Mienen seiner Männer sah er die Gier nach Gold, eine Begehrlichkeit, die nicht aufzuhalten wäre.

Sie waren sechzig Mann und er nur einer, und wenn er darauf beharrte, dieses Schiff dort zu verschonen, würden sie ihn einfach ins Meer werfen und ohne ihn angreifen. Allein Tradition und Gepflogenheiten auf See stützten seine Autorität als Kapitän, und diese beiden boten nur einen dürftigen Schutz gegen die Habsucht.

Er fuhr mit der Zunge über seine trockenen Lippen, trat noch einen Schritt vor, um ein Kommando zu geben. Seine

Kehle war wie ausgedörrt, und er fürchtete, seine Stimme käme nur als Krächzen heraus. Er überlegte, ob man es ihm als Schwäche auslegen würde, wenn er jemanden bat, etwas Wasser zu holen.

Was zum Teufel ist los mit mir?

»Reeves«, sagte er, und seine Stimme klang wie Kieselsteine. »Holt mir einen Becher Wasser.«

Reeves nickte. »Aye, Captain«, sagte er und machte sich eilends auf den Weg. Tew merkte, dass er etwas ruhiger wurde, spürte, wie die Spannung nachließ. Einmal mehr sah er zum Schiff des Großmoguls hinüber und gab sich Mühe, es spöttisch und verächtlich zu betrachten, doch wollte es ihm nicht gelingen.

Er merkte, dass es die Stille war, die ihn störte. Er erinnerte sich an das erste Schatzschiff. Zwei Kabellängen war es entfernt gewesen, und er hatte die Seeleute und Soldaten in ihrer wachsenden Panik und Verwirrung brüllen gehört. Er wusste noch, wie ruhig und ungerührt die Engländer dort gestanden und auf den richtigen Augenblick zum Angriff gewartet hatten, während die Mauren im Chaos versanken.

Nicht so jetzt. Nichts war zu hören. Nur Stille, und diese bereitete ihm tiefes Unbehagen.

Reeve kam mit einem übervollen Zinnbecher aufs Achterdeck zurück. Tew nahm ihn entgegen, nickte dankend, traute seiner Stimme nicht, und trank ihn mit drei Schlucken leer. Das Wasser war wunderbar stärkend, besser als jeder Schnaps in diesem Augenblick, und endlich wagte er es, zu seinen Männern zu sprechen. Er trat an den Aufgang zum Achterdeck.

»Bleibt an euren Waffen, Männer! Wir verpassen ihnen eine Breitseite, gehen längsseits und entern! Brüllt wie die Irren, wenn ihr die Bordwand erklimmt. Dann vergessen sie vor Angst, sich zu wehren! Wer '92 bei mir war, wird sich erinnern!«

Diese kleine Ansprache löste in der aufgeladenen Atmosphäre Jubel aus, doch wusste Tew, dass er in diesem Moment hätte sagen können, was er wollte.

Wer '92 bei mir war… Es waren nicht mehr als ein Dutzend. Der Rest hatte es vorgezogen, in Newport zu bleiben, sich seines Reichtums zu erfreuen, oder sie waren gar nicht erst heimgekehrt, waren auf der paradiesischen Insel Madagaskar geblieben, genossen das tropische Leben mit Schnaps und Frauen, wie ein Mann es sich nur erträumen konnte.

Tew spürte, dass ihn leise Reue stach, als er an jene Männer in Newport dachte. Er hätte einer von ihnen sein können. Für den Rest seines Lebens hätte er nie wieder einen Finger rühren müssen. Er hätte im Gras auf einem weiten Rasen mit seinen Töchtern spielen können und müsste nicht wie ein Ackergaul unter arabischer Sonne schwitzen.

Diese Männer – seine neue Mannschaft – waren anders. Nicht wie die ursprünglichen Leute der *Amity*. Die Männer damals waren ein verschworener Haufen gewesen. Diese aber waren Glücksritter, die auf schnellen Reichtum aus waren und sich ansonsten um nichts scherten. Tew merkte, dass er sie verachtete. Sie hatten ihn zu dieser Reise überredet, er tat das alles nur für sie, und sie interessierten sich einen Dreck für sein Opfer.

Das Schatzschiff war eine Kabellänge entfernt, gut zweihundert Meter, und es wurde Zeit, mit derart sinnlosen Überlegungen aufzuhören.

»Zielt auf die Reling, Männer, trefft das Deck! Uns bleibt nur eine einzige Breitseite, um freie Bahn zu bekommen!«

Diesmal jubelte niemand. Da nun das riesenhafte Schiff über ihnen aufragte und sie selbst auf die Entfernung schon zu Zwergen machte, konzentrierten sich die Männer gänzlich darauf, was in den kommenden zehn Minuten geschehen würde. Tew sah manche gähnen, ein sicheres Zeichen von Furcht, sah, wie sie taten, als langweilten sie sich. Er wandte sich von ihnen ab, sah zum Schiff des Großmoguls hinüber.

Gott im Himmel, das ist ein schrecklich großes Ding… Tew fragte sich, ob es noch größer war als das erste. Wie ein schwimmender Berg sah es aus. Schon der bloße Anblick schien ihm Furcht einflößend.

»Fertig, Männer…« Keine hundert Meter lagen nun mehr zwischen ihnen. Auf dem Hauptdeck sahen die Geschützführer an den Kanonen entlang, nahmen in letzter Minute Einstellungen vor. Solcherart Feinheiten hatten kaum Einfluss auf die Treffgenauigkeit. Es gab ihnen nur etwas zu tun.

Tew packte das Heft an seinem Schwert und versuchte, die aufkommende Angst niederzuringen. So etwas hatte er noch nie erlebt, und er wusste nicht, wie er sich diesem Gefühl widersetzen konnte. Er musste präzise Befehle geben, und zwar genau zur rechten Zeit.

Fünfzig Meter trennten die Schiffe voneinander, und übers Wasser ging – klar wie eine Glocke an einem windstillen Morgen – ein einziger Befehl, fest, entschlossen, in der Sprache der Mauren. Tew vermutete, dass dieser Befehl wohl »Feuer« bedeutete, und ohne nachzudenken, rief auch er »Feuer!« zu seinen Männern auf dem Hauptdeck.

Die *Amity* feuerte, und das Schiff des Großmoguls feuerte fast im selben Augenblick. Mächtige Wolken von grauem Qualm machten sich im enger werdenden Raum dazwischen breit, und die Luft war von Kanonendonner erfüllt. Die *Amity* bebte unter seinen Füßen, als die großen Geschosse des Moguls einschlugen, und Tew konnte nur denken: *Das andere Schiff damals hat nicht geschossen…*

Und dann merkte er, wie er beiseite gestoßen wurde, als hätte durch den Rauch die Hand Gottes nach ihm gegriffen und ihm einen leichten Stoß versetzt. Ohne nachzudenken, ließ er sein Schwert sinken und hielt die Hände vor den Bauch, ohne genau zu wissen, weshalb, abgesehen davon, dass er dort so ein brennendes Gefühl hatte.

Er taumelte ein paar Schritte rückwärts, sah auf seine Hände. Blut lief über seine Finger, tropfte von seinen Händen, sammelte sich auf dem weißen Deck. Hellrot pumpte es zwischen seinen Fingern hervor.

Er bewegte seine Hand ein Stück, gerade so weit, dass er darunter etwas erkennen konnte, und dort sah er es glitzern, fühlte es an seinen Händen und wusste, dass es kein Fleisch sein konnte.

Er realisierte, dass es seine Eingeweide waren. Der Magen war herausgerissen, er hielt ihn in Händen, und als er dieser Tatsache schließlich ins Auge sah, spürte er, wie die erste Woge der Todesangst über ihn hinwegging.

Er sank auf die Knie, sah, wie die verqualmte, aus den Fugen geratene Welt auf dem Deck der *Amity* ihn umwirbelte, sah, dass sich ihm Gesichter zuwandten, hörte fremde, laute Stimmen, und Männer rannten nach achtern, dorthin, wo er auf Knien lag.

Nein, nein…, dachte er.

Den Gambia zu meiden war keineswegs die wichtigste Entscheidung seines Lebens gewesen. Das begriff er jetzt. Erneut ins Rote Meer zu segeln, das war es gewesen, und diese Entscheidung würde er mit seinem Leben bezahlen.

Er sah an sich herab. Das Deck und die rote Blutlache verschwammen vor seinen Augen, kamen ihm entgegen, und die Perspektive änderte sich schnell. Er schlug auf die Planken, und was ihm an Atemluft geblieben war, keuchte er nun aus. Da erst merkte er, dass er umgefallen war.

Dort lag er nun, rührte sich nicht, presste seine Wange an das heiße Holz, sah übers Deck. Welch seltsamer Blickwinkel. Er betrachtete die Schuhe und die nackten Füße der Männer, sah, dass eine Ecke nicht ordentlich geschrubbt war, sah unter der Reling das hellblaue Wasser.

Lieber Gott, wie sinnlos, so zu sterben... Bilder von seiner Frau und seinen Töchtern wehten wie Träume durch seinen Kopf, die üppigen Diners bei Gouverneur Fletcher, der Stolz im Blick seiner Frau, wenn sie ihn musterte, die beiden Mädchen auf seinen Knien... wie sehr er wünschte, das alles noch einmal zu erleben.

Doch es würde nicht geschehen. Er fühlte, wie sich das Blut unter ihm sammelte, schmeckte es in seinem Mund, spürte es feucht an den Händen und seiner Wange am Deck. Der Rand um sein Blickfeld verdunkelte sich, und was er hörte, war matt und nicht von dieser Welt. Der Schmerz in seinem Unterleib verdrängte alles andere, verschlang ihn, und sicher hätte er sich gewunden, wenn er sich denn hätte rühren können, doch das konnte er nicht. Zum ersten Mal sah er den Tod als Erleichterung, blickte ihm freudig entgegen und betete, er möge ihn schon bald erlösen.

Er schloss die Augen, flüsterte die Namen seiner Töchter.

Es war im September 1695, als Thomas Tew auf dem Poopdeck seiner Schaluppe starb, während er noch sein Gedärm in Händen hielt. Als ihr berühmter Anführer tot war, gerieten die Männer der *Amity* in Panik und ergaben sich ohne weitere Gegenwehr. Über ihr Schicksal in der Gewalt des Großmoguls von Indien ist nichts bekannt.

Als die Nachricht von Tews grausigem Tod Newport erreichte, dürfte sie den einen oder anderen nachdenklich gestimmt haben, doch konnte sie die Woge der Glücksritter nicht aufhalten, die Schiffe bewaffneten und mit dem Piratenwind Madagaskar und das Rote Meer ansteuerten.

Thomas Tew selbst hatte ein Vermögen gemacht, als er das Schiff des Großmoguls im Jahre 1692 kaperte, und sicherte sich so seinen Platz in jenem Pantheon unvergessener Seeräuber, den auch Männer wie Long Ben Avery, Bartholomew Roberts und Blackbeard bewohnen.

Was jedoch die Geschichte der Seefahrt und Seeräuberei angeht, so hat Thomas Tew etwas weit Bedeutsameres als seinen eigenen Ruhm hinterlassen, etwas, das noch in den folgenden Jahrzehnten nachwirken und den mächtigsten Nationen der Erde einige Sorge bereiten sollte.

Mit seinem kühnen Angriff hatte Thomas Tew die »Piratenroute« begründet.

1

Thomas Marlowe studierte die Karte des Indischen Ozeans nicht.

Es stimmte wohl, dass sie vor ihm ausgebreitet lag, neben Kartenzirkel und Kurslineal und all den Geräten, die ein Seefahrer brauchen mochte, wenn er eine Karte studierte. Die untere, rechte Ecke des Pergaments war mit den Segelanweisungen für diese Gegend beschwert, einem Buch, das ihm vor gut zwölf Jahren in Port Royal untergekommen war, als er zum ersten Mal einen kleinen Ausflug gegen die Mauren erwogen hatte. Darauf lag ein Dolch, ehemals im Besitz eines Leutnants der spanischen Marine.

Doch zog er es nicht ernstlich in Erwägung. Es war tollkühn, unmoralisch. Es war Piraterie, und die war nicht mehr sein Metier. Er studierte diese Karte nicht. Dessen versicherte er sich selbst.

Er seufzte, warf den Zirkel beiseite, lehnte sich auf seinem Stuhl zurück. Es war August, heiß und schwül in Virginia, dampfende Hitze nach zwei Tagen Regen. Die Fenster der Bibliothek standen weit offen, und nur eine leichte Brise fand ihren Weg herein, dass die Papiere auf Marlowes Tisch raschelten. Zumeist Rechnungen, die beglichen werden mussten. Wenig ermutigende Berichte seines Händlers in England.

Marlowe fuhr mit den Fingern durch sein schulterlanges Haar, kratzte sich am Kopf. Bis vor wenigen Monaten hatte er es kurz getragen, um eine dieser kunstvollen Perücken aufsetzen zu können, wie es ihm seine Stellung in der feinen Gesellschaft Virginias abverlangte. Schließlich hatte eine Mischung aus voranschreitendem Alter (er näherte sich der Vierzig), seinem guten Ruf in der Gesellschaft dieser Küste, allgemeiner Abscheu gegenüber den Kosten und die schlichte Unbequemlichkeit dieser Dinger dazu geführt, dass er sich jener Mode entzog und sein Haar nun wachsen ließ, wie er es zu seiner Zeit auf See getan hatte.

Ohne die Perücke und ohne seinen Rock, den er auf den Sitz eines Rohrstuhls gelegt hatte, war es Marlowe nun so bequem, wie es an einem solchen Tag nur möglich war. Er blickte aus dem Fenster über den weiten Rasen zu den satten, grünen Bäumen in der Ferne. Das alles gehörte ihm, ihm allein. Er spürte, wie die Last ihn niederdrückte.

Heute war einer der Tage, an denen der Tabak zum Verschiffen gepackt wurde. Durchs offene Fenster hörte er den knarrenden Hebel, mit dem man die luftgetrockneten Tabakbündel in die Fässer presste.

Marlowe lächelte. Als er 1700 nach Williamsburg gekommen war, entschlossen, sein Piratenleben aufzugeben, verstand er rein gar nichts davon. Er wusste nicht, dass Tabak, nachdem er geschnitten war, zum Trocknen aufgehängt werden musste, wusste nicht, dass man ihn zu kleinen Päckchen verschnürte und dann in Fässer zwängte.

Er wusste nur, dass er eine Plantage besitzen und Herr auf einem Herrenhaus sein wollte. Das war mit Geld zu kaufen. Als ihm die Plantage gehörte, ließ er die Sklaven frei, die im Preis mit inbegriffen waren, und stellte sie wieder ein, damit sie für den Anbau sorgten. Dieser Teil im Leben eines Plantagenbesitzers, der landwirtschaftliche Teil, interessierte ihn nicht. Außerdem verstanden die ehemaligen Sklaven weit mehr davon, als er sich jemals würde merken können.

Das Knarren verstummte, und einen Augenblick später war die gereizte Stimme Francis Bickerstaffs zu hören, der sagte: »Nein, mehr nicht. Es gibt eine Obergrenze dessen, was in so ein Fass passt. Wir werden es sprengen, wenn wir noch ein einziges Bündel hineinpressen. Setz den Deckel ein, Küfer, und hol das nächste Fass.« Er klang wie ein Schulmeister, der einen aufsässigen Schüler maßregelte.

Das war nicht überraschend. Bickerstaff hatte als Hauslehrer die Kinder eines reichen Mannes unterrichtet, bis sein Schiff von Piraten gekapert wurde, zu denen auch Marlowe gehörte. Marlowe hatte Bickerstaff gezwungen, bei ihm zu bleiben, ihn zu lehren, wie man las, wie man sich gewählt ausdrückte, wie man als Mann von Welt gelten konnte. Die beiden waren Freunde geworden, enge Freunde, und sie waren es geblieben.

Bickerstaff war ein wissbegieriger Charakter, wie von einem Lehrer nicht anders zu erwarten. Während sich Marlowe gern damit zufrieden gab, auf der Plantage herumzureiten und sich seines Besitzes zu erfreuen, fühlte Bickerstaff sich bemüßigt, alles zu lernen, was es über den Anbau, das Trocknen und den Verkauf von Tabak zu lernen gab. Nachdem er fünf Jahre auf Marlowe House gelebt hatte, verstand er davon ebenso viel wie alle anderen Pflanzer an der Küste. Dank Bickerstaff und der befreiten Sklaven produzierte Marlowes Plantage ebenso viel und ebenso guten Tabak wie jede andere Plantage in Virginia oder Maryland.

Thomas holte tief Luft. Nicht nur war zu hören, wie die Fässer gepackt wurden, sondern der Wind trug auch den Duft des luftgetrockneten Tabaks herüber, der noch gebündelt werden musste. Es war der Duft des Wohlstandes dieser Küste. Oder war es zumindest gewesen.

Man schrieb das Jahr 1706, harte Zeiten für die einstmals prosperierende Kolonie. Königin Annes Krieg zog sich nun schon vier Jahre hin, ohne jedes Anzeichen dafür, dass er bald zu Ende ginge. Die europäischen Märkte waren für englischen Tabak geschlossen, während die Pflanzer in Virginia und Maryland Rekordernten einfuhren.

Marlowe starrte vor sich hin, dachte nach und massierte beiläufig seinen rechten Unterarm. Vor vier Jahren war er ihm gebrochen, bei einem unglücklichen Angriff auf einen französischen Ostindienfahrer, und hin und wieder machte er ihm noch zu schaffen.

Er hatte der Piraterie abgeschworen, doch seit Beginn seines neuen Lebens war er doch bei einigen Gelegenheiten wieder in die Nähe der Seeräuberei geraten und hatte dabei einen ordentlichen Batzen Geld verdient. Diese Beute war in schweren Zeiten eine große Hilfe gewesen, hatte es ihm ermöglicht, schuldenfrei zu bleiben und seine ehemaligen Sklaven zu entlohnen, wie er es ihnen versprochen hatte. Doch nun war sein heimliches Beutelager fast erschöpft, und mit Tabak war kaum noch Geld zu verdienen. Er wusste nicht, was tun.

Wieder seufzte er, warf einen Blick auf die verlockende Karte und ihr Versprechen auf schwer beladene Maurenschiffe, die durch das Rote Meer und die Straße von Bab al Mandab fuhren. Irgendwo in Europa schlugen sich Armeen die Nasen blutig, um herauszufinden, wer den inzestuösen Thron von Spanien besetzen sollte, und das ruinierte sein Leben, wie ein finsterer Zauber, mit dem man ihn aus weiter Ferne belegt hatte. Er war schlichtere Probleme gewöhnt, Feinde, denen er mit Degen und Pistole begegnen konnte.

Er merkte, dass er genau so etwas suchte, eine Möglichkeit, seine Probleme mit Stahl und Pulver anzugehen, eine Möglichkeit, wie er sich wieder einen Weg in die Zahlungsfähigkeit erkämpfen konnte. *Ich bin doch nach wie vor eine eher grob geschnitzte Kreatur*, dachte er.

Das leise Tappen von Schritten im Flur jenseits der Tür, die Schritte seiner Frau Elizabeth. Er sah zur Tür, dann auf die Karte, dann wieder zur Tür, starr vor Unentschlossenheit. Elizabeth sollte nicht glauben, er studiere dieses Ding, weil er es nicht tat. Aber er wollte auch nicht, dass sie ihn dabei erwischte, wie er es vor ihr zu verstecken suchte.

In den wenigen Sekunden, die er brauchte, eine Entscheidung zu treffen, wurde ihm diese abgenommen, da Elizabeth in der Tür erschien und leise an den Rahmen klopfte. »Thomas, hast du einen Augenblick Zeit für mich?« Sie hielt das große Hauptbuch in den Händen, für das sie auf Marlowe House verantwortlich war.

»Ja, meine Liebste, selbstverständlich. Ich war nur eben, nun ja...«

Elizabeth kam an den Tisch herüber, warf einen Blick auf die Karte, die Marlowe nun mit Unschuldsmiene zusammenrollte. »Madagaskar und der Indische Ozean?«, sagte sie. »Ich wusste nicht, dass du eine solche Karte besitzt.«

»Ja, nun, ich habe sie schon viele Jahre. Hab nur gerade etwas nachgesehen... Francis und ich hatten überlegt, wie groß wohl Madagaskar ist. Stellt sich heraus, dass es noch einmal um die Hälfte länger ist, als ich dachte.«

»Hm«, brachte Elizabeth nur hervor. Langsam legte sie das Buch auf den Schreibtisch, eine düstere Geste, die Unangenehmes ahnen ließ. »Ich habe die Buchhaltung auf den neuesten Stand gebracht. Sieht nicht gut aus, wie ich leider sagen muss.«

Marlowe starrte das Rechnungsbuch an, als trüge es Schuld an der Misere. Für ihn war es wie alle anderen Bücher, die er bisher zu lesen gelernt hatte... etwas, das er nicht begriff und daher fürchten musste.

»Sind wir verschuldet?«

»Nein.«

»Nun, Gott sei Dank, wenigstens das.« Schulden läuteten in den Kolonien die Totenglocken ein. Blieb man den Händlern in England erst Geld schuldig, diesen Männern weit abseits jeglicher Aufsicht, war es fast unmöglich, sich davon zu befreien. Es war schon erstaunlich, wie schnell sich der katzbuckelnde Respekt eines Kaufmanns in hässliche Beschimpfungen verwandelte, sobald ihm ein Pflanzer Geld schuldete.

»Ja«, stimmte ihm Elizabeth zu. »Wenigstens das. Aber unsere Mittel bei der Bank sind so gut wie aufgebraucht, und ich fürchte, die... ähm... der Inhalt deines Lagerhauses in Jamestown dürfte nahezu verkauft sein. Da ist nur noch die Seide, die du nicht hergeben wolltest, und etwas Elfenbein, aber dafür habe ich hier nie größere Nachfrage feststellen können.«

»Hmm«, konnte Marlowe dazu nur sagen. Das Lagerhaus in Jamestown – eigentlich ein Stück flussaufwärts von Jamestown – war nur ihm, Elizabeth und Bickerstaff bekannt. Jahrelang hatte es schon leer gestanden, als Marlowe es erwarb, heimlich, und noch immer wirkte es verlassen. Dort bewahrte er die Beute aus seinen Aktivitäten auf, die – mochten sie auch nicht gänzlich ungesetzlich gewesen sein – bei den Behörden doch sicher manches Stirnrunzeln hervorrufen und bohrende Fragen aufwerfen würde.

Die reiche Beute hatte sie über Wasser gehalten, trotz fallender Tabakpreise und steigender Kosten in Kriegszeiten. Doch nun war alles aufgebraucht.

Marlowe massierte seine Schläfen. »Also gut. Was können wir tun? Ich muss gestehen, dass ich keine Ahnung habe.«

»Nun, was das angeht... ist mir schon etwas eingefallen...«

Thomas sah seine Frau an. Sie zögerte länger, als man es von ihr gewohnt war, und weckte damit seine Neugier.

»Ja?«

»Nun, mir scheint, es sind zwei Dinge, derentwegen wir keinen Gewinn aus unseren Plantagen schöpfen können... wir alle hier an der Küste. Erstens sind da die verdammten Transportkosten. Wegen des Mangels an Seeleuten und Schiffen werden wir in dieser Saison wohl kaum unter vierzehn Pfund Sterling pro Tonne zahlen, was der reine Wahnsinn ist. Selbst in besten Zeiten würde das den Großteil unseres Profits verschlingen.«

Marlowe lehnte sich auf seinem Stuhl zurück, faltete die Hände. »Mh-hm«, machte er, betrachtete Elizabeth, gab ihr Recht. Er merkte, dass sie diesen Vortrag geübt hatte, also würde wohl noch etwas Interessantes kommen. Immerhin so interessant, dass sie nervös wurde, sobald sie ihrem Mann davon erzählen wollte, einem Mann, vor dem sie keine Geheimnisse hatte.

»Zweitens der Konvoi«, fuhr Elizabeth fort. »Sämtliche Schiffe versammeln sich, alle Pflanzer bringen ihren Tabak an Bord, und dann eskortieren Schiffe der Marine den ganzen Pulk übers Meer nach London. Die gesamte Ernte eines Jahres trifft gleichzeitig im Hafen ein und ruft ein Überangebot hervor. Die verdammten Händler nennen ihren Preis und sind dabei nicht eben großzügig. So ist kein Gewinn zu machen.«

»Mh-hm. Und was schlägst du vor...?«

»Na ja... du hast den anderen gegenüber einen großen Vorteil. Im Gegensatz zu ihnen besitzt du ein eigenes Schiff...«

Es stimmte. Die *Elizabeth Galley*. Es war ein altes, aber solides Handelsschiff gewesen, als er es 1702 erworben und zum Kaperschiff umgerüstet hatte. Gezwungenermaßen musste er damit seinen alten Freund King James jagen, da dieser Pirat geworden war. Und nachdem er von seiner unseligen Mission heimgekehrt war, hatte Gouverneur Nicholson darauf bestanden, dass er die Kanonen der *Galley* zurückgab, weil sie der Kolonie gehörten und für deren Verteidigung benötigt wurden, nachdem sich England nun im Krieg befand.

Da Marlowes Schiff unbewaffnet und seine Lust auf Abenteuer zur See vorerst befriedigt war, hatte man die *Elizabeth Galley* abgetakelt und das Schiff im James River festgemacht, um Unkraut und Bohrwurm fern zu halten. Dort lag es seitdem.

»Es stimmt, ich besitze ein Schiff. Meinst du, wir sollten uns im Transportgeschäft betätigen?«

»Ja. Ich denke, die Kosten, ein Schiff zu bemannen, wären unerheblich, verglichen mit den Frachtkosten, vor allem, wenn du das Kommando selbst übernehmen würdest.«

»Wahrscheinlich hast du Recht. Seeleute sind schwer zu finden, aber wir könnten die Mannschaft mit einigen unserer eigenen Leute auffüllen.« Mit »unseren Leuten« meinte Marlowe die ehemaligen Sklaven, die auf der Plantage arbeiteten. »Aus einigen dieser jungen Burschen könnte man mit etwas Anleitung erstklassige Seeleute machen. Aber das löst unser Problem nur zur Hälfte. Nach wie vor bleibt das Überangebot an Tabak, sobald wir in London sind.«

»Ja, was das angeht… ich hatte gedacht, wir könnten vor dem Konvoi in See stechen. Der macht sich in drei Monaten auf den Weg. Sicher könnte die *Galley* vorher bereit sein. Was grinst du so, du Mistkerl?«

Marlowe grinste tatsächlich, lachte fast. Zwar hatte Elizabeth nicht eben das aufrechteste Leben geführt, bevor sie seine Frau geworden war, aber seitdem hatte sie alles Unsittliche weit von sich gewiesen.

»Du schlägst vor, dass wir Schmuggler werden sollen?«, fragte Marlowe.

»Nein, nicht Schmuggler. Es ist nicht illegal, ohne Konvoi zu segeln, sofern wir die Erlaubnis dazu bekommen.«

»Aber du weißt ganz genau, dass sie eine solche Erlaubnis nur bewaffneten Schiffen erteilen, was wir nicht sind, nicht mehr. Außerdem bleibt uns jetzt nicht mehr genügend Zeit, eine solche Erlaubnis einzuholen.«

»Nun, ich hatte gedacht …«

»Nein, nein. Keine Entschuldigungen. Ich sage ja nicht, dass mir die Idee nicht gefiele. Das tut sie. Ich will nur, dass du sagst: ›Ja, Thomas, ich schlage vor, dass wir uns als Schmuggler betätigen.‹«

»Verflucht sollst du sein …«

»Sag es …«, neckte er.

Böse sah Elizabeth ihn an, dann schien sie sich geschlagen zu geben. Sie seufzte, sank auf den Stuhl vor seinem Schreibtisch. »Ja, Thomas, ich schlage vor, dass wir zu Schmugglern werden. Es gibt keine andere Möglichkeit. Anderenfalls sind wir verloren. Ich zweifle nicht daran, dass wir auch den Tabak unserer Nachbarn transportieren könnten, denn sie wären sicher ebenso froh und glücklich wie wir, dem Konvoi zuvorzukommen.«

Thomas sah seine Frau an, sah ihr hübsches Gesicht von Sorge überschattet. Sie hatte kein leichtes Leben gehabt, aber gemeinsam war es ihnen gelungen, auf Marlowe House etwas Anständiges zu schaffen. Ein ehrliches, angesehenes Leben. Es war für beide etwas Neues, und Elizabeth hätte alles getan, um es zu behalten.

»Ich denke, das ist eine großartige Idee«, sagte Marlowe, und es war ihm wirklich ernst. »Wir könnten auf dem Rückweg sogar Ladung mitnehmen, Waren, die wir bei unserer Rückkehr verkaufen.«

Nach drei Jahren an Land war er bereit, wieder in See zu stechen. Mit ein wenig Glück konnten sie bei dieser Reise so viel verdienen, dass sie wenigstens die nächsten Jahre schuldenfrei blieben.

»Es könnte allerdings sein, dass es uns dennoch nicht gelingt«, fuhr Elizabeth fort. »Wir brauchen Seeleute, wir müssen die *Galley* fahrbereit machen, was Geld kosten wird. Und natürlich sind keine Kanonen an Bord. Wir stünden einem Angriff wehrlos gegenüber.«

»Wir?«

»Ja, ›wir‹. Glaubst du, du würdest wieder ohne mich segeln?«

Das hatte er allerdings geglaubt, wenn ihm der Gedanke auch nicht recht gefiel. Aber, dennoch... Elizabeth an Bord? »Ich weiß nicht, ob das so gut ist...«, begann er seinen lahmen Protest.

»Es lässt sich nicht vermeiden. Du verstehst nichts vom Tabakhandel, wie du offen zugibst. Ich weiß, wie hoch unser Ertrag sein sollte, wie viel der Tabak wert ist. Ich führe die Bücher. Du hast von Zahlen keine Ahnung, was du ebenfalls oft genug betonst...«

»Wohl wahr.« Marlowe merkte, dass sie auch diesen Vortrag geübt hatte. Es überraschte ihn. Solcherart Vorbereitung sah ihr nicht ähnlich. Er fragte sich, weshalb sie sich so unsicher gewesen war, dass sie ihre Worte proben musste.

»Außerdem ist da noch etwas...«, sagte Elizabeth. »Du solltest dich vielleicht im Hafen von London besser nicht blicken lassen. Man weiß nie, wann jemand aus alten Tagen dich wieder erkennt...« Mehr musste sie nicht sagen. Es war beiden klar. Ein einziger glaubwürdiger Zeuge, und man würde Marlowe wegen Piraterie aufknüpfen.

»Auch das ist wahr. Und da ist noch etwas... ich könnte es nicht ertragen, ein halbes Jahr von dir getrennt zu sein, und so lange wird diese Reise dauern.«

Elizabeth lächelte. Ihre ernste, sachliche Miene hellte sich bei seinen Worten auf, und plötzlich waren beide einander wieder verbunden, wie Mann und Frau, nicht wie Partner einer Handelsfirma. Ihre Liebe und Leidenschaft füreinander, die in den letzten Jahren nicht nachgelassen hatte, schlug Funken und schwebte wie ein mächtiger Geist zwischen ihnen.

»Ich hatte gehofft, dass du so reagieren würdest«, sagte Elizabeth. »Also was hältst du von meinem Plan? Er birgt ein Risiko, ein großes Risiko, könnte sich für uns aber hübsch auszahlen, wenn wir es denn schaffen.«

»Ich finde diesen Plan grandios. Ich zweifle nicht daran, dass wir die Mittel zusammenkratzen können, um das Schiff auf See zu bringen. Ebenso sicher bin ich, dass unsere Nachbarn sich daran beteiligen werden. Seeleute werden wir auftreiben ... ja, meine Liebste, ich finde, es ist eine hübsche Idee. Ich will mich gleich daran machen, alles in die Wege zu leiten ...«

Seine Stimme erstarb, und unwillkürlich fiel sein Blick auf die Karte auf seinem Schreibtisch. In Gedanken hatte er Elizabeths Plan bereits vollendet, hielt das Geld der Londoner Händler schon in Händen, und nun gingen sie schon zum nächsten über, bald zum übernächsten.

Marlowe hatte den Entschluss bereits gefasst, bevor er noch vom Schreibtisch aufstand. Es gab keinen Grund, Zeit zu vergeuden.

Drei Wochen später waren sie unterwegs.

2

Die *Elizabeth Galley* rollte unter makellos blauem Himmel dahin, pflügte mit sechzehn Knoten bei rauem Wind durchs blaue, blaue Meer.

Ihr Kurs war Ost-Südost, ihr Ziel Bermuda. Die Insel war traumhaft schön, und Thomas hatte Elizabeth überredet, auf dem Weg nach London dort Station zu machen. Von der Schönheit dieser Insel abgesehen, brauchten sie mindestens noch sechs erfahrene Seeleute, wenn sie ohne Eskorte durch den Kordon aus Piraten und französischen Freibeutern segeln wollten, die vor den Zufahrten zum Englischen Kanal patrouillierten.

Newport oder New York mochten dafür besser geeignet sein, doch wollte Marlowe dort nur ungern anlegen. Zu viele Gesichter aus der Piratenwelt, so meinte er, wanderten am Pier herum. Zu viele Gespenster aus alten Zeiten.

Der Wind hatte sie nicht im Stich gelassen, und das Schiff fuhr, als wäre es nie stillgelegt gewesen. In den vier Tagen, die sie nun unterwegs waren, hatten sie dreimal Segel gesehen, jedes Schiff ein möglicher Feind, eine Gefahr für das unbewaffnete Ex-Kaperschiff, aber sie hatten sie alle hinter dem Horizont zurückgelassen. Die *Elizabeth Galley* war nach wie vor ein schnelles Schiff.

Die Unbeschwertheit der Reise bisher, das fast mühelose Segeln, das wunderbare Wetter, das alles ließ Marlowe, Elizabeth und Francis vergessen, welch elende Schufterei die letzten drei Wochen gewesen waren, vom Schmieden eines vagen Planes, der ein Schiff betraf, welches schon drei Jahre stillgelegt war, bis zu dem Augenblick, in dem sie den Anker lichten und mit ihrem bemannten Schiff in See stechen konnten, den Laderaum voll Tabak, auf dem Weg nach London.

Als die Entscheidung gefallen war, musste die *Elizabeth Galley* zuerst inspiziert werden, um festzustellen, was zu tun war, um sie fahrbereit zu machen. Es wurde beschlossen, einen kleinen Ausflug zu unternehmen.

Elizabeth bat die Köchin, eine Satteltasche mit Speisen fürs Picknick zu packen, und Marlowe hatte einen Jungen aufs Feld hinausgeschickt, damit er dort drei Pferde zusammentrieb. Dann lief er über den Rasen zu jenem breiten Flecken festgetretener Erde vor dem Speicher, wo Bickerstaff das Verstauen des Tabaks überwachte.

»Francis, wie läuft es hier?«

»Ausgezeichnet, Thomas. Unser Ertrag ist wie immer außerordentlich, und der Regen hat uns feuchte Witterung zum Packen beschert.«

»In der Tat.« Marlowe hatte nicht gewusst, dass es feucht sein musste, wenn man Tabak packen wollte. Er merkte es sich, sagte: »Sofern du dich für heute Nachmittag davon losreißen könntest, würden Elizabeth und ich uns freuen, wenn du uns bei einem kleinen Ausritt samt Picknick begleiten wolltest.«

»Ich denke, das ließe sich einrichten, sofern diese Unholde versprechen, die Fässer nicht zu voll zu packen. Wohin reiten wir?«

»Jamestown.«

Elizabeth kam über den Rasen und gesellte sich zu ihnen. »Francis, hat Thomas es dir schon erzählt? Madagaskar ist noch einmal doppelt so lang, wie du gedacht hattest.«

»Bitte?«

»Madagaskar. Hattet ihr zwei nicht davon gesprochen?«

»Ich kann mich nicht erinnern ...«

»Ja, nun«, sagte Marlowe. Elizabeth spielte mit ihm. Sie wusste ganz genau, was er im Schilde führte, und er wusste, dass sie es wusste. »Ich habe Francis eben gebeten, uns bei unserem Picknick zu begleiten. Elizabeth hat einen wundervollen Plan ersonnen, der uns über die momentanen Schwierigkeiten hinweghelfen könnte, und sie wird dir auf dem Ritt alles darüber erzählen.«

Der Junge brachte die gesattelten Pferde, und die Küchenhilfe hatte in zwei Satteltaschen eine üppige Mahlzeit verstaut. Marlowe, Elizabeth und Bickerstaff stiegen auf und machten sich gemächlich auf den Weg.

Marlowe House lag fast auf halbem Weg zwischen der früheren Hauptstadt Jamestown am James River und der neuen Hauptstadt Williamsburg. Der Weg, der die beiden Ortschaften miteinander verband, der so genannte Rollweg, war durch die zahllosen Tabakfässer, die man von den Plantagen landeinwärts zum Anleger am Fluss rollte, festgestampft. Bei schönem Wetter ließ sich hier gut reisen, und die drei konnten ihre Pläne diskutieren, während sie die Pferde südwärts lenkten, vorbei an braunen, abgeernteten Tabakfeldern, grünen, saftigen Eichen- und Ahorn-Hainen.

Der Wind nahm zu, verteilte die Feuchtigkeit ein wenig, was angenehm war, wenn ihnen auch nach wie vor zu heiß sein mochte in Seidenrock, Mieder, Unterröcken, Hosen und Strümpfen.

Endlich kamen sie nach Jamestown, jener ersten Siedlung in Virginia, die mittlerweile kaum noch bewohnt war. Verkohlte Ruinen des alten Capitols standen als schwarzer Haufen da, die wenigen Schindelbauten und Holzhäuser machten einen eher ungepflegten Eindruck. Irgendjemand baute neben der Straße Tabak an.

Sie ließen ihre Pferde in einem Stall beim Anleger und stiegen in ein kleines Boot, das Marlowe dort liegen hatte. Thomas nahm die Riemen auf, was ihm erheblich vertrauter war, als ein Pferd zu reiten, und ruderte über den träge dahinziehenden Fluss zur *Elizabeth Galley* hinüber.

Vom Boot aus wirkte das Schiff nicht eben seetüchtig, so reglos dort im braunen Wasser. Der Rest Farbe an den Bordwänden blätterte ab, und einige der kunstvolleren Schnitzereien waren ausgetrocknet und geborsten. Nur die unteren Masten – Fock, Großmast und Besan – standen, und deren Wanten waren schlaff, so dass die *Galley* eher traurig wirkte.

Der Eindruck täuschte jedoch. Als Marlowe sie stillgelegt hatte, wusste er nicht, wann sie jemals wieder fahren würde. Aber er liebte sie und war viel zu sehr Seemann, als dass er sie hätte verrotten lassen.

Er hatte die Wanten gelockert, um nicht unnötig Spannung auf Mast oder Takelung zu bekommen. Einmal im Monat schickte er jemanden an Bord, der frischen Teer auftragen und nach dem Schiff sehen sollte, und er wusste, dass die Wanten in gutem Zustand waren.

Der Rest von Takelage und Rundhölzern war sorgsam verstaut, vor der Witterung geschützt, und einmal monatlich inspizierte er alles höchstpersönlich. Auch die Segel waren sorgsam zusammengelegt und verstaut und wurden alle paar Monate gelüftet, damit sie nicht faulten. Mindestens zweimal jährlich war er selbst in die untersten Bereiche des Rumpfes gekrochen und hatte nach faulen Stellen oder Anzeichen für Bohrwürmer im Schiffsrumpf gesucht, doch fand er weder das eine noch das andere.

Die *Elizabeth Galley* war stillgelegt, aber keineswegs vernachlässigt.

Und so überraschte es Thomas nicht, sie in bestem Zustand vorzufinden, als er an Bord ging. Die Decks vorn und achtern waren geschrubbt, und das Zeug, das sich noch an Bord befand, war wohl geordnet. Er roch frischen Teer an den Wanten, Leinöl an Reling und Bordwänden. Er sah sich um und nickte zufrieden.

»Sie ist geräumig wie ein Ballsaal, seit die großen Kanonen nicht mehr da sind«, bemerkte Francis. Sie standen auf dem Mitteldeck und sahen sich das Schiff an.

»Das ist sie«, gab Thomas ihm Recht. »Und so können wir darauf verzichten, Pulver und Munition mitzunehmen, wodurch unten reichlich Platz für unsere Fässer und die unserer Nachbarn bleibt. Im Grunde ist es wirklich gut, dass der Gouverneur uns die Kanonen genommen hat.«

»Wenn du es so sagst, möchte man fast glauben, es wäre dein Ernst«, sagte Francis.

Marlowe tat einen Schritt zur Mitte des Schiffes hin, ließ seinen Blick über das Deck schweifen.

»Ja, nun...«, sagte er wie zu sich selbst. »Nehmen wir unser Picknick drüben auf dem Großluk ein; anschließend gehen wir unter Deck. Ich wette, ihr werdet angenehm überrascht sein, was ihr dort vorfindet.«

Er hätte die Wette gewonnen, wenn denn jemand darauf eingegangen wäre. Auf den unteren Decks war es stickig und heiß, da sie so lange schon verschlossen und unbewohnt waren. Doch waren sie sauber und gepflegt, ohne Schimmel, Fäulnis oder Ungeziefer. Es lag daran, dass Marlowe das Schiff regelmäßig mit Essig waschen und einmal im Jahr mit Schwefel ausräuchern ließ.

Sie gingen durch den Laderaum, inspizierten den unteren Teil des Schiffes im Lichtschein der Laterne. Es fehlte an nichts. Das Schiff war tipptopp und seetüchtig.

Sie kehrten aufs Achterdeck zurück, blinzelten im grellen Sonnenschein, geblendet nach der Dunkelheit im Laderaum. »Sie ist in bestem Zustand«, verkündete Marlowe. »Und ich vermute, dass auch die Ausrüstung ebenso gut erhalten ist. Gebt mir eine vernünftige Mannschaft, und ich habe das Schiff in einem Monat fahrbereit.«

Diese vernünftige Mannschaft zu bekommen war das größte Problem. Das war Marlowe klar.

Der erste Teil der Mannschaft allerdings war leicht zu finden. Als sie wieder auf Marlowe House waren, rief er seine ehemaligen Sklaven zusammen und erklärte ihnen, er wolle die *Elizabeth Galley* nach England segeln, bräuchte dafür Männer und ob jemand von ihnen anheuern wolle.

Unter den älteren Männern fanden sich keine Interessenten, denn für sie waren Schiffe gleich bedeutend mit der Mittelpassage, sechs Wochen Hölle, eingezwängt in den stinkenden Laderaum eines Sklavenschiffes. Unter den jüngeren Männern jedoch gab es manche, die damals zu jung gewesen waren, als dass sie sich erinnern konnten, und andere wiederum waren in den Kolonien geboren und kannten das Grauen nicht aus eigener Erfahrung. Das waren die jungen, kräftigen, abenteuerlustigen Burschen, die Marlowe wollte, und zwölf von ihnen meldeten sich freiwillig.

Gewitzt, gewillt und geschickt mochten diese jungen Männer zwar sein, doch waren sie keine Seeleute. Marlowe ließ zuerst die eingelagerte Ausrüstung wieder aufs Schiff bringen, eine Tätigkeit, für die keine besonderen Kenntnisse vonnöten waren, während er sich daran machte, erfahrene Seeleute anzuheuern, die hier eher eine Seltenheit waren.

Sein erster Halt galt der »Palmer House Tavern«, einem jener Etablissements, die es in Williamsburg mittlerweile in immer größerer Zahl gab. Er hatte es auf Peleg Dinwiddie abgesehen, den Kapitän einer kleinen Schaluppe, die der Familie Randolph gehörte. Da sie beide Männer der See waren, hatte sich zwischen Marlowe und Dinwiddie im Lauf der Jahre eine Art Freundschaft entwickelt. Dinwiddie war stur und ehrlich, fantasielos, aber verlässlich, genau das, was Marlowe sich von einem Offizier erwartete.

Wenn Peleg von einer Fahrt mit der Schaluppe heimkehrte, steuerte er auf direktem Weg das Palmer House an und aß dort etwas. Es gab immer das Gleiche: Eichhörnchenauflauf, eine Spezialität des Hauses, Beignets und Spargel nach Saison, dazu zwei Gläser Ale. Nie mehr und nie weniger. Zwei Gläser.

Es dauerte drei Tage, bis Marlowe Peleg endlich an seinem Lieblingstisch sitzen sah, einen Zinnbecher in der fleischigen Hand, den Holzteller mit Resten vom Auflauf neben sich.

»Peleg!« Marlowe zog einen Stuhl heran und setzte sich unaufgefordert. »Ich habe Euch schon mindestens eine Woche nicht gesehen.«

»War unten in Point Comfort und oben in York. Ist jetzt so die Jahreszeit. Da ist eine Menge los auf dem Wasser.«

»Als hätte ich es mir nicht gedacht.« Marlowe hielt inne, scheinbar in Gedanken versunken. Sein gesamtes Arbeitsleben hatte Peleg als Seemann auf Handelsschiffen verbracht, war jahrelang Bootsmann gewesen, dann Maat, bis er schließlich der weit weniger aufreibenden Tätigkeit eines Schaluppenkapitäns nachging.

»Peleg, fehlt Euch die See nicht manchmal?«

»Nein.«

»Wirklich? Möchtet Ihr nie das blaue Wasser wieder sehen, nichts als das weite Meer, wie es in alle Richtungen rollt?«

»Nein.«

»Stimmt. Ich auch nicht.« Wieder hielt Marlowe inne. »Da ist allerdings das große Geld zu holen.«

»Ich bin mein ganzes, verdammtes Leben auf dem weiten Meer gefahren. Hab' nie groß Geld verdient.«

»Ja, aber wart Ihr je in … ach, vergesst es.«

»Wo?«

»Na ja, ich wollte Madagaskar sagen, aber es hat keinen Sinn, weil ich vermutlich doch nicht dorthin fahre.«

»Vermutlich?« Peleg richtete sich etwas auf, sah Marlowe

neugierig an. Marlowe konnte den Maurenschatz förmlich sehen, der vor Pelegs innerem Auge funkelte. »Ihr segelt auf der Route?«

»Nein, ich will nach England, mit einer Ladung Tabak. Scheiß auf den verdammten Konvoi, sag' ich. Die Piratenroute? Nein, ich spiele nur mit dem Gedanken. Die Chance, dass ich es tue, ist eher gering.«

»Eher gering... aber die Chance besteht?«

»Ja, die Chance besteht.«

Peleg Dinwiddie meldete sich am nächsten Morgen auf der *Elizabeth Galley*.

Marlowe hatte kein schlechtes Gewissen, ihn belogen zu haben. Er war nur etwas verwirrt. Er wusste nicht recht, wen er eigentlich belog. Peleg? Elizabeth? Sich selbst?

Er hatte noch keine Entscheidung getroffen, abgesehen davon, dass er nach London fahren wollte. Was danach geschah, wusste er nicht. Er handelte lieber, als dass er nachdachte.

Er wusste allerdings, dass Peleg genau der richtige Mann an Bord war. Verlässlich und erfahren war er und hatte so lange an der Küste gearbeitet, dass es ihn nicht im Geringsten störte, vorläufig eine Mannschaft zu haben, die ausschließlich aus Schwarzen bestand. Viele Offiziere hätten sich geweigert, auch nur einen Fuß an Deck zu setzen, aber Peleg verschwendete keinen Gedanken daran.

Da nun ein erfahrener Erster Offizier das Setzen der Takelage überwachte, konnte Marlowe die Rekrutierung fortsetzen. Er fuhr seine eigene Schaluppe, die *Northumberland*, den James River hinunter und über Hampton Roads hinweg zu dem kleinen, rauen Hafenstädtchen Norfolk, wo es am wahrscheinlichsten war, Seeleute zu finden.

Zielstrebig besuchte er jene Tavernen, in denen er am ehesten Seeleute in nachgiebiger Stimmung finden würde.

In der zweiten lauten, dunklen, verrauchten, stinkenden Taverne, die er betrat, fand er jemanden.

Der Mann saß allein an einem kleinen Tisch. Er war mit einem Leinenhemd und einem abgewetzten Rock bekleidet. Er hatte das Gesicht eines Seemannes, faltig und sonnengegerbt, trug sein Haar lang und einen Zopf nach Seemannsart. Irgendwann in seiner Laufbahn mochte er einmal ein gewöhnlicher Seemann gewesen sein, doch jetzt sah er wie ein Bootsmann oder Maat auf einem kleinen Handelsschiff aus. Vielleicht ein wenig Kaperei, vielleicht Piraterie.

Er hatte etwas an sich, was Marlowe interessierte, so eine selbstsichere Ausstrahlung. Eine gewisse Haltung. An dem Mann war nichts Weiches, nur Ecken und Kanten. Wenn Peleg ein zahmer Bär war, dann sah dieser Mann wie ein Wolf aus, wie ein hungriger Wolf. Doch auch diese Qualitäten waren zu gebrauchen, sofern man sie richtig einsetzen konnte.

»Darf ich mich zu Euch setzen?« Marlowe stand vor dem kleinen Tisch. Der Mann sah auf, musterte Marlowe einen langen Augenblick, sagte nichts. Marlowe trug seine Seemannskleider: ausgeblichener, blauer Rock, Leinenweste und Hemd, weiche, abgetragene Stoffhosen. Die Kleider, die er zu einem Besuch beim Gouverneur getragen hätte, wären an einem solchen Ort kaum passend gewesen.

Schließlich nickte der Mann zum anderen Stuhl hinüber. Marlowe stellte seinen Becher auf den Tisch und setzte sich.

»Mein Name ist Marlowe. Thomas Marlowe.«

Der Mann nickte.

»Ich stelle eine Mannschaft zusammen. Tabak nach London. Ihr seht wie ein Seemann aus. Sucht Ihr eine Heuer?«

Der Mann sah Marlowe in die Augen und nickte dann langsam. »Möglich.«

»Hat man Euch vergessen?«

»Nein. Ich bin als Bootsmann auf einem Handelsschiff

von Plymouth hier angekommen. Aber der Kapitän und ich hatten unterschiedliche Ansichten. Jetzt sitze ich hier auf dem Trockenen.«

»Was war los?«

»Der Kapitän war ein Riesenarschloch.«

Marlowe nickte. Das machte die Sache problematisch. Schwer zu beurteilen. Vielleicht war der Kapitän tatsächlich ein Riesenarschloch. Vielleicht war aber dieser Mann auch unfähig, ein Dieb, ein Trunkenbold. Doch das waren Risiken, die man immer einging, wenn man eine Mannschaft anheuerte. Seeleute waren keine musterhaften Menschen, keine Buchhalter oder Tanzlehrer. Es war nicht immer einfach, Leute zu finden, die keinen Ärger machten.

»Ihr seid als Bootsmann gefahren, ja? Ich könnte einen Bootsmann brauchen. Wollt Ihr zum Ausrüsten an Bord kommen und sehen, ob Ihr mit uns segelt?«

»Tabak nach London? Ich war eigentlich auf der Suche nach etwas ... Lukrativerem.«

»Das bin ich auch. Ich dachte daran, möglicherweise später nach Madagaskar zu segeln.«

Der Mann grinste. »›Möglicherweise‹? Das klingt nicht allzu sicher.«

»Es ist nicht sicher. Mehr kann ich nicht versprechen.«

Was zum Teufel rede ich da?, dachte Marlowe. Schon erzählte er diese Sache mit Madagaskar herum, als hätte er sich dazu entschlossen, was nicht der Fall war, ganz und gar nicht. Und selbst wenn doch, würden Bickerstaff und Elizabeth es niemals mitmachen.

Aber er brauchte Seeleute, und die brauchten einen Anreiz.

Er hatte niemandem definitiv zugesagt, dass sie die Piratenroute nehmen würden. Er hatte nur gesagt, es sei so eine Idee. Was es auch war.

»Also gut«, sagte der Mann schließlich. »Ihr habt etwas an Euch, das mir gefällt. Ich komme zum Ausrüsten an Bord, und wenn wir uns leiden können, fahre ich als Bootsmann mit Euch.«

Er hieß Honeyman. Duncan Honeyman, und er kam mit drei Leuten im Schlepptau nach Jamestown, Männern, die ebenfalls Heuer suchten.

»Freunde von Euch, Bootsmann?«, fragte Marlowe.

»Honeyman. Nennt mich nicht Bootsmann.«

»Freunde von Euch, Honeyman?«

»Schiffskameraden. Sie waren auch der Meinung, dass der Kapitän auf unserem alten Schiff ein Riesenarschloch war.«

Marlowe nickte, sah sich die Männer an. Goldene Ohrringe, große Messer hinten am Gürtel, Arme wie knorrige Äste, langes Haar, Zöpfe, wie auch Honeyman einen trug, weite Hosen mit Flicken und Teerflecken. Sie kauten Tabak, stanken nach Rum und Schweiß. Aber er hatte schon Schlimmeres gesehen und war mit weit übleren Gestalten gesegelt.

Allerdings sah er ein Problem. Diese Männer waren schon gemeinsam zur See gefahren. Sie würden an Bord ihre eigene Clique bilden.

Aber Marlowe sah sich ihnen gewachsen, und weder ihre bloße Anwesenheit noch ihr Erscheinungsbild bereiteten ihm wirklich Sorge. Hätte er sich vor ihnen gefürchtet, hätte er gewusst, dass er vom Leben an Land weich geworden war, dass seine Tage auf See gezählt waren.

»Also schön«, sagte Marlowe. »Ich biete euch die gleichen Bedingungen wie Honeyman. Ich heuere euch zum Ausrüsten an, übliche Heuer, und wenn ihr euch gut macht, könnt ihr für die Reise bleiben. Tabak nach London und mit Ladung wieder zurück. Mehr kann ich nicht versprechen. Und ich wäre dankbar, wenn ihr andere Unternehmungen, die wir möglicherweise wagen, nicht weiter erwähnen würdet.«

Die drei Männer tauschten Blicke, protestierten jedoch nicht. Schließlich murmelten sie ihre Zustimmung.

Honeyman ließ seinen Blick übers Deck und an den unteren Masten hinauf schweifen. Er kniff leicht die Augen zusammen, aber abgesehen davon war in seiner Miene nichts zu lesen. »Das da ist die Mannschaft?«, fragte er.

»Ja.«

»Sind es Seeleute?«

»Noch nicht. Aber sie können arbeiten. Und sie werden alles lernen. Habt Ihr ein Problem damit?«

Honeyman sah Marlowe in die Augen. »Nicht, wenn Ihr keines habt.«

»Gut. Honeyman, nehmt die Männer mit und meldet Euch bei Mr. Dinwiddie auf dem Achterdeck. Der mit dem schwarzen Rock. Er ist der Erste Offizier. Er teilt euch zur Arbeit ein.«

Honeyman nickte, und ohne ein weiteres Wort führte er die drei Männer nach achtern. Fünf Minuten später waren sie hoch oben, sorgten dafür, dass das Großsegel gesetzt und das stehende Gut übers Masttopp geführt und gespannt wurde.

Drei Wochen lang wuchs die Takelage der *Elizabeth Galley* immer höher, während die Masten gesetzt wurden, laufendes Gut durch Blöcke gezogen und an den Nagelbänken belegt wurde. Gleichzeitig sank ihr Rumpf immer tiefer in den Fluss, da Wasser und Proviant an Bord kamen, dann ein Tabakfass nach dem anderen, alles, was auf Marlowe House in jenem Jahr geerntet worden war, dazu ein Großteil der Ernte seiner drei nächsten Nachbarn.

Marlowe setzte seine Rekrutierung fort, kümmerte sich um das Ausrüsten der Großen Kajüte und den Erwerb der

Gerätschaften, die sie zum Navigieren brauchen würden. Bickerstaff führte sorgsam Buch über alles, was an Bord kam. Dinwiddie beaufsichtigte das Verstauen, und Honeyman entpuppte sich, obwohl wortkarg und mürrisch, als kompetenter Bootsmann, so dass man ihm die Aufsicht über das Durchsetzen des stehenden Gutes und das Anstecken der Segel übertrug.

Elizabeth machte sich Sorgen, weil die Kosten für Proviant, Ausrüstung und all jene Dinge, die auf einem Schiff vonnöten waren, bevor es in See stechen konnte, unaufhörlich stiegen.

Marlowe versuchte sie zu beruhigen. Es wollte ihm nicht gelingen.

Am Abend vor ihrer Abreise fand sich Marlowe mit einer Schubkarre in Händen auf dem dunklen Rasen hinter Marlowe House wieder, mit Schaufel und Laterne. Er wunderte sich über sich selbst.

Alte Gewohnheiten legte er nur schwerlich ab, so auch seine Neigung zu Geheimnissen. Er dachte an einen Trick, den er oftmals auf See angewendet hatte; einen Treibanker schleppend, damit das Schiff langsamer fuhr, hatte er einem Feind oder Opfer einen falschen Eindruck von den Fähigkeiten des Schiffes vermittelt. Dann wurde der Treibanker gekappt, und plötzlich fuhr das Schiff mit unerwarteter Geschwindigkeit. Das nun war so ähnlich. Es ging um seine kleine Reserve.

Er schob die Karre einen Pfad im Wald hinunter, und als er von Marlowe House aus nicht mehr zu sehen war, zückte er seinen Zunderbeutel und steckte die Laterne an. Im schwachen Lichtschein bahnte er sich einen Weg den Pfad entlang zu jener Stelle, die er vor sechs Jahren zuletzt umgegraben hatte.

Sie war nicht leicht zu finden, denn Unkraut und Schösslinge waren darüber gewachsen, doch hatte Marlowe im Lauf der Jahre darauf geachtet, dass sie nicht völlig unter den Farnen verschwand.

Er stellte die Laterne ab und stach die Schaufel in den dunklen Boden. Fünf Minuten grub er, dann stieß er auf den Eisenkasten, den er dort einen Fuß tief begraben hatte. Er zog die Laterne näher heran und schaufelte, bis der Kasten frei lag.

Wieso habe ich Elizabeth nie etwas davon erzählt? Oder Francis?

Es war keine Frage des Vertrauens. Er traute beiden mehr als jedem anderen.

Vielleicht war es das. Er hatte nie jemandem vertraut, bis er den beiden begegnet war. Vielleicht kam er darüber nicht hinweg.

Er holte tief Luft, nahm den Griff des Kastens und zog daran. Erst dachte er, das Ding müsse irgendwo verhakt sein. Es wollte sich nicht von der Stelle rühren. Er versuchte es noch einmal, und diesmal gab es nach, wenn auch nur wenig, und er merkte, dass es ungeheuer schwer war, was ihn eigentlich nicht überraschen durfte. Noch einmal tief Luft geholt, dann kräftig gezogen, und der Kasten kam aus der Erde. Er hob ihn über den Rand des Loches hinweg und stellte ihn ab.

Er stand auf, streckte sich, schnappte nach Luft, verfluchte sein fortschreitendes Alter. Als er sich von der Anstrengung erholt hatte, kniete er sich neben den Kasten und zog die Laterne näher heran.

Das Ding war in geteertes Leinentuch gewickelt, nach wie vor unversehrt. Er zückte sein Messer, schnitt den Stoff auf und stellte erleichtert fest, dass der Kasten nicht durchgerostet war. Er sah noch genauso aus wie 1701, als er ihn vergraben hatte.

Er fischte den Schlüssel aus seiner Rocktasche und steckte ihn ins Schloss, welches sogleich aufsprang. Marlowe zog den Schlüssel ab und hielt inne, sah sich um, lauschte. Nur die Geräusche des nächtlichen Waldes waren zu hören. Er klappte den Deckel auf, hob die Laterne an.

Das Gold im Kasten schimmerte metallisch gelb, ein großer Haufen Gold. Einige Barren, meist aber Münzen, spanische Escudos, Dublonen und Dukaten aus venezianischer und spanischer Prägung. Es war nicht wichtig, woher sie kamen. Es war pures Gold.

Lange saß Marlowe da und betrachtete es. Vor ihm lag sein finanzieller Treibanker, und er stand kurz davor, die Leine zu kappen. Oft genug war er in den vergangenen, schweren Jahren versucht gewesen, den Kasten auszugraben. Doch hatte er dem Drang stets widerstanden, und sie hatten die Krise auch so überwunden.

Jetzt war es etwas anderes. Er war am Ende. Dieser Kasten enthielt alles, was von seinem Reichtum geblieben war, und wenn die bevorstehende Reise erfolglos verliefe, wäre es aus mit ihm.

Schon früher war er einmal so weit gewesen, so nah am Abgrund, doch das machte es nicht einfacher.

Er schloss den Kasten und verriegelte ihn, dann stand er auf. Mühsam hob er das schwere Ding auf die Karre. Er knurrte zwischen zusammengebissenen Zähnen hervor, spürte, wie in seinem Arm etwas knackte, und wusste, dass es am nächsten Morgen elend schmerzen würde.

Aber er schaffte es. Das Gold lag auf dem Karren, der letzte Rest seines Vermögens war ausgegraben und bereit, eingesetzt zu werden. Er stellte die Laterne neben den Kasten, legte die Schaufel dazu und machte sich wieder auf den Weg, den Pfad entlang, hinauf zum Marlowe House.

3

Roger Press lehnte sich in seinem samtenen Ohrensessel zurück und schob den silbernen Zahnstocher mit seiner Zunge im Mund herum. Er mochte das Gefühl von hartem, glattem Metall zwischen seinen Lippen. Der Zahnstocher war fast schon ein Teil von ihm, sein ständiger Begleiter. Er dachte gar nicht daran, während er damit zwischen den Zähnen an seinem Zahnfleisch herumstocherte, bis es blutete. Er mochte den Kupfergeschmack von Blut in seinem Mund.

In der Hand hielt er ein Glas mit Brandy. Er schob den Zahnstocher auf eine Seite, hielt ihn in der Wange und trank. Fabelhaft. Diese reichen Hundesöhne tranken das Zeug wie Wasser. Es mischte sich mit dem Blut in seinem Mund, lief ihm die Kehle hinab.

Groß und schlank war er, wenn auch nicht eben ansehnlich mit seinen großen Händen und Füßen, Gelenken wie Türknäufen, das Gesicht pockennarbig seit der Kindheit, die Zähne an den Rändern schwarz und oftmals schmerzend. Captain Roger Press bot keinen schönen Anblick. Und so machten es sich die anderen Männer im üppig ausgestatteten Salon in ihren Sesseln bequem, beschäftigten sich und wichen seinen Blicken aus.

In der drückenden Stille betrachtete er das Glas in seiner Hand, den messerscharfen Rand, die schier unglaubliche Zerbrechlichkeit des Glases. Er konnte es in seiner Hand zerdrücken, es zu tausend glitzernden Scherben explodieren lassen. Vermutlich würde das dünne Glas nicht einmal die Schwielen an seinen Händen durchschneiden.

Das würde sie überraschen.

»Captain Press…«, brach der Ältere das Schweigen. Sir Edmund Winston. Er war der Besitzer des Hauses, in dem sie saßen, ein prunkvolles Gebäude an der Pall Mall. Es war eines von einem halben Dutzend, das ihm gehörte, das Haus, in dem er wohnte, wenn er in London weilte.

Sir Edmund schwätzte irgendeinen Unsinn davon, wie dankbar sie seien, dass er kommen konnte. Press schob den Zahnstocher in seinem Mund herum und ließ seinen Blick durch den Raum schweifen. Dicker Samt an den Wänden, Porträts finster dreinblickender Winstons stierten auf den Eindringling herab. Ein Teppich lag auf dem polierten Eichenboden, einer von der Sorte, die er früher nicht zu betreten gewagt hätte.

Zehn Uhr abends. *Vier Glasen in der Nachtwache.* Er konnte sich nicht abgewöhnen, in diesen Zusammenhängen zu denken. Draußen war finstere Nacht, doch im Kronleuchter über ihren Köpfen steckten so viele Kerzen, dass der Raum hell erleuchtet war.

In diesem Salon steckt mehr Geld, als die meisten Menschen, die ich kenne, in ihrem ganzen Leben zu sehen bekommen.

Und er war der Ehrengast.

»Captain Press«, sagte ein anderer. Der Kerl hieß Hobkins. Ihm gehörte eine Zuckerplantage auf Jamaika, er machte große Geschäfte mit Sklaven und Seide aus dem Orient. Besaß mindestens ein Dutzend Schiffe. Roger riss seinen Blick von dem Silber los, das auf der Anrichte lag, und sah ihm in die Augen. Der Mann war ganz Seide, Rüschen und Doppelkinn.

»Captain, wie Ihr zweifelsohne wisst, repräsentieren wir hier einen Gutteil der Reeder, die Schiffe zwischen England und den Ländern der Mauren fahren lassen. Indien, die arabischen Länder, die Gewürzinseln. Wir denken daran, in den Chinahandel einzusteigen. Aber das soll natürlich nicht Eure Sorge sein.«

Press sah ihn lange unverwandt an, doch der Mann wollte mit keiner Wimper zucken. Er war nicht reich geworden, weil er schwach war.

Dennoch konnte Press das leise Unbehagen in seiner Stimme hören. Roger Press war kein subtiler Mensch. Er war nicht – wie diese Männer – durch Intrigen und Manipulation dorthin gekommen, wo er war. Er hatte sich nach oben gekämpft und gemordet, benutzte Menschen und ließ sie fallen, hatte seine gegenwärtige, traurige Berühmtheit dadurch erlangt, dass er kühner und niederträchtiger als die meisten war und alle anderen überlebt hatte. Er strahlte Gewalt aus, und das machte den Landratten Angst.

»Natürlich nicht«, gab Press ihm Recht.

»Unser Problem ist folgendes, und das nun dürfte für Euch von Interesse sein«, meldete sich ein anderer, William Richmond, zu Wort. »Wir sehen uns im Indischen Ozean den ungeheuerlichsten Angriffen ausgesetzt. Diese so genannten Freibeuter, die dort Maurenschiffe jagen. Der momentane Großmogul ist ein blutrünstiger Heide namens Aurangzeb. Er glaubt, die Kompanie würde mit diesen Piraten unter einer Decke stecken. Hat sogar unseren Verwalter und fünfzig unserer Männer ins Gefängnis gesteckt, bis man ihn umstimmen konnte.«

»Und diese Schurken jagen auch nicht nur die Mauren«, fuhr Winston fort. »Die Halunken greifen unsere Schiffe an. Britische Ostindienfahrer. Es ist die reine Piraterie, und diesem Treiben muss Einhalt geboten werden.«

»In der Tat.« *Schick einen Dieb, um einen Dieb zu fangen.* Press war ein ebensolcher Pirat gewesen wie jene auf Madagaskar, und diese Männer wussten es. Man hatte ihm beim Ausbruch des Krieges einen Kaperbrief ausgestellt, und er hatte als Freibeuter ein paar wertvolle Prisen genommen. Inzwischen war er ein gefragter Mann.

Nun, er würde ihr Geld nehmen, und dann konnten sie ihn am Arsch lecken. Ein für allemal.

»Die Marine ist einen Dreck wert«, fuhr Sir Edmund fort. »Zu beschäftigt mit den verfluchten Franzmännern, als dass sie sich um Piraten vor Madagaskar kümmern könnten. Wir müssen im Indischen Ozean ein Exempel statuieren. Ein Exempel für diesen Nigger Aurangzeb und diese verdammten Piraten. Wir müssen ihnen zeigen, dass wir diesen Unsinn nicht länger tolerieren.«

»Aber ich hatte gedacht, die Schiffe der Ostindischen Kompanie seien wie Kriegsschiffe bewaffnet.« Press ließ sich zu seiner ersten Bemerkung herab. »Das sollte doch eigentlich genügen, Piraten oder Mauren niederzuringen.« Es war eine Frage, deren Antwort er schon kannte. Aber er wollte, dass sie es sagten. Es würde seine unersetzliche Bedeutung noch verstärken.

»Die Schiffe der Kompanie sind wohl bewaffnet. Aber sie sind zu schwach, als dass es etwas nützen könnte. Ein Mangel an Ressourcen, schlimmer als nutzlos. Wir finden weder tatkräftige noch intelligente Männer für das Kommando und auch nicht genügend Leute, um sie wie Kriegsschiffe zu bemannen.«

Eigentlich wolltet Ihr sagen, dachte Press, *dass Ihr nicht genügend bezahlt, um sie wie Kriegsschiffe bemannen zu können.*

»Und da, Captain, kommt Ihr ins Spiel«, sagte Hobkins.

»Noch etwas Brandy, Sir?« fragte Sir Edmund.

»Ja.«

Sir Edmund schnippte mit den Fingern. Der Diener schenkte erst Press nach, dann den anderen Männern.

»Wir wollen unsere eigene Expedition zusammenstellen«, fuhr Sir Edmund fort und kam zum Kern der Sache. »Zwei Schiffe. Ein Kriegsschiff von angemessener Größe und einen Tender, ebenfalls bewaffnet. Das Kriegsschiff ist eine Fregatte, von der Marine erworben. Wir haben sie auf den Namen *Queen's Venture* getauft. Und wir sind im Besitz eines königlichen Auftrages, die Piraten zu jagen. Das gibt uns einigen Spielraum.«

»Wir denken, dass es sinnvoll ist, unsere Mittel zusammenzulegen und eine Expedition auszusenden, die wahrlich effektiv ist«, fügte Richmond hinzu.

Press nickte, nippte am Brandy. *Ihr seid ein Haufen knickriger Halsabschneider*, dachte er. *Ihr könntet eine verdammte Armada bauen, bei all dem Geld, das ihr besitzt. Ein altes Kriegsschiff und einen Tender! Immer noch wollt ihr billig davonkommen.*

»Wir glauben, dass Ihr der Mann seid, diese Sache anzuführen«, sagte Sir Edmund. »Niemand erwartet, dass Ihr die Schurken im Indischen Ozean gänzlich ausrottet. Aber wir wollen ihnen eine Lektion erteilen, versteht Ihr? Ihnen zeigen, dass sie nicht so sicher sind, wie sie sich fühlen. Jagt sie auf dem offenen Meer und folgt ihnen in ihre so genannten Festungen auf der Insel Madagaskar.«

»Und auf St. Mary's«, unterbrach Press. »Eine Brutstätte der Piraterie, dieses St. Mary's. Das darf man nicht vergessen.«

»Ja, ja, St. Mary's, natürlich. Ihr werdet bezahlt wie der Kapitän auf einem Ostindienfahrer, dazu erhaltet Ihr den doppelten Anteil am Beutegeld.«

»Fünfundzwanzig Prozent der Beute«, sagte Press.

»Fünfundzwanzig … nun, aber …« Sir Edmund plusterte sich auf, sah Hilfe suchend in die Runde.

Ihr fetten Schweinehunde, dachte Press. *Ihr wollt die Piraten vertreiben und euch noch am Beutegeld bereichern. Ihr tanzt auf beiden Hochzeiten, und ich soll die Drecksarbeit erledigen.*

»Ich weiß nicht, wie wir...«, sagte Sir Edmund in einem Ton, der keinen Widerspruch duldete.

»Fünfundzwanzig Prozent, oder ich wünsche euch allen einen guten Tag.« Er nahm den Zahnstocher zwischen Daumen und Zeigefinger, stach sich damit ins Zahnfleisch.

Weiteres Gemurmel, leise Besprechung, dann sagte Sir Edmund: »Also schön. Fünfundzwanzig Prozent.«

Press lächelte. »Sie sehen, Gentlemen, es scheint, als wäre ich noch immer ein Pirat!«

Dieser Scherz erntete nur vages Lächeln und ein paar unsichere Blicke. Press wusste, dass diese Männer ungern mit seinesgleichen verkehrten, obwohl er inzwischen ein reicher und berühmter Freibeuter war, obwohl seine Kleider fast so fein wie die ihren waren. Vermutlich würden sie, sobald er gegangen war, den Stuhl verbrennen, auf dem er saß, und das Glas wegwerfen, aus dem er getrunken hatte.

Sie verachteten ihn, fürchteten ihn. Vor fünf Jahren hätten sie ihn aufknüpfen lassen, wenn er vor die Richter gekommen wäre, die ihnen zu Willen waren. Doch jetzt brauchten sie ihn.

Es machte Press nicht das Geringste aus. Verachtet zu werden war für ihn nichts Neues.

Außerdem hätte er auch ihre zwei mickrigen Anteile genommen, falls sie fest geblieben wären. Auch das interessierte ihn nur am Rande. Entscheidend war, dass ihm diese dummen Hunde zwei bewaffnete Schiffe gaben, eine Privatarmee und die Erlaubnis der Regierung, im Indischen Ozean zu wildern.

Sie hatten explizit gesagt, dass er nach St. Mary's fahren sollte. Das allein war von Bedeutung.

»Also, Captain, wollt Ihr diesen Auftrag übernehmen?«

»Ja, Sir Edmund, ich denke, das werde ich tun.«

Die *Elizabeth Galley* passierte Spanish Point. Die Männer drängten sich an der Reling, die Offiziere und Elizabeth auf dem Achterdeck, als sich der Große Sund von Bermuda vor ihnen ausbreitete und sie Kurs in Richtung Osten nahmen, den Hafen von Hamilton ansteuerten.

Einer von Honeymans Leuten hockte mit dem Bleilot in den Bugsprietketten, ein anderer oben im Vormarsmast, von wo aus er nach Korallen Ausschau hielt. Es waren schweigsame Männer, nicht minder mürrisch als Honeyman, aber Seeleute durch und durch, und während der Ausrüstung des Schiffes und der Überfahrt nach Bermuda hatte Marlowe gesehen, dass er sich auf sie verlassen konnte.

»Wart Ihr schon mal auf Bermuda, Mr. Dinwiddie?«, fragte Marlowe den Ersten Offizier.

»Einmal, damals, '89. Wunderschöne Insel. Oft genug habe ich mit dem Gedanken gespielt, mich dort niederzulassen, kleines Geschäft aufzuziehen.«

Sie holten die Segel ein, Marlowe winkte Honeyman am Bug zu, und Honeyman gab Befehl, den Anker zu setzen. Dieser klatschte ins helle, blaugrüne Wasser des Hafens, und die *Elizabeth Galley* kam zum Stillstand.

Sie schossen einen Salut für Gouverneur Isaac Richier, den Marlowe nur vom Hörensagen kannte. Dinwiddie schickte Matrosen hinauf, die Segel verstauen sollten. Marlowe ließ Richier seine besten Grüße übermitteln, samt einem Empfehlungsschreiben von Gouverneur Nicholson. Das Boot kam mit einer Einladung zum Abendessen wieder.

»Mr. Dinwiddie, ich hoffe doch, Ihr begleitet uns zum Gouverneursdiner«, sagte Marlowe. Es war nur eine beiläufige Bemerkung, ohne größere Bedeutung, und so war Marlowe überrascht, als er feststellte, dass Peleg bei dem Gedanken in gewisser Weise unruhig wurde.

»Ein Diner, sagt Ihr? Beim Gouverneur?«

»Ja…«

»Hat er… Er hat doch sicher nicht explizit darum gebeten, dass ich Euch begleite?«

»Nein, nicht namentlich. Ich fürchte, so weit ist Euer Ruhm denn doch nicht vorgedrungen. Aber es hieß: ›Alle Offiziere, die Ihr gern mitbringen wollt‹, und Euch würde ich gern mitbringen.«

»Ach, so…« Peleg lächelte, dann runzelte er die Stirn, und schließlich tauchte er wortlos unter Deck ab, um irgendeiner nicht genannten Aufgabe nachzukommen.

Eine Stunde später klopfte er an die Tür der Großen Kajüte, in der sich Elizabeth und Thomas eben für das Diner umgezogen hatten. Sein Gesicht war puterrot, und er schwitzte unter einer ramponierten Perücke, die dringend gepudert werden musste und nicht ganz alles Haar bedecken konnte, das er darunter hatte verstauen wollen.

Er trug einen roten Wollrock, der offenbar für besondere Anlässe aufbewahrt wurde, denn deutlich war an den Falten zu erkennen, wie lange er im Schrank gelegen hatte. Seine Hosen waren etwas enger, als man sie sich gewünscht hätte, und die Unterschenkel steckten in schlichten Wollsocken. Er trug sein einziges Paar Schuhe, unförmig und abgewetzt; sein Versuch, sie zu putzen, hatte sie nicht wirklich schöner gemacht.

»Guten Abend, Captain. Mrs. Marlowe«, sagte er steif und förmlich, was sonst nicht seine Art war. »Ich hoffe, mein Erscheinungsbild kann unserem Schiff zur Ehre gereichen?«

Marlowe wusste nicht, was er sagen sollte. Peleg war ein erfahrener Offizier, ein guter Mann, und Marlowe betrachtete ihn als einen Freund. Er hätte sich denken können, dass Peleg nur ein schlichter Seemann war, dem bei förmlichen

Anlässen unbehaglich wurde und der kaum wusste, wie er sich verhalten sollte.

Er schüttelte den Kopf. *Was ist aus mir geworden?* Vor zehn Jahren hätte er nicht halb so viel gesellschaftliche Umgangsformen an den Tag gelegt, wie Peleg sie nun zeigte. Versoffen, verhurt und rauflustig, wie Marlowe, der Pirat, vor einem Jahrzehnt gewesen war, wäre er mit einem Gouverneur einzig in Kontakt gekommen, wenn er bei Gericht vor ihm gestanden und auf »nicht schuldig« plädiert hätte.

Und hier stand er nun, angetan mit maßgeschneidertem Seidenrock und bestickter Weste, Seidenstrümpfen, Schuhen wie poliertes Ebenholz mit Silberschnallen, und der Gedanke an dieses Diner beim Königlichen Gouverneur von Bermuda brachte ihn nicht mal ansatzweise in Verlegenheit.

Er wusste nicht, was er Peleg Dinwiddie sagen sollte.

Glücklicherweise war Elizabeth das personifizierte Taktgefühl. Sie wusste auf jedem Gebiet, wie ein Mann zu besänftigen war. Raschelnd in Seide und Taft, schwebte sie durch die Kajüte, dass das lange, blonde Haar in ihrem Rücken wehte. In dieser rauen Männerwelt des Schiffes war sie wie ein Licht, das durch eine dichte Wolkendecke drang.

Sie nahm Peleg bei den Schultern, musterte ihn von oben bis unten und sagte: »Peleg Dinwiddie! Ich hätte Euch kaum erkannt, und da denke ich die ganze Zeit, Ihr wäret nur ein schlichter Seemann!«

Peleg strahlte bei diesem Lob. Wenn sie wollte, konnte Elizabeth ehrlich wie ein Ministrant wirken, und Peleg bemerkte den Trick nicht einmal, als sie ihm den Rock von den Schultern schob und sagte: »Ich glaube, mein Steward hat das Eisen noch warm gestellt. Soll er am besten kurz damit über Euren Rock fahren und ihn ein wenig auffrischen … Thomas, hast du noch ein Paar Seidenstrümpfe?«

Nach einer halbstündigen Unterweisung, in der Elizabeth Peleg zu Thomas' Seidenstrümpfen und einem Paar Schuhe überredete und ihn davon überzeugte, dass er auch ohne Perücke gehen konnte (er wolle doch sicher nicht – so sagte sie – förmlicher als sein Kapitän erscheinen), nach einer halben Stunde also sah Peleg zwar nicht wirklich gut, aber zumindest nicht mehr wie ein Mann aus, über den man sich lustig machen wollte.

Francis Bickerstaff gesellte sich auf dem Hauptdeck zu ihnen, wie üblich konservativ gekleidet. Marlowe sah, dass er Dinwiddie von Kopf bis Fuß in Augenschein nahm, mit einem einzigen Blick, und obwohl sich seine Miene nicht veränderte, wusste Marlowe doch, dass sein Freund die ganze Geschichte mit diesem einen Blick durchschaute.

Sie nahmen das Beiboot zum Anleger hinüber, mit Honeyman als Bootsführer. Er lenkte es an den flachen, steinernen Pier, und Marlowe stieg aus, reichte erst Elizabeth die Hand, dann Bickerstaff und Dinwiddie.

Marlowe gab Honeyman Anweisung, wann er zurück sein sollte, ermahnte ihn ernst, die Mannschaft von den Tavernen und den Bumbooten fernzuhalten, die Rum verkauften. Das alles hörte sich Honeyman nickend und mit einem halbherzigen »Aye, Sir« an.

Eine Kutsche des Gouverneurs holte sie am Pier ab und fuhr sie durch die engen Pflasterstraßen, an denen eingeschossige, stuckverzierte Häuser standen, mit Balkonen, die auf sie herunterblickten, geschmückt mit farbenfrohen Blumen in Kästen. Es wirkte eher spanisch als englisch und war hübsch anzusehen.

Endlich kamen sie zum Haus des Gouverneurs hoch oben auf dem Hügel, der einen Blick über den Ort und den Hafen von Hamilton bot. An der Tür begrüßte Gouverneur Isaac Richier sie höchstpersönlich, korpulent und rotgesichtig, doch voller Überschwang. Das Empfehlungsschreiben Gouverneur Nicholsons kam ihnen sehr zugute.

Richier führte sie in seine Villa, deutete auf dies und das, rief Diener, die Getränke, Speisen, Stühle bringen sollten.

Sie dinierten zwei Stunden lang, von der Suppe bis zu Brandy und Pfeifen, bei denen sich Elizabeth schließlich widerwillig mit der Gattin des Gouverneurs zurückzog und die Männer allein ließ. Es war ein freundliches Beisammensein, ein köstliches Mahl, die Gespräche waren lebhaft, wenn auch ohne tiefere Bedeutung.

Richier war ein gewandter Gastgeber, hielt das Gespräch im Fluss, wobei ihm Marlowe eine große Hilfe war, da er nur allzu gern sein Seemannsgarn spann, und mochte Bickerstaff auch nicht eben als redselig gelten, so war er doch mit erstaunlich vielen Themen vertraut. Selbst Dinwiddie nahm daran teil, schwankte zwischen anfallsartiger Redseligkeit und schweigsamer Konzentration auf sein Essen.

Es war fast Mitternacht, als sie sich verabschiedeten. Entspannt plaudernd traten sie in das große Foyer im Haus des Gouverneurs. Als die Kutsche direkt vor den hohen Eingangstüren rumpelnd zum Stehen kam, sagte Marlowe: »Gouverneur, ich würde Euch gern morgen früh um eine Audienz ersuchen. Es gibt so manches hinsichtlich der *Elizabeth* Galley, was ich gern mit Euch besprechen würde.« Lächelnd sah er Richier an. »Zu langweilig, um die Anwesenden damit zu belästigen.«

»Selbstverständlich. Ich stehe jederzeit zu Eurer Verfügung«, sagte Richier.

»Sagen wir zehn Uhr?«

»Elf Uhr wäre vielleicht besser, falls es Euch nicht ungelegen kommt.«

»Dann also elf Uhr.«

Die Kutsche brachte sie durch die inzwischen dunklen

Straßen zum Anleger zurück, wo das Beiboot schon wartete, die Riemen bereit, die Bootsmannschaft in leises Gespräch vertieft.

Marlowe stieg ein, suchte mit Adlerblick, ob einer der Männer betrunken sein mochte, schnüffelte nach Rum, doch fiel ihm nichts dergleichen auf. Offenbar hatte Honeyman Wort gehalten. Er hatte der Versuchung der nahen Tavernen widerstanden und auch seine Männer dazu angehalten. Einen solchen Test hätten nicht viele Seeleute bestanden.

Sie ließen sich im Heck des Bootes nieder, Honeyman gab leise einen Befehl, und die Mannschaft legte sich in die Riemen, nahm Kurs auf die *Elizabeth Galley*. Lange blieb alles still, dann sagte Peleg Dinwiddie mit einer Stimme, die klang, als könne er sich kaum noch beherrschen: »Verdammt noch eins, wenn das keine verflucht feine Gesellschaft war! Bitte um Verzeihung, Mrs. Marlowe.«

Nach dem Frühstück am folgenden Morgen gingen die drei Männer an Land. Marlowe hatte mit Dinwiddie und Honeyman besprochen, wie der fehlende Proviant zu beschaffen und die noch fehlenden Seeleute am leichtesten anzuheuern wären.

Dinwiddie machte sich auf den Weg, mit Schiffsausrüstern zu feilschen, den wenigen, die es in dem kleinen Ort Hamilton gab. Honeyman gab keine nähere Auskunft darüber, wo er nach Männern suchen wollte, und daher vermutete Marlowe, dass er wohl Tavernen und Bordelle ansteuern würde.

Marlowe selbst begab sich zur Villa des Gouverneurs.

Er fand ihn in seinem Büro, einem hohen Raum, weiß getüncht, mit Fenstern vom Boden bis zur Decke, die dem Bewohner einen grandiosen Blick über die Insel gewährten, welche er regierte. Er stand auf und schüttelte Marlowe die

Hand, sie begrüßten einander, und Marlowe dankte ihm noch einmal für das Abendessen.

»Ich freue mich, Euch hier zu haben, ich freue mich«, versicherte ihm der Gouverneur und deutete dabei auf einen Stuhl vor seinem Schreibtisch. Marlowe nahm Platz, und auch der Gouverneur setzte sich.

»Ihr sagtet ›so manches‹, gestern Abend. Benötigt Ihr etwas für Euer Schiff, bei dessen Beschaffung ich Euch behilflich sein könnte?«

»Möglicherweise«, sagte Marlowe. »Was Proviant und dergleichen angeht... darum kümmert sich mein Erster Offizier. Eines jedoch dürfte wohl eher Eure Domäne sein...«

Marlowe lehnte sich zurück, schlug die Beine übereinander, gab sich entspannt. Seit Wochen hatte er diesen Augenblick geplant, war jedoch nach wie vor nicht sicher, was er tat.

Er hatte Elizabeth nicht belogen, wenn er sagte, er wolle ihr die Insel zeigen, doch das allein hätte einen Besuch dort nicht gerechtfertigt.

Tatsächlich hatte er Peleg und Bickerstaff belogen, als er sagte, er könne in Norfolk nicht genügend Seeleute finden. Absichtlich hatte er nicht ausreichend Tauwerk und Pökelfleisch für die Reise erworben, hatte behauptet, er könne dergleichen in den Kolonien nicht finden, sie müssten es auf Bermuda beschaffen. All diese Lügen, allein um in diesem Augenblick nun hier zu sitzen.

Was tue ich da?

»Wir bringen Tabak nach London, wie Ihr wisst. Haben uns eine dieser Genehmigungen beschafft, ohne den Konvoi segeln zu dürfen. Aber ich hatte auch daran gedacht, später nicht gleich nach Virginia heimzukehren. Ich dachte, da wir uns im Krieg befinden, wäre wohl ein wenig Freibeuterei angezeigt...«

»Freibeuterei, o ja!« Der Gouverneur warf die Hände in die Luft. »Alle Welt will auf Kaperfahrt gehen und meint, sie könne damit reich werden.« Er legte seine Handflächen auf den Schreibtisch, sah Marlowe in die Augen. »Ich vermute, Ihr wollt einen Auftrag. Natürlich steht es mir wie jedem anderen Gouverneur des Königs zu, einen solchen Auftrag zu erteilen. Und ich muss schon sagen, ich wünschte, es wäre mir möglich.

Ich sehe, Ihr seid ein Gentleman, Sir, nicht wie diese anderen Schurken. Die bekommen einen Kaperbrief, und schon heißt es ›Auf nach Madagaskar!‹, und sie überfallen jedes Schiff, das ihren Weg kreuzt. Nein, mein lieber Marlowe, ich fürchte, die Regierung hat genug von den Freibeutern, und man würde es sicher nicht gutheißen, wenn ich einen weiteren solchen Brief ausstellen würde.«

Koketter Mistkerl, dachte Marlowe. Er griff in seine Rocktasche, zog einen Lederbeutel hervor, der schwer genug war, dass er als brauchbare Waffe gelten konnte. Er hob ihn an, eine Sekunde lang, dann ließ er ihn auf den Schreibtisch des Gouverneurs fallen. Der Beutel gab ein dunkles Klimpern von sich, unverkennbar Goldmünzen.

»Natürlich«, sagte Thomas, als hätte Richier gar nichts gesagt, »weiß ich, dass gewisse administrative Kosten für ein solches Dokument zu begleichen sind ...«

Während der folgenden zehn Minuten sprachen sie kein Wort. Marlowe blickte aus einem der hohen Fenster auf den hübschen Hafen, die *Elizabeth Galley* lag dort unten wie ein Spielzeug, während Gouverneur Richier den Kaperbrief ausstellte.

4

Sie brauchten vier Wochen bis nach England, nachdem die *Elizabeth Galley* den Hafen von Hamilton hinter sich gelassen und Marlowe als Kurs einen großen Bogen über den Atlantik eingeschlagen hatte.

Etwas traurig ließen sie die traumhaft schöne Insel hinter sich. Ihr Aufenthalt hatte fünf Tage gedauert, an denen sie Proviant genommen und den Matrosen Gelegenheit zum Landgang gegeben hatten, so dass sie Zeit bekamen, eine gewisse Verbundenheit mit der Insel zu entwickeln. Thomas und Elizabeth waren täglich zu Gast beim Gouverneur, einem erfahrenen Gastgeber, und Richier lud auch Bickerstaff und Dinwiddie bei noch zwei weiteren Gelegenheiten ein.

Ausgerechnet Dinwiddie schien es das Herz zu brechen, als sie in See stechen mussten. In den fünf Tagen, die sie vor Anker gelegen hatten, war er nicht mehr der tatkräftige, arbeitsame Mann gewesen. Er schlenderte an Deck herum wie ein feiner Herr auf seiner Jacht, schwelgte in Erinnerungen an sein Diner beim Gouverneur, beschrieb den Matrosen die Villa, gab Gesprächsauszüge zum Besten. Den Großteil der Arbeit überließ er dem starrsinnigen William Flanders, seines Zeichens Zweiter Offizier, und Honeyman, dem Bootsmann.

Honeyman zumindest schien sich nicht daran zu stören, schien Dinwiddies seltsames Benehmen nur als weitere Zumutung zu betrachten, die ihm das Leben aufbürdete.

Duncan Honeyman war merkwürdig, für Marlowe nicht recht zu begreifen. Er besaß sämtliche Attribute eines Querulanten, eines trübsinnigen Unruhestifters, nur arbeitete er wie ein Stier und brachte jeden seiner Leute dazu, es ebenso zu tun.

An seiner Arbeit als Bootsmann gab es nichts auszusetzen.

Ebenso wenig wie an seinen Rekrutierungsbemühungen. Er ging an Land und kam erst anderthalb Tage später wieder, so dass Marlowe schon energisch sein Missfallen darüber kundtun wollte, doch Honeyman stand mit fünf erstklassigen Seeleuten im Schlepptau auf dem Pier, und Marlowe stellte sein Vorgehen nicht länger in Frage.

Fünf Tage, dann machten sie das Spill klar, holten den Anker vom Grund und stachen in See, wobei sich ihre Herzen noch nach dem schönen Bermuda sehnten und ihre Köpfe von den Ausschweifungen schmerzten, denen sie sich hingegeben hatten.

Mit jeder Meile ihrer Reise verwandelte sich Dinwiddie, der Gast des Gouverneurs, wieder in Dinwiddie, den Ersten Offizier, den Mann, den Marlowe so zielstrebig angeheuert hatte. Ein Mann, dessen Gespräch mit der Mannschaft nicht aus Beschreibungen von Diners bestand, sondern aus strengen Befehlen, das gottverfluchte Großsegel durchzusetzen, ihr elenden Schlappschwänze, wenn ihr euch vielleicht um eure Arbeit kümmern würdet, das Großsegel sieht aus, als wenn jemand seine Wäsche zum Trocknen aufgehängt hat…

Vier Wochen pflügten sie durch den Atlantik, ohne ein fremdes Segel zu sehen, und ihnen begegnete nichts Schlimmeres als zwei Tage heftigen Regens und unangenehmer, schwerer See, die ihr Fortkommen verlangsamte. Die *Elizabeth Galley* lief mit sechs bis sieben Knoten, hielt östlichen Kurs.

Vier Wochen, und Francis Bickerstaff, der einiges Geschick in astronomischer Navigation entwickelte hatte, nahm eine abendliche Höhe und verkündete, falls der Wind hielte, müsse der Lizard Rock am nächsten Tag zu sehen sein.

Während des Mittagessens am nächsten Tag rief der Ausguck im Masttopp, es sei Land in Sicht, backbord voraus. Als der Abend dämmerte, war dieser Fels, der Seeleuten, die vor der Küste Südenglands fuhren, wohlbekannt war, von Deck aus deutlich zu erkennen.

Es herrschte Verkehr, von Küstenschiffen über Fischerboote bis zu Hochseehandelsschiffen, Ostindienfahrern und Galeonen der Marine. Vier Tage brauchten sie, die Küste zu umfahren, durch die Straße von Dover zu gelangen, Foreness Point in Luv zu passieren, wo sie auf östlichen Kurs gingen und die breite Mündung der Themse ansteuerten.

Marlowe stand auf dem Achterdeck, Elizabeth an seiner Seite, und deutete im Vorüberfahren auf verschiedene Landmarken, gab Geschichten seines Lebens auf See zum Besten, wenn der eine oder andere Ort Erinnerungen weckte. Er hatte genügend Zeit in diesen Gewässern verbracht, dass sie ihm vertraut waren, wenn auch nicht sehr gut. Er kannte die Themse nicht, wie er Jamaika oder New Providence auf Tortuga kannte. Auf der Themse jedoch war er gesetzestreu zur See gefahren, und diese Geschichten konnte man in der Öffentlichkeit erzählen.

»Da liegt Gravesend«, sagte er, deutete über die Backbordreling. »Da bin ich geboren.«

Elizabeth sah zu dem kleinen Häufchen von Häusern hinüber, das sich am schmutzigen Ufer drängte, dann wandte sie sich um und schlang die Arme um ihren Mann. »Das wusste ich nicht«, sagte sie sanft. »Woher hätte ich es wissen sollen?«

»Mir steht nicht der Sinn danach, es breitzutreten.«

»Ein so großer Teil deines Lebens, eine ganze Welt, bevor wir uns begegnet sind.«

Marlowe zog sie fester an sich. »Mein Leben hat begonnen, als ich dir begegnet bin. Alles vorher war nur ein Prolog, wertlos, nutzlos.«

Seine Worte waren keine Schmeichelei, und Elizabeth wusste es.

Sie ankerten bei Flutwechsel, und zwölf Stunden später waren sie wieder unterwegs, arbeiteten sich den Fluss hinauf, der immer schmaler, immer voller wurde, immer schmutziger mit jeder Meile.

Für Thomas, Elizabeth und Francis war es sehr seltsam, diese altbekannten Ufer vorübergleiten zu sehen, während um sie herum London aus dem Boden wuchs.

Jeder von ihnen hatte einige Zeit in dieser Stadt verbracht, lange bevor das Schicksal sie zusammenführte. Jeder hatte seine eigenen Erinnerungen, seine eigenen Gefühle, als er das gute, alte London wieder sah. Sie waren vertraut miteinander, vertraut mit der Stadt, aber irgendwie passte beides nicht zusammen, als zwänge man zwei völlig getrennte Leben in eines.

»Wie fremd es mir erscheint«, flüsterte Elizabeth. »Wahrscheinlich ist aus mir ein Mädchen vom Lande geworden. Ich kann gar nicht fassen, dass es Menschen gibt, die an einem solchen Ort leben wollen.« Sie lächelte. »Ehrlich gesagt, dachte ich das auch, als ich die Wildnis von Virginia zum ersten Mal gesehen habe, sechs Wochen, nachdem ich diesen Fluss entlanggesegelt war.«

Sie erreichten das Zentrum Londons, wo sich die Schiffe vor der London Bridge zu stapeln schienen, wie Geröll, das sich an einem Damm verfing. Vier, fünf Schiffe lagen nebeneinander am Anleger vertäut, ein hoch aufragender Wald von Masten, an jeder freien Stelle festgemacht; es blieb gerade noch genug Platz, dass sich die ankommenden Schiffe durch den schmalen Kanal in der Mitte des Stromes fortbewegen konnten. Zwischen diesen huschten – wie eifrige Diener – unzählige kleinere Ruder- und Segelboote umher.

So mächtig die Themse auch war, wirkte sie doch für Menschen, die an den großen Flüssen Virginias lebten, dem James River, dem York River und dem Rappahanock, nicht sonderlich eindrucksvoll, und es schien, als ließe sich kein einziges Schiff mehr in diesen Hafen zwängen.

Schließlich fanden sie genügend Platz, um die *Elizabeth Galley* festzumachen und sie sowohl bei Hoch- als auch bei Niedrigwasser an Ort und Stelle zu halten.

Eine Reihe von Aktivitäten folgte, die Segel wurden verstaut, die Luken aufgebrochen, und dann war alles still, und Elizabeth und Thomas konnten die Stadt von ihrem Platz an Deck aus betrachten.

Finster, dreckig, laut. Einstmals vertraute Gerüche von Abwasser und Rauch, Küchen und Schmieden, Pferden und stinkenden Fluten umgaben sie wie eine Wolke. Die Aufregung, die sie in jüngeren Jahren empfunden hatten, wenn sie sich inmitten dieses geschäftigen Treibens am Ufer wiederfanden, war nicht mehr die Gleiche. Jetzt wollten sie nur noch ihre Geschäfte erledigen und wieder in See stechen.

Honeyman und Dinwiddie gingen an Land und beschafften einen Leichter, während Flanders das Entladen vorbereitete. Am nächsten Morgen kam der Leichter längsseits, ein breiter Kahn mit flachem Boden, von langen Rudern angetrieben, und die Männer der *Elizabeth Galley* machten sich mit Rah- und Stagtaljen ans Werk. Sie hievten an und schwenkten aus, setzen ein Tabakfass nach dem anderen ab.

Es dauerte fast den ganzen Tag, den Tabak von der *Galley* auf den Kahn zu hieven. Während diese Arbeit durchgeführt wurde, kontrollierte Elizabeth die Geschäftsbücher, die Frachtpapiere, machte Inventur.

»Denk daran, es ist in keiner Weise illegal, unseren Tabak hier anzulanden«, erklärte Marlowe. »Genehmigungen, ohne Eskorte fahren zu dürfen, gehen den Burschen nichts an, und lass dir nichts anderes erzählen. Wir sind dem Konvoi mindestens einen Monat voraus. Unsere Ladung sollte doppelt so viel einbringen wie im letzten Jahr. Und keine Kreditbriefe. Bargeld. Er hat es sicher bei sich. Lass dich nicht herunterhandeln.«

Elizabeth schlug ihr Rechnungsbuch zu, sah verärgert zu Thomas auf: »Verdammt noch eins, Thomas, wenn du so sicher bist, dass mir ein Fehler unterläuft, geh doch selbst zu dem verfluchten Händler!«

»Ich? Welch absurde Idee! Elizabeth, ich habe dir oft genug gesagt, dass ich mich im Hafen nicht blicken lassen kann, nicht hier in London! Meine Güte! Wo würde ich eher auf ein altbekanntes Gesicht treffen? Möchtest du mich als Piraten hängen sehen?«

»Wenn du nicht den Mund hältst, werde ich dich noch selbst aufknüpfen.«

Bevor er etwas erwidern konnte, klopfte es höflich an der Tür der Großen Kajüte, und Peleg Dinwiddie meldete, der Leichter sei zum Ablegen bereit. Es war früher Abend, und Nebel legte sich über den Fluss, so dass das gegenüberliegende Ufer in braune und graue Farben gehüllt war.

Elizabeth legte ihre wollene Jacke um die Schultern, nahm ihre Bücher und folgte Dinwiddie an Deck, Marlowe im Schlepptau. Dunkel und feucht war es dort oben im Nebel, als die drei zur Gangway liefen.

Man hatte Dinwiddie, Flanders und Honeyman eingeweiht, und die Nachricht, dass Marlowe wegen Piraterie gesucht wurde, war unter den Männern weitgehend bekannt. Marlowe erklärte ihnen, er sei nichts ahnend im Roten Meer in ein Komplott verwickelt worden, das mächtige Männer der Regierung angezettelt hätten. Sollte davon etwas durchsickern, würden diese Leute ihm die Schuld zuschieben, ihn beschuldigen, Piraterie betrieben zu haben, um sich selbst zu retten.

Natürlich war das Ganze ein Märchen, wenn auch recht glaubwürdig, ein Schicksal, ähnlich wie es auch Captain William Kidd ereilt hatte. Dinwiddie und Flanders schienen die Geschichte hinzunehmen und fragten nicht weiter nach. Honeyman nickte, zuckte mit den Schultern, als bräuchte er keine Erklärung und kümmere sich nicht darum, weshalb sein Kapitän nicht an Land gehen konnte.

Marlowe blieb an der Gangway stehen, legte seine Hände auf Elizabeths Schultern. »Du wirst es großartig machen. Ich zweifle keinen Augenblick daran«, sagte er und küsste sie, dann half er ihr zu Dinwiddie hinunter, der bereits an Deck des Leichters stand.

Er sah, wie die Matrosen auf dem Leichter vorn und achtern Segel setzten, sah, wie die sanfte Brise den Kahn von der Bordwand der *Galley* trug, und empfand tiefe Scham darüber, dass er sich verkroch, während seine Frau an Land ging und seine Arbeit tat. Er bereute, sein Leben auf eine Art und Weise zugebracht zu haben, dass er sich in Londons Hafen nicht mehr blicken lassen konnte.

Anderthalb Stunden später war es fast dunkel, als ein gemietetes Boot mit Elizabeth und Peleg an Bord wiederkam. Marlowe wartete an der Gangway, konnte es kaum erwarten, von Elizabeths Triumph zu hören. Doch als sie mit finsterer Miene die Außenbordtreppe erklomm, die Augenbrauen zornig zusammengeschoben, wie er es nur allzu gut von ihr kannte, wusste er, dass sie ihm gleich etwas ganz anderes erzählen würde.

»Was ist passiert?«, fragte er, während er noch seine

Hand ausstreckte, um ihr durch die Öffnung im Schanzkleid zu helfen.

»Der Mistbock will nicht erlauben, dass ich den Handel abschließe«, sagte sie. »Ein dummer, kleiner Mann. Er sagt, da die Ladung auf deinen Namen ausgestellt sei, müsstest du auch die Kaufverträge unterzeichnen.«

»Aber ich habe die Ladung auf deinen Namen überschrieben. Du bist meine Bevollmächtigte.«

»Für den Tabak, der dir gehört, ja. Der war nicht das Problem. Es geht um die Ernte, die unsere Nachbarn uns anvertraut haben. Offensichtlich kannst du den Frachtbrief dafür nicht überschreiben, da es sich nicht um dein Eigentum handelt. Ein dummer, kleiner ...«

»Hast du denn wenigstens einen guten Preis ausgehandelt?« Marlowe brauchte ein Licht am Horizont, während er nach einem Ausweg suchte.

»Ja, ja, sehr gut ...«, sagte Elizabeth, doch schon trat Peleg durch die Gangway und sagte: »Oh, sie war einfach großartig, Captain! So etwas habe ich noch nie erlebt, in meinem ganzen Seemannsleben nicht! Hat den Hundsfott durch den Wolf gedreht und pro Pfund um die Hälfte mehr bekommen als in unserem besten Jahr vor dem Krieg!« Er strahlte vor ehrlicher Bewunderung.

»Was es uns nützen soll, weiß ich nicht. Wir können den Tabak, der uns nicht gehört, nicht verkaufen, und er wird verdorben sein, bis wir ihn wieder nach Virginia bringen. Wir selbst werden Gewinn machen und unsere Nachbarn ruinieren. Nein, es wird nicht gehen. Thomas, ich bin ratlos.«

»Himmelherrgott noch mal«, sagte Marlowe verzweifelt. Und alles, weil er zu feige war, zweihundert Meter zu rudern und hundert weitere zum Lagerhaus zu laufen, um ein paar Papiere zu unterschreiben? Es war absurd.

»Ich werde an Land gehen, die verdammten Papiere unterzeichnen und es hinter mich bringen«, sagte Marlowe.

Elizabeth sah auf, überrascht und erschrocken. »Nein, Thomas, das ist unmöglich. Das kannst du nicht machen.«

Dinwiddie nickte. Die Sorge auf seiner Miene ließ ihn wie einen großen Hund aussehen, mit Hängebacken, von der sabbernden Sorte.

»Selbstverständlich kann ich. So ein Unsinn, dieses Herumschleichen wie ein Angsthase. Es ist Nacht, wir haben Nebel, ich spreche nur, wenn ich muss, unterschreibe die verdammten Papiere und verschwinde wieder. Da gibt es nichts zu fürchten. Mr. Dinwiddie, seid so gut und sorgt dafür, dass die Gig klargemacht und eine Bootsmannschaft eingeteilt wird.«

»Aye, Sir«, grollte Dinwiddie und schlurfte davon. Marlowe sah Elizabeth lange in die Augen und hörte all die Argumente, die in ihrem Kopf heranwuchsen.

»Es wird schon gut gehen, Liebste«, sagte er sanft, wehrte alle Argumente ab.

Marlowe ging nach unten, um Rock, Hut und Klinge zu holen. Als er fünf Minuten später wieder an Deck kam, schwankte die Gig schon an der Außenbordtreppe, vier Mann an den Riemen und Honeyman am Ruder. Marlowe sah, dass sie bewaffnet waren, wenn auch diskret, mit Pistolen unter ihren Jacken und Entermessern, in Tuch gewickelt, am Boden des Bootes. Mr. Dinwiddies Sorge und weise Voraussicht.

Marlowe ging zuerst, dann stieg Elizabeth nach ihm hinunter, und er half ihr bei dem schwierigen Schritt ins Boot, während sich Honeyman und die anderen Männer diskret abwandten. Als sie ihre Plätze im Heck eingenommen hatten, stieß der Mann am Bug ab, und langsam ruderte das Boot durch den Verkehr.

»Seht Euch das an.« Marlowe nickte zu einem Schiff hin, unter dessen hohen Heckaufbauten sie eben hindurchkamen, lenkte Honeymans Aufmerksamkeit darauf. »Was haltet Ihr davon?«

Honeyman blickte auf, musterte das Schiff kritisch, mit seemännischem Blick. »*Queen's Venture...*«, las er die vergoldete Schrift unter den großen Heckfenstern. »Eine Fregatte. Ältere Fregatte, aber sie trägt die Flagge eines Ostindienfahrers. Sieht aus, als würde sie für eine kleine Reise bereitgemacht.«

Das stimmte allerdings. Sie sah aus wie ein Schiff, das bald in See stechen sollte, nicht wie ein Kahn, der gerade heimgekehrt war. So weit zu erkennen, lag auf den Decks alles Mögliche, was noch verstaut werden sollte. Doch davon abgesehen, sah sie Furcht erregend aus mit ihrer langen Reihe geschlossener Geschützpforten, die von erheblicher Feuerkraft kündeten.

»Mmh«, machte Marlowe, mehr nicht. Dieses Schiff war sonderbar, aber nicht seine Angelegenheit.

Schließlich legten sie vor den feuchten Granitstufen an, die aus dem Wasser ragten und durch eine Lücke in der Hafenmauer hinauf zu der Straße führten, die dort am Fluss entlang verlief. Wieder stieg Marlowe zuerst aus und reichte Elizabeth die Hand. Gemeinsam erklommen sie die rutschige Treppe, und Marlowe sagte: »Du musst mir den Weg zeigen, meine Liebe, denn du kennst dich hier in den Straßen aus.«

Als sie oben ankamen, lallte eine barsche Stimme: »Habt Ihr Gepäck, Herr, das ich für Euch tragen könnte?«

Ohne nachzudenken, wandte sich Marlowe um und sagte: »Nein, mein Freund, wir kommen nur...«

Blicke trafen sich, Marlowes und die des alten Mannes. Ein faltiges, lederiges Gesicht, eine breite Narbe über die ganze Wange. Es war klar, dass dieser Mann ein Seemann sein musste, oder zumindest einer gewesen war. Sie schauten sich an, und es geschah etwas zwischen ihnen.

Es war kein Wiedererkennen, nicht auf Marlowes Seite, nur eine vage Vertrautheit. Im trüben Licht der Laternen, im Nebel, der nun immer dichter wurde, sahen sie einander für eine Sekunde – den Bruchteil einer Sekunde – in die Augen. Dann fuhr Marlowe eilig herum, nahm Elizabeth beim Arm und eilte die Straße hinunter.

Das ist doch verdammt noch mal nicht möglich, dachte er. *Das erste gottverfluchte Gesicht, dem ich begegne?*

Es war nichts, nur seine Einbildung, so sagte er sich selbst. Alte, gebrochene Seeleute sahen alle gleich aus. Er hatte ein halbes Dutzend Männer gekannt, die aussahen wie dieser alte Bettler.

Aber diese Augen, diese Narbe. Er versuchte, dieses Gesicht zwanzig Jahre jünger zu machen, es dorthin zu versetzen, wo er es vielleicht zuletzt gesehen haben mochte.

Es war doch nicht möglich... nicht gleich der erste Mensch, der ihm über den Weg lief! Er trieb Elizabeth die gepflasterte Strasse entlang, bis sie ihn bitten musste, langsamer zu gehen, und ihn fragte, was denn los sei.

»Es ist nichts, Liebste, rein gar nichts. Ich denke, ich will es nur hinter mich bringen. Und ich fürchte, das Büro des Händlers könnte schon geschlossen sein. Weißt du, wann er schließt?«

»Neun Uhr. Uns bleibt noch mindestens eine Stunde«, sagte Elizabeth.

Marlowe warf einen Blick über seine Schulter, doch sah er nur Dunkelheit und Nebel und den seltsam matten Lichtschein von Laternen.

Endlich erreichten sie das Büro des Händlers, welches lediglich ein abgetrennter Bereich im vorderen Teil eines gigantisch großen Lagerhauses war. Man hatte hohe Schreibpulte für die Buchhalter aufgestellt und den wichtigeren Angestellten einige Büros eingerichtet.

Sie traten durch die Tür in den hell erleuchteten Lärm. Boten und Stauer und Schreiber eilten umher, hohe Stapel von Fässern und nicht zu identifizierenden Bündeln ragten im Dunkel am hinteren Ende des großen Raumes auf.

Ein Sekretär empfing sie an der Tür. Sowohl er als auch seine Kleidung hatten etwas Welkes an sich. »Kann ich Euch helfen?«, fragte er, und dann: »Ach, Mrs. Marlowe, natürlich. Und das dürfte dann wohl …«

»Captain Marlowe«, sagte Elizabeth knapp. »Er ist gekommen, um die Kaufverträge zu unterzeichnen, und ihm steht nicht der Sinn danach, auch nur einen Augenblick mit irgendwelchem Unsinn zu vergeuden.«

»Selbstverständlich«, sagte der Sekretär, ließ seinen Blick über Marlowe schweifen, schien herausfinden zu wollen, wie weit sich dieser treiben ließe. »Lasst mich Mr. Dickerson darüber informieren, dass Ihr hier seid.«

Der Sekretär verschwand in einem der Büros und kam einen Moment später wieder zurück, sagte: »Mr. Dickerson hat mir aufgetragen, Euch mitzuteilen, wie dankbar er für Euer persönliches Erscheinen ist, und er wird Euch zu Diensten stehen, sobald er seine momentane Tätigkeit beendet hat.«

»Nun gut«, sagte Marlowe in einem Ton, der verriet, dass es ihm ganz und gar nicht gefiel. Er knöpfte seinen Rock auf, verschränkte die Arme, sah Elizabeth mit hochgezogenen Augenbrauen an, und sie warteten schweigend.

Fünf Minuten, zehn Minuten, und keine Spur von Dickerson.

»Dieser Misthund«, flüsterte Elizabeth. »Das macht er, weil er sich über den Preis ärgert, den ich ausgehandelt habe. Ich denke, er hatte sich einen ordentlichen Reibach versprochen, wenn du nicht gekommen wärst.«

»Wenn er uns nicht gleich empfängt, wird ihm sein Reibach nichts mehr nützen. Ich werde ihm die Kehle durchschneiden«, murmelte Marlowe. Er war ärgerlich und besorgt und wollte weg, alles gleichzeitig.

Und dann ging die Tür auf, und Straßenlärm übertönte die dumpfen Geräusche im Büro. Marlowe drehte sich um, und dort in der Tür stand Roger Press.

Er trat ein, hinter ihm zwei weitere Männer, große, grob wirkende Kerle, deren Hände auf den Griffen ihrer Entermesser ruhten. Marlowe würdigte sie keines Blickes.

Er sah nur Press, der ganz entspannt dort stand, mit verschränkten Armen, wie er den silbernen Zahnstocher mit der Zunge hin und her schob und Marlowe ansah.

Lang, schlaksig, pockennarbig und – für Marlowe unerklärlich – noch am Leben: Roger Press. Und Marlowe konnte nur noch denken: *Das ist doch nicht möglich.*

5

Sie standen da, sagten kein Wort. Es war wie auf der Fahrt mit Elizabeth die Themse hinauf… dieses Gesicht vor diesem Hintergrund, es schien einfach nicht zu passen. Eine halbe Minute verstrich.

Schließlich brach Press das Schweigen, sagte: »Ihr dürftet überrascht sein, mich zu sehen. Fürchtet Euch nicht, ich bin kein Geist.« Dann lächelte er, und der Zahnstocher wackelte provozierend. »Aber vielleicht wäre es für Euch besser, wenn ich ein Geist wäre, oder, Barrett? Was meint Ihr?«

Barrett. Nicht einmal der Name passte. Malachias Barrett, das war der Name, unter dem ihn Roger Press kannte. Sein richtiger Name, bevor er sich in Thomas Marlowe, den Gentleman und Pflanzer, verwandelt hatte.

»Es überrascht mich, Euch lebend zu sehen.« Endlich fand Marlowe seine Stimme wieder. »Jetzt werde ich Euch wohl noch einmal töten müssen.«

Press' Lächeln wurde zu einem Hohngrinsen. »Noch einmal? Ihr habt mich schon beim ersten Mal nicht getötet. Und auch alle anderen nicht, die es versucht haben. Es scheint, als wäre ich nicht totzukriegen.«

Diese Stimme! Allein der Klang führte Marlowe siebzehn Jahre zurück, über den Atlantik, durch die Karibik. Plötzlich wurde ihm ganz flau.

Noch einmal sah er sich, wie er eine Bande von dreißig zerlumpten Seeräubern über das Pflaster der schmalen Straßen von Nombre de Dios führte.

Er sah die Pistole in seiner linken Hand, das Schwert in seiner Rechten, dasselbe Kurzschwert, das nun von seinem Gürtel hing. Ein Paar Pistolen baumelte an einem Band um seinen Hals, schlug beim Laufen gegen seine Brust, der Zopf schlug an seinen Rücken. Eine rote Schärpe um seinen Bauch, geflickte Matrosenhosen.

Die schmale Straße entlang, gesäumt von ein- und zweistöckigen, stuckverzierten Bauten, helle Fensterläden fest verschlossen wegen der Banditen. Nombre de Dios ... der Ort war nicht mehr jenes Eldorado von Gold und Silber, welches es zu Zeiten Drakes gewesen war, doch reich genug, um einen Angriff zu wagen, und schwach genug, um den etwa sechzig Männern in die Hände zu fallen.

Sie kamen vor dem Morgengrauen mit Booten vom Piratenschiff *Fury* herüber. Malachias Barrett, Quartermaster. Roger Press, Captain.

Die Bukanier brüllten, schossen mit ihren Pistolen, stürmten zur Zitadelle im Zentrum des spanischen Kolonialstädtchens. Gesichter starrten aus Fenstern herab und wichen wieder zurück, Zivilisten mit Klingen oder Pistolen bauten sich vor ihnen auf, bereit, ihre Stadt zu verteidigen, und flüchteten dann doch oder wurden von den gnadenlosen Piraten niedergemetzelt.

Angriff auf die Zitadelle, die wenigen Soldaten dort herauslocken, sie in einen wilden Kampf verwickeln, dann käme Roger Press an der Spitze der anderen dreißig Mann von Westen her, würde sich in den Kampf stürzen, und gemeinsam würden sie die Spanier überwältigen. Das war der Plan. Schlicht, einfach durchzuführen, ohne großes Risiko, und wenn sie damit fertig waren, konnten sie Nombre de Dios nach eigenem Belieben plündern.

Die Straße führte wie die Speiche eines Rades zu einem breiten Platz, in dessen Mitte die mächtige Zitadelle zur Verteidigung der Stadt aufragte. Abrupt blieb Marlowe – Malachias Barrett – stehen, und die Bande in seinem Rücken tat es ihm nach.

Schweißnass war sein weites Hemd, er fühlte das warme Kopfsteinpflaster trotz der dicken Schwielen an den Sohlen seiner nackten Füße. Er holte Luft, hielt das Schwert fester mit verschwitzter Hand, als die großen Türen der Zitadelle aufgeworfen wurden und Soldaten mit glänzenden Helmen, Brustpanzern, Schwertern und Musketen herausstürmten.

»Ruhig, Männer, sie kommen direkt hierher!«, rief Marlowe, und hinter ihm wurde ein Knurren, Heulen, Johlen, wurden Flüche laut. Diese Männer waren *les boucaniers*, die Bruderschaft der Küste, und sie fürchteten weder zwei Dutzend Spanier noch zehn Dutzend. Sie betrachteten diese Männer nur als Hindernis, das sich zwischen sie und die Reichtümer von Nombre de Dios drängen wollte, das

Vergnügen, eine Stadt zu plündern, und sie wollten es ihnen zeigen.

Und jeden Augenblick würde Captain Press da sein und den Spaniern in die Flanke fallen.

In schnellem Spanisch wurde ein Befehl gerufen, und die Soldaten schulterten ihre Musketen. Marlowe hob seine Pistole, zielte auf das Gesicht des Offiziers, sieben Meter entfernt, drückte ab und sah, wie dem Mann der Helm vom Kopf gerissen wurde, hörte das Klirren von Metall, als die Soldaten eben ihre erste Salve abgaben.

Kugeln flogen vorüber, hinter ihm Schreie, und mit lauter Stimme führte Marlowe seine Männer an, wilde Bukanier stürzten sich auf uniformierte Spanier, Spieße und Schwerter blitzten, Pistolen krachten, Schlachtrufe auf Spanisch und in der polyglotten Sprache der Piraten – Englisch, Französisch, Holländisch. Der Lärm hallte von den nahen Häusern wider, schien doppelt so laut.

Es war ein verzweifelter Kampf, die Spanier fassten Mut wegen der geringen Zahl der Angreifer, nicht ahnend, dass Roger Press bald kommen würde. Männer fielen, Spanier, Piraten, Blut rann zwischen den Pflastersteinen, während beide Seiten kämpften, unnachgiebig, ohne voranzukommen.

Nach zehn Minuten – sie kamen ihm wie Stunden vor – fragte sich Marlowe, wo Press bleiben mochte. Sie waren gleichzeitig an Land gegangen, hatten sich zur selben Zeit auf den Weg gemacht. Er sollte längst da sein.

Marlowe hatte den Eindruck, seine Männer wichen zurück, erst einen Schritt, dann noch einen, und die Spanier rückten vor.

Press, verdammt noch eins, jetzt, jetzt!

Unmöglich konnten die Spanier sie zurückdrängen, auch wenn sie ihnen zahlenmäßig überlegen waren, aber… wo blieb Press?

Noch einen Schritt rückwärts, sie wichen vor den Spaniern zurück, die mit einer Entschlossenheit kämpften, die Marlowe nicht erwartet hatte. Er sah, dass einer seiner Männer zu Boden ging, ein Franzose namens Jean-Claude, und ein großes, spanisches Schwert gab ihm den Rest, schlug ihm beinah den Kopf ab.

»Durchhalten!«, rief Marlowe so laut er konnte. Er keuchte und stöhnte, wehrte mit seinem Schwert zwei, drei Männer gleichzeitig ab, und auch er wich zurück. Er spürte, dass der Kampfgeist seiner Leute wankte, ihre wilde Entschlossenheit wie Rauch verwehte.

Und dann rannten sie, flohen die Straße hinunter, die sie heraufgekommen waren, und hinter ihnen das Johlen der spanischen Soldaten, das Erniedrigendste, was Marlowe in seinem ganzen Leben vorher oder nachher je gehört hatte.

Den Anleger hinunter, fünfzehn Männer, die den wilden Kampf überlebt hatten, keuchend, humpelnd, blutend. Erniedrigt und besiegt.

Und dort waren Roger Press und seine dreißig Mann, die den Spaniern in die Flanke hatten fallen sollen. Sie hatten das Regierungskontor gefunden, die Wache überwältigt und Unmengen von Gold und Silber eingesackt. Eben verluden sie es in die Boote, während sich Marlowes Männer der spanischen Schwerter erwehren mussten.

Harsche Worte fielen, beide Gruppen schwenkten ihre Waffen. In lautstarker Auseinandersetzung wurde deutlich, dass Press seine Männer belogen, ihnen erzählt hatte, der Plan sei im letzten Augenblick geändert worden, sie müssten Marlowes Leuten nicht zu Hilfe eilen.

Zum Kontor hinaus, hinunter zu den Schiffen. Sollten sich die Spanier um Marlowe und die anderen kümmern. Die Zahl der Männer halbieren, unter denen die Beute geteilt werden musste. Das war Press' Absicht gewesen. Fast wäre sein Vorhaben gelungen.

Marlowe kniff die Augen zusammen, holte sich wieder ins Lagerhaus zurück, in die kühle, neblige Nacht im Londoner Hafen. Im Augenwinkel sah er Mr. Dickerson, der aus seinem Büro spähte, die Lage einschätzte, dann wieder verschwand, wie ein Wiesel in seinem Bau.

»Nach unserer letzten Begegnung in Nombre de Dios«, sagte Marlowe, »wurdet Ihr wegen Feigheit und Verrates an Euren Männern ausgesetzt. Es tut mir ehrlich Leid, dass Ihr auf dieser Sandbank nicht umgekommen seid. Wir haben Euch mit einer Flasche Wasser und geladener Pistole zurückgelassen, soweit ich mich erinnere. Ich bedauere, dass Ihr nicht in der Lage wart, die Pistole auch zu benutzen, um das einzig Ehrenhafte zu tun.«

Press grinste nur hämisch, schob den Zahnstocher – *diesen verfluchten Zahnstocher!* – hin und her, her und hin. Jetzt hatte er den Vorteil auf seiner Seite, zwei Mann hinter sich und Marlowe ganz allein. Es gab keinen Grund für Ausflüchte, gute Gründe, Verleugnungen, wie damals, als ihm seine eigenen Leute den Prozess gemacht hatten.

Er hatte sich alle Mühe gegeben, es vernünftig klingen zu lassen, wie ein dummes Missgeschick.

Es hatte nichts genützt. Die Männer der *Fury* erklärten ihn der Feigheit und des Diebstahls an seinen Kameraden für schuldig, der beiden verabscheuungswürdigsten Verbrechen im Ehrenkodex der Piraten. Man stimmte ab, und er wurde ausgesetzt. So war es unter der Bruderschaft der Küste üblich.

»Nein, Barrett, ich habe diese Kugel nicht an mich vergeudet. Ich habe gewartet. Acht Tage habe ich in der Sonne gebraten und gehungert und vor Durst fast den Verstand verloren. Ich war schon bereit, mir das Hirn aus dem Schädel zu schießen. Am nächsten Tag hätte ich es sicher getan. Aber bevor ich es tat, kam ein Schiff vorbei und nahm mich mit.«

Marlowe seufzte. »Also gut, Press, bringen wir es hinter uns. Wenn ich Eure elend grinsende Visage noch einen Augenblick länger ertragen muss, greife ich zur Waffe. Klingen? Pistolen? Oder wollt Ihr mich lieber von diesen Affen ermorden lassen und gefahrlos daneben stehen? Das ist doch eher nach Eurem Geschmack, oder?«

Press runzelte die Stirn, als verstünde er nicht. Er nahm den Zahnstocher aus dem Mund, hielt ihn wie ein Dirigent seinen Taktstock. »Euch ermorden? Degen? Wirklich …«

»Ihr würdet wohl kaum zu den Behörden gehen. Ihr wollt nicht gern an meiner Seite hängen.«

»Ach, aber mein lieber Barrett, Ihr solltet wissen, dass ich jetzt *selbst* die Behörde bin! Ich habe Auftrag von der Königin persönlich, Piraten zu jagen und sie der Gerechtigkeit zuzuführen. Und ich glaube, ich habe meinen ersten Piraten schon gefunden. Gentlemen«, er wandte sich den Männern an seiner Seite zu, die selbst eher wie Piraten aussahen, »seid so gut und nehmt Master Barretts Schwert an Euch. Er und seine kleine Dirne kommen mit uns.«

Marlowe wehrte sich nicht, als einer der Männer sein Schwert vom Gürtel löste und es Press reichte. Er hatte gelinde Zweifel daran, dass Press in Diensten der Königin stand, denn die Zeiten eines Francis Drake und selbst eines Henry Morgan waren vorüber, doch machte es keinen großen Unterschied. Press war bewaffnet, wie auch seine beiden Häscher, und somit konnten sie mehr oder weniger verfahren, wie es ihnen gefiel.

Zwar mochte eine Möglichkeit zur Flucht bestehen, aber nicht in diesem Augenblick.

»Diese … Dirne … ist mir fremd. Sie hat mit alledem nichts zu tun.«

»Ach, wirklich? Ich glaube Euch kein Wort. Wie dem auch sei, das klären wir später.« Press klemmte sich Marlowes Schwert unter den Arm, machte die Tür auf. Er nickte dem Mann mit der schlecht verborgenen Pistole zu. Dieser schob sich an Marlowe vorbei und verschwand auf der Straße.

Wohl überlegt, dachte Marlowe. So konnte er nicht fliehen. Diese Schurken kannten ihr Geschäft.

»Kommt mit«, sagte Press freundlich.

Marlowe warf Elizabeth einen Blick zu. Sie verzog den Mund, schob die Augenbrauen zusammen. Er sah den Zorn, den sie im Zaum hielt, die Mühe, die es sie kostete, ruhig zu bleiben. Er sah, wie sie sich scharf umblickte, ihre Chance suchte, eine Lücke, die sie nutzen konnte, genau wie er.

Ganz leicht nickte er ihr zu, und sie nickte zurück, trat vor, durch die Tür, die Press offen hielt. Marlowe folgte ihr, dahinter Press und die zweite Wache.

Es war dunkel, und wie eine dicke, wollene Decke auf einen Schlafenden hatte sich der Nebel über London gelegt. In allen Richtungen verschwanden die feuchten Straßen und Gebäude schon auf zwanzig Schritt Entfernung. Hier und da waren Lichter wie schwebende Geister auszumachen, wo man Laternen gegen die Finsternis angezündet hatte. Die Luft war feucht und stinkig.

Marlowe blieb stehen, sah sich um, wenn er auch nicht wusste, wonach. Irgendetwas. Press versetzte ihm von hinten einen Stoß, sagte: »Weitergehen. Nach rechts. Und keinen Unsinn, sonst muss ich Euch erschießen, bevor Ihr noch zwei Schritte getan habt. Und das kleine Flittchen erschieße ich zuerst. Oder ich hebe sie mir für meine Männer auf.«

Marlowe biss die Zähne zusammen, lief weiter. Press hatte ein Talent dafür, empfindliche Stellen zu finden und mit dem Messer hineinzubohren, die Fähigkeit, eine abgrundtief niederträchtige Äußerung zu ersinnen und in Worte zu fassen. Es war nicht verwunderlich, dass außer Marlowe auch andere versucht hatten, ihn zu töten.

Marlowe dachte, dass er es selbst noch einmal versuchen würde, und zwar schon bald.

Sie traten in das Dunkel und den Nebel, wobei eine der beiden Wachen vorausging, dann folgten Marlowe und Elizabeth Seite an Seite, dahinter Press und die zweite Wache.

Das ist die Gelegenheit, dachte Marlowe. Es würde keine bessere Möglichkeit zur Flucht geben als diese, hier auf offener Straße, das Boot der *Elizabeth Galley* nur hundert Meter entfernt. Drei gegen einen, und er hatte keine Waffe, doch günstiger als jetzt würde es nicht werden.

Mit jedem Schritt trat Marlowe näher an die Hafenmauer, die den linken Rand der Straße bildete, eine flache Mauer. Dahinter ging es steil zur Themse hinab. Er hörte, wie das Wasser an die alten Steine schwappte, doch konnte er es im Nebel nicht erkennen.

Hinter ihm rief Press der Wache, die vorauslief, zu: »Hanson, verdammt! Mann Gottes, wir sind an der Dock Street vorbeigelaufen!«

Hanson wandte sich um, und Marlowe stolperte über einen Pflasterstein, fluchte, versuchte, nicht das Gleichgewicht zu verlieren.

»Passt auf!«, rief Press, durchschaute den Trick, trat zwei Schritte vor. »Erschießt ihn, falls er…«

Marlowe richtete sich auf, fuhr herum, packte Press beim Revers und riss ihn um, hob ihn fast von den Füßen, rammte ihn gegen Hanson, der seine Waffe zückte und sich beeilte, den Gefangenen zu ergreifen.

Press stöhnte beim Aufprall, und Hanson kam ins Taumeln. Marlowes Muskeln brannten vor Schmerz – Press war ein kräftiger Mann, und schwer dazu. Die Überraschung wirkte eine Sekunde lang, nicht länger, dann wehrte sich Press.

Da sie einander zu nah waren, als dass sie Waffen ziehen konnten, holte Press mit seinen langen Armen aus, krallte starke Finger um Marlowes Kehle. Marlowe hörte, wie sein Schwert unter Press' Arm herausfiel und klappernd auf der Straße landete, hörte, wie Hanson seine Pistole spannte, hörte laute Schritte hinter sich, da der zweite Wachmann kam.

Press' Finger gruben sich in Marlowes Kehle, drückten ihm die Luft ab, dass er nicht mehr atmen konnte, doch zumindest stand er in Hansons Schusslinie.

Er hörte hinter sich ein Ächzen, und die Schritte verstummten, dann ein dumpfer Schlag, als fiele ein Mehlsack auf die Straße, und er vermutete, dass Elizabeth den heraneilenden Mann zu Fall gebracht hatte.

Marlowe wand sich, schob Press von sich, schuf genügend Abstand, dass er seine Faust zwischen den Armen des anderen hindurch an dessen Kinn schlagen konnte, einen kräftigen Hieb, dann noch einen und noch einen, und bald spürte er, wie sich Press' Hand lockerte.

Er schob sich zwischen Press' Unterarme, und mit einem Ruck war der Griff gebrochen. Marlowe sah, dass der große Mann von den Schlägen ganz benommen war. Wieder packte er Press beim Revers, drehte ihn herum. Press' Beine stießen an die niedrige Mauer, die einen kleineren Mann vor einem Sturz bewahrt hätte, doch brachte sie Press ins Wanken. Ein Stoß, und er fiel hinüber, stürzte mit flatternden Rockschößen und rudernden Armen und Beinen hinab.

Marlowe hörte, wie Press im Wasser aufschlug, als Hansons Pistole schoss, der Blitz ganz hell im Nebel. Die Kugel pfiff über ihn hinweg. Er hob sein Schwert auf und versuchte sich zu erinnern, ob Press schwimmen konnte. Ein

Zucken mit dem Handgelenk, die schützende Scheide flog davon, und er trieb Hanson die Klinge in den Bauch, als sich der Mann eben auf ihn stürzen wollte.

»Elizabeth! Lauf zum Boot! Schnell! Schnell! Sag Dinwiddie, er soll sich bereithalten, die Leinen loszumachen!«, rief er, während er noch dort stand und die Klinge immer tiefer trieb, dann riss er sie heraus und wandte sich dem anderen zu.

Er sah, dass Elizabeth zögerte, einen Herzschlag oder zwei, Marlowe nicht allein lassen wollte. Drei Meter weiter der zweite Mann. Er stand wieder auf den Beinen, nachdem Elizabeth ihn zu Fall gebracht hatte, das Schwert gezückt, zögerte. Wieder wurden im Nebel Schritte laut, und noch zwei Männer traten aus dem Dunkel, bauten sich neben dem zweiten Burschen auf.

Verflucht!, dachte Marlowe.

»Lauf!«, rief er, und diesmal drehte sich Elizabeth um und rannte die Straße hinunter.

Wieder standen drei gegen einen. Marlowe stellte sich ihnen mit gezücktem Schwert. Die zweite Wache deutete auf Elizabeth, die die Straße hinunterlief, und rief: »Haltet sie auf!« Einer der Männer hetzte ihr hinterher, und der andere zog eine Pistole aus dem Gürtel.

Dann waren plötzlich alle in Bewegung. Marlowe tat zwei große Schritte und warf sich auf Elizabeths Verfolger, als dieser an ihm vorüberkam. Eben flog er durch die Luft, als die Pistole losging, und er spürte, wie die Kugel das Fleisch an seinem Oberarm durchdrang. Schon wälzte er sich mit dem Mann auf der Straße, wobei der Gegner dankenswerterweise den Aufprall auf dem Pflaster dämpfte.

Doch den Schmerz in seinem Arm konnte es nicht lindern. Er schrie, rollte herum, kam zappelnd auf die Beine, befreite sich von seinem Umhang, als die anderen sich eben auf ihn stürzten. Er fing die Klinge, die auf ihn herniederkam, mit dem Schwert ab, hielt sie über seinem Kopf, drückte sie seitwärts und stach zu, fühlte, dass die Spitze den Angreifer traf, bevor dieser zurückweichen konnte.

Er hörte einen scharfen Aufschrei und wusste, dass er keinen großen Schaden angerichtet hatte. Er schaffte es, sein Schwert wieder an sich zu reißen, so dass er einen Angriff des zweiten Mannes abwehren konnte. In weiser Voraussicht hatte er seine große Klinge mitgenommen, das Schwert zum Töten, nicht das schmückende Rapier, doch ließ sich diese Waffe am besten mit beiden Händen schwingen, und er hatte nur noch eine zur Verfügung.

Der nächste Angriff, und er wehrte ihn ab; schnell drehte er sich herum und trat dem Mann, den er getroffen hatte, hart an den Kopf, als dieser sich von der Straße erheben wollte. Wieder ging er zu Boden, und Marlowe wich vor einem Hieb zurück, den er erwartet hatte, drehte sich um und sah, dass die Klinge ins Leere traf, schlug sie beiseite, trat an den Angreifer heran, stach nochmals zu.

Einen Mann konnte er auf diese Weise schlagen, indem er ihm eine Reihe von Stichwunden zufügte, die ihn schwächten, nicht jedoch drei Männer. Drei würden den Spieß umdrehen, und er war schon jetzt schwerer verwundet als irgendeiner seiner Angreifer.

Er wich zurück, hielt seine Klinge bereit, das Heft vor sich auf Hüfthöhe. Wie eine Schlange zitterte die Spitze vor den Augen der Männer. Sie hatten genug von diesem Schwert eingesteckt, so dass sie nicht mehr offen angriffen, doch war ihr Vorteil zu groß, als dass sie sich geschlagen geben wollten.

Zwanzig Schritte…, dachte Marlowe. Wenn er zwanzig Schritte zwischen sich und diese Männer brachte, konnte er sie im Nebel abhängen. Ein Boot mieten, um sich zur *Gal-*

ley bringen zu lassen. Aber wie sollte er zwanzig Schritte Vorsprung bekommen?

Und dann wurden weitere Schritte auf dem Pflaster laut, aus der anderen Richtung, in großer Eile, und alle vier Männer hielten inne, lauschten.

Duncan Honeyman brach aus dem Nebel hervor, zwei aus der Bootsmannschaft hinter ihm, und wie die Wölfe fielen sie über Marlowes Angreifer her, feuchte Klingen blitzten im matten Licht. Drei, vier Hiebe, und es war vorüber, der Mann mit Namen Hanson lag tot auf der Straße, die anderen warfen ihre Waffen auf der Flucht von sich, entledigten sich aller Lasten, in ihrem einzigen Wunsch zu entkommen.

Honeyman lief ihnen nach, nicht mehr als zehn Schritte, bis er sicher sein konnte, dass sie fort waren. Dann wandte er sich zu Marlowe um, und eine Minute lang rangen beide Männer nach Luft.

Als Marlowe wieder sprechen konnte, sagte er: »Elizabeth?«

Honeyman nickte und keuchte: »Hat es bis zum Boot geschafft… hat uns erzählt, was los ist… bin so schnell gekommen, wie es ging…«

Auch Marlowe nickte. »Schnell genug…«, stieß er hervor. Taumelnd stieg er über die flache Mauer zum Hafen, blickte auf den Fluss hinab. Dort schwamm etwas, schlug an die Mauer, wenn das Wasser an die Steine schwappte. Marlowe starrte es einen Moment lang an, bis er es erkannte. Es war Press' Hut.

Dann konnte er wohl doch nicht schwimmen, dachte Marlowe. Er stellte sich vor, wie Roger Press im schwarzen, dreckigen Wasser versank, darum kämpfte, wieder an die Oberfläche zu gelangen, wie er mit seinen langen Gliedern um sich schlug, schließlich nach Luft schnappte und seine

Lungen nur mit Themsewasser füllte, und Marlowe empfand nicht die leiseste Reue.

»Schweinehund«, murmelte er. Wandte sich Honeyman zu. »Kommt, lasst uns zur *Galley* zurück. Schnell.«

6

Roger Press konnte nicht schwimmen.

Er merkte, wie er über die Hafenmauer ging, und Panik ergriff ihn, erdrückende Panik, als steckte er zwischen den Zähnen eines Untiers fest. Alles schien ihm unwirklich, ein schrecklicher Traum, als er ins Wasser fiel und es dann plötzlich überall war, ihn umfing. Selbst die dunkle, neblige Nacht war nicht mehr da. Alles war nur nasse Finsternis.

Er schlug um sich, ruderte mit Armen und Beinen, doch machte ihm das Wasser schnelle Bewegungen unmöglich; seine Panik wuchs. Dann ertasteten seine Fingerspitzen etwas Hartes, Glattes, das Gestein der Hafenmauer, etwas Festes in der feuchten Welt. Er versuchte sich festzukrallen, doch fand er an den nassen Steinen keinen Halt.

Er tastete weiter, und diesmal fanden seine Finger eine Lücke zwischen zwei Steinen. Er schob seine Fingerspitzen hinein, hielt sich mit kräftigen Händen am schmalen Sims fest, zog sich hinauf.

Sein Kopf kam aus dem Wasser, und er spürte, wie er an die schmierige Mauer gedrückt wurde. Er streckte seine andere Hand aus, fand einen Spalt zwischen zwei Steinen und hielt sich daran fest. Es war ein denkbar unsicherer Halt, denn er hielt sich nur mit seinen Fingerspitzen, doch es genügte. Sein Kopf ragte aus dem Wasser. Er schnappte nach Luft.

Und dann war der Fluss sein Freund, da er ihn trug, mehr

oder weniger. Nie hätte er sich so halten können, wenn er in der Luft gehangen hätte, doch der Umstand, dass er sich halb unter Wasser befand, half ihm gerade so weit, dass er nicht den Halt verlor.

Lange rührte er sich nicht, klammerte sich nur an den Stein, ließ die Panik abklingen. Über ihm, ganz nah, hörte er den Kampf, hörte Marlowe schreien: »Elizabeth! Lauf zum Boot! Schnell! Schnell!«

Diese Dirne hab' ich noch nie vorher gesehen…, dachte er. Inzwischen war er so ruhig, dass er sich gern in den Kampf gestürzt hätte. Er hörte die Schritte weiterer Männer, jemand rief etwas. Seine Nachhut. Sie würden dem Hundsfott den Garaus machen.

Ich war dem dummen Hurensohn schon immer einen Schritt voraus…

Doch dann wurde ihm seine Lage neuerlich bewusst. Er war in Sicherheit, nur konnte er nicht bleiben, wo er war.

Wie zum Teufel komme ich aus dieser stinkenden Brühe?

Er würde sich bewegen müssen, seinen kostbaren Halt aufgeben und einen anderen finden. Der bloße Gedanke daran versetzte ihn erneut in Panik. Sämtliche Instinkte sagten ihm, er solle bleiben, wo er war, doch sagte sein Verstand, wenn er das täte, würde er irgendwann den Halt verlieren und in den schwarzen Fluten versinken.

Die Vorstellung genügte, ihn für seinen nächsten Schritt zu stählen. Er biss die Zähne zusammen, dann ließ er langsam, ganz langsam mit der rechten Hand los, und während er sein ganzes Gewicht mit der Linken hielt, strich er mit den Fingern über die Mauer, bis er den nächsten Spalt fand, wo er sich festklammern konnte. Er hielt sich, so gut es ging, schob sich an der Hafenmauer entlang und hielt sich mit der rechten Hand fest, während er neuen Halt für seine Linke suchte.

Stück für Stück, von einem Halt zum nächsten, schob er sich an der Mauer entlang. Seine Finger schmerzten, die Spitzen bluteten, was alles noch schlüpfriger machte, so dass er fast den Halt verlor. Er merkte, dass die Auseinandersetzung oben auf der Straße zu Ende war, wenn er auch nicht wusste, seit wann eigentlich. Er hatte nicht gehört, welchen Ausgang der Kampf genommen hatte, und im Moment war es ihm auch egal.

Noch ein Stück, dann noch eins. Einmal verlor er den Halt und ging unter, schaffte es jedoch, sich wieder hochzuziehen, klammerte sich fest, während er panisch würgte und dreckiges Wasser in den Mund bekam.

Er hatte keine Ahnung, wie lange er wie eine Echse an der Hafenmauer entlanggekrochen war. Er war der Erschöpfung nah, wollte schon aufgeben, als im Nebel Stufen auftauchten, nur drei Meter von ihm entfernt. Drei Meter, die er bewältigen musste, um von diesem grässlichen, grauenvollen Fluss nicht verschlungen zu werden.

Stück für Stück, und endlich konnte er sein langes Bein ausstrecken und reichte unter Wasser an den Stein heran. Eine Minute später lag er darauf. Er keuchte, spuckte, würgte, doch war es Luft, die er in seine Lungen sog, nicht Wasser. Die dreckige, stinkende Luft Londons. Es war der süßeste Duft, den er jemals hatte atmen dürfen.

Rücklings lag er auf den Stufen der Hafenmauer, die schwappende Themse um sich, blickte zum Himmel auf, schnaufte, schonte seine Finger, konnte nicht mehr untergehen.

Nach einer Weile fing er an zu zittern, und er wusste, dass er sich bewegen musste. Stöhnend setzte er sich auf und kam dann auf die Beine. Alles tat ihm weh von der Mühe und der Anspannung der letzten Stunde.

Er hätte nicht geglaubt, dass er Malachias Barrett mehr

hassen konnte als damals, vor siebzehn Jahren, als er auf dieser Sandbank gestanden und der *Fury* nachgeschaut hatte. Ein Sandhaufen, der unerklärlicherweise aus dem Meer aufragte, dreißig Meter Umfang, kahl und öde, auf dem man ihn zum Sterben ausgesetzt hatte.

Nun hatte Barrett ihn schon zum zweiten Mal übertrumpft, erniedrigt, ihn beinah getötet. Er hasste ihn noch inbrünstiger als damals. Unglaublich.

Taumelnd erklomm er die Stufen und trat durch die Lücke in der Mauer auf die Straße. Es war still, menschenleer. Um diese Uhrzeit rührte sich dort nichts.

Es war möglich, dass Barrett nicht mehr lebte. Es standen zwei Mann gegen einen, und weil er klug gewesen war, hatten sie noch eine Nachhut gehabt. Die sollte ihm den Rest gegeben haben.

Seine Zunge suchte den Zahnstocher zwischen seinen Lippen, doch war der natürlich nicht mehr da.

»Gottverdammt«, murmelte er, suchte mit einer Hand in seiner Manteltasche, wühlte herum, bis er das kühle, harte Metall eines anderen Zahnstochers ertastete. Er nahm ihn, steckte ihn in den Mund, schob ihn wild mit der Zunge hin und her. Das Ding schmeckte nach Themsewasser. Press nahm es aus dem Mund, spuckte aufs Pflaster, dann schob er sich das Ding wieder in den Mund.

Er schlurfte die Straße hinab, wurde immer schneller, da das Blut in seinen Adern wieder in Wallung kam. Vielleicht konnte er einen Hinweis darauf finden, was geschehen war, als er sich an die Mauer geklammert hatte.

Er sah etwas auf der Straße liegen, und als er näher kam, sah er, dass es ein Entermesser war, weggeworfen, in der Nähe noch ein weiteres. Er runzelte die Stirn, hob beide auf, lief weiter.

In der Dunkelheit, im Nebel, sah er eine Gestalt auf der

Straße liegen. Oft genug schon hatte er Männer gesehen, die verwundet oder tot am Boden lagen, dass er einen solchen allein schon an den Umrissen erkennen konnte. Vorsichtig trat er heran, kannte die Gefahr, die ein Verwundeter darstellen konnte. Er spürte, wie heftig sein Herz schlug. Die Chancen standen gut, dass Barrett dort tot vor seinen Füßen lag. Oder besser noch: verwundet.

Er trat näher heran, doch die Gestalt rührte sich nicht, und Press sah auch sonst kein Lebenszeichen. Er stieß den Mann mit der Klinge an. Nichts.

Er schob seinen Fuß unter die Schulter des Mannes und drehte ihn herum. Dieser rollte auf den Rücken, leblos. Hanson.

»Verdammt, verdammt, verdammt!« Press kreischte, stampfte vor Wut mit dem Fuß auf, trotz der Schmerzen. Er humpelte die Straße entlang, jenen Weg zurück, den er mit Barrett und dieser Schlampe gelaufen war, zurück zum Lagerhaus, zu dem der alte Mann ihn geführt hatte.

Press hatte seine Spitzel überall im Hafen. Die vielen alten, gebrochenen Seeleute. Er entlohnte sie gut, und sie hielten ihn auf dem Laufenden. Was für ein Glück, dass einer von ihnen Barrett noch aus alten Zeiten in Port Royal kannte.

Eigentlich war es nicht allein Glückssache. Die Gemeinschaft der Piraten war klein. Wie in der Gilde der Kaufleute kannte jeder jeden.

Er trat an die Tür. Sie war verschlossen, doch konnte er Licht hinter dem Dunkel erkennen. Irgendein raffgieriger Krämer zählte mitten in der Nacht noch sein Geld. Mit dem Knauf des Entermessers klopfte er an die Tür.

Er hörte das Schlurfen von Füßen, dann war es still. Wieder klopfte Press. Eine Stimme, fast quiekend vor Angst, rief: »Wir haben geschlossen, Sir! Seid so gut und kommt am Morgen wieder!«

»Offizier der Königin. Bitte öffnet die Tür!«

Wieder eine Pause, dann: »Es tut mir Leid, ich kann nicht …«

Press hielt inne, holte Luft, zwang sich, seinen Zorn im Zaum zu halten. »Ich bin Offizier der Königin«, sagte er mit ruhigerer Stimme. »Es gab hier heute Schwierigkeiten, ein Mann wurde von bewaffneten Wachen abgeführt. Ich muss mit Euch darüber sprechen.«

Er hörte, wie man sich auf der anderen Seite der Tür an den Schlössern zu schaffen machte, dann ging sie einen Spalt weit auf. Das Wieselgesicht des Händlers lugte heraus, im Licht der Kerze, welche er in Händen hielt, kaum zu erkennen. Er war in Hemdsärmeln und Hosen. Erwartete keinen Besuch.

»Ja, womit kann ich Euch dienen?«

»Lasst mich bitte eintreten.«

»Wenn es Euch nichts ausmacht, Sir …«, begann der Händler, doch Press hatte genug. Er holte mit dem Fuß aus, trat die Tür auf, dass der Händler mit seiner Kerze glatt zu Boden ging. Er trat ein und schloss die Tür hinter sich. Die Kerze war nicht erloschen. Flackernd lag sie auf der Seite, während Press die Spitze seiner Klinge dem Händler unters Kinn hielt und ihm mit Nachdruck an die Kehle setzte. »Hier war ein Mann mit einer Frau, hübsches Ding, blondes Haar. Er hieß …?«

»Marlowe, Thomas Marlowe. Kapitän des Schiffes, aber er wollte erst nicht an Land kommen, um die Papiere zu unterschreiben.«

»Das kann ich mir vorstellen. Welches Schiff?«

»Die *Elizabeth Galley*. Ist gerade erst mit Tabak aus Virginia hier eingelaufen.«

»*Elizabeth Galley?* Das klingt für meine Ohren nicht eben wie der Name eines Handelsschiffes.«

»Das ist der Name, Sir. Ich kann es Euch versichern«, sagte der Händler. Aus seiner Stimme sprach ein Hauch von Trotz, so dass Press ihn mit der Klinge stach, gerade so tief, dass Blut rann und der Mann sich wieder unterwürfig duckte.

»Zeigt mir die Papiere dieses Schiffes«, forderte er und trat zurück, gestattete dem Händler aufzustehen. Der kam auf die Beine, und Press folgte ihm in das Büro. Ein Schreibtisch voller Unterlagen, ein paar Schiffsmodelle und Gemälde von Handelsschiffen an den Wänden. Der Kaufmann wühlte in einem Stapel, reichte Press mit zitternden Händen ein paar Papiere.

Press nahm sie entgegen, blätterte darin herum. Er verstand nicht viel von Kaufverträgen, wusste nicht genau, was er da vor sich hatte. Doch fand er die Namen Thomas Marlowe und *Elizabeth Galley*, und das genügte ihm.

»Wo ist das Schiff jetzt?«

»Ich weiß es nicht genau, ich schwöre bei Gott, ich weiß es nicht. Liegt im Fluss vor Anker, kaum eine Meile von hier, habe ich den Mann vom Leichter sagen hören. Mehr weiß ich nicht.«

Press legte das Entermesser auf den Schreibtisch, packte den Kaufmann beim Kragen, schlug ihm hart ins Gesicht. Seine Finger schmerzten, doch musste es sein. Damit der Fall klar war.

Der Händler lag auf Händen und Knien, spuckte Blut. »Ich schwöre … mehr weiß ich nicht …«, jammerte er.

»Ich glaube Euch«, sagte Press und trat ihm fest in den Magen, so dass er auf den Rücken fiel, alle Viere von sich. Er packte ihn beim Haar und zog ihn auf die Beine, stieß ihn an den Schreibtisch.

Der Händler duckte sich, blickte zu ihm auf, schützte sein Gesicht. Er war sicher, dass er gleich sterben musste. Press kannte diesen Blick.

»Ich habe meine Leute, die für mich die Augen offen halten. Habt Ihr mich gehört?«, sagte Press so leise, dass sich der Händler anstrengen musste, ihn zu verstehen. Er nickte.

»Sollte dieser Marlowe wiederkommen, sagt Ihr mir Bescheid. Captain Roger Press. Jeder Seemann hier im Hafen weiß, wo ich zu finden bin. Verstanden?«

Wieder nickte der Händler.

»Gut. Und seid Euch über eines im Klaren: Sollte er wiederkommen, und Ihr benachrichtigt mich nicht, werde ich es erfahren. Solltet Ihr irgendjemandem erzählen, was heute Nacht geschehen ist, werde ich auch das erfahren. Und dann wird es Euch schlecht ergehen. Glaubt Ihr mir?«

Noch einmal nickte der Kaufmann, und Press sah, dass er aus diesem Mann tatsächlich einen gläubigen Menschen gemacht hatte.

»Gut.« Er richtete sich auf, nahm das Entermesser vom Tisch. »Eine gute Nacht wünsche ich, Sir«, sagte er; dann trat er aus dem Büro auf die Straße. Dieser Kaufmann gehörte jetzt ihm. Der kleine Mann würde ihn nicht hintergehen.

Und draußen auf dem Wasser, etwa eine Meile von da, wo er jetzt stand, wartete Malachias Barrett.

Sie stolperten zum Boot zurück wie eine kleine Armee auf dem Rückzug. Marlowe hielt seinen verwundeten Arm, einer seiner Leute humpelte mit einer Schnittwunde am Bein, alle außer Atem vom ungewohnten Laufen.

Oben an der Treppe standen die beiden Matrosen Wache, die beim Boot geblieben waren, mit verschränkten Armen, die Pistolen kaum unter den Röcken verborgen. Als sie näher kamen, sah Marlowe Elizabeth unten im Boot. Der zweite Seemann stand auf der Treppe, die Fangleine in der Hand. Honeyman hatte sie zu Elizabeths Schutz wohl überlegt postiert.

Sie stiegen die Stufen zum Boot hinab, und die Männer folgten ihnen wortlos, legten ab, drei lange Ruderschläge, und die Hafenmauer war im Nebel verschwunden.

Sie ließen sich nieder, während Honeyman das Boot per Kompass auf den Kurs zur *Elizabeth Galley* brachte. Große Schiffe ragten aus dem Nebel auf und verschwanden dann im schwarzen Kielwasser des Bootes, ein paar seltsame Geräusche drangen durch die Nacht, Stimmen auf Schiffen, etwas fiel herab, ein Klappern in der Takelage, das Knarren eines Ruders in den Schiffshaken.

Marlowe sah Honeyman an, der seinen Blick erwiderte. »Danke, Honeyman«, sagte er, und Honeyman nickte, widmete sich wieder dem Kompass. Mehr wurde nicht gesprochen, und mehr war auch nicht nötig.

Schließlich tauchten die vertrauten Umrisse der *Elizabeth Galley* im Nebel auf. Honeyman ging mit dem Boot längsseits, und unbeholfen erklomm Elizabeth die Stufen, gab sich alle Mühe, nicht mit den Füßen in ihren Röcken hängen zu bleiben, dann kletterte Marlowe dankbar an Bord, ließ sich vom Anblick und dem Duft seines geliebten Schiffes umfangen. Hier waren sie in Sicherheit. Er dachte, dass sich so ein Verbrecher fühlen musste, wenn er in einer Kirche Zuflucht fand, oder ein Fuchs, der seinen Bau erreichte, wenn ihn die kläffenden Hunde hetzten.

Er trat aufs Achterdeck. Dort standen Bickerstaff und ein ausgesprochen besorgt dreinschauender Dinwiddie.

»Es ist nicht gut gegangen?«, fragte Bickerstaff.

»Nicht besonders, nein. Im Grunde überhaupt nicht gut.« Er sah sich um. Honeyman hatte ihm das Leben gerettet, indem er ihm zur Hilfe geeilt war, doch deshalb hatte man Dinwiddie nicht darüber in Kenntnis setzen können, dass er das Schiff zum Ablegen bereit machen sollte.

Marlowe verschränkte die Arme, sah das Deck entlang,

versuchte Ordnung in seine Gedanken zu bringen. Press war offensichtlich tot, doch die anderen, seine Leute, waren entkommen. Wie viel wussten sie über Marlowes Vergangenheit? Wie viel darüber, aus welchem Grunde Press ihn verhaftet hatte? Wem mochten sie es erzählen? Musste er, Marlowe, noch immer fliehen?

Wenn sie jetzt in See stachen, mussten sie ihren Tabak zurücklassen, und den ihrer Nachbarn auch. Der raffgierige Dickerson würde sie nur bezahlen, wenn sie ihr Geld persönlich einforderten. Taten sie es nicht, wären sie ruiniert.

»Mr. Dinwiddie, wie ist der Tidenstand?«

»Ablaufendes Wasser, Sir. In zwei Glasen etwa haben wir Ebbe. Ich wollte eben den zweiten Buganker setzen lassen.«

»Nein, nein. Wir brauchen nicht noch weitere Anker. Lasst uns alle Mann aus den Kojen holen, in aller Stille, und macht das Spill klar. Wir holen unseren Anker ein und fahren flussabwärts. Eine Meile oder zwei, würde ich sagen.« Der Wind war schwach, doch blieb ihnen noch etwa eine Stunde ablaufendes Wasser, so dass die Ebbe sie mit sich ziehen würde, zumindest ein paar Meilen weit.

Das sollte vorerst genügen, bis man wusste, wie die Lage war. Vielleicht sollten sie den Namen des Schiffes am Heck verdecken.

Dinwiddie gab die Befehle weiter. Murrend, halb schlafend, taumelten die Männer von unten herauf und machten Stück für Stück das Gangspill klar. Marlowe sah, dass sie sich Blicke zuwarfen, Männer im stillen Gespräch, Anzeichen für Sorge und Unzufriedenheit. Wie Gewitterwolken braute sich der Ärger zusammen.

Verdammt noch eins, nicht schon wieder, dachte er.

Er fragte sich, ob der Tag je käme, an dem irgendein Genie eine Wundermaschine erfand, die alle Seeleute ersetzte, damit er nie mehr deren ewige Unzufriedenheit erdulden musste.

»Darf ich fragen, Thomas, was an Land vorgefallen ist?« Es war Bickerstaff, der ihn aus seiner albernen Träumerei riss.

»Erinnerst du dich, dass ich dir von einem Überfall erzählt habe, vor vielen Jahren auf Nombre de Dios? Und von Roger Press, dem Kapitän, der uns dabei hintergangen hat?«

»Allerdings. Soweit ich mich erinnere, habt Ihr ihn ausgesetzt.«

»Nun ja, er blieb nicht, wo wir ihn ausgesetzt hatten. Ich bin ihm heute Nacht begegnet. Er behauptet, er handle im Auftrag der Königin, was ich stark bezweifle. Aber er hatte vier bewaffnete Männer dabei, denen man sich nur schwerlich widersetzen konnte.«

Bickerstaff wollte etwas sagen, doch wurden sie von Duncan Honeyman unterbrochen, der vom Mitteldeck heraufkam, wobei er mit jedem Schritt je zwei Stufen zum Achterdeck nahm. »Spill ist klar, Captain«, sagte er auf seine unbefangene Art und Weise. Er sah zur Takelage auf, dann nach vorn, und sagte schließlich mit gänzlich anderer Stimme: »Ich muss Euch sagen, Captain, dass die Jungs vorn nicht besonders glücklich sind. Sie wissen nicht, was los ist, und sie sind nicht gerade froh darüber.«

Marlowe sah Honeyman lange an, sagte eine Minute nichts. »Es interessiert mich nicht im Geringsten, ob die Männer froh sind oder nicht. Sie haben ihre Befehle. Ich habe hier das Kommando, nicht Ihr.«

»Missversteht mich nicht, Captain. Ich habe nichts damit zu tun. Ich bin der Bote, nicht mehr und nicht weniger.«

»In der Tat. Nun, Honeyman, meiner Erfahrung nach beginnt die Botschaft meist beim Boten.«

»Für gewöhnlich wohl. In diesem Falle aber nicht. Sir, die Sache ist, dass die Männer dachten, sie hätten auf einem Handelsschiff angeheuert, das sich vielleicht auf dem Weg ins Rote Meer befindet. Sie haben nicht damit gerechnet, in London festgenommen zu werden. Sie wollen nur ungern als Piraten aufgeknüpft werden.«

»Man wird sie nicht als Piraten aufknüpfen.«

»Das wissen sie nicht, Sir. Und, bei allem Respekt, Ihr auch nicht.«

Marlowe und Honeyman standen keinen Meter voneinander entfernt, starrten einander an. *Ich hätte mir denken können, dass es der verfluchte Honeyman mit dem Seerecht ganz genau nimmt,* dachte Marlowe. Falls Honeyman meinte, ihm auf der Straße zu Hilfe zu kommen, gäbe ihm das Recht, sich solcherart Freiheiten herausnehmen zu dürfen, so hatte er sich getäuscht.

Doch Marlowe war sich darüber im Klaren (und auch Honeyman, wie er wusste), dass ein Seemann kein Soldat war. Er würde seinen Hals nur riskieren, wenn eine Belohnung in Aussicht stand. Loyalität war eine prekäre Angelegenheit, wenn es um Männer ging, die ohne weiteres von einem Schiff zum nächsten wechselten.

»Also schön. Sagt den Männern, für ihre Arbeit heute Nacht gibt es ein Goldstück extra.«

»Sehr gut, Sir.« Honeyman ließ sich nichts anmerken, wandte sich nur um und lief nach vorn.

Bickerstaff trat neben ihn. »Du musst die Männer bestechen, damit sie deinen Anweisungen Folge leisten?«

»Wenn meine Anweisungen die Gefahr einer Verhaftung in sich bergen, dann ja. Auf dem offenen Meer könnte ich sie besser unter Druck setzen, aber so lange das Ufer nur zwei Kabellängen entfernt ist, kann ich nicht wirklich etwas unternehmen.«

Marlowe hielt einen Moment lang inne, sah, wie Honeyman die Nachricht über sein Angebot einer Bonuszahlung verbreitete, sah, wie sich die Mienen der Männer sichtlich aufhellten. »Wäre an dem, was vor sich geht, nicht etwas… Fragwürdiges, dann würde die Gefahr, wegen Meuterei angeklagt zu werden, sie sicher bei der Stange halten. Es ist wohl mein Pech, dass diese Schurken stets die Oberhand behalten, weil ich anscheinend ständig etwas tue, was nicht dem Gesetz entspricht.«

»Dein ›Pech‹? Ich denke, Pech hat nur sehr wenig damit zu tun, mein lieber Thomas. Ich würde eher bei deinen natürlichen Neigungen suchen.«

»Was immer es auch sein mag, brauchen wir doch ihre Mitarbeit. Sollten sie desertieren und wir diesen Tabak verlieren, sind wir geliefert.«

»Für alle Zeit geliefert. Was meinte Honeyman eigentlich mit ›vielleicht auf dem Weg ins Rote Meer‹?«

»Weiß der Himmel. Ich glaube, Honeyman ist ein Halunke. Ich bereue, dass ich ihn an Bord geholt habe.«

Marlowe drehte sich ein Stück herum, bis er die leichte Brise an seiner Wange spürte, sah zur Takelage auf, dann über die Heckreling zu dem Schiff hinüber, das dort achtern ankerte. Innerlich sah er das Vormarssegel back geschlagen, das Ruder übergelegt, die *Elizabeth Galley* vor Wind und Tide liegend. Sie waren ganz nah an jenem Schiff, doch wenn sie sich erst an den Anker gezogen hatten, wäre für ihr Manöver ausreichend Platz.

Vor seinem inneren Auge war dieses Manöver schon vollbracht. Jetzt musste er nur noch dafür sorgen, dass das Schiff seinen Vorstellungen folgte.

»Mr. Dinwiddie, schickt Männer hinauf, um die Marssegel zu lösen, dann holen wir uns ran!«, rief er, und Dinwiddie gab die Befehle weiter. Man hatte ihn eindringlich gebeten, leise zu sein, und daher hielt er sich zurück, auch wenn sich an seinem Tonfall nichts änderte, was zur Folge hatte, dass es klang, als lauschte man Peleg Dinwiddie aus weiter Ferne.

Die Männer eilten die Wanten hinauf und über die Rahen hinaus, denn mit einem einzigen Goldstück konnte man sich im Hafen von London einige Vergnügungen leisten, und eine Minute später hingen die Marssegel wie große Säcke von den Rahen.

Wieder zum Deck hinab, und die Spaken waren eingesetzt und die Männer an ihren Posten, bereit, das Spill zu drehen.

Marlowe sah nach vorn und achtern. Ankerleine durchholen, Vormarssegel setzen, Anker auf- und niederholen, und schon waren sie unterwegs, verschwanden im Nebel. Ein sicheres Versteck auf dem Fluss finden und sich dann um das Geld kümmern, das man ihnen schuldete. Ganz einfach.

»Also, Mr. Honeyman, holt auf!«, rief er.

»Holt auf!«, rief Honeyman, leise, aber deutlich, und die Männer stapften langsam im Kreis, das Tau kam herein, schwarz und tropfend durch die Klüse, und Marlowe versuchte, nicht auf das ausgesprochen mulmige Gefühl in seiner Magengrube zu achten.

7

Stolpernd, fluchend hetzte Roger Press die Straße am Fluss entlang. Er suchte zehn Minuten, wobei der Nebel wie ein Schleier war, den man nicht beiseite schieben konnte. Dann fand er ein Mietboot, das um diese Uhrzeit noch fuhr. Der

Besitzer schlief mit seiner Ein-Mann-Mannschaft auf den Bänken, schnarchte friedlich, bis Press ihm einen scharfen Hieb mit seiner Klinge versetzte.

Ruckartig war der Mann wach, wütend und kampfbereit, eine Aufwallung, die nach dem ersten Blick auf Press' nasse, schmutzige Kleidung, die blitzende Klinge und das pockennarbige Gesicht erstarb, denn diese Miene war derart wutverzerrt, dass er ihr nichts entgegenzusetzen wagte.

»Wohin, Sir?«, brachte er heraus, während er schon sein Ruder nahm und dem anderen Mann einen scharfen Tritt versetzte, seinen Zorn auf Press an seinem hilflosen Kameraden ausließ.

»*Queen's Venture*«, sagte Press, während er ins Heck des Bootes stieg. Mehr gab es nicht zu sagen. Wer auf dem Wasser arbeitete, kannte die *Queen's Venture* und wusste um die Reise, für die sie ausgerüstet wurde. Seeleute, Dienstboten, zweite und dritte Söhne aus der Aristokratie, sie alle kamen in Schwärmen zu Press, in der Hoffnung, an der edlen Expedition mit Aussicht auf Belohnung teilnehmen zu dürfen. Press hatte sich die besten Seeleute Londons aussuchen können, und das waren die besten der Welt.

Das Boot fuhr durch den Nebel, und bald schon konnte Press die Umrisse der *Queen's Venture* erkennen, mit jedem Ruderschlag wurden sie deutlicher. Sie kamen unter der hohen Gillung des Schiffes hindurch, dann an der geölten Bordwand entlang. Press wusste um die Köpfe, die sich oben an der Reling aufreihten, wusste um die plötzlichen Aktivitäten an Deck, da auch der Ankerwache klar war, dass der Kapitän kam, denn zweifelsohne hatte man es Jacob Tasker, dem Ersten Offizier der *Venture*, gemeldet.

Press starrte stur geradeaus, ignorierte das alles.

Der Bootsführer legte bei der Außenbordtreppe an, der jüngere Mann machte an der Kette fest, und schon war Press aufgestanden und kletterte hinauf, als der Bootsführer rief: »Das macht dann... Sir? Einen Schilling, Sir!«

Press trat durch die Gangway aufs Mitteldeck. Wie erwartet stand Tasker da, in Nachthemd und Hosen, nicht zugeknöpft. Er wollte etwas sagen, doch Press schnitt ihm das Wort ab. »Zahlt den Hundsfott im Boot aus und kommt achtern zu mir.«

Er ließ Tasker auf dem Mitteldeck stehen, überließ es ihm, einen Schilling aufzutreiben. Er stampfte die Leiter zum Achterdeck hinauf und starrte in die Dunkelheit.

Einen Augenblick später hörte er, wie Tasker hinter ihm herankam. Ohne sich umzudrehen sagte Press: »Ich habe heute Abend einen Piraten getroffen. Einen Schweinehund und Mörder namens Malachias Barrett, der sich mittlerweile Thomas Marlowe nennt. Ich hatte ihn verhaftet, aber diese Kretins, die bei mir waren, haben ihn entkommen lassen. Hanson ist tot.«

»Tot. Aye, Sir.« Tasker war klug genug, nicht weiter nachzufragen, sich nicht nach Press' nassen Kleidern, dem verlorenen Hut oder dem Umstand zu erkundigen, weshalb er an Marlowes Entkommen keinen Anteil gehabt hatte. Deshalb hatte Press ihn als Ersten Offizier an Bord geholt.

»Barrett ist da draußen irgendwo auf einem Schiff. Ganz in der Nähe. Und ich habe die Absicht, ihn zu finden. Ich will, dass das Beiboot ausgebracht wird.«

Es würde ein Angriff vom Boot aus sein müssen. Gern hätte Press die *Queen's Venture*, sein mächtiges Kriegsschiff, eingesetzt, doch da war noch alles ungeordnet, längst nicht fertig ausgerüstet. Drei Wochen würde es noch in Anspruch nehmen, bis sie bereit waren, nach Madagaskar auszulaufen. Es würde Stunden dauern, bis sie auch nur fahrbereit wären.

Dann also das Beiboot. »Dreißig Mann ins Boot«, fuhr

Press fort. »Bewaffnet. Entermesser und Pistolen. Ich will so bald wie möglich unterwegs sein, und zwar in …«

Press hielt inne, spitzte die Ohren. Er spürte, wie Tasker sich anspannte, doch ignorierte er den Offizier, konzentrierte sich auf das, was jenseits der Reling vor sich ging. Etwas drang an seine Ohren, ein vertrautes Geräusch.

Unter ihnen knarrte das Ruder der *Queen's Venture*, erstickte jeden anderen Laut in der nebelverhangenen Nacht. Dann brach es ab, und wieder hörte Press dieses Geräusch, stetig, mechanisch.

Klack, klack, klack … es waren die Pallen eines Gangspills. Tausendmal schon hatte er es gehört, er konnte sich nicht täuschen, dieses Geräusch gehörte zu seinem Leben wie seine eigene Stimme. So hörte sich ein Schiff an, das ablegte. Es gab nur einen einzigen Menschen, den er für verzweifelt genug hielt, in nebliger, dunkler Nacht den Anker zu lichten und in See zu stechen, auf einem Fluss, bei ablaufendem Wasser.

»Verflucht!« Press schlug mit der Hand an die Reling, biss fest auf seinen silbernen Zahnstocher. »Bringt endlich das verdammte Boot aus!«, zischte er zwischen gefletschten Zähnen hindurch. »Hört Ihr nicht? Sie lichten ihren Anker!«

»Aye, Sir!« Tasker wandte sich um und rannte nach vorn, war klug genug, sich zu beeilen. Aufs Mitteldeck, und dort feuerte er eine Breitseite von Befehlen ab, gab sowohl die Absicht als auch die Dringlichkeit der Anweisungen seines Kapitäns weiter.

Männer rannten in alle Richtungen. Handverlesene, fähige Seeleute, die wussten, wann es an der Zeit war, sich zu bewegen, und zwar zügig. Entermesser kamen von unten herauf, wurden verteilt, Pistolen in Gürtel gesteckt. Das Beiboot war bereits im Wasser, lag längsseits, und die Bootsmannschaft sprang hinein, übernahm die Riemen.

Vier Minuten, nachdem er den Befehl gegeben hatte, kletterte Press ins voll bemannte, schwer bewaffnete Boot. Es hätte niemals schnell genug sein können, um ihn zufrieden zu stellen, doch schneller ging es nicht.

»Los. Legt ab«, knurrte er, und das Boot löste sich von der Bordwand der *Queen's Venture*. Die langen Riemen sanken herab und tauchten ins Wasser. Das Boot tat einen Ruck nach vorn, obwohl es mit Männern und Waffen schwer beladen war.

Press holte die Pinne herum, zielte mit dem Bug dorthin, woher das Klacken kam. Er hatte kein Licht mitgenommen, und daher konnte er auch den Bootskompass nicht sehen; er verfluchte den Umstand, dass sie keine Zeit gehabt hatten, das Knarren der Riemen zu dämpfen. Die quietschenden Schäfte in den Dollen hallten in der Stille der Nacht wie Schreie der Verdammten. Er war sicher, dass Barrett es hören würde und auf den drohenden Angriff vorbereitet wäre.

Doch das machte nichts, entschied Press. Die Überraschung wäre nicht ausschlaggebend. In dieser leichten Brise war das Boot schneller als jedes Segelschiff. Und Barretts Schiff war ein Kaufmann mit höchstens zwanzig Mann Besatzung. Es war unwahrscheinlich, dass sie bereit wären, für ihren Kapitän zu kämpfen und zu sterben. Und selbst wenn das der Fall sein sollte, wären sie seinen Leuten nicht gewachsen.

Nein, ihn zu besiegen wäre nicht das Problem. Er musste ihn nur finden, die *Elizabeth Galley* auf dem Fluss ausfindig machen, dann wäre der Rest ganz einfach. Er spielte mit dem Zahnstocher im Mund, schob ihn mit der Zunge hin und her, schlug leicht und rhythmisch mit der Faust ans Dollbord seines Bootes.

Die *Elizabeth Galley* kroch gegen den Strom voran, während die Männer sie an den Anker holten, um ablegen zu können.

»Wie viel Trosse habt Ihr laufen lassen, Mr. Dinwiddie?«, fragte Marlowe, eine ärgerliche und unnötige Frage.

»Anderthalb Kabellängen, Sir. Wir wollten am Liegeplatz festmachen, wenn Ihr Euch erinnert.«

»Ja, ja«, sagte Marlowe und ging. Anderthalb Kabellängen, fast tausend Fuß Tau mussten eingeholt werden. Mit jedem Augenblick wurde er unruhiger. Das laute Klack-klack-klack der Pallen war wie eine Folter. Sicher wurde es mit jeder Sekunde lauter.

Elizabeth, die unter Deck gegangen war und die Abgeschiedenheit der Großen Kajüte gesucht hatte, um sich etwas zu beruhigen, kehrte nun aufs Achterdeck zurück. Sie schenkte Marlowe ein halbherziges Lächeln, um ihm Mut zu machen, dann trat sie an die gegenüberliegende Reling und stand dort, ruhig und unauffällig. Thomas wusste, dass sie dort bleiben würde, bereit zu helfen, falls man sie darum bäte, ohne zu fragen, ohne sich einzumischen, und er liebte sie dafür, dass sie in jedem Moment wusste, was er brauchte, und es ihm zu geben bereit war.

Er lehnte an der Reling und blickte in die Nacht hinaus. Im Dunkel, bei diesem Nebel, sah er kaum zwanzig Fuß weit.

Press ist tot, dachte er. *Hätte er schwimmen können, hätte er sich wieder in den Kampf gestürzt.*

Doch konnte er die quälende Sorge nicht abschütteln. Nicht zum ersten Mal versicherte er sich selbst, Roger Press sei tot, und schon einmal hatte er sich getäuscht.

Klack, klack, klack…

»Da kommt der Spleiß an Bord!«, rief Duncan Honeyman halblaut von achtern. Der Spleiß, wo die beiden Taue miteinander verbunden waren. Es bedeutete, dass sie ein Drittel der ausgeworfenen Ankertrosse eingeholt hatten. Leise schlug Marlowe mit der Faust an die Reling.

Klack, klack, klack… Es war, als verkündete der Ausrufer lauthals, dass sie den Hafen verlassen wollten, und Marlowe konnte es kaum ertragen, noch länger zuzuhören.

Doch dann hörte er ein anderes Geräusch, ein Knarren, eines von hundert Geräuschen, die Schiffe von sich gaben. Doch da war etwas, das seine Aufmerksamkeit erregte, etwas Rhythmisches. Darüber hinaus klang es nicht, als käme es von der *Elizabeth Galley*, sondern von irgendwo aus dem Dunkel. Er lauschte angestrengt.

Da war es wieder. Riemen in Dollen, er war ganz sicher. Er trat an die gegenüberliegende Seite des Achterdecks, zählte im Geiste alle Gründe auf, aus denen um diese nachtschlafende Zeit ein Boot unterwegs sein mochte: Eine trunkene Gesellschaft kehrte auf ihr Schiff zurück, ein Bumboot suchte späte Kunden, man hatte sogar schon gehört, dass Huren auf ein Schiff gebracht wurden. Hundert Gründe gab es, dass um diese Uhrzeit ein Boot auf dem Wasser war.

Eben lehnte er sich an die Steuerbordreling, als das Boot wie ein gespenstischer Wasserkäfer aus dem Nebel auftauchte, ein langes Beiboot, die Riemen doppelt besetzt, Männer drängten sich auf den Bänken, nur fünf Meter entfernt. Im Heck – zu undeutlich, als dass man Einzelheiten hätte erkennen können, doch die schlaksige Erscheinung unverkennbar – saß Roger Press.

Marlowe richtete sich auf, stöhnte, als sei dort eben ein Geist erschienen, da rief Press' Stimme: »Welches Schiff?«

Die Männer am Gangspill erstarrten, das Klacken verstummte. Marlowe suchte nach einer Antwort, doch bevor er eine finden konnte, antwortete Peleg Dinwiddie, der an der Gangway stand und hinuntersah, hilfsbereit: »*Elizabeth Galley!* Wer will das wissen?«

»Fall ab«, sagte Press zu seinen Leuten. »Wir gehen längsseits.«

Die Männer der *Elizabeth Galley* schienen wie versteinert. Sie standen da, rührten sich nicht, wussten nicht, was sie tun sollten, doch Marlowe zögerte keinen Augenblick.

»Schlagt das Tau durch!«, rief er. Kein Grund mehr, leise zu sein. »Schlagt das verdammte Ankertau durch!«

Noch immer rührte sich keiner. Sie blieben so lange unverwandt stehen, dass schon ein Fluch in Marlowes Kehle wachsen wollte, dann aber hob Honeyman eine Axt und schlug auf das stramme Tau ein… ein Hieb, zwei Hiebe, und die Stränge fledderten mit jedem Schlag.

Marlowe beugte sich über die Reling. Das Beiboot war drei Meter von der Bordwand entfernt, nicht einmal so weit, wie es selbst lang war, die Männer – bewaffnete Männer, wie er sehen konnte – bereit, auszuschwärmen und über die unbewaffneten, unvorbereiteten und untrainierten Männer der *Elizabeth Galley* herzufallen. Es würde nicht einmal zu einem Kampf kommen.

»Pullt! Holt die Riemen ein!«, rief Press. Er blickte auf, sah Marlowe. Press wirkte ruhig, keineswegs überrascht, als hätte er die ganze Zeit gewusst, wo er seinen alten Feind finden würde.

Die Bootsmannschaft pullte fest, das Boot schoss vor, die Riemen kamen hoch und wurden auf die Duchten gelegt, damit sie aus dem Weg waren und die Männer nicht behinderten, wenn sie an Bord der *Galley* kletterten.

Das schwere Boot rumpelte an die Bordwand, da es reichlich Schwung hatte. Der Bugmann stand mit dem Bootshaken da und streckte sich nach der Kette, als das Ankertau unter Honeymans Axt zerriss. Wind und Strömung ergriffen die *Galley*, dass sie abdrehte. Der Mann im Bootsbug beugte sich vor, schlug nach der Kette, ging fast über Bord, als das Schiff wendete, so dass er es nicht mehr erreichen konnte.

»Vormarssegel setzen!«, rief Marlowe. »An die Fallen! Hol auf!«

Die Männer auf dem Mitteldeck schienen aufzuwachen und eilten an Nagelbänke und Fallen. Mochten sie auch keine Soldaten auf einem Kriegsschiff sein, zum Kampf bereit, so waren sie doch gute Seeleute und folgten vertrauten Befehlen sofort.

»Segel setzen! Hol auf!« Dinwiddie übernahm die Reihe von Befehlen, und über ihren Köpfen ruckte die Vormarsrahe am Mast hinauf, und die Männer, die das Segel setzten, zogen die unteren Ecken des Vormarssegels bis an die Enden der Rahe darunter.

Die Strömung ergriff die *Elizabeth Galley*, drehte sie so schnell herum, dass Press und das Beiboot bereits achteraus lagen. Seine Leute hatten schon an Bord der *Galley* gehen wollen und kämpften nun darum, die Waffen abzulegen und die Riemen wieder aufzunehmen. Es war ein dicht gedrängtes Chaos, das dort auf dem Fluss schwamm, und in Marlowe blitzte Hoffnung auf, wie ein Funke von Stahl auf Flintstein, wenn auch nicht mehr als das. Die Strömung würde beide mitnehmen, und sobald sich die Bootsmannschaft geordnet hatte und wieder pullte, wäre sie schneller, als es der *Elizabeth Galley* in der leichten Brise möglich war.

»Gut so!«, rief Dinwiddie, und dann: »Verflucht noch eins! Captain! Captain! Backbord voraus!«

Marlowe sah nach vorn. Das Schiff achtern, das sie ohne weiteres passiert hätten, wäre nicht ihr Ankertau gekappt gewesen, lag nun mitten im Weg, und der Fluss trieb die *Galley* direkt darauf zu.

»Ruder hart backbord!«, rief Marlowe den Rudergängern zu, und die Pinne wurde mit Gewalt nach backbord gedrückt. Bei schnellerer Fahrt der *Elizabeth Galley* hätte ein solches Manöver dramatische Auswirkungen zur Folge gehabt, doch nun wurde das Schiff hauptsächlich vom Wasser bewegt, und das Ruder nahm kaum Einfluss auf den Kurs.

»Verdammt und zugenäht!«, rief Marlowe, als sie dem ankernden Schiff immer näher kamen, langsam, zielstrebig, anmutig auf Kollisionskurs. »Ruder überlegen!«

Die Rudergänger drückten die Pinne im Bogen übers Deck, ganz hinüber nach Steuerbord. Das hatte genützt, wie Marlowe merkte, hatte die *Galley* ein Stück aus der Linie des Schiffes achtern gewriggt.

Der Bugspriet passierte das ankernde Schiff, dann der Bug, keine fünf Fuß entfernt; die beiden Schiffe fuhren derart nah aneinander vorüber, dass es ein Leichtes gewesen wäre, von einem aufs andere zu steigen. Marlowe spürte, dass die Männer an Deck die Luft anhielten, als sie sahen, wie nah das andere Schiff an ihnen vorüberglitt, menschenleer, gespenstisch im Nebel.

»Mittschiffs!«, rief er den Rudergängern zu. Sie brachten die Pinne in die Mitte, und Marlowe sah, dass er eine Sekunde zu lang gewartet hatte. Das Heck der *Galley* war zu nah, und als er zu dem Schluss kam, dass kein weiteres Wriggen des Ruders helfen würde, kollidierten die Schiffe, wobei die *Elizabeth Galley* Backbord achtern den Bug des anderen Schiffes rammte. Beide Schiffe erzitterten, vom Kiel bis zum Mastknopf.

Marlowe sah, wie es geschah, keine drei Meter von dort, wo er stand. Die *Galley* schleifte an der Bordwand des anderen Schiffes entlang, knallend, krachend, berstend. Er hörte Glas zerbrechen und wusste, dass es seine geliebte Heckgalerie war.

Lange Sekunden knirschten die Schiffe aneinander, während die *Elizabeth Galley* vorüberzog. An Deck des ankernden Schiffes tauchte jemand auf, fluchte, als die *Galley* von deren Großrüste abprallte, diese herausriss und dann frei war.

Es schien, als würde vorn und achtern ein kollektiver Seufzer der Erleichterung ausgestoßen, eine Sekunde Gnadenfrist, dann knallte ein Pistolenschuss, und Roger Press brüllte: »Halt! Haltet ein! Hier spricht ein Offizier der Königin!«

»Großmarssegel setzen!«, rief Marlowe nach vorn, als stritten Press und er darum, wer das Kommando auf der *Galley* hatte. Die Männer taten, was man ihnen sagte, wenn auch langsam, und er sah, dass sie über die Reling schielten.

»Halt!«, brüllte Press erneut, diesmal deutlich näher. »Im Namen der Königin! Haltet an, oder ihr sollt alle hängen!«

Das zeigte die Wirkung, die Press sich erhofft hatte. Die Männer liefen langsamer, wollten sich Marlowe nicht widersetzen, doch arbeiteten sie in stiller Übereinkunft derart zögerlich, dass es schien, als gehorchten sie auch Press.

»Verflucht noch eins! Er ist kein Offizier der Königin! Der Mann ist ein gottverdammter Pirat! Hört nicht auf ihn, es sei denn, ihr wolltet gleich hier an Deck gemetzelt werden!«, rief Marlowe, doch statt seine Männer anzutreiben, schien es sie nur noch weiter zu verwirren.

Verflucht! Marlowe fuhr herum, sah achteraus. Das Boot folgte ihnen zügig, die Männer legten sich ins Zeug, das Boot konnte dem Schiff gut folgen. Zehn Meter achteraus, und sie kamen näher, diese Männer, diese Waffen.

Was blieb ihnen zur Verteidigung? Keine Kanonen, keine Drehbassen. Ein paar Musketen und Entermesser. Marlowe hatte auf die Geschwindigkeit der *Elizabeth Galley* gebaut, um sich vor Gefahr zu schützen. Dass ein Ruderboot sie überholen würde, damit hatte er nicht gerechnet.

»Verflucht!«, rief er laut. Er hörte Honeymans Stimme, ein furchteinflößendes Knurren, ein Quietschen über ihren Köpfen. Er trieb die Männer, das Großmarssegel zu setzen, doch auch das würde nichts nützen. Sollte der Wind in den kommenden zwei Minuten nicht drastisch zunehmen, würde das Boot sie überholen.

Bickerstaff erschien an seiner Seite. »Ich würde nicht davon ausgehen, dass diese Männer dein Schiff verteidigen, Thomas. Sie sind nicht sicher, wem ihre Loyalität gelten soll.«

»Du hast Recht. Ich gebe es nur ungern zu.« *Wenn sie überhaupt jemandem gegenüber Loyalität empfinden,* dachte Marlowe, *dann diesem Honeyman. Was immer es mir auch nützen mag.*

»Vielleicht solltest du verschwinden«, schlug Bickerstaff vor. »Geh über die Steuerbordseite, wenn Press backbord entert. Ich glaube nicht, dass er die anderen behelligt, wenn du nicht da bist.«

»Hältst du mich für feige?«

»Nein, aber es ist ein umsichtiger Vorschlag, und so hielt ich es für meine Pflicht, ihn zu äußern.«

»Und ich danke dir dafür, aber das kann ich nicht tun.« Er sah sich nach dem Boot um. Fast war es am Heck der *Elizabeth Galley*.

Marlowe spürte einen Windhauch im Nacken, die *Galley* neigte sich ein wenig, und das Wasser gurgelte um den Vorsteven. Er schöpfte Hoffnung, als er nach achtern blickte und das Boot wieder in Nebel und Finsternis verschwinden sah. Dann erstarb der Wind, das Schiff kam wieder auf ebenen Kiel, und das Rauschen der Fluten erstarb. Fast zwanzig Meter hatten sie gewonnen. Vier Minuten würde Press brauchen, um den Abstand auszugleichen.

»Vielleicht können wir sie abwehren«, sagte Marlowe und eilte übers Achterdeck zum Mitteldeck hinunter. »Mr. Honeyman, teilt Männer ein, dass diese Stangen da drüben gelöst werden!« Er deutete mittschiffs auf die Hauptluke, wo die Ersatzrahen und Toppmasten wie ein Reisigbündel beieinander lagen. »Holt die Großmarsrahe! Wir werden uns dieser Hunde erwehren!«

»Kommt schon! Kommt! Ihr habt den Captain gehört! Los! Los!«, rief Honeyman, gab die Befehle weiter, und die Männer reagierten, lösten die Taue, stellten sich entlang des schweren Baumes auf. Sie folgten Honeymans Anweisungen, nicht zuletzt weil sich Marlowe für das rechte Maß an Widerstand entschieden hatte – die Angreifer ohne Blutvergießen abzuwehren, auszuschließen, dass auf einen Offizier der Königin geschossen wurde, falls es sich um einen solchen handeln sollte, und auch auszuschließen, von diesem erschossen zu werden.

Doch wusste Marlowe, dass er sich darüber nicht lange würde freuen können. Ein-, zweimal konnten sie Press vielleicht abwehren, doch dann würde dieser sicher schießen und die Loyalität der Männer auf der *Galley* stünde erneut in Frage.

Man löste die Taue, und die Männer nahmen den schweren Balken, acht Meter lang und dreihundert Pfund schwer, manövrierten ihn herum, bis er quer auf dem Schiff lag und über die Reling gehoben werden konnte, um damit das Beiboot wie mit einem mächtigen Schürhaken zurückzustoßen.

Wie lange können wir das tun?, fragte sich Marlowe. *Nicht besonders lange.*

Und dann war Honeyman da, stand an seiner Seite, und

Marlowe fragte sich, welchen Wunsch die Männer in diesem kritischen Moment zu äußern hatten. Doch Honeyman nickte nur und sagte: »Der Baum ist zum Abstoßen bereit, Captain.« Er zögerte kurz, fügte dann hinzu: »Ich dachte, wir sollten ihn vielleicht mit den Bootsfallen anheben. Ihn aufrechter stellen.« Er sah Marlowe in die Augen, und Heimtücke lag in seinem Blick. »Wenn Ihr versteht, was ich meine.«

Marlowe brauchte einige Sekunden, bis er begriff, doch als er merkte, was Honeyman vorschlug, grinste er und sagte: »Gute Idee, Honeyman. Hievt das Ding an.«

Honeyman eilte davon, rief: »Machen wir die Bootsfalle am Baum fest! So lässt es sich leichter manövrieren!«

Das Bootsfall, eine Talje, die vom Ende der Großrahe hing, wurde hauptsächlich benutzt, um die Boote der *Galley* herunterzulassen oder herauszuholen. Nun zogen fleißige Hände die Talje über die Mitte der Ersatzrahe und hakten sie in eine Leine, die Honeyman wie eine Schlinge um die Rahe gelegt hatte.

Eine weitere Leine wurde am Ende der Rahe befestigt, um sie damit zu steuern, und Honeyman rief: »Schwingt aus!« Das Beiboot hatte den Abstand, der durch die Windbö entstanden war, inzwischen verringert, nahm das letzte Stück, um längsseits der *Elizabeth Galley* zu gehen, sieben Meter entfernt, und es kam näher.

Übers Wasser hinweg hörte Marlowe, wie Press rief: »Pullt, ihr Hurensöhne!«, obwohl er sah, dass sie schon taten, was sie konnten.

Verdammt, verdammt, zu spät, dachte Marlowe noch, als seine Männer am Bootsfall zogen und sich die Rahe aufrichtete, schwankte und schräg in die Luft ragte.

Marlowes Blick wanderte zwischen der Rahe und Press' Boot hin und her, welches immer näher kam. Eine Pistole krachte, die Kugel traf den Großmast, da Press den Männern der *Elizabeth Galley* einen Vorgeschmack auf das gab, was noch kommen sollte, falls sie sich ihm nicht fügten.

Die Rah hing drei Meter über dem Deck, ragte steil auf, stand schräg, wie ein schiefer Mast, ein spitzes Ende deutete zum Himmel, das andere zum Fluss hinab. Sie schwankte am Ende ihres Taues, als Honeyman sie halten wollte, doch war sie nicht zu bändigen.

Marlowe sah an der Rah hinauf, über die Reling hinweg, schätzte den Winkel ein, stellte sich vor, welchen Weg sie nehmen würde, was zu tun war. Er legte seinen Rock ab, als er zu den Großmastwanten lief, auf die Webleinen sprang und schneller, als es für seine momentane körperliche Verfassung gut war, hinaufkletterte.

Höher, immer höher, wo die Wanten unter der Mars zusammenliefen. Er schnappte nach Luft, nahm Pistolenschüsse wahr, einen nach dem anderen, wusste, dass sie auf ihn zielten, doch konnte er nur an das Ende der Rah denken, die dort in der Luft schwebte.

Er hielt inne, wartete, bis sie in seine Richtung schwang, dann packte er sie, hielt das lange, runde Holz mit einer Hand, während er sich mit der anderen an die Wanten klammerte.

Fast direkt unter sich sah er das Beiboot als trüben Schatten im Nebel. Er sah, wie die Mannschaft ein letztes Mal pullte, die Männer ihre Riemen wieder an Bord holten und die Waffen nahmen, sie im Anschlag hielten, zum Entern bereit. Wieder war da dieser Bugmann, eine dunkle Gestalt, die einmal mehr mit dem Bootshaken ausholte. Press war da, im Heck, unverkennbar. Marlowe sah, wie er sich umdrehte, zweifellos die Takelage absuchte, nachdem er gesehen hatte, dass sein Widersacher nach oben verschwand.

Marlowe zog an seinem Ende der Rah, bis das andere Ende direkt auf die Mitte von Press' Boot zielte. Er staunte, dass Press seine Absicht noch immer nicht ahnte.

Doch genau in diesem Augenblick geschah es. Marlowe hörte ihn rufen: »Zurück! Zurück, verdammt!«, und Marlowe schrie zur gleichen Zeit: »Honeyman! Loslassen!«

Mit einem Ruck glitt Marlowe die Rah aus der Hand, als Honeyman losließ. Der mächtige Baum stieß herab, ging über die Reling, stach wie eine gigantische Lanze in Press' Boot. Marlowe sah, wie das obere Ende, das er eben noch gehalten hatte, hinabstieß. Er hörte, wie dünne Planken splitterten, als das untere Ende den Boden des Bootes durchschlug und immer weiter fiel. Kaum war das Ende des Baumes noch zu erkennen, als dieser stecken blieb, sich in den Schlamm der Themse bohrte.

Er hörte überraschte Schreie, wütendes Gebrüll. Er hastete die Wanten hinab, hielt plötzlich inne, und bevor Press' Boot nicht mehr zu erkennen war, sah er sich um, an der Bordwand der *Elizabeth Galley* entlang.

Vor ihm fädelte sich das Tau vom Bootsfall durch die Blöcke und verschwand in den Fluten. Achteraus ragte die Ersatzrahe wie eine Riesennadel aufrecht aus dem Fluss, und auf dieser Nadel steckte jenes Beiboot, in dem Roger Press und seine Männer in Panik durcheinander schrien.

Schon legte sich der Nebel um sie, und sie waren nicht mehr zu sehen. Nur ihre Schreie blieben, und eine Minute später waren auch diese nicht mehr zu hören.

Die *Elizabeth Galley* schwebte über einem mythischen Fluss, ihrem eigenen schwarzen, verlorenen Styx, einsam und allein.

Marlowe stieg wieder aufs Deck hinab. Die Männer lächelten, sprachen leise miteinander, lachten. Sie waren nicht beunruhigt über das, was sie getan hatten, fürchteten die

Strafe nicht. Es war ein allzu guter Trick gewesen, als dass man es sich anders überlegen wollte.

Peleg Dinwiddie trat näher, grinste ebenso breit wie die anderen. »Ich denke, Ihr habt es ihnen gegeben, Sir«, sagte er.

»Ich vermute, sie bleiben, wo sie sind, vorläufig zumindest«, gab Marlowe ihm Recht.

»Ihr sagtet, wir sollten etwa eine Meile flussabwärts fahren. Das wird nur mit einer Koppelung gehen, Sir, und in einer Nacht wie dieser wohl kaum sonderlich genau ausfallen, wie ich fürchte.«

»Oh.« Marlowe hatte den Plan, ein Stück flussabwärts zu fahren, schon vergessen. »Was das betrifft, könnt Ihr jetzt wahrscheinlich ebenso gut das offene Meer ansteuern. Für uns gibt es hier nichts mehr zu tun, ob es uns nun gefällt oder nicht.«

8

Die Insel Madagaskar im Indischen Ozean, dreihundert Meilen vor der Südostküste Afrikas. Als wäre halb Mosambique losgebrochen und abgetrieben, um dann dort stecken zu bleiben. Auf einer Karte ist zu erkennen, wo die Insel nach wie vor genau an die afrikanische Küste passen würde, wie ein Puzzlestück oder ein sauber gefrästes Maschinenteil.

Doch bei aller Verwandtschaft mit dem Schwarzen Kontinent war das Madagaskar des Jahres 1706 doch eine Welt für sich, mit einer Kultur, die auf der Erde wohl einmalig war. Es war die Basis, die Werft, der Marktplatz und in vielen Fällen die Heimat jener Männer, die auf der Piratenroute segelten.

Madagaskar war nicht die erste Wahl dieser Männer gewesen, so ideal es auch in mancher Hinsicht scheinen mochte. Erst hatten sie sich auf Bab's Key niedergelassen, der kleinen Insel, die auf den Karten Perim heißt, am Eingang zum Roten Meer. Es war das perfekte Versteck, da die Insel genau an jener Stelle lag, welche die reich beladenen Schiffe zwischen Indischem Ozean und Rotem Meer passieren mussten. Schiffe voller Schätze brachten dem Großmogul Tribut, Schiffsladungen wohlhabender Pilger auf dem Weg nach Mekka, die plumpen, leicht bemannten Kähne der britischen, französischen und holländischen Ostindienkompanien.

Doch gab es auf Perim kein Wasser, und Wasser war das Kostbarste an Bord jener Schiffe, die der Gnade von Wind und Gezeiten ausgesetzt waren. Eine Fehlkalkulation in dieser Gegend, besonders in den trockenen und grausam heißen Ländern am Roten Meer, konnte mit einem Tod enden, der schrecklicher als alles war, was Piraten selbst ihrem verhasstesten Feind antun konnten.

Daher hatten die Männer, die auf der Piratenroute fuhren, ihren Standort nach Madagaskar verlegt. Zwar lag es mehr als zweitausend Meilen von ihren Jagdgründen entfernt, doch war Piraterie eine reisende Betätigung, und was Madagaskar an Nähe fehlte, glich es in anderer Hinsicht wieder aus.

Die Insel war von einer üppigen Vegetation bedeckt, sie war fruchtbar, und Wasser gab es überreichlich. Das Klima war ideal – nicht brütend heiß, nicht kühl, ein Ort, an dem man sich bis zur Besinnungslosigkeit betrinken konnte, ohne fürchten zu müssen, dass das Wetter einen umbrachte. Die Eingeborenen waren mit Feuerwaffen einzuschüchtern und außerdem viel zu beschäftigt damit, sich untereinander zu bekriegen, als dass sie je in der Lage gewesen wären, einen echten Widerstand gegen Übergriffe der Europäer zu koordinieren. Eine Piratenmannschaft musste einem Eingeborenenstamm nur im Kampf gegen dessen Nachbarn helfen, und schon hieß man sie auf der Insel willkommen.

Auch die eingeborenen Mädchen hatten eine ganze Menge zu bieten. Die meisten waren Malaien, die ihrem Ruf, ansehnlich zu sein, alle Ehre machten, und weder die Aversion christlicher Frauen der Unzucht gegenüber teilten noch Forderungen wie die Huren stellten.

Madagaskar war ein derart wunderbarer Ort, ein solches Piratenparadies, dass manch einer für immer blieb. Sie nahmen sich eingeborene Mädchen zur Frau, trieben Handel mit den Männern, die auf der Piratenroute segelten, ließen sich träge und trunken durch den Tag treiben. In der Geschichte der Piraterie konnten allein Port Royal auf Jamaika und Nassau auf New Providence, eine der Bahamainseln, Madagaskar als Utopia der Seeräuber das Wasser reichen, ein Ort, den sie ganz allein beherrschten.

Und das Juwel von allen Piratengemeinschaften, die sich entlang der endlosen Küste Madagaskars bildeten, in Port Dauphin und an der Bucht von St. Augustine, Diego Suarez, Ranter-Bucht und in kleineren Orten, das Juwel war zweifellos die kleine Insel St. Mary's, kaum zehn Meilen vor der Nordostküste.

Dort hatte Thomas Tew, der Gründer der Piratenroute, seine umfangreiche Beute angelandet und unter seinen Männern verteilt. Doch war Tew nicht der erste weiße Mann auf St. Mary's gewesen. Als der Anker der *Amity* in die Bucht fiel, hatte bereits ein Engländer namens Adam Baldridge St. Mary's besiedelt.

Baldridge erkannte das Potenzial der Insel als Trutzburg; der weite Hafen mit der engen Einfahrt wie ein Flaschenhals und die Berge rundherum machten sie uneinnehmbar.

Er erkannte Madagaskars ideale Lage als Zwischenstation von Europa und Amerika ins Rote Meer und nach Indien. Er sah die Insel als gutes Versteck vor den Mordanklagen, denen er auf Jamaika entflohen war. St. Mary's bot alles, was er brauchte.

Sein Geschäft lief prächtig. Manufakturwaren, Rum und Schiffsbedarf kamen zuhauf von England und Amerika herein, geplünderte Ware, Gold und Juwelen aus dem Indischen Ozean und dem Roten Meer; Baldridge saß genau dort, wo dieser Reichtum zusammenkam. Von seinem winzigen Posten aus, den er dem Dschungel abgetrotzt hatte, baute Baldridge ein Imperium auf, welches ihm jeder Anrainer von Pall Mall oder St. James geneidet hätte. Er baute Lagerhäuser, eine Palisadenfestung, ein mächtiges Herrenhaus hoch oben auf einem Hügel, der ihm einen grandiosen Blick auf alles bot, was er erschaffen hatte. Er besaß einen Harem, ebenso groß wie jene, die man im Fernen Osten fand. Er herrschte über sein Inselreich.

1697 war Baldridge der unbestrittene »König der Piraten«, hielt sogar Gericht und klärte Streitfälle, die von ganz Madagaskar an ihn herangetragen wurden.

Am Ende stellte der König sein Glück allzu sehr auf die Probe, verkaufte allzu viele Eingeborene in die Sklaverei, und seine ihm einst treu ergebenen Leute erhoben sich gegen ihn, vertrieben ihn von der Insel.

Schließlich ließ er sich in New York nieder und lebte dort ein langes Leben. Er war zufrieden, aber ein König war er nicht mehr.

Das bin ich jetzt. Dieser Gedanke ging Eliphant Yancy durch den Kopf. *Ich bin jetzt König.*

Eliphant Yancy saß auf der großen, steinernen Veranda, die Baldridge errichtet hatte, auf einem prächtigen Stuhl aus

Mahagoni, mit Intarsien aus Eben- und Eisenholz. Er war ein kleiner Mann, und daher stand der Stuhl auf einem erhöhten Steinpodest, das er, Yancy, hatte bauen lassen, damit er selbst im Sitzen auf jemanden, der vor ihm stand, herabsehen konnte.

Yancy stützte seinen Kopf mit einer Hand und blickte träge über die niedrige Mauer hinweg, von welcher die Veranda umgeben war, über den Hafen und das gute Dutzend Schiffe hinaus, die dort vor Anker lagen. Er sah, wie ein kleines Schiff langsam einlief, aufschoss, die Segel einholte und den Anker mit gekilltem Großmarssegel setzte. Fragte sich, ob es aus England oder Amerika kommen mochte, ob es Post brachte.

Er dachte an Baldridge. Baldridge hatte all das erschaffen und war gezwungen gewesen, es aufzugeben. Er, Yancy, hatte es gefunden, fast nur noch Ruinen, hatte es wieder aufgebaut und sich zu Eigen gemacht. Baldridge mochte das alles begonnen haben, aber Eliphant Yancy, ehemals Seeräuber auf der Piratenroute, hatte es berühmter gemacht, als Baldridge sich je hätte erträumen lassen.

St. Mary's Redaviva.

Er wiederholte den Gedanken, schob ihn im Kopf herum wie ein Araber seine Gebetsperlen. Er glaubte es nicht ernstlich, was auch der Grund war, weshalb er sich immer wieder sagen musste, dass es stimmte.

Lange betrachtete er die beiden jämmerlichen Kreaturen, die auf kleinen Stühlen vor ihm kauerten. Einer der beiden redete nun schon seit… wie lange? Yancy konnte es nicht sagen, hatte nicht zugehört. Als Herr über die Insel hatte Yancy beschlossen, selbst über derart belanglose Streitfragen zu richten. Es gehörte zu der Bürde, die er als oberster Herrscher des Königreiches tragen musste; das war so, und doch war es ärgerlich und schrecklich langweilig.

Er war König, doch er war kein Angeber. Er führte diesen Titel nicht, bestand allerdings darauf, als »Lord Yancy« angesprochen zu werden.

»Es ist gelogen, was er sagt, Lord Yancy. Ich schwöre bei Gott, es ist gelogen«, protestierte einer der beiden Männer. »Das Zeug, von dem er sagt, ich hätte es gestohlen, gehörte mir, war nie das Seine. Abgesehen von dem Messer, und das habe ich beim Spiel gewonnen, fair und alles, und er weiß es…«

»Das ist eine Lüge!«, unterbrach der andere. »Der Hundesohn lügt, Euer Ehren, und ich kann ein Dutzend Zeugen bringen, die bestätigen, dass ich die Wahrheit sage…«

Yancy seufzte hörbar, starrte wieder auf den Hafen hinaus. Andere mochten seinen Reichtum sehen, seine Macht, seinen Harem, und sie mochten ihn beneiden, doch wussten sie nichts von der schrecklichen Verantwortung, die er trug.

Wieder sah er die Männer an, hielt Daumen und Zeigefinger unter seine Nase und fuhr mit den Fingerspitzen langsam über seinen Oberlippenbart, strich das Haar glatt; dann fuhr er mit der ganzen Hand über seinen ordentlich gekämmten Ziegenbart. Er hatte diese Geste vor dem Spiegel geübt, bis er sicher war, dass er jenen nachdenklichen, sinnierenden Ausdruck zeigte, der ihm wünschenswert erschien.

Die zwei Streithähne redeten beide gleichzeitig, ein Durcheinander von Lauten, das Yancy nicht so weit entwirren konnte, als dass er einzelne Worte hätte unterscheiden können. Er winkte ab, forderte sie auf zu schweigen, und beide Männer hörten gleichzeitig auf zu reden. Einen Moment hielten sie inne, erwartungsvoll. Als Yancy nichts sagte, fing einer der Männer wieder an, doch der Wachmann, der neben ihnen stand, versetzte ihm einen Schlag an den Kopf, und er hielt den Mund.

»Ich habe eure Argumente gehört«, verkündete Yancy träge, wenn es auch nicht der Wahrheit entsprach. Tatsächlich konnte er sich nicht einmal erinnern, worum es bei dem Disput gegangen war. »Ihr seid beide Lügner und Diebe, perfide Männer. Ich verbanne euch beide von St. Mary's. Bis Sonnenuntergang seid ihr verschwunden.«

Na also, das war doch die einfachste Lösung.

Beide Männer waren perplex, und als eine der Wachen hinter sie trat, rief der eine: »Yancy, verflucht, das ist nicht…«

Die Worte erstarben, welkten unter Yancys wütendem Blick.

»Lord Yancy, Sir, ich meine…«, stotterte der Mann.

»Ihr wollt mein Urteil anfechten? Soll ich euch erst die Hände abhacken und euch dann verbannen?«

Yancy sah, wie die Mienen der Wachen bei dem Gedanken aufleuchteten, doch hielt der Mann den Mund und schüttelte den Kopf. Schließlich stieß er hervor: »Nein, Mylord…«

»Gut. Macht euch hinfort.«

Yancy schloss die Augen, massierte seine Schläfen, während die Wachen die beiden hinausführten. Er hoffte, jemand sähe ihm zu, denn er wusste, dass ihn diese Geste wie einen des Lebens überdrüssigen Monarchen erscheinen ließ, wie einen Mann, der eine schwere Last auf seinen Schultern trug.

Eliphant Yancy war nicht viel größer als einen Meter fünfzig und dürr, hatte die Energie eines kleinen Mannes, doch versuchte er, sie nicht zu zeigen. Es schickte sich für einen Mann in seiner Stellung nicht.

Doch hatte er diese Energie, diese Kraft. Er hatte die Energie, die Piratenroute zu segeln. Fünf Jahre zuvor war er mit der kleinen Mannschaft seiner Schaluppe, der *Terror*, an Land gegangen, hatte Baldridges alte Zuflucht von den paar Betrunkenen, die dort noch wohnten, in Besitz genommen. Er hatte die Vision und die Energie, es wieder zu seinem alten Ansehen aufzubauen, den Handel von den amerikanischen Kolonien und von London her zu nutzen.

Das alles hatte er getan, er war ganz oben angekommen, und nun litt er die gepflegte Langeweile der Aristokratie, ließ sich von anderen bedienen. Er ließ sich nicht hetzen, sprach langsam, ganz wie es einem Monarchen anstand. Er trug die Kleider eines feinen Herrn; große, mit roter Seide gefütterte Umhänge und breitkrempige Hüte mit langen, herabhängenden Federn. Wenn ihn sein Volk als Herrscher über St. Mary's respektieren sollte, musste sein ganzes Tun, alles, was er sagte, herrschaftlich sein.

Doch bei aller Gewissheit, was sein göttliches Recht auf Herrschaft anging, machte sich Yancy doch Sorgen. Er schloss die Augen, massierte noch immer seine Schläfen, stellte sich die Mienen seiner Wachen vor. Sie waren von der Verhandlung gelangweilt, freuten sich darauf, dem Mann die Hände abzuhacken, waren enttäuscht, als Yancy ihn gehen ließ. Sie waren ein brutaler Haufen. Ihre Loyalität war fraglich.

Fast tausend Mann befanden sich auf St. Mary's. Fast jeder davon war Pirat oder einst ein solcher gewesen, und wenn nicht, handelte es sich dennoch nicht um hochmoralische Persönlichkeiten. Sie besuchten die Bretterbuden der Tavernen am Hafen, zechten mit den Eingeborenenmädchen unten am Strand oder im dichten Dschungel, verprassten ihre Beute, starben als Wracks im Dreck. Sie waren seine Armee, doch auf wie viele konnte er wirklich zählen?

Dreißig, dachte er. Jene Männer, die ursprünglich mit ihm gekommen waren, die geholfen hatten, das alles aufzubauen, die seine Stellung als König akzeptierten. Diese

Männer hatte er reich gemacht, ihnen Harems und Sklaven verschafft. Sie lebten mit ihm im großen Haus, umgaben ihn. Seine Prätorianergarde. Sie würden ihm zur Seite stehen. Und die anderen? Ein Drittel vielleicht würde zu ihm halten, ein Drittel wäre demjenigen treu ergeben, der die größte Macht besaß.

Ein Drittel würde gern sehen, wie er aufgespießt wurde. Eben erst hatte er dieser Gruppe zwei weitere Männer hinzugefügt.

Er seufzte, stand von dem Stuhl auf, den er als seinen Thron betrachtete, ohne ihn selbst so zu nennen. Er schritt über die breite Veranda, der Umhang raschelte wie Wind in seinem Rücken, stützte seine Ellbogen auf die steinerne Mauer, blickte zum Hafen hinab. Ein Boot wurde von dem eben erst eingetroffenen Schiff zum Anleger gerudert, was vermutlich auf Post hindeutete. Er hoffte, es gäbe von irgendwo gute Nachricht. Die konnte er gebrauchen.

Leise Schritte vom anderen Ende der Veranda, und ein Diener verkündete: »Euer Essen, Lord Yancy. Ich bringen hierher, Lord?« Die Dienerschaft setzte sich ausschließlich aus eingeborenen Madagassen zusammen, manche Sklaven, andere Freie, je nach ihrer Stellung. Yancy hatte Anweisung gegeben, dass die Diener sich aus einiger Entfernung ankündigen sollten. Er konnte es nicht leiden, wenn jemand hinter seinem Rücken herumschlich.

»Ja. Stell es da ab«, sagte er, ohne sich vom Hafen und dem Boot abzuwenden, das inzwischen am Pier lag. Er sah, wie ein Mann im Heck ausstieg, den Anleger betrat und dann dem Ufer entgegeneilte.

Der Diener stellte das Tablett ab und zog sich zurück. Yancy warf einen Blick auf das Essen. Kaltes Roastbeef und ein Topf Senf. Brot, Butter, eine Scheibe Kidney Pie. Ein goldener Kelch mit Wein. Er sah aus wie der Heilige Gral.

Der Koch war Engländer, mit absurd hohem Salär und einem kleinen, eigenen Harem von irgendeinem Schiff gelockt worden, das auf Besuch gewesen war. Er war gut, was nicht bedeutete, dass man ihm trauen konnte.

Überall fehlte ein Bissen, wo Yancys Vorkoster eine Probe genommen hatte, sauber abgeschnitten, um das ordentliche Äußere zu wahren, doch deutlich genug, um keine Zweifel aufkommen zu lassen: Lord Yancys Essen war vorgekostet worden. Ein mächtiger Mann wie er hatte mächtige Feinde. Er musste sich vor Attentaten schützen.

Lord Yancy nahm etwas Brot, merkte, dass er Hunger hatte, dann hielt er inne. Was wäre, wenn der Vorkoster Teil des Komplottes war? Er war der Einzige, der seine Mahlzeit leicht vergiften konnte. Vorkosten, sie als sauber deklarieren, dann das Gift untermischen.

Langsam zog er seine Hand zurück, als schnappte das Essen wie eine Schlange nach ihm, sobald er sich plötzlich bewegte. Er merkte, dass sein Appetit wie Zucker im heißen Kakao dahinschmolz. Er versuchte sich zu erinnern, ob der Vorkoster eine Familie hatte, eine Frau und Kinder. Falls ja, sollte man eines davon als Geisel nehmen, es zur Sicherheit festhalten, mit dem Versprechen, dass sie alle zu Tode gefoltert würden, falls man ihn vergiftete.

Er starrte das Essen an, versuchte einen Plan zu schmieden, als er Stiefel auf dem steinernen Pflaster der Veranda hörte, schnelle Schritte, zielstrebig. Henry Nagel, Yancys Quartermaster während seiner Jahre als Pirat, heute sein Stellvertretender Kommandant, sein wichtigster Berater, sein Lordkanzler. Niemand sonst würde es wagen, sich derart kühn zu nähern. Er hielt einen Leinenbeutel in der fleischigen Hand.

»Eben ist ein Schiff vor Anker gegangen, Mylord«, sagte Nagel, als er näher kam. »Kommt aus London, vierzig Tage unterwegs. Hat Post dabei. Der Kapitän hat sie gleich an Land gebracht.«

Yancy drehte sich um und sah Nagel an, der einen Respektabstand von fünf Schritten hielt. Nagel war körperlich das Gegenteil von Yancy, ein Bär von einem Mann, durch und durch Seemann und Pirat, doch mit genügend Einsicht gesegnet, um zu wissen, dass nicht bloße Muskelkraft, sondern großer Verstand, wie Yancy ihn besaß, einen Mann zum Führer über andere machte.

»Henry, wie loyal sind die Menschen auf dieser Insel mir gegenüber?«

»Mylord«, begann Nagel, und Yancy hörte den beschwichtigenden Ton in seiner Stimme.

»Sag mir die Wahrheit.«

Nagel richtete sich auf, versuchte die Worte zu finden. Er war der einzige Mensch auf der ganzen Insel, der sich nicht vor Yancy fürchtete; wäre seine Loyalität nicht derart selbstverständlich gewesen, hätte Yancy ihn längst töten lassen. Inzwischen konnte er sich gar nicht vorstellen, St. Mary's ohne ihn zu regieren. Der Einzige, der es wagte, ihm die Wahrheit zu sagen.

»Mylord, die Männer hier sind Piraten. Am Ende interessieren sie sich einen feuchten Kehricht für irgendwen, außer für sich selbst, aber das dürfte Euch nichts Neues sein. Wir alle von der *Terror*, die mit Euch gekommen sind, wir würden für Euch sterben, ohne auch nur einen Gedanken daran zu verschwenden. Das wisst Ihr. Die anderen? Ich denke, die meisten würden für Euch kämpfen. Sofern sie der Ansicht sind, dass die Chancen, Euren Widersacher zu besiegen, einigermaßen gut stehen.«

Yancy nickte. »Was ist mit unserer Verteidigung? Wie sieht es damit aus?« Hafenbatterie und Palisaden machten einen soliden Eindruck, standen etwas erhöht, zehn schwere

Kanonen, die aufs Wasser gerichtet waren. Jedes Schiff, das herein oder hinaus wollte, musste durch die schmale Einfahrt, wo die großen Kanonen Kugeln und Kartätschen auf die Decks regnen lassen konnten.

Doch das äußere Erscheinungsbild war trügerisch. Die Kanonen standen schon seit Baldridges Zeiten dort. Seinerzeit allerdings waren es vierzig Stück gewesen; Yancy hatte die meisten verkauft, weil er dachte, zehn Stück würden wohl genügen.

Die verbliebenen Kanonen waren seit Jahren nicht gewartet worden. Zwar waren sie geschwärzt und die Lafetten repariert, aber Schwärzen und neue Lafetten konnten nicht verhindern, dass sie explodierten, wenn das Metall altersschwach oder fehlerhaft war. Yancy hatte noch nie damit geschossen. Er wagte es nicht.

»Nun, was das angeht«, sagte Nagel, »sind die Palisaden in ganz gutem Zustand. Einige Stellen sind verfault, aber ich wollte ein paar Mann daran setzen, sie abzustützen. Die Kanonen, na ja…«

»Ja, ja, schon gut.« Yancy hatte genug gehört, war dieser Unterhaltung plötzlich müde. »Ist das die Post?«

»Sehr wohl, Mylord.« Nagel wusste, wann er ein Thema fallen lassen musste. Er hob den Leinenbeutel an und schüttete den Inhalt vorsichtig auf die flache Mauer. »Ist noch nicht aussortiert. Ich dachte, Ihr wolltet es sicher alles sehen.«

»Ja, ja…«, sagte Yancy und ging die Briefe durch, die sich auf der Mauer stapelten. Natürlich waren sie nicht alle für ihn. Einige waren für andere Bewohner von St. Mary's, die etabliert genug waren, Korrespondenz zu erhalten, jene wenigen Männer, die lesen und schreiben konnten oder jemanden kannten, der lesen und schreiben konnte.

Zwei Briefe von Yancys Händler in London, ein weiterer

von seinem Händler in Newport, Rhode Island. »Schmarotzer, elende…«, murmelte er, legte die Briefe beiseite. Sie waren seine Mittelsmänner und beraubten ihn skrupellos, doch war er auf sie angewiesen.

Weiter blätterte er den Haufen durch, sortierte seine Briefe aus. Da war Post für Bartleby Finch, der eine der Tavernen am Hafen betrieb. Yancy hatte ihm die Genehmigung erteilt, doch traute er dem Schurken nach wie vor nicht. »Wollen wir doch mal sehen, wer dem Hund schreibt«, murmelte er und legte Finchs Brief zu den seinen.

Ein Brief von seiner Frau in New York, und er fragte sich, wie sie ihn ausfindig gemacht hatte. Sie war ein hübsches Ding gewesen, als er sie zuletzt gesehen hatte, blass und blauäugig.

Einen Moment lang wanderte sein Blick in die Ferne, ging ins Leere, als er an sie dachte. Er liebte die Mädchen in seinem Harem, jedes einzelne, ihre dunkle Haut, das schwarze Haar. Doch fehlte ihm die milchweiße Haut und das weiche, blonde Haar der weißen Frauen, die er einst gekannt hatte. Madagassische Mädchen hatte er im Übermaß gehabt. Er sehnte sich nach Frauen von europäischem Blut.

Yancy schüttelte den Gedanken ab, wandte sich wieder den Briefen zu. Noch mehr Unsinn von Händlern, ein Brief vom Gouverneur in New York…

Seine Hand erstarrte mitten in der Luft, als er das vertraute Siegel sah. Er nahm den Brief vom Stapel, vorsichtig, als könnte er zerbrechen, und drehte ihn um. Richard Atwood. Seit über einem Jahr hatte er nichts von ihm gehört.

Atwood war einer von Yancys größten Erfolgen. Ein wohl platzierter Sekretär in der Britischen Ostindienkompanie, dem Yancy jährlich einen Tribut in Höhe von 500 Pfund zahlte. Für Yancy war das eine Kleinigkeit, doch war es mehr als das Doppelte von dem, was die Ostindienkompanie zahlte. Im Gegenzug übermittelte Atwood Frachtpläne, Informationen über die Flotte, Einblicke in das Vorgehen des Großmoguls. Diese Informationen hatte Yancy gut genutzt, so dass er ein Vielfaches dessen, was er zahlen musste, wieder eingenommen hatte.

Er zückte das verzierte Stilett, das er stets an seiner Hüfte trug. Die rasiermesserscharfe Schneide trennte das Siegel auf, und er entfaltete den Brief. Atwoods gepflegte Handschrift breitete sich in gleichmäßigen Schnörkeln über das Blatt aus. »Lord Yancy, wie ich hoffe, erreicht Euch dieser Brief bei bester Gesundheit...«, begann er, wie Atwoods Briefe stets begannen. Er war klug genug, seinem Wohltäter mit Respekt zu begegnen.

> Wie Euch, Sir, sicher nur allzu bewusst sein dürfte, hat die Kompanie in der Vergangenheit verschiedentlich Angriffe auf jene unternommen, die man als Piraten von Madagaskar bezeichnet. Nie war den Betreibern dabei großer Erfolg beschieden, zum Teil, wie ich gern glauben möchte, aufgrund meiner frühzeitigen Warnungen vor drohenden Aktionen, doch zum Teil auch aufgrund eines Mangels an intelligenten und tatkräftigen Offizieren, die ein derartiges Unterfangen leiten konnten.
>
> Ein weiteres solches Unternehmen befindet sich nun in Vorbereitung, diesmal jedoch von geheimerer Natur als die anderen. Einige der einflussreicheren Mitglieder der Kompanie haben ein Kriegsschiff samt Tender ausgerüstet, in der Absicht, die Piraterie auf Madagaskar auszurotten, und es besteht guter Grund zu der Annahme, dass ihnen diesmal größerer Erfolg beschieden sein dürfte als in der Vergangenheit. Zum Teil mag es an der Bereitschaft liegen, den Wünschen des Kommandeurs hinsichtlich der Waffen, der Ausrüstung und der Besatzung, die zahl-

reich ist und gut entlohnt wird, in jeder Hinsicht zu entsprechen. Und dabei handelt es sich bisher nur um Vorbereitungen.

Die Männer, die diese Expedition im Geheimen ausrüsten, mit dem Einverständnis der Königin, haben einen Kaperkapitän angeheuert, der für sein tatkräftiges Wesen bekannt ist und in den sie große Hoffnungen setzen. Sein Name ist Roger Press…

Yancy stöhnte auf, als hätte man ihn mit kaltem Wasser geduscht, spürte, wie sich seine Fäuste ballten, hörte, wie Atwoods Brief knisterte, als er ihn in der Faust zerknüllte.

Press! Press! Press! Nein, nein, nein!

Es war unmöglich. Yancy starrte zu den hohen Bergkämmen auf der anderen Seite der Bucht hinüber, doch sah er sie gar nicht. Er sah nur Roger Press' hässliches, pockennarbiges Gesicht, diesen verdammten Zahnstocher, der zwischen seinen Lippen wackelte wie ein kleiner, vorwurfsvoller Zeigefinger.

Nein, das ist unmöglich… Press kann nicht entkommen sein…

Doch wie viele gab es mit diesem Namen? Und wie viele davon wären aus einem solchen Holz geschnitzt, dass sie einen Angriff auf eine Piratenfestung führen konnten? Es war nicht unvorstellbar, dass Press sich irgendwie gerettet, sich eine Vertrauensstellung erarbeitet hatte, zumindest so weit, dass man ihm eine geheime und gefährliche Mission wie diese anvertraute.

»Mylord…?« Nagel war offenbar besorgt.

Yancy riss seinen Blick von den fernen Hügeln los. Er merkte, dass er »Verdammt, verdammt, verdammt…«, sagte, immer wieder, wie einen Singsang, und er wusste nicht, wie lange schon.

Geduldig, wenn auch sorgenvoll, stand Nagel da. Er war klug genug, nichts zu fragen.

Yancy warf einen Blick auf das Datum. Zweiter August Siebzehnhundertsechs. Vor fast drei Monaten. Sollte Press zur gleichen Zeit wie das Schiff gefahren sein, das den Brief gebracht hatte, konnte er jeden Tag eintreffen. Und selbst wenn nicht, ließe er nicht lange auf sich warten.

Yancy fuhr herum, legte seine Hände auf die niedrige Mauer, blickte auf die dicht gedrängten Bauten unter sich und die wenigen Gestalten, die dort herumliefen, als könne er auf die Entfernung deren Treue und Bereitschaft zum Kampf für sein Königreich erkennen.

»... den Wünschen des Kommandeurs hinsichtlich der Waffen, der Ausrüstung und der Besatzung, die zahlreich ist und gut entlohnt wird, in jeder Hinsicht zu entsprechen ...« Das hatte Atwood geschrieben. Würden die Banditen dort unten aufstehen und gegen eine schwer bewaffnete, gut motivierte Söldnerbande kämpfen? Nicht sehr wahrscheinlich.

Er drehte sich um und sah Nagel an, fühlte, wie die Panik verging und eine große Ruhe über ihn kam, wie schönes Wetter nach einem Gewitter.

»Es ist an der Zeit, mein lieber Henry, dass wir uns etwas einfallen lassen. Vielleicht wird man uns bald schon übermannen ... aber überlisten lassen wir uns nicht. Es ist an uns, eine List zu ersinnen, und genau das werden wir jetzt tun.«

9

Zwei Stunden trieb die *Elizabeth Galley* auf einsamem Strom dahin, vom böigen Wind getrieben. Als schließlich die Flut einsetzte und sie nicht mehr weiterkamen, warfen sie den Ersatzanker aus und blieben auf der Hut, fürchteten Verfolger.

»Sie« schloss in diesem Fall Thomas Marlowe nicht mit ein. So sehr er sich auch sorgen mochte, und er hatte mehr als einen Grund dazu, war er doch allzu erschöpft, als dass es ihn interessierte. Sein Arm schmerzte fürchterlich, wo die Kugel ihn gestreift hatte.

Er stolperte unter Deck, warf Rock und Degen von sich, fiel mit dem Gesicht voran auf die mit Kissen gepolsterten Backskisten. Er versuchte sich in Erinnerung zu rufen, ob er als junger Mann nach so viel Aktivität ebenso entkräftet gewesen war, doch konnte er sich nicht daran erinnern, und es war ihm auch eigentlich egal. Bald schon war er eingeschlafen.

Als er wach wurde, fiel Tageslicht durch die Heckfenster, und die *Elizabeth Galley* war unterwegs, neigte sich leicht unter brauchbarem Wind.

Er kam aus seiner Koje, taumelte zur Tür hinaus und auf das Mitteldeck, schleppte sich zum Achterdeck hinauf. Der Tag war strahlend schön, hellblauer Himmel mit ein paar Schäfchenwolken und einer Brise, die das Schiff bewegte. Vor und hinter ihnen erstreckte sich die braune Themse, deren Ufer vorüberzueilen schien. Zahllose Schiffe fuhren in alle Richtungen, jedes einem eigenen Ziel entgegen. Die stattliche *Elizabeth Galley* hingegen zog eine gerade Spur flussabwärts, wunderschön und edel auf ihrer überstürzten Flucht.

»Captain …« Ein besorgt wirkender Peleg Dinwiddie eilte ihm entgegen, als er sich eben orientieren wollte. »Ihr sagtet, Sir, wir sollten das offene Meer ansteuern, und die Ebbe kam und diese gottgesegnete Brise, und Ihr habt noch geschlafen …«

Elizabeth kam hinter ihm heran, trat um den stämmigen

Offizier herum, hakte sich bei Marlowe ein. »Es ist meine Schuld, Captain. Ich habe Mr. Dinwiddie gebeten, Euch nicht zu stören, und gesagt, er solle mit Eurem letzten Befehl fortfahren. Da gebe ich Kommandos und habe doch weniger zu sagen als noch der gemeinste Matrose an Bord.«

»Im Traum nicht, meine Liebe.« Marlowe küsste die dargebotene Wange. »Euer Wunsch soll uns Befehl sein. Und ich bin dankbar für den Schlaf, wirklich.«

Er blickte sich um, sah, dass Gravesend etwa eine Meile achteraus lag. Er fragte sich, ob er es je wieder sehen würde, dieses Dorf, in dem er geboren war.

»Großer Gott, es geht doch nichts über ordentlichen Schlaf, um wieder auf die Beine zu kommen!«, rief er. Am Abend zuvor war er finsterer und verzweifelter Stimmung gewesen. Sein Leben lag in Trümmern. Doch nun, ausgeruht, unter diesem blauen Himmel, war die Welt voller Möglichkeiten. Jetzt musste er nur noch die anderen dazu bringen, seinen Visionen zu folgen.

In stillschweigender Übereinkunft erwähnten sie ihre missliche Lage in den folgenden drei Tagen mit keinem Wort. So lange dauerte es, bis sie die Themse hinuntergefahren waren, an Southend und Sheerness vorbei, wo der Fluss breiter wurde, um sich mit der Nordsee zu vereinen, bis sie Forness Point umsegelt hatten und auf südlichen Kurs gegangen waren, an Ramsgate vorbei, zurück durch die Straße von Dover und wieder in den Englischen Kanal.

Da erst, als die *Elizabeth Galley* fast genau zwischen England und Frankreich und außer Sicht für beide segelte, so dass nur dunkle Fluten und gelegentlich in weiter Ferne Segel auszumachen waren, die bei ihrem Anblick flohen, aus Angst, sie könnten Piraten oder Freibeuter sein, da erst sprachen sie über ihre Lage und was sie nun unternehmen sollten.

Elizabeth begann die Diskussion. »Unsere gesamte Ladung, in die wir unseren letzten Penny investiert haben, steht im Lagerhaus dieses Schurken Dickerson. Auch der Tabak unserer Nachbarn. Und die erwarten, dass sie dafür bezahlt werden, notfalls aus unserer eigenen Tasche, wie ich vermute, wenn wir die Ware verloren geben. Und nun bleibt sie mit jeder Minute weiter hinter uns zurück.«

Marlowe nickte nachdenklich, während er sie betrachtete. Er wusste, dass für sie mehr als nur die finanzielle Frage auf dem Spiel stand. Es war ihre Idee gewesen, die *Elizabeth Galley* als Handelsschiff einzusetzen, um Kosten zu sparen. Sollte es am Ende der Ruin aller sein, trug sie die Schuld dafür.

»Ich fürchte«, sagte Bickerstaff, »wir haben alle Eier im gleichen Korb verschifft, um dem alten Sprichwort neues Leben einzuhauchen. Schlimmer noch: Wir hatten auch die Eier anderer in unserem Korb.«

An der Besprechung nahmen nicht viele teil. Nur Marlowe natürlich, als Kapitän und Eigner, und Elizabeth, da sie die Bücher führte und die Fracht beaufsichtigte. Bickerstaff, den Marlowe fast schon seit ihrer ersten Begegnung um Rat ersuchte. Und Peleg Dinwiddie, der als Erster Offizier ein Anrecht darauf hatte, an einer solchen Besprechung teilzunehmen.

Natürlich nahm Peleg nicht wirklich daran teil. Das hatte Marlowe auch nicht erwartet. Er saß am Tisch, die Hände gefaltet, gab sich Mühe, so auszusehen, als bedächte er alles, was gesagt wurde. Er nickte, verdrehte seine Finger, runzelte die Stirn, lächelte, wenn die Situation es erforderte, doch sagte er kein Wort. In der Großen Kajüte besaß er nichts mehr von jener Autorität, die er auf dem Achterdeck zeigte. Tatsächlich sah er aus, als fühlte er sich eher unwohl.

»Wenn wir nicht bezahlt werden, können wir nicht einmal den Proviant kaufen, den wir für die Rückfahrt brauchen«, erklärte Elizabeth. Thomas hörte die leise Verzweiflung, die aus ihrer Stimme sprach. Es wurde Zeit, diese Überlegungen zu beenden.

»Der Tabak ist verloren«, sagte Marlowe. »Wir hätten ihn ebenso in den Fluss kippen können.«

»Aber es gibt doch sicher eine Möglichkeit …«, begann Elizabeth.

»Nein. Hätte ich Roger Press diese Rahe mitten durch sein schwarzes Herz getrieben, könnten wir vielleicht umkehren. Glaub mir, ich habe es versucht, aber ich fürchte, ich habe nur das Boot erschlagen.

Press wird dafür sorgen, dass Dickerson ihm Bescheid sagt, sobald jemand kommt und sich nach unserem Tabak erkundigt. Er wird das Lagerhaus bewachen lassen. Selbst wenn wir jemanden an unserer statt schicken, einen Agenten engagieren, wird es uns nichts nützen. Jeder, der auch nur einen zweiten Blick auf unsere Ladung wirft, dürfte verhaftet werden. Ich möchte mir gar nicht vorstellen, was Press einem Menschen antun würde, um etwas von ihm in Erfahrung zu bringen.«

»Dieser Press dürfte vor Rachsucht wie toll sein«, bemerkte Bickerstaff.

»So ist er. War er schon immer, soweit ich mich erinnere. Obwohl es nicht meine Idee war, ihn auf der Sandbank auszusetzen. Die Mannschaft hatte abgestimmt.«

»›Auf der Sandbank auszusetzen‹, Sir?« Dinwiddie meldete sich zum ersten Mal zu Wort.

»Nichts, Mr. Dinwiddie. Ist lange her. Eine … Geschäftsentscheidung, wenn Ihr so wollt.«

»Trotzdem sehe ich ein, dass man es persönlich nehmen könnte«, erklärte Bickerstaff.

»Also gut. Können wir jetzt endlich über unsere Fracht sprechen?« Elizabeth war ärgerlich, der Verzweiflung nah. »Was sollen wir jetzt unternehmen?«

»Nichts«, sagte Marlowe. »Sie aufgeben.«

»Dann sind wir ruiniert.«

»Vielleicht. Aber vielleicht gibt es eine andere Möglichkeit, unser Vermögen wiederzugewinnen …«

Er sagte die Worte, ließ sie in der Luft hängen, dass die anderen einen Moment lang überlegen mussten. Er spielte Theater, benutzte jeden Trick, der ihm einfallen wollte.

»Na schön, wenn du uns betteln lassen willst«, sagte Bickerstaff, »was, bitte, ist das für ein Plan, diese große Gelegenheit?«

»Wir segeln nach Madagaskar.«

Wieder Schweigen, als diese Worte einsickerten. Es gab keinen Grund, den Plan weiter zu erläutern, keinen Grund, die Schatzschiffe des Großmoguls näher zu beschreiben, die Reichtümer, die auf der Piratenroute zu erobern waren. Die vier Leute, die um den Tisch der Großen Kajüte saßen, wussten Bescheid. Das Wort »Madagaskar« erklärte alles.

»Dann also Piraterie?« Bickerstaff gab sich keine Mühe, seine Abscheu zu verbergen. »Seeräuberei?«

»Nicht Seeräuberei. Freibeuterei. Moment …« Marlowe schnitt Bickerstaff das Wort ab, bevor dieser den nahe liegenden Einwand äußern konnte. »Ich bin im Besitz eines Kaperbriefes, mein lieber Francis. Gouverneur Richier war so freundlich, mir einen solchen anzubieten, und ich war weitsichtig genug, ihn anzunehmen.«

»Richier hat ihn dir angeboten? Einfach so? Hielt er es für seine Pflicht als Gastgeber? Ist das eine kleine Anerkennung, die er jedem seiner Gäste zukommen lässt?«

»Nun, es mag sein, dass ich ihm einen kleinen Ausgleich habe zukommen lassen. Ich kann mich nicht erinnern.«

Bickerstaff sah ihn an, schüttelte leicht den Kopf, und Marlowe sah, dass ihm nicht gefiel, was er hörte.

All die Jahre, und ich kann dich noch immer überraschen, dachte Marlowe. *Aber warte, es kommt noch besser.*

»Nun gut, also Freibeuterei«, sagte Elizabeth. »Du hast einen Kaperbrief, und der ist so legal wie möglich. Ich für mein Teil kann keine Sünde darin sehen, Ungläubige zu plündern. Nur liegt Madagaskar auf der anderen Seite der Erde. Wir haben weder Proviant noch Geld, welchen zu kaufen.«

Hübsch und mittellos, wie Elizabeth als junge Frau gewesen war, hatte sie als Prostituierte ihr Geld verdienen müssen. Sie verstand die gelegentliche Notwendigkeit, Entscheidungen nicht nur nach moralischen Gesichtspunkten zu treffen.

»Was das angeht, so habe ich zufällig etwas beiseite gelegt«, sagte Marlowe. »Sicher genug für Proviant auf unserer Reise.«

»›Beiseite gelegt‹?«, fragte Elizabeth. »Du willst sagen, dass du Geld – Hartgeld – besitzt, von dem ich nichts weiß?«

»Nun, ja, allerdings. Ich hatte es auf dem Grundstück vergraben, kurz nachdem ich es erworben hatte. Bevor wir geheiratet haben, Ewigkeiten davor. Hatte es fast schon vergessen. Vor kurzem fiel es mir wieder ein, und ich habe es vor unserer Abreise ausgegraben.«

Jetzt war Elizabeth an der Reihe, ein verdutztes Gesicht zu machen. Bevor sie noch etwas äußern konnte, sagte Bickerstaff: »Ich weiß, dass die Mauren einigermaßen leichte Beute sind, aber wir haben keine Kanone, keine Handfeuerwaffen, kein Pulver. Sicher sind sie nicht so feige, vor einem unbewaffneten Schiff zu kapitulieren.«

»Ich denke, dass die kleine Summe, die ich besitze, genügen dürfte, alles Nötige zu beschaffen. Kanone, Handfeuerwaffen, Pulver ... ja, ich vermute, dass wir es etwas strecken können, damit wir bekommen, was wir brauchen.«

»Aber wo? Bei welchem Schiffsausrüster willst du dich danach erkundigen?«

»Wir werden es auf Madagaskar schon bekommen, mein lieber Francis! Auf Madagaskar kann man alles bekommen.«

»Einen Moment mal.« Endlich fand Elizabeth ihre Sprache wieder. »Willst du damit sagen, du hättest genügend Geld, dieses Schiff ausrüsten und verproviantieren zu können? Du hättest die ganze Zeit genügend Geld dafür gehabt und mich in dem Glauben gelassen, wir stünden am Rande des Ruins?«

»Mmmh ...« Marlowe wollte Zeit schinden. Seit dem Augenblick, in dem er beschlossen hatte, den verborgenen Schatz zu heben, hatte er sich diese Szene vorgestellt. So wie man einen Sturm am Horizont aufziehen sieht, wohl wissend, dass man ihm nicht entgehen konnte, dass er einen irgendwann beuteln würde. Und jetzt war es so weit.

»Ja, ich denke schon«, sagte er. »Aber ich kann dir schließlich nicht alle meine Geheimnisse anvertrauen, oder? Du wärst meiner sehr schnell überdrüssig, wenn du alles von mir wüsstest.«

Marlowe nahm nicht an, dass seine launige Antwort sie beschwichtigen konnte, und er sollte Recht behalten. Er sah, wie ihre Augenbrauen zusammenstießen, wie sie die Lippen spitzte, die Arme verschränkte, und er wusste, dass die Wucht des Sturmes ihn noch nicht erfasst hatte. *Wir werden vor Topp und Takel fliehen*, dachte er. *Nichts anderes können wir tun.*

»Nun, ich denke, Ihr habt das alles gut durchdacht!«, sagte Peleg Dinwiddie. Seine Stimme klang laut und begeistert und erschreckte die anderen, die – von ihren Gefühlen, ihrer persönlichen Geschichte und den verflochtenen Beziehungen untereinander abgelenkt – gänzlich vergessen hatten, dass er auch noch da war.

Bickerstaff warf Marlowe einen scharfen Blick zu. »Thomas, ich finde deine Scherze unverschämt. Erzähl mir bitte nicht, du hättest das alles nicht schon von langer Hand geplant.«

Natürlich hatte Bickerstaff Recht. Seit einem halben Jahr schon war es so geplant, wenn er es auch nie so deutlich ausgesprochen hatte, nicht einmal sich selbst gegenüber. Er wollte sich nicht mehr um Geld sorgen müssen. Er wollte sich nicht mehr mit dem, was mit Tabak zu verdienen war, zufrieden geben. Er wollte den großen Wurf, und er war dafür bereit.

»Vielleicht hast du Recht. Und wie verdammt gut es ist, dass ich es getan habe. Hätte ich es nicht getan, wären wir jetzt am Ende, ruiniert, ohne die geringste Chance.« Marlowe war der Koketterie müde. »Deswegen steuere ich uns an einen Ort, an dem wir richtig Geld verdienen können. Sollte einer von euch einen anderen Kurs vorschlagen, dann will ich ihm gern zuhören. Bitte, seid so gut, sagt mir, welche Möglichkeiten sich uns bieten.«

Alle schwiegen in der Großen Kajüte, ein drückendes, grimmiges, zorniges Schweigen, während einer den anderen musterte. Allein Dinwiddie schien nicht ärgerlich zu sein. Er wirkte besorgt, als fürchtete er, jemand könne es dem Kapitän ausreden, Kurs auf Madagaskar zu nehmen.

Doch wusste Marlowe, dass es dazu nicht kommen würde.

»Nein«, sagte Bickerstaff schließlich etwas eckig. »Nein, wir haben keine Wahl. Das ist dein Talent, Thomas, wie immer. Du bittest andere nicht, dir zu folgen, du manövrierst sie, bis sie keine Wahl mehr haben. Das hast du mit der *Ply-*

mouth Prize gemacht, du hast es getan, als wir King James gejagt haben, und du tust es auch jetzt wieder. Ich staune, Sir, über Eure Gabe.«

»Ich nehme dein Kompliment an, ob es nun ehrlich gemeint ist oder nicht«, sagte Marlowe.

»Natürlich ist es nur der erste Schritt, uns zur Einwilligung zu bewegen. Deine Pläne sind vergebens, wenn die Männer nicht zustimmen.«

Da musste Peleg Dinwiddie leise lachen, ein seltsames Geräusch in dieser aufgeladenen Atmosphäre. »Oh, Sir, ich glaube kaum, dass sie sich lange wehren werden!«

Dinwiddie hatte Recht. Nachdem sich die Anwesenden in der Großen Kajüte erst auf Marlowes Plan geeinigt oder zumindest dem doppelten Druck von Logik und Nötigung nachgegeben hatten, machten sie sich auf den Weg zum Achterdeck. Thomas sah die neugierigen Blicke, die ihnen folgten, als sie die Leiter nach achtern erklommen. Jeder an Bord wusste, was in London geschehen war, wusste um die Klemme, in der Marlowe steckte, den Umstand, dass er jedem Einzelnen von ihnen Geld schuldete. Sie wussten, dass die Entscheidungsträger des Schiffes den ganzen Morgen in der Großen Kajüte verbracht hatten, und ahnten, dass eine Erklärung bevorstand.

»Mr. Honeyman, seid so gut und versammelt die Männer achtern«, sagte Marlowe. Honeyman nickte, gab den Befehl ans Mitteldeck weiter. Männer kamen von unter Deck herauf, von oben herab, zum hinteren Ende des Mitteldecks, wo sie sich versammelten, manche stehend, andere sitzend, und alle blickten auf wie Fische bei der Fütterung.

»Hört mich an, Männer«, begann Marlowe, was, wie er sah, eine unnötige Aufforderung war, da er sich bereits der uneingeschränkten Aufmerksamkeit aller sicher sein konnte.

Die etwa zehn jungen Schwarzen von Marlowe House, die sich freiwillig für den Dienst auf See gemeldet hatten, standen dicht gedrängt bei der Hauptluke. Zum ersten Mal fiel Marlowe auf, wie sehr sie sich verändert hatten. Alles, was auf Feldarbeiter hingedeutet hätte, war verschwunden. Sie waren Seeleute, durch und durch. Sie trugen fleckige Seemannshosen, weite Leinenhemden, das Tuch locker um den Hals. Sie standen sogar lässig wie die Seeleute da, entspannt wie Männer, die ihre Kraft im Zaume hielten.

Honeyman saß oben auf den Ersatzspieren, umgeben von den harten Burschen, die er rekrutiert hatte, als wären sie seine eigene, persönliche Crew. Die anderen waren übers Mitteldeck verteilt. Achtundzwanzig Mann. Keine große Mannschaft, nicht für ein Piratenschiff.

»Ihr wisst, was in London vorgefallen ist. Ihr wisst, dass wir nicht dorthin zurückkönnen. Man würde uns gefangen nehmen und als Piraten hängen, so ungerecht es auch erscheinen mag. Ein Seemann erfährt nicht nur Gerechtigkeit, ob Moses oder Kapitän macht da keinen Unterschied. Das wisst ihr besser als jeder andere.

Somit haben wir also ein Problem. Unsere Ladung ist verloren, wir sehen keinen Penny für unsere Mühen. Aber es gäbe eine Möglichkeit, wie wir unseren Verlust wettmachen könnten. Vielleicht sogar Gewinn machen. Vielleicht sogar reich werden. Ich schlage vor, wir fahren nach Madagaskar!«

Sein Ansinnen erntete genau die Reaktion, die Marlowe erwartet hatte: wilder Jubel, Hüte wurden geschwenkt, breites Grinsen allerorten. Selbst die Schwarzen, die zwei Monate zuvor wahrscheinlich noch nie von Madagaskar gehört hatten, jubelten begeistert, waren zweifellos durch die erfahreneren Seeleute an Bord von den Geschichten über die Piratenroute infiziert worden.

»Eure Reaktion macht mir Mut«, sagte Marlowe . »Dann also Madagaskar!«

»Einen Moment noch, Captain!« Honeyman stand auf, trat einen Schritt vor.

Oh, Himmelarsch, dachte Marlowe. *Kommt jetzt der Querulant? Der Silbenstecher?*

»Ich bin für Madagaskar, wie alle anderen«, begann er. »Aber wir haben auf einem Handelsschiff angeheuert. Hier gelten die Gesetze eines Handelsschiffes. Wenn wir auf die Piratenroute gehen, ändert sich manches. Es ist nur rechtens, dass dieses Schiff nach den Statuten gesegelt wird, die unter der Bruderschaft der Küste gelten.«

Marlowe lehnte sich an die Reling, sah finsteren Blickes auf Honeyman. »Ihr Männer habt die Statuten dieses Schiffes unterzeichnet. Ihr seid daran gebunden.«

»Bitte um Verzeihung, Sir, und bitte, glaubt mir: Ich will nicht respektlos klingen«, fuhr Honeyman fort, »aber das waren Vereinbarungen für eine Handelsreise nach London und zurück nach Virginia. Runter nach Madagaskar, nun, das ändert alles. Wir sind an diese Regeln nicht gebunden. Ich sage, wir handeln neue Statuten aus, entsprechend dem Kodex der Küste.«

So finster er auch dreinblicken mochte, konnte Marlowe das zustimmende Gemurmel unter seinen Männern doch nicht zum Schweigen bringen.

Schließlich trat Dinwiddie vor, und alle Furchtsamkeit, die er in der Großen Kajüte empfunden haben mochte, war verflogen, als er auf dem Achterdeck, seiner gewohnten Bühne, stand und die Matrosen vor sich sah.

»Verflucht, du kleines Hündchen!«, bellte er Honeyman an. »Der Captain hat Befehl gegeben, und der wird befolgt!«

Dinwiddie hatte eine Stimme, die den meisten Menschen

Angst einflößen konnte, doch blieb Honeyman unbeeindruckt. »Dem Captain wird in allem gefolgt. Ich denke, die Männer sind sich darüber einig, dass weder über den Kapitän noch über die Offiziere abgestimmt wird, wie es sonst auf der Piratenroute üblich ist, wie Ihr sicher wisst, Mr. Dinwiddie. Ich sage nur: Wir brauchen neue Statuten.«

Das zustimmende Gemurmel wurde lauter, Köpfe nickten, Augen blickten starr. *Nun, jetzt ist es heraus, und ich bekomme es nie wieder in die verdammte Flasche zurück,* dachte Marlowe. *Verflucht soll er sein, dieser Honeyman, er hat mich in meine eigene Falle gelockt.*

Einer von Honeymans harten Burschen trat vor, die knorrigen, muskulösen Arme verschränkt, mit blitzendem, goldenem Ohrring, um den Kopf ein Tuch aus rotem Damast. »Ich sage, wir wählen Mr. Honeyman zum Quartermaster!«, rief er, und auch das zog zustimmendes Gemurmel nach sich.

Marlowe biss die Zähne zusammen, spürte, dass ihm die Sache entglitt.

Ein Quartermaster und neue Statuten.

Doch so ging es bei den Piraten. Das wusste er besser als jeder andere an Bord. Er hatte gehofft, es auf seine Weise regeln zu können, Kapitän auf einem Piratenschiff zu sein, ohne sich der rüden Demokratie der Bruderschaft der Küste unterwerfen zu müssen. Nun jedoch sah er, dass es so nicht gehen würde. Im Pulk waren Seeleute stets darauf bedacht, ihre kostbaren Rechte zu schützen; so leicht ließen sie ihn nicht davonkommen.

Würden sie ihn jetzt als Kapitän abwählen? Wenn ja, was konnte er dagegen unternehmen? Schließlich war es sein Vorschlag gewesen, auf Kaperfahrt zu gehen.

»Also schön«, sagte Marlowe. Er warf einen Blick hinter sich. Bickerstaff trat ein Stück zur Seite. Mit hochgezogener

Augenbraue sah er Marlowe an, eine eloquente Predigt zum Thema törichter Selbstsicherheit. »Stimmen wir ab.«

Die Wahl dauerte nicht lange, gerade so lange, wie Marlowe brauchte, um »Wer von euch würde Duncan Honeyman als Quartermaster wählen?« zu sagen und so lange, wie alle Mann an Bord, einschließlich der ehemaligen Feldsklaven von Marlowe House, brauchten, um die Hand zu heben.

Als das getan war, stellte sich Honeyman auf die Hauptluke, und alle Blicke wandten sich von Marlowe zu ihm. Marlowe begriff, dass er eben seine Autorität als legitimer Kapitän des Schiffes gegen die Wahl der Piraten eingetauscht hatte, und er war nicht glücklich darüber. Der Quartermaster eines Piratenschiffes war Sprecher der Mannschaft, die Brücke zwischen Großer Kajüte und Unterdeck, und jetzt hieß diese Brücke Honeyman, der Paragraphenreiter.

Wie lange hat er diesen Augenblick geplant?, überlegte Marlowe. *So lange, wie ich meinen geplant habe?*

»Hört mal, Männer«, sagte Honeyman gerade. »Wir haben gesagt, wir wollen über Offiziere nicht abstimmen. Mr. Dinwiddie und Mr. Flanders sind bestimmt gute Offiziere, und Mr. Marlowe ist der beste Kapitän, mit dem ich je gefahren bin. Ich denke, wir müssen nur einen neuen Bootsmann wählen, dann haben wir alles, was wir brauchen.«

Sie wählten den harten Burschen, der Honeyman hatte aufstellen lassen, einen Mann mit Namen Burgess, erfahren und tüchtig, ein wortkarger Pirat.

Honeyman und Marlowe zogen sich in die Große Kajüte zurück, wo sie in Ruhe die neuen Statuten ausarbeiten wollten.

»Captain Marlowe«, begann Honeyman, »Ihr sollt wissen, dass ich weder respektlos erscheinen noch Eure Autorität untergraben wollte. Es ist nur … na ja, so ist es eben.«

»Ja, ja«, sagte Marlowe ungeduldig, wollte die unangenehme Aufgabe hinter sich bringen. Marlowe, der Manipulator, war nicht eben erpicht darauf, selbst manipuliert zu werden, doch genau das war geschehen. Man hatte ihn vorgeführt wie einen dummen Jungen.

Über eine Stunde brauchten sie, um die Vereinbarungen für die *Elizabeth Galley* auszuarbeiten. Beide waren sie ausreichend vertraut mit dem Protokoll auf einem Piratenschiff, so dass sie es nur aufzuschreiben und ihren Umständen entsprechend etwas zu ändern brauchten.

Jeder Mann sollte Stimmrecht in aktuellen Fragen bekommen, abgesehen von den Besitzverhältnissen hinsichtlich der *Elizabeth Galley*, als deren alleiniger Eigner Thomas Marlowe anerkannt wurde.

Jeder Mann sollte seine Waffe – ob Pistole oder Entermesser – sauber und kampfbereit halten, jeder, der das Schiff oder die Unterkunft im Kampf verließ, wurde ausgesetzt, jeder, der seine Kameraden auch nur um einen Dollar betrog, wurde ebenfalls ausgesetzt. Kapitän und Quartermaster erhielten je zwei Anteile der Beute, Bootsmann, Geschützführer und Offiziere je anderthalb Anteile.

Die Statuten unterschieden sich von der üblichen Vereinbarung unter Piraten nur in wenigen Punkten. Eine Ausnahme machte man hinsichtlich Elizabeth, was die Verbannung aller Frauen von Bord des Schiffes anging, und die Große Kajüte wurde als ihre und Thomas' Privatgemach anerkannt, ein Luxus, dessen sich die meisten Piratenkapitäne nicht erfreuen konnten. Honeyman betrachtete diese Konzessionen als vernünftige Lösung, doch Marlowe fühlte sich herablassend, erniedrigend behandelt, was ihn noch wütender machte.

Als die Tinte trocken war, nahmen sie das Dokument mit aufs Mitteldeck, wo es laut verlesen wurde, und alle Mann, außer Bickerstaff, unterschrieben. Jene, die nur ihr Zeichen machen konnten, taten ebendieses, und Marlowe schrieb ihre Namen daneben.

In nur einem halben Tag verwandelte man die *Elizabeth Galley* von einem ehrbaren Kaufmann in ein Piratenschiff.

In dieser Nacht schlief Thomas Marlowe auf den Backskisten. Elizabeth machte deutlich, dass er in ihrem Bett nicht willkommen sei.

Als er dort auf dem Rücken lag und aus dem großen Fenster zu den Sternen aufblickte, die sich über ihm mit dem Schwanken des Schiffes bewegten, fragte er sich, wie lange sie ihm wohl böse sein würde. Er fragte sich, ob Honeyman versuchen würde, ihn zu hintergehen, und ob Bickerstaff ihn nun ob seiner hinterlistigen Manipulationen für alle Zeit verachten würde.

Alle Beute im Indischen Ozean wäre ihm bedeutungslos, sollte er Elizabeths und Francis' Liebe verlieren. Er überlegte, ob er sich nicht furchtbar verrechnet hatte.

10

Eliphant, Lord Yancy, sah sich auf der Lichtung um, die aus dem dichten Dschungel gehauen und wieder zugewachsen war und die man auf seinen Befehl hin erneut gerodet hatte. Fünfzehn Meilen verschlungener, halb verdeckter Pfade vom großen Haus aus über jenes Land, das er mit göttlichem Recht von Adam Baldridge geerbt hatte. Fünfzehn Meilen durch eine tiefe Schlucht, dann einen denkbar schmalen Weg entlang zu dem geheimen Ort unter dem Kamm eines der hohen Gipfel von St. Mary's.

Langsam ließ Yancy seinen Blick über das kleine Haus aus Holz und Flechtwerk schweifen, den hohen Palisadenzaun, der es umgab, den tiefen, dunklen Dschungel dahinter. Wie das große Haus war auch dieses von Baldridge erbaut, und mochte es auch kleiner sein, so war es dem anderen doch, was Lage und Bauweise anging, ebenbürtig.

In den ersten paar Jahren, die Yancy König auf dieser Insel gewesen war, hatte er von dessen Existenz nichts gewusst. Vielleicht wäre ihm dieser geheime Ort für immer verborgen geblieben, hätte nicht eine seiner madagassischen Frauen beiläufig davon gesprochen und ihn, als er sich danach erkundigte, dorthin geführt.

Es war in erheblich schlechterem Zustand als das große Haus, da es schon lange nicht mehr bewohnt war. Der Dschungel war für ein Haus ungefähr das Gleiche wie das Meer für ein Schiff: Ließ man es unbeaufsichtigt, drang die Natur ein, kroch durch die kleinste Öffnung, überwältigte und vereinnahmte alles. Fast war das kleine Haus schon wieder Teil des Dschungels geworden, als Yancy es gefunden hatte.

Baldridge hatte um die Notwendigkeit geheimer Orte, verborgener Eingänge und Fluchtwege gewusst, um den Vorteil, ein Versteck zu haben, in das man sich zurückziehen konnte. Einen Ort, der verborgen und leicht zu verteidigen war. Auch Yancy wusste darum und nutzte die Vorbereitungen, die Baldridge getroffen hatte.

Er sandte seine Männer aus, den Dschungel neu zu lichten, Wände, Dach und Palisaden zu reparieren. Nur langsam ging es voran. Er konnte nur Männer einsetzen, denen er voll und ganz vertraute, da niemand sonst von der Existenz des Hauses wissen sollte.

Sie arbeiteten zügig, von Yancy getrieben, der täglich Nachricht von seinem Ausguck auf dem Gipfel erwartete, dass Press' Schiff samt Tender den Hafen anlief, die Kanonen ausgerollt, bewaffnete Männer an Deck.

Doch jetzt war alles fertig. Repariert, proviantiert, bewaffnet. Yancy hatte heimlich Fässer mit frischem Pökelfleisch und getrockneten Erbsen beiseite schaffen lassen. Fässer mit Pulver und Schrot, Musketen, mehrere Drehbassen, die man auf den Palisaden montieren konnte. Eine natürliche Quelle entsprang mitten auf dem Gelände, was zweifellos der Grund war, weshalb Baldridge diesen Ort gewählt hatte.

Yancy war darauf vorbereitet, dort so lange wie nötig auszuharren. Und noch war Roger Press nicht eingetroffen.

»Gut, gut«, sagte er, nickte zufrieden. Er warf den Umhang über seine Schulter, dass die rote Seide blitzte, und trat vor. Der grobschlächtige Henry Nagel folgte ihm, einen Schritt nach rechts versetzt. »Und die Waffen, Henry? Bist du sicher, was die Waffen angeht?«

»Aye, Sir. Habe selbst gesehen, wie jede einzelne Muskete geschossen wurde, gestern erst, fünfzig Stück. Und Drehbassen. Zweihundert Stück Munition pro Waffe.«

»Gut, gut.« Sie traten durch das offene Tor des Palisadenzaunes. Etwa fünfzehn Mann von der *Terror* putzten Waffen, nahmen Reparaturen an den Palisaden vor und führten die letzten der unzähligen Detailarbeiten aus, die diesen Außenposten komfortabel und wehrhaft machen sollten.

Natürlich würden sie auch ihre Frauen brauchen, zumindest einen Teil des Harems. Sicher wäre es dann ein wenig eng dort, doch war ihnen der Gedanke, auch nur kürzeste Zeit ohne sie auskommen zu müssen, unvorstellbar. Ohne Frauen wäre es wie auf See, aber ohne Arbeit, ohne Gefahr oder Hoffnung auf Beute, was Ablenkung geboten hätte.

Die Männer würden unruhig werden und gegen die niederen Dienste wie Kochen und Putzen aufbegehren. Schließlich waren sie die Elite von St. Mary's, die Gründerväter. Sie hätten sich weder mit Reparaturen noch mit Proviant beschäftigt, wäre da nicht die unumgängliche Geheimhaltung gewesen.

Yancy betrachtete das Haus, doch war er in Gedanken mit seinem Harem beschäftigt. Ja, es wäre doch sehr angenehm hier oben in dieser idyllischen Umgebung, mit seinen vertrautesten Männern und seinen Lieblingsfrauen zur Gesellschaft.

Allerdings dachte er in letzter Zeit oft an seine erste Ehefrau, die er in New York zurückgelassen hatte. Manchmal, wenn er mit einer seiner madagassischen Frauen das Lager teilte, schloss er die Augen und stellte sich Susan – so hieß sie – vor, ihre zarte weiße Haut, das blonde Haar wie Seide. Diese makellose, weiße Sanftheit fehlte den eingeborenen Frauen, und er sehnte sich danach.

»Lord Yancy?«, unterbrach Nagel seine Träumereien.

»Was?«, fuhr Yancy ihn an, eine Antwort, die andere hätte zusammenzucken lassen, doch Nagel – zu dumm oder zu furchtlos – reagierte nicht.

»Es ist nur, Sir… wollt Ihr Euch hier draußen verstecken? Für immer und ewig? Wenn ich so kühn fragen dürfte, Sir: Wie sieht Euer Plan aus?«

»Ich verstecke mich nicht. Glaubst du, ich würde mich verkriechen? Hältst du mich für einen Feigling?«

»Nein, im Leben nicht, Sir. Es ist nur…«

»Hör zu, Nagel, du Rindvieh. Ich bin ein Mann, der denkt, wenn du verstehst, was ich meine.« Lord Yancy deutete auf seinen Kopf, um seine Worte zu unterstreichen. »Ich habe keine große Armee, ich weiß. Ich habe keine geldgierige Söldnerbande wie dieser Hundsfott Press.

Diese Männer hier… denen kann ich trauen.« Mit einer weiten Geste umfasste er den Trupp, der dort am Haus arbeitete. »Ich vertraue nicht darauf, dass sich die Trunkenbolde aus dem Ort zu meinem Schutz erheben. Also werde ich Press mittels des Verstandes besiegen, den ich besitze, er jedoch nicht.

Er meint, er segelt in den Hafen, trifft mich als Inselkönig an und unterwirft mich mit seinen gedungenen Schurken, doch so wird es nicht sein. Er wird kommen und hören, ich sei tot. Dann darf er den Ort gern übernehmen, wenn er will, und sobald seine Wachsamkeit nachlässt, Henry, sobald seine Wachsamkeit nachlässt und er feist und bequem wird, dann schlagen wir zurück.«

Nagel nickte. »Verstehe, Mylord, verstehe. Aber wer wird ihm erzählen, dass Ihr tot seid? Ich meine, wem würde er glauben?«

»Dem neuen König natürlich. Dem Mann, der an meine Stelle tritt. Den Press an meiner statt erschlagen wird.«

»Wer soll das sein?«

»Ich habe ihn noch nicht gefunden, Henry. Aber wenn ich ihn sehe, werde ich es wissen.«

Schlechtwetter, über und unter Deck.

Sieben Tage waren seit der Besprechung in der Großen Kajüte vergangen, und Elizabeth schmollte noch immer, sprach mit Thomas nur, wenn es sich nicht vermeiden ließ, schwieg bei den Mahlzeiten, zwang ihn, auf der Backskiste zu schlafen. Alle Entschuldigungen waren zwecklos gewesen, weiteren Bemühungen, ihr die Sorgen auszureden, begegnete sie nur mit bösem Blick.

Es schien Marlowe unglaublich, dass sie ihm wegen einer unbedeutenden Lüge derart böse war. Im Grunde war es nicht mal eine Lüge; er hatte ihr nur nicht alles erzählt. Es war sein Geld, seine Verantwortung. Seine Reue verwandelte sich in Ärger, während Elizabeth hartnäckig an ihrem Groll festhielt.

Ebenso Bickerstaff. Er schmollte nicht, denn das war

nicht seine Art, doch gab er sich auch keine Mühe, die Kühle zu verbergen, die er Marlowe gegenüber empfand.

Marlowe hatte es nicht anders erwartet, hatte es in seine Überlegungen mit einbezogen. Bickerstaff verachtete Piraten. Vor Jahren, als er Marlowes Gefangener gewesen war (oder genauer gesagt: Malachias Barretts Gefangener), hatte Marlowe ihn gezwungen, mit ihm auf Piratenfahrt zu gehen. Doch hatte er ihn nie gezwungen, sich selbst als Pirat zu betätigen, sondern ihm stets gestattet, unter Deck zu bleiben und sich von den Kämpfen fern zu halten, hatte Bickerstaff gegen die anderen Männer an Bord verteidigt, da diese ihn für einen Feigling hielten.

Es war kein Mangel an Courage, der Bickerstaff unter Deck bleiben ließ. Es war ganz und gar kein Mangel. Es lag an seiner moralischen Abscheu der Seeräuberei gegenüber. Marlowe wusste, dass er nicht auf der Piratenroute segeln wollte, doch wusste er auch, dass praktische Überlegungen und die Sorge um Elizabeth, die er liebte, ihn dazu bewegen würden, die Contenance zu wahren, wenn er sich schon nicht beteiligte.

Von Anfang an hatte Marlowe gewusst, dass Bickerstaff keineswegs erfreut wäre, wenn er feststellen musste, in welchem Maße die ganze Sache im Voraus geplant gewesen war. Dennoch überraschte es ihn, wie sehr verstimmt Bickerstaff zu sein schien.

Honeyman kam wie stets seinen Pflichten nach, wenn auch vielleicht nicht mehr ganz so wortkarg und etwas versöhnlicher, was Marlowe nur umso mehr ärgerte. Dinwiddie wurde von Tag zu Tag mürrischer, denn ihm gefiel es nicht, als Erster Offizier mit weniger Befehlsgewalt als der Quartermaster dazustehen.

Und über ihnen hing eine dichte, graue Wolkendecke, durch die nichts von Sonne zu erkennen war, nicht einmal ein heller, runder Fleck, der angedeutet hätte, wo sie war. Unter der dichten Decke fegten dunklere Wolken dahin, von schnellen Winden getrieben, die in anderer Richtung wehten als über dem Wasser.

Die See war groß und wurde immer größer, grau, massig, mit weißen Mützen, wenn sich die Kämme auf den größeren Wogen brachen. Die Luft war drückend, feindselig, bedrohlich. Angespannt. Sie entsprach der Stimmung innerhalb ihrer hölzernen Wände.

Seit zwei Tagen hatten sie kein Land gesehen. Nachdem die Entscheidung gefallen war, dass sie auf Kaperfahrt ins Rote Meer wollten, hatten sie Penzance auf Mount's Bay in Cornwall an der westlichsten Spitze Englands angelaufen, um Proviant für die lange Reise nach Madagaskar aufzunehmen.

Die Bevölkerung von Cornwall war für ihre Missachtung jedweder Gesetze der Admiralität bekannt. Man stellte keine Fragen an den unbewaffneten Freibeuter, der in diesem abgelegenen Hafen Verpflegung nahm. Man legte keinerlei Neugier an den Tag, was das spanische Gold anging, mit dem Marlowe bezahlte, sondern nahm es liebend gern an.

Drei Tage später verließ die *Elizabeth Galley* Mount's Bay mit genügend Proviant, Wasser und Feuerholz im Laderaum, dass sie um das Kap der Guten Hoffnung und weiter nach Madagaskar segeln konnten.

Nun stand Marlowe auf dem Achterdeck, lehnte sich in den Wind. Sein Umhang schlug ihm an die Beine, sein Haar, das inzwischen lang genug war, dass er es zu einem Zopf binden konnte, fiel ihm über die Schulter.

Der Bug der *Elizabeth Galley* fiel in ein Tal zwischen großen Wellen, und das Achterdeck schien sich in die Luft zu erheben, wie das Ende einer Riesenwippe. Marlowe spürte, dass auch sein Magen in der Luft hing, als sich das Heck des Schiffes hob, eine Sekunde stehen blieb, dann wieder abstürzte, als die Woge unter ihnen hindurchging. Ein sonderbares Gefühl, doch fuhr er schon so lange zur See, dass es ihm nichts ausmachte.

Dinwiddie, Honeyman und der neue Bootsmann, der harte Knochen Burgess, waren überall gleichzeitig, sorgten dafür, dass Sturmbezüge um aufgetuchte Segel gelegt wurden, die Boote doppelt gelascht, inspizierten die Persenning auf den Luken, spannten Seereling übers ganze Deck.

So sehr er Honeyman für eine Ratte, einen Querulanten, hielt, so unzufrieden Dinwiddie war, so mürrisch Burgess auch sein mochte, musste Marlowe doch zugeben, dass sie Seeleute waren, die ihre Arbeit verstanden. Der Sturm, der sich um sie herum zusammenbraute, würde schwer werden, das spürte er. In diesem Moment hätte er seinen Ersten Offizier, den Quartermaster und den Bootsmann nicht gegen die fröhlichsten Speichellecker auf Erden eingetauscht.

Wieder stach der Bug herab, krachte in eine Woge, die das Schiff erzittern und mächtige Gischt über die Reling spritzen ließ, wie Brandung an felsigem Ufer. Marlowe sah, dass das Wasser Honeyman und Dinwiddie durchnässte, sah, dass sie die Schultern unter dem kalten Guss hochzogen, als sie sich über die Gangway zum Achterdeck kämpften.

»Deck ist gesichert, Sir«, sagte Dinwiddie laut, um sich im Wind Gehör zu verschaffen. »Brammasten?«

»Aye!«, sagte Marlowe. Es wurde Zeit, die Brammasten und -rahen, die höchsten und schwächsten Hölzer, herunterzuholen und an Deck zu verstauen. »Wenn Ihr sie unten habt, lasst uns ein großes Reff in die Marssegel binden. Mr. Honeyman, haben wir genug Männer für die Taljen, um die Bramstangen zu fieren?«

»Aye, Sir, sollte reichen.«

»Gut. Dann machen wir uns für den Sturm bereit. Ich denke, dass die kommende Nacht heftig wird.«

»Das glaube ich auch, Captain!«, rief Dinwiddie, und dann gingen die beiden Männer nach vorn, um die letzten Vorbereitungen für den aufkommenden Sturm zu treffen.

Grau, trübe, nass. Den gesamten, stürmischen Nachmittag über schien es, als wollte der Himmel kein Tageslicht zulassen. Die See türmte sich auf, höher, immer höher, reichte bis zu den Stückpforten, dann zur unteren Reling, schließlich zur Achterdeckreling, so dass im Wellental überall nur Wasser tobte, als hätte man die *Elizabeth Galley* in ein Loch im Meer geworfen.

Und dann stieg sie wieder mit den Wogen auf, so hoch, dass es schien, als würde sie von dort oben gleich abstürzen, und schon ging es wieder in die Tiefe.

Die Brammasten und -rahen wurden eingeholt und auf der Hauptluke vertäut. Die Marssegel wurden gerefft, die obere Hälfte des Segels an die Rahe gebunden, und nur ein Teil des Tuches war dem Wind noch ausgesetzt. Stoppertaljen, die verhinderten, dass die schweren Rahen hin und her schlugen, wenn das Schiff rollte, wurden aufgeriggt und fest durchgeholt. Die *Elizabeth Galley* stampfte voran.

Etwas Gutes hatte der Wind, eines nur, denn er wehte von Nordost, trieb die *Galley* nach Südwest, genau in die Richtung, die Marlowe ansteuerte. Südwest. Sie würden den Atlantik fast bis nach Südamerika überqueren, durch die windstille Zone am Äquator treiben und dann die westlichen Passatwinde südlich davon suchen, die sie wieder über den Atlantik und um die Südspitze Afrikas tragen würden. Eine lange Reise. Ein verzweifelter, letzter Versuch, seinen Besitz zu retten.

Vom schwachen Tageslicht war inzwischen fast nichts mehr zu sehen, als Dinwiddie nach achtern kam. Marlowe ging dem Ersten Offizier entgegen, dachte, dieser wolle ihm melden, alles sei für die Nacht bereit.

Die beiden Männer schlingerten einander entgegen, die Hände an der Reling, die Beine gegen das wilde Auf und Ab des Schiffes gespreizt, die Decks nass von der Gischt und den ständigen Regenschauern.

»Honeyman wird etwas groß für seine kurzen Hosen, Captain!«, schrie ihm Dinwiddie ins Ohr, lauter als das Pfeifen des Windes in der Takelung. »Gibt den Männern Befehl, die Taljen bereit zu machen, streitet mit mir um das Sagen an der Leine. Ich will für seinen Unsinn nicht gerade stehen!« Nicht eben die Meldung, die Marlowe erhofft hatte.

»Bitte, Mr. Dinwiddie, sehen wir mal, ob wir die Nacht überleben. Dann klären wir die Sache morgen früh!«, rief Marlowe zurück. *Als bräuchte ich jetzt noch irgendwelchen Ärger mit diesen Schwachköpfen*, dachte er.

»Aye, Sir.« Dinwiddie presste die Worte hervor, und Marlowe merkte, dass er beschwichtigt werden musste.

»Ihr habt Recht! Man muss mit Honeyman reden, und ich werde mich darum kümmern. Aber sind wir für die Nacht bereit?«

»Aye, Sir, alles ordentlich verstaut. Allerdings weiß ich nicht, wie lange wir die Marssegel halten können!«

Keine halbe Stunde, wie sich herausstellte. Das allerletzte Licht verging, als Marlowe auf der Wetterseite an der Reling stand, in der Dämmerung nach oben blickte und sich um die Marssegel sorgte. Er stemmte sich gegen den Wind, der ihn vorwärts drücken wollte, wie eine Versuchung, die ihn anschob, während er ihr zu widerstehen suchte. Er war es gewohnt, Segel so lange wie möglich oben zu lassen, voranzukommen, so lange sie in die richtige Richtung fuhren, doch würde das Tuch nicht mehr lange halten.

Er hatte eben beschlossen, dass es Zeit wurde, die Segel

einzuholen, sich vor Topp und Takel von Wind und See treiben zu lassen, als das Vormarssegel riss. Er betrachtete das Großmarssegel, dachte, wie alt und doch fest das Tuch war, als er spürte, wie ihm der Wind einen harten Stoß versetzte. Er wurde nach vorn geworfen, packte die Reling, stemmte sich dagegen.

Die *Elizabeth Galley* schwankte, wie von einer Breitseite getroffen, rollte hart auf eine Seite, dass sich die See um sie herum auftürmte. Sie ächzte, das Heulen des Windes in den Wanten wurde heller, und tausend Teile von Rumpf und Takelage klapperten, als sie sich wieder aufrichtete.

Und dann, in dem ganzen Lärm und Chaos, hörte Marlowe den Knall reißender Leinwand, verräterisch, scharf, wie ein Schuss. Er sah wieder hinauf.

Das Großmarssegel war eine unversehrte Fläche straffer, matter, grauer Leinwand.

Er bückte sich, blickte voraus und hinauf. Das Vormarssegel sah genauso aus, ein Tuch von hellem Grau in einer dunkelgrauen Welt. Doch gleich steuerbord vom Mittelpunkt des Segels sah er den Riss, einen Meter lang, vom Liektau aufwärts. Nur der eine Riss, und im Augenblick wurde er nicht größer, als versuche das Segel durchzuhalten, bis Marlowe Hilfe geholt hatte.

Honeyman stand auf dem Mitteldeck und sah zu jenem Segel auf. Marlowe dachte daran, einen Befehl zu rufen, merkte aber, dass Honeyman ihn nicht hören würde, trat einen Schritt vor, da gab das Segel nach. Noch ein Knall, um ein Vielfaches lauter als der erste, und als Marlowe erneut nach oben sah, bestand das Marssegel nur noch aus Fetzen, die leewärts wehten, lange Stoffstreifen, die wie Fähnchen flatterten. Das Liektau, welches den Rand des Marssegels verstärkt hatte, war noch an Ort und Stelle, wie das Skelett des Segels, als wüsste es nicht, dass die Leinwand fort war.

Unter seinen Beinen spürte Marlowe, wie das Schiff ein Stück herumschwenkte, als sich die Balance von Segel und Rumpf plötzlich änderte. Er fuhr herum, hielt sich an der Reling fest; seine Augen tränten, als er den Wind voll ins Gesicht bekam. Er war bereit, den Rudergängern Anweisung zu geben oder die Pinne selbst zu nehmen, falls es nötig werden sollte.

Doch einer von Burgess' Kameraden, auch ein harter Hund von einem Seemann, stand an der Ruderpinne, und mit Hilfe eines der kräftigen jungen Männer von Marlowe House hatte er die Pinne herübergedrückt, ein Stück nur, um die Veränderung auszugleichen, änderte den Kurs genau so, wie Marlowe es ihm befohlen hätte. Also ließ er sie allein und drehte seinen Rücken wieder in den Wind.

Honeyman stürmte voran, Burgess auf seinen Fersen, zerrte im Vorüberlaufen an Männern, dass sie ihm folgen sollten, stieß andere zur Nagelbank und gestikulierte. Hol auf! Hol auf! Es war klar, was Honeyman meinte, selbst vom Achterdeck aus.

»Guter Mann!«, sagte Marlowe laut. Doch Honeyman dachte nur an das Segel, und Marlowe musste an sein Schiff denken. Die Rudergänger konnten es nicht endlos halten, wenn die Segel aus dem Gleichgewicht geraten waren. Eine harte Windbö, und es würde sich längsseits zu den Wellen drehen und dann unweigerlich kentern.

»Mr. Dinwiddie!«, rief er den Ersten Offizier, der von Lee herangetaumelt kam. »Wir müssen das Großmarssegel einholen!«

Dinwiddie nickte, stürzte fast, als der Bug der *Galley*, der sich inzwischen in der Dunkelheit verlor, in eine Woge schlug. Er stolperte gegen das Schanzkleid, hielt sich fest, wandte sich zu Marlowe um.

»Ihr ruft ein paar Mann ans Leegeschirr!«, fuhr Marlowe

fort. »Ich sorge dafür, dass die Schothörner auf der Windseite bemannt sind! Sagt Flanders, er soll einen Trupp zusammenstellen, der nach oben geht und Segel staut!«

Wieder nickte Dinwiddie, wiederholte den Befehl. Marlowe konnte ihn bei dem Wind kaum hören, obwohl er keinen Meter weit entfernt war. Er schlurfte davon, brüllte etwas, winkte Männern, ihm zu folgen, während Marlowe Leute um sich sammelte, die ihm mit der Takelage auf der Wetterseite helfen sollten.

Sie lösten Fallen und Schothornaufholer und holten durch, ließen die Rah des Großmarssegels herunter, Stück für Stück. Männer klammerten sich an die Aufholer, zerrten daran, schwankten mit dem Schiff, schlugen an das Schanzkleid, zerrten weiter.

Endlich war die Rah unten, die Schoten waren losgemacht, und das Segel wurde aufgeholt. Wind ging hinein, und es bockte, wehrte sich wie ein wildes Tier, doch wurde es schließlich mit Talje und Muskelkraft übermannt.

Dann kletterte einer nach dem anderen in die Wanten auf der Wetterseite und arbeitete sich nach oben vor, ganz langsam, ein vorsichtiger Schritt nach dem anderen, während es schien, als versuchte das rollende Schiff, sie ins Meer zu werfen. Weiter, immer weiter die Wanten hinauf, über die Großmars hinaus in die Wanten am Marsmast. Von dort aus war es nur ein Schritt auf die Fußpferde, unter den Rahen, und sie kämpften sich voran, um das Segeltuch zu bändigen.

Marlowe sah ihnen nach, wie sie hinaufstiegen, quälend langsam. Schritt für Schritt. Es war nicht seine Sache, mit ihnen hinaufzugehen. Als Kapitän war sein Platz auf dem Achterdeck, wo er die Lage überblicken konnte, vorn und achtern. Tatsächlich wäre es ein Pflichtversäumnis gewesen, wenn er diesen Platz verlassen hätte und mit seinen Männern hinaufgeklettert wäre. Aber dennoch… nach all den

Jahren, die er das Kommando auf Schiffen gehabt hatte, konnte er es kaum ertragen, Männer in solcher Gefahr hinaufzuschicken und selbst unten zu bleiben.

Er sah, dass Bickerstaff bei ihnen war. Fast den ganzen Tag war er an Deck gewesen, ging den Männern zur Hand, ignorierte Marlowe. Er arbeitete freiwillig. An Bord hatte er keine offiziellen Pflichten. In Wahrheit war es, als wäre er gar nicht an Bord, nachdem er sich geweigert hatte, die Schiffsparagraphen zu unterzeichnen, so dass er weder Stimmrecht noch Anspruch auf einen Teil der möglichen Beute besaß.

Nun war Bickerstaff jedoch kein Mann, der sich vor Arbeit drückte, der seinen Status als Gentleman dafür nutzte, nicht Seite an Seite mit den Männern kämpfen zu müssen, besonders in einer Krise wie diesem Sturm. Und deshalb hing er wie die anderen von den Aufholern, zog und belegte, stieg vorsichtig hinauf, um das kostbare Marssegel vor dem fürchterlichen Wind zu retten.

Und Marlowe wünschte inständig, Bickerstaff möge nicht sterben, bevor sich Marlowe in den Augen seines Freundes reingewaschen hatte. Über eine Stunde kämpften die Männer mit dem Großmarssegel. Und endlich war es verstaut, die Reste vom Vormarssegel waren fest vertäut und alle Männer wieder in relativer Sicherheit an Deck.

Es war mitten in der Nacht, stockfinster, was bedeutete, dass jede große Meereswoge, die aus der Dunkelheit heranrollte, sie überraschte, sich manchmal über dem Heck brach, und dann wieder vor ihnen innezuhalten schien, so dass der Bug immer und immer wieder in die Wand aus Wasser schlug.

Eine wilde, höllische Nacht von heulendem Wind und bitterkalter Gischt, eine Nacht, in der Männer und Gerät von der launischen See herumgeschleudert wurden und das

Wasser, das über den Bug und durch die Kanonenluken kam, fast einen Meter hoch an Deck stand.

Dennoch war Marlowe zuversichtlich. Jahrelange Erfahrung sagte ihm, dass sie sich nun auf dem Höhepunkt des Sturmes befanden, dass das Morgengrauen ein Nachlassen des Windes, eine Beruhigung der See mit sich bringen würde. Und sie waren jetzt sicher, die Segel verstaut, alles an Deck vertäut, die Pumpen arbeiteten gut. Alle Mann waren an Deck, doch wirkten sie weder erschöpft noch ausgehungert, sondern zeigten, wie verlässlich und solide diese Mannschaft geworden war.

Die *Elizabeth Galley* fuhr zügig vor Topp und Takel. Die Angriffsfläche, die Masten und Rahen dem Wind boten, trieb sie mit sechs bis sieben Knoten an. Vor ihnen mehr als dreitausend Meilen offener See. Am besten jedoch war, dass sie – bedachte man das scheinbar bösartige Wesen von Stürmen auf See – tatsächlich direkt in die Richtung getrieben wurden, die sie ansteuerten.

Frierend, nass bis auf die Haut, müde, mit brennender Kehle von der salzigen Gischt, war Marlowe dennoch optimistisch, als er die Leiter zum Mitteldeck hinunterkletterte, im Gang gegen die Türen prallte und nach achtern zur Großen Kajüte taumelte, um nach Elizabeth zu sehen.

Er fand sie in ihrer Koje – der gemeinsamen Koje, ihrer ehemals gemeinsamen Koje –, flach auf dem Bauch liegend, stöhnend bei jedem wilden Schwanken, das die Hängekoje vollführte. Es dauerte lange, bis Elizabeth seekrank wurde, doch der Sturm in dieser Nacht war zu viel für sie.

»Wie geht es dir, meine Liebe?«, fragte er, gab sich Mühe, liebevoll und einfühlsam zu klingen, was schwierig war, da er gegen den Lärm von knarrenden Balken, die Brecher und das Heulen des Windes anbrüllen musste.

Sie blickte zu ihm auf, das Gesicht wächsern im Lichtschein der Laterne, die wild baumelte und wirre Schatten an die Wände der kleinen Schlafkajüte warf. Ihr langes Haar war zerzaust und verklebt und sah aus, als sei es ihr nicht gänzlich gelungen, es aus dem Weg zu nehmen, als sie sich erbrochen hatte.

Einen Moment lang war ihre Miene flehentlich, verletzlich, und Marlowe dachte, sie wolle ihm ihre unendliche Liebe versichern, weil sie meinte, auf ihrem Sterbebett zu liegen. Doch das tat sie nicht. Stattdessen drehte sie sich auf den Rücken, schloss die Augen, während das Schiff rollte und die Koje derart heftig schaukelte, dass sie an die Decke stieß.

Als sich die *Galley* wieder aufrichtete, sagte sie nur: »Fahr zur Hölle, Thomas«, so leise, dass Marlowe sie kaum hören konnte.

Es wird dir noch Leid tun, undankbares Weib, falls wir alle heute Nacht sterben, dachte Marlowe, und ohne ein weiteres Wort wandte er sich um und ließ sie dort liegen.

Durch den Gang zurück und auf das Mitteldeck, an Trupps von Männern vorbei, die sich zusammendrängten, wo sie Schutz fanden. Im Moment gab es nichts zu tun, keine Segel zu trimmen, und das Schiff schien dem Druck des Sturms gewachsen zu sein. Allein das Ruder war bemannt, und die Pumpen waren zu betätigen, doch ansonsten konnte man nur wach und wachsam bleiben, denn die trügerische Ruhe konnte von einer einzigen, schweren Welle oder Bö mit fortgerissen werden.

Trotz finsterer Nacht schlich Marlowe auf dem Achterdeck herum, stand im Windschutz des Tuches, welches zwischen den Besanwanten verschnürt war, sprach mit den Rudergängern, mit Dinwiddie oder Honeyman, bahnte sich gelegentlich einen Weg zum Mitteldeck hinab, um die Männer aufzumuntern und sicherzugehen, dass sie nichts übersehen hatten. Doch war die *Galley* solide und gut getakelt, und die Mannschaft, die er beisammen hatte, war fähig und erfahren, wenn auch nicht so zahlreich, wie er es sich gewünscht hätte, und alles war in Ordnung.

Zwei Glasen in der Morgenwache, fünf Uhr früh, und Marlowe merkte, dass die Pumpen lauter wurden. Sein müdes, benebeltes Hirn brauchte einen Augenblick, bis er merkte, dass es am abnehmenden Wind lag, dem Nachlassen des allgegenwärtigen Heulens, das ihn die ganze Nacht über gequält hatte.

Als er es merkte, wurde ihm bewusst, dass sich auch das Meer etwas beruhigte. Nach wie vor war es ein wilder, ruckender, rollender Ritt über mächtige Wogen, doch spürte Marlowe, dass es nicht mehr so schlimm war wie noch vor einer Stunde, und er hatte allen Grund zu der Annahme, dass es in einer weiteren Stunde noch besser wäre.

Das Morgengrauen kam bei vier Glasen etwa, kaum mehr als eine graue Variante der Nacht, weil die Sonne hinter einer undurchdringlichen Wolkendecke verborgen blieb. Das Meer war von bleierner Farbe, erhob sich überall um sie herum, Reihe auf Reihe wässriger Hügel, die alles, was dahinter lag, verbargen, wenn die *Elizabeth Galley* im Tal dazwischen versank, und dann einen kurzen Blick auf den Horizont preisgaben, wenn sie wieder aufstieg. Doch die Bedrohung der letzten Nacht war verflogen, die Anspannung, die entstand, weil man nicht wusste, wann die nächste Woge hereinbrach und wie groß sie sein würde.

Dinwiddie schickte Männer als Ausguck an den Bug und auf beide Seiten, da nun begründete Hoffnung bestand, dass sie etwas sehen würden, falls es etwas zu sehen gäbe. Marlowe bezweifelte es. In der Nacht hatten sie die englische Küste sehr schnell hinter sich gelassen. Vor ihnen lag jetzt nur noch offenes Meer, bis hinüber nach Amerika.

Müde setzte er sich auf eine Beting. Seine Beine schmerzten, und die Haut war an mehreren Stellen von durchnässter Kleidung aufgescheuert. Er dachte an Frühstück.

Da rief der Ausguck am Bug: »Himmelarsch!« Seine Stimme war der Panik nah.

Marlowe kam auf die Beine, sprang auf die Beting, eine Hand an den Besanwanten, sah nach vorn hinaus. Wasser, nichts als Wasser.

»Was ist los, du Sohn einer pockennarbigen Hure?«, rief Dinwiddie.

»Schiff! Verdammt noch eins! Ein Wrack!« Der Ausguck stotterte. Wieder stieg die *Elizabeth Galley* auf, als das Meer unter ihr hindurchging. Dort, unter ihr, im Wellental bis eben noch nicht auszumachen, lag ein Schiff oder das, was davon übrig war.

Ohne Masten, halb versunken, hielt der *Galley* ihren Rumpf hin, das Deck auf der anderen Seite. Glitzerte im trüben Licht, wenn sich die Wellen daran brachen. Ein Schiff lag im rechten Winkel vor der *Galley*, wie etwas, das seinem Grab entstiegen war, das Heck direkt vor dem Bug der *Galley*, mitten im Weg.

»Steuerbord! Hart steuerbord!«, rief Marlowe. Die Rudergänger drückten die Pinne hinüber. Die *Galley* drehte ab, während die Woge unter ihr hindurchging und das Wrack über ihnen aufstieg, und schon hatte die nächste Welle die *Galley* erfasst, trieb sie voran, und die beiden Schiffe rammten einander.

11

Die Blinderah der *Galley* traf zuerst, schrammte übers Achterdeck der treibenden Hulk, verfing sich dann in deren geborstener Heckreling, steckte im gesplitterten Holz, als hielte sich das sterbende Schiff fest, als klammerte es sich verzweifelt an sein Leben.

Honeyman stand am Bug, machte die Leinen und Brassen der Blinde los, doch spürte Marlowe, wie die *Elizabeth Galley* innehielt, da das Wrack nicht von ihr lassen wollte.

»Ruder überlegen!« Wieder ging die Pinne auf die andere Seite, und die *Galley* drehte ab, wenn auch nur ein Stück weit. Wind und Meer trieben sie vor sich her, doch versuchte das voll gelaufene Wrack, sie aufzuhalten.

Er sah, dass der Bugspriet unter dem enormen Druck stand, dass sich die Blinderah bog, fragte sich, was wohl zuerst nachgeben würde.

Und dann befreite sich die Blinderah, riss sich mit splitterndem Holz und knallenden Leinen vom Bugspriet los. Reste der Takelage peitschten durch die Luft, als die große Rah herausgebrochen wurde. Die *Elizabeth Galley* machte einen Satz nach vorn, löste sich aus dem Griff des Wracks.

»Mittschiffs!« Marlowe brüllte, und dann rammte die *Elizabeth Galley* mit ihrem Steuerbordbug das Heck des Wracks. Das Schiff erbebte, ein schreckliches Gefühl, das voll gelaufene Wrack unnachgiebig wie ein Felsen. Der Kranbalken brach unter dem Aufprall, und das Schanzkleid gab nach. Die Männer rannten nach achtern, als das Schiff am Wrack entlangschrammte und sich dabei selbst aufriss.

Marlowe starrte hinüber, war von dem Anblick wie versteinert. Er sah den großen, runden, weißen Rumpf des anderen Schiffes. Das Deck war für ihn nicht einzusehen, da sich das Schiff in die andere Richtung neigte, fort von der *Elizabeth Galley*.

Dann traf die Fockrüste an Steuerbord, bohrte sich in das zertrümmerte Heck der Hulk. Marlowe sah, wie sich die drei Fockwanten unter dem Druck immer weiter spannten, und dann knallte etwas, und die Wanten hingen durch. Sollten noch mehr Wanten reißen, würden sie den Mast verlieren.

Die nächste Woge hob das Heck der *Galley* an, schob es herum. Sie legte sich quer zu den Wellen, drehte sich um ihren Bug, der im Wrack feststeckte. Breitseits zu den Wellen lag sie da, und schwerere See hätte sie zum Kentern gebracht, drei Stunden früher wäre es ihr Tod gewesen, doch waren die Wellen nun kleiner, kabbeliger, und Marlowe war sicher, dass sie ihnen nichts anhaben konnten.

Die Rüste riss sich von der Hulk los, das Meer trieb die *Galley* daran vorbei, und sie lagen windwärts von der treibenden Bedrohung, in Sicherheit, außer Gefahr.

Die großen Wogen trieben die *Galley* am toten Schiff vorbei. Das Deck war nun zu sehen, da das Wrack hinter ihnen zurückblieb, und im trüben Licht des frühen Morgens konnte Marlowe einiges erkennen. Ein großes Schiff, vielleicht ein Indienfahrer. Das Schanzkleid auf der Leeseite lag unter Wasser, der Rumpf musste schon halb voll sein. Eine Stunde würde es wohl noch durchhalten, vielleicht etwas länger, dann aber wäre es sicher nicht mehr da.

Am Stumpf des Großmastes, fünf Meter über dem Deck, sah man die Flagge eines englischen Handelsschiffes, in Fetzen, kopfüber. Ein klägliches Zeichen der Seenot, als könnte irgendwer es sehen oder wäre in der Lage, ihnen Hilfe zu leisten, wenn er es denn sah.

Nur ungern dachte Marlowe an den grauenvollen Tod, den diese Mannschaft erlitten hatte.

Dann, kurz bevor das große Schiff hinter der nächsten Woge verschwand, die es noch weiter von der *Galley* forttreiben würde, sah er dort drüben Bewegung, Farbe, etwas rührte sich an Deck. Er sprang in die Großwanten, hetzte hinauf, hielt seinen Blick aufs Wrack gerichtet, versuchte, weiter nach oben zu kommen, nachzusehen, bevor es hinter der Wasserwand verschwunden war.

Dort drüben waren noch Männer am Leben. Er konnte sie sehen, inzwischen gut hundert Meter entfernt, aber er konnte erkennen, wie sie auf die hohe Bordwand kletterten, wild winkend. Etwas Weißes, ein Hemd, ein Stück Segeltuch, jemand gab verzweifelt Zeichen.

Die *Elizabeth Galley* lag noch immer beinah quer zu den Wellen, doch hatten die Rudergänger die Pinne fest im Griff, und wieder kam sie ein Stück herum, so dass sie sehr bald wieder vor dem Wind fahren würde.

»Rudergänger! Kurs halten!«, rief Marlowe. »Mr. Dinwiddie. Lasst das Besansegel setzen! Schnell, schnell!«

Dinwiddie kam nach achtern, schwerfällig, unbeholfen, den athletischeren Honeyman auf den Fersen und einen Trupp Männer dahinter. Sie stellten keine Fragen, gehorchten nur, lösten die Schutzbezüge und machten die Fallen klar, setzten schnell und sorgfältig Segel.

»Reff ist eingebunden!«, rief Honeyman gegen den Wind.

»Gut! Wir halten an!«

Dieser Befehl löste Stirnrunzeln und fragende Blicke aus, mehr jedoch nicht, während die Männer darum kämpften, im heulenden Sturm Segel zu setzen. Als sie vor dem Wind gefahren waren, hatte er nicht so harsch gewirkt, doch nun, da sie praktisch stehen blieben, wehte er mit seiner ganzen Macht über sie hinweg, zerrte an Haar und Kleidern, ließ die Takelage summen und singen.

»Mittschiffs!«, rief Marlowe den Rudergängern zu. Die

Besanrah ruckte am Mast hinauf, das Tuch ganz stramm, blähte sich. Die *Elizabeth Galley* wendete, bis See und Wind auf ihrem ramponierten Steuerbordbug lagen.

»Ruder backbord! Ja, so bleiben!« Marlowe wartete, fühlte nach, versuchte einzuschätzen, ob das Schiff im Gleichgewicht war oder nicht, ob es sich bei den widerstreitenden Kräften von Ruder und Segel würde halten können. Es konnte.

Honeyman und Dinwiddie standen an seiner Seite, warteten auf Befehle, fragten sich zweifelsohne, was er wohl dachte. Das Sicherste wäre für sie, weiter vor dem Sturm zu bleiben. Nun jedoch hatten sie angehalten, trieben, das Wrack lag windwärts, kam ihnen entgegen. Hin und wieder war vom Deck aus zu erkennen, wie es auf den Wogen anstieg, dann wieder abfiel. Mit der nächsten oder übernächsten Welle mochte es untergehen und versinken.

»Da drüben auf dem Schiff leben noch welche!« Marlowe deutete in den Wind. Er dachte, es würde alles erklären, doch Honeyman und Dinwiddie starrten ihn nur an.

»Wir holen sie rüber!«, rief Marlowe. Hinter ihm rief der Mann, der das Kreuzfall aufschoss: »Was? Bei dieser See?«, als stünde es zur Diskussion, was keineswegs der Fall war.

Tatsächlich gab es keine Diskussion. Finster sah Marlowe Dinwiddie an, forderte ihn zum Widerspruch heraus. Düster sah er Honeyman an, forderte ihn auf, vorzutragen, was die Mannschaft wollte. Er war bereit, beiden das Genick zu brechen, falls sie auch nur versuchen sollten, Ärger zu machen ... verflucht sei das Rote Meer! Stattdessen nickte Dinwiddie nur, und Honeyman sagte: »Wie wollen wir es machen?«

Das war die Frage. Hätten sie luvwärts vom Wrack gelegen, wäre es möglich gewesen, ein Boot hinübertreiben zu lassen, doch lagen sie nun leewärts, und alles Kreuzen auf der Welt konnte sie nicht wieder luvwärts bringen.

Marlowe ließ seinen Blick übers Deck schweifen, dann luvwärts, wo er einen kurzen Blick auf das Wrack werfen konnte, bevor es sich wieder zwischen den Wellen verlor. Die *Elizabeth Galley* trieb, da sie noch ihre Masten hatte, erheblich schneller als die voll gelaufene Hulk. Wenn sie ihre Geschwindigkeit verringerten, das Wrack herantreiben ließen, eine Leine warfen …

Mein Gott, ich bin im Begriff, eine Dummheit zu begehen!, dachte Marlowe. Die Vorstellung, eine unberechenbare Hulk auf sich zutreiben zu lassen, während die See tobte und der Wind ihnen um die Ohren heulte, war der reine Irrsinn. Doch konnte er diese Männer nicht sterben lassen, ohne es versucht zu haben. Sie waren Seeleute und Briten dazu. Er hinterfragte seine Motive nicht, wusste nur, dass er es versuchen musste.

»Wir müssen dafür sorgen, dass wir nicht so schnell abtreiben!«, rief er, und die beiden Männer nickten. »Binden wir ein paar von den Ersatzspieren zusammen, hängen sie an einer Trosse über die Bordwand, wie einen Treibanker! Das könnte gehen!«

»Aye, Sir!«, rief Honeyman. »Vielleicht treibt das Wrack auf die Spieren. Wenn die armen Hunde heranreichen können, halten sie sich daran fest, und wir ziehen sie an Bord!«

Marlowe nickte, als sei genau das seine Idee gewesen, aber eigentlich war es ihm noch gar nicht in den Sinn gekommen. Dennoch war es perfekt. Einen Treibanker in Form von Reservemasten und -rahen setzen, die Hulk kommen lassen, dass die Männer auf den Treibanker klettern konnten – und sie an Bord der *Galley* ziehen. Ganz einfach.

Nur war Marlowe Seemann genug, zu wissen, dass es nie so einfach war.

Die erste Aufgabe bestand darin, die Ersatzspieren miteinander zu vertäuen und über die Reling zu hieven. Honeyman, Dinwiddie und Burgess trieben die Männer auf dem Mitteldeck an, banden die Hölzer zusammen, riggten Stopperleinen und Rah- und Stagtaljen auf, um alles anzuheben. Dann packten sie die Trosse, das drei Daumen dicke Tau, welches die *Elizabeth Galley* mit den schwimmenden Masten verbinden sollte.

Torkelnd waren die Männer am Werk. Müde und wacklig standen sie auf dem rutschigen, rollenden Deck.

Ob es die Sache wert ist, wenn einer meiner Männer bei dem Versuch getötet wird?, fragte sich Marlowe. Doch selbst an seinen besten Tagen fiel ihm keine Antwort auf derart tiefsinnige Fragen ein.

Bickerstaff taumelte nach achtern. Abgespannt sah er aus, blass vor Erschöpfung. »Du setzt einen Treibanker, so geht vorn das Gerücht.«

»Ja, das tun wir. Wir lassen die Hulk in unsere Richtung treiben.«

»Willst du sie übernehmen?«

»Übernehmen? Gott im Himmel, sie würde nicht mal bis zur ersten Hundewache überleben. Ich erhoffe mir nur, die Männer dort von Bord zu holen!« Wie alle Gespräche der letzten vierundzwanzig Stunden, wurde auch dieses in brüllender Lautstärke geführt. Marlowe fühlte, dass sein Hals vor Anstrengung schon schmerzte.

»Was erhoffst du dir davon?«, fragte Bickerstaff.

Marlowe schüttelte den Kopf. Sein Hals tat zu sehr weh, als dass er länger diskutieren wollte. »Wir können nichts anderes tun, als diese Männer zu retten!«, rief er deshalb in der Hoffnung, Bickerstaffs Frage damit zu beantworten.

Was offenbar der Fall war, denn Bickerstaff nickte, ging wieder nach vorn, und als Marlowe aufblickte, stand er bei den Männern, die das Fall der Stagtalje hielten, bereit, auf Dinwiddies Kommando hin zu ziehen.

Die Vorbereitungen dauerten eine Stunde, was unter den abscheulichen Bedingungen erstaunlich kurz war. In dieser Zeit jedoch waren sie eine gute Viertelmeile vom Wrack abgetrieben, das nur noch gelegentlich von Deck aus zu erkennen war. Auf der Großmars hielt ein Ausguck ständig Wacht, sang immer wieder aus, dass es noch zu sehen sei, dass es weder gekentert noch gesunken sei.

Marlowe stand am Aufgang zum Achterdeck. Unter ihm hielten sich die Männer der *Elizabeth Galley* bereit, hatten um Mittel- und Vordeck Aufstellung genommen. Mit Männern an der Stagtalje, dem massiven Flaschenzug, der direkt über der Hauptluke hing, um damit Proviant und Ladung zu bewegen. Jetzt würden sie damit die Spieren heben. Weitere Männer an den Rahtaljen, die von den Enden der Fock- und Großmastrahen herunterkamen und normalerweise dazu dienten, die Boote über die Reling zu hieven. Nun taten sie eben dieses mit dem Treibanker.

Honeyman und Burgess standen an dem dicken Tau um die Spieren, wie eine Nabelschnur zwischen Treibanker und *Elizabeth Galley*, bereit, wenn nötig, aufzufieren.

Es wurden keine Kommandos laut. Im heulenden Wind hatte es keinen Sinn. Marlowe deutete auf Flanders an der Stagtalje, zeigte in den Himmel, und Flanders gab den Männern den Befehl, zu ziehen.

Das Bündel mit den Spieren erhob sich von der Luke, schwankte wild mit dem Schlingern des Schiffes, während Dinwiddie den Männern an der Rahtalje Anweisung gab, still zu halten.

Vorsichtig, ganz vorsichtig hoben sie die tonnenschweren Hölzer an, schwenkten sie über die Reling. Einmal wurden sie von einer tückischen Welle erfasst, und das Holz schlug so heftig an die Bordwand, als rammten sie das Wrack. Dann rollte das Schiff in die andere Richtung, die Spieren schwangen nach außen, und die Rahtaljen hielten sie dort fest.

Als sie von Bord und klar vom Schiff waren, wurden sie ins Wasser gelassen. Mit einem Ruck ließen die Taljen los, und plötzlich schwammen die Hölzer wie ein großer Trümmerhaufen, mit dicker Trosse an der *Elizabeth Galley* befestigt.

Marlowe gab Honeyman ein Zeichen, aufzufieren, und Honeyman und Burgess ließen das Tau um die Nagelbank und durch die leere Stückpforte ausrauschen. Marlowe sah, wie das Holz weiter und immer weiter abtrieb, dann gab er Zeichen mit geballter Faust. Honeyman legte das Tau um die Bank und hielt fest.

Ein leichter Ruck ging durch die *Elizabeth Galley*, als der Treibanker griff und die schnelle Fahrt des Schiffes bremste, es mehr oder weniger auf der Stelle hielt, während ihnen die gefährliche Hulk völlig unkontrolliert entgegentrieb.

Und dann konnten sie nur noch warten.

Marlowe schickte die Männer unter Deck zum Frühstücken, soweit wie möglich, denn bei der rauen See konnten sie kein Feuer machen. Da sie erst vor zwei Tagen ausgelaufen waren, gab es noch frisches Fleisch an Bord. Das Rindfleisch war bereits gekocht und wurde kalt serviert, dazu frisches Brot mit Butter. Insgesamt eine ordentliche Mahlzeit, weit besser als das Pökelfleisch, das selbst in gekochtem Zustand hart wie Schuhsohle sein konnte.

Wie Marlowe waren auch die Männer viel zu ungeduldig, wollten wissen, was geschah, konnten nicht unten bleiben. Sie kamen durch die Luke wieder herauf, Fleisch und Brot in Händen, reihten sich an der Reling auf, suchten nach der Hulk, wenn das Schiff mit den Wogen aufstieg.

Anfangs gab es nicht viel zu sehen, denn das gekenterte

Wrack war über eine Viertelmeile weit entfernt und nur zu entdecken, wenn beide Schiffe zufällig zur selben Zeit aufstiegen. Bald jedoch wurde klar, dass der Treibanker seinen Dienst vorzüglich tat, dass das Wrack nun erheblich schneller als die *Elizabeth Galley* vorwärts kam.

Mit jeder vorüberziehenden Woge, die das Wrack wie etwas präsentierte, was auf dem Markt feilgeboten wurde, konnten sie sehen, dass es immer näher kam, und mit jeder Kabellänge, die es näher kam, spürte Marlowe, dass sich die Spannung wie ein Sturm aufbaute. Fast konnte er die Fragen hören, die den Männern durch den Kopf gingen. *Wie wollen wir die armen Kerle herüberholen? Wie wollen wir verhindern, dass uns das Wrack rammt und mit sich in die Tiefe reißt? Ist es das große Risiko denn wert?* Sie gingen ihm selbst auch durch den Kopf.

Zumindest was die letzte Frage anging, war Marlowe ziemlich sicher, dass er eine Antwort hatte. Ziemlich sicher, wenn auch nicht gänzlich.

Eine Stunde und zwanzig Minuten nachdem er seine Männer zum Frühstück geschickt hatte, konnte Marlowe die Männer auf dem Wrack durchs Fernrohr deutlich erkennen. Das ramponierte Schiff lag nur noch drei Kabellängen vor dem Wind, war inzwischen gut zu sehen, nur nicht in den Augenblicken, wenn beide Schiffe tief in Wellentälern waren.

Es lag weit auf seiner Backbordseite, der runde Rumpf ragte in den Wind, blickte den Wellen entgegen, die sich über dem Wrack wie an einer Landzunge brachen. Fast lotrecht ragte das Deck auf, der *Elizabeth Galley* zugewandt. Marlowe konnte alles sehen, von der Heckreling bis nach vorn zum zertrümmerten Bugspriet.

Er sah die Mannschaft oder das, was davon übrig war, ganz oben auf dem Deck. Wie Puppen auf einem Regal reihten sie sich am Rand der Hauptluke auf. Ein, zwei Männer hatten mit diesem weißen Tuch gewunken; nun sahen sie, dass die *Elizabeth Galley* sie entdeckt hatte, und winkten nicht mehr, sparten sich, was ihnen von ihren Kräften noch geblieben war.

Marlowe richtete das Fernrohr vom Deck aufs Meer hinab, hielt es auf den Treibanker gerichtet, das Bündel von Masten und Rahen, das auf halbem Weg zwischen der *Elizabeth Galley* und der treibenden Hulk schwamm. Fast lag es unter Wasser. Gelegentlich war es nicht mehr zu sehen, wenn sich die See zwischen dem Bündel und der *Galley* türmte und die dicke Trosse in der Woge verschwand.

Der Treibanker tat seine Wirkung, weil er sich nicht so leicht durchs Wasser bewegte. Aus eben diesem Grund würde es mörderisch werden, ihn wieder an Bord zu hieven. Marlowe wünschte, sie hätten noch eine zweite Leine am anderen Ende befestigt, um ihn lotrecht zur *Galley* drehen und mit der spitzen Seite zuerst heranziehen zu können, so dass er wie ein Schiffsrumpf durchs Wasser strich. Er wünschte, sie hätten so etwas wie eine Flagge daran befestigt, damit die Männer auf dem Wrack ihn besser sehen konnten, doch das hatten sie nicht, und dafür war es nun zu spät.

Zehn weitere, sorgenvolle Minuten, und das Wrack erreichte den Treibanker; alle Mann an Bord der *Galley* hofften, die Leute, die sich daran klammerten, würden die Spieren sehen, würden erkennen, dass sie darauf springen sollten, und wären dazu auch in der Lage. Die schwere See hämmerte auf die Hulk ein, brach sich an deren ungeschütztem Boden und ließ sie dabei derart rollen, dass die Männer an Bord der *Galley* die Fäuste ballten und darauf warteten, dass das ganze Ding kenterte und den armen Hunden auf dem schrägen Deck den Garaus machte.

Dann war das Wrack endlich da. Sie sahen, wie die Spieren das Deck der Hulk rammten, wenn es aus dem Wasser kam. Genau einhundert Meter trennten die beiden Schiffe nun, die Länge der Trosse, die Honeyman ausgeworfen hatte. Nun mussten die Männer auf dem Wrack nur noch auf das Holzbündel klettern und sich festhalten, und die Mannschaft der *Elizabeth Galley* würde sie herüberziehen. Theoretisch.

Marlowe kletterte halb die Besanwanten hinauf, richtete sein Fernrohr auf das ferne Deck. Es gab keine Möglichkeit, den Männern dort drüben mitzuteilen, was sie tun sollten, keine Möglichkeit, über die hundert Meter hinweg Befehle zu erteilen. Er konnte nur zusehen und warten.

Er sah, wie einer der Männer auf die Spieren deutete, die gegen das fast lotrechte Deck schlugen, direkt unter dem Lukensüll, auf dem sie kauerten. Er sah winkende Arme, die erst auf die *Elizabeth Galley* deuteten, dann auf das hölzerne Bündel. Langsam begriffen sie.

Es schien, als stritten sie eine halbe Minute lang, dann kam Bewegung in die Männer. Einer von ihnen kletterte über den Rand der Luke – halb rutschend, halb kriechend – das schräge Deck hinunter ins Wasser, das über der unteren Reling brodelte, und eine Sekunde lang war der Mann für Marlowe nicht mehr zu sehen; Marlowe fürchtete schon, er sei fortgespült worden. Doch tauchte er wieder auf, Kopf und Schultern über der weiß schäumenden See, klammerte sich an das Bündel.

Einer nach dem anderen folgten ihm die Kameraden das Deck hinunter ins Meer und dann auf den Treibanker, der sie von ihrem ehemaligen Schiff auf die *Elizabeth Galley* befördern sollte. Auf dem Mitteldeck der *Galley* rief man ermutigende Worte hinüber, jubelte, was die Männer auf dem Wrack nicht hören konnten. Die Leute auf der *Galley* lächelten, klopften einander auf die Schultern, erleichtert und erschöpft.

Freut euch lieber nicht zu früh, dachte Marlowe, als er sah, wie der letzte Seemann auf dem Wrack hinunterrutschte und sich einen Platz auf dem Treibanker suchte. Fünfzehn Mann zählte er, vielleicht die Hälfte der ursprünglichen Besatzung.

»Hiev an, Mr. Honeyman!«, rief Marlowe. Der Wind hatte sich so weit gelegt, dass Honeyman ihn auf dem Mitteldeck hören konnte. Er winkte zur Bestätigung, rief den Männern an den Spaken einen Befehl zu, und sie begannen, das Spill zu drehen, holten die dicke Trosse ein, zogen den Treibanker wieder zur *Elizabeth Galley* zurück.

Anfangs drehten sie sich schnell, zogen das durchhängende Tau ein. Die Trosse kam aus dem Meer, Wasser rann herab, und mit jedem Zug der Ankerwinde spannte sie sich weiter. Immer mehr Tau kam an Bord, und die Männer am Gangspill wurden langsamer. Schließlich blieben sie stehen.

»Hiev! Noch ein Pall!«, rief Honeyman, als könnte seine Stimme sie bewegen, doch hatte es keinen Sinn. Die Trosse wollte sich nicht rühren.

»Ihr da, ihr faulen Hunde, legt euch in die Spill!«, rief Dinwiddie, deutete auf Männer, die noch nicht an den Spaken standen. Sie rannten zum Gangspill, drängelten, um einen Platz zu finden, bis jeder Daumenbreit von Männern besetzt war, die helfen wollten, die große Ankerwinde zu drehen.

»Gut!« rief Honeyman. »Jetzt hievt!«

Vom Achterdeck her hörte Marlowe das vereinte Ächzen und Stöhnen der Männer, der Trosse, der Winde. Das Gangspill kam herum, ganz langsam, ein weiterer Pall klickte, und das Spill hielt an.

Marlowe stieg aus den Besanwanten herab, als Dinwiddie nach achtern gelaufen kam. »Nützt nichts, Captain!«, sagte er, während er nach Luft schnappte. »Wir können das verdammte Ding nicht einholen!«

»Himmelarsch!«, rief Marlowe laut. Das Wrack bewegte sich auf den Treibanker zu. Wenn sie die Männer nicht heranzogen, würde das Wrack sie überrollen. Wenn sie den Treibanker nicht frei bekamen, würde das Wrack die *Elizabeth Galley* rammen und versenken. Das einzig Vernünftige war, den verfluchten Treibanker einfach zurückzulassen, und die schiffbrüchigen Seeleute dazu.... Er dachte an diese Männer, die sich an die Spieren klammerten. Sie waren sicher gewesen, dass sie sterben mussten, dann war ihnen die *Elizabeth Galley* wie ein rettender Engel erschienen. Der Treibanker war ihr Weg des Heils gewesen. Er durfte ihn nicht kappen.

»Kommt mit!«, rief er und lief nach vorn, stieg die Leiter zum Mitteldeck hinab, hielt sich am Fall des Großmarssegels fest, als das Schiff unter ihm rollte, eine harte, ruckende Bewegung, da es von der strammen Trosse gebremst wurde.

Honeyman sah ihn kommen, taumelte nach achtern. »Wir holen das Ding nie rein!«, sagte er. »Nicht bei dieser See! Ich...«

»Wenn wir am einen Ende des Treibankers eine Leine befestigen, können wir ihn ziehen, bis er im rechten Winkel zum Schiff liegt!«, rief Marlowe, machte eine Geste, mit der er die Bewegung des Treibankers nachahmte. »Dann versuchen wir, ihn nicht seitwärts, sondern mit der Spitze zuerst zu ziehen! So müsste er gut reinkommen!«

»Ja«, gab Honeyman ihm Recht.

»Aye, aber da ist keine Leine, Sir. Und gegen den Wind können wir sie nicht treiben lassen«, erklärte Dinwiddie zutreffend.

»Stimmt«, sagte Marlowe. Er wandte sich zu Burgess um. »Habt Ihr einen Klappblock, den man auf die Trosse setzen kann?«

Burgess stutzte. Ein Klappblock war ein Stück Ausrüstung, ein Block wie viele andere, eine Landratte würde ihn als »Flaschenzug« bezeichnen, nur offen, so dass man ihn um eine Leine legen konnte, statt das Ende der Leine hindurchfädeln zu müssen.

»Aye …«, sagte Burgess schließlich. »Aber was … Ihr seid kein …«

»Setzt den Klappblock auf die Trosse. Ich nehme einen Stropp als Geschirr und führe eine Leine an der Trosse entlang.«

»Captain!«, protestierten Honeyman und Dinwiddie fast gleichzeitig.

»Streitet nicht mit mir. Tut, was ich sage, verdammt!«, rief Marlowe.

»Lasst mich gehen!«, hielt Honeyman dagegen.

»Nein! Holt den Block!«, rief Marlowe, und Honeyman und Burgess eilten davon. Marlowe legte sein Ölzeug, Rock und Schuhe ab und stieg aufs Schanzkleid, über der strammen Trosse, über der tosenden See.

Nicht denken, nicht denken … Die Worte rasten durch seinen Kopf. Es war einer dieser Augenblicke, die auf See nur allzu oft vorkommen, in denen man nicht darüber nachdenken darf, was man zu tun gedenkt, weil man sonst niemals den Mut aufbringt, es zu tun.

Es war seine Idee gewesen, die Schiffbrüchigen zu retten, sein Fehler, keine Leine am Ende des Treibankers befestigen zu lassen. Er trug die Verantwortung.

Männer im heulenden Wind hinaufzuschicken, um Segel zu verstauen, war eine Sache. Es gehörte zum Seemannsleben wie das Schrubben der Decks, aber er konnte von niemandem erwarten, dass er sich dieser Gefahr aussetzte. Nicht nachdem es seine Idee gewesen war.

Diese Gedanken trieben in seinem Kopf herum, wirr und

unausgeformt, während Honeyman und Burgess mit Klappblock und Stropp gelaufen kamen, einer Schlinge, die Marlowe unter seine Arme legen konnte. Er beugte sich aus der Kanonenluke, klappte den Block über die stramm gespannte Trosse, sicherte ihn mit Takelgarn, damit er sich nicht versehentlich öffnen konnte. Mit einem Taljereepsknoten band er den Stropp an den Haken im Block, während Burgess jene Leine bereitlegte, die Marlowe mit zum Treibanker hinübernehmen wollte. Er reichte Honeyman den Tampen, und Honeyman befestigte ihn am Klappblock.

Eine Woge türmte sich jenseits der Reling auf, klatschte durch die Luke herein, schlug Honeyman vor Brust und Gesicht, doch hielt er nur inne, um das Wasser auszuspucken, das er in den Mund bekommen hatte, und es aus den Augen zu blinzeln.

»Fertig, Marlowe«, sagte er schließlich.

Marlowe nickte, sah nach vorn und achtern. Nichts hielt ihn mehr auf, abgesehen von seinem ungeheuren Widerwillen, ins eiskalte Wasser zu springen.

»Also gut, verdammt…« Er streckte seinen Arm aus, griff nach dem Stropp, schob ihn sich über Kopf und Schultern und richtete ihn unter seinen Armen ein. Die Trosse hing durch. »Honeyman, ich glaube, das Wrack schiebt den Treibanker vor sich her. Haltet die Trosse auf Spannung, holt mit dem Spill auf, so gut Ihr könnt.«

»Aye«, sagte Honeyman, und es überraschte Marlowe, die Sorge in seinem Gesicht und auf den Mienen der anderen am Mitteldeck zu sehen, nur hatte er keine Zeit, darüber nachzudenken. Er ließ sich über die Reling gleiten.

Marlowe griff nach der Trosse, als er hinunterrutschte, verfehlte sie jedoch, fiel ins Wasser, ging unter, wurde abrupt vom Stropp gehalten. Er schlug mit Armen und Beinen um sich und bekam schließlich eine Hand an die Trosse, zog sich hinauf, speiend, keuchend, schnappte mit offenem Mund nach Luft, denn das Wasser war eiskalt. Es war, als drückte ein mächtiges Gewicht von allen Seiten auf ihn, dann bissen tausend spitze Zähne in sein Fleisch.

»Ahh! Ahh!«, hörte er sich selbst rufen, konnte nichts dagegen tun. Er hörte, wie sich das Gangspill drehte, merkte, wie die schlaffe Trosse aus dem Wasser kam. Er biss die Zähne zusammen, griff danach, und halb schwimmend, halb vom Klappblock hängend, zog er sich voran.

Manchmal stieg die See unter ihm auf und hob ihn bis an die Trosse, manchmal verschwand sie unter ihm, und er hing da, glitt am abfallenden Tau entlang. Meter für Meter kämpfte er sich weiter, schien kaum voranzukommen, doch jedes Mal, wenn er Gelegenheit hatte, einen Blick nach vorn zu werfen, waren ihm die Spieren wieder näher, waren die Männer, die sich daran klammerten, deutlicher zu erkennen, war das Wrack, das über ihnen aufragte, größer noch, bedrohlicher.

Er hatte kaum mehr Gefühl in den Händen. Sie schienen sich nach eigenem Willen an die Trosse zu klammern, oder sie waren in Greifhaltung eingefroren, Marlowe konnte es nicht sagen. Er fragte sich, ob er tatsächlich in der Lage wäre, die Leine bis zum Ende der Spieren mitzunehmen. Wenn nicht, war seine Mühe vergeblich, und er würde wohl mit denen sterben, die zu retten er sich erhofft hatte.

Dann plötzlich war er da. Die Spieren, von denen er geglaubt hatte, sie seien noch dreißig Meter entfernt, ließen sich nun fast greifen, und fünfzehn nasse, erschöpfte, ausgezehrte Männer klammerten sich daran. Und hinter ihnen ragte immer größer dieses Wrack auf, von welchem sie gekommen waren, ein mächtiges Gefüge aus dunklem, feuchtem Holz und geborstenem Gerät, ein grauenhaftes Ungeheuer, das sich aufbäumte, um sie zu zermalmen.

Marlowe stieg aus dem Stropp und kletterte auf die Spieren, hatte auf dem glatten, nassen Holz zu kämpfen, setzte sich rittlings darauf, richtete sich so sicher wie möglich ein. Der Treibanker schwankte mit den großen Wellen, das Wasser ging darüber hinweg, ein wilder, gefährlicher Ritt.

Mit tauben Fingern löste Marlowe den Knoten aus der Leine, die Burgess an den Klappblock gebunden hatte. Er sah die Männer auf dem Treibanker an, die dort auf ihren Bäuchen lagen. Er hielt sie für Seeleute, sah nasse, verfilzte Bärte, langes Haar, Kleider voller Teerflecken.

Keiner sagte etwas, keiner gab sich Mühe, ihm zu helfen. Marlowe sah, dass sie darüber längst hinaus waren. Über jenen Punkt hinaus, an dem sie noch die Kraft hatten, jemandem zu helfen, die Kraft zu sprechen, den Willen, mehr zu ihrer Rettung beizutragen, als sich nur an das Holz zu klammern.

Der Knoten löste sich, und Marlowe wickelte das Ende der Leine um seinen Arm, dachte noch, dass sie, falls er es fallen ließe, verloren wären. Auf allen vieren kroch er über das rollende, bockende Bündel, hielt sich in den Zurrings fest, wenn sich eine große Woge um sie türmte und der Treibanker unter dickem Schaum verschwand. Dann kroch er weiter. Stück für Stück zum anderen Ende der Spieren.

Das mittlere Holz des Treibankers war ein Großmast, in dessen Ende ein Loch geschnitzt war, durch welches das Marsfall laufen sollte. Vorsichtig nahm Marlowe den Tampen, führte ihn durch dieses Loch und wieder zurück. Er hielt ihn mit den Zähnen, während er die Finger spannte, sich für die schwierige Aufgabe bereitmachte, in diese Leine einen Palstek zu binden, was er mit verbundenen Augen gekonnt hätte und oft genug getan hatte, nur waren seine Finger fast taub.

Er hörte, wie sich die Wellen am Wrack brachen, das Knarren, das Klappern, wenn etwas zerbarst. Sein Kopf kam herum, zuckte hoch. Das Wrack rollte ihnen entgegen, würde wohl gleich kentern. Er erstarrte, taub vor Kälte und Erschöpfung, wartete, dass es wie der Fuß eines erzürnten Gottes auf sie herniederkommen würde. Doch hielt es inne, das Deck so senkrecht, wie es in dieser rollenden Welt nur möglich war. So würde es nicht lange bleiben.

Marlowe wandte sich wieder der Leine in seinen Händen zu, zwang sich, diesen Knoten zu meistern. Seine Finger waren fast nutzlos, wie zu Stein erstarrt, und mit plumpen Handbewegungen formte er eine Schlaufe, versuchte das Ende hindurchzubekommen, doch das Ganze fiel in sich zusammen.

Über ihnen knarrte wiederum das Wrack. Im Augenwinkel sah er, wie es sich bewegte. Wieder nahm er die Leine auf, formte die nächste Schlaufe. Er musste die Schlaufe mit einer Hand festhalten, das Ende hindurch, darum herum und wieder zurück fädeln, nur wollten seine schmerzenden Finger es nicht schaffen.

Und dann spürte er, wie die Spieren ruckten, als kröche jemand darüber. Er blickte auf. Einer der Seeleute kam zu ihm herüber. Marlowe sah den langen, verfilzten Bart in einem Gesicht, das grau vor Erschöpfung war, ein Lederwams mit zerfetztem Hemd, Matrosenhosen.

Der Mann sagte nichts, sah Marlowe nicht mal an. Er nahm nur das Ende der Leine, obwohl seine Finger nicht besser als Marlowes zu gebrauchen waren, und mit unbeholfenen Drehungen von Hand und Handgelenk fädelte er es durch die Schlaufe, um den stehenden Teil herum und wieder durch die Schlaufe.

Marlowe wickelte das Ende um sein Handgelenk, zog es stramm. Ein hässlicher, missgestalteter Knoten, mit dem sich ein Schiffsjunge vom Bootsmann eine Schelle eingefangen hätte, doch würde er halten.

Wieder ächzte und stöhnte das Wrack, ein Knarren, das Rauschen von tonnenweise Wasser, und Marlowe und die Männer blickten vor Entsetzen auf, ganz hinauf, da das Wrack nun direkt über ihnen war, wie ein Kliff aufragte. Wenn es rollte, würde es auf sie herabstürzen.

Marlowe rutschte zu einem breiteren Stück auf den Spieren, bekam Gelegenheit, sich noch einmal zu verfluchen, weil er mit den Männern an Bord der *Elizabeth Galley* kein Zeichen vereinbart hatte, wann die Leine befestigt war.

Er stand auf, breitbeinig, halb gebückt, eine unbeholfene Haltung, versuchte auf dem rollenden, schlingernden Treibanker das Gleichgewicht zu halten. Er schaffte es, einmal mit dem Arm zu winken, dann musste er sich wieder auf den Bauch fallen lassen, bevor ihn eine große Welle mit sich riss.

Er spie das Wasser aus, das er geschluckt hatte, zwinkerte mit den Augen, versuchte genügend Kraft zu sammeln, um wieder aufzustehen. Er spürte, wie Kraft und Wille nachließen, ganz wie bei den anderen auf dem hölzernen Bündel. In wenigen Augenblicken wäre es ihm wohl egal, ob er lebte oder starb. Er war nicht sicher, ob es ihn jetzt kümmerte.

Und dann begann der Treibanker sich zu bewegen, sich auf dem Meer herumzudrehen. Marlowe sah, dass sich die Leine spannte und aus dem Wasser kam, weil unsichtbare Hände an Bord der *Elizabeth Galley* entschlossen daran zogen.

Die Spieren kamen herum, bis sie endlich direkt auf die *Galley* deuteten, und seine Männer konnten sie herüberholen, durch die schwere See ziehen. Wasser ging über sie hinweg, große Wellen kamen von hinten und stießen sie vorwärts, versuchten sie umzuwerfen, aber sie waren in Bewegung. Man zog sie in Sicherheit.

Zwanzig Meter, dreißig Meter vom Wrack entfernt, und die große, tote Hulk gab noch ein Stöhnen von sich, einen tiefen Laut ihrer allerletzten Todesqualen. Marlowe wandte seinen Kopf, sah sich um. Der große Indienfahrer kenterte, sein Deck geriet ins Meer, der mächtige Rumpf ragte in die Luft und der Kiel war im grauen Tageslicht zu sehen.

Schweigend sahen die Männer auf dem Floß zu. Eine mächtige Woge rollte ihnen entgegen, brach sich weiß über den Wellen, das Schiff schlug aus, der allerletzte Versuch, die Männer doch noch mit sich in die Tiefe zu reißen. Marlowe hielt sich an den erstbesten Zurrrings fest, zwang seine toten Finger unter die Leinen, sah, dass auch die anderen es so machten, und dann ging die Woge über sie hinweg, begrub sie unter sich, wirbelte sie herum.

Marlowe merkte, dass er versank, wie unter zerstoßenem Eis versank. Er schloss die Augen, den Mund, fühlte, wie er vom Treibanker gehoben wurde, versuchte, seine Finger um die Zurrrings zu schließen.

Und dann war das Wasser fort, und er war wieder an der Luft, saß noch immer auf den Spieren. Er sah sich um. Zwei der Männer waren nicht mehr da, fortgerissen, unter Wasser gedrückt. Vom großen Indienfahrer war nichts mehr zu sehen.

Noch fünf Minuten klammerten sie sich an das Holz, dann ragte die *Elizabeth Galley* über ihnen auf, kein bedrohlicher Anblick wie das Wrack, sondern willkommen. Das Gelobte Land.

Zwei Fallreeps hingen von der Bordwand, und Marlowe sah Männer, die sich daran klammerten. Der Treibanker rammte den Rumpf, die Männer kamen herunter, und kräftige Hände packten ihn unter den Armen, hoben ihn an. Er wollte protestieren, ihnen sagen, sie sollten erst die anderen holen. Schließlich war er in besserem Zustand als sie. Doch schien es, als konnte er seinen Mund nicht mehr bewegen, und so sagte er nichts, als die Männer ihn an Bord hievten.

Elizabeth war da, einen warmen Umhang um die Schultern, mit sorgenvoller Miene. Marlowe fragte sich, ob sie ihn schelten, ihm sagen würde, er solle zur Hölle fahren. Stattdessen jedoch schien es, als befahl sie den Männern der *Elizabeth Galley*, was sie mit den anderen auf dem Holzbündel tun sollten, sagte den beiden Männern, die Marlowe hielten, sie sollten ihn nach achtern bringen, erklärte Dinwiddie, er habe das Kommando. Es schien Marlowe sonderbar, denn er hätte nicht gedacht, dass Elizabeth genügend Autorität besaß, solcherart Kommandos auszugeben, doch tat sie es, und die anderen schienen ihr zu gehorchen.

Die Männer, die Marlowe stützten, führten ihn unters Achterdeck, den Gang entlang und in die Große Kajüte. Sie traten durch die Tür, und die Hitze vom kleinen Holzofen traf ihn wie ein Schlag, so heftig wie der Sprung ins Meer. In seinem Kopf drehte sich alles, seine Knie gaben nach, und er wäre gestürzt, hätten ihn nicht zwei starke Arme gehalten.

Auf Elizabeths Befehl hin setzten sie ihn auf die Backskiste und zogen ihn aus. Sie rubbelten ihn mit rauen Handtüchern trocken, er spürte, wie wieder Gefühl in seine Glieder kam, und die Erschöpfung übermannte ihn.

»Ich muss an Deck«, sagte er, ein lahmer Protest.

»Unsinn«, sagte Elizabeth. »Mr. Dinwiddie hat die Lage im Griff. Seid so gut und legt ihn in die Koje.« Die letzten Worte richtete sie an die Männer, die ihr zur Hand gingen. Sie hoben den nackten Marlowe hoch, trugen ihn in die kleine Schlafkajüte und legten ihn in die Koje, die nun erheblich weniger schaukelte.

Er streckte sich, sie breiteten die Decken über ihm aus, und er konnte sich nicht erinnern, sich je so gut gefühlt zu haben.

Die beiden Männer verschwanden, und Elizabeth beugte sich über ihn, sah auf ihn herab. »Francis hat mir erzählt, was du getan hast. Dass du alles riskiert hast, um diese Männer zu retten. Dumm, sehr dumm, bei solcher See hinauszugehen«, sagte sie, aber es lag kein Zorn in ihrer Stimme.

Dann sah Marlowe, wie sie ihr Mieder löste und fallen ließ, ihre Röcke zu Boden glitten. Sie hob das Hemdkleid über ihren Kopf, und einen Augenblick lang stand sie da, nackt, makellos, dann stieg sie zu ihm in die Koje, schmiegte sich an ihn, warm und weich und lebendig.

»Thomas, ich schwöre, ich weiß nicht, ob du der schlimmste Schweinehund auf der Welt bist oder der größte Mann, der je gelebt hat.«

»Irgendwas dazwischen, denke ich«, murmelte Marlowe. Er überlegte, ob er sich mit seinem idiotischen, unüberlegten Heldenmut in ihren Augen reingewaschen hatte. Es war ihm gar nicht in den Sinn gekommen, dass er damit Elizabeths Liebe wiedergewinnen könnte.

Tatsächlich hatte er, als man ihn an Bord der *Elizabeth Galley* hievte, nur gedacht, dass er es überstanden hatte, war zufrieden mit sich und dem Umstand, dass er nun ein Dutzend weiterer Männer an Bord hatte, die ihm helfen konnten, den Maurenschatz zu plündern.

12

Glücklicherweise ging das schlechte Wetter bald zu Ende. Es führte Marlowe vor Augen, wie sich Noah gefühlt haben musste, trockenen Fußes, den Blick auf einen riesengroßen Regenbogen gerichtet.

Der Sturm legte sich am späten Nachmittag, nur die massige, unebene See erinnerte noch daran, was gewesen war, und auch diese fügte sich während der dunklen Stunden dem steten Marsch der Meereswogen.

Am nächsten Morgen war der Wind frisch, der Himmel blau, und es hieß: Auf in die Brammasten und alle Segel gesetzt! Die *Elizabeth Galley* hielt Kurs Südwest, ein Kurs, auf dem sie bleiben würde, bis der Äquator hinter ihnen lag und sie auf der südlichen Halbkugel die Winde aus entgegengesetzter Richtung fanden.

Ihre Namensvetterin Elizabeth Marlowe hatte sich von ihrer Seekrankheit erholt und die Überzeugung abgelegt, ihr Gatte sei ein wertloser, verschlagener Dreckskerl, der andere Menschen manipulierte. Ihre Bewunderung seiner Kühnheit, ihre Anerkennung des Risikos, welches er auf sich genommen hatte, um das Leben Unbekannter zu retten, trugen dazu bei, dass sie Verbitterung und Zorn noch einmal hinterfragte. Ihre polarisierten Empfindungen – wie gegensätzliche Kräfte, die einander aufhoben – gaben ihr die Möglichkeit, ihren Mann leidenschaftslos zu betrachten.

Am Ende kam sie zu dem Schluss, dass er tatsächlich andere manipulierte und sehr wohl verschlagen war, allerdings keineswegs verdient hatte, als »wertlos« oder »Dreckskerl« bezeichnet zu werden.

Die Piratenroute versprach unermessliche Reichtümer,

und damit wäre die finanzielle Krise überwunden. Er täuschte sich nicht über das Ausmaß der Kritik, mit dem er von ihr und Francis zu rechnen hatte. Deswegen hatte er alles auf eigene Faust arrangiert. Es war sein Schiff, sein gutes Recht, so zu handeln. Er hatte sie nicht in diese Sache hineinziehen wollen. Sie hatte darauf bestanden, mitzufahren.

Thomas hatte weder voraussehen können, was in London geschehen würde, noch wie gut es war, dass er Vorkehrungen getroffen hatte. Am Ende mochten seine Heimlichkeiten das sein, was alle rettete. Vielleicht hatte er verdammtes Glück.

Dennoch ärgerte sie sich über das versteckte Geld, die schreckliche Sorge, zu verarmen, während er einen Schatz vergraben hatte, wie es von einem Piraten nicht anders zu erwarten war.

Der Witz dabei war natürlich, dass echte Piraten keine Schätze vergruben. Sie hatten es längst ausgegeben, bevor sie es unter die Erde bringen konnten. Für eine solche Selbstbeherrschung war schon ein *ehemaliger* Pirat vonnöten.

Am Ende war sie willens, ihm seine Eigenmächtigkeiten zu verzeihen. Zur ersten Hundewache jenes ersten, glorreichen Tages nach dem Sturm war es zwischen ihnen wieder so wie damals, als sie einander kennen gelernt hatten, am Morgen, nachdem sie sich in der winzigen Kajüte auf Marlowes Schaluppe zum ersten Mal geliebt hatten.

Sie war glücklich. Als sie auf dem Achterdeck stand, in seiner Nähe, ihn beobachtete, war sie froh, dass sie ihm nicht länger böse war.

Sie dachte an Madagaskar und das Rote Meer. Hätte Thomas eine solche Reise in Virginia vorgeschlagen, hätte sie abwehrend reagiert, entsetzt von der Vorstellung, ihr Heim gegen einen derart barbarischen Ort zu tauschen.

Doch war Elizabeth nicht von fügsamem Wesen und litt

kaum jemals unter Langeweile. Nie würde sie es Marlowe oder irgendwem sonst anvertrauen, doch im Grunde ihres Herzens freute sie sich über das bevorstehende Abenteuer.

Bickerstaff freute sich nicht so sehr, obwohl er im Grunde seines Herzens neugierig war. Es war intellektuelle Neugier, und wären sie nicht um der Piraterie willen, sondern aus irgendeinem anderen Grund auf dem Weg nach Madagaskar und dem Indischen Ozean gewesen, hätte er sich tatsächlich sehr gefreut. So jedoch äußerte er nur, er füge sich dem Unausweichlichen, wie ein Gefangener auf einem Kriegsschiff.

Wie Elizabeth war auch er froh, dass er Thomas nicht mehr böse war. Marlowes Verhalten hatte in Bickerstaffs Augen bewiesen, dass sein Freund im Grunde gut war und moralisch handelte. Niemand, der sein Leben für Fremde aufs Spiel setzte, für Menschen, die ihm im Gegenzug keinen großen Gefallen tun konnten, war gänzlich unmoralisch, selbst wenn er gelegentlich andere manipulierte oder hinterlistig war.

Sobald sich die Geretteten so weit von ihren Torturen erholt hatten, dass sie sich bewegen konnten, bestellte Marlowe sie nach achtern. Dreizehn Überlebende drängten sich in der Großen Kajüte, saßen, wo sie einen Platz fanden, während Marlowe den tief empfundenen Ausdruck des Dankes aus dem Mund des Bootsmannes, des ranghöchsten Überlebenden, über sich ergehen ließ. Dieser Mann hatte Marlowe geholfen, die Leine am Treibanker zu verknoten. Vor hundert Jahren. So lange musste es mindestens her sein.

»Nun, Sir, mehr weiß ich nicht zu sagen, nur…«, murmelte der Bootsmann. Marlowe schnitt ihm das Wort ab.

»Genug der Worte, Sir. Es war meine Pflicht als Seemann und als Christ«, sagte er, und ein guter Seemann war er zumindest. »Sagt mir, was war es für ein Schiff? Was ist geschehen?«

Der Bootsmann räusperte sich. »Die *Mayor of Harpswell*, Sir, ein Indienfahrer, ein gutes Schiff. Wir sind vor dem Sturm geflohen, tief gereffte Marssegel. Wollten sie gerade ganz reffen, um zu lenzen, aber wir haben brechende See über die Poop genommen. Da hat das Meer alle Offiziere vom Deck gespült, die Pinne glatt rausgerissen.«

Marlowe nickte. Seeleute unter sich. Dem war nichts hinzuzufügen. Als das Schiff dem Sturm entkommen wollte, war eine mächtige Welle übers Heck gekommen, hatte achtern aufs Poopdeck eingeschlagen. Sämtliche Offiziere waren über Bord gegangen, erschlagen von der Wucht der Welle oder einfach fortgespült, das Ruder aus der Halterung gerissen.

Als sie nicht mehr steuern konnten, hatte sich das Schiff wahrscheinlich in den Wind gedreht, mit backgeschlagenen Segeln, und der Sturm hatte die Masten wie Setzlinge ausgerissen, so dass nur noch ein hilfloses Wrack blieb, das quer zu den Wellen rollte. Vermutlich hatte es kaum mehr als zwei Minuten gedauert, aus dem soliden Schiff, das problemlos vor dem Sturm segelte, ein sinkendes Wrack zu machen, dessen halbe Mannschaft tot war.

»Nun, ja…«, sagte Marlowe und ging zu erfreulicheren Themen über. »Ich will euch gern die Wahl lassen, an Land zu gehen, sobald es irgendwo in Sicht kommt, oder euch uns anzuschließen.«

»Aye, Sir, und bitte, was mag Euer Ziel sein, Sir?«

»Madagaskar.«

Auf dem lederigen Gesicht des Bootsmannes machte sich ein Lächeln breit. »Oh, aye, Sir?«

Zehn Minuten später waren die Schiffsstatuten mit dreizehn neuen Namen unterzeichnet.

Fünf Wochen lang pflügten sie auf ihrem Kurs dem Äquator entgegen, erduldeten wie üblich Flauten und Gewitter, Regenstürme und Schönwetter. Sie kamen gut voran, da sie nun eine große und erfahrene Mannschaft beisammen hatten, die schnell und zielstrebig arbeitete, was den Umgang mit den Segeln anging, so dass Marlowe noch aus dem geringsten Wind, den ihm der Atlantik zu bieten hatte, etwas machen konnte.

Bald schon richtete sich auf der *Galley* jener stete, fröhliche Rhythmus ein, der ein gut geführtes Schiff auf See auszeichnet. Eine Wache nach der anderen, Frühstück, Mittag-, Abendessen, Schnaps raus, Licht aus, die Tage und Wochen vergingen in ihrer schwimmenden Welt, und nur hin und wieder blickte jemand über die Reling und machte sich bewusst, dass sie nur vom Meer umgeben waren, dass sie seit Wochen jenseits des Schiffes nichts als Wasser gesehen hatten.

Unter heißer Sonne treibend, gänzlich ohne Wind, feierten sie das Weihnachtsfest bei sechs Grad nördlicher Breite, dann folgte die Äquatortaufe, dann Silvester. Doch trug das neue Jahr nichts zum Wandel ihrer Lage bei, und nachdem die dicken Köpfe wieder normale Größe hatten, nahmen die Männer auch die altvertraute Routine wieder auf.

Nach wie vor äußerte Dinwiddie versteckte Klagen über Honeyman, war unzufrieden darüber, hinter dem Quartermaster die zweite Geige spielen zu müssen. Honeyman sagte kaum etwas, stellte keine Forderungen, gab keinerlei Anzeichen von sich, dass die Mannschaft in Sorge sei oder Veränderungen wünsche.

Es war ein seltsamer Stillstand. Die *Elizabeth Galley* fuhr – wie andere Handels- oder Kriegsschiffe – mit der üblichen Hierarchie. Doch dahinter lag – zumindest für Marlowe, sicher für Dinwiddie und zweifellos für Honeyman – das

Einverständnis, dass es sich keineswegs um ein gesetzestreues Schiff handelte, dass hier eigene Regeln galten, dass die Männer mit einer einzigen Abstimmung alles ändern konnten. Ein glückliches Schiff, doch für jene, die achtern standen, eine trügerische Zufriedenheit.

Schließlich kamen sie in die unteren Breiten, wo die Sonne direkt über ihre Köpfe hinwegzog, aufs Deck brannte und Pech und Teer an der Takelage aufweichte. Der Wind wurde wechselhaft, dann leicht, dann war er gar nicht mehr vorhanden. Als das Schiff auf dem Meer rollte, ohne sich fortzubewegen, gab es keinen Grund, die Segel zu trimmen, und plötzlich hatten die Männer nicht mehr viel zu tun. Das war niemals gut.

Marlowe hätte gern mit den großen Kanonen geübt, was eine produktive Verwendung müßiger Stunden gewesen wäre, aber natürlich hatten sie keine großen Kanonen. Und während es gängige Praxis war, mit einer unerfahrenen Mannschaft Trockenübungen zu machen, um Pulver und Munition nicht schon in der Anfangsphase der Ausbildung zu vergeuden, vermutete Marlowe, die Kanonen selbst pantomimisch nachzustellen ginge wohl etwas zu weit.

Stattdessen sammelte er alle vorhandenen Hieb- und Stichwaffen ein und setzte Bickerstaff darauf an, die Männer im Schwertkampf auszubilden, was sicher ebenso sinnvoll und genauso unterhaltsam war. Es mangelte allein am ohrenbetäubenden Lärm und der Erschütterung durch die Kanonen.

In Reih und Glied nahmen sie am Mitteldeck Aufstellung, wo viel Platz war, und folgten Bickerstaff durch die verschiedenen Positionen: Ausfall, Ausgangsstellung, Parade, Ausfall, bis sie völlig verschwitzt waren. Er drillte sie, bis sie vor Erschöpfung stolperten, dann schickte er sie fort, nahm sich den nächsten Trupp vor, und so weiter.

Die erste Hundewache stand bevor, und Marlowe dachte, dass es den Männern sicher reichte und sie etwas Unterhaltung verdient hatten.

»Hier, Francis!«, rief er zum Mitteldeck hinunter, legte dabei seinen Rock ab. Er trug ein weites Leinenhemd und Seemannshosen, war barfüßig. »Schon lange haben wir die Klingen nicht mehr gekreuzt. Wollen wir es versuchen, du und ich?«

Bickerstaff sah auf und lächelte. »Liebend gern.«

Marlowe stieg aufs Mitteldeck hinab, trug zwei Rapiere bei sich. Es waren Waffen mit schmaler Klinge. Keine Waffen, die Marlowe für einen echten Kampf gewählt hätte, doch waren sie gut zum Fechten, wenn es um Geschwindigkeit und Körperbeherrschung ging. Korken steckten auf den Spitzen beider Klingen.

Die Männer versammelten sich, ließen an Steuerbord etwas Platz. Sie grinsten vor freudiger Erwartung, ganz wie Marlowe erwartet hatte.

Marlowe streckte sich, probte mehrfach einen Ausfall, dachte an die unterschiedlichen Zwecke, denen dieser Kampf dienen mochte. Unterhaltung für die Männer, Übung für ihn und Bickerstaff. Und er würde allen demonstrieren, dass er der gefährlichste Mann an Bord war … eine wichtige Lektion.

»*En garde*«, sagte Bickerstaff und ging in Ausgangsstellung. Marlowe legte eine erheblich lässigere Haltung an den Tag, hielt seine Waffe gesenkt. Er wusste, dass Bickerstaff versuchen würde, ihm seinen Mangel an Förmlichkeit zu zeigen, indem er kurz zustach, und er hatte Recht.

Bickerstaff bewegte sich wie eine Schlange: ein, zwei, drei schnelle Schritte, das Rapier zuckte vor, doch war Marlowe darauf vorbereitet. Er fing die Klinge ab, schlug sie beiseite, stach zu, aber Bickerstaff war nicht mehr da. Der Schlagabtausch rief donnernden Applaus hervor. Er hörte, wie Wetten abgeschlossen wurden.

Marlowe nahm eine etwas förmlichere Haltung ein, die Füße im rechten Winkel, die Spitze des Rapiers auf einer Höhe mit Bickerstaffs Gesicht. Ein angetäuschter Ausfall, Bickerstaff parierte, ein echter Ausfall, bevor er sich gefangen hatte, doch wieder wehrte Bickerstaff den Angriff ab, was Marlowe überraschte.

Dann attackierte Bickerstaff mit blitzender Klinge, und Marlowe konnte nur auf seine Reflexe setzen, um das Rapier abzuwehren. Er spürte die Stille an Deck, denn ehrfurchtsvoll beobachteten die Männer, wie sich die Waffen schneller bewegten, als sie mit den Augen folgen konnten, und nur das Klirren von Stahl verriet, dass sie Zeugen von Attacken, Paraden und Riposten wurden.

Und Zeugen des fortschreitenden Alters, wenn Marlowe auch hoffte, dass nur er es merkte. Drei-, viermal schon hatte er Gelegenheiten gesehen, die ein jüngerer, weniger erschöpfter Marlowe zu seinem Vorteil genutzt hätte, doch war er nicht mehr schnell genug.

Selbiges traf auch auf Bickerstaff zu. Eine solide Parade, und Marlowe merkte, dass er keine Deckung hatte, machte sich schon für den harten Treffer an seiner Brust bereit, doch war Francis noch nicht da, und als er dann kam, war Marlowe bereit, seine Klinge beiseite zu schlagen.

So ging es übers Deck hin und her, vor den Augen der schweigenden, gebannten Mannschaft. Marlowe fühlte, wie sein Arm schwer wurde, sein Atem schneller ging, und langsam machte er sich Sorgen. Er fürchtete nicht, gegen Bickerstaff zu verlieren; er hatte Angst, vor den Augen seiner Männer zu verlieren. Was wäre, wenn sie seine Schwäche bemerkten? Würden sie sich – Wolfsrudel, das sie waren – auf ihren Anführer stürzen und ihn in Stücke reißen?

Und dann stürmte Bickerstaff vor, machte einen sonderbaren Ausfall, der zeigte, dass auch er müde wurde, und Marlowe schlug seitwärts, traf Francis' Klinge am Handschutz. Er drehte seine Waffe, riss Francis das Rapier aus der Hand und stach instinktiv zu, traf Bickerstaff an der Brust, als dessen Rapier klappernd aufs Deck fiel. Marlowes Klinge bog sich unter dem Druck.

Bickerstaff richtete sich auf, lächelte. »*Touché*«, keuchte er.

Marlowe trat zurück, salutierte mit seinem Rapier. Wandte sich seinen Männern zu, für alles bereit, was er dort sehen mochte: Hohn, Belustigung, einen alten Mann übers Deck schleichen zu sehen.

Doch stattdessen sah er ehrliches Staunen. Offene Münder, große Augen. Niemand rührte sich, und Marlowe vermutete, dass es am Ende doch eine annehmbare Vorführung gewesen sein musste.

Gut, und vergesst es nicht, dachte er, als die Männer unter Honeymans Führung applaudierten, jubelten, die Begleichung verlorener Wetten einforderten. Es war alles ein großes Theater.

Dann kam Elizabeth an Deck, hob Bickerstaffs Rapier auf. »Kommt, Captain, lasst es mich mit Euch versuchen!«, rief sie und ging in Stellung. Wieder jubelte die Mannschaft, war begeistert.

Marlowe stellte die Spitze seines Rapiers aufs Deck. »Großer Gott, Weib, ich bin dafür zu müde!«, rief er.

»Ach, ja? Die Ausrede habe ich noch nie gehört!«, entgegnete Elizabeth, und die Männer grölten vor Lachen. Elizabeth hatte einen unschlagbaren Sinn für subtile Derbheit, und die Männer auf der *Galley* freuten sich.

»Nun gut, Frau, dann will ich dich meine Klinge spüren lassen!« Es war fröhliche Kameraderie, so ein »Feine Herren verbrüdern sich mit der Mannschaft«-Spaß, der funktionierte, gelegentlich, bei guter Laune.

Marlowe ging *en garde* und machte einen Ausfall. Elizabeth war keine Fechterin, und mochte sie auch ein wenig damit gespielt haben, war sie doch mit einer Klinge eher ungeübt. Sie unternahm einen unbeholfenen Versuch, anzugreifen, und Marlowe parierte, dann ging er in den Gegenangriff, wenn auch so langsam, dass Elizabeth Gelegenheit bekam, ihm auszuweichen.

Wieder stürzte sie sich auf ihn, und er ließ sich von ihr übers Deck treiben, Angriff und Parade, Angriff und Parade. Marlowe sah ihr Talent, denn Elizabeth war kräftig und machte alles richtig, nur mangelte es ihr an Übung.

Zurück zur Nagelbank am Großmast, und Marlowes Angriff wurde drängender. Langsam trieb er Elizabeth wieder dorthin zurück, woher sie gekommen waren, verwirrte sie mit seinen Fechtkünsten, ignorierte die zahlreichen Möglichkeiten, dem Spiel ein Ende zu bereiten. Er sah die Mienen der Zuschauer, der Männer, die sich, wie er dachte, der Gelegenheit erfreuten, Elizabeth unverhohlen zu betrachten.

Marlowe trieb seine Frau wieder zum Ausgangspunkt zurück, und dann wurde es Zeit, dem Spaß ein Ende zu bereiten. Er trat einen Schritt zurück, ließ die Spitze seines Rapiers aufs Deck sinken, hielt ihr die Brust hin, dass sie ihn treffen konnte.

Sie nutzte die Gelegenheit, war allzu unerfahren, als dass sie ihm nicht in die Falle gegangen wäre, und als ihre Klinge stach, kam Marlowes hoch und schlug sie beiseite. Er drehte seine Klinge um die ihre, fing sie mit seinem Handschutz, und wie er es eben schon bei Bickerstaff getan hatte, nahm er ihr das Heft aus der Hand und schleuderte die Waffe fort. Klappernd landete sie im Wassergang, und Marlowe stach den Korken am Rapier in Elizabeths Bauch, so sanft wie möglich.

»*Touché*«, sagte sie lächelnd und keuchend unter tosendem Applaus und einigen gutmütigen Buhrufen. Die Männer hatten gehofft, Elizabeth würde den Kampf gewinnen, doch das würde nicht geschehen.

»Du hast dich sehr gut geschlagen, meine Liebe«, versicherte ihr Marlowe, und Bickerstaff kam und sagte: »Wirklich sehr gut. Aus dir könnte eine feine Fechterin werden. Würdet du mir gestatten, dir etwas Unterricht zu erteilen?«

»Das wäre mir sehr lieb«, sagte Elizabeth. »Und wenn wir dann auf Madagaskar sind, werde ich diesen arroganten Mistkerl mit meiner Klinge glatt durchbohren!«

»Wenn wir auf Madagaskar sind, werde ich nicht mehr bereit sein, mit dir die Klingen zu kreuzen, meine Liebe. Es wäre meiner Befehlsgewalt über die Männer nicht eben förderlich, wenn sie sähen, dass meine Frau mich niederringt!«

Und dann sagte Dinwiddie: »Ihr habt ohnehin keine Befehlsgewalt, Captain. Honeyman hat den Laden hier im Griff.« Vielleicht hatte Dinwiddie einen Scherz machen wollen, zumindest hatte er es versucht, doch kam es so nicht an, und Marlowe merkte, wie seine gute Laune schwand.

Trotz des unglücklichen Endes der Vergnügungen übernahm Bickerstaff die Aufgabe, Elizabeth im Schwertkampf auszubilden. Sie trainierten täglich. Eine Stunde, bevor die Männer für ihr Training Aufstellung nahmen, trafen sich Francis und Elizabeth an Deck, und er ließ sie auf seine pingelige Art ihre Übungen absolvieren. Die Männer sahen zu, verstohlen, warfen kurze Blicke hinüber, wenn sie konnten, doch das kümmerte Marlowe nicht. Eine Woche saßen sie in der Flaute fest, und das Spektakel trug dazu bei, die Stimmung an Bord zu verbessern.

Wenn er mit Elizabeth fertig war, drillte Francis die Mannschaft insgesamt, und manchmal gesellte sich auch Elizabeth dazu. Sie übten Beinarbeit, Handhabung der Klinge, Angriff, Verteidigung. Hatten die Männer davon genug, trug Bickerstaff ihnen auf, Holzschwerter anzufertigen, mit denen sie gegeneinander antreten konnten. Es war eine Gelegenheit für Kampf, Rivalität, Wetten und körperliche Ertüchtigung. Es war eine gute Möglichkeit, die Männer zu beschäftigen.

Endlich erreichten sie die östlichen Passatwinde südlich vom Äquator, wendeten ihren Bug um neunzig Grad und steuerten die Südspitze Afrikas an. Bald schon rauschte die *Elizabeth Galley* dahin, dass sich hinter ihr ein breiter Strom von Kielwasser bildete, alle Segel gesetzt und stramm im stetigen Wind. Kampfausbildung und Elizabeths Lektionen gehörten inzwischen so sehr zur täglichen Routine, dass sie diese nicht aufgeben wollten. Also taten sie es auch nicht. Fünf Wochen lang pflügten sie mit Kurs Südost durchs Meer, und sie attackierten, parierten, brachten Riposten und amüsierten sich königlich.

Und Marlowe musste zugeben, dass Elizabeth eine ausgesprochen gute Fechterin wurde. Vermutlich konnte er sie nach wie vor besiegen, doch wäre es sicher nicht mehr so einfach wie früher.

Dreitausend Meilen, dann nahm die Kampfausbildung ein Ende, als sie sich um das stürmische Kap der Guten Hoffnung kämpften. Sie fuhren bis fast zum vierzigsten Grad südlicher Breite und gerieten in das weite Band des Windes, welches beinah ungehindert die gesamte Erde umspannt.

Eine Woche kämpften sie mit Wind und Meer, bis sie sich wieder nordwärts wandten und die letzten tausend Meilen in die tropische Zone bewältigten, wo es jetzt im Sommer auf der Südhalbkugel nur noch um so heißer war. Auf eine Woche bittere Kälte und stürmische See folgten bald gleißende Sonne, heiße Deckplanken und tropfender Teer. Die Männer zogen sich so weit aus, wie es ihnen mit einer Frau an Bord möglich war, und sahen wie eine Piratenbande aus.

Schließlich war im Morgengrauen nicht mehr nur das Meer zu sehen, sondern auch ein dunkler Streifen Land am nördlichen Horizont. Madagaskar voraus!

Marlowe stand auf dem Achterdeck, Elizabeth neben ihm. »Da ist es, meine Liebste, endlich. Madagaskar. Insel der Piraten.«

»Ich wette, wir passen gut dorthin. Wir sind die größten Schurken von allen.«

»Vermutlich. So, wie du mit der Klinge an deiner Hüfte herumstolzierst.«

Einen Moment lang schwiegen sie, betrachteten die Insel, nach wie vor nicht mehr als eine dunkle Linie, die sich ganz leicht vom Horizont abhob. Dann sagte Elizabeth: »Ich habe mich gut amüsiert, Thomas, das habe ich wirklich. Aber ich schäme mich nicht, zu sagen, dass ich mich freue, von Bord zu gehen, und sei es nur für einen Tag.«

»Mehr als nur einen Tag, wie ich vermute. Wir haben eine ganze Menge zu tun, bis wir wieder in See stechen können.«

Wieder in See stechen. Welch seltsamer Gedanke. Madagaskar anzulaufen, nach einer derart langen Reise, nach allem, was in London vorgefallen war, schien wie ein Ende, der Abschluss einer Reise. Der Zeitpunkt, die Mannschaft auszuzahlen, sich nach Hause zurückzuziehen, die Abenteuer noch einmal zu durchleben, indem man sie den Nachbarn erzählte.

Es fiel schwer zu glauben, dass es so nicht sein würde, wenn Madagaskar in Sicht kam, ganz und gar nicht. Tatsächlich war dies erst der Anfang.

13

Sie standen auf dem Achterdeck: Thomas, Elizabeth, Francis, Peleg, Duncan. Die anderen drängten sich an den Gangways und auf dem Vordeck. Die jungen Schwarzen von Marlowe House, allesamt inzwischen Matrosen, fügten sich nahtlos in die Gemeinschaft der Seeleute unter Deck ein, die sie in den Kolonien und auf Bermuda rekrutiert und vom Wrack des Indienfahrers gerettet hatten.

Sie standen beisammen, eine Bande von Männern und eine Frau, die gemeinsam eine ganze Menge durchgemacht hatten. Sie standen da und sahen hinüber, während der Dschungel an der Küste Madagaskars langsam an backbord vorüberzog. Doch war ihre Aufmerksamkeit nach vorn gerichtet, wo die Insel St. Mary's lag, inzwischen von der größeren Insel gut zu unterscheiden, fünfzig Meilen entfernt und direkt voraus.

Natürlich wusste keiner, dass zweitausend Meilen hinter ihnen, fast in eben jenem Fahrwasser, das die *Elizabeth Galley* genommen hatte, die *Queen's Venture* mit ihrem Tender in diesem Moment einen ersten Eindruck davon bekam, wie heftig es am Kap der Guten Hoffnung zuging.

Zuletzt hatten sie Roger Press gesehen, als er Flüche und Befehle ausgestoßen hatte, auf einem Ruderboot, das von einer Ersatzrahe der *Galley* aufgespießt und an den Grund der Themse genagelt worden war.

Sie wussten nicht, dass er und seine Männer zwei Stunden lang in dieser unangenehmen Lage hatten ausharren müssen, bis Lieutenant Tasker, der wegen ihrer Abwesenheit zunehmend in Sorge geriet, das Beiboot des Schiffes auf die Suche schickte.

Press kehrte auf die *Queen's Venture* zurück und verschwand in seiner Kajüte. Er sprach kein Wort mit irgendwem, und niemand sprach ihn an. Sie waren klug genug, zu schweigen. Er zog die nassen Kleider aus, warf seinen seidenen Banyan über, schenkte sich ein Glas Rum ein, randvoll.

Er starrte aus den großen Heckfenstern hinaus ins Dunkel, und als er seinen Rum getrunken hatte, lag Malachias Barrett schon hinter ihm.

Press war ein pragmatischer Mann, was ihm auch das Kommando über ein so großes, ordentlich ausgestattetes und gut finanziertes Schiff eingebracht hatte, einen Auftrag, fast eine *carte blanche* für den Indischen Ozean und das Rote Meer. Er konnte sich mit der Beharrlichkeit einer Bulldogge auf seine Rache fixieren, doch wollte er sein Leben nicht mit der Suche nach Barrett vergeuden. Er hatte keine Ahnung, wohin dieser fuhr, und ihm stand nicht der Sinn danach, auf den Weltmeeren herumzuirren, bis er ihn gefunden hatte.

Nein, Barrett konnte warten. Barrett würde ihn nicht von seiner geplanten Mission abhalten. Es gab jemanden, den Press noch mehr hasste als Barrett.

Darüber dachte er nach, überlegte, ob es noch stimmte, angesichts der Ungeheuerlichkeiten, die er eben erst von Barretts Hand erlitten hatte. Er betrachtete seine knorrigen Finger, die ihm der Großinquisitor im religiösen Eifer gebrochen hatte, spürte die vernarbte Haut am Rücken, wo der seidene Banyan sie berührte, und er wusste, ja, er hasste diesen Mann noch mehr.

Press merkte, wie seine Entschlossenheit zurückkehrte. Er wusste, wo dieser Bursche war, denn die Geschichte seiner Eroberung von St. Mary's war bis in den Hafen von London gelangt. Keine sinnlose Suche auf den Ozeanen war vonnöten, er konnte auf direktem Wege nach St. Mary's segeln, ihn gefangen nehmen, ihn langsam töten, sich selbst zum Herrn über alles machen, was sein Feind an Macht und Reichtum angehäuft hatte. Die einflussreichsten Männer Englands hatten ihm den Auftrag und die Mittel gegeben, Yancy zu jagen.

Als die *Elizabeth Galley* aus dem Hafen von Penzance ausgelaufen war, hatte Press in London zugesehen, wie die letzten Vorräte auf die *Queen's Venture* und ihren Tender, die *Speedwell*, verladen wurden, eine kampfbereite Schaluppe mit zwanzig Kanonen, ein solides Schiff. Als sich Marlowe die Trosse entlang zu dem Indienfahrer in Not hinüberhangelte und sich für seine Dummheit verfluchte, lief Press am Achterdeck der *Venture* auf und ab, Regen pladderte auf sein Ölzeug, und er verfluchte den Sturm, der sie in der Themse aufhielt.

Endlich waren sie in See gestochen, die *Queen's Venture* und die *Speedwell*, auf einem Kurs, der fast identisch mit dem der *Elizabeth Galley* war. Dieser Kurs war manchem englischen Seemann wohlvertraut, denn zwischen London und dem Indischen Ozean herrschte reger Verkehr, auf der Suche nach dem ungeheuren Reichtum, der auf diesen Inseln zu erwerben wäre, ob nun auf legitime Weise oder nicht.

Die *Queen's Venture* überquerte den achtunddreißigsten Grad südlicher Breite auf den Tag genau zwei Wochen nach der *Elizabeth Galley*. Wie Marlowe war auch Roger Press nicht sonderlich in Sorge wegen des Wetters, dem sie sich in dieser stürmischen Ecke der Welt würden stellen müssen. Seine Schiffe waren frisch ausgerüstet, tipptopp, die Takelage stramm, die Mannschaft groß und gut ausgebildet. Es waren keine leichten Kähne, sondern mächtige Kriegsschiffe. Sie waren dafür gemacht, Königreiche zu erobern; das ging Press durch den Kopf, nicht aufkommender Wind oder die sich türmenden Wogen.

Marlowe konnte nicht wissen, dass Press dort war, zweitausend Meilen achteraus, zweieinhalb Wochen zurück, sofern ihnen das Wetter gewogen war.

Ebenso konnte er nicht wissen, dass nur vierzig Meilen voraus – auf dem Gipfel eines steilen Berges mit Blick über den Hafen von St. Mary's – Eliphant Yancy atemlos durch ein starkes Fernrohr stierte und sämtliche Details der *Elizabeth Galley* in sich aufsog, die durch das Okular zu erkennen waren. Respektvoll stand Nagel hinter ihm, und noch weiter dahinter der Ausguck, der das nahende Schiff entdeckt hatte.

Überall auf der Insel waren Männer als Ausguck postiert, mit Boten, die Meldung über alle Schiffe machen sollten, die sich der Insel näherten. Dieses System hatte Yancy eingerichtet, als er König geworden war. Es half, etwaige Überraschungen zu vermeiden.

Allein die Boten waren neu an diesem Warnsystem. Entdeckte man ein Schiff von einem solchen Hochsitz aus, blieben noch mindestens zwölf Stunden, bis es in den Hafen einlief, Zeit genug für den Ausguck, bequem zu Lord Yancys Villa zu laufen und Meldung zu erstatten.

Das jedoch hatte sich mit dem Brief von Richard Atwood nun geändert. Jetzt hatte Yancy eine Reihe von Männern an jedem Posten, Eingeborene, die schnell wie der Wind die steilen Dschungelpfade hinunterlaufen konnten. Roger Press war auf dem Weg. Für Lord Yancy zählte jede Minute.

Am Morgen hatte er vor einem kleinen Feuer auf seiner Veranda gekauert, Hände, Arme und Lederschürze blutverschmiert. Yancy hatte alles Vertrauen in seinen Vorkoster verloren und den Mann exekutiert. Er war zu dem Schluss gekommen, dass er nur sicherstellen konnte, unvergiftete Speisen zu bekommen, wenn er seine Mahlzeiten selbst zubereitete.

Jeden Tag nun wurde ihm ein junges Schwein gebracht; er schlitzte ihm die Kehle auf und sah ihm beim Sterben zu, dann nahm er es aus, wählte das Fleisch, das ihm gefiel, und briet es über der Feuerstelle. Mittlerweile gefiel ihm das beschwerliche Tun, das spritzende Blut aus dem Hals des zappelnden, sterbenden Tieres, das Gefühl, wenn er mit den Händen in die warmen, feuchten Eingeweide griff.

Er stand auf, eine bluttropfende Hachse in der Hand, als er den Mann sah, der den Bergpfad heruntergelaufen kam, nur ein kleiner, dunkler Punkt auf der schmalen Narbe durch den Dschungel. Er spürte, wie seine Sinne erwachten. Er sah und hörte alles klarer. Er spießte das Fleisch auf, hängte es übers Feuer, starrte in die Flammen, während er darauf wartete, dass der Mann Nagel Meldung erstattete, und Nagel dann ihm.

Es kam ein Schiff. Offensichtlich steuerte es direkt den Hafen von St. Mary's an. Daran war nichts Ungewöhnliches, doch wusste Yancy, dass er mit jedem Schiff Press erwarten musste. Atwood hatte einen Tender erwähnt, vermutlich ein kampffähiges Schiff, und der Ausguck hatte nur ein einziges Schiff ausmachen können, aber Yancy musste sichergehen.

Erst schnitt er ein Stück von der Hachse und aß es, dann legte er die Schürze ab und rief nach einer Schüssel Wasser, um sich zu waschen. Er folgte dem Boten und Nagel zum Ausguck, eine Wanderung von vierzig Minuten, einen steilen Pfad den Berg hinauf.

Sie kamen zum Posten, und respektvoll traten die anderen beiseite, während Lord Yancy durch das Fernrohr spähte. Es gab nicht viel zu sehen. Ein Schiff … sah aus wie eine Galeone, kein plumper Kaufmann. Zweifellos bewaffnet. Aber kleiner, als er angenommen hatte, und weit und breit kein Tender.

Vielleicht war es der Tender. Lauerte das Hauptschiff noch hinter dem Horizont? Yancy richtete sich auf, runzelte die Stirn. Ohne Fernrohr war das Schiff nur ein winzig kleiner Fleck am Horizont. Er knirschte mit den Zähnen.

Er war für Press' Ankunft noch nicht bereit. Sicher, das Lager war fertig, und seine Getreuen wussten, was zu tun war. Er war bereit, zu verschwinden, sobald Press am Horizont auftauchte. Etwas nur fehlte ihm, und zwar jemand, der seine Rolle übernahm.

Wenn Press an Land ging, musste er jemanden vorfinden, der über St. Mary's herrschte. Er würde nur glauben, dass er, Yancy, tot und begraben war, wenn jemand auf seinem Thron saß. Und auch der Mann, der auf dem Thron saß, musste es glauben, sonst würde Press die Wahrheit aus ihm herausprügeln. Er musste leichtgläubig, größenwahnsinnig und leicht zu blenden sein. Auf der ganzen Insel gab es niemanden, auf den diese Beschreibung zutraf.

Seit er seinen Plan ersonnen hatte, hoffte Yancy darauf, der richtige Mann möge kommen, doch bisher hatte er vergebens gewartet. Er starrte zu dem Schiff hinaus. Er wollte warten, es näher kommen lassen, genau im Auge behalten, herausfinden, ob tatsächlich Roger Press an Bord war.

Wenn ja, würde er seinem Plan so gut wie möglich folgen. Wenn nicht, dann fand er seinen Mann vielleicht an Bord dieses Besuchers.

Mehr als einen halben Tag brauchte die *Elizabeth Galley* bis zur Insel, an der Nordwestküste entlang, zwischen St. Mary's und Madagaskar bis zur Einfahrt des einzigen geschützten Ankerplatzes dieser Insel. Als die Berge von St. Mary's an Steuerbord über ihnen aufragten und die Einfahrt zum Hafen vom Achterdeck aus zu erkennen war, entschied Marlowe, dass es noch hell genug sei, den Hafen anzulaufen.

Er schickte einen Ausguck hinauf und weitere als Posten in alle Himmelsrichtungen, dazu einen Mann mit ruhiger Hand und Bleilot in die Bugsprietwanten. Er hatte eine Karte und Segelanweisungen, doch traute er beidem nicht recht, und so schlichen sie unter Marssegeln dahin, bis der Hafen sie von allen Seiten her umschloss und er eine freie Stelle ruhigen Wassers fand, wo er den Anker setzen ließ.

Das Ankertau wurde ausgesteckt, und schließlich kam die *Elizabeth Galley* zum Stehen, hatte zum ersten Mal seit Cornwall Berührung mit dem Grund. Marlowe holte tief Luft, nahm die unbekannten Düfte in sich auf. Erde und Pflanzen und Rauch von Feuerstellen, Teer und Hanfgeruch von Schiffen, die hier ausgerüstet wurden.

Er sah das große Haus oben auf dem Hügel, von einem Palisadenzaun umgeben und überall um den Hafen herum erhöhte Kanonenposten. Wahrlich famose Verteidigungsanlagen, denn die Männer an diesen Kanonen konnten jedes Schiff daran hindern, ein- oder auszulaufen. Das alles hatte ein Bursche namens Adam Baldridge errichtet, der auch hier regierte, zumindest hatte Marlowe das gehört, wenn es auch Jahre zurücklag, seit er aus erster Hand erfahren hatte, was auf St. Mary's vor sich ging.

Von Deck aus konnte er am Ufer verschiedene Gebäude erkennen, die Lagerhäuser zu sein schienen, und dort sah man geschäftiges Treiben. Er sah Männer und Frauen im Ort, sofern man die Siedlung so nennen konnte... ein paar Holzbauten, die größte davon einstöckig, ein paar große Zelte. Gelegentlich hallte das Krachen einer Pistole herüber. Ein Dutzend Schiffe verschiedener Größe lag im Hafen, und drei weitere waren zum Schrubben auf den Strand gezogen. Es waren ausnahmslos Piratenschiffe.

Ob es sich hier nach wie vor um Baldridges Königreich handelte oder nicht, konnte Marlowe nicht sagen, doch war es offensichtlich noch immer eine Enklave der Piraten. Es erinnerte ihn an Port Royal, sein früheres Versteck, bevor dieses vom Meer verschlungen worden war. Eine ungeheure Erleichterung ergriff ihn, als triebe er in warmem Wasser.

Seine gesamten Pläne hatten darauf gefußt, dass er auf Madagaskar Pulver, Munition und Waffen würde kaufen können. Nach allem, was er über diese Insel wusste, war das keine abwegige Vermutung, aber dennoch eine Vermutung. Schließlich mochte es auch möglich sein, dass die Königliche Marine sowohl auf der großen Insel als auch auf St. Mary's das Kommando übernommen hatte.

Es gab noch andere Möglichkeiten: ein Piratenschiff überwältigen und die Kanonen übernehmen, die Schiffe des Moguls durch bloßes Entern niederringen, die Ersatzkanonen verschiedener anderer Schiffe erwerben, doch sah es nun danach aus, als sei nichts von alledem vonnöten.

»Deck!«, sang der Ausguck von ganz oben. »Am Ufer legt ein Boot ab und scheint herüberzukommen!«

»Sehr gut. Mr. Dinwiddie, ich denke, wir sollten ein Spalier aufstellen. Für den Fall, dass es sich um einen offiziellen Vertreter des Ortes handelt.«

»Diese Piraten«, bemerkte Bickerstaff, »neigen dazu, die Bräuche der Zivilisierten nachzuahmen.«

»Wenn du in Rom bist … und so weiter, Francis.«

»Ja, nun, ich denke, wir dürften hier nur selten Kniefall, Gebetsperlen und lateinischen Gebeten begegnen.«

»Höchst selten, wahrlich. Und dennoch müssen wir uns darum bemühen, niemanden vor den Kopf zu stoßen.«

Und so machten sich Marlowe, Dinwiddie und Honeyman daran, eine Art Empfangskomitee zusammenzustellen, mit je einem Dutzend Männern zu beiden Seiten der Gangway. Das Boot kam längsseits, besetzt mit zwölf Mann in gleicher Kleidung und einem großen, bärtigen Kerl im Heck.

Dieser rief: »Gesandter des Lord Yancy von St. Mary's! Eure Erlaubnis, an Bord zu kommen?«

»Bitte, seid so gut!«, rief Marlowe zurück, und mit der Gewandtheit eines erfahrenen Seemanns stieg der andere vom Bootsheck zur Außenbordtreppe und dann hinauf. Er trat durch die Gangway; das Empfangskomitee hob die Entermesser und schlug sie klirrend zusammen, so dass ein Bogengang aus Männern und Klingen entstand, durch den der Gesandte gehen musste, was ein hübscher Effekt war, wie Marlowe fand.

»Willkommen an Bord der *Elizabeth Galley*«, sagte Marlowe und streckte seine Hand aus, während der Mann die Reihen der Seeleute abschritt. »Ich bin Captain Thomas Marlowe. Das ist mein Erster Offizier, Peleg Dinwiddie, dies Quartermaster Duncan Honeyman. Und hier ist meine Frau, Elizabeth Marlowe.«

Der große Mann gab allen die Hand, nickte zur Begrüßung, konnte seine Überraschung nicht verbergen, als er Elizabeth sah. Er wandte sich zu Marlowe um, betrachtete ihn von Kopf bis Fuß, schien ihn zu mustern. »Ich bin Henry Nagel. Lord Yancys Erster Offizier. Er ist der König dieser Insel.«

»Lord Yancy? Ist Adam Baldridge nicht mehr Herr über dieses Eiland?«

Bei diesen Worten richtete sich Nagel etwas auf, sein Blick erstaunt, fast bestürzt. »Nein, er ist schon seit zehn Jahren oder länger nicht mehr hier. Und Ihr tätet gut daran, den Namen nicht noch einmal zu nennen.«

»Ich werde es mir merken«, sagte Marlowe.

»Eliphant, Lord Yancy, herrscht jetzt über diese Insel, und wir alle sind ihm tief ergeben. Ihr seid, noch einmal ...«

»Thomas Marlowe.« Das Spalier zerstreute sich ohne weiteres Zeremoniell. Nagel ließ seinen Blick über das Schiff schweifen, den Kennerblick eines erfahrenen Seemanns, zuerst hinauf, über die Takelage, dann herunter, übers Deck.

»Segelt Ihr in Begleitung eines Tenders?«, fragte Nagel.

»Nein.«

»Wo sind Eure Kanonen?«

»Wir haben keine. Wir hatten gehofft, hier welche kaufen zu können. Es heißt, wenn man irgendetwas bräuchte, sei Lord Yancy der richtige Mann.«

Nagel nickte, schien zufrieden zu sein. Dass Marlowe mit Lord Yancys Ruf plötzlich derart vertraut war, hatte er nicht bemerkt. Er zumindest schien Yancy gänzlich ergeben zu sein, wenn Marlowe auch seine Zweifel daran hatte, dass die anderen ergebener wären, als Piraten irgendwem ergeben waren, von sich selbst mal abgesehen.

»Lord Yancy wird Kanonen zu veräußern haben, wenn Ihr das Gold habt, sie zu kaufen. Ihr seid willkommen, diese Insel für Eure Zwecke zu nutzen. Ich vermute, der Lord wird herüberkommen und Euch persönlich begrüßen wollen. Ihr tätet gut daran, dieses Spalier auch für ihn aufzustellen, und Musiker, wenn Ihr welche habt. Und Wimpel. Er mag Wimpel.«

»Vielen Dank für Euren Rat«, sagte Marlowe und fragte sich, was für ein Irrer dieser Yancy sein mochte. Er wusste aus persönlicher Erfahrung um die Maßlosigkeit, die Macht hervorrufen konnte. »Ich würde mich freuen, Lord Yancy mit allem an Bord begrüßen zu dürfen, was mein bescheidenes Schiff zu bieten hat.«

»Gut. Das ist gut, Captain.« Ein letztes Mal ließ er seinen Blick über Elizabeth streichen. »Dann wünsche ich einen guten Tag.« Damit stampfte er wieder zur Gangway zurück, ließ sich leichtfüßig zum wartenden Boot hinunter. Sie stießen von der Bordwand ab, ruderten ans Ufer.

Marlowe sah ihnen nach, dachte: *Lieber Gott, ich bin erst eine Stunde hier, und schon kann ich es kaum erwarten, wieder in See zu stechen.*

14

Mochte er es auch kaum erwarten können, St. Mary's hinter sich zu lassen, wusste Marlowe eines doch allzu gut: Es kaum erwarten zu können hieß nicht notwendigerweise, es auch tun zu können, und er konnte es auch nicht.

Dreimal hatte die *Elizabeth Galley* den Atlantik nun überquert, ohne dass man ihrem Rumpf auch nur die leiseste Aufmerksamkeit gewidmet hatte, und er wusste, dass eben diese Aufmerksamkeit jetzt vonnöten war. Sie nahmen Wasser, und achtern trieben unter dem Rumpf dicke Ranken von Unkraut hervor. Sie würden sie kielholen müssen, sie den Strand hinaufziehen und auf die Seite rollen, um sich um das Unkraut und die Lecks zu kümmern. Es war eine anstrengende Arbeit, wenn auch nicht so schlimm, wie sie hätte sein können, da keine Kanonen entladen werden mussten und nur noch wenig Vorräte aus dem Laderaum zu holen waren.

Marlowe wurde aus seinen grimmigen Überlegungen gerissen, als sich der Ausguck wieder meldete, ein weiteres Boot ankündigte, das zu ihnen herüberkam. Marlowe nahm das Boot mit seinem Fernrohr ins Visier. Es war größer als das letzte, eine Art verzierter Barkasse mit Baldachin, und am Bug flatterte eine große Flagge, die er nicht kannte.

»Das dürfte wohl Lord Yancy sein«, sagte Bickerstaff, und in seiner Stimme klang ein Hauch von Ironie und Amüsement mit.

»Ich vermute, du hast Recht. Und es wäre sicher nützlich, wenn wir uns in Erinnerung riefen, dass er zwar verrückt sein mag, aber dennoch das Kommando über die Kanonen auf den Hügeln hat. Ich denke, dass äußerster Respekt angezeigt ist, und zwar so lange, bis wir uns außer Reichweite seiner Kanonen befinden. Mr. Honeyman, was haben wir an Wimpeln zu bieten?«

Während der fünfzehn Minuten, in denen die Barkasse gemächlich durch den Hafen fuhr, brachten sie so einiges zusammen. Gleichzeitig versammelten sie alles, was die *Elizabeth Galley* an Musikern aufzubieten hatte – einen Toppsgast, der ein Händchen für die Fiedel hatte, den Koch, der ein Meister der Blockflöte war, und einen der Jungen, der sich an der Trommel geübt und als Naturtalent entpuppt hatte.

Diese drei und die Männer mit den Entermessern gaben ihr Bestes, als die Barkasse längsseits kam, Lord Yancy heraufkletterte und durch die Gangway trat. Nach der Größe Henry Nagels zu urteilen, hatte Marlowe erwartet, dass es sich bei Yancy um einen haarigen Riesen von einem Mann handeln musste, und so war er nicht wenig überrascht, als der König an Deck kam. Ein kleines, dürres Männchen, mit gepflegtem Bart an Kinn und Oberlippe. Er trug einen breiten Hut mit großer Feder, wie ein französischer Soldat aus alten Zeiten. Von seinen Schultern fiel ein Umhang fast bis auf das Deck, gefüttert mit leuchtend roter Seide. Seine Kleider waren makellos. Er trug ein juwelenbesetztes Rapier an seiner Hüfte.

»Ich nehme an, ich habe die Ehre, Lord Yancy an Bord der *Elizabeth Galley* begrüßen zu dürfen«, sagte Marlowe und verneigte sich.

»Habt Ihr«, sagte Yancy, ohne Marlowe anzusehen. Stattdessen zuckte sein Blick übers Schiff, keine langsame, seemännische Einschätzung, sondern eher ruckartig, misstrauisch. »Ihr habt dem Fort keinen Salut entboten«, sagte er vorwurfsvoll.

»Verzeiht, Mylord. Ich war mir des Protokolls auf dieser Insel nicht bewusst«, sagte Marlowe, »und wie Ihr sehen könnt, habe ich auch keine Kanonen.« Er gab sich Mühe, aufrichtig zu klingen, hatte nicht die Absicht, einen Kotau zu machen. Zwei Sätze, und schon hätte er Yancy am liebsten den dürren Hals umgedreht. Er richtete seinen Blick auf die großen Kanonen am Hang, die vermutlich auf ihn gerichtet waren.

»Ja, nun, vergesst es nicht noch einmal«, sagte Yancy und sah Marlowe endlich in die Augen. »Ihr wollt Kanonen kaufen, wie ich höre?«

»Ja, Mylord. Und Pulver und Munition. Ich hatte außerdem gehofft, wir könnten hier kielholen.«

Yancy nickte, und sein Blick fiel auf Elizabeth. Er musterte sie von oben bis unten, wie nur ein Mann es wagen konnte, der gewohnt war, höchste Befehlsgewalt zu besitzen. Marlowe biss die Zähne zusammen. Einen Sekundenbruchteil, bevor Marlowe etwas sagen wollte, wandte sich Yancy ab.

»Das ist Eure Frau?«, fragte Yancy.

»Ja, Lord Yancy, gestattet mir, Euch Elizabeth Marlowe vorzustellen.«

Elizabeth verbeugte sich leicht. Yancy ging übers Deck, bewegte sich wie eine Schlange, ergriff ihre Hand und küsste sie, als er sich verneigte. Er hielt sie fest, als er sich zu Marlowe umwandte. »Nur wenige Männer nehmen ihre Frauen mit auf die Reise ins Rote Meer«, bemerkte Yancy, und sein Blick wanderte zu Elizabeth zurück.

»Es gibt nicht viele Frauen wie Elizabeth«, erwiderte Marlowe.

»Nein, in der Tat.« Schließlich ließ er ihre Hand los, sah Marlowe an. »Ihr sollt Eure Kanonen haben. Über den Preis sprechen wir später. Und Ihr könnt kielholen, wie es Euch beliebt. Guter Strand, wie Ihr sehen könnt. Ihr speist mit mir zur Nacht?« Es klang nicht wie eine Frage.

»Ich fühle mich geehrt«, sagte Marlowe.

»Gut. Bringt bitte Eure Frau und Offiziere, die Ihr für geeignet haltet.« Damit wandte er sich ab und stieg ohne ein weiteres Wort in die wartende Barkasse hinunter.

»Nun, zumindest scheint er gewillt, uns zu helfen«, bemerkte Bickerstaff, als die Barkasse ablegte.

»Ja, so scheint es.« Marlowe fragte sich, wieso dieser Umstand seine Sorge nicht im mindesten lindern konnte.

Als die Segel eingerollt waren, die Ankerwachen eingeteilt, war vom Tageslicht nicht viel geblieben. Marlowe und Elizabeth kleideten sich für das Abendessen an, wie auch Bickerstaff und Peleg Dinwiddie, herausgeputzt wie damals, vor vielen Monaten, als ihn Gouverneur Richier auf Bermuda zum Diner geladen hatte. Glücklicherweise hatte er sich die Lektion in Modefragen, welche ihm Elizabeth so diplomatisch hatte angedeihen lassen, zu Herzen genommen, und er sah nur ein wenig verschroben aus, als er an der Gangway auf die anderen wartete.

Marlowe glaubte nicht, dass es etwas ausmachen würde. Sie waren hier in einer Piratengesellschaft, in der die Verschrobenen, Verkommenen, Verderbten üblich waren.

Mit Honeyman als Bootsführer wurden sie zu einem dubiosen, hölzernen Pier hinübergerudert, der wie ein kläglich gearbeitetes Anhängsel der Straße wirkte, die durch den Ort führte. Marlowe trat auf die schmierige Leiter, nahm ein paar Sprossen, wandte sich um und half Elizabeth hinauf, Bickerstaff und Dinwiddie folgten.

»Sorgt dafür, dass die Bootsmannschaft nüchtern bleibt,

zumindest bis wir wieder an Bord sind«, wies Marlowe Honeyman an.

Es war eine interessante Situation. Nach dem Piratengesetz konnte Marlowe einen solchen Befehl nicht geben. Wenn sich seine Männer bis zur Besinnungslosigkeit besaufen wollten, konnte er sie nicht daran hindern, nicht mehr, seit er sich darauf eingelassen hatte, sein Handelsschiff in ein Piratenschiff zu verwandeln.

Zu seiner Erleichterung nickte Honeyman jedoch und sagte: »Aye, Captain.«

Als das geklärt war, wandte Marlowe seine Aufmerksamkeit dem Ort zu, der dort vor ihm lag. Zwei Straßen gab es, mehr nicht: die eine, die am Ende des Anlegers begann und sich den Hügel hinauf zum Palisadenzaun und dem großen Haus dahinter schlängelte, und eine andere, die sie im rechten Winkel querte und so die einzige Kreuzung im ganzen Ort bildete. Die Straßen waren unbefestigt, wenn auch im feuchten, tropischen Klima nicht allzu staubig.

Rechts von ihnen befanden sich die Lagerhäuser, große Holzbauten, ein paar Fensterläden in den oberen Geschossen, Farbreste an verwitterten Brettern. Überall aufgerollte Leinenhaufen, rostige Anker, stapelweise stehendes Gut, das man dem einen oder anderen Schiff abgenommen hatte. Grellgrüne Pflanzen wuchsen darum herum und sogar hindurch, was zeigte, dass hier seit einiger Zeit nichts bewegt worden war.

Auf beiden Straßen herrschte Verkehr. Ein paar Ochsenkarren und ein Pferd waren zu sehen, größtenteils jedoch Fußgänger. Piraten. Sie trugen Seemannskleider, weite Hosen, keine Schuhe, langes Haar sowie manches, das sie als Seeräuber auszeichnete: bunte Schärpen, Dreispitze mit Federn, behängt mit Unmengen von Waffen.

Sie hasteten vorüber, taumelten oder saßen auf der Straße

und sangen, oder sie waren besinnungslos betrunken. Sie drängten sich um kleine, runde Tische auf der Straße vor einer der schäbigen Tavernen. Sie promenierten mit eingeborenen Mädchen in europäischen Kleidern am Arm, als wären sie auf dem Court of St. James. Mehrere hundert Mann, wie Marlowe schätzte. Dieser Ort mochte kaum mehr als eine kleine Enklave sein, die man dem Dschungel abgetrotzt hatte, doch der Geist entsprach Port Royal während der Blütezeit der Bukanier.

Marlowe ging mit seiner Gesellschaft die Straße zum großen Haus hinauf, blieb an den Palisaden stehen, als zwei Wächter am Tor ihn aufhielten. Marlowe erklärte, wer sie waren, man ließ sie passieren, und sie liefen noch hundert Meter bis zum Haupteingang des Hauses.

Das Haus selbst war grandios, was noch außergewöhnlicher dadurch wurde, dass es auf einer Dschungelinsel errichtet worden war. Das untere Stockwerk bestand aus Steinen, die man aus dem Boden gegraben und unbehauen aufgestapelt hatte, jedoch derart sauber, dass dazwischen kaum Mörtel zu erkennen war. Darüber erhob sich der Bau um zwei weitere Stockwerke aus Holz und Stuck im Tudor-Stil. Eine große, breite Veranda ragte auf das Grundstück hinaus, mehrere Balkone gewährten einen Blick über den Hafen. Das Dach war ein weites Feld aus Stroh.

Marlowe blieb stehen, sah sich den Bau bewundernd an. Er staunte über den Tatendrang und die Weitsicht des Mannes, der dies alles erbaut hatte.

»Dieser Baldridge, er hat das alles gemacht, stimmt's?«, fragte Dinwiddie in das Schweigen hinein.

»Ja, ich glaube schon«, sagte Marlowe. »Aber nach allem, was Henry Nagel geäußert hat, wird Lord Yancy nicht gern daran erinnert. Seid so gut und erwähnt Baldridge nicht noch einmal.«

»Nein, tue ich nicht«, sagte Dinwiddie. Er klang, als hätte ihn die Mahnung gekränkt. Er wurde von Tag zu Tag empfindlicher.

Sie traten an die Tür, und bevor Marlowe noch klopfen konnte, machte Henry Nagel auf und führte sie in ein kühles Foyer, das zwei Stockwerke hoch aufragte, mit breiter Treppe in den ersten Stock.

Nagel hatte kaum »Willkommen…« sagen können, als Yancy herunterschwebte und seinen Umhang theatralisch hinter sich wehen ließ.

»Willkommen, willkommen in meinem Heim!«, sagte er, gab sich mitteilsam und liebenswürdig, ganz Herr des Hauses. »Captain Marlowe, die liebreizende Elizabeth, willkommen.« Er warf den anderen einen Blick zu, konnte sich offenbar nicht an ihre Namen erinnern und sagte nichts. »Seid so gut, erlaubt mir, Euch vor dem Essen herumzuführen. Es ist ein schlichtes, rustikales Haus, aber man muss eben manches erdulden, wenn man in dieser tropischen Pracht leben will.«

Yancy zeigte ihnen den Salon, das Wohnzimmer, die Schlafgemächer im ersten Stock. Sie begegneten einigen Männern im Haus, offenbar Yancys Vertraute. Er stellte sie vor, als handelte es sich um niedrige Adelige, doch schienen sie Marlowe vom selben Schlag wie die Spitzbuben zu sein, die unten durch die Straßen wanderten, wenn auch besser gekleidet.

Auch eingeborene Diener gab es, und Frauen, dreimal so viele wie Männer. Die Frauen lächelten spröde, sagten zu den Fremden nichts, und Yancy stellte sie nicht vor.

Weitere Schlafkammern, Ruheräume oben, Bäder… Yancy führte sie stolz herum, als hätte er das alles mit eigenen Händen erbaut.

Es war ein grandioses Haus, wie Marlowe einräumen musste, doch er sah auch, dass es in keinem guten Zustand war. Putz blätterte von den Wänden, Türrahmen waren nicht mehr rechteckig, und um die Fenster machte sich der Schimmel breit. Er sah den Dreck, der sich in den Ecken sammelte, kaputte Flaschen, die man weggeworfen hatte, Zimmer mit zerbrochenen Möbeln, einfach in die Ecke geschoben.

Das prunkvolle Haus musste wundervoll gewesen sein, als Baldridge noch hier lebte, doch jene Tage gehörten der Vergangenheit an. Yancy und seine Piraten waren wie die Westgoten, lebten zwischen den Trümmern des glorreichen Roms.

Sie speisten im Großen Saal, der zwei Stockwerke hoch war und das nordöstliche Ende des Hauses darstellte. Lange Tische reihten sich aneinander, Yancys Vertraute und Freunde daran, und eingeborene Diener liefen schweigend zwischen breitschultrigen Männern umher, schenkten Wein ein, trugen Teller, auf denen sich die Speisen häuften, nahmen die leeren wieder mit.

Die Männer aßen so vornehm, wie Marlowe es von Leuten erwartete, die auf der Piratenroute segelten, griffen sich die Speisen meist mit bloßen Händen, wenn auch manche ihre Dolche zu Hilfe nahmen. Knochen warf man dem halben Dutzend Hunden zu, das gierig auf Reste wartete.

Marlowe und Elizabeth, Bickerstaff und Dinwiddie saßen am Kopfende des Tisches, flankierten Yancy, der einen Gutteil des Diners über vor sich hin brütete, nichts sagte und nichts aß. Erst als die anderen halbwegs fertig waren, ließ Yancy sich schließlich auch etwas servieren, erklärte den Dienern genau, von welchen Platten sie nehmen und auf seinen Teller legen sollten.

Nach ein paar Bissen schien Yancy aufzublühen. Er wandte sich Elizabeth zu. »Sagt mir, Ma'am, was haltet Ihr von meinem kleinen Haus?«

»Ich finde es wundervoll, Lord Yancy«, sagte Elizabeth, obwohl Marlowe ganz sicher war, dass sie es ihm schon dreimal versichert hatte. »So schön wie die großen Landhäuser in England«, log sie.

»So seid Ihr aus England?«

»Ich bin dort geboren. Mein Mann und ich leben inzwischen in den Kolonien, in Virginia, wo wir…«

»Ich bin aus Newport, Rhode Island, nur war ich seit Jahren schon nicht mehr dort, weil mich meine Geschäfte daran hindern. Ich treibe Handel mit London, mit New York und, ja, Rhode Island.«

»Mein Mann und ich bauen Tabak an, meistenteils…«

»Tabak ist nichts.« Yancy winkte ab. »Etwas dem Erdboden entlocken? Das gehört ins vergangene Jahrhundert. Jetzt heißt es Handel treiben, die einzige Möglichkeit, zu Reichtum zu kommen.« Er wandte sich von Elizabeth ab, war offenbar mit ihr fertig, sah Dinwiddie an. »Ihr, Sir, erzählt mir von Euch…«

Es war eine der bizarrsten Abendgesellschaften, die Marlowe je durchlitten hatte. Yancy sprach mit jedem von ihnen, doch war es nicht so sehr eine Unterhaltung, eher eine Befragung, und als er fertig war, redete er nur noch mit Elizabeth.

Endlich war es ausgestanden, einschließlich Obst und Nüssen, Brandy und Pfeifen, und es klang durchaus vernünftig, als Marlowe darauf bestand, nun wieder aufs Schiff zu müssen. Das wiederum schien Yancy zu beleben, und er stand auf und begleitete sie zum Großen Saal hinaus, die breiten Korridore entlang zum Haupteingang. Während er so ging, wurde er wieder mitteilsamer, seine Schritte wurden lebhaft, sein Umhang flatterte.

»Ich habe Eure Gesellschaft sehr genossen, Captain, auch die Eurer prächtigen Mannschaft und, wie ich wohl nicht hinzufügen muss, Eurer liebreizenden Frau.« Er hielt inne und küsste Elizabeth erneut die Hand, was den Ärger, den Marlowe den ganzen Abend über schon empfunden hatte, noch vertiefte – die Folge der besonderen Aufmerksamkeit, mit welcher Yancy sie überhäufte.

»Ich hoffe, Ihr werdet mich noch einmal besuchen, bevor Ihr in See stecht. Morgen schicke ich Nagel hinunter, damit er mit Euch über die Kanonen verhandelt. Und was das Kielholen angeht, so will ich dafür sorgen, dass Ihr alle Hilfe bekommt, die Ihr brauchen mögt. Ich bin so erfreut ob Eurer Gesellschaft, dass ich nichts lieber möchte, als Euch in jeder Hinsicht behilflich zu sein.«

Er verneigte sich, küsste noch einmal Elizabeth die Hand, wünschte ihnen immer und immer wieder eine gute Nacht. Mit einiger Erleichterung hörte Marlowe, wie endlich die große Tür hinter ihnen ins Schloss fiel.

Seinem Befehl entsprechend waren Honeyman und die Bootsmannschaft nüchtern geblieben, während sich die restlichen Männer der *Elizabeth Galley* sinnlos besoffen hatten. Nachdem Marlowe und seine Gesellschaft wieder an Bord waren, tat es die Bootsmannschaft ihren Kameraden gleich und stürzte den Rum hinunter, um das Entgangene nachzuholen.

Am nächsten Morgen, eine Stunde nach Morgengrauen, traf Nagel mit einem Ruderboot und fünfundzwanzig Mann ein. Beklommen sah Marlowe sie näher kommen. Er traute Yancy nicht mehr, als er einem tollwütigen Hund getraut hätte.

Nagel erklomm die Bordwand. »Morgen, Captain«, sagte er. »Ich komme, um mit Euch über den Verkauf der Kanonen zu verhandeln. Die Männer schickt Lord Yancy, damit sie Euch beim Kielholen helfen.«

»Ich danke Euch. Das ist sehr freundlich«, sagte Marlowe und meinte es ernst. Ein Schiff kielzuholen bedeutete schwere Arbeit, selbst für Männer, die nicht verkatert waren. Vielleicht hatte er sich in Yancy doch getäuscht. Oder besser gesagt: Vielleicht war dessen Wahn nicht gänzlich übel wollender Natur. Marlowe hatte schon früher größenwahnsinnige Tyrannen erlebt, die freundlich und hilfsbereit sein konnten. Auf diese Weise blieben sie unberechenbar.

»An welche Kanonen hattet Ihr gedacht?«

Marlowe wandte sich um und betrachtete die leeren Stückpforten. »Das Schiff wurde für sechzehn Sechspfünder gebaut«, sagte er, und noch während er redete, dachte er: *Nie im Leben haben sie so etwas in diesem gottverlassenen Dschungel.*

Doch Nagel nickte nur und sagte: »Ich denke, das dürfte kein Problem sein«, und dann nannte Marlowe einen Preis, der nicht eben überhöht war. Nagel akzeptierte ihn ohne Widerspruch oder Gegenangebot.

Marlowe schickte seinen Steward, er solle Kaffee für ihn und Nagel bringen, dann Honeyman wecken und Dinwiddie bitten, sich zu ihnen zu gesellen. Als die Offiziere kamen, erklärte Marlowe ihnen, er wolle damit beginnen, das Schiff kielzuholen, und Yancy habe freundlicherweise Männer geschickt, die ihnen zur Hand gehen sollten. Honeyman starrte mit roten, halb geschlossenen Augen vor sich hin, nickte, dann begann er die Männer zu wecken.

Es ging nur langsam vor sich, die Männer stolperten von unten herauf, setzten oder legten sich hin, sobald sie an Deck kamen. Nagel rief seine Männer vom Boot herauf, und gemeinsam mit den Leuten von der *Galley* schafften sie es, das Schiff an den Strand zu bugsieren, wo es bei ablaufendem Wasser auf die Seite rollen würde, wenn erst Masten, Rahen und Takelage unten waren und man den Laderaum geleert hatte.

Als sich die *Elizabeth Galley* in der richtigen Position befand, waren auch ihre Männer inzwischen wieder so weit brauchbar, dass sie eine ernstliche Hilfe darstellten, und von da an ging alles sehr schnell. Die Mannschaft, die Yancy gesandt hatte, bestand aus erfahrenen Seeleuten, und sie erledigten ihre Arbeit zügig und sorgfältig, wenn Marlowe sich auch nicht erklären konnte, worin ihre Motivation bestehen mochte.

Dennoch war er froh, sie zu haben, und angenehm überrascht, als sie am nächsten Morgen wiederkamen, und auch am Morgen darauf. Das Schiff wurde von allem überflüssigen Zeug befreit, der Laderaum entleert, und dann eine riesige Talje am unteren Großmast befestigt, das andere Ende an einem stabilen Pfahl am Ufer, und mit der holenden Part der Talje gingen sie auf den Spillkopf und zogen das Schiff auf die Seite, bis es wie ein gestrandeter Wal aussah.

Als Yancys Männer am darauf folgenden Tag erschienen und weitere Leute mit den Sechspfünder-Kanonen auf einem Lastkahn eintrafen, war Marlowe klar, dass es wohl in Yancys Interesse lag, wenn sie St. Mary's so schnell wie möglich verließen. Er wusste nicht, wieso. Er begriff nicht, weshalb der Herr über die Insel sie nicht einfach mit den großen Kanonen vertrieb. Absolut klar war nur, dass Yancy sie aus eigenem Antrieb reisen lassen wollte, und zwar bald.

Marlowe hegte keinen Zweifel daran, dass er den Grund eines Tages erfahren würde. Und er glaubte nicht recht daran, dass ihm die Erkenntnis Freude bereiten würde.

Eine Woche nach Ankunft der *Elizabeth Galley* stand Lord Yancy auf seiner Veranda und betrachtete sie durch sein Fernrohr. Sie lag wieder vor Anker, der Rumpf gereinigt und repariert, und sie war auch wieder aufgetakelt. Eine lange Reihe von Sechspfündern ragte aus ihrer Bordwand. Sie lag nun tiefer im Wasser, da sie Pulver, Kanonenkugeln,

Verpflegung und Wasser geladen hatte. Sie war gut behandelt worden.

Und diese Behandlung hatte einen nicht eben geringen Preis gekostet. Natürlich hatte Yancy mit Proviant und Kanonen seinen Profit gemacht, doch nicht so viel, wie es der Fall gewesen wäre, wenn er mit Marlowe gehandelt hätte. Die Männer, die er Marlowe zur Verfügung gestellt hatte, waren gut entlohnt worden. Er hatte große Abendgesellschaften für Marlowe und sein Gefolge gegeben, dreimal inzwischen.

Er seufzte und ließ sein Fernglas sinken, wandte sich vom Hafen ab, der Straße zu, wo der beleibte Mann schnaufend den Weg zum Haus herauf erklomm. Es war das alles wert, die ganzen Kosten, sofern Marlowe ohne Streitereien absegelte, und nach aller Fürsorge, die er genossen hatte, konnte sich Yancy nicht vorstellen, wieso er das nicht tun sollte. Mit dem sauberen Schiff, den Kanonen und dem Laderaum voll Proviant war Marlowe bestens gerüstet, im Roten Meer sein Glück zu machen. Yancys Erfahrung nach lösten sich sämtliche Loyalitäten angesichts einer solchen Versuchung in Wohlgefallen auf.

Zehn Minuten später sah er den Mann durch das Tor im Palisadenzaun treten, dann verschwand er hinter der Ecke des großen Hauses. Yancy verließ die Veranda, kehrte in sein Schlafgemach zurück, richtete sich auf einem großen Ohrensessel ein. Er rutschte herum, bis er so unbehaglich, lustlos und schwach wie möglich aussah, dann wartete er.

Drei Minuten später klopfte Nagel an die Tür, und mit matter Stimme sagte Yancy: »Ja?«

Nagel drückte die Tür einen Spalt weit auf. »Mr. Dinwiddie ist hier, um Euch zu sprechen, Sir«, sagte er.

»Ja, bitte, führt ihn herein ...«

Nagel öffnete die Tür, führte den etwas ratlos wirkenden

Dinwiddie herein, holte einen Stuhl für ihn heran. Yancy winkte, er solle sich setzen, was Dinwiddie tat.

»Bitte, Henry, lasst uns allein…«, sagte Yancy, und Henry nickte und ging.

»Ich bin gekommen, sobald ich Eure Nachricht erhalten hatte. Lord Yancy, geht es Euch gut?«, fragte Dinwiddie ernstlich besorgt. Yancy hatte schon bei ihrem ersten Zusammentreffen erkannt, wie nützlich dieser Mann für ihn sein konnte.

»Ach, ich bin… nein, mein lieber Dinwiddie, in Wahrheit nicht. Es macht keinen Sinn, es zu verbergen…« Yancy gab ein theatralisches, trockenes Husten von sich. »Nein, lieber Herr, es geht mir schon seit einiger Zeit nicht gut. Doch jetzt, so fürchte ich, ist es noch sehr viel schlimmer geworden.«

»Lord Yancy… ich hatte keine Ahnung…«

»Ich habe es verbergen können, bisher. Habe mir eine Maske aufgesetzt. Nur hat es mich in den letzten Tagen schier überwältigt…«

»Es tut mir sehr Leid. Kann ich irgendetwas für Euch tun? Ihr habt uns gegenüber so viel Liebenswürdigkeit gezeigt…«

»Nein, nein, nichts. Vergesst, was ich für Euch getan habe. Liebenswürdigkeit ist mir nun mal gegeben.« Er hustete erneut. »Es ist die Schwindsucht, wie ich fürchte. Dagegen lässt sich nichts machen.«

Schweigend saßen sie einen Moment lang da, während Yancy vorgab, seine Kraft zu sammeln. »Peleg, wenn ich so kühn sein darf, Euch so zu nennen…«

»Bitte, Mylord, es ist mir eine Ehre.«

»Peleg, mir ist kein langes Leben mehr vergönnt, und ich bereue nichts. Etwas jedoch fürchte ich mehr als alles andere. Mein Königreich, alles, wofür ich gearbeitet habe, wird verloren gehen, sofern ich es nicht einem verlässlichen

Mann hinterlasse, der es lenkt und leitet …« Wieder hustete er, tupfte sich den Mund mit seinem Taschentuch, das voller Schweineblut war.

»Euer Mann, dieser Nagel, macht einen vernünftigen Eindruck.«

Yancy winkte ab. »Henry ist ein guter Mann, ein guter Leutnant, aber er ist kein Kapitän, kaum geeignet, ein solches Kommando zu übernehmen. Schier verzweifelt war ich, den richtigen Mann zu finden, bis Euer Schiff eintraf und ich Euch und Captain Marlowe kennen lernte, zwei Männer mit eben jenen Qualitäten, die ich suche.

Marlowe jedoch ist ein Seemann, würde sein Schiff nie verlassen, und nichts anderes würde man von ihm erwarten. Ihr jedoch, Sir … Ihr besitzt die Qualitäten eines Kapitäns, eines Anführers, und dennoch seid Ihr nur der zweite Kommandeur. An Bord eines dieser Rotmeerpiraten. Vermutlich hat selbst der Quartermaster in Wahrheit mehr Befehlsgewalt als Ihr. Habe ich Recht?«

Yancy sah an Dinwiddies Miene, dass er tatsächlich richtig lag und mit dieser Beobachtung den Nerv getroffen hatte. »Ich könnte in Frieden scheiden, Peleg, wenn ich wüsste, dass ein Mann wie Ihr zu meinem Nachfolger ernannt wäre …«

Dinwiddie lehnte sich zurück, wandte sich ab, sah Yancy wieder an. Schüttelte den Kopf, als könne das ihm helfen, zu begreifen. »Fragt Ihr mich, Sir … Ihr wünscht Euch … dass ich von Euch dieses Königreich übernehme?«

»Ja. Genau das wünsche ich mir. Ich wünsche, dass es das Eure wird.«

»Aber … Mylord … das ist ja ein Ding! Ich bin geschmeichelt, mehr als das … aber Ihr kennt mich erst seit einer Woche …«

Müde schüttelte Yancy den Kopf. »Ich bin nicht so weit

gekommen, weil ich ein Narr bin, Sir. Ich kenne die Menschen, ich kann den Charakter eines Mannes innerhalb einer Stunde einschätzen, von einer Woche ganz zu schweigen. Ich sehe, dass Ihr der Mann seid, den ich suche.«

»Ich… ich weiß nicht, was ich sagen soll…«

»Diese ganze Insel, all ihre Reichtümer, werden Euch gehören.«

»Mir fehlen die Worte, Sir. Die *Elizabeth Galley* und Marlowe…«

»Man weiß Euch dort nicht so zu schätzen wie hier. Aber hört mich an: Ich weiß, es ist sehr viel verlangt, eine große Verantwortung, die ich auf Eure Schultern lade. Ihr sollt darüber schlafen.«

Unbeholfen erhob sich Yancy, und Dinwiddie sprang auf, um ihm zu helfen. Als Yancy stand, winkte er ab. »Ihr werdet diese Nacht mein Gast sein. Kommt mit.«

Yancy schlurfte den Korridor entlang, und Dinwiddie folgte ihm. Schließlich kamen sie an eine große Tür, die Yancy aufstieß. Im Zimmer dahinter befand sich ein ganzes Dutzend eingeborener Mädchen, nur leicht bekleidet. Einige lagen auf dem großen Bett, einige bürsteten ihr Haar, andere ließen Wasser für ein Bad ein. Sie alle blickten auf und lächelten erfreut, als sie Yancy und Dinwiddie sahen.

»Das ist mein Harem, das sind meine süßen Mädchen…«, sagte Yancy. »Sie werden mir am meisten fehlen. Heute Nacht jedoch, mein lieber Peleg, werden sie Euch zu Diensten sein. Und morgen früh teilt Ihr mir Eure Entscheidung mit.«

Sanft schob er den verdutzten Dinwiddie ins Zimmer, dann schloss er die Tür und schritt zielstrebig den Korridor entlang, ließ seinen Umhang mit dramatischer Geste hinter sich flattern. Es bestand nicht ernstlich die Notwendigkeit, Dinwiddies Antwort abzuwarten.

15

Marlowe spürte, dass ihm die Kontrolle über die Lage entglitt, nach und nach, wie Wasser, das durch seine Hände rann.

Die *Elizabeth Galley* war repariert und verproviantiert, Kanonen waren an Bord gehoben und an den Stückpforten vertäut. Mittlerweile tauchten Yancys Männer morgens nicht mehr auf. Nagel war gekommen und hatte darauf bestanden, dass sie ihren Ankerplatz weiter hinüber zur Hafeneinfahrt verlegten. Dinwiddie war verschwunden.

Marlowes Steward kam zu ihm, stammelte: »Ich habe das ganze Schiff abgesucht, Sir, bis hinunter zum Kabelgatt – Mr. Dinwiddie ist nicht an Bord.«

»Gestern ist er an Land gegangen«, sagte Marlowe. »Um die Mittagszeit, glaube ich. Seither habe ich ihn nicht gesehen.«

»Burgess hatte das Boot. Er sagt, er hätte gesehen, wie ihm einer der Eingeborenen einen Brief übergeben hat«, fügte Honeyman hinzu.

Diese ganze Diskussion fand statt, während die drei Männer auf dem Achterdeck standen und die inzwischen vertraute Gestalt Henry Nagels betrachteten, der mit einem kleinen Boot der *Elizabeth Galley* entgegenruderte.

»Nun, das ist mehr als sonderbar«, sagte Marlowe. »Ginge es um irgendeinen anderen, würde ich vermuten, dass er sturzbetrunken in einem Hurenhaus liegt, aber das klingt mir nicht nach Dinwiddie.«

Nagels Boot kam längsseits, und Nagel kletterte an Bord, ohne einen Gruß oder die Bitte, heraufkommen zu dürfen. Er kam nach achtern, lächelnd, nickte zum Gruße. Doch lag eine gewisse Schärfe in seinem Verhalten, die Marlowe vorher nicht aufgefallen war. Er fragte sich, ob es nur seine Einbildung war.

»Zum Gruße, Nagel, was führt Euch hierher?«, fragte Marlowe.

»Lord Yancy schickt mich. Er möchte, dass Ihr mit ihm zu Abend speist, ein letztes Mal, bevor Ihr in See stecht.«

»Habe ich gesagt, dass ich in See stechen will?«

Nagel machte ein verdutztes Gesicht. Marlowe nahm leisen Ärger wahr. »Ihr seid gut ausgerüstet, habt Proviant an Bord …«

»Nur scheine ich meinen Ersten Offizier verloren zu haben.«

Nagel strahlte. »Oh, Mr. Dinwiddie ist Lord Yancys Gast und über Nacht im großen Haus geblieben. Wenn Ihr zum Essen kommt, werdet Ihr ihn wieder sehen.«

Marlowe nickte. »Ich sehe es nicht gern, wenn man meine Leute so einfach verschwinden lässt. Das solltet Ihr Lord Yancy mitteilen.«

Nagel richtete sich auf, verschränkte seine Arme. Sein Blick zuckte zu den Geschützen hinauf, die den Eingang zum Hafen überschauten. Mit ihren Kugeln konnten die großen Kanonen die *Elizabeth Galley* ohne weiteres versenken. Sie waren so nah, dass sie nicht einmal genau zielen mussten, um tödlichen Schaden anzurichten.

Marlowe war aufgefallen, dass am Flaggenmast der Batterie eine Fahne flatterte, zum ersten Mal seit ihrer Ankunft.

Er wusste nicht, ob Nagels Blick eine unwillkürliche oder eine absichtliche Drohung gewesen war, doch begriff er sehr wohl, was gemeint war. Er war aus freien Stücken in die Höhle des Löwen gekommen, hatte sich der Gastfreundschaft des gefährlichen und unberechenbaren Raubtiers erfreut. Jetzt blieb ihm nur, zu gehen, wenn man es ihm gestattete.

»Verzeiht, ich bin heute nicht recht bei mir«, sagte Marlowe. »Selbstverständlich wäre ich hocherfreut, Lord Yancy zum Abendessen meine Aufwartung zu machen.«

»Gut. Auch Eure Offiziere, wenn sie mögen. Und Mylord wären tief enttäuscht, wenn er Eurer Frau nicht persönlich Lebewohl sagen könnte.«

»Selbstverständlich.« Marlowe lächelte. *Schweinehund.*

Er dachte an die Batterie dort oben, überlegte, ob er ihr entkommen konnte oder nicht. Der Wind wehte nur schwach, und es war auflaufendes Wasser. Niemals würde er es aufs offene Meer hinaus schaffen, außer Reichweite der seewärts gerichteten Kanonen.

»Tatsächlich wollte ich heute Abend mit der Flut auslaufen«, improvisierte er, »nur möchte ich Seine Lordschaft nicht kränken, indem ich mich vorzeitig vom Diner empfehle ...«

»Ich denke, das sollte kein Problem sein. Er möchte Euch nur in aller Form Lebewohl sagen, dann steht es Euch frei, die Segel zu setzen.«

Marlowe geleitete den großen Mann zur Reling. *Steht es Euch frei, die Segel zu setzen.* Die Aussage ließ keinen Zweifel daran, wer auf St. Mary's das Sagen hatte, wer die Kontrolle darüber hatte, wer kam und ging.

Wir müssen nur die kommenden Stunden überstehen, dachte Marlowe, *dann stechen wir in See.*

Fast herrschte schon Flaute, als sie über die mittlerweile wohlvertraute Straße liefen, den Hügel hinauf zu Yancys Kommandozentrale. Nagel ließ sie herein, führte sie in den Großen Saal. Marlowe, Elizabeth und Bickerstaff. Wo Dinwiddie war, konnte Marlowe nicht sagen. Was ihnen im Lauf der kommenden Stunde widerfahren mochte, wollte er sich lieber nicht vorstellen.

Yancy saß wie üblich am Kopfende des großen Tisches, lümmelte auf seinem Stuhl, starrte leeren Blickes auf einen Fleck im Holz. Er hörte den Lärm seiner Getreuen beim Essen. Er hatte sie nicht auf Marlowe und seine Gefährten warten lassen. Sie sahen aus, als interessierten sie sich einzig und allein dafür, ihre Mahlzeit zu vertilgen, doch wusste er, dass sie ihre Rollen gut spielen würden.

Er blickte auf, als die große Tür in ihren Angeln knarrte. Marlowe trat ein, dahinter die charmante Elizabeth, dann Bickerstaff. Nagel ragte hinter ihnen auf, wie eine Flutwelle, die sie vor sich her trieb.

»Ah, willkommen, willkommen«, sagte Yancy, doch brachte er keine große Begeisterung mehr auf. Fast war er mit ihnen fertig.

Er sah, dass sich sein Stimmungswandel auf Marlowes argwöhnischer Miene widerspiegelte.

»Ich danke Euch, Mylord«, sagte Marlowe und verneigte sich leicht. Yancy deutete auf die Plätze, die Marlowes Gesellschaft an den anderen Abenden eingenommen hatte, und sie setzten sich. Yancy schnippte mit den Fingern, und die eingeborenen Diener servierten eilig und schweigend wie Verschwörer.

»Euer Schiff scheint wieder tipptopp zu sein. Ich fürchte, Ihr werdet uns bald verlassen«, bemerkte Yancy. Er hatte sich Mühe gegeben, enttäuscht zu klingen, zumindest interessiert, doch brachte er es nicht zustande. Nie fand er die Energie, Leute zu beschwichtigen, mit denen er fertig war.

»Das hatte ich gehofft, Mylord, nur scheint mir mein Erster Offizier verlustig gegangen zu sein.«

In seinem Tonfall lag ein unterschwelliger Vorwurf, so dass sich Yancy etwas aufrechter hinsetzte und Marlowe scharf ansah, der seinen Blick jedoch erwiderte, ohne mit der Wimper zu zucken. Die beiden Männer starrten einander eine Weile an, Yancy böse und etwas verunsichert. Dieser Mann war nicht ausreichend eingeschüchtert.

»Mr. Dinwiddie befindet sich in meinem Haus«, sagte Yancy und entspannte sich ein wenig. »Er ist mein Gast. Tatsächlich hat er sich entschlossen, bei mir zu bleiben. Ich fürchte, Ihr werdet ohne seinen Beistand reisen müssen.«

Marlowe kniff die Augen zusammen. »Er hat sich entschlossen, hier zu bleiben? Weshalb sollte er das tun?«

»Diese Insel empfiehlt sich dem näheren Betrachter mit manchem Reiz. Dinwiddie ist keineswegs der Erste, der gern bleiben möchte. Ich glaube, er fühlte sich an Bord Eures Schiffes nicht richtig gewürdigt.«

Er sah, dass seine Worte Marlowe erreichten, dass Marlowe nach einer Antwort suchte. Schließlich sagte Marlowe: »Das würde ich gern von Dinwiddie persönlich hören, wenn Ihr so freundlich wärt.«

»So freundlich bin ich nicht, Marlowe, und weder Eure Worte noch Euer Ton gefallen mir. Heißt Ihr mich einen Lügner?«

Wieder starrten die beiden einander an, versuchten sich gegenseitig mit ihren Blicken niederzuringen. Doch nun schoben die anderen am Tisch, Yancys Getreue von der *Terror*, ihre Teller beiseite und zeigten Interesse an der Auseinandersetzung. Die anderen, die überall im Raum postiert standen, bewaffnete Wachen, verschränkten die Arme oder legten die Hand an Schwertknauf und Pistole. Die Bedrohung war Marlowe nicht entgangen. Yancy sah, dass Marlowes Blick durch den Raum schweifte, seine niederschmetternde Chancenlosigkeit zur Kenntnis nahm.

»Nein, ich heiße Euch keinen Lügner, Sir. Allein die Sorge um meine Männer lässt mich derart … vorschnell sprechen.«

»Ich verstehe, Captain. Solcherart Rührseligkeit ist bewundernswert, sogar notwendig für einen wahren Anführer. Ich empfinde ebenso. Das ist auch der Grund, weshalb mir meine Männer unbeirrbar treu ergeben sind.« Er ließ die unterschwellige Warnung im Raum stehen.

Dinwiddie war gut versorgt, wie Yancy wusste, und hatte keine Ahnung, dass Marlowe ein Stockwerk unter ihm im Großen Saal saß.

Der zukünftige Lord von St. Mary's bereitete sich in diesem Augenblick auf das Abendessen vor, ließ sich von einem halben Dutzend Mädchen aus Yancys Harem baden und mit Öl einreiben. Mit der einen oder anderen mochte er noch vor dem Abendessen sein Lager geteilt haben, doch war er viel zu ausgelaugt vom Morgen und der Nacht zuvor, als dass er fleischlich tätig werden konnte.

Yancy hatte ihm einige Stunden nach Sonnenaufgang ein üppiges Frühstück bringen lassen, ihm Zeit gegeben, es zu genießen, und ihn dann zu sich gerufen. Ein lächelnder, jovialer Dinwiddie traf Yancy einmal mehr in seinem Ohrensessel an, wiederum als Mann, der bald schon an der Schwindsucht sterben sollte.

»Nun, Sir? Hattet Ihr Gelegenheit, darüber nachzudenken?«, fragte Yancy zwischen zwei Hustenanfällen.

»Hatte ich, Mylord. Ihr tut mir große Ehre an. Mir scheint, ich wäre undankbar, wenn ich nicht annehmen würde.«

»Gut, gut. Ihr macht mich glücklich, Sir. Bald schon werde ich gehen und Euch als Lord dieser Insel zurücklassen. Ich möchte mich meiner Pflichten entledigen, um mich meinen Gebeten widmen zu können.«

»Aber natürlich. Ich verstehe vollkommen«, sagte Dinwiddie, und Yancy sah zufrieden, dass der dicke Mann in Wahrheit kein Wort verstand.

Marlowe wäre nicht so leicht zu täuschen. Deshalb konnte er nicht zulassen, dass Dinwiddie mit ihm sprach.

Allerdings war Dinwiddie das kleinere Problem. Yancy konnte nur hoffen, dass Marlowe, wie die meisten Menschen, zunächst seinem Selbsterhaltungstrieb folgen würde, bevor er sich um andere Angelegenheiten kümmerte.

»In jedem Fall, Captain Marlowe, möchte ich Euch gegenüber keine scharfen Worte wählen. Schließlich seid Ihr mein Gast. Habe ich Euch während Eures Aufenthaltes auf der Insel nicht wahre Gastfreundschaft angedeihen lassen?«

»Ja, Sir, das habt Ihr. Und dafür bin ich dankbar.«

Yancy winkte ab, als verscheuchte er eine Fliege. »Es war mir ein Vergnügen, und doch fürchte ich, dass eben jene Gastfreundschaft Euren guten Dinwiddie gelockt hat. Aber hört mich an, ich denke, ich könnte Euch noch einen weiteren Dienst erweisen.«

»Ja?«

»Nun, Captain, was Ihr da beabsichtigt … ins Rote Meer zu segeln, den Großmogul zu plündern … Ich habe einige Erfahrung in dieser Hinsicht. Es ist eine sehr gefährliche Angelegenheit, dessen kann ich Euch versichern. Kein guter Ort für eine Frau. Darf ich vorschlagen, dass Eure liebreizende Gattin hier bleibt, als mein Gast, während Ihr auf Euren Raubzug geht? Sie wäre hier in Sicherheit, das kann ich wohl beteuern. In jedem Fall sicherer als auf Eurem Schiff. Ihr wollt nicht wissen, was diese Barbaren einer christlichen Frau antun, sobald sie einer habhaft werden. Ihr könntet nach Herzenslust den Marodeur des Roten Meeres spielen und dann auf dem Heimweg vorbeischauen und die schöne Elizabeth wieder abholen.«

Während seiner Ansprache sah Yancy, dass Marlowes Augen immer schmaler wurden, dass Marlowe erstarrte, sah den Zorn, den er zu bändigen versuchte. Er sah, wie sich Marlowe nach den Wachen umblickte, die immer näher rückten, die Männer am Tisch, die ihn beobachteten, von denen einige aufgestanden, zurückgewichen waren, um Raum zum Kämpfen zu bekommen. Die Drohung war offensichtlich, die Möglichkeiten – oder besser: der Mangel an Möglichkeiten – deutlich.

Yancy lehnte sich zurück, betrachtete Marlowe, während sich dieser seine Chancen durch den Kopf gehen ließ.

Natürlich hätte er Marlowe töten können, wann immer er wollte, hätte sein Schiff versenken oder nur mit einem Wort nehmen können. Doch fürchtete er, in Dinwiddies Brust mochte ein letzter Funke Loyalität glimmen. Wenn er Marlowe tötete, würde er Dinwiddie möglicherweise als Strohmann verlieren.

Ungeachtet dieses Risikos musste er Elizabeth haben. Sie war ein Geschenk des Himmels. Da hatte er an all die hübschen, blonden Mädchen gedacht, die er zurücklassen musste, und schon segelte sie mitten in sein Königreich. Er war von ihr besessen, dachte unablässig an sie, seit er sie das erste Mal gesehen hatte. Sie war nicht dafür geschaffen, die Frau eines kleinen Niemands wie Marlowe zu sein. Sie sollte Königin sein, und deshalb hatte Gott sie ihrem König geschickt.

»Lord Yancy«, sagte Elizabeth eben, »ich danke für Euer Angebot und Eure Sorge um meine Sicherheit. Wirklich. Aber mein Gatte und ich segeln nun schon so viele Monate gemeinsam, dass ich mir gar nicht vorstellen kann, von ihm getrennt zu sein.«

»Nein, nein, es ist viel zu gefährlich für Euch.« Yancy beugte sich vor und tätschelte tröstend ihre Hand. Zorn sprach aus ihrem Blick, doch darüber würde sie hinwegkommen. »Ihr müsst bei mir bleiben.«

»Ich möchte nicht bei Euch bleiben«, presste sie hervor.

»Aber Ihr müsst. Ich bin überzeugt, dass Captain Marlowe mir Recht geben wird.« Er sah zu Marlowe hinüber, der sich im Raum umblickte, die zwei Dutzend schwer bewaffneten Männer zwischen sich und der Tür betrachtete, seine, Bickerstaffs und Elizabeths Chancen abwägte, sich den Weg freikämpfen zu können. Sie würden es niemals schaffen, und Yancy war sicher, dass Marlowe nicht Manns genug war, sein eigenes Leben für die Ehre irgendeines Weibsbildes zu opfern.

»Nun, vielleicht habt Ihr Recht, Mylord…«, sagte Marlowe, während er sich noch immer im Raum umsah.

»Natürlich habe ich das. Ihr werdet… zwei Monate getrennt sein, länger nicht. Aber seht doch, Captain, ich glaube, wir haben ablaufendes Wasser, und der Wind steht günstig. Ich denke, die Gelegenheit solltet Ihr nutzen, hm? Nagel, würdet Ihr Captain Marlowe und Mr. Bickerstaff zum Anleger begleiten?«

»Jawohl, Mylord«, sagte Nagel und trat hinter die beiden. Irgendwann in der letzten Stunde hatte er sich ein Entermesser und ein Paar Pistolen beschafft.

»Nun gut, dann also…« Marlowe stand auf, verneigte sich leicht vor Yancy. »Ich danke noch einmal für Eure Gastfreundschaft. Komm, Francis, wir sollten uns auf den Weg machen.« Er küsste Elizabeth zärtlich auf die Wange. »Du bist hier in guten Händen, und in einigen Monaten bin ich wieder da, meine Liebe. Auf ein baldiges Wiedersehen.«

Elizabeth sah ihn gehen, sprachlos, perplex, aber Yancy wünschte ihm von ganzem Herzen eine gute Reise. Er war nicht überrascht. Er kannte die Männer und wusste, dass Marlowe die richtige Entscheidung treffen würde.

Zwei Stunden nach Sonnenuntergang kam Nagel wieder. Yancy wartete auf der breiten Veranda. Er nickte, während er Nagels Bericht lauschte, wie er Marlowe und Bickerstaff an Bord begleitet, wie er darauf bestanden hatte, sie persönlich mit dem Ruderboot hinüberzubringen.

Schweigend standen Yancy und Nagel eine Weile da, sahen, wie die *Elizabeth Galley* aus dem Hafen fuhr. Der Mond war hell genug, so dass sie deutlich sehen konnten, wie der Wind in ihre Marssegel ging, ganz wenig nur, in der leichten Brise. Wind und Tide trugen sie dahin, vorbei an der Meute morscher, verfallener Piratenschiffe, vorbei an der breiten Reede und schließlich an der Südspitze der Insel vorüber.

Yancy sah ihr nach, bis die große Hecklaterne einmal blinkte und dann hinter der Landzunge nicht mehr zu sehen war. Selbst wenn er jetzt umkehren wollte, konnte Marlowe nicht gegen Wind und Strömung segeln. Er war weg.

Yancy dachte an den Dummkopf Dinwiddie, dem die Haremsmädchen zu Willen waren, doch der Gedanke störte ihn nicht im Geringsten. Dinwiddies Freude glich dem Glück, das Schweine empfanden, wenn man sie zum Schlachten mästete.

Er brauchte keine Haremsmädchen. Er hatte Elizabeth. Sie war in einem Zimmer am Ende des Korridors, eingeschlossen, wartete, dass er sich ihr widmete. Und es würde ihm ein Vergnügen sein.

Sie würde sich wehren, daran hegte er keinerlei Zweifel. Sie war feurig, nicht wie die frommen Kreaturen, die auf dieser Insel geboren waren. Doch das wollte er, das brauchte er. Er sehnte sich nach Herausforderung, hatte als oberster Herrscher auf St. Mary's ohnehin nicht viel davon. Sie würde sich wehren, sie würde unterliegen, und schließlich wäre sie gebrochen und wäre endlich sein.

Er spürte, wie seine Erregung wuchs, bei dem bloßen Gedanken daran, was die kommende Nacht für ihn bereithielt.

Elizabeth stand auf dem kleinen Balkon des Zimmers, in das man sie gesperrt hatte. Sie sah der *Elizabeth Galley* nach.

Elizabeth Galley. Ihr wurde übel, wenn sie an die Ironie dachte, die in diesem Namen lag. Der bloße Gedanke daran, wie Marlowe aufstand und sich huldvoll von ihr verabschiedete, machte sie krank.

Es war nicht Zorn, nicht Bestürzung, nicht Verwirrung. Nichts von alledem konnte beschreiben, was sie empfand. Sie wollte fliehen, Mauern zum Einsturz bringen. Sie wusste nicht, wie ihr zumute war. Alles war so unwirklich. Dieser Verrat übertraf alle Vorstellung.

Sie sah, wie die große Hecklaterne der *Galley* hinter der Landspitze verschwand, und da wusste sie, dass sie allein war. Sie drehte sich um und ließ ihren Blick über die Mauern des Hauses schweifen, überlegte, ob sie vom Balkon klettern und fliehen sollte. Doch die Mauern waren glatt, es gab nichts, woran man sich festhalten konnte. Hier konnte sie sich nur zu Tode stürzen.

Sie sah zu den Felsen hinab, mattes Grau im Mondschein. Offensichtlich glaubte Yancy nicht, dass sie es tun würde, sonst hätte er ihr nicht dieses Zimmer mit Balkon gegeben. Vielleicht sollte sie ihn überraschen. Sie überlegte, ob der Sturz sie töten oder nur grausam verkrüppeln würde.

Sie beugte sich über das Geländer, versuchte sich zum Springen zu bewegen, doch dann richtete sie sich auf und stieß sich zurück. So war sie nicht. Wenn sie sich bisher nicht umgebracht hatte, dann würde sie es auch jetzt nicht tun. Offenbar hatte Yancy sie durchschaut, so wie er auch Marlowe durchschaut hatte.

Nein, das ist unmöglich! Thomas würde mich nie im Stich lassen!

Sie konnte es nicht fassen, und doch wusste sie, dass Nagel ihn zu seinem Schiff begleitet hatte, und sie selbst hatte gesehen, wie das Schiff davongefahren war.

Er muss irgendeinen Plan haben. Der Thomas, den sie kannte, würde sie niemals verlassen.

Thomas, der ehemalige Pirat? Sein ganzes Leben ist eine Lüge, selbst sein Name. Wieso sollte es um seine Loyalität mir gegenüber anders bestellt sein?

Thomas war fortgesegelt, hatte sie allein gelassen. Nun war es keineswegs das erste Mal in ihrem Leben, dass man sie verlassen hatte und sie für sich selbst sorgen musste. Sie hatte früher überlebt, und sie würde heute überleben. Kraft ihres Verstandes und ihrer Stärke würde sie am Leben bleiben. Verflucht sollte Thomas Marlowe sein.

16

Duncan Honeyman bestand darauf, mitzukommen. Flehte ihn tatsächlich an, und Marlowe hätte nicht überraschter sein können.

Marlowe dachte, er müsse sich zwischen Elizabeth und der *Elizabeth Galley* entscheiden. Er vermutete, Honeyman sähe darin seine große Chance, da Dinwiddie nun Gott weiß wo steckte und weder der Kapitän noch Bickerstaff an Bord waren. Er musste sich die *Galley* samt Kanonen, Pulver, Munition und Proviant nur nehmen.

Marlowe hatte geplant, Honeyman das Kommando zu übertragen, ihm den Befehl zu geben, sie im Morgengrauen abzuholen, doch hatte er nicht geglaubt, dass Honeyman es tatsächlich tun würde. Er erwartete, dass man ihn im Stich ließ, plante insgeheim schon, mit Bickerstaff und Elizabeth in einem offenen Boot nach Madagaskar überzusetzen. Das Risiko musste er eingehen.

Als sie unter Nagels wachsamen Blicken wieder an Bord

geklettert waren, hatte Marlowe den Befehl gegeben, Anker zu lichten und Marssegel zu setzen. Sie fuhren aus dem Hafen, ohne dass ein Wort gesprochen wurde, abgesehen von dem, was nötig war, um das Schiff zu bewegen.

Als sie die Landspitze schließlich umfahren hatten, kam Honeyman zu ihm. »Captain? Wo ist Dinwiddie? Und wo ist Mrs. Elizabeth?«

»Dinwiddie hat es vorgezogen, dort zu bleiben. So zumindest scheint es. Meine Frau wurde als Geisel genommen. Bitte sorgt dafür, dass das Beiboot an Steuerbord zu Wasser gelassen wird, so leise wie möglich. Ich möchte nicht, dass irgendwer auf der Insel etwas davon sieht. Bickerstaff und ich holen meine Frau. Ihr übernehmt das Kommando über mein Schiff, bis wir wiederkommen.«

Einen Moment lang rührte sich der Quartermaster nicht, sagte kein Wort, was Marlowe ärgerte. Schließlich sagte er: »Ich komme mit.« Mehr nicht.

»Nein«, sagte Marlowe.

»Niemand in Yancys Haus wird mich erkennen. Alle dort kennen Euch und Bickerstaff. Ihr braucht mich.«

Sie stritten noch eine Minute lang, und schließlich gab Marlowe nach. Honeyman wollte unbedingt dabei sein.

Marlowe hatte stets geglaubt, Dinwiddie würde ihm zur Seite stehen, Honeyman ihm aber ein Messer in den Rücken rammen. Er fragte sich, ob er seine Fähigkeit, Menschen zu durchschauen, langsam verlor. Sie hoben das Beiboot über die Reling, und Marlowe gab Flanders, der nun das Kommando über das Schiff hatte, letzte Anweisungen. Honeyman stieg ins Boot hinab, Bickerstaff war bereit, ihm zu folgen, da trat Burgess heran, mit einem Entermesser und zwei Pistolen behängt, einem Proviantbeutel an seiner Seite. Standfest wie ein Denkmal sah er aus. »Boote sind schneller, wenn vier Mann rudern«, sagte er nur.

Marlowe sah Bickerstaff an, und Bickerstaff nickte. »Na, schön, kommt runter«, sagte Marlowe.

Sie stießen von der Bordwand der *Elizabeth Galley* ab und ließen sie passieren, schwankten im Fahrwasser; dann ruderten sie zum Ufer hinüber, je zwei Mann auf einer Seite, ein dunkles Boot, unsichtbar auf dunklem Wasser.

Zwanzig Minuten dauerte es, bis sie das Ufer erreichten. Honeyman sprang ins Wasser, das ihm bis an die Knie reichte, zog das Boot weiter hinauf. Dann sprangen die anderen hinaus und zogen das Boot auf den einsamen Strand, hoben es halb an, damit der Kiel nicht im Sand knirschte.

Vorsichtig setzten sie das Boot ab, dann rannten sie zu den Bäumen und liefen in deren Schatten den Lichtern entgegen, an denen das Piratennest zu erkennen war, etwa eine halbe Meile entfernt.

Marlowe und Bickerstaff trugen geliehene Kleider – Matrosenhosen und Hemden voller Teerflecken, Schärpen, verbeulte Dreispitze. Marlowe trug die hohen Stiefel und den ausgeblichenen, blauen Rock mit den gekreuzten Gurten, die er seinerzeit als Seeräuber aufgehoben hatte. Die Kleider vermittelten Kraft und Entschlossenheit. Es war ein gutes Gefühl gewesen, die geckenhaften Sachen abzulegen, die er bei Yancys Diner hatte tragen müssen, und diese alten, löchrigen, abgewetzten Kleider anzuziehen. Sie waren ihm wie eine Rüstung, in der er sich gut wehren konnte.

Honeyman und Burgess trugen ihre üblichen Kleider, dazu ein paar Waffen, die an ihren Gürteln und den gekreuzten Gurten vor der Brust hingen. So lange man sie nicht erkannte, würden sie keine Aufmerksamkeit erregen.

Endlich kamen sie zur Hafenstraße, noch im Unterholz, wo sie sich im Dschungel zu verlieren schien. Honeyman lief voraus, spähte die Straße entlang, und als er sah, dass die Luft rein war, winkte er den anderen.

Sie traten aus den Büschen hervor, marschierten mitten auf der Straße; Heimlichtuerei würde Aufmerksamkeit erregen. Hundert Meter waren sie von der Kreuzung entfernt, von wo es bergauf zu Yancys Haus ging. Aus der Ferne hörten sie den Lärm der nächtlichen Gelage: Gebrüll, Musik, Schreie von Frauen und Schüsse.

Sie blieben stehen, und Burgess zog eine Flasche Rum aus seinem Beutel, entkorkte sie und ließ sie kreisen, während sie leise miteinander sprachen.

»Der Zaun ist ziemlich stabil, so weit ich sehen konnte«, bemerkte Honeyman. »Glaube kaum, dass es da irgendwo eine Lücke gibt.«

»Ich habe zehn Faden Leine in meinem Beutel«, sagte Burgess. »Wenn wir eine dunkle Stelle finden, könnten wir leicht hinübersteigen.«

»Das dürfte eine ziemliche Kletterpartie werden. Das Haus wurde an einer verdammt guten Stelle gebaut, was die Verteidigung angeht.«

»Nein«, sagte Marlowe. Seine Angst um Elizabeth wuchs mit jeder Sekunde, so dass er sich kaum beherrschen konnte. Still zu stehen machte ihn ganz wild. »Keine Zeit für hübsche Pläne. Wir gehen direkt durchs Tor.«

Die anderen sahen ihn an. Burgess nickte leicht. Marlowe sah keinen Widerspruch in ihren Gesichtern.

»Dennoch müssen wir vorsichtig sein«, sagte Bickerstaff. »Sie sind uns zahlenmäßig überlegen, mindestens zehn zu eins. Es wird Elizabeth nichts nützen, wenn man uns niedermetzelt. Tatsächlich dürfte es ihre Lage nur verschlimmern.«

»Na gut. Vorsichtig. Aber wir gehen direkt hinein.«

Marlowe lief voraus, die Straße entlang. Er und Bickerstaff zogen die Hüte tief ins Gesicht, und sie alle gingen leicht unsicheren Schrittes, als sie an den schäbigen Tavernen, den Zeltbordellen und den Männern vorüberkamen, die ums offene Feuer saßen, tranken und aßen. Es roch nach Holzrauch, verschossenem Pulver, kochendem Fleisch, Rum und ungewaschenen Männern. Keiner machte eine Bemerkung, niemand schien sie zu bemerken, als sie vorübergingen.

Auf halbem Weg den Hügel hinauf blieb Honeyman stehen. »Captain, man kennt Euch im Haus, aber Burgess und ich, wir waren noch nicht dort. Was haltet Ihr davon, hier mit Mr. Bickerstaff zu warten, während wir uns um die Hundesöhne oben am Tor kümmern?«

Marlowe zögerte. Er wollte nicht stehen bleiben. Doch was Honeyman sagte, machte Sinn. »Also gut. Aber schnell.«

Marlowe und Bickerstaff traten neben die Straße, standen halb verborgen hinter einer dicken Palme, die sich dort in die Nacht erhob. Sie beobachteten, wie die beiden die Straße hinauftaumelten, bis sie sich in der Dunkelheit verloren. Das bewachte Tor war etwa fünfzig Meter entfernt.

Die Nacht war still, der Lärm vom Gelage am Fuße des Hügels klang gedämpft, und Marlowe hörte, wie die Wache Honeyman und Burgess stellte. Danach war es still, dann folgte schallendes Gelächter. Wieder Stille, und dann hörte Marlowe ein Geräusch, als ginge jemandem die Luft aus. Noch eine Minute, und dann kam Burgess' Stimme aus dem Dunkel. »Alles in Ordnung, Captain«, sagte er nur.

Marlowe und Bickerstaff traten aus dem Unterholz und eilten den Hügel hinauf. Das Tor im Palisadenzaun zeichnete sich ab, war im Lichtkreis der Laterne zu erkennen, die an einem Haken vor dem großen Tor hing.

Einer der Wächter stand noch da, kampfbereit, wie Marlowe es nicht anders erwartet hatte. Dann merkte er, dass es Honeyman war. Eine weitere Wache saß an das große Tor gelehnt, in entspannter Haltung, wie Piratenwachen sie gewöhnlich zeigten. Seine Augen standen offen. Der Lichtschein glitzerte auf dem Blut, von welchem Hemd und Rock besudelt waren.

Burgess, Marlowe und Bickerstaff mieden den Lichtkreis und traten durch das Tor in den Schatten der Palisaden.

Zu ihrer Linken ragte der Bankettsaal zwei Stockwerke hoch auf. Die hohen Fenster schimmerten im Licht der eisernen Kronleuchter, welche von den groben Deckenbalken hingen. Sie hörten den dumpfen Lärm der Orgie, da Yancys Getreue ihren abendlichen Verlustierungen nachgingen. Soweit sie sehen konnten, brannte im ersten Stock in drei Zimmern Licht, im zweiten Stock in zweien.

»Irgendwo dort könnte sie sein«, sagte Marlowe und nickte zu den beleuchteten Fenstern hinüber. »Oder auch nicht.«

»Es gibt nur eine Möglichkeit, es herauszufinden«, sagte Burgess. »Kommst du, Honeyman, oder stehst du Wache?«

»Komme schon.«

Die vier Männer liefen am Palisadenzaun entlang, hielten sich im Schatten. Sie kamen zur Ecke des Gebäudes, hielten inne, kauerten im Dunkeln, lauschten nach Wachen, die auf dem Grundstück patrouillierten. Abgesehen von den Feierlichkeiten im Bankettsaal und unten im Ort war nichts zu hören.

»Versuchen wir es mit der Tür«, sagte Honeyman. Er stand auf und spazierte auf die Haustür zu, ohne Eile, ohne sich zu verstecken, zielstrebig und etwas schlenkernd, nicht wie ein Eindringling, sondern eher wie ein Betrunkener, den es nicht kümmerte, ob er ein Recht hatte, dort zu sein, wo er war.

Die Steintreppe hinauf, und Marlowe konnte ihn eben noch im Schatten erkennen, als er erst an der einen Tür zog, dann an der anderen, dann an beiden gleichzeitig, bis er kehrt machte und wieder dorthin zurückmarschierte, woher er gekommen war.

»Verdammt«, sagte Marlowe leise. Sie würden einen anderen Weg hinein suchen müssen. Er sah sich die Front des Hauses an, stellte sich die Räume vor, die Yancy ihm gezeigt hatte.

Eine Stimme aus dem Dunkel ließ ihn aufschrecken. »Halt! Wer da?«

Honeyman war kaum mehr als ein Schatten vor dem grauen Haus. Marlowe merkte, dass er wartete. Und dann sah er über sich ein Licht aufblitzen.

Auf dem Balkon vor einem der Zimmer stand jemand mit einer Fackel in der Hand, ein großes, flammendes Ding: Elizabeth.

Er stand auf, trat einen Schritt vor, wusste nicht, was tun, ob er rufen oder schweigen sollte. Sie war zwei Stockwerke über ihm. Sie konnte nicht springen, und er konnte nicht zu ihr hinaufklettern.

Als er dort stand, gelähmt von seiner Unentschlossenheit, wandte ihm Elizabeth den Rücken zu, beugte sich über den Balkon und warf die Fackel in die Luft. Sie flog hoch, überschlug sich langsam und landete auf dem Strohdach.

Die Flamme schien zu ersticken, glimmte und flackerte schließlich auf, als das trockene Stroh Feuer fing. Der Wächter, der Honeyman gesehen hatte, vergeudete keinen Gedanken mehr an ihn, rannte zur Tür und schrie: »Feuer! Die verfluchte Schlampe hat das Dach angezündet! Feuer! Feuer!«

Honeyman lief hinüber in den Schatten, wo die anderen standen. Er grinste. »Schätze, wenn die Männer das hören, werden Sie Eure Frau an Eurer Stelle zum Kapitän machen, Marlowe«, sagte er.

»Schätze, sie würde ihre Sache wohl besser machen.«

Jemand öffnete die große Tür auf das Hämmern des Wachmannes hin. Leute liefen heraus, einige ums Haus herum, starrten zum Dach hinauf, das inzwischen lichterloh brannte. Chaos breitete sich unter den betrunkenen Männern aus. Mehrere brüllten Befehle, wobei jeder versuchte, die Lage in den Griff zu bekommen, und keiner auf den anderen hörte.

»Los«, sagte Marlowe und trat aus dem Dunkel. Dreißig oder vierzig Leute standen inzwischen auf dem Rasen herum, Piraten, Diener, Frauen. Ihre Aufmerksamkeit galt dem brennenden Dach. Niemand bemerkte die vier Männer am Rand des Lichtscheins.

Marlowe blieb stehen, zehn Schritte vor der Tür. So eine Menge unbemerkt zu passieren, war eine Sache, hineinzugehen eine andere. Er machte sich bereit, nahm eben Anlauf, als Nagel wie ein wilder Stier aus der Tür stürzte, sich im Laufen die Hosen anzog und mit donnernder Stimme das aufgeregte Geplapper und Durcheinander an Befehlen niederbrüllte.

»Hier, ihr feigen Hunde!«, donnerte er. »Zu mir! Holt Eimer! Holt Äxte, wir müssen das Dach runterhauen, bevor das ganze gottverdammte Haus in Flammen aufgeht!«

Er winkte, machte kehrt und stürmte ins Haus zurück, die anderen ihm hinterher. Jetzt hatten sie einen Anführer, und es würde nicht lange dauern, bis der Brand gelöscht war.

Der letzte Mann hastete an ihnen vorbei, und dann schlossen sich Marlowe und die anderen an, rannten hinein, die Hüte ins Gesicht gezogen, die Hände am Pistolenknauf.

Durchs hohe Foyer die Treppe hinauf... Nagel führte die Meute an. Dann wurde eine andere Stimme laut: Yancy. Marlowe blickte auf, ruckartig. Yancy stand oben an der Treppe, nackte Unterschenkel ragten aus den Kniebundhosen, das lange Hemd war lose, und er befahl Äxte und Eimer in den zweiten Stock.

Verdammt! Marlowe konnte unmöglich an Yancy vorbeilaufen, doch konnte er auch nicht zurückbleiben. Aber schon drehte sich Yancy zu seiner großen Erleichterung um und stürmte den Gang entlang, dem Feuer entgegen, und die vier Männer der *Elizabeth Galley* folgten ihm, bildeten die Nachhut.

Am hintersten Ende des Ganges gab es eine grobe Leiter, die unters Strohdach führte, und Nagel kletterte hinauf, ungeachtet der Gefahr, die das Feuer darstellen mochte, und die kühneren unter Yancys Männern folgten ihm. Schwappende Eimer wurden gebracht und weitergereicht.

»Hier entlang, glaube ich«, sagte Marlowe, und mit der Haltung von Männern, die auf besonderen Befehl hin handelten, drängten sie sich durch die Leute zum offenen Flur dahinter.

Yancy hatte die Männer zur Leiter geführt und war dann stehen geblieben. Marlowe glaubte kaum, dass er ins Dach hinaufsteigen würde. Yancy würde nicht seinen Hals riskieren, um das Feuer zu bekämpfen, nicht solange er genügend Männer hatte. Doch war er beschäftigt, spähte durch die Luke in der Decke, sah weder Marlowe noch Bickerstaff, obwohl sie nur drei Meter vor ihm standen, nur zwei unter dreißig Leuten, die sich in dem engen Raum drängten.

Marlowe sah erst in eine Richtung des Korridors, dann in die andere, links und rechts Türen, drei auf der einen, drei auf der anderen Seite. Er hatte die Orientierung im Haus verloren, konnte nicht mehr sagen, in welchem der Räume er Elizabeth gesehen hatte. Er packte Bickerstaff beim Arm. »Nimm Burgess, sucht in den Zimmern dort!« Er deutete zur anderen Seite des Korridors. »Honeyman, zu mir, hierher!«

Sie drängten sich durch die Piraten, die Diener, die Frauen, dann den Gang hinunter. Bickerstaff stieß die hinterste Tür auf, rief: »Feuer! Raus hier! Feuer!« Und suchte im Zimmer nach Elizabeth.

Marlowe probierte die hintere Tür auf seiner Seite, doch das Zimmer war dunkel und leer. Er ging zum nächsten, hob den schweren Riegel, stieß die Tür auf.

Der Raum war von einigen Kerzen erhellt, was ihm etwas Weiches, Verträumtes verlieh. Mitten im Zimmer stand ein großes Himmelbett, mit schimmerndem, hauchzartem Stoff verhängt. Zwei Frauen lagen auf dem Bett, nackt. Sie blickten auf, musterten den Störenfried, und eine von ihnen stützte sich auf die Ellenbogen, unbeeindruckt. Eher gleichgültig betrachteten sie Marlowe, als interessierten sie sich nicht sonderlich dafür, was noch mit ihnen geschehen sollte.

Zwischen ihnen, im Bett, lag Peleg Dinwiddie flach auf dem Rücken und schnarchte. Mehrere Gläser, Flaschen und Pfeifen lagen im Raum, verstreut über Nachttisch und Bett. Dinwiddies dicker Wanst hob und senkte sich mit jedem Atemzug. Er schien im Licht der Flammen zu leuchten.

Marlowe lief durchs Zimmer, packte Dinwiddie bei den Schultern und schüttelte ihn heftig.

»Peleg! Peleg!«, sagte er im Flüsterton, so laut er sich traute. »Peleg, aufwachen!«

Endlich stöhnte der große Mann, schlug ein Auge auf, blickte Marlowe ins Gesicht. Er sah nicht so aus, als erkannte er ihn. »Peleg, ich bin es. Marlowe. Wir müssen weg!«

»Marlowe?«

»Ja, ja, kommt schon…«

Dinwiddie rollte sich zur Seite. »Hau ab, du Bastard…«

Marlowe war nicht sicher, ob er richtig gehört hatte. »Was?«

Dinwiddie rollte seinen Kopf in den Nacken, sah Marlowe in die Augen. »›Hau ab!‹, habe ich gesagt. Soll der Hundsfott Honeyman an meine Stelle treten. Hat sowieso niemand auf mich gehört…«

»Peleg, Ihr könnt hier nicht bleiben. Kommt mit, wir klären das.«

»Zieh ab, Bastard. Hier behandeln sie mich wie einen echten Herrn…«

»Marlowe…«, rief Honeyman von der Tür her. »Uns bleibt nicht mehr viel Zeit…«

»Stimmt.« Er sah auf Dinwiddie herab. »Himmelarsch…« Er konnte ihn unmöglich hinaustragen. Vielleicht wollte er wirklich gern bleiben.

»Marlowe!« Bickerstaff stand an der Tür. »Das Zimmer am anderen Ende des Korridors scheint der Brandherd zu sein!«

Dort war Elizabeth. Er durfte seine Zeit nicht mehr mit Dinwiddie vergeuden. »Also gut, dann hau ich eben ab«, sagte er, wandte sich um und lief hinaus, schloss die Tür, ließ seinen Ersten Offizier zurück, der bereits wieder eingeschlafen war.

Marlowe, Honeyman und Bickerstaff drängten sich den Gang entlang, blieben im Durcheinander unentdeckt. Inzwischen breitete sich der Rauch schon im Haus aus, was half, sie zu verbergen.

Burgess stand neben der Tür Wache. »Verriegelt«, sagte er nur.

Marlowe sah den Flur hinunter, doch niemand achtete auf sie. Er trat gegen die Tür, spürte, wie sie unter seinem Stiefel nachgab. Trat erneut, Honeyman trat nach, und sie flog auf. Die Männer stürmten hinein.

Es war, als träten sie durchs Höllentor. Das Feuer hatte das gesamte Stroh über dem Raum erfasst, und die ganze Decke stand in Flammen.

Marlowe stolperte ins Zimmer, die Hände vor dem Gesicht. Es war vom Feuer hell erleuchtet, doch konnte er kaum sehen in dem dicken Qualm, der ihn erstickte und seine Augen tränen ließ.

»Elizabeth!«, rief er, ohne zu glauben, dass er beim prasselnden Feuer zu hören wäre. »Elizabeth!«

Die anderen folgten ihm, und Honeyman schlug die Tür zu, sperrte sie im grellen, heißen, qualmenden Inferno ein.

»Elizabeth!«

Und dann, vom anderen Ende des Raumes her, eine hohe Stimme, die versuchte, ihr Entsetzen zu bändigen: »Thomas? Thomas?«

Marlowe stolperte durchs Zimmer, wich dem brennenden Stroh aus, den herabgestürzten Latten, die Boden und Teppiche in Brand setzten. Hinaus auf den kleinen Balkon, und dort fand er Elizabeth, die sich an das Geländer drückte, wo man dem Rauch etwas entkommen konnte. Ihr Gesicht war schwarz vom Ruß, weiße Rinnsale von Tränen auf den Wangen.

Er umarmte sie. »Bist du unversehrt? Hat Yancy …?«

»Ich habe ihn nicht mehr gesehen, seit du fort bist! Oh, Thomas!« Sie schlang ihre Arme um ihn, drückte ihn fest an sich. »Ich hatte solche Angst, du würdest …«

»Was? Du hast doch nicht ernstlich geglaubt, ich würde dich im Stich lassen …«

»Nein, niemals … das habe ich nie gedacht.« Das Gebäude erbebte. Über ihnen gab etwas nach, und der Raum leuchtete auf, als noch mehr Flammen loderten. »Ich fürchte, meine Dummheit wird uns alle das Leben kosten.«

»Nein, nein. Wir wären nie zu dir gelangt, wenn du kein Feuer gelegt hättest!«

Und dann hörte Marlowe durch den Lärm des Feuers und das Gebrüll der Männer, die es bekämpften, einen hohen Schrei der Überraschung, der Entrüstung, des Zornes.

Durch den Qualm sah Marlowe, wie die Tür aufging. Der Luftzug wirbelte den Rauch auf, sog ihn aus dem Raum. Yancy stand in der Tür, eine große Axt in Händen.

Honeyman, der bei der Tür stand, riss eine Pistole aus seinem Gürtel, hob sie an, spannte den Hahn, richtete sie auf Yancy, als Yancy mit der Axt ausholte. Diese traf Honeymans Hand, schlug die Pistole beiseite und schnitt eine breite, rote Wunde. Honeyman schrie auf, hielt seine Hand, während Yancy ausholte, um ihm den Schädel zu spalten.

Als die Axt seinem Kopf entgegenschwang, stürmte Burgess durch den Raum, packte Honeyman bei der Schulter, riss ihn zurück, und die Klinge ging ins Leere.

Dann war Bickerstaff da, sein Degen zuckte wie eine Schlange und traf Yancy am Arm, bevor der kleine Mann ausweichen konnte. Yancy schrie, aus Wut und Schmerz, hob die Axt wieder an.

Yancy und Bickerstaff starrten einander an, Schwert gegen Axt. Marlowe sah das verräterische Wanken, als sich Bickerstaff auf seine Finte und den Angriff vorbereitete, der Yancy das Leben gekostet hätte.

Bevor er jedoch zuschlagen konnte, erbebte das Gebäude wiederum, und über ihnen brach ein Teil der Decke ein, splitterte und spie Feuer. Yancy sprang zur Tür, und Bickerstaff wich in den Raum zurück. Tonnenschwere Balken, Putz und Stroh fielen herab, errichteten eine flammende Mauer zwischen ihnen.

Yancy brüllte, schlug mit der Axt aufs Feuer ein, wollte sich den Weg freischlagen. Marlowe stürmte ins Zimmer, packte Bickerstaff beim Arm, zog ihn rückwärts auf den Balkon, wo noch Luft war, für ihre schmerzenden Lungen, die brennenden Kehlen, die tränenden Augen.

Was zum Teufel sollen wir jetzt tun?, fragte sich Marlowe. Sie standen auf der falschen Seite der Flammen. Verbrennen oder in den Tod springen oder hoffen, dass Yancy uns rettet… nichts anderes konnte er mehr denken.

»Wo ist Honeyman?«, rief er, blickte ängstlich in den brennenden Raum; Burgess zog ihn zurück und nickte nach unten.

Marlowe sah hinab. Das Seil, das Burgess in seinem Beutel mitgebracht hatte, war an einem Tisch verknotet, der gegen die Balkonmauer verkantet stand, und hing übers Geländer. Das Ende berührte fast die Erde, und Honeyman stand daneben, eine Pistole in seiner unversehrten Hand.

Burgess wandte sich Elizabeth zu. »Jetzt Ihr«, sagte er.

Elizabeth sah hinunter und schüttelte den Kopf. »Das kann ich nicht«, sagte sie.

»Darf ich helfen, Captain?«, fragte Burgess, und Marlowe hatte kaum genickt, als sich Burgess vorbeugte, Elizabeth um die Hüften nahm und sie sich über die Schulter warf.

»Hundsfott, elender! Setzt mich ab, verdammt!«, kreischte Elizabeth, während ihr langes Haar über den Balkon hing und ihr Hinterteil in die Luft ragte. Doch sie war klug genug, sich nicht zu wehren, als Burgess über das Balkongeländer stieg, den freien Arm und seine Beine um das Seil schlang und geschickt hinunterglitt.

»Kräftiger Bursche«, sagte Marlowe nur, als er darauf wartete, dass Burgess unten ankam und Elizabeth absetzte, um dann Bickerstaff zu winken, er solle kommen.

Bickerstaff kam unten an, und Marlowe wandte sich zur Tür um. Das Zimmer stand in Flammen, er konnte nicht hinter die Feuerwand blicken, was bedeutete, dass Yancy, falls er noch dort war, nicht sehen konnte, dass sie entkamen. Er würde glauben, sie seien verbrannt, falls er nicht darauf kam, dass sie ein Seil hatten.

Marlowe schwang ein Bein über das Geländer, griff sich das Seil. Nach einigen Schwierigkeiten kam er mit aufgeschürften Handflächen unten an. Alle da. »Gehen wir«, sagte er.

Das Gelände war vom Feuer hell erleuchtet, doch die wenigen, die dort standen und in die Flammen gafften, bemerkten sie nicht oder kümmerten sich nicht darum, wer sie sein mochten.

Sie bahnten sich einen Weg zum Tor, die Straße hinunter, wobei das flackernde Licht des Feuers nach ihnen zu greifen schien. Mitten durch den Ort, die Straße am Hafen hinunter und schließlich zum Strand, ohne dass man sie aufgehalten hätte. Niemand sprach sie auch nur an.

Marlowe half Elizabeth ins Boot, dann schoben die vier erschöpften Männer es ins Wasser hinaus und kletterten über die Dollborde hinein. Sie packten die Riemen und nahmen ihren gemeinsamen Rhythmus auf, ohne dass auch nur ein Wort gefallen wäre, pullten von St. Mary's fort, aufs offene Meer zu. Das Feuer in Yancys Villa war wie ein Leuchtturm in der Ferne, doch Marlowe hatte den Eindruck, dass die Männer es schließlich doch unter Kontrolle bekommen hatten.

Er drehte sich auf der Ruderbank um, lächelte Elizabeth an, dann blickte er an ihr vorbei aufs offene Meer hinaus. Die *Elizabeth Galley* hätte eine Stunde auf Kurs bleiben, dann wenden und zur Insel umkehren sollen, so weit wie möglich. Marlowe glaubte nicht, dass er sie im Dunkeln finden würde. Bis zum Morgengrauen mussten sie wohl warten, bis sie sie sehen und hinüberrudern konnten.

Unter der Voraussetzung, dass sie auch dort wäre. Er fragte sich, ob Flanders ihn wohl hintergehen, ihn verraten und mit dem Schiff davonsegeln würde. Dieser Gedanke war ihm noch gar nicht gekommen.

17

Sie nahm keinen guten Anfang, die kurze und unglückliche Regentschaft des Lord Dinwiddie I. von St. Mary's.

Er wachte auf, verwirrt und bedrückt, nachdem er wüst geträumt hatte. In seinem Kopf pochte es, sobald er ihn bewegte. Sein Hals war trocken und schmerzte.

Stöhnend rollte er herum, und seine Hand kam auf warmer, geschmeidiger Haut zu liegen. Das Mädchen, das sie Lucy nannten, schlief neben ihm. In den vergangenen Tagen hatte er mehrmals mit ihr das Lager geteilt, in diesen Tagen, die nur noch ein Nebel von Saufen, Fressen und Kopulieren waren.

Es war genau das Paradies gewesen, das er sich gelegentlich in seinen Fantasien ausgemalt hatte, in jenen Momenten, in denen seine Gedanken von unmittelbaren Pflichten abschweiften und seine begrenzte Fantasie ihn mit sich riss. Stets hatte er jene Träume von heidnischer Zügellosigkeit als sein finsterstes Geheimnis betrachtet. Nun lebte er sie aus.

Er schlug die Augen auf… eine Pflicht, von der wusste, dass er sie erfüllen musste. Die spätmorgendliche Sonne schien durch die hauchdünnen Vorhänge des einzigen Fensters im Raum. An jenen Stellen, wo das Licht ungehindert eindringen konnte, schien es wie goldene Stäbe durch den Staub in der Luft.

Er nahm den beißenden Gestank von verkohltem Holz wahr, als wäre ein Feuer im Kamin erloschen, nur durchdringender.

Und diese Stille. Ihm wurde bewusst, wie ungewöhnlich ruhig es war, auffällig in diesem Piratennest.

Er schloss die Augen wieder. Er hatte von Marlowe geträumt. Marlowe, der ihm sagte, er solle mitkommen, der verächtlich auf ihn herabsah. Im Traum hatte er Marlowe gesagt, er solle abhauen, und das fühlte sich gleichzeitig gut und schlecht an. Auch von anderem hatte er geträumt, unangenehme Dinge, die jetzt in einem großen Eintopf von Gefühlen durcheinander wirbelten und ihn verunsicherten.

Es klopfte an der Tür; der Rhythmus hatte eine unterschwellige Beharrlichkeit an sich. Dinwiddie merkte, dass dieses Klopfen ihn geweckt hatte.

»Herein«, krächzte er. Die Tür ging auf, und Licht fiel aus dem Flur ins Zimmer, was Dinwiddie seltsam vorkam, da es im Flur keine Fenster gab. Nagel stand dort, eine dunkle Silhouette vor dem grellen Licht. Er trat ein, und nun konnte Dinwiddie ihn besser erkennen. Düster sah er aus.

Mit Mühe setzte sich Dinwiddie auf, stieß Lucy aus dem Bett. Die junge Frau stand auf und tappte davon, splitternackt, doch weder Dinwiddie noch Nagel schenkten ihr Beachtung.

»Ihr seht zerknirscht aus heute Morgen«, sagte Dinwiddie, während er darauf wartete, dass das Pochen in seinem Kopf nachließ.

»Ein trauriger Tag. Ein wirklich, wahrlich trauriger Tag«, deklamierte Nagel.

»Wieso? Was ist passiert?«

»Lord Yancy. Das Feuer war wohl zu viel für ihn.«

»Feuer?«

»Das Feuer. Gestern Abend. Ihr wusstet es nicht?«

Dinwiddie schüttelte den Kopf.

»Hat das halbe Dach verschlungen. Fast wäre das ganze Haus abgebrannt. Kommt!« Nagel nickte zur offenen Tür hinüber.

Mit einiger Mühe stand Dinwiddie auf und schlurfte zum

Stuhl, wo der seidene Banyan hing, den Yancy ihm gegeben hatte. Er zog ihn über und folgte Nagel auf den Flur hinaus.

Wie am Morgen nach einer fürchterlichen Schlacht sah es dort aus. Das Sonnenlicht, das Dinwiddie sich nicht hatte erklären können, fiel durch das offene Dach herein. Eine Hälfte war verbrannt, und ein verkohlter Rand umrahmte seinen Blick in den Himmel. Auch die Mauern waren oben verkohlt, der ehemals weiße Putz war schwarz vom Ruß. Wasser stand überall in Pfützen, der Gang war von schwarzen Holzresten übersät, die vom Dach herabgefallen waren.

»Du lieber Gott…«, sagte Dinwiddie. »Wie konnte das passieren?«

»Weiß ich nicht. Fing am Dach an. Drei Stunden haben wir gebraucht, es zu löschen, und fast wollte es nicht gelingen. Habt Ihr nichts davon mitgekriegt?«

Dinwiddie schüttelte den Kopf. *Himmel, ich muss ordentlich betrunken gewesen sein, um das zu verschlafen.*

»Was habt Ihr eben von Lord Yancy erzählt?«

Traurig schüttelte Nagel den Kopf. »Lord Yancy, kühner Bursche, der er ist. Er hat mit uns den Brand bekämpft, allen voraus, wie es seine Art ist. Hat zwei Stunden gekämpft, obwohl er kaum mehr die Kraft dafür besitzt. Schließlich ist er zusammengebrochen. Wir dachten, er sei tot, wegen… Ihr wisst. Doch das war er nicht, nur ohnmächtig. Aber er wird nicht mehr lange unter uns sein, wie ich fürchte.«

»Wo ist er? Ich muss zu ihm.«

Wieder schüttelte Nagel den Kopf. »Er weiß, dass seine Zeit gekommen ist. Er hat darum gebeten, fortgetragen zu werden, zu seinem Geheimversteck, wo er beten und sich vorbereiten kann. Er hat gesagt, ich soll Euch wissen lassen, dass Ihr nun Herr über diese Insel seid. Sie gehört Euch. ›Behüt Euch Gott‹, hat er gesagt.«

Dinwiddie sah den großen Piraten vor sich an. In seinem

Kopf pochte es immer lauter, und er spürte eine Woge der Panik in sich aufsteigen. *Herr über diese Insel? Großer Gott, was soll ich nur tun?*

»Marlowe? Ist er hier? Liegt die *Elizabeth Galley* noch vor Anker?«

»Nein, und gut, dass wir sie los sind, sage ich. Als das Feuer ausbrach, haben wir Marlowe Nachricht senden lassen und ihn um Hilfe beim Löschen gebeten. ›Nein‹, sagte er, ›die Flut naht, wir machen uns auf den Weg.‹ Das war seine Dankbarkeit für alles, was Lord Yancy für ihn getan hat.«

»Mmmh«, machte Dinwiddie. Er dachte an den havarierten Indienfahrer, dem sie begegnet waren, wie Marlowe an der Trosse hing und sich zu den Not leidenden Seeleuten hinüberhangelte. Versuchte, das Bild mit dem Marlowe in Einklang zu bringen, den Nagel ihm eben beschrieben hatte.

»Nun, gut, dann: zur Hölle mit Marlowe«, sagte Dinwiddie und merkte, wie er darum rang, was er als Nächstes sagen sollte. Er war Herr der Insel. Er würde etwas unternehmen müssen. Oder nicht?

»Bitte um Verzeihung, Mylord«, sagte Nagel. »Ich möchte in keiner Weise unverfroren wirken… aber Yancy, er hat gefragt, ob ich bleiben würde, als Euer Berater vielleicht. Wie ich es für ihn war. Er wollte hier sein, um Euch zu vermitteln, was er vom Regieren versteht, nur mangelt es ihm an Kraft. Glaube kaum, dass er die Nacht noch überlebt.«

»Oh. Nein, ich würde es nicht als unverfroren erachten, wenn Ihr mir helfen würdet«, sagte Dinwiddie, und der Gedanke, dass Nagel da sein würde, um seine Autorität zu stützen, ihm bei den unbekannten Aufgaben zu helfen, verlieh Dinwiddie neues Selbstvertrauen.

Plötzlich fühlte er sich nicht mehr, als stünde er in den verkohlten Resten eines Korridors auf einer fremden Insel voller Geächteter, sondern eher, als stünde er auf dem Achterdeck eines Schiffes, als Kommandeur, die Mannschaft bereit, auf seinen Befehl hin zu springen. Seine Kopfschmerzen waren verflogen.

»Ich denke, wir sollten zuerst ein paar Männer aufs Dach schicken, um es zu reparieren. Und die Decke auch. Stellt einen Trupp zusammen und schickt sie gleich ans Werk. Und ich brauche Frühstück. Holt den Koch aus der Koje.«

»Aye, Sir«, sagte Nagel grinsend. Dinwiddie sah seine Miene, vermutete, dass der Mann froh war, jemanden zu haben, der sich zuständig fühlte, jemanden, der unzweideutige Befehle zu geben wusste. Froh, dass Yancy einen Nachfolger erwählt hatte, der des Amtes würdig war.

Am Mittag jenes Tages war Dinwiddie angekleidet und satt und ärgerlich. Nagel hatte es geschafft, alle Männer zu versammeln, die am Dach arbeiten konnten, und das waren drei. Und diese drei wirkten nicht eben willig. Sie bewegten sich wie Schlafwandler, sägten die verkohlten Reste der Balken ab und zogen das unbrauchbare Stroh heraus.

Wenigstens die Diener und die Mädchen seines Harems, denen er befohlen hatte, den Flur zu putzen, waren anstelliger. Das Wasser war aufgewischt, die Wände waren abgewaschen, die Trümmerreste eingesammelt. Abgesehen von dem großen Loch im Dach, sah der Flur fast wieder so aus wie am Abend zuvor, als er sich mit seinen Mädchen zurückgezogen hatte.

Er stand auf der Veranda, sah über den Hafen hinaus. Die *Elizabeth Galley*, an deren Anblick von dort oben er sich schon gewöhnt hatte, war fort. Es schien, als wäre da ein Loch in seinem Ausblick auf den Hafen.

Es kam ihm vor, als fehlten noch einige andere. Er hatte die Schiffe, die vor Anker lagen, nie gezählt und war daher nicht sicher, doch schien es, als wären es jetzt weniger. Er sah zum Dach hinauf. Da tat sich nicht viel.

»Ich habe noch ein paar Helfer aufgetrieben. Sie müssten schon unterwegs sein«, sagte Nagel, trat aus dem Haus auf die Veranda.

»Wo zum Teufel sind denn alle?«, fragte Dinwiddie. Er hatte immer das Gefühl gehabt, das Haus sei voller Leute.

»Einige der Männer wollten bei Lord Yancy sein, in seinen letzten Stunden«, sagte Nagel. »Sie kommen wieder… danach. Ihr müsst bedenken, dass die meisten, die hier im Haus leben, mit Yancy aus den Kolonien hergekommen sind. Doch wenn Yancy sagt, sie sollen Euren Befehlen folgen, könnt Ihr Euch darauf verlassen, dass sie es auch tun.«

»Hmmm.« Das gefiel Dinwiddie nicht sonderlich, wie auch der Umstand, dass Nagel von Yancy, der doch abgedankt hatte, nach wie vor als »Lord« Yancy sprach. Allerdings hatte er das Gefühl, als dürfte er es nicht allzu genau nehmen, da Yancy kurz davor stand, seinen letzten Seufzer zu tun. Im Gegenteil dachte sich Dinwiddie, er solle es mit seinen Männern lieber langsam angehen lassen.

»Das verstehe ich voll und ganz, Nagel«, sagte er. »Verflucht noch eins, solche Treue ist bewundernswert. Wir machen es folgendermaßen: Sagt diesen Burschen, die am Dach arbeiten, sie sollen nur die verbrannten Stücke wegschaffen und sich dann den Tag frei nehmen. Morgen früh geht es dann gleich weiter.«

»Sehr gut, Mylord. Das wird in ihrem Sinne sein.«

Am nächsten Morgen fand sich ein ziemlich großer Haufen Männer zu lautstarkem Frühstück im Großen Saal ein. Mindestens zwanzig Mann, die alle gekommen waren, um am Dach zu arbeiten, auf Dinwiddies Kommando hin. Er war hocherfreut, sie zu sehen, als er in den Raum torkelte, noch halb im Schlaf, mit brennenden Augen.

»Das ist gut, das ist gut«, sagte er zu Nagel, der aufstand, als er eintrat, und ihm den Stuhl hielt.

»Aye, Mylord. Aber es gibt Neuigkeiten, die Euch traurig stimmen werden. Lord Yancy ist in der Nacht von uns gegangen. Hat seinen letzten Gang über die Planke angetreten, wenn auch mit genügend Rum im Bauch, so dass der Schmerz erträglich war. Wir haben ihn begraben, im Morgengrauen, ganz oben, wo er für alle Zeiten einen guten Blick hat. Diese Burschen da«, er nickte zu den Männern hin, die kaltes Roastbeef mit Brot und Butter und Ale herunterschlangen, »haben bei ihm Totenwache gehalten. Jetzt sind sie hier, um zu arbeiten, nachdem die Wache nun vorüber ist.«

»Gut, gut«, sagte Dinwiddie, nahm zögerlich einen Schluck Ale und wartete, bis er sicher war, dass sein Magen nicht rebellierte. Die Männer – mit ihrem lebhaften Geschwätz und den zotigen Scherzen, wobei ihnen das Essen aus dem Mund quoll und gelegentlich über den Tisch spritzte – schienen nicht sonderlich um ihren verblichenen Herrn und Meister zu trauern.

Schöne Ganovenehre, dachte Dinwiddie. Als sein Kopf etwas klarer war, überlegte er, dass er sie zu einer echten Gemeinschaft zusammenschmieden wollte, dass sie bei seinem Dahinscheiden wirklich trauern würden, sollte es denn eines Tages so weit sein.

Er trank noch ein Glas, was ihm die Kraft gab, etwas zu essen, und davon wiederum lebte er auf. Zeit, sich ans Werk zu machen.

Lord Dinwiddie schlug mit flacher Hand auf den Tisch. Doch trotz des lauten Knalls, der die Gespräche beenden und allgemeine Aufmerksamkeit erregen sollte, schien niemand von ihm Notiz zu nehmen. Er schlug mit beiden Händen auf den Tisch, mit dem gleichen Ergebnis.

Er zog ein finsteres Gesicht, wollte schon sein Missfallen herausbellen, als Nagel rief: »Heda, elende Hurenböcke, hört zu!«

Da verstummten die Piraten, wandten sich Nagel zu, der sagte: »Lord Dinwiddie wünscht den Herren etwas mitzuteilen.«

»Dank Euch, Nagel«, sagte Dinwiddie und stand auf. »Ich denke, wir sind mit unserem Frühstück fertig. Es gibt reichlich Arbeit. Das Dach muss repariert, die Batterie muss überholt, die Palisaden müssen ausgebessert werden.« Befehle zu geben fiel ihm leicht, nachdem er mehr als ein Jahrzehnt als Maat und Schipper auf einem Handelsschiff gefahren war. »Verflucht viel Arbeit und keine Zeit zu verlieren. Zuerst möchte ich, dass ihr Männer aufs Dach steigt. Ihr wisst, was zu tun ist. Ich komme mit hinauf, um eure Arbeit gleich zu inspizieren.«

Zu seinem Verdruss saßen die Männer nur da, bis Nagel »Los!« brüllte. Da standen sie auf und schlurften hinaus, bis bald nur noch er selbst und Nagel im Saal standen.

»Es sind Räuber und Schurken, Mylord, macht Euch nichts daraus«, sagte Nagel. »Sie werden es noch lernen.«

»Oh, das werden sie. Dafür will ich sorgen. Und ich glaube, Ihr solltet besser mit ihnen hinaufsteigen, Nagel. Es dürfte der Disziplin nicht förderlich sein, wenn sie sehen, dass Ihr herumlungert.«

»Aye, Sir«, sagte Nagel, doch sah Dinwiddie, dass der Mann nicht eben froh darüber war. Dennoch musste es so sein. Er durfte nicht zulassen, dass Nagel zu groß für seine kurzen Hosen wurde. Genau das hatte Marlowe an Bord der *Elizabeth Galley* geschehen lassen. Er hatte Honeyman zu dem Glauben verleitet, er sei so etwas wie ein Offizier, und so war alles in die Brüche gegangen. Das würde auf St. Mary's nicht geschehen.

Nagel ging, und Dinwiddie stieg in den ersten Stock hinauf, trat auf die breite Veranda, die ihm am liebsten war, wenn er sitzen und nachdenken wollte. Noch immer sah man Blutflecken auf den Steinen, wo Yancy täglich ein Schwein geschlachtet hatte. Dinwiddie fragte sich, ob jemand, der so etwas tat, eigentlich bei Sinnen war.

Er stand an der flachen Mauer und sah hinunter auf den Hafen. Zwei weitere Schiffe machten sich eben auf den Weg, zweifellos ins Rote Meer. Es herrschte geschäftigeres Treiben als in den drei letzten Wochen, und er überlegte, ob Marlowes Beispiel wohl andere angespornt hatte.

Nach einigen Stunden des Nachdenkens und einem leichten Morgenmahl machte er sich auf den Weg, den Korridor entlang, um die Arbeit zu inspizieren. Er war nicht froh über das, was er sah. Er befahl, die vorgenommenen Reparaturen abzureißen und neu zu bauen.

Am nächsten Morgen erschien keiner der Männer mehr zur Arbeit. Dinwiddie schickte die Diener aufs Dach, doch waren sie noch unfähiger und unwilliger als die Piraten. Bald war auch von denen keiner mehr da.

Am vierten Tag seiner Regentschaft fanden sich nur noch ein halbes Dutzend Diener, ein Drittel seines Harems und vier versoffene Piraten in dem großen Haus, das Adam Baldridge errichtet hatte. Doch ließ sich Lord Dinwiddie nicht entmutigen. Tatsächlich schöpfte er Trost aus dieser Lage. Die Männer, die Yancy ausgebildet hatte, waren unzuverlässig – Räuber und Schurken. Sie waren nicht von jenem Stoff, aus dem er den Kern seines Reiches, den Nukleus seiner Dynastie, erschaffen wollte.

Er würde frisches Blut von ankommenden Schiffen rekrutieren. Er war jetzt ein reicher Mann, bei allem, was er geerbt hatte, und im Lauf der Zeit würde er immer reicher werden und den Handel, den Yancy begonnen hatte, ausweiten. Neue Männer, die ihm treu ergeben wären. Jedes einzelne Schiff wollte er begrüßen, sie mit seinem Status, seiner Souveränität, seiner Macht über die Insel beeindrucken.

Sofort wollte er damit beginnen. Tatsächlich war eben erst ein Ausguck vom Gipfel gekommen, der östlich vom Hafen aufragte. Er hatte nach Nagel gefragt, doch als Dinwiddie ihm erklärte, wie es nun stand, erstattete er seinem neuen Lord Meldung. Zwei Schiffe am Horizont. Ein großes Schiff mit Tender, so schien es.

Dinwiddie dankte dem Mann für die Mitteilung und schickte ihn wieder auf den Berg, wo er die Schiffe im Auge behalten sollte. Er rief seine Diener zusammen, damit sie mit den Vorbereitungen für die eintreffenden Schiffe, die ersten Gäste, die Dinwiddie als Lord von St. Mary's, empfangen würde, beginnen konnten.

Yancy und Nagel standen auf einem anderen Hügel nördlich des Hafens und blickten abwechselnd durch ein starkes Fernrohr zu eben jenem Paar Bramsegeln hinüber, denn die Rümpfe der Schiffe waren noch hinter dem Horizont verborgen.

Yancy nickte. »Das muss er sein. Das große Schiff, der Tender, er muss es sein.« Ihm war, als brannte Elmsfeuer in seinen Nerven. Es lag Monate zurück, dass er den Brief von Atwood erhalten hatte. Monate der Planung und des quälenden Wartens. Nun endlich war der Augenblick gekommen. Press war da, in Sicht.

Und ich bin hier, für ihn bereit.

Natürlich würde auch Press sich vorbereitet haben, er wäre in diesem Moment nicht minder konzentriert wie Yancy, doch gab es da einen Unterschied, und Yancy wusste es. Press glaubte, seine Waffe sei die Überraschung. Er wusste nicht, dass man ihn angekündigt hatte. Daher war die Überraschung nun auf Yancys Seite, und das machte ihn weit mächtiger.

»Gut, dass er endlich kommt«, knurrte Nagel. »Die Leute

wollen nicht ins Haus zurück, solange dieser Affe da drinnen sitzt.«

»Oh, sie würden schon zurückgehen.« Yancy warf Henry Nagel einen scharfen Blick zu. »Wenn ich es ihnen sage, werden sie wieder zurückgehen. Wenn ich es ihnen befehle.« Yancy war nicht begeistert, dass man Dinwiddie allein gelassen hatte, sei er nun ein dummer Wicht oder nicht. Er, Yancy, hatte seinen Männern befohlen, sich dem neuen Lord gegenüber loyal zu verhalten, und sie schafften es nur einen einzigen Tag lang. Er war nicht sonderlich begeistert.

Es war ihr Glück, dass Press in diesem Augenblick auftauchte und ihrer Scharade ein Ende bereitete. Anderenfalls hätte Yancy sie gezwungen, zum großen Haus zurückzukehren und Lord Dinwiddie etwas Reue zu zeigen. Er brauchte Dinwiddie.

Er bedachte Nagel mit seinem Falkenblick, fand die Reue, die er erwartete, die er forderte. »Es gefällt mir nicht, wenn man meine Befehle ignoriert, wenn meine Pläne durchkreuzt werden«, fuhr er fort. Er musste den Punkt herausstreichen. »Das ist eine heikle Angelegenheit. Wenn ihr Gauner anfangt, eigenständig zu handeln, wird Press uns alle umbringen. Ist das klar?«

»Ja, Mylord. Und die Männer wissen es auch.«

»Gut.« Yancy schwieg einen langen Augenblick, und etwas nachdenklicher fügte er hinzu: »Press ist sehr schwer zu töten. Viele haben es schon versucht. Ich habe es versucht und bin gescheitert.

Der Witz ist, ich habe ihn auch gerettet. Hab ihn halbtot auf einer Sandbank gefunden, ausgesetzt, und habe ihn gerettet. Er ist ein halbes Jahr mit uns gesegelt, und dann hat er versucht, mich zu betrügen. Ich habe ihn den spanischen Behörden übergeben, die ihn suchten. Er hatte einen Überfall auf Nombre de Dios angeführt. Die Spanier haben ihn der Inquisition überstellt. Wie er denen entkommen ist, kann ich mir zwar nicht vorstellen, aber ich denke, seine Zeit dort war nicht angenehm. Und jetzt wird er Rache nehmen oder bei dem Versuch sein Leben lassen.«

Yancy sah zu Nagel auf. »Es liegt an uns, mein lieber Henry, dafür zu sorgen, dass Letzteres geschieht.«

Ich bin gescheitert…, dachte Yancy. Er fragte sich, wie oft er diese Worte schon gesagt hatte. Nicht sehr oft. Tatsächlich wollte ihm keine Gelegenheit einfallen, abgesehen von seinem missglückten Versuch, Press eines qualvollen Todes sterben zu lassen.

Und dann dachte er an Elizabeth Marlowe. Auch in diesem Punkt war er gescheitert. Sie war nicht an seiner Seite, fügte sich seinen fleischlichen Gelüsten nicht. Er war bei dem Versuch gescheitert, sie zu besitzen.

Angesichts dieser Tatsache dachte er mit Freude daran, dass sie tot war. Nagel hatte ihm gesagt, der Raum sei ausgebrannt gewesen, nichts als verkohlte Reste von Möbeln und Wänden. Doch räumte Nagel auf sein Fragen hin ein, es seien keine verkohlten Leichen gefunden worden, und wenn es auch einfach bedeuten konnte, dass sie gänzlich verbrannt waren, glaubte Yancy doch nicht daran. Er hatte Menschen brennen sehen, und die verbrannten nicht so einfach restlos.

Er verdrängte die Gedanken. Sie waren nicht produktiv. Er hatte akute Sorgen, die seine Aufmerksamkeit erforderten.

»Nagel, du musst die Lumpen eines versoffenen Seeräubers anlegen. Ich brauche dich unten im Ort. Such dir ein Zimmer, behalte im Auge, was vor sich geht. Du kennst viele Leute. Du wirst herausbringen, was geschieht. Halte mich auf dem Laufenden.«

»Aye, Sir. Mylord, wann machen wir uns über diesen Bastard her?«

»In dem Augenblick, in dem er einen Fehler begeht, mein lieber Henry. Wenn du mir sagst, dass er einen Fehler gemacht hat.«

18

Der Anblick von St. Mary's, das dort vor ihm auftauchte, die lange, grüne Küste Madagaskars, die sich auf der Backbordseite hinzog, trug einiges dazu bei, dass Roger Press sein Gleichgewicht wieder fand. Wochenlang hatte er das Gefühl gehabt, sein Kopf sei ein Kreisel und er befände sich in einem unkontrollierten Sturzflug. Doch jetzt blieb alles stehen.

Die *Queen's Venture* und ihr Tender hatten eine chronische und untypische Windstille am Kap der Guten Hoffnung erlebt. Dieses Stück Ozean zwischen der Südspitze Afrikas und dem unteren Ende der Welt war für sein unberechenbares Wetter bekannt. Aber meist war das Problem ein Übermaß an Wind, nicht ein Mangel desselben.

Nachdem starke Stürme und hohe Wellen sie gebeutelt hatten, schienen sich die Stürme jenseits 38° südlicher Breite so erschöpft zu haben, dass die beiden Schiffe in den langen Wogen des Ozeans schaukelten und nur mit gelegentlichen Windstößen vorwärts kamen.

Sie verloren mindestens anderthalb Wochen, dümpelten am Kap herum, und Press wurde ganz wild vor Ungeduld und Sorge. Natürlich gab es im Grunde keine Zeitbeschränkung. Yancy wusste nicht, dass sie kamen, und für Press bestand kein Anlass zur Vermutung, dass er ihn verpassen würde. Doch alle Logik dieser Welt konnte seinen verzweifelten Vorwärtsdrang nicht bändigen.

Endlich kam Wind auf und hielt sich, trieb sie voran, ums Kap der Guten Hoffnung, nordöstlich nach Madagaskar. Bewegung war für Press tröstlicher als aller Rum, alles Laudanum, das er hätte nehmen können.

Allein stand er auf der Wetterseite des Achterdecks, schob nachdenklich den silbernen Zahnstocher über seinen Gaumen, hin und her, her und hin. Still, schweigsam und zornig, seit drei Wochen war er nun schon so.

Noch immer war er still und schweigsam. Doch zornig war er nun nicht mehr.

»Mr. Tasker«, sagte er beiläufig, und der Erste Offizier, stets in einem Zustand erhöhter Bereitschaft, kam übers Deck gelaufen.

»Sir?«

»Machen wir das Schiff kampfbereit. Ladet die Kanonen, aber rennt sie noch nicht aus. Die Männer bleiben auf ihren Posten. Und lasst uns die Farben eines Ostindienfahrers hissen.«

»Aye, aye, Sir!« Eine Minute später herrschte auf dem ganzen Schiff geschäftiges Treiben, als sich die große, disziplinierte, erfahrene Mannschaft an die Arbeit machte und alles beiseite räumte, was dort nichts zu suchen hatte, wenn das Schiff für die Schlacht bereit sein sollte.

Die Seekisten, Hängematten und Tische unter Deck wurden in den Laderaum gebracht. Die dünnen Wände der Offizierskajüten wurden eingerissen und verstaut, die Möbel und Gemälde, die Teppiche, Kojen, Kissen und anderen Einrichtungen der Großen Kajüte wurden sorgsam nach unten gekarrt und an einem trockenen Platz gelagert, so dass die Männer an den Kanonen im Bereich der Großen Kajüte ungehindert arbeiten konnten.

Am vordersten Ende des Schiffes, weit draußen auf dem kleinen, runden Bugspriet, hissten zwei Männer die Flagge der ehrenwerten Britischen Ostindienkompanie, die aus roten und weißen, horizontal verlaufenden Streifen bestand, mit dem roten Kreuz des heiligen Georg auf weißem Feld. Am hintersten Ende des Schiffes steckten zwei Mann eine Fahne an den Flaggenstock, die derjenigen am Bugspriet glich, jedoch dreimal so groß war. An den Topps der Fock-, Groß- und Besanmasten flatterten lange, rotweiß gestreifte Wimpel in der milden Brise.

Zweihundert Meter steuerbord voraus zeigte die *Speedwell* die gleichen Fahnen her. Ihr Schipper, Israel Clayford, Press' Erster Offizier während seiner Jahre als Pirat, war mit den Plänen, was St. Mary's anging, wohlvertraut. Sie hatten reichlich Gelegenheit gehabt, darüber zu sprechen, als sie vor dem Kap der Guten Hoffnung trieben.

Press vertraute Clayford so weit, wie er überhaupt einem Menschen zu trauen vermochte. Clayford war brutal, getrieben allein von zwei niederen Bedürfnissen: Lust und Habgier. Press verstand, was den Mann trieb, und so konnte er dessen Verhalten einschätzen. Er wusste, dass Clayford ihn als beste Möglichkeit zur Erlangung seiner eigenen Ziele betrachtete.

Den ganzen Morgen, bis in den Nachmittag hinein, hielten sie Kurs, und St. Mary's wurde vor ihnen immer größer – endlich St. Mary's. Falls jemand auf der Insel sie sähe, und Press war sicher, dass das der Fall war, würden die beiden Schiffe wie Ostindienfahrer aussehen, schwer bewaffnet und leicht bemannt. Sie stellten keinerlei Gefahr dar. Yancy würde mit seiner Hafenbatterie nicht auf sie schießen. Sicher schienen sie ihm viel zu wertvoll, ob nun Handelspartner oder Beute, als dass er sie vertreiben wollte.

Mitten am Nachmittag öffnete sich die schmale Hafeneinfahrt von St. Mary's vor ihnen, und die beiden Schiffe liefen ein, bargen dabei die Segel, ließen sich ihre kriegerischen Absichten nicht anmerken.

Durchs Fernrohr betrachtete Press das große Haus auf dem Hügel. Vor einem Jahrzehnt etwa von Adam Baldridge gebaut. Inzwischen Unterschlupf des Emporkömmlings Eliphant Yancy, soviel zumindest hatten ihm verlässliche Quellen zugetragen.

Kümmert sich nicht gerade gut darum, dachte er. Er konnte erkennen, dass es dort gebrannt hatte, offensichtlich vor nicht allzu langer Zeit. Ein Gutteil des Strohdaches war ein Raub der Flammen geworden.

Yancy. Zehn Jahre schon wollte er seine verkrüppelten Finger dem tänzelnden, kleinen Mistkerl um den Hals legen. Und genau das würde er jetzt tun, und er würde es genießen.

Durch die Reede hinein, die fast verlassene Reede, zu einer Stelle, etwa hundert Meter vom Ufer entfernt, wo sie ihre Anker setzten, Schiff und Tender, und schließlich bei sechs Faden Wassertiefe zu liegen kamen.

»Deck! Boot legt ab!«, rief der Ausguck, riss Press aus seinen Überlegungen, weshalb nur so wenig Schiffe im Hafen liegen mochten.

Er hatte angenommen, vor St. Mary's drängten sich die Schiffe: Piraten, Kaufleute, Schmuggler, alle, die wussten, wie Profit aus der Seefahrt zu schlagen war. Wie einen morschen Mast aus einem Schiffsrumpf wollte er Yancy entfernen und seinen Platz einnehmen. Er würde sich seines Anteils am ungeheuren Reichtum erfreuen, den diese Insel zu bieten hatte. Und alles finanziert von den fetten, reichen Pfeffersäcken in London.

Er hatte mehr Verkehr erwartet, dort im Hafen.

Dieser elende Yancy lässt alles verkommen, daran gibt es

keinen Zweifel, dachte Press, während er das nahende Boot durchs Fernglas betrachtete. *Nun, ich werde richten müssen, was er verpfuscht hat…*

Das Boot wurde von vier Männern gerudert, die offenbar keine große Begeisterung für ihre Arbeit zeigten. Ein fünfter Mann saß im Heck, doch war er noch zu weit entfernt, als dass man etwas hätte sehen können. Es mochte Yancy sein. Press konnte es nicht sagen. Press wusste nur, dass er selbst nicht zu sehen wäre. Er wollte sich nicht den ganzen Spaß verderben.

»Tasker, sorgt für so etwas wie ein Spalier. Wer immer das sein mag, heißt ihn mit irgendeiner Zeremonie willkommen. Ich sehe es mir von achtern an.«

Mit diesen Worten lief Press eilig wieder unters Achterdeck, dorthin, wo das Schott zur Großen Kajüte gewesen wäre, hätte man das Schiff nicht eingeebnet, vorn und achtern. Von dort aus konnte er Mitteldeck und Gangway überblicken, ohne selbst gesehen zu werden.

Er wartete, während Tasker das Spalier Aufstellung nehmen ließ, sorgfältiger als Press beabsichtigt hatte. Endlich hörte Press das Boot längsseits rumpeln, und Tasker ließ die Männer in zwei Reihen strammstehen, so dass eine Art Korridor von der Gangway zum Mitteldeck entstand.

Ein beleibter Mann trat durch die Gangway, nickte auf hochnäsige Weise anerkennend, als er die Reihen abschritt. Press trat vor, hielt sich aber noch im Schatten. Das war nicht Yancy, so viel war klar. Ein größerer Mann als Yancy, dem es an Yancys nervösen, eichhörnchenartigen Bewegungen mangelte.

Der Mann schritt die Reihen der Angetretenen ab, bis hin zu Tasker, und nahm dann dessen ausgestreckte Hand. Tasker sagte etwas, was Press nicht hören konnte, doch der fette Mann ließ die Hand des Lieutenants los, hob die Arme mit großer Geste und dröhnte: »Willkommen! Willkommen ihr alle auf meiner Insel St. Mary's!«

Wer ist dieser Schwachkopf?, dachte Press. Tasker, der seine Rolle gut spielte, wollte eben den Willkommensgruß entgegennehmen, doch Press trat eilig vor, biss fest auf seinen Zahnstocher.

»Wer zum Teufel seid Ihr?«, bellte er den fetten Mann an, der seine Überraschung ob Press' plötzlichen Erscheinens und feindseligen Auftretens kaum verbergen konnte.

»Ich, Sir, bin Dinwiddie. Peleg Dinwiddie. Ich bin der Lord von St. Mary's.«

Diese Erklärung lockte ein sarkastisches Grinsen auf Press' Miene. »Arsch und Zwirn, jetzt nicht mehr«, sagte er, und bevor der verdutzte Dinwiddie reagieren konnte, sagte Press: »Wo ist Yancy?«

»Yancy? Yancy ist tot, wenn Ihr es wissen wollt …«

»Verflucht noch eins!« Press packte den Nächststehenden und stieß ihn aufs Deck. »Wegtreten, Hurensöhne!«, brüllte er, und die beiden Reihen des Spaliers lösten sich blitzschnell auf.

Press packte Dinwiddie beim Kragen seines feinen Rocks und zerrte ihn übers Deck. Er blickte in die blutunterlaufenen Augen des Mannes, als er ihn wieder fragte: »Wo ist Yancy?«

»Yancy ist tot!«, sagte Dinwiddie erneut, und dann packte er – stotternd vor Empörung – Press mit kräftigen Händen, Seemannshänden, bei den Unterarmen und rief: »Nehmt Eure dreckigen Finger von mir, Bastard, oder ich lasse Euch in Ketten legen!«

Wiederum ein Lächeln. Press riss Dinwiddie zur Seite und stieß ihn, so dass dieser vor seinen Füßen aufs Deck sank. Er wollte aufstehen, doch trat Press ihm in den Magen, ins Gesicht und noch mal in den Magen.

Keuchend lag Dinwiddie da, Blut rann aus seinem Mund. Press beugte sich herab.

»Wie lange bist du schon Lord von St. Mary's?« Er sagte es mit sarkastischem Unterton.

Dinwiddie musste nachdenken. »Vier Tage«, sagte er schließlich.

»Wo ist Yancy?«

»Tot.«

»Wann ist er gestorben?«

»Vor vier Tagen.«

»Weißt du, wo er begraben liegt?«

»Nein.«

Press richtete sich auf, blickte übers Wasser, zum großen Haus hinüber. Vielleicht war Yancy tot. Es war wohl möglich.

Aber zu sterben, vier Tage, bevor Press die Insel erreichte? Vier Tage, bevor Press landen und ihn töten konnte? Eine schreckliche Ironie des Schicksals, falls es stimmte.

Wieder kämpfte Dinwiddie darum, aufzustehen, und wieder trat Press ihn aufs Deck zurück. Er würde dem Schwachkopf noch gut eine Stunde solcherart Behandlung zukommen lassen, und falls er danach noch lebte und immer noch dabei blieb, dass Yancy nicht mehr am Leben war, würde er ihm Glauben schenken.

Eine Stunde später war Blut in wilden Mustern übers Deck verspritzt, und Press musste einen Finger an Dinwiddies Hals halten, um festzustellen, ob er noch lebte. Er runzelte die Stirn, tastete herum und fand endlich den Puls.

Dinwiddie sah weich und fett aus, doch das Äußere war irreführend. Er war ein kräftiger Mann, mit guter Konstitution. Er war die meiste Zeit bei Bewusstsein geblieben, während Press ihn geprügelt und getreten hatte, dort an

Deck, zum größten Vergnügen der Männer, die von den verschiedenen Ecken des Decks und der unteren Takelage der *Queen's Venture* her zusahen. Die wenigen Male, die er unter dieser Behandlung das Bewusstsein verloren hatte, war er mit einem Eimer Wasser wiederbelebt worden und hatte noch mehr erduldet.

Trotzdem konnte Press nichts weiter über Yancy herausbringen, als dass er tot war.

Er nahm den Finger von Lord Peleg Dinwiddies Hals, richtete sich auf, den blutenden, reglosen Haufen vor seinen Füßen, und blickte über den Hafen, zu Baldridges großem Haus hinüber.

Vielleicht war Yancy wirklich tot. Es konnte kein Zweifel mehr daran bestehen, dass dieser Esel Dinwiddie es glaubte. Press hatte ihn weit über den Punkt hinaus geprügelt, an dem er noch hätte lügen können.

Er warf einen Blick hinunter, sah überrascht, dass das Boot, welches Dinwiddie zur *Queen's Venture* gefahren hatte, nach wie vor längsseits lag.

»Was zum Teufel treibt ihr da?«, wollte Press wissen.

»Man hat uns befohlen, zu warten. Lord Dinwiddie hat gesagt, wir sollen warten, bis er kommt«, sagte der Schlagmann.

Da lachte Press laut auf. »Ich kümmere mich schon um Lord Dinwiddie, macht Euch keine Sorgen.«

»Wir bekommen einen Schilling für unsere Dienste!«, rief der Schlagmann nun.

»Was!?« Press explodierte. Eine solche Unverfrorenheit war nicht zu dulden. »Verschwinde, du Hundesohn, oder ich erschieße jeden einzelnen von euch vaterlosen Schurken!«

Eine weitere Aufforderung war nicht vonnöten. Die Männer im Boot stießen ab, legten sich in die Riemen und steuerten den Pier an, von dem sie gekommen waren.

Press sah ihnen nach. »Tasker!«, rief er, und bevor der Lieutenant etwas erwidern konnte, sagte er: »Wir gehen an Land. Wer an Bord abkömmlich ist, schließt sich dem Landgang an. Musketen und Entermesser.«

Er stieg wieder zum Achterdeck hinauf, saß brütend da, während Tasker seine Privatarmee versammelte, sie auf den Sturm der Insel vorbereitete. Er würde den Ort auseinander nehmen und Yancy finden. Sollte sich herausstellen, dass der Hundsfott Glück hatte und tot war, würde er herausbringen müssen, wo er bestattet war, ihn ausgraben, dem Hurensohn ins Gesicht spucken. Ihn den Krähen überlassen. Nur so konnte man sicher sein.

Es würde ihm Leid tun, sollte er die Chance, ihn langsam zu töten, verpasst haben. Er betete darum, dass Yancy in der Tiefe der Hölle wusste, dass er, Press, sich all dessen erfreute, wofür Yancy so hart gearbeitet hatte.

Schließlich waren die Boote der *Queen's Venture* und der *Speedwell* mit bewaffneten Seeleuten bemannt und fuhren zwischen den beiden Schiffen herum, warteten. Press trat vom Achterdeck herab. Sein Steward stand mit seinem Degen und dem Pistolenpaar bereit, und mit langsamen, präzisen Bewegungen legte Press die Waffen an.

Er warf einen Blick auf Dinwiddie, der sich bewegte. »Wir nehmen das da mit«, sagte er und deutete auf den ehemaligen Herrn der Insel, dann stieg er ins Heck des langen Beibootes. Mit einem Nicken befahl er, das Boot in Fahrt zu bringen, und die anderen Boote schlossen sich ihnen an.

Press hielt die Augen auf, ob irgendwas zu sehen wäre. Er hatte nur eine kleine Mannschaft an Bord zurückgelassen, doch machte er sich keine Sorgen, dass man sie überwältigen würde, während er an Land war. Er sah die Kanonen links und rechts der Hafeneinfahrt. Wer das Kommando über diese Batterien hatte, kontrollierte auch die Einfahrt, und wenn dieser Tag zu Ende ging, würde das Kommando in seiner Hand sein.

Hinüber zum klapprigen, morschen Anleger, und Press kletterte hinaus, ging an Land, lief den hölzernen Pier zur Straße hinunter, wackelte langsam mit dem Zahnstocher in seinem Mund.

Er sah sich um, dachte: *Da bin ich.*

Eben noch hatte er an der Pall Mall im Wohnzimmer gesessen, da stand er schon auf dieser Insel, und seine eigene Armee folgte ihm an Land. Wunderbar. Das große Haus, die Batterien, die hohen Hügel, die Lagerhäuser, alles gehörte ihm. Seit Jahren war Press einem solchen Gefühl von Glück, Zufriedenheit, Genugtuung nicht näher gewesen als jetzt.

Fünfzehn Minuten dauerte es, bis die Männer an Land Aufstellung genommen hatten, weil Press eine große Armee bei sich hatte, über zweihundert Mann stark. Als sie endlich in Reih und Glied standen, so gut man es von Seeleuten erwarten konnte, ging Press voran, marschierte die Straße entlang, hinauf zum Haus oben auf dem Hügel. Sie kamen durch etwas, das wohl als der Ort St. Mary's gelten sollte: ein paar Bruchbuden, mehrere große Zelte und links davon einige Lagerhäuser.

Entlang der Straße gafften ihnen die Männer und Frauen des Ortes nach, als sie vorbeimarschierten. Seeleute, Piraten, Huren und Eingeborene. Sie griffen nicht ein und sagten kein Wort. Sie sahen aus wie Leute, die schon viel gesehen hatten, die sich von Neuankömmlingen nicht beeindrucken ließen, die klug genug waren, sich um ihre eigenen Angelegenheiten zu kümmern und vor jedem Sturm zu fliehen, der die Insel heimsuchen mochte.

Sie reagierten nicht auf Press, und Press reagierte nicht auf sie, als er mit seinen Leuten den Hügel erklomm. Seine

Aufmerksamkeit galt voll und ganz dem Haus, denn er suchte nach einer möglichen Falle. Scharf achtete er auf jede Bewegung, das Glänzen von Sonne auf Stahl, Rauch, sonstige Bewegungen. Doch gab es absolut kein Anzeichen dafür, dass das Haus bewohnt war.

Hinauf und durch das offene Tor des Palisadenzaunes. Den Pfad zum Haus hinauf, und keiner hielt sie auf, nichts und niemand, abgesehen von einem hungrig aussehenden Hund, der nicht aufhören wollte, die Fremden anzubellen, bis jemand ihn erschoss.

Press drückte die Eingangstür auf, trat ein, allein, sah sich um. Das Haus war hübsch, oder war es zumindest einmal gewesen. Inzwischen verfiel es. Es sah aus, als würde hier eher geflickt als ernstlich repariert.

Es hing kein modriger Geruch mangelnder Benutzung in der Luft. Mit seiner scharfen Nase roch Press Menschen und Speisen und Rauch und Exkremente. Doch trotz alledem schien niemand da zu sein.

»Tasker!« Schon stand der Lieutenant neben ihm. »Teilt die Männer den anderen Lieutenants zu. Lasst Clayford seine Leute. Verteilt euch, durchsucht jeden Winkel dieses Hauses. Achtet auf Fallen. Die Lieutenants erstatten mir Meldung.«

»Aye, Sir.«

Tasker war sehr wohl in der Lage, die Suche zu organisieren, und so hörte Press gar nicht zu, als der Erste Offizier seinen Untergebenen Befehle erteilte und jedem ein Kontingent an Männern und einen Bereich des Hauses zuteilte.

Press ging zu der großen Treppe hinüber, die in den ersten Stock führte. Er fuhr mit der Hand über das mit Schnitzereien verzierte Geländer und blickte hinauf. Es war ein seltsames Gefühl, so als wanderte man auf Atlantis umher, nachdem man sein Leben mit der Suche danach verbracht hatte. Baldridge schien ein außergewöhnlicher Mann gewesen zu sein. Widerwärtig war es, sich vorzustellen, dass Yancy sich all dies unter den Nagel gerissen hatte. Er, Press, war der rechtmäßige Erbe dieser Insel.

Er stieg die Treppe hinauf, nahm bedächtig jede Stufe, lauschte den Geräuschen seiner Männer, die das Haus durchsuchten, wartete auf Kampfgeschrei, sog alles in sich auf, was er zu sehen bekam.

Im ersten Stock sah er, dass der Korridor auf eine weite Veranda führte. Er trat durch die offenen Türen, lief über die Steinplatten zur niedrigen Begrenzungsmauer. Von hier aus war der Hafen zu sehen, seine Schiffe, die dort friedlich lagen, sein ganzes, neues Königreich. Prächtig.

Dort stand er eine Weile, und ein Lieutenant nach dem anderen kam, um Meldung zu erstatten. Sie hatten nichts gefunden, abgesehen von einem halben Dutzend betrunkener Piraten, die man Press vorführte, dazu zwei Dutzend Diener und eingeborene Mädchen. Er befahl, die Piraten aus dem Haus zu werfen. Er konnte sich gut vorstellen, in welcher Form die Einheimischen – Männer wie Frauen – Yancy und wohl auch Dinwiddie gedient hatten. Er und seine Männer hatten ähnlich gelagerte Verwendung für sie. Man sagte ihnen, dass sie bleiben sollten.

Tasker schickte sie in die Küche, inspizierte Speisekammer und Spirituosenlager, und bald schon waren alle mit Speisen und Getränken versorgt, und die Männer richteten sich in ihrem hübschen, neuen Heim ein.

Press saß mit Clayford auf der großen Veranda; sie tranken Rum und schwiegen. Von hier aus konnte er sehen, wie die hundert Männer, die er abkommandiert hatte, unten Häuser und Zelte stürmten, Menschen auf die Straße stießen, auf der Suche nach Eliphant Yancy. Er hörte Schreie und gelegentlich einen Schuss.

Er hatte sie angewiesen, weder höflich noch zartfühlend vorzugehen. Mit Zurückhaltung würde man Yancy nicht finden, Höflichkeit würde keineswegs deutlich machen, dass er, Roger Press, nun das Kommando hatte.

Press riss sich von dem Anblick los und betrachtete die Steinplatten, mit denen die Veranda ausgelegt war. Auf den Steinen waren große Flecken von getrocknetem Blut zu sehen, nur unvollständig abgewaschen, und Press fragte sich, wie sie wohl entstanden waren. Waren sie Dinwiddies Werk? Das konnte er sich kaum vorstellen.

Der Gedanke an Dinwiddie ließ das runde Gesicht vor seinem inneren Auge aufblitzen, und er merkte, dass etwas an ihm nagte. Irgendetwas an diesem Gesicht kam ihm bekannt vor, wenn auch nur sehr vage, wie eine dieser Erinnerungen, die Traum oder Wirklichkeit sein mochten.

Verfluchte, fette Schweinebacken, die sehen alle gleich aus, dachte Press, doch merkte er, dass er das Gesicht nicht einfach abschütteln konnte.

»Gebt Tasker Bescheid«, sagte er zu dem Mann, der neben der Verandatür Wache schob, und er hörte, wie der Name durchs Haus hallte. Eine Minute später war Tasker da.

»Lieutenant.« Press sah von seinem Sessel zu ihm auf, die spindeldürren Beine ausgestreckt, schon fühlte er sich wie zu Hause. »Dieser Schwachkopf Dinwiddie. Haben wir ihn mit an Land gebracht?«

»Aye, Captain. Lieutenant Block hat ein paar Gefängniszellen gefunden, unten im westlichen Fundament des Hauses, und da haben wir ihn eingesperrt.«

»Gut, gut. Bringt ihn zu mir.«

Zehn Minuten später kniete Dinwiddie vor ihm. Press sah dem Mann aufmerksam ins Gesicht, doch hatte er ihn so schwer geprügelt, dass da kaum etwas zu erkennen war. Er versuchte, sich das Gesicht vorzustellen, wie es ausgesehen hatte, als Dinwiddie an Bord gekommen war. Verfluchte sich dafür, dass er den Bastard derart zugerichtet hatte.

Er nahm den Zahnstocher aus dem Mund, benutzte ihn als Zeigestock. »Sag mir noch mal deinen Namen«, fuhr Press ihn an.

»Peleg Dinwiddie.«

»Wie bist du hierher gekommen?«

»Erster Offizier eines Kaperschiffs auf der Piratenroute…« Seine Stimme brach. Seine Zunge fuhr über trockene, gesprungene Lippen.

»Wer war der Kapitän?«

Dinwiddie hielt inne und spuckte Blut auf die Veranda. Mit einem Auge blickte er zu Press auf. Das andere war zugeschwollen. »Thomas Marlowe.«

Press war, als hätte man ihm einen Hieb in den Magen versetzt. Er schreckte zusammen, konnte kaum atmen.

Jetzt fiel es ihm ein! Er hatte gesehen, wie Dinwiddies feistes, dummes Gesicht über die Reling von Marlowes Schiff herabgesehen hatte, eine Sekunde, bevor die Ersatzrahe den Boden des Bootes durchschlagen hatte. Kein Wunder, dass ihm seine Erinnerung an Dinwiddie wie ein Traum vorkam. Noch immer erschien ihm diese ganze Nacht wie ein Alptraum.

Endlich kam Press wieder zu Atem, lehnte sich etwas entspannter zurück. Er streckte sich, nahm den Zahnstocher in den Mund, rollte ihn mit der Zunge herum.

»Würdest du gern Wasser trinken, Dinwiddie?«, fragte er freundlich.

Dinwiddie nickte so heftig, dass es aussah, als müsse es schmerzen. »Lieber Gott, ja, Wasser, bitte…«

»Na gut. Aber vorher erzählst du mir von Thomas Marlowe, ja? Weshalb er hier war, wohin er gefahren ist. Erzähl mir alles. Ich muss darauf bestehen.«

19

Zwei Tage noch sah man die hohen Berge Madagaskars am südlichen Horizont vom Deck der *Elizabeth Galley* aus, bedrohlich, als verfolgten die Schrecken dieser Insel das Schiff. Dann dämmerte der Morgen des dritten Tages, das Meer war in allen Richtungen leer, und die Männer der *Elizabeth Galley* empfanden eine gewisse Erleichterung, die keiner von ihnen aussprach, alle jedoch spürten.

Sie nahmen Kurs Nordost, folgten einer leichten Brise, die sie weit hinaus auf den Indischen Ozean bringen würde. Dort wollten sie herumkommen und einen langen Schlag anlegen, zum Golf von Aden und weiter zur Meerenge von Bab al Mandab, jener schmalen Schifffahrtsstraße ins Rote Meer, durch die ein großer Teil des maurischen Reichtums befördert werden musste.

Die *Elizabeth Galley* war ein glückliches Schiff, glücklicher vielleicht als sie es bisher gewesen war. Marlowe hatte gar nicht gemerkt, wie sehr Peleg Dinwiddies finstere Unzufriedenheit ihren Schatten über das Schiff geworfen hatte, und auch das Ausmaß seiner Unzufriedenheit war ihm nicht bewusst gewesen. Daher hatte ihn das, was er als Dinwiddies Verrat betrachtete, wirklich überrascht.

»Du kannst doch nicht ernstlich glauben, der Mann hätte dich verraten«, meinte Bickerstaff ungläubig. Es war der Morgen, an dem sie feststellten, dass Madagaskar nun nicht mehr zu sehen war. Sie standen auf dem Achterdeck und sprachen über die Ereignisse der vergangenen Woche. Bisher hatte noch niemand ein Wort darüber verloren.

»Allerdings kann ich das. Der Mann ist desertiert, hat seine Pflicht vernachlässigt.«

»Aber sicher siehst du doch, wie sehr zurückgesetzt er

sich gefühlt haben muss. Honeyman hatte mehr echte Befehlsgewalt als er, obwohl Peleg als zweiter Mann an Bord angeheuert hatte.«

»So geht es unter den Männern auf der Route zu. Ich konnte nichts dagegen unternehmen. Dinwiddie wollte auf der Route segeln, und das gehört dazu. Schiffsstatuten, Mannschaftsabstimmung, all das. Es gefällt mir nicht besser als ihm, aber ich akzeptiere es.«

»Ah, ja! Nun steht es den ›Männern der Route‹, als welche du sie bezeichnest, oder den ›Seeräubern‹, wenn man sich der Euphemismen enthalten will, allerdings frei, die Mannschaft zu verlassen, wenn ihnen danach zumute ist. Niemandem treu, ein kurzes, vergnügtes Leben und so weiter und so fort. Genau das hat Dinwiddie getan, mehr nicht.«

»Mmh«, machte Marlowe. »Verflucht sollst du mit deiner umständlichen Logik sein.«

Bickerstaff zuckte nur mit den Schultern und lächelte. Es gab Duelle, bei denen Marlowe ihm niemals gewachsen wäre.

Die Männer vorn waren froh, Dinwiddies mürrischer Laune entkommen zu sein und unter Flanders zu arbeiten, der nun Erster Offizier war. Außerdem waren sie froh und glücklich, weil der Rumpf sauber und repariert war, das Schiff mit Proviant und Wasser ausgerüstet, beides frisch. Im Magazin stapelten sich die Fässer mit Schießpulver, und auch der Kugelpark war randvoll.

Bevor sie nach Madagaskar gekommen waren, hatten sie keine einzige Kanone an Bord gehabt, mit der sie im Roten Meer hätten jagen können. Dieser Umstand hatte einigen Anlass zur Sorge geboten und zu hitzigen Debatten zwischen jenen geführt, die es für kein großes Problem hielten, Kanonen zu beschaffen, und jenen, die glaubten, es sei schlicht unmöglich.

Doch nun hatten sie welche. Sechzehn stolze Sechspfünder mit dem Zeichen des Königs auf den schwarzen Läufen, an Backbord und Steuerbord aufgebaut, mit identischer Ausrüstung versehen. Schweigend wie Soldaten hielten sie Wacht. Die einstige Weite des Decks schien nun beengt, doch klagte niemand darüber. Der Anblick der großen Kanonen trug mehr als alles andere zur Verbesserung der allgemeinen Stimmung bei, abgesehen natürlich von der möglichen Eroberung eines Schatzschiffes des Großmoguls. Und nun, da sie die Kanonen hatten, schien die Möglichkeit nicht mehr so abwegig.

Gen Nordosten ging es, dann nahm die *Elizabeth Galley* einen Kurs, der eher nordwestlich ausgerichtet war, als sie die Meilen auf der Karte absteckten. Die Sonne war sengend heiß, schmolz den Teer auf den Decks und ließ das Pech von den Takeln tropfen, weichte alles so auf, dass Hände und Füße und Kleider mit dem schwarzen Zeug verschmiert waren, sobald die Männer von den Masten herunterkamen. Doch der Wind blieb stetig, was die Hitze ein wenig linderte, und Fahrt hielt sie bei Laune.

Siebzehn Tage, nachdem sie St. Mary's hinter sich gelassen hatten, kam bei Raasiga Caluula, dem Kap an der südlichen Einfahrt zum Golf von Aden, sechs Meilen westlich von ihnen das erste Segel in Sicht.

Eine leichte Erregung machte sich unter den Männern breit, und diese nahm auch mit der Feststellung nicht ab, dass es sich bei dem Schiff um ein schäbiges Fischerboot handelte. Sie waren nah am Roten Meer, dem legendären Jagdgrund. Die Männer der *Elizabeth Galley* witterten den Reichtum förmlich.

Sie begegneten noch einigen anderen Fischerbooten auf ihrem Weg in den Golf und auch einem größeren Segel, welches sie verfolgten, nachts jedoch aus den Augen verloren.

Dennoch ließ die Begeisterung nicht nach. Tatsächlich nahm sie zu, da sie das Land um sich herum spürten, die heiße, trockene Luft der Wüste, den feinen Sand im Wind. Das alles bot den greifbaren Beweis, dass sie endlich am Ziel ihrer Träume waren: am Roten Meer, den Ländern der Mohren, dem Revier der Piraten.

Es lag etwas Fremdartiges und Aufregendes in der Hitze, im Staub und der sonderbaren Farbe des Meeres, je näher sie dem Ufer kamen. Sie alle spürten es. Sie waren an einem fernen Ort, weit weg vom grauen, kalten Europa oder Amerika, das sie kannten. Und irgendwie – da sie nicht Teil dieser Welt waren, weil es so unwirklich erschien – fühlten sie sich unbesiegbar, als könnte man in einem derart exotischen Land nicht ums Leben kommen.

Die Männer legten ihre weiten Hemden und Hosen an, die roten Schärpen, schlangen bunte Tücher um ihre Köpfe und stolzierten an Deck umher, bereit, die Mauren zu bezwingen.

Zwanzig Tage jenseits von St. Mary's meldete der Ausguck ein weiteres Segel voraus, und wieder machten die Männer das Schiff zum Kampf bereit. Es dauerte nicht lange. Sie hielten die *Elizabeth Galley* ohnehin in einem Zustand der Bereitschaft. Sie befanden sich nicht auf einer Hochseereise. Hier fuhren die Schiffe der Mauren. Sie mussten jederzeit bereit sein.

Nichtsdestoweniger hatte Marlowe, der dort auf der Saling am Großmars stand, nicht den Eindruck, dass durch sein Fernglas ein Maurenschiff zu sehen sei.

Es war kein großes Schiff, sondern eine Brigg unter leichten Segeln, die nicht aussah, als steuerte sie ein bestimmtes Ziel an. Sie war europäisch, zumindest aus den Kolonien. Sie zeigte keine Flagge.

»Ich glaube, die gehört zu uns«, sagte Marlowe beiläufig zum Ausguck, der auf der anderen Seite der Saling stand.

»Captain?«

»Diese Brigg. Ich vermute, es ist ein Pirat auf der Lauer.«

Der Ausguck nickte. »Dann behalte ich sie im Auge. Ihr wisst, was für Schurken diese Piraten sein können.«

Marlowe schob sein Fernrohr zusammen, machte sich auf den Weg zum Achterdeck, wiederholte seinen Verdacht Honeyman, Flanders und Bickerstaff gegenüber. »Wir müssen mit ihnen sprechen, feststellen, was es Neues gibt«, fügte er hinzu. »Vielleicht haben sie von irgendeinem Schatzschiff Wind bekommen, oder von einem dieser fetten Kähne, die Pilger nach Mekka bringen.«

»Vielleicht wollen sie mit uns zusammenarbeiten. Im Geleitzug sozusagen«, schlug Flanders vor.

»Oder sie halten uns für eine ebenso viel versprechende Beute wie ein Maurenschiff und versuchen, uns zu entern«, fügte Honeyman hinzu.

»Auch eine Möglichkeit«, sagte Marlowe. »Wir nähern uns mit der gebotenen Vorsicht. Und mit Kartätschen über den Kanonenkugeln, würde ich sagen.«

Elizabeth unternahm einen letzten Versuch, ihr Haar in einen vorzeigbaren Zustand zu bringen, doch durch die Hitze, die trockene Luft und das monatelange Waschen mit Salzwasser war es inzwischen störrisch wie zehn Daumen dickes Tau. Schließlich band sie es hoch und nahm ein Stück roter Seide, welches sie um ihren Kopf schlang. Sie betrachtete das Ergebnis im Spiegel und lächelte.

»Ich glaube, aus mir wird doch noch ein Pirat«, sagte sie laut.

Sie war in Virginia an Bord gegangen, mit aller gesellschaftlichen Etikette im Gepäck und dem festen Willen, sich streng an die Gepflogenheiten hinsichtlich der Kleidung, des Betragens und des Protokolls zu halten. Während ihrer armen, unglücklichen Kindheit, während der Jahre, in denen sie eine gutbezahlte Dirne gewesen war, hatte sie stets von jenem Tag geträumt, an dem sie eine gesellschaftliche Position innehätte und man ihr mit Respekt begegnen würde. Das war in Virginia der Fall gewesen, und nur ungern wollte sie darauf verzichten.

Das Meer jedoch ist der Feind allen Besitzes, und bald schon merkte Elizabeth, wie sie sich immer mehr den Gegebenheiten anpasste.

Anfangs waren es ihre Schuhe. Sie hatte während der Fahrt versucht, auf diesen albernen, unpraktischen Dingern zu laufen, die in London der letzte Schrei waren, und daher – sechs Monate später – der letzte Schrei auch in den Kolonien. Spitz, mit großen, klobigen Absätzen und Ledersohlen stellten sie auf rollendem Deck eine größere Verletzungsgefahr dar als die tosende See und fliegende Kartätschen, denen sie begegnen mochten.

Sie gab die Schuhe auf. Dann versuchte sie ihre Slipper, die besser waren, trotz ihrer anfänglichen Verlegenheit, an Deck mit solcherart Schuhwerk gesehen zu werden. Es kam ihr vor, als starrten alle darauf und lachten insgeheim.

Es dauerte einige Tage, bis sie merkte, dass sich niemand auch nur einen feuchten Kehricht darum scherte, was sie an den Füßen oder sonst wo trug.

Auf der Fahrt nach England und nach der überstürzten Abreise aus London hatten ihre Kleider gute Dienste geleistet: Jacke, Strohhut, Mieder, Schürze und schlichte Röcke. Doch als die Kälte hinter ihnen lag und die Männer begannen, sich immer weiter auszuziehen, fühlte Elizabeth sich schwerfällig und allzu fein gekleidet.

Zuerst fielen die Slipper weg. Sie genoss das Gefühl der

heißen, glatten Planken unter ihren nackten Füßen. Und plötzlich merkte sie, dass sie sicheren Stand hatte, wenn sie übers Deck lief, nicht mehr das Gefühl, bei jedem Rollen des Schiffes ausrutschen und sich den Hals brechen zu können.

Bald darauf begannen die Lektionen im Fechtkampf, und sie stellte fest, dass sie sich mit all ihren Kleidern kaum bewegen konnte. Als Nächstes musste das Mieder fort, und den wenigen verstohlenen Blicken nach zu urteilen, die ihr die Männer zuwarfen, schien sie damit nicht auf lautstarken Widerspruch zu stoßen.

Es tat gut, ohne den Zwang des Mieders zu sein, und sie genoss die neu gewonnene Bewegungsfreiheit, wenn sie mit Bickerstaff auf der Wetterseite des Decks parierte und attackierte. Danach gab sie die Schürze auf und trug nur noch Hemd und Rock, und zum ersten Mal, seit sie auf Reisen waren, fühlte sie sich wohl und konnte sich frei bewegen. Wäre noch eine andere Frau an Bord gewesen, hätte sie sich geschämt, sich erniedrigt gefühlt, wie eine billige Hure oder ein Fischweib. Doch an Bord des Piratenschiffes empfand sie eine Art von Freiheit, die ihr völlig neu war.

Sie betrachtete sich im Spiegel, ihr dickes, blondes Haar zusammengebunden, das rote Tuch darüber verknotet. Sie lächelte, nahm eine rote Schärpe, band sie sich um die Hüften. Es sah gut aus, etwas kühn, was ihre Figur betonte. Sie nahm eine von Marlowes Pistolen und steckte sie in die Schärpe. Perfekt.

Die Männer vorn – bis auf die Leute von Marlowe House – hatten schon die ganze Welt gesehen, und dennoch waren sie von der Fremdheit dieser maurischen Gewässer wie verzaubert. Wenn es auf sie schon derart wirkte, so zeigte sich Elizabeth, die trotz ihres wilden, unsteten Lebens nie über Portsmouth, London und Williamsburg hinaus gekommen war (von einer fürchterlichen Fahrt nach Boston abgesehen), doppelt fasziniert.

Sie durchmaß die Große Kajüte, trat unter dem Achterdeck hervor. Kräftig und muskulös fühlten sich ihre Beine an, was das Ergebnis vieler Monate des Laufens auf rollendem Deck war. Ihre Sohlen waren hart und ganz und gar nicht damenhaft, doch sie liebte dieses Gefühl von Kraft und Wendigkeit, wenn sie barfüßig über heiße Planken lief. Es störte sie nicht mehr, ins warme Pech zu treten, zu fühlen, dass es an den Füßen klebte, und beim Gehen kleine, schwarze Spuren an Deck zu hinterlassen.

Sie stieg zum Achterdeck hinauf, wo Marlowe, Honeyman und Bickerstaff sich besprachen. Alle blickten nach vorn hinaus und duckten sich gelegentlich, um unter dem Unterliek des Großsegels hindurchzuspähen. Auch sie duckte sich, sah vorn hinaus, und mit inzwischen geübtem Blick sah sie ein Segel blitzen, ein Rahsegel, bis die *Elizabeth Galley* stampfte und die Fock den Horizont verstellte.

»Was gibt es, Gentlemen?«, fragte sie.

Die drei Köpfe wandten sich zu ihr um, und die Männer lächelten. »Da seh sich einer meine Liebste an!«, sagte Marlowe. »Furcht einflößender als alle Piraten, die je Karibik oder Piratenroute befahren haben!«

»Genau das. Also, was hat es mit diesem Segel auf sich?«

»Es ist eine Brigg, entweder europäisch oder amerikanisch, möchte ich wetten. Ich denke, es dürften wohl Piraten sein, aber sicher treten sie die Flucht an, sobald sie deiner ansichtig werden.«

»Und wenn nicht«, sagte Bickerstaff, »glaube ich, dass du mit deiner Fechtkunst so große Fortschritte gemacht hast, um es mit allen gleichzeitig aufnehmen zu können.«

Den restlichen Morgen über kamen sie der Brigg immer näher, die noch etwa eine Stunde ihren Kurs hielt und dann beidrehte, keinen Versuch unternahm, der *Elizabeth Galley* zu begegnen, jedoch auch nicht fliehen wollte. Sie waren wie Fremde, die einander auf dunkler Straße begegneten, sich wachsam näherten, bereit, zu kämpfen, zu fliehen oder Höflichkeiten auszutauschen, je nachdem, wie sich die Situation entwickelte.

Elizabeth blieb auf dem Achterdeck, warf hin und wieder einen Blick auf die Brigg. Sie verstand nur wenig von Schiffen, konnte kaum das eine vom anderen unterscheiden, doch dieses dort hatte etwas vage Vertrautes an sich und rief Erinnerungen wach.

Es schien unmöglich, hier, eine halbe Weltreise von Virginia entfernt, auf ebenjene Brigg zu treffen, die sie im Sinn hatte, aber dennoch nagte der Gedanke an ihr. Sie lieh sich Thomas' Fernrohr, starrte das fremde Schiff an, welches jetzt kaum noch eine Meile entfernt war. Nichts von allem, was sie sah, war dazu angetan, ihren Verdacht aus dem Weg zu räumen.

Je näher sie kamen, desto mehr Einzelheiten wurden deutlich, und Elizabeth wurde schweigsamer, je sicherer sie war. *Gott im Himmel, wie groß ist die Wahrscheinlichkeit?*, überlegte sie. Sollte sie Recht behalten, würde diese Begegnung vielleicht etwas peinlich werden. Zumindest für sie.

Es kann nicht sein… wie wahrscheinlich ist es?

Die Sonne stand nah am Zenit, als die *Elizabeth Galley* beidrehte, eine halbe Kabellänge von der Brigg entfernt. Sie war zweifellos in den Kolonien gebaut, vermutlich aus Massachusetts, höchstwahrscheinlich aus Scituate, so zumindest mutmaßten die erfahreneren Männer, die sie übers Wasser hinweg anstarrten. Das konnte Elizabeth nicht beurteilen. Sie hätte nicht mal gewusst, dass es sich um eine Brigg handelte, hätte man es ihr nicht gesagt. Doch die unterschiedlichen Ebenen der Decks, der rote und gelbe Anstrich der Bordwände, die seltsame Galionsfigur, das alles kannte sie.

Dann rief eine Stimme übers Wasser hinweg durch eine Flüstertüte: »Wer seid ihr?«

Marlowe hob seine eigene Flüstertüte an. »*Elizabeth Galley*, aus Virginia! Welches Schiff?«

»*Bloody Revenge*, aus der Tiefe des Meeres!« kam als Antwort. Dieser Name, diese Stimme mit dem unbekümmerten Unterton.

»Thomas, es ist Billy Bird«, sagte Elizabeth.

»Bitte?«

»Der Kapitän der *Bloody Revenge*. Es ist Billy Bird. Ich glaube, du kennst ihn.«

Marlowe sah sie an, mit sonderbarer Miene. »Ich kannte einen Billy Bird, damals in Port Royal. Einen reichlich auffälligen Burschen. Ist das derselbe Billy Bird?«

»Ich glaube wohl.«

»Aber woher um alles in der Welt kennst du ihn? Wieso kennst du dieses Schiff?«

Elizabeth seufzte. Nur bruchstückhaft hatte sie ihm erzählt, was sie vor einigen Jahren getrieben hatte, als Thomas auf dem Atlantik unterwegs gewesen war, um seinen alten Bootsmann zu jagen, einen Geächteten, den freigelassenen Sklaven King James. Billy hatte sie an Bord ebendieser Brigg nach Boston gebracht und ihr geholfen, den eigentlichen Grund für die Verfolgung der ehemaligen Sklaven auf Marlowe House herauszufinden. Doch sie und Billy Bird kannten einander schon sehr viel länger.

»Ich kenne Billy Bird seit Jahren, Thomas. Kannte ihn schon in Plymouth. Und als du King James gesucht hast und Dunmore uns jagte, hat Billy mir geholfen. Vielleicht ist jetzt nicht der rechte Augenblick, es näher zu erläutern«, fügte sie hinzu, und ihr Ton war schärfer als beabsichtigt.

Sie sah ihn an, der reine Trotz, forderte ihn heraus, sie zu befragen, zu sagen: »Hast du ihn rangelassen? Ist er ein ehemaliger Liebhaber? Wann warst du zuletzt mit ihm im Bett?« Doch das tat er nicht. Marlowes Vergangenheit war selbst zwielichtig genug, und er wusste, dass er kein Recht hatte, ihr die ihrige zum Vorwurf zu machen.

Tatsächlich hatte sie sich bei mehreren Gelegenheiten mit Billy unter einer Decke wiedergefunden, eher aus beiderseitiger Einsamkeit und Zuneigung als aus ewig währender Liebe. Doch das war vor langer Zeit gewesen, bevor sie Thomas kennen gelernt hatte, und obwohl sich Billy stets alle Mühe gab, erneut von ihrem Liebreiz zu kosten, hatte sie ihm stets einen Korb gegeben.

Und Billy, treuer Freund, der er war, hatte den Korb genommen, ihr dennoch geholfen und sogar sein eigenes Leben mehrfach in Gefahr gebracht.

»Nun, meine Liebe, vielleicht solltest du am besten mit ihm sprechen.« Thomas reichte ihr die Flüstertüte.

Elizabeth sah ihm in die Augen. Ihre Vergangenheit war wie der schlammige Grund eines klaren, stillen Teiches; wurde er aufgewühlt, trübte er das klare Wasser. Sie fürchtete Tadel, Misstrauen, das Urteil, eine Hure zu sein. Sie war auf der Hut, bereit, ihm zornig zu begegnen. Doch da kam nichts. Weder in Thomas' Bemerkung, noch in seinem Verhalten fand sie Unaufrichtigkeit. Sie nahm die Flüstertüte.

»Billy Bird? Bist du es, alter Schwerenöter?«

Es folgte eine Pause, und dann: »Aye? Und wer seid Ihr?«

»Elizabeth Marlowe.«

Eine weit längere Pause folgte dieser Offenbarung, und dann wurde wieder Billys Stimme laut, die sagte: »Nun denn, verflixt und zugenäht, komm an Bord, komm an Bord! Und bring deinen Schurken von einem Gatten mit, wenn es denn sein muss!«

Sie ließen das Beiboot zu Wasser, und Elizabeth, Thomas, Bickerstaff und Honeyman fuhren hinüber, wurden von Billy Bird, dem Kapitän der Piratenbrigg *Bloody Revenge,* begeistert begrüßt.

Billy war in mancher Hinsicht das ganze Gegenteil von Marlowe: laut, heiter, überschwänglich und auffallend. Elizabeth vermutete, dass er nach unten gelaufen war und sich umgezogen hatte, während sie herübergerudert waren. Wie üblich trug er seinen Umhang mit dem roten Seidenfutter – seltsam ähnlich dem Lord Yancys, wie Elizabeth dachte – zu Seidenhemd und Seidenhosen, roten Strümpfen, Schuhen mit goldenen Schnallen, einem mächtigen Hut mit breiter Krempe und großer, herabhängender Feder.

Während Marlowe mit freundlichem, wenn auch zurückhaltendem Gruß an Bord kam, packte Billy Bird seine Hand und schüttelte sie, klopfte ihm auf die Schulter und sagte: »Verflucht noch eins! Euch habe ich nicht mehr gesehen, seit Port Royal vom Meer verschlungen wurde! Irgendwie hat sich Euer Name verändert, aber das Gesicht ist noch dasselbe, wenn auch etwas wettergegerbter! Aber Ihr seht gut aus, Sir, verdammt gut!« Elizabeth fragte sich, wie sie diese beiden Männer lieben konnte, wo sie doch so verschieden waren.

»Ihr auch, Billy. Ich freue mich, Euch so gesund zu sehen«, sagte Thomas und schüttelte Billys Hand. »Ich bin mir bewusst, dass Ihr meiner Frau vor ein paar Jahren einen Dienst erwiesen habt, und dafür bin ich dankbar.«

Billy winkte ab. »Nicht der Rede wert. Das tut man doch für zwei alte Freunde.«

Elizabeth fühlte sich wie eine Harfensaite kurz vor dem Zerreißen, zitternd vor Spannung, prüfte jeden Blick, jedes Wort, den Tonfall, mit dem jeder Satz gesagt wurde. Sie suchte nach Strömungen hinter den Worten, Eifersucht,

Zorn, Misstrauen. Sie hatte nichts Unrechtes getan, davon war sie überzeugt, nichts, was sie Marlowe nicht erzählen konnte, doch dieser Umstand wollte sie nicht recht beruhigen.

Sie wusste, dass Thomas gelegentlich zu Gewalttätigkeiten neigte. Mehrere Männer, die sie beleidigt hatten, waren dafür gestorben. Nur ungern dachte sie daran, was er jemandem antun mochte, der mit ihr das Lager geteilt hatte.

Ebenso wenig war Billy Bird zu unterschätzen, trotz seines bisweilen kindischen Wesens. Sie hatte gesehen, wie er es mit zwei Männern gleichzeitig aufgenommen und beide mit der Klinge niedergemacht hatte. Sie glaubte, vor Spannung zerreißen zu müssen.

Und dann wandte sich Billy ihr zu, lächelte, breitete die Arme aus und drückte sie an sich. Sie umarmte ihn, wenn auch mit deutlich weniger Begeisterung als sonst. Über Billys Schulter hinweg sah sie Marlowe, der ihr mit hochgezogener Augenbraue ein Lächeln zuwarf, und sie spürte, wie ihre Spannung nachließ.

Schließlich ließ Billy sie los, hielt sie auf Armeslänge. »Du lieber Gott, sieh dich an! Was hat Marlowe mit dir gemacht? Als ich dich zuletzt gesehen habe, warst du eine echte Dame, Herrin eines großen Hauses, und nun bist du nicht mehr als ein gewöhnlicher Pirat!«

Elizabeth sah an sich herab, sah die rote Schärpe, die nackten Füße. Noch immer steckte die Pistole in der Schärpe. Sie errötete vor Verlegenheit, was ihre Schlagfertigkeit jedoch nicht schwächte. »Man muss bereit sein, Billy. Man weiß nie, welchen Räubern und Halunken man auf hoher See begegnet. Was dieser Morgen zweifelsfrei beweist.«

Billy lachte. »Wie Recht du hast! Kommt, esst mit mir zu Mittag! Du wirst dich an Mr. Vane, unseren Quartermaster, erinnern, an Black Tom und all die anderen Gauner.« Billy stellte sie einander vor, als sie nach achtern zur Großen Kajüte gingen.

Die folgenden Stunden verbrachten sie bei Speisen und Wein in der Großen Kajüte, während Boote zwischen den beiden Schiffen hin und her fuhren und sich das Treffen zu einem regelrechten Gelage auswuchs. Die Männer der *Elizabeth Galley* schlachteten eine Kuh, die sie von St. Mary's mitgenommen hatten. Die Männer der *Bloody Revenge* brachten reichliche Mengen an Rum und Wein herüber. Sie mischten einen prächtigen Rumfustian, und alle betranken sich bis zum Umfallen, während die beiden Schiffe auf den sanften Wogen schwankten, ganz allein mitten im Golf von Aden.

Sie amüsierten sich königlich, ein schwimmendes Bacchanal, wie es bei der Marine undenkbar gewesen wäre, und genau das, was die Seeräuberei so annehmlich machte. Die Männer wollten zechen, und das taten sie, denn es gab niemanden, der es ihnen verboten hätte. Weder Marlowe noch Billy Bird, niemanden.

In der Großen Kajüte der *Bloody Revenge*, die Elizabeth so gut kannte, gingen die Festivitäten etwas gemäßigter vonstatten, wenn auch nicht sehr. Neben den vier Gästen von der *Elizabeth Galley* hatte Billy Bird den Quartermaster Vane und Hunter Reid, den Ersten Offizier der *Revenge,* eingeladen, dem Elizabeth bisher noch nicht begegnet war.

Wie die Männer auf der *Elizabeth Galley* aßen und tranken sie im Übermaß, und es ging hoch her. Die Männer der *Galley* erzählten den anderen von ihren Abenteuern auf St. Mary's. Wie sich herausstellte, war die *Bloody Revenge* drei Wochen vor ihnen dort gewesen. Sie erklärten Lord Yancy für verrückt, und das Gespräch ging zu anderen Themen über.

Die ganze Nacht wurde gefeiert, und erst, als der Himmel im Osten wieder heller wurde, sanken die Männer langsam vor Erschöpfung in sich zusammen. Fast den ganzen Tag trieben die beiden Schiffe dort, Seite an Seite, während alle Mann ihren Rausch ausschliefen.

Als die Mannschaften beider Schiffe schließlich wach und mehr oder weniger nüchtern waren, wurde debattiert, ob sie noch einmal von vorn beginnen wollten. Hätte man ihnen eine Stunde Zeit gelassen, bis es in den Köpfen nicht mehr pochte und die Mägen wieder beruhigt waren, hätten sie vielleicht wieder von neuem begonnen, doch so stimmten sie darüber ab, sich ihrer heidnischen Rituale vorerst zu enthalten und die Jagd nach den Mauren aufzunehmen.

Daraufhin wurde beschlossen, gemeinsam vorzugehen, wobei die *Bloody Revenge* die nördliche Einfahrt zur Straße von Bab al Mandab übernehmen sollte, die *Elizabeth Galley* die südliche. Indem sie stets in Sichtweite des anderen bleiben wollten, zumindest so weit entfernt, dass eine Signalkanone zu hören wäre, vergrößerten sie ihr Territorium um das Doppelte, und einer konnte dem anderen zu Hilfe eilen, falls es zur Schlacht kommen sollte.

Kaum jemand sorgte sich um das Aufteilen der Beute. Die schwer beladenen Maurenschiffe würden sie allesamt steinreich machen.

Und so trennte man die beiden Schiffe verkatert und etwas unbeholfen voneinander, setzte die Segel, wobei die *Bloody Revenge* ein Stück weit nordwestlich fuhr, die *Elizabeth Galley* ein Stück weit südlich, um für die große Jagd in Stellung zu gehen.

Auf dem Achterdeck der *Galley* genossen Elizabeth, Thomas und Francis Bickerstaff die Abendluft, die gleichmäßigen Bewegungen des Schiffes. Sie waren zufrieden, glücklich, voller Vorfreude. Sie hatten es von England nach

St. Mary's und dann hierher geschafft, und von ihren Schwierigkeiten auf der Insel und den auf Schiffsreisen üblichen Entbehrungen einmal abgesehen, war es doch ein angenehmes halbes Jahr gewesen.

Und die ganze Zeit über war Roger Press ihrem Fahrwasser gefolgt, wie ein Hai einer Blutspur.

Auch an diesem Abend, während sie sich der schmalen Einfahrt zum Roten Meer näherten, hatten sie keine Ahnung, dass der Hai noch da war, immer näher kam, sie zielstrebig und in übler Absicht verfolgte.

20

Eliphant, Lord Yancy, saß auf seinem provisorischen Thron und blickte über den Rand des Palisadenzauns, über das scharf geschnittene Tal hinaus, dunkelgrün unter der Decke aus Dschungel und Schatten, übers glitzernde Meer hinweg und schließlich zur flachen, unregelmäßigen, blaugrünen Linie in der Ferne, dort, wo Madagaskar lag. Er hielt ein Glas Brandy in der Hand und trank gelegentlich davon. Er hörte zu.

Zu seiner Rechten saß auf einem niedrigeren Stuhl der bärengleiche Henry Nagel und trank Rum. Noch immer trug Nagel die Lumpen eines versoffenen Piraten, den das Meer an diesen Strand gespült hatte. Stockend berichtete er von den Ereignissen der letzten Tage.

Als er damit fertig war, schloss Yancy die Augen und sagte: »Henry, bitte, erzähl mir alles noch einmal.« Er musste sichergehen, dass ihm nichts entgangen war. Er musste auf Ungereimtheiten achten, die auf einen Verrat hingedeutet hätten.

»Die beiden Schiffe kamen mit der Flut herein«, begann Nagel mit der Langmut eines Mannes, der zu begriffsstutzig war, um ungeduldig zu werden, »und sind vor Anker gegangen. Ich wusste, dass keiner mehr im Haus Dinwiddies Befehl folgen würde, also habe ich vier Burschen angeheuert, so zu tun, als vermieteten sie ihr Boot. Dinwiddie kommt also den Pier entlang, gekleidet wie zu seiner gottverfluchten Krönung, und spielt den König. Er heuert die Burschen an, damit sie ihn zum großen Schiff hinüberbringen, der *Queen's Venture*. Sagt, er muss die Neuankömmlinge auf ›seiner‹ Insel willkommen heißen.

Die Jungs bringen ihn hinüber, und man begrüßt ihn an Bord mit einem Spalier und allem, was dazu gehört. Dann kommt Press heraus und fängt an, ihn auf dem Deck zusammenzutreten. Die Burschen im Boot waren die ganze Zeit über dabei, haben gelauscht, manchmal übers Dollbord geschielt, aber keiner hat sie bemerkt.

Press prügelt Dinwiddie eine Stunde lang die Seele aus dem Leib und fragt dabei die ganze Zeit: ›Wo ist Yancy? Wo ist Yancy?‹, und Dinwiddie sagt immer nur: ›Er ist tot! Er ist tot!‹«

Yancy nickte zufrieden. Wie hatte Press nur glauben können, er sei zu überraschen, zu übertölpeln? Press war ein jämmerlicher Wurm, hatte den Titel »Widersacher« gar nicht verdient.

»Nach einer Stunde etwa«, fuhr Nagel fort, »hört Press auf, sieht die Burschen im Boot und will sie schon erschießen, aber sie können entkommen. Ich sehe mir alles vom Ufer aus durchs Fernrohr an. Sie stellen einen Landungstrupp zusammen, verflucht viele Männer, zweihundert oder mehr, würde ich sagen.

Sie kommen an Land, und ich sehe sie vorbeimarschieren. Ich liege an einer Mauer, als wäre ich sturzbetrunken, und sie marschieren einfach vorbei. Sie haben diesen Ochsen Dinwiddie bei sich, führen ihn wie ein Stück Vieh an der Leine. Sie gehen rauf und nehmen Euer Haus kampflos ein, weil keiner da ist, mit dem sie kämpfen könnten.

Am selben Abend gehen etwa hundert Mann hinunter in den Ort, und sie durchsuchen jedes einzelne Gebäude, alle Lagerhäuser, die Hurenhäuser, alles. Und überall fragen sie: ›Wo ist Eliphant Yancy? Wo ist Yancy?‹, und natürlich bekommen sie nur eine Antwort: ›Tot‹.«

Wiederum nickte Yancy, während er Nagels Bericht der Ereignisse lauschte, die sich genau so entwickelten, wie er es geplant hatte. Alle auf St. Mary's, die sicher wussten, dass er lebte und wo er zu finden wäre, befanden sich in seiner Nähe. Jedermann im Ort hatte das Gerücht von seinem Tod gehört und keinen Grund, daran zu zweifeln. Sie gaben die Lüge aufrichtig an Press weiter, da sie nicht wussten, dass sie logen.

»Aber jetzt kommt das Schlimmste«, fuhr Nagel fort. »Sie sind da … anderthalb Tage, schätze ich, und schon höre ich, dass Press die meisten seiner Männer zum Schiff marschieren lässt, den Anker lichtet und in See sticht. Der Tender bleibt zurück, außerdem gut siebzig Mann, die das Haus bewachen, aber alle anderen segeln einfach ab.

Ich dachte, Ihr wolltet sicher wissen, wieso, und deshalb bin ich rauf zum Haus gelaufen, hab eine Flasche dabei und fange an, mich mit dem Bastard zu unterhalten, der das Tor bewacht, teile meine Flasche mit ihm. Sage ihm, ich wollte mich ihnen gern anschließen, und ob ich mit Press sprechen könnte.

Und was erzählt er mir? Er sagt, Press sei wild darauf erpicht, diesen Hundesohn Marlowe zu töten, der vor kurzem hier war. Ich denke, Dinwiddie hat Press erzählt, dass Marlowe da war und wohin er gefahren ist. Stellt sich raus, die beiden kennen sich von früher, Press und Marlowe. Also hat er sich auf die Jagd nach Marlowe gemacht, und wenn er ihn kriegt, kommt er wieder nach St. Mary's zurück und wird sich wohl zum Lord der Insel machen wollen. Als könnte er an Eure Stelle treten, Mylord.«

Wild darauf erpicht, Marlowe zu töten?, dachte Yancy. *Wie merkwürdig.* Er wusste noch, wie besessen Press davon gewesen war, diesen Mann zu töten, der Malachias Barrett hieß und ihn auf dieser Sandbank ausgesetzt hatte. Acht Tage war er dort gewesen, als Yancy ihn gefunden hatte. Es schien unmöglich, dass ein Lebewesen so lange überlebte, ohne Nahrung, ohne auch nur eine einzige Flasche Wasser, unter der sengenden Sonne der Karibik, doch Press lebte noch. Endlos hatte er von Barrett gesprochen und dass er ihn erschlagen würde.

Nun war er gleichermaßen von diesem Marlowe besessen. Roger Press war ein Mensch, der im Laufe seines Lebens Feinde sammelte.

Yancy dachte an diese neuerliche Ironie des Schicksals, lächelte und kicherte dann leise. Es war kaum zu glauben. Press marschiert davon, lässt weniger als die Hälfte seiner Männer zurück, verletzlich wie ein Nest voller Eier. Und wohin fährt er? Einem Mann hinterher, den zu töten er, Yancy, sich sehnlichst wünschte. Der einzige Mensch, der selbst Roger Press als Yancys Hassobjekt noch übertraf.

Vielleicht töten sich Press und Marlowe gegenseitig, dachte er. Doch nein, das war nicht gut. Er wollte sie persönlich sterben sehen, beide.

Vielleicht kommt Press mit Marlowe als Gefangenem zurück. Und meine geliebte Elizabeth ebenfalls. Dieser Gedanke wärmte Yancy. Es war sehr wohl möglich, dass Press genau das tat.

»Komm, Henry, komm, wir haben keine Zeit zu verlieren.« Yancy stand auf, stellte sein Glas auf den kleinen Tisch neben seinem Stuhl. »Es wird Zeit, heimzukehren.«

Am nächsten Morgen beendeten sie ihre Vorbereitungen. Den Rest des Tages würden sie brauchen, um von dem Bergversteck zum großen Haus hinabzuwandern, doch das war gut so, denn was Yancy zu tun beabsichtigte, musste im Dunkeln geschehen. Die Nacht war ihr Verbündeter. Sie brauchten kein Licht, denn sie kannten jeden Daumenbreit des Hauses, das bald schon ihr Schlachtfeld sein würde; die Männer, die es momentan besetzten, hingegen nicht.

Yancy und vier Handverlesene legten ihre feinen Kleider ab, die zu tragen sie gewohnt waren, da sie zur Aristokratie der Insel zählten, und kleideten sich in zerfetzte, fleckige, geflickte Lumpen. Sie beschmierten ihre Gesichter mit Dreck und Blut, begutachteten sich in dem großen Spiegel, den Nagel heraufgeschleppt hatte. Die Wirkung war grandios.

Sie schnallten sich Gurte mit Messern ins Kreuz und verborgene Dolche unter Hemden und Hosen, und dann machten sie sich auf den Weg, stiegen den langen, verschlungenen Pfad hinab, durchs Tal und über den Kamm auf der anderen Seite, von dem aus man den Hafen überblickte, den Kamm, auf dem das Haus stand, welches Adam Baldridge errichtet hatte.

Es waren fünfzehn Meilen, und sie kamen gut voran, doch erreichten sie den Kamm erst eine Stunde nach Sonnenuntergang. Dort rasteten sie, wachten und schliefen abwechselnd, nur Yancy nicht, der wach und auf der Hut blieb, wie ein Hirsch am Wasserloch.

Irgendwann gegen Mitternacht brachen sie wieder auf. Während sie am Kamm entlangliefen, konnten sie im großen Haus in etwa einer Meile Entfernung Lichter sehen, auf der anderen Seite des Tales, das zum Hafen führte. Sie folgten dem Pfad zum Wasser hin, bis dieser auf die unbefestigte Straße traf, die am Hafen entlang verlief. Sie marschierten vorbei an Yancys Lagerhäusern, vorbei an den flachen Bruchbuden des Ortes.

Es gab niemanden auf St. Mary's, der Lord Yancy nicht erkannt hätte, doch nun schlurfte er voran, den verbeulten Hut tief ins Gesicht gezogen, die Kleider in Fetzen, und niemand achtete auf ihn. Er glich dem menschlichen Treibgut, das täglich ans Ufer der Insel gespült wurde.

Die Straße hinauf zum großen Haus. Sie sahen die Lichter in den Fenstern, überall im Gebäude, hörten Männer reden. *»Im Auftrag der Königin«, von wegen*, dachte Yancy, während er vor sich hin schlurfte, verletzt und erschöpft aussah. *Verfluchte Piraten sind sie, mehr nicht, und daran kann auch das Getue mit der Königin nichts ändern…*

Schließlich kamen sie zum Tor im Palisadenzaun, dem einzig wirklichen Weg hinein. Zwei Monate zuvor hatte es einige morsche Stellen in den Palisaden gegeben, durch die man hätte kriechen können, doch auf Yancys Anweisung hin war der Zaun verstärkt und ausgebessert worden.

Nein, durchs Tor ging es hinein. Es gab nur die eine Möglichkeit.

»Halt, stehen bleiben!« Es war das erste Mal, dass man sie aufhielt. Ein Wachmann stand am Tor. Im Dunkeln sah Yancy, dass er seine Muskete schwang, sah eine zweite Wache, die das Gleiche tat.

»Bitte, ich flehe Euch an«, sagte Yancy, und seine Stimme brach höchst wirkungsvoll. »Bitte, Sir, wir sind drüben auf der anderen Seite der Insel auf Grund gelaufen. Wir kommen über die Berge. Bitte, Essen und Wasser, wir flehen Euch an…«

Schweigen. Darauf waren die Wachen nicht vorbereitet.

»Geht hinunter in den Ort«, sagte der eine Wachmann schließlich, übernahm die Initiative. »Dort gibt es Essen und Wasser.«

»Bitte, Sir, ohne Bezahlung wollen sie uns nichts geben, und wir fünf haben keinen roten Heller in der Tasche. ›Geht zum Lord der Insel, wenn ihr Wohltätigkeit erwartet‹, sagen sie.«

»Mmmh«, machte der Wächter und sagte nach weiterem Schweigen: »Ihr setzt euch da hin und streckt die Hände vor euch aus.«

Er deutete mit seiner Muskete auf einen Baumstamm, anderthalb Fuß dick und zehn Fuß lang, den man als Bank an die Palisadenwand gerollt hatte. Yancy und seine Männer setzten sich nebeneinander auf den Baum, wie Vögel auf einem Ast, und der Wachmann sagte zum anderen: »Geh und hol Lieutenant Tasker.«

Fünf Minuten warteten sie in drückendem Schweigen, dann kam der Wächter wieder und hatte einen Mann bei sich.

»Der Bursche sagt, sie seien auf der anderen Seite der Insel auf Grund gelaufen. Er bittet um Essen und Wasser.«

Der Neue, Lieutenant Tasker, wie Yancy vermutete, trat auf sie zu. »Welches Schiff?«, fragte er plötzlich.

»Die *Betsy* aus Liverpool, auf dem Weg zur Bucht von Antoguil. Wir… wir waren da beschäftigt, Ihr wisst schon…« Yancy hatte solche Fragen erwartet, hatte Antworten parat.

»Wie heißt du?«

»Joe Benner, Mylord. Bootsmann. Die Offiziere sind alle tot, Sir. Wir haben den Kapitän über den halben Berg getragen, um ihn zu retten, aber er ist gestorben, und wir haben ihn begraben. Alle anderen sind ertrunken.«

Tasker schwieg einen Moment, dann fügte Yancy hinzu: »Bitte, Mylord, uns ist Schreckliches widerfahren. Essen und Wasser, mehr wollen wir nicht, und einen sicheren Ort, an dem wir schlafen können. Vier Tage waren wir jetzt in diesem finsteren Dschungel. Ich flehe Euch an. Ihr seid Lord dieser Insel. Wollt Ihr nicht ein paar armen, verzweifelten Seeleuten helfen?«

Er sah, dass Tasker seinen Blick über sie schweifen ließ, das Risiko einschätzte. Es würde gering erscheinen, dafür hatte Yancy gesorgt. Fünf Mann, zu schwach vor Hunger und Erschöpfung, als dass sie Schwierigkeiten bereiten konnten.

Endlich sagte Tasker: »Ich bin nicht Lord der Insel. Captain Press hat hier das Sagen, aber der ist fort und hat mir das Kommando übertragen.«

Er dachte noch einen Moment lang nach und sagte dann: »Also gut. Ihr könnt in die Küche kommen, essen, trinken und schlafen, aber unter Aufsicht.«

»Oh, Gott segne Euch, Sir«, begann Yancy, und die anderen stimmten mit glaubwürdig klingender Dankbarkeit ein.

Tasker führte sie durchs Tor zum Haus und dann zur Hintertür hinaus in die Küche, die mit dem Hauptgebäude nur durch einen überdachten Gang verbunden war. Yancy blickte sich um, als sähe er das Haus zum ersten Mal. Er merkte sich die Wachen am Eingang zum Großen Saal, und durch die offene Tür sah er, dass dieser inzwischen als Unterkunft genutzt wurde und ein Großteil von Press' Männern darin schlief, wie Wild im Gehege.

In der Küche gab man ihnen zu essen und zu trinken, und wie die Wölfe fielen sie darüber her. Sie waren wirklich ausgedörrt und verhungert, da Yancy ihnen während der letzten acht Stunden weder erlaubt hatte zu essen noch zu trinken, was nun seine Wirkung zeigte.

Zehn Minuten schlemmten sie schweigend, während den

beiden Männern, die sie bewachten, zunehmend langweilig wurde. Schließlich stieß sich Yancy vom Tisch ab.

»Gott im Himmel, das tat wirklich gut«, sagte er zu den Wachen. »Seid so freundlich, übermittelt unseren Dank an… wie hieß der gute Mann gleich noch?«

»Lieutenant Tasker.«

»Ja, ja, natürlich. Doch sagt mir, ich hatte gehört, ein Bursche namens Yancy sei Herr über St. Mary's.«

Der Wächter lachte. »Yancy? Das war einmal. Captain Press ist aus England gekommen, um dem Schweinehund eins über die Rübe zu geben. Sein Glück, dass er vernünftig genug war, tot umzufallen, kurz bevor wir eingetroffen sind.«

»Sein Glück«, sagte Yancy und dachte: *Du wirst der Erste sein, der stirbt.*

Yancy aß langsam weiter. Es war seine erste Mahlzeit seit langem, die er nicht eigenhändig zubereitet hatte, aber natürlich schützte ihn seine Anonymität vor drohender Vergiftung.

Während er aß, verstrickte er den Wachmann ins Gespräch.

Der Mann war nicht von der redseligen Sorte, doch Yancy lockte ihn aus der Reserve, erkundigte sich nach seiner Heimat, seinen Abenteuern, teilte mit ihm Erinnerungen an Orte, die sie beide schon gesehen hatten. Bald entstand zwischen ihnen so etwas wie ein vertrautes Verhältnis. Während sie sich unterhielten, stellte sich Yancy vor, wie es sein würde, dem Mann die Kehle durchzuschneiden.

Endlich hatten Yancy und seine Männer genug gegessen. Sie rückten vom Tisch ab und suchten sich am Boden einen Platz zum Schlafen. Sie waren ebenso erschöpft, wie sie hungrig und durstig gewesen waren, und bald schon hallte ihr bestialisches Schnarchen durch den Raum.

Yancy war froh darüber. Er wusste, dass die Wachen nicht merken würden, dass er wach war, wenn die anderen derart lautstark schliefen. Er lag da mit geschlossenen Augen, rührte sich nicht und lauschte den Wachen, die herumliefen, bisweilen miteinander sprachen, gähnten.

Eine Stunde ließ er verstreichen, doch wollte er nicht länger warten, aus Angst, die Wachen könnten abgelöst werden. Er nahm an, es werde so gegen zwei Uhr sein. Das war eine gute Zeit. Zu dieser Stunde waren Menschen angreifbar, denn ihre Wachsamkeit befand sich auf dem Tiefpunkt.

Stöhnend rollte er herum, setzte sich auf. Er sah, wie sich die Wache streckte, auf die erste Bewegung seit mindestens einer Stunde reagierte.

»Ich muss schiffen«, sagte Yancy.

Der Wachmann nickte. Er schwieg einen Moment, und Yancy wusste, dass er überlegte, ob sein Schützling dabei Hilfe bräuchte. Schließlich sagte er: »Zur Tür da vorn hinaus. Mach einfach in die Büsche. Und komm gleich wieder.«

Yancy nickte und stand auf. Der Wächter wusste nicht, dass diese Entscheidung sein Leben um mindestens vier Minuten verlängert hatte.

Langsam trat er an die Tür, als seien seine Muskeln müde und schmerzten, doch als er draußen war, wo ihn der Wachmann nicht mehr sehen konnte, lief er schneller, rannte um das Nordende des Gebäudes, dann eine steinerne Treppe hinab und an der dunklen Rückseite des Hauses entlang. Nur undeutliche, schwarze Formen waren zu erkennen, die Umrisse des Hauses vor den Sternen, das Schwarz der Palisaden. Doch es machte nichts. Er war auf seinem Besitz und kannte jeden Daumenbreit.

Zu seiner Linken, zehn Meter abseits der Hausmauer, gab es einen kleinen Hügel mit einer Tür darin. Eben wollte

Yancy in diese Richtung, doch er hielt inne. Er hörte Schritte auf dem Kies, eine Wache auf Patrouillengang.

Himmelarsch, dachte er. Ihm blieb nicht viel Zeit, bis der Dummkopf in der Küche nach ihm suchen oder Alarm schlagen würde.

Sekundenlang wartete Yancy, verlor fast den Verstand, hockte im Dunkel bei der Mauer, als die Wache näher kam. Er hörte, wie der Mann stehen blieb und wieder umkehrte. Yancy wartete noch eine Minute, bis er die Schritte nicht mehr hören konnte, dann trat er aus dem schützenden Schatten, hetzte gebückt hinüber, lief zu der verborgenen Tür in dem kleinen Hügel.

Mit einem Dutzend Schritten war er da, tastete am Boden entlang, bis er mit den Händen den schweren Riegel fand, der vor der Tür lag und verhinderte, dass jemand sie von innen öffnete.

Er hob den Riegel, legte ihn beiseite und warf die Tür auf. Drinnen bewegte sich etwas, und gebückt schob sich Henry Nagel aus dem Tunnel. Mit ersticktem Stöhnen richtete er sich auf, trat beiseite, und dann folgte ihm ein weiterer Mann, dann noch einer und noch einer. Immer mehr Männer, große Kerle, bärtig, mit Waffen behängt, drängten aus dem Geheimgang und verteilten sich auf dem Rasen, hockten am Boden, warteten schweigend.

»Wie viele sind wir?« Yancy hauchte die Worte nur.

»Fünfzig Mann.«

Yancy nickte. Es waren seine Leute von der *Terror*, die Getreuen. Nagel hatte noch ein paar Burschen aus dem Ort dazu genommen, Piraten, die vorübergehend angelandet waren oder sich auf St. Mary's niedergelassen hatten. Sie waren stets zu einem ordentlichen Kampf bereit und darauf erpicht, sich jener Seite anzuschließen, die vermutlich als Sieger daraus hervorgehen würde. Nagel hatte sie davon überzeugt, dass dieser Sieger Yancy heißen würde.

»Gut. Gehen wir.« Er wandte sich um und lief den Weg zurück, den er gekommen war, hinter ihm fünfzig große, bewaffnete Burschen, die ihm so leise folgten, wie sie konnten, was nicht übermäßig leise war.

Um das dunkle Haus herum, die steinernen Stufen hinauf. Yancy schätzte, dass er mindestens fünf Minuten fort gewesen war, genügend Zeit, dass sich die Wache Sorgen machte. Er hoffte, der Mann hatte noch nicht Alarm geschlagen.

Vorsichtig schlich er zur Ecke des Küchengebäudes, lief langsamer, lauschte.

»Benner? Benner, du Hundesohn, wo bist du?«, hörte er den Wachmann zischen.

Yancy trat hinter der Ecke hervor. »Hier!«, rief er leise. »Komm und sieh dir das an. Das glaubst du nicht!« Er zog das lange Stilett aus seinem Hemd, hielt es locker an der Seite.

»Komm rein, du Mistkerl!«, flüsterte der Wachmann laut.

»Nein, wirklich, das musst du sehen. Du wirst es nicht glauben!«, rief Yancy. Er hörte, wie der Wächter näher kam, auf dem weichen Boden gerade eben wahrnehmbar, hörte ihn murren.

Die dunkle Gestalt des Mannes ragte vor ihm auf, und Yancy sagte: »Hier.«

Er ging um die Ecke des Gebäudes und stand vor fünfzig Piraten. Dem Wächter fiel das Kinn herunter, und schon wollte er etwas sagen, schreien vielleicht, als Yancy ihn beim Schopf packte, ihm den Kopf in den Nacken riss und mit einer einzigen Bewegung die Kehle durchschnitt, sauber bis auf den Wirbel.

Der Wächter gab ein Stöhnen, ein Gurgeln von sich und

sank auf die Knie. Yancy fühlte, wie ihm heißes Blut über die Wange spritzte, und er dachte an sein tägliches Schweineschlachten.

»Siehst du? Ich habe doch gesagt, du würdest es nicht glauben«, sagte Yancy dem Sterbenden, dann winkte er seinen Männern und führte sie zur offenen Küchentür.

Dort ließ er sie stehen und ging allein hinein, rief den verbliebenen Wachmann. »Ich glaube, dein Freund braucht Hilfe«, sagte er. »Er schickt mich, dich zu holen.«

Der zweite Wächter war ein vorsichtiger Mensch, und er hielt Yancy mit seiner Muskete in Schach, ließ ihn vorausgehen. Doch bei aller Vorsicht war er dennoch nicht auf Henry Nagel vorbereitet, der hinter der Tür wartete, ihm den Mund zuhielt, als er vorüberkam, und ihm dann die Waffe aus der Hand riss. Der Wächter schrie in Nagels schwielige Hand hinein, schlug um sich wie ein Fisch im Boot, doch konnte er sich aus Nagels Griff nicht lösen, und Nagel entledigte sich seiner auf dieselbe Art und Weise, wie Yancy es bereits mit dem anderen getan hatte.

Die fünfzig Mann drängten sich in der Küche bei ihren vier Kameraden. Nagel reichte Yancy sein Entermesser und den Gurt, der um seine Schulter hing, dazu ein Pistolenpaar.

»Gut. Gehen wir«, sagte Yancy. Er marschierte zur Küche hinaus, den Gang entlang ins große Haus zurück. Sie mussten nicht mehr leise sein. Sie hatten die Überraschung auf ihrer Seite, und die Männer wussten, was zu tun war.

Den Korridor entlang zu den hohen Türen, die in den Großen Saal führten. Der Wächter war halb eingeschlafen und schreckte vom Boden auf, sah Yancy und seinen Trupp an.

»Was zum Teufel… wer zum Teufel…«

Weiter kam er nicht, weil Yancy ihn erschoss, erst ihn und dann – mit seiner zweiten Pistole – auch den anderen. Es folgte eine kurze Stille, ein allgemeines Luftanhalten. Nur die Schüsse hallten nach.

Yancy trat an den beiden blutenden Wächtern vorbei in den Großen Saal, als die Panik eben wie ein Pulverfass explodierte.

Männer sprangen vom Boden auf, wo sie geschlafen hatten, Hände suchten nach Musketen, Klingen, Hosen. Sie waren dunkle Geister im Licht der drei Laternen, die den Saal schwach erhellten. Männer brüllten vor Angst oder Verwirrung, bellten Fragen und Befehle.

In diese chaotische Menge schleuderten Nagel und drei andere flackernde Handgranaten. Yancy sah ihrer Flugbahn nach, den glühenden, zischenden Lunten. Eine verlor er aus den Augen, beobachtete, wie eine andere am Ende des Saales zu Boden fiel, als die erste explodierte, dann im selben Augenblick die zweite und die dritte.

Aus wildem Heulen wurden Schmerzensschreie, blankes Entsetzen; dann betrat Yancy den Raum, und die Männer hinter ihm kamen herein, verteilten sich und feuerten in die Menge.

Aus dem Dunkel antworteten ein paar Musketen. Auch hinter sich hörte Yancy Schüsse, und er wusste, dass die Offiziere, die in den oberen Räumen geschlafen hatten, vom Lärm aufgeschreckt, ahnungslos in die zwanzig Mann gelaufen waren, die er extra für sie abgestellt hatte.

Es war ein entsetzlicher Lärm, ein ohrenbetäubendes Pulverkonzert, so dass kein Schuss vom anderen zu unterscheiden war. Dann wurde im Getöse die erste Stimme laut, die »Gnade! Gnade!« rief.

»Haltet ein!«, rief Yancy, und die Schüsse endeten abrupt. Fast alle Feuerwaffen waren verschossen, und es gab keinen Grund, sich in den Kampf mit kaltem Stahl zu stürzen, wenn es denn nicht sein musste.

»Legt eure Waffen nieder!«, rief Yancy. Er wusste nicht, wen er anschrie. Die grellen Mündungsblitze hatten ihn in der Dunkelheit geblendet. Er nahm nur noch die matten Umrisse der Fenster im Großen Saal wahr, und in den Lichtkreisen der Laternen sah er Tote und Lebende und Blutlachen.

Aus dem Dunkel hörte man das Klappern von Musketen auf dem Steinfußboden. Auch hinter ihm wurde nicht mehr geschossen. Yancy war wieder Lord von St. Mary's.

Er fragte sich, welche Schrecken ihm der Morgen bereiten würde, wenn erst die Folgen seines Schlachtens zu sehen wären. Das fragte er sich, doch kümmerte es ihn nicht sehr, und es war nur vage Neugier. Er hatte genug Gefangene, die diese Schweinerei aufwischen und die Toten verbrennen konnten.

Für ihn war es nur eine Vorbereitung unter vielen. Plötzlich wurde er müde, überwältigt von der Anstrengung. Er war bereit, Press zu töten, um es endlich hinter sich zu bringen. Oder besser: Er war dafür bereit, dass Press und Marlowe ihm in die Arme segelten, damit er sie langsam und qualvoll zu Tode foltern konnte.

21

Manchmal hat man einfach Glück, dachte Marlowe, doch stimmte es ihn unruhig.

Er machte sich Gedanken um das Wesen des Glücks. War es Glück gewesen, Press in London entkommen zu sein? Echtes Glück wäre es gewesen, wenn er Press gar nicht erst begegnet wäre. Wenn man alles gegeneinander aufwog, hatte er dann Glück oder nicht?

Er hatte Glück gehabt, als sie alle lebend von St. Mary's entkommen waren. Doch zählte das als Glück, wenn man es gegen das Unglück aufrechnete, den Weg dieses Irren Yancy gekreuzt zu haben?

Möchte wissen, wie Bickerstaff darüber denkt.

Dieses innere Streitgespräch – philosophisch, wie Marlowe nur sein konnte – fand, wie so oft, hoch oben statt, während Marlowe den Horizont betrachtete.

Der Horizont stimmte Marlowe meist nachdenklich. Es war die Grenze zum Geheimnisvollen, das Unbekannte in allen Richtungen. Auf See kam das Schicksal, ob nun in Gestalt von Prisen oder Feinden, Land oder Schlechtwetter, stets vom Horizont her. Den Horizont zu beobachten war, als versuchte man, einen Blick in die Zukunft zu werfen.

In diesem Fall war es ein wilder Ritt. Die *Elizabeth Galley* lag vor Topp und Takel, damit sie für andere Schiffe, die über den scharfen, blauen Strich in der Ferne kamen, nicht zu sehen wäre. Eine mäßige Dünung kam mit gut zehn Knoten Wind, und ohne den steten Druck der Segel rollte die *Galley* auf dem Meer. Marlowe und der Ausguck standen auf der Dwarssaling am Großmast und schwankten im großen Bogen, während das Schiff hin und her schaukelte.

Es war eine Bewegung, die den meisten Landratten und nicht wenigen Seeleuten Übelkeit bereitet hätte, und in diese schwankenden Masten hinaufzuklettern, wäre für jemanden, der nicht ans Meer gewöhnt war, eine entmutigende Aufgabe gewesen, doch Marlowe vergeudete keinen Gedanken daran. Mit jedem Ausruf »Segel in Sicht!« und der Meldung, das Schiff käme vom Roten Meer her durch die Straße von Bab al Mandab, wurde das Schwanken ein bloßes Ärgernis, da er die Wanten hinaufeilte und einzig damit beschäftigt war, dieses Schiff zu identifizieren, sich für das Entern bereit zu machen und von den Reichtümern in dessen Laderaum zu träumen.

Sie waren auf Posten gewesen, hatten gewartet, zwei Tage lang. Südlich von ihnen war vom Masttopp aus die sandige Landspitze von Ras Bir zu erkennen. Nördlich ihres Postens blitzten die Bramsegel der *Bloody Revenge* am Horizont, tauchten manchmal auf, versanken wieder hinter der blauen Linie. Von seinem Topp aus wäre Billy Bird sicher in der Lage, die Küste im Norden auszumachen. Zwischen den beiden Schiffen konnten sie die gesamte Durchfahrt zum Roten Meer überblicken.

Im Augenblick war die *Bloody Revenge* nicht zu sehen und war es auch in den letzten fünf Stunden nicht gewesen.

Billy Bird, du Hundesohn, wohin bist du verschwunden?, fragte sich Marlowe, als er den nördlichen Horizont nach einer Spur der Brigg absuchte. Er überlegte, ob die Männer der *Bloody Revenge* vielleicht im Norden ein Schiff gesehen, sich auf den Weg gemacht und beschlossen hatten, es allein zu überfallen, die *Elizabeth Galley* von dem Unternehmen auszuschließen. Gut möglich.

Möglich war auch, dass die Brigg gleich hinter dem Horizont lag, vielleicht wie die *Elizabeth Galley* vor Topp und Takel und somit für Marlowe und sein Fernrohr nicht zu sehen. Sollte das der Fall sein, würden sie sicher die Schüsse der Schlacht hören, die nach Marlowes Einschätzung in etwa einer Stunde beginnen würde. Schüsse würden die Piraten anlocken … wie eine Blutspur Haie lockte.

Er richtete sein Fernrohr wieder auf das nahende Schiff, das mittlerweile deutlich am Horizont zu erkennen war. Ein dickes, fettes, plumpes Ding, das die bunten Fahnen irgendeines Maurenstaates zeigte, den Marlowe nicht kannte. Grell blitzte das Licht, wenn die Sonne von den Goldverzierungen, den silbernen Kompasshäuschen und Hellebarden, den Kanonenläufen aus Messing reflektiert wurde. Es fuhr mit vollen Segeln und rollte dennoch, so dass sein hohes Poopdeck hin und her schwankte, hin und her, wie eine dicke Frau, die sich zu sputen versuchte.

Marlowe versuchte, seine Aufregung zu bändigen, was ihm nicht leicht fiel, da die Männer an Deck wie Zikaden umherschwirrten, während sie übers Wasser starrten und mit den Fingern deuteten, im Geiste oder lauthals schon die Reichtümer zählten. Das war es. Und wenn es nicht das Schatzschiff des Großmoguls war, dann doch etwas sehr Ähnliches.

Er kletterte wieder zum Deck hinab. »Mr. Flanders, die *Bloody Revenge* ist nicht in Sicht. Geben wir ihr ein Kanonensignal und machen uns dann bereit, den dicken, fetten Kahn zu stellen! Alle Mann in die Masten, Segel lösen!«

Er konnte der Dramatik dieser letzten Worte kaum widerstehen, so sehr riss ihn die Aufregung an Deck mit sich. Die Männer grölten, jubelten, schlugen mit den flachen Seiten ihrer Klingen ans Schanzkleid. Die Toppsgasten schwärmten über die Takelage aus, und andere, die gar keine Toppsgasten waren, aber sichergehen wollten, dass die Segel schnellstmöglich gesetzt wurden. Flanders eilte nach vorn, besprach sich mit den Kanonenschützen auf der Steuerbordseite.

Die Segel fielen von den Rahen, und die Kanonen gingen los, zwei in schneller Folge, eine Pause, dann eine dritte. Es war das vereinbarte Signal, und es bedeutete: »Prise in Sicht, kommt näher.« Und wenn das nichts nützte, würden später die Breitseiten ihre Wirkung tun. Dieses Schatzschiff würde kämpfen müssen, denn es konnte der *Elizabeth Galley* nicht entkommen.

Und wenn er nicht kommt, dann hat er eben Pech gehabt, dachte Marlowe. Sollte Billy ein anderes Schiff jagen, über das er seine neugewonnenen Verbündeten nicht in Kenntnis gesetzt hatte, dann war das seine Sache, und es würde ihm noch Leid tun.

Billy Bird hörte das Signal. Sein Kopf zuckte vom Deck hoch, wandte sich halb dem Geräusch zu, dann rammte Roger Press seinen Stiefel in Billys Magen.

»Was war das?«

Billy Bird keuchte mit großen Augen, als gäbe es an Deck plötzlich keine Luft mehr. Schließlich konnte er irgendwann wieder atmen. »Kanonen, Idiot…«, krächzte er.

Wieder trat Press nach ihm. »Ich weiß, dass es Kanonen sind. Aber wessen? Klingt für mich wie ein Zeichen. Gibt Euch jemand Zeichen, Captain Bird?«

Wieder hustete er und spuckte Blut, und endlich brachte Billy Bird ganz schwach hervor: »Schieß in den Wind…«

Press trat nach ihm, richtete sich auf und starrte zum Horizont hinüber. Bird musste ihm nicht erklären, dass es ein Signal war. Es war nicht zu überhören. Zwei Schüsse kurz nacheinander, eine Pause, dann ein dritter. Leise, gedämpft, von irgendwo hinter dem Horizont, doch zweifelsohne ein Signal.

Abwesend bohrte er mit dem silbernen Zahnstocher zwischen seinen Zähnen herum, genoss beiläufig das Gefühl von kaltem, glattem Metall zwischen den Lippen, den scharfen Schmerz, wenn er sich die Spitze ins Zahnfleisch stach.

Er ist kein Feigling, dieser Hundsfott von einem Geck, das muss man ihm lassen, dachte Press.

Im frühen Morgengrauen hatte man auf der *Queen's Venture* die Bramsegel der *Revenge* gesichtet, dem ersten europäischen Schiff, dem sie seit St. Mary's begegneten. Bei der ersten Meldung des Ausgucks war Press von der Hoffnung getrieben gewesen, dass es sich dabei um Barretts – Marlowes – Schiff handelte. Sie hatten die Fahnen eines Ostindienfahrers gehisst und sich mit sonderbarer Besegelung eilig genähert.

Doch entpuppte sich das Schiff als Brigg, und Dinwiddie hatte gesagt, die *Elizabeth Galley* sei ein echtes Schiff. Die zweitbeste Möglichkeit war dann, dass die Brigg mit Marlowe zusammenarbeitete oder man zumindest mit ihm gesprochen hatte.

Auf der Brigg flatterte die Flagge eines britischen Handelsschiffes. Sie versuchten beim Anblick der *Queen's Venture* nicht zu fliehen. Dazu bestand kein Anlass. Ein Ostindienfahrer würde ihnen nichts tun.

Die *Venture* ging längsseits, rollte ihre Kanonen aus, überwältigte die Brigg mit ihrer schieren Größe, der Feuerkraft und zahlenmäßig weit überlegenen Mannschaft, die bewaffnet an Deck Aufstellung genommen hatte. Klugerweise drehte die Brigg bei, stimmte einer Abordnung zu, fügte sich allen Forderungen, die Press erhob, ohne dass auch nur ein einziger Schuss gefallen wäre.

Billy Bird hatte bei der Befragung auf dem Achterdeck der Brigg zu bluffen versucht, während Press' Leute die Mannschaft der *Bloody Revenge* nach vorn trieben und mit Musketen in Schach hielten. Die großen Kanonenmündungen der *Queen's Venture* waren auf sie gerichtet, keine zwanzig Meter entfernt.

Bird begann mit lauem Protest ob der Behandlung, die man ihnen angedeihen ließ. Aber Press, der seinem Tun einen Anstrich von Legitimität geben wollte, zeigte Bird jenen Auftrag der Königin, den er stets bei sich trug, und bat dann seinerseits darum, Birds Kaperbrief sehen zu dürfen, von dem Bird behauptete, er sei bei einem Brand verloren gegangen.

Press teilte Bird mit, er stünde unter Arrest. Fragte ihn nach Marlowe. Billy Bird kannte keinen Marlowe, hatte jedoch am Tag zuvor ein Segel gesehen, das westwärts fuhr, glaubte, das könne er vielleicht gewesen sein.

Dann begann Press ihn ernstlich zu verhören, nahm Fäuste, Stiefel und einen Belegnagel zu Hilfe, den er von Billy Birds Schiff hatte. Zwanzig Minuten lang machte er sich damit über Billy her. Der Pirat ließ keinen Augenblick von seiner Geschichte ab und hatte sogar noch die Kraft, dem anderen Beleidigungen an den Kopf zu werfen. Und je mehr Billy ihn verfluchte und beschimpfte, desto größere Qualen musste er erdulden, desto sicherer war Press, dass er log.

Dann kam das Signal von jenseits des Horizontes, und es war nicht mehr von Bedeutung, was Billy Bird sagte. Irgendjemand war da draußen. Es wurde Zeit, nachzusehen, wer es war.

Das Maurenschiff war noch mindestens eine Meile entfernt, als es zu schießen begann.

Jämmerlich, dachte Marlowe, als er die Rauchwölkchen an den gewaltigen Bordwänden sah, die schwarzen Spuren, welche die Kugeln durch die Luft beschrieben, die Fontänen im Meer, wo die Kugeln ins Wasser fielen, gleichzeitig das tiefe Rumpeln der Schüsse, das die Kugeln einholte.

Jämmerlich. Natürlich hatte keiner der Schüsse getroffen, doch kam auch nicht ein einziger in Richtung der *Elizabeth Galley*. Sie landeten in einem Bereich, der mindestens eine Meile breit war.

Es war ein großes Schiff, größer, als Marlowe vermutet hatte. Marlowes Schätzung nach – es war noch zu weit entfernt, als dass er sicher sein konnte – musste es mindestens sechzig Kanonen schwer sein. Und die Kanonen wären groß, mindestens Zweiunddreißigpfünder. Mauren gaben sich nicht mit Spielzeug zufrieden.

Auch war er zu weit entfernt, als dass er sehen konnte, wie viel Mann an Bord waren, doch nahm er an, die Besatzung müsse enorm sein.

Den Mauren fehlte es an fast allen europäischen Seefahrtstraditionen. Sie waren weder geübte Kanoniere noch geschickte Seeleute. Ihre Schiffe waren weder wendig noch leicht zu lenken. Sie waren vor allem groß. Der Mogul, diejenigen, die ihm Tribut zollten, und jene, die Pilger nach Mekka beförderten, versuchten den Mangel an seemännischer Tradition durch überwältigende Größe ihrer Schiffe, ihrer Kanonen und ihrer Mannschaften wettzumachen.

Es nützte gewöhnlich nichts. Unwillkürlich dachte Marlowe an Thomas Tew, der als Erster an Deck eines englischen Kaperschiffes gestanden und gesehen hatte, wie ihm eines dieser riesigen Schiffe entgegenkam, genau wie Marlowe es nun tat. Das Schiff, das Tew angegriffen hatte, war noch größer als dieses gewesen, über einhundert Kanonen, falls Marlowe sich richtig erinnerte. Dreihundert Soldaten.

Tew hatte seinen Männern gesagt, den Mauren mangele es trotz der vielen Kanonen und Männer an zwei Dingen: Geschick und Mut. Nach einer Viertelstunde des Kampfes hatten sie das Schiff eingenommen, ohne dass auch nur ein einziger Mann der *Amity* verwundet gewesen wäre.

Marlowe dachte, dass es den Mauren an noch etwas mangelte, nämlich an Motivation. Wer starb schon mit Begeisterung für den Reichtum eines anderen? Gegen hochmotivierte Seeräuber waren die Mauren tatsächlich im Nachteil, trotz ihrer großen Zahl.

Lautlos explodierte eine weitere Breitseite an der Bordwand des großen Schiffes, und wieder waren die Fontänen, die sich übers weite Meer verteilten, vom Rumpeln der Kanonen begleitet.

Wie viel Zeit verging zwischen diesen stümperhaften, unkoordinierten Breitseiten? Marlowe wünschte, er hätte auf die Zeit geachtet. Es waren sicher mehrere Minuten. Aber er musste ihre Feuerrate nicht kennen, um ihre Unfähigkeit beurteilen zu können.

Wieder dachte er an Tew. Beim zweiten Mal hatte er nicht so viel Glück gehabt; eine Kanonenkugel hatte seinen Bauch getroffen, und seine Männer hatten sich ohne jeden Widerstand ergeben. Sicher war der Rest ihres kurzen Lebens als Sklaven des Großmoguls die Hölle gewesen. Marlowe fragte sich, welche fürchterlichen Dienste der Despot seinen Christensklaven wohl auferlegt haben mochte. Christensklaven, die versucht hatten, ihn seines Tributes zu berauben.

Tew war gut davongekommen. Marlowe fragte sich, wie es wohl sein mochte, seine Eingeweide in Händen zu halten. Er merkte, dass er die Handfläche an seinen Leib presste, als wollte er die Situation üben.

»Deck! Segel in Sicht! Ein Strich achterlicher als querab! Müsste die *Bloody Revenge* sein!«

Verdammt. Marlowe runzelte die Stirn, blickte nordwärts. *Das verkompliziert alles*, dachte er.

Würden sie das Maurenschiff ohne Hilfe von Billy Bird einnehmen, dann wäre der Fall klar: Die Männer der *Bloody Revenge* hätten keinen Anspruch auf den Schatz. Würden sie es mit Billys Hilfe einnehmen, war gleichermaßen klar: Der Schatz würde unter beiden Schiffen aufgeteilt.

Doch was nun? Was wäre, wenn sie es in Sichtweite der *Bloody Revenge*, doch ohne ihre Hilfe nähmen? Würden Billy Bird und seine Männer ihren Anteil fordern? Würden die Männer der *Elizabeth Galley* einwilligen? Würden die beiden Mannschaft aufeinander losgehen?

»Hört zu, Männer!«, rief Marlowe nach vorn, nahm seinen Platz an der Reling am vorderen Ende des Achterdecks ein. »Anscheinend kommt die *Bloody Revenge*. Wenn sie in Sicht sind, hat die Mannschaft Anspruch auf die Beute, aber das bedeutet nicht, dass wir die ganze Arbeit für sie tun müssen. Wir treiben den Pott nach Norden, nehmen ihn in die Zange. Ich glaube kaum, dass sich die Mauren sonderlich wehren werden, aber trotzdem dürfen sich die anderen gern an dem Kampf beteiligen.«

Man antwortete ihm mit Jubel, die Männer johlten und klapperten, und dann wurde – wie ein Kontrapunkt – das Rumpeln maurischer Kanonen laut. Marlowe hatte nicht einmal bemerkt, dass sie feuerten, sparte sich die Mühe hinzusehen.

Die Mauren segelten gut am Wind, auf Backbordschlag. Die *Elizabeth Galley* fuhr platt vor dem Wind, getrieben von jenen spätwinterlichen Brisen, die vom Indischen Ozean kamen und nordwestlich durch Bab al Mandab und das Rote Meer gingen. Zwanzig Minuten auf gegenläufigem Kurs, und sie waren nur noch etwa eine halbe Meile voneinander entfernt. Die Bramsegel der Brigg waren vom Deck der *Galley* aus zu sehen, und der Ausguck war sicher, dass es die *Bloody Revenge* war.

»Verpassen wir den Mauren eine Kanonade! Es ist ein weiter Schuss, aber gebt es ihnen, so gut ihr könnt!«, rief Marlowe den Kanonieren ermunternd zu, trat dann zurück und betrachtete das Maurenschiff durchs Fernglas. Er hörte, wie Fletcher auf dem Mitteldeck »Rollt aus!« rief, spürte, wie die *Elizabeth Galley* mit den Wogen krängte, dann der Ruf »Feuer!«, und die Steuerbordbatterie ging los, acht Sechspfünder, ohrenbetäubend nah.

Die Eisenmenge war kläglich, verglichen mit dem, was die Mauren mit einer einzigen Breitseite verschießen konnten, doch sah Marlowe durch sein Fernrohr, dass über die Hälfte seiner Kanoniere ihr Ziel getroffen hatten, und er wusste, dass eine sechspfündige Kugel, die traf, mehr wert war als alle Kugeln, die ins Meer fielen.

Er sah aufs Mitteldeck hinab. Die Hälfte der Kanonen war wieder ausgerannt. Dreißig Sekunden später waren alle geladen und bereit.

»Rollt aus! Feuer!« Und wieder schoss die *Elizabeth Galley* ihr Eisen in das Riesending von einem Schiff, das den Schatz des Moguls trug.

Der maurische Kapitän wusste – wie Marlowe – um den Wert von Kugeln, die trafen, im Vergleich zu Kugeln, die ins Meer fielen. Entsprechend schien er um die Grenzen seines eigenen Schiffes zu wissen und sparte sich den Versuch, diesen Koloss zu wenden, trotz der günstigen Winde und dem meilenweiten Raum, der ihm zur Verfügung stand.

Amüsiert beobachtete Marlowe, wie das große, vergoldete Ding schwerfällig seine Richtung änderte, wobei der Bug immer direkter auf die *Elizabeth Galley* deutete. Masten reihten sich auf, das mächtige, verzierte Poopdeck verschwand hinter den Untersegeln, als das Maurenschiff mühsam herumkam.

Ruckend kamen die schweren Rahen über, als das Heck durch den Wind ging. Schließlich kam das Schatzschiff auf den Steuerbordbug, die Rahen gebrasst, mit dichtgeholten Schoten. Das gesamte Manöver hatte mehr als zehn Minuten gedauert, doch endlich waren sie auf ihrem nördlichen Kurs, fort von der *Elizabeth Galley*, der *Bloody Revenge* entgegen, die sie, wie Marlowe vermutete, noch gar nicht entdeckt hatten.

»An die Brassen!«, rief Marlowe. Die Segeltrimmer verließen ihre Kanonen, traten an die Nagelbänke, und kurz darauf kam auch die *Galley* auf Steuerbordbug, wie das

Maurenschiff, nur eine halbe Meile dahinter. Doch segelte die *Galley* anderthalb Mal so schnell wie die Mauren. Marlowe konnte sich den Augenblick aussuchen, an dem er entern wollte.

Sie jagten den Mohren noch eine Stunde, wobei die *Galley* etwas höher am Wind segelte, damit sie das breite Heck mit Kugeln durchlöchern konnten. Die *Elizabeth Galley* lag eine Viertelmeile achteraus, als die Mauren die *Bloody Revenge* entdeckten, eine Meile nördlich. Sie schwenkten wieder gen Osten aus, segelten so dicht am Wind wie möglich, was nicht sehr dicht war. Das Schatzschiff war wie eine große, plumpe Kuh, die von zwei Wölfen angefallen wurde, und je eiliger sie zu fliehen versuchte, desto jämmerlicher und verletzlicher schien sie.

»Nun gut, Honeyman«, sagte Marlowe zum Quartermaster, der neben ihm an Deck stand. Vor St. Mary's hätte er den Mann am liebsten vertrieben, doch nun war er froh, ihn da zu haben.

Natürlich stand ein geteiltes Kommando außer Frage. Sie befanden sich im Kampf. Marlowe war der absolute Herrscher auf dem Schiff.

»Nun gut«, sagte er wiederum, »genug von diesem Unsinn. Wir gehen längsseits und entern. Bis wir da sind, sollte die *Bloody Revenge* nicht mehr weit sein.«

»Aye, Captain«, sagte Honeyman. Er eilte nach vorn, gab Marlowes Worte mit lauter Stimme weiter, in einem Tonfall, der weder von Aufregung noch von Furcht oder sonstigen Empfindungen getrübt war. Der Entertrupp kümmerte sich um seine Entermesser, Spieße und Pistolen, die Kanoniere achteten darauf, möglichst runde Kugeln zu laden, mit Kartätschen darauf. Die Männer drängten sich auf Mittel- und Achterdeck, warteten.

Schnell kam die *Elizabeth Galley* näher, und die beiden

Piratenschiffe nahmen den Mauren in die Zange. Marlowe kletterte die Großmastwanten bis halb zum Masttopp hinauf, blickte mit seinem Fernrohr zwischen dem Mauren und der *Bloody Revenge* hin und her. Billy Bird gab sich keine sonderliche Mühe, in den Kampf einzugreifen. Die *Revenge* würde etwa ankommen, wenn die *Galley* bereits fünfzehn Minuten in die Schlacht verstrickt war.

»Verflucht sollst du sein, du elender …«, murmelte Marlowe. Das Wort *Feigling* schwebte kurz unter der Oberfläche, doch konnte er sich nicht dazu bringen, es auszusprechen. Es war ein allzu abscheulicher Vorwurf, selbst im Stillen ausgesprochen, so lange er keine besseren Beweise hatte.

Schließlich mochte die *Revenge* leckgeschlagen sein, oder ihr Rumpf war voller Unkraut, oder die Männer hatten beschlossen, sich sinnlos zu betrinken. Alles Mögliche konnte geschehen sein, was sich Billy Birds Einfluss entzog.

Marlowe überlegte, ob er Wind aus den Segeln nehmen sollte, um der *Revenge* genügend Zeit zum Aufholen zu geben. »Ach, zum Teufel mit ihnen«, sagte er schließlich. Er hatte genug vom Warten. Wenn sie sich noch weiter herumtrieben, würden die Männer den Biss verlieren. Es wurde Zeit, die Sache anzugehen.

Er stieg hinab, kam auf das Achterdeck. »Elizabeth, meine Liebe!«, rief er seiner Frau zu, die dort achtern stand, um nicht im Weg zu sein. »Gleich geht es los. Ich denke, es wäre das Beste, wenn du dich ins Kabelgatt zurückziehst.«

»Natürlich, Liebster.« Elizabeth kam näher, küsste ihn. So kühn sie auch sein mochte, wussten doch beide, dass an Deck nicht der rechte Ort mehr für sie war, wenn es zum Kampf kam.

Marlowe warf einen Blick auf die beiden Pistolen, die in ihrer Schärpe steckten. »Und sind sie auch wirklich geladen?«, fragte er, gab sich Mühe, so unbeschwert wie möglich zu klingen. Er hatte darauf bestanden, dass Elizabeth zwei geladene Waffen bei sich trug. Er hatte ihr erklärt, diese solle sie, falls sie besiegt würden, zu ihrem Schutz benutzen.

Nicht zum ersten Mal hatte man Elizabeth ins Kabelgatt verbannt, mit dem Rat, sich in den Kopf zu schießen, falls das Schiff eingenommen würde. Es gefiel Marlowe nicht, doch gab es keine andere Möglichkeit. Er brachte dieses Bild von Thomas Tew nicht mehr aus seinem Kopf. Der Gedanke daran, dass Elizabeth von eigener Hand ums Leben käme, war erträglicher als die Vorstellung, sie könne den Mauren in die Hände fallen.

»Geladen und schussbereit«, sagte Elizabeth, schenkte ihm einen verführerischen Blick, küsste ihn erneut und verschwand unter Deck. Falls sie sich fürchten sollte, würde sie es ihn nie wissen lassen. Er wusste, dass Elizabeth ihn nicht mit zusätzlichen Bedenken belastete, und dafür liebte er sie, neben vielem anderen.

Eine weitere Breitseite von dem großen Schiff, zwei Kabellängen entfernt, und diesmal trafen einige der großen Kugeln, dass Splitter flogen und das Schiff von vorn bis achtern bebte, doch konnte Marlowe keinen Schaden erkennen.

Die Männer auf dem Mitteldeck schwiegen, denn ihre bisherige Begeisterung verflog, als das Maurenschiff über ihnen aufragte, die enormen Ausmaße mit jedem Meter, den sie näher kamen, deutlicher und Furcht einflößender wurden. Marlowe hob erneut sein Fernrohr. Er sah, dass sich an Deck die Männer drängten. Er sah weiße Turbane und schwarze Bärte, bunte Jacken und Röcke, die sie darunter trugen. Er sah blitzende Schwerter und Enterbeile. Es waren Hunderte.

»Mr. Flanders, gebt ihnen ein paar Breitseiten!«, rief Marlowe.

Dieser Gedanke schien den Männern der *Elizabeth Galley* zu gefallen, und eifrig liefen sie zu den Backbordgeschützen.

»Rollt aus! Feuer!« Die Welt verlor sich im Rauch und Donner der Kanonen, und als sie wieder klar war, sah Marlowe Lücken im Schanzkleid des Mauren und Takelage, die in Fetzen hing.

»Noch einmal!«, rief er, doch die Männer luden bereits nach und rannten aus. Er sah das wölfische Grinsen auf ihren Gesichtern, und mehr als nur ein paar Mann brüllten den Feind an.

Wieder feuerten seine Kanonen, und auch einige der maurischen. Über zweihundert Meter Entfernung spieen die beiden Schiffe einander Eisen und Rauch entgegen. Marlowe sah, dass einer seiner Männer mit einem Splitter im Arm zu Boden ging, einem anderen ein herabstürzender Block an den Kopf schlug, doch nichts Schlimmeres geschah. Man sah mehrere Lücken im Schanzkleid des Maurenschiffes, und zwei Stückpforten waren nun durch einen Treffer nur noch eine.

»Kartätschen!«, rief Marlowe zum Mitteldeck hinab. »Und macht euch zum Entern bereit!« Die beiden Schiffe kamen einander zügig näher. Selbst ohne Fernrohr konnte er nun sehen, dass sich die Verteidiger an der Reling des großen Schiffes versammelten, welche gut fünf Meter über dem höchsten Deck der *Elizabeth Galley* aufragte.

»Maximale Elevation. Sprengen wir uns einen Weg durch diese Hundesöhne!« Marlowes Blut kochte, und die Mordlust vertrieb Angst und gesunden Menschenverstand. Auch seine Männer spürten es. Er sah es an der Art und Weise, wie sie an den Kanonen standen, ihre Waffen hielten oder von einem Fuß auf den anderen traten, weil sie es nicht erwarten konnten, sich auf den Feind zu stürzen.

Jemand fing an zu rufen: »Tod, Tod, Tod!«, und die anderen fielen in den Chor mit ein. Darauf hatte Marlowe längst gewartet, den »Totentanz«. Auf beiden Seiten dieses Chores war er schon gewesen und wusste, wie zermürbend er sich auf eine Mannschaft auswirken konnte, die darauf wartete, von Piraten überfallen zu werden.

Dreißig Meter zwischen beiden Schiffen. Noch näher, und die Kanonen der *Galley* wären nicht mehr in der Lage, hoch genug zu zielen, dass sie die sich drängenden Soldaten treffen konnten.

»Feuer!«, rief Marlowe. Auf das Donnern der Kanonen folgte das Kreischen der kleinen Metallsplitter, das dunkle Pfeifen der Kugeln, das Bersten von Holz, als die Kugeln ihr Ziel trafen, die Schreie, der Chor der Piraten, die sich für das Entern des Maurenschiffes aufpeitschten.

Der Wind verwehte den Rauch, hob ihn wie eine Decke an, und das Maurenschiff ragte über ihnen auf, eine große, vergoldete, reich verzierte, ramponierte Wand. Man sah Lücken in den ehemals geschlossenen Reihen der Verteidiger, wo die Kartätschengeschosse der *Galley* eine Bresche geschlagen hatten.

Marlowe sah sich um. Bickerstaff stand am Ruder, denn allein in dieser Form wollte er sich an etwas beteiligen, was er für einen ruchlosen Akt der Piraterie hielt. Bis in den Tod wollte er das Schiff gegen enternde Feinde verteidigen, doch würde er kein anderes entern.

Er sah, wie Bickerstaff das Ruder herüberdrückte und wandte sich wieder dem Mauren zu, als die beiden Schiffe kollidierten. Auf dem Mitteldeck stand Honeyman auf der Reling, griff nach der Außenbordtreppe des Mauren und kletterte hinauf, die grölenden Piraten auf seinen Fersen.

Weiter vorn führten Burgess und Flanders weitere Männer über die Fockrüste.

»Enterkommando achtern! Zu mir!«, rief Marlowe, sprang auf die Reling des Achterdecks und in die Besanwanten. Eine der maurischen Kanonen war direkt auf seinen Unterleib gerichtet, und der Gedanke an Tew blitzte vor seinem inneren Auge auf, doch dann kamen die anderen nach achtern gerannt, um ihm zu folgen, und es wurde Zeit zu entern.

Das Maurenschiff war so gigantisch groß, und Marlowe musste ein halbes Dutzend Webeleinen in den Besanwanten der *Galley* erklimmen, bis er auf Höhe der Großrüste war. Er sprang hinüber, landete auf der Rüste, dieser Plattform, die seitlich herausragte, erklomm die Großwanten des Mauren.

Unten, an Deck, war der Kampf in vollem Gang. Dunkelhäutige, bärtige Männer mit Turbanen schossen mit verzierten Pistolen, schwangen Krummschwerter nach den wilden Männern, die auf ihr Deck drängten. Die Schlacht fand vor dem Großmast statt, niemand sah, dass Marlowe und sein Trupp von achtern kamen, abgesehen von den Offizieren am Heck und auf dem Poopdeck. Marlowe hörte sie rufen, wohl eine Warnung an die anderen, doch verstand er kein Wort.

Er schwang sich aufs Deck hinab, seine Klinge bereit, stellte sich einem Offizier, der nach vorn kam. Der Mann richtete eine Pistole auf Marlowe, feuerte aus drei Metern Entfernung und schoss daneben. Er warf die Pistole fort, hob sein großes, breites Krummschwert und griff an.

Marlowe glaubte, leichtes Spiel zu haben, denn der Mann war ungedeckt; er stach zu, doch das Krummschwert kam herum und wehrte Marlowes Klinge ab. Wieder hob der Offizier sein Schwert, doch statt zurückzuweichen, griff

Marlowe an, traf den Mann mit der Schulter an der Brust, warf ihn aufs Deck, durchbohrte ihn mit seiner Klinge, bevor der Maure noch wusste, was geschah.

Marlowe wandte sich dem Kampf auf dem Mitteldeck zu. Die Männer, die er über die Großrüste geführt hatte, sprangen bereits hinunter, fielen von hinten über die Turbane her, kreischten wie besessen, und das nun war zu viel für die maurischen Soldaten. Sie warfen Enterbeile, Krummschwerter und Dolche fort und flüchteten sich in die Luken oder fielen flehend auf die Knie.

Die Männer der *Galley* jagten sie in die Luken, knallten die Deckel hinter ihnen zu oder trieben sie mit vorgehaltener Klinge an Deck zu kleinen Gruppen zusammen. Plötzlich war der ungeheure Lärm verstummt. Sie hatten das Maurenschiff in der Hand. So weit Marlowe sehen konnte, war kaum Blut geflossen, und wenn doch, dann eher auf Seiten der Verteidiger.

»Gut gemacht, Männer! Gut gemacht! Sie gehört uns!«, rief Marlowe, und überall um ihn Grinsen, nickende Köpfe, Männer, zu atemlos, als dass sie hätten jubeln können.

»Da kommt die *Bloody Revenge*, gerade rechtzeitig, dass keiner mehr zu Schaden kommen kann!«, rief Honeyman. Die Brigg war eine Kabellänge entfernt und kam zügig näher. Marlowe sah Männer an Deck. Sie sahen aus, als machten sie sich zum Entern bereit.

»Flanders, schnell, holt die verdammte Mohrenflagge ein. Vielleicht wissen sie nicht, dass das Schiff schon unser ist.«

Flanders lief nach achtern, löste die Leine und holte die große, bunte Flagge ein.

Marlowe ging zur Gangway auf der Backbordseite. Er wollte Billys Miene sehen, wenn der feststellte, dass die *Elizabeth Galley* die Mauren schon überwältigt hatte.

Die *Bloody Revenge* war keine hundert Meter mehr entfernt, und es gab keine Anzeichen dafür, dass sie beidrehen oder ihre Fahrt auch nur verlangsamen wollte. Marlowe suchte auf ihrem Achterdeck nach dem bunten Vogel Bird, doch er konnte ihn nicht sehen. Er fragte sich, ob das ein Problem war, ob etwas vorgefallen war, es eine Machtverschiebung gegeben hatte.

Fünfzig Meter, und sie kam noch immer auf sie zu. »Weiß er nicht, dass wir das verdammte Schiff schon eingenommen haben?«, fragte Honeyman und sprach die Gedanken vieler aus. Fünfundzwanzig Meter, und Honeyman sprang auf die Reling, rief: »Beidrehen! Beidrehen, ihr blöden Hunde, das Schiff ist unser!«

Doch sie drehten nicht bei. Honeyman sprang herunter, und die anderen flohen von der Backbordreling, als deutlich wurde, dass die *Bloody Revenge* ihre Prise rammen würde, und zwar hart.

Von der Steuerbordseite aus konnten sie nur die Masten der Brigg sehen, von der Mitte der Untersegel bis zum Masttopp. Sie sahen, wie sie schnell näher kam und in letzter Minute ausschwenkte. Ihr Klüverbaum traf das Schanzkleid des Mauren und brach, als sie sich drehte, und mit einem Beben rammte die Brigg das größere Schiff.

»Was zum Teufel haben diese Vollidioten eigentlich vor?«, sagte Flanders laut. Und dann wurde von unterhalb der Reling eine Stimme laut, und sie hörten, wie Männer an der Bordwand heraufschwärmten. Schon tauchten die ersten Männer der *Bloody Revenge* über dem Schanzkleid auf, mit Entermessern und Pistolen in Händen.

»Halt! Halt!«, rief Marlowe. »Das Schiff ist unser, die Mauren sind unter Deck! Haltet ein!«

Es war, als hätten sie keine Ohren. Keinen Augenblick lang hielten die Männer der *Revenge* inne, sondern feuerten eine Salve in die sprachlosen Leute der *Elizabeth Galley*, stürzten sich mit Schwert und Entermesser auf die Staunenden.

22

Der Kampf währte nicht lange. Er dauerte nicht einmal so lange wie die Schlacht mit den ursprünglichen Verteidigern des Schatzschiffes. Die Männer der *Elizabeth Galley* waren erschöpft, sprachlos und völlig überrascht.

Eine Pistolenkugel streifte Marlowes Rippen, was ihm höllische Schmerzen bereitete, ihn jedoch nicht umwarf. Ihm blieb genügend Zeit, sich von dem Schrecken zu erholen, sogar seine Klinge zu ziehen und den Enternden erneut entgegenzurufen, sie sollten ihren Angriff abbrechen, während die Männer der *Revenge* übers Deck schwärmten und seine Leute niedermachten.

Selbst als Marlowes Schwert auf Stahl traf und er die Klinge eines Angreifers abwehrte, konnte er den Verrat nicht fassen. Er kannte Billy Bird nicht gut, aber Elizabeth kannte ihn, und er konnte nicht glauben, dass sie sich derart in ihm getäuscht haben sollte.

Er parierte den Hieb, wich vor dem Dolch zurück, den sein Gegner schwenkte, sprang vor. Seine Attacke war plump und langsam, denn wie seine Männer war auch Marlowe müde, und so wurde sein Schwert mit Leichtigkeit abgewehrt. Marlowe wich der Riposte aus, und die Klinge des anderen verfehlte ihn nur um Haaresbreite.

Billy Bird, du Hurensohn!, dachte Marlowe, während er jede Bewegung seines Gegners im Auge behielt. Billy hatte er noch nicht gesehen. Er blickte sich um. Kein Billy weit und breit. War Billy Bird von den eigenen Leuten überstimmt worden, die auf Verrat aus waren?

Wieder griff der andere an, stürzte sich mit seinem ganzen Gewicht auf ihn, mit Dolch und Entermesser, und Marlowe hatte alle Hände voll damit zu tun, ihn abzuwehren. Der Mann – Marlowe erkannte ihn nicht – war schnell, neigte jedoch dazu, seine Deckung aufzugeben, wenn er mit dem Dolch konterte, und Marlowe wusste, dass diese Schwäche den Mann das Leben kosten würde.

Einen Schritt zurück, das Schwert flach gehalten, und der Mann sprang vor, holte mit dem Dolch aus, und Marlowe traf ihn unter dem Arm, trieb ihm die Klinge in seinen zuckenden Leib. Die Augen des Mannes wurden groß, der Mund stand offen, und er schrie, als hätte der Stich den Laut aus seiner Brust befreit.

Das Schwert war herausgerissen, der Mann brach zusammen, und Marlowe wandte sich um, wollte sehen, was nun kam. Suchte das Deck nach einem bekannten Gesicht ab. Die meisten Leute der *Revenge* hatte er bei ihrem schwimmenden Gelage kennen gelernt. Doch er erkannte niemanden.

Plötzlich warf einer von der *Galley* sein Entermesser fort und rief: »Gnade!«, und die anderen taten es ihm nach. Damit war die Schlacht geschlagen, die wütenden, verwirrten, ahnungslosen Männer der *Elizabeth Galley* warfen ihre Waffen fort, starrten finsteren Blickes ihre neuen Feinde an, die hämisch triumphierten.

Und dann, auf der anderen Seite des Decks, kam Billy Bird die Außenbordtreppe herauf und über die Gangway. Nur mühsam kam er voran. Sein Gesicht war kaum wiederzuerkennen, die Nase gebrochen, die Augen blau geprügelt und eines zugeschwollen.

Einen Moment lang stand er da und schwankte. Schon

tauchte hinter ihm einer auf, stieß ihn aufs Deck, und dann stand dort Roger Press.

Dieser Augenblick war Roger Press' größter Triumph, doch empfand Thomas Marlowe es keineswegs als Privileg, dabei sein zu dürfen. Während er mit den Händen hinter dem Kopf an Deck saß, was erniedrigend genug war, suchte er nach irgendetwas, das Press' Erfolg mindern mochte. Doch wollte ihm nichts einfallen.

Press hatte sich persönlich die Mühe gemacht, Marlowe über die Einzelheiten in Kenntnis zu setzen. Hatte ihm die Eroberung von St. Mary's einschließlich aller Reichtümer geschildert, die Einnahme der *Bloody Revenge,* seine Idee, die Brigg zu benutzen, um die Männer der *Elizabeth Galley* und deren Kapitän zu täuschen. Und die ganze Zeit über wackelte der verdammte Zahnstocher.

Press sorgte dafür, dass Marlowe zugegen war, als sein Erster Offizier die vorläufige Inspektion der Ladung des maurischen Schiffes vermeldete. Gold und Silber in Münzen, Barren und Staub, Perlen, Edelsteine, juwelenbesetzte Statuen, Dolche und Kronen und sogar ein Sattel, der mit Rubinen und Diamanten verziert war. Ballen von Seide, Gewürze, Elfenbein. Es war die Beute, die man sich auf der Piratenroute erträumte. Die Beute, die für einen kurzen Augenblick im Besitz der *Elizabeth Galley* gewesen war. Jetzt gehörte sie Roger Press.

»Gott im Himmel, Press, elender Hurensohn, tötet mich oder gebt mir ein Schwert und kämpft wie ein Mann!«, rief Marlowe endlich, als er es nicht länger ertragen konnte. »Ihr habt Euch gedrückt, als Eure Männer uns geentert haben, habt mir keine Gelegenheit gegeben, Euch zu töten. Ihr seid immer noch so feige wie in Nombre de Dios. Seid ein Mann, wenn Ihr könnt, aber langweilt mich nicht zu Tode!«

Er erwartete nicht, dass man ihm eine Waffe geben würde. Er erwartete einen Belegnagel über den Schädel. Stattdessen grinste Press nur, bohrte mit dem Zahnstocher zwischen seinen Zähnen herum. »Nein, nein, Marlowe. Wenn ich Euch eine Klinge gebe, stolpert Ihr nur darüber und bringt mich um das Vergnügen, Euch zu töten. Und im Augenblick habe ich keine Zeit, es richtig zu machen. Ich muss diesen unglaublichen Schatz auf mein Schiff verladen.

Aber hört mal, ich weiß, dass Ihr ein Händchen für Zahlen habt. Ich glaube, ich werde Euch die Inventur all dessen machen lassen, was von dieser Beute auf mein Schiff gebracht wird. Was sagt Ihr dazu?«

»Ich sage: ›Leckt mich am Arsch.‹«

»Ach, wirklich?« Press warf einen Blick hinunter auf das Achterdeck der *Elizabeth Galley*, fünf Meter unter ihm. »Sagt mal, ist das nicht die kleine Hure, die Euch in London noch gänzlich unbekannt war?«

Jemand aus der Mannschaft der *Galley* hatte, da er glaubte, das Maurenschiff sei erobert, Elizabeth gesagt, sie könne wieder an Deck kommen.

»Ist sie Euch noch immer unbekannt, Marlowe? Oder wäre es möglich, dass Ihr mit mir zusammenarbeiten wollt?«

Während der folgenden Stunden durchsuchte Marlowe unter den aufmerksamen Blicken dreier schwer bewaffneter Wachen die Große Kajüte, wo er das Frachtbuch und silberne Schreibutensilien fand. Er blätterte in dem Buch. Eng beschrieben war es, die indischen Buchstaben waren nicht zu entziffern. Doch die zweite Hälfte des Buches war leer, und Marlowe dachte, hier könne er wohl die Inventur in englischer Sprache vornehmen.

Press hatte nicht die Absicht, das maurische Schiff zu behalten. Er erklärte Marlowe sein Vorhaben keineswegs, doch das musste er auch nicht. Das Schiff zu übernehmen wäre sinnlos, denn sich mit den kläglichen Segeleigenschaften und den gut vierhundert Gefangenen an Bord zu belasten, brächte mehr Ärger, als das Schiff wert war.

Nein, Press würde den Inhalt des Laderaums auf sein eigenes Schiff verfrachten, die Leute an Bord sämtlicher Wertgegenstände berauben, die sie bei sich haben mochten, und sie dann ihrer Wege ziehen lassen. Es war der einzig logische Plan. Genau so hätte Marlowe es auch gemacht.

Als die Luken aufgebrochen wurden und man die Männer der *Elizabeth Galley* mit vorgehaltener Waffe zwang, hinabzusteigen und die wertvolle Ladung an Deck zu bringen, erschien Press' Schiff am Horizont. Schnell war es, und groß. Ein ehemaliges Kriegsschiff, wie Marlowe vermutete. Er meinte, es in London auf der Themse gesehen zu haben.

»Hübsch, nicht wahr?«, fragte Press, und Marlowe ärgerte sich, dass Press gesehen hatte, wie er das Schiff anstarrte.

»*Queen's Venture*. Eine Bande dieser reichen Bastarde der Ostindienkompanie hat mich als ihr Kapitän angeheuert. Die Hälfte der Beute habe ich als meinen Anteil ausgehandelt, aber ich denke, ich werde alles behalten. Wozu zurückfahren und in England den reichen Herrn markieren, wenn ich ein noch reicherer König auf St. Mary's sein kann, hm?«

»Roger, ich kann mir nur schwerlich etwas vorstellen, was mich weniger berühren würde«, versicherte ihm Marlowe.

»Ja, stets hat es Euch an Zielstrebigkeit gemangelt, junger Herr. Da kommt nun etwas, das Euch helfen soll, mit den Gedanken bei der Arbeit zu bleiben.«

Zwei von Press' Leuten führten Elizabeth aufs Deck des Maurenschiffes, die Hände vorn gefesselt. Man stieß sie, dass sie sich setzen musste und band ihre Handgelenke an einen Ringbolzen im Deck.

»Nur zur Erinnerung.« Press grinste. Er hielt den Zahnstocher zwischen den Zähnen und ließ ihn mit der Zunge wackeln.

Marlowe sah ihn an, ausdruckslos. *Ich werde dir dein stinkendes Herz herausreißen*, dachte er.

Es dauerte noch eine Stunde, bis Press' Leute die *Bloody Revenge* bewegt und die *Queen's Venture* längsseits gebracht hatten, doch bald schon lagen die beiden Schiffe, die *Elizabeth Galley* und die *Queen's Venture*, zu beiden Seiten des Mauren vertäut, eine schwimmende Insel aus Holz und Tauwerk, während die *Bloody Revenge* mit ihrer Restmannschaft eine Kabellänge entfernt lag. Roger Press' private Flottille, eine Armada aus Rotmeerpiraten.

Die Männer der *Elizabeth Galley* und der *Bloody Revenge* machten die Arbeit, während Press und seine Leute alles mit vorgehaltener Waffe überwachten. Die Reichtümer vom Schiff des Großmoguls wurden aus dem Laderaum gehoben und hingen über der offenen Hauptluke auf dem Maurenschiff. Marlowe nahm von allem eine sorgfältige Beschreibung vor und trug dazu die Menge in der Spalte ein, die im Rechnungsbuch dafür vorgesehen war.

Regelmäßig kontrollierte Press seine Arbeit, behielt ihn im Auge, während Marlowe die Beute inspizierte. Es bestand keinerlei Notwendigkeit, weitere Drohungen gegen Elizabeth auszusprechen. Beide Männer wussten, wie es darum stand.

Als ein Wachmann einen von Billy Birds Männern aus dem Laderaum an Deck zerrte und meldete, er habe ihn dabei erwischt, wie er eine Münze in sein Hemd stecken wollte, lächelte Press und gab Befehl, den Mann aufzuknüpfen, und zwar auf der Stelle.

Der Mann trat um sich, den ganzen Weg bis ans Ende der Großrah, und als er tot war, ließ man seinen Leichnam hängen, wie einen Piraten, den man in Ketten liegen ließ, als Warnung an ehrliche Seeleute. Die Exekution dauerte zehn Minuten, dann ging es wieder an die Arbeit.

Die *Queen's Venture*, die kaum Vorräte an Bord hatte, nahm einen großen Teil des Maurenschatzes auf, doch selbst ihr riesiger Laderaum war dafür zu klein. Als sie voll beladen war, öffnete man die Luken der *Elizabeth Galley*, warf Fässer mit Proviant und Wasser über Bord, und Marlowes ehemaliges Schiff – Press' neueste Erwerbung – wurde mit der restlichen Beute beladen.

Zwei volle Tage schaukelten sie im Golf von Aden, bis sie das Schiff des Großmoguls entladen hatten. Als die Sonne am zweiten Tage unterging und Marlowe Press sein letztes Buch aushändigte, das dritte mittlerweile, lächelte Press und sagte: »Ausgezeichnete Arbeit, mein lieber Marlowe, ausgezeichnet. Ich hatte gedacht, ich würde Euch nun töten. Ich wollte Eure hübsche Frau vor Euren Augen schänden und Euch dann töten, aber – du lieber Gott – dafür bin ich viel zu müde!

Also werde ich Euch wohl wegsperren und Eurer Fantasie überlassen, was ich mit Eurer Frau anstelle, und wenn wir dann wieder auf St. Mary's sind, dann werde ich Euch töten. Es ist erheblich amüsanter, wenn ich mir vorstelle, wie Ihr allein seid und über Euer Schicksal nachsinnt. Ihr dürft an mich denken, und daran, wie ich quälende acht Tage auf diesem verfluchten Sandhaufen gesessen habe, auf dem Ihr mich zurückgelassen habt. Erinnert Ihr Euch, Marlowe? Ich will es hoffen. Denn ich will, dass Ihr darüber nachdenkt. Ihr werdet reichlich Zeit haben.«

Er lächelte nicht mehr, als er seine Ansprache beendet hatte, und winkte zwei Wachen, Marlowe fortzuschaffen.

Marlowe sah ihn finster an. Er wollte schreien, drohen, Press versichern, dass er, Marlowe, ihn eines langsamen, qualvollen Todes sterben lassen würde, falls er Elizabeth auch nur anrühren sollte. Doch war es sinnlos, und wenn er Press erzürnte, würde er seinen Zorn nur an Elizabeth auslassen, und so hielt Marlowe den Mund und ließ sich von den Wachen abführen.

Sie brachten ihn hinunter ins Kabelgatt der *Queen's Venture*. Es war der tiefste Punkt des Schiffes, wo aufgerollte Hanfseile auf einer Plattform lagen, nur einen Fuß über dem Wasser in der Bilge. Es war ein schwarzer, feuchter, stinkender Ort, und Ratten huschten durch die Dunkelheit.

Die Wachen ketteten Marlowe an einen Ring, der am Holz befestigt war. Sie sicherten die Bolzen an den Hand- und Fußeisen, prüften sie, und als sie ihnen sicher schienen, ließen sie ihn allein.

Er saß auf dem grob gehauenen Holz und gab sich alle Mühe, nicht in Verzweiflung zu versinken. Die Arbeit auf dem Maurenschiff war getan, und Press ließ seinen Männern ihren Spaß mit den Gefangenen. Selbst so weit unten konnte Marlowe die Schreie der Männer hören, das Kreischen und Schluchzen der Frauen, Gelächter, Schüsse.

Er konnte sich vorstellen, was an Bord des Maurenschiffes vor sich ging, hatte das alles schon gesehen, auf anderen Schiffen und anderen Meeren. Er fragte sich, welche Rolle Elizabeth wohl zugedacht war, doch verdrängte er diesen Gedanken. Er würde darüber nur den Verstand verlieren.

Er beruhigte sich damit, dass Press Elizabeth vermutlich nichts antun würde, bis sie wieder auf St. Mary's wären. Press würde ihr nichts tun, solange Marlowe nicht zusehen konnte. Er sagte sich, dass er – Thomas Marlowe alias Malachias Barrett – jeden einzelnen der Hurensöhne töten würde, und beließ es dann dabei. Er dachte nicht darüber nach, wie realistisch diese Vorstellung sein mochte.

Irgendwann verlor Marlowe vor Erschöpfung das Bewusstsein. Als er wieder zu sich kam, lag er noch immer im Kabelgatt, noch immer allein. Er starrte in die Finsternis, doch obwohl sich seine Augen ans Dunkel gewöhnt hatten, konnte er nur vage Umrisse erkennen.

Er lag ganz still und lauschte. Man hörte das Scharren der Ratten, die über den Boden huschten, doch kaum mehr als das. Das Gelage an Bord war beendet. Er wusste nicht, ob es Tag oder Nacht war, doch meinte er, an der Bewegung des Schiffes zu erkennen, dass sie nach wie vor beigedreht lagen.

Seine Arme und Beine waren steif. Er musste sich dringend erleichtern. Er blickte zum dunklen Deck über sich auf, konnte nichts erkennen. Er dachte daran, zu schreien, zu rufen, man solle die Eisen lösen, damit er zur Pütz konnte. Fragte sich, ob man ihn hören würde.

Doch als er darüber nachsann, wurde ihm klar, dass Press niemals erlauben würde, ihm die Eisen zu lösen. Es gehörte zur Folter, ihn in seinem eigenen Dreck liegen zu lassen. Er versuchte, seine Hosen trotz der Eisen auszuziehen, dann kroch er übers Deck, bis er am Ende der Kette angekommen war, und dort verrichtete er sein Geschäft, so gut es ging. Es war widerwärtig, erniedrigend. Eine Qual. Das war der Sinn der Sache.

Und damit legte Marlowe die Stelle fest, wo seine Pütz war, und am anderen Ende seiner Ketten die Stelle, wo er schlief.

Er versuchte aufzustehen, doch wollte es ihm mit den Ketten nicht gelingen, also setzte er sich so aufrecht wie möglich. Er versuchte sich zu konzentrieren, doch bald schon schweiften seine Gedanken ab. Er gab es auf, und wenn er sich in dunklen Bildern verlor, lenkte er sein Denken auf angenehme Erinnerungen.

Er sah sich unter blauem Himmel über die Felder von Marlowe House reiten, als er oben etwas hörte, schnelle Schritte, dumpfe Befehle, das knarrende Ruder durch die Balken des Schiffes. Er lauschte angestrengt, versuchte die Geräusche zu unterscheiden, doch wollte es ihm nicht gelingen.

Nach einiger Zeit spürte er, wie das Schiff sich neigte, kein Wanken auf den Wogen mehr, sondern das Krängen unter dem Druck der Segel. Er hörte, wie das Wasser an der Bordwand gurgelte.

Sie waren unterwegs. Wohin, wusste er nicht, und er konnte auch nicht sagen, welche Schiffe mit ihnen fuhren. Er wusste nicht, ob seine eigenen Leute noch lebten, was aus Elizabeth geworden war. Er wusste allein um die Finsternis und das Wenige, was er aus den Geräuschen von oben folgern konnte, und das war sehr wenig.

Es dauerte mindestens einen ganzen Tag, bis man ihm Proviant und Wasser brachte, und inzwischen drehte sich jeder klare Gedanke nur noch um Essen und Trinken, wenn auch klare Gedanken immer seltener wurden. Mit krächzender, ausgetrockneter Stimme fragte er den Mann, wo sie seien, wohin sie führen, was mit seinen Leuten geschehen sei. Doch der Mann stellte nur angefressenes Brot, halbgares Pökelfleisch und einen Zinnbecher mit Wasser ab. Dann ließ er ihn allein, ohne auch nur ein Wort gesagt zu haben.

So ging es jeden Tag, einmal täglich, wenn eine undeutliche Gestalt mit Essensresten und gerade genug Wasser kam, dass er am Leben blieb. Nach einigen Tagen machte er sich nicht mal mehr die Mühe nachzufragen.

Er vermutete, dass sie ihm das Essen unregelmäßig brachten, damit er nicht wusste, ob Tag oder Nacht war. Es schien ihm unerheblich. Finsternis oder Sonnenschein machten im Kabelgatt keinen Unterschied. Er schlief, wachte irgendwann auf. Betete darum, dass die Stunden vergingen.

Doch je länger sich die Tage dahinschleppten, wollte er doch immer dringender erfahren, wie spät es jenseits seines dunklen Kerkers sein mochte. Er begriff den Drang nicht recht, doch war dieser ebenso mächtig wie Hunger oder Durst. Wie spät war es? Welche Wache? War Tag oder Nacht? Irgendetwas, das über Dunkelheit und Ratten hinausging, doch fand er nichts. Es gab rein gar nichts, nur die finstere Gestalt mit Essen und Wasser. Einmal täglich, so schätzte er. Er konnte nie sagen, wann.

Er dachte an die einzige Reise, die er als gewöhnlicher Seemann unternommen hatte, an Bord eines Sklavenschiffes, dachte an jene armen Menschen, die unter Deck angekettet gewesen waren, so wie er jetzt. War es für sie besser gewesen, dass noch andere dort waren? Die Sklavenhändler versuchten, die Volksstämme zu mischen, um jede Verständigung zu erschweren. War es schlimmer, mit anderen eingesperrt zu sein, mit denen man nicht sprechen konnte?

Zumindest bekamen die Sklaven etwas Zeit an Deck, was ihm verweigert wurde. Andererseits hatten die Afrikaner keine Ahnung, was mit ihnen geschah oder wohin sie fuhren. War sein Schicksal leichter oder schwerer? Er konnte es nicht sagen. Er wusste nur, dass ihn mit diesen Menschen nun auch das Leid verband, während er bisher nur Mitgefühl empfunden hatte.

Nach einiger Zeit – einer Woche vielleicht, mehr oder weniger – merkte er, dass er keinen vernünftigen Gedanken mehr verfolgen konnte. Er versuchte es, konzentrierte sich auf das eine oder andere Problem: Wie man ein Schiff zum Kalfatern kielholte, ohne dass die Masten litten, wo um Marlowe House die beste Stelle wäre, Wald für neue Tabakpflanzen zu roden, wie die ideale Bauweise, Takelage und Bewaffnung eines Kaperschiffes aussehen könnte.

Der Versuch, diese Gedanken zu verfolgen, war, als wollte er Rauch in seine Arme schließen, und sein Verstand tauchte in wirre, unzusammenhängende Bilder ab. Er wurde verrückt, und das machte ihm mehr Angst als irgendetwas sonst auf der Welt.

Was ihn vor dem Wahnsinn rettete, war, wie sich herausstellen sollte, auch das, was ihn beinahe das Leben kostete.

Er lag auf der Seite, schlief nicht, war nicht wach, befand sich in diesem halb bewussten Zustand, in dem er seine schwarzen Stunden zunehmend verbrachte. Das Schiff hob und senkte sich, pflügte hart am Wind durch kurze, raue Wellen: aufwärts, Pause, abwärts, ein dumpfer Schlag, wenn der Bug in die Welle schlug, aufwärts, Pause, abwärts, dumpfer Schlag.

Es war ein Rhythmus, der sich vor Jahren schon in ihm eingegraben hatte, in endlosen Stunden des Wanderns auf Schiffen, die mit solcher Segelstellung fuhren. Er wusste nicht, wie spät es war, doch konnte er nach der Bewegung des Schiffes den Zustand der See und die Segelstellung der *Queen's Venture* einschätzen. In seiner Albtraumwelt glaubte er manchmal, er sei auf einem Achterdeck, glaubte, er schliefe in seiner Großen Kajüte oder läge verwundet und sterbend an Deck, und nur manchmal erinnerte er sich daran, dass er im Kabelgatt angekettet war.

Er lag da, die Augen mal geschlossen, mal offen, es machte keinen Unterschied, und er nahm den Gestank der Bilge und seiner eigenen Exkremente kaum noch wahr, hörte das Huschen der allgegenwärtigen Ratten, die in dieser Nacht noch aufgeregter schienen. Oder an diesem Tag. Was immer es sein mochte.

Immer wieder taumelte Thomas Marlowe zwischen Schlafen und Wachen, nahm die Kälte, die von ihm Besitz ergriff, nur langsam wahr. Er spürte, wie sie über seine Beine kroch, eine betäubende Kälte, merkte, dass es der Tod war, der ihn nun endlich holte. Es war nicht das Gefühl, das er erwartet hatte.

Langsam streckte er die Hand danach aus, fragte sich, ob er seine Beine noch fühlen konnte, da landete seine Hand im Wasser, und plötzlich war er wach, kam ruckartig hoch, riss die Augen auf, alle Spinnweben von Alptraum und Verzweiflung fortgewaschen.

»Lieber Gott«, sagte er, und seine Stimme klang seltsam, und er merkte, dass er seit Tagen, vielleicht seit Wochen nicht gesprochen hatte. Er streckte seine Hände in die Dunkelheit, und überall um ihn war kaltes Meereswasser, rauschte ungehindert. Die *Queen's Venture* sank.

»Lieber Gott«, sagte er wieder. An der Bewegung erkannte er, dass sie sich nicht in schwerem Wetter befand. Es schien, als sei sie leckgeschlagen. Irgendwo eine morsche Planke im Rumpf, unbemerkt, wartete wie eine Schwachstelle im Deich, und wenn sie brach, kam gleich das Wasser, und zwar schnell.

Das Wasser stand über dem unteren Rand vom Kabelgatt und stieg, strömte durch ein Loch im Rumpf herein. Er lauschte nach Anzeichen von Panik an Deck: eilige Schritte, laute Befehle, Luken, die aufgerissen wurden, um dem Schiffszimmermann und seinen Leuten alles zur Verfügung stehende Licht zu geben, bei ihrer Suche nach dem Leck und dem Versuch, es zu stopfen. Doch war nichts zu hören. Sie wussten von nichts.

Einen Moment lang dachte er daran, den Mund zu halten. Sollte das Wasser um ihn steigen, ihn ertränken, Roger Press des Vergnügens berauben. Wie lange würde es dauern, bis sie das Leck fanden? Wenn er den Mund hielt, würde die

Queen's Venture vielleicht sinken, und Press müsste mit ansehen, wie Marlowe und der Schatz seines Lebens in der Tiefe versanken.

Doch das wollte er nicht. Das kalte Meereswasser hatte ihn aus seinem Stumpfsinn gerissen, hatte ihn aus seinen Alpträumen geweckt. Das Gefühl und der Geruch des Meeres belebten ihn, und er war bereit zu kämpfen.

»Heda! Deck!«, rief er. Seine Stimme brach, sein Rufen war nicht eben eindrucksvoll. Er schluckte, hustete und versuchte er erneut. »Heda! Deck! Ihr da oben an Deck! Verdammt noch mal, ihr seid leckgeschlagen! He!« Er schrie, bis sein Hals zu schmerzen begann, doch kam keine Antwort. Er fragte sich, ob sie es für eine List hielten, ob sie glaubten, er habe den Verstand verloren, ob sie sich alle um die Luke versammelt hatten, lauschten und lachten.

»Heda! Deck!«, rief er wiederum, und endlich hörte er Schritte nackter Füße auf der Leiter, die zum Kabelgatt herunterkamen.

»He, du da, ihr seid leckgeschlagen und solltet euch darum kümmern!«, rief Marlowe nicht mehr ganz so laut. Es kam keine Antwort. Sicher hatte Press seinen Männern gesagt, sie sollten nicht mit ihm sprechen. Doch kamen die Schritte näher, und er sah die vagen Umrisse eines Mannes in der Dunkelheit.

Er hörte Füße im Wasser, scharfes Einatmen, und der Mann sagte: »Gottverdammt!« Dann machte er kehrt und rannte wieder nach oben.

Einen Moment noch blieb es still, dann kam die Panik, die Marlowe erwartet hatte. Durch das Stöhnen des Schiffes und das Gurgeln von Wasser innerhalb und außerhalb des Rumpfes konnte er hören, dass man Befehle rief, dass Männer in hundert Richtungen rannten, Luken aufgerissen wurden. Das Schiff richtete sich etwas auf, und das Wasser im Laderaum, das sich im unteren Teil des krängenden Schiffes gesammelt hatte, ging über den sitzenden Marlowe hinweg und reichte ihm fast bis zur Hüfte. Er wusste, dass sie beigedreht hatten. Sie mussten den Druck vom Leck nehmen, bis es gefunden war.

Hoch über sich sah er einen matten Lichtschein, als der Zimmermann mit seinen Leuten von oben herunterhetzte, dann sah er die Laternen, als der Trupp in den Laderaum stieg. Er musste sich abwenden, denn es war das Hellste, was er seit Wochen gesehen hatte.

Der Zimmermann ignorierte ihn, als er ins knietiefe Wasser stieg und sich mühsam einen Weg nach vorn bahnte. In seinem Fahrwasser stapften drei Männer mit Hämmern, Brecheisen und Holzpfropfen. Sie verschwanden vorn, und bald konnte Marlowe nur noch das schwache Licht ihrer Laternen sehen.

Gleichzeitig hörte er die Pumpen. Auch dieses Geräusch war ihm vertraut, denn er hatte es täglich gehört, gewöhnlich etwa eine Stunde lang, was nicht viel war. Jetzt jedoch klang es anders, schneller und höher, und er wusste, dass die Männer mit dem erforderlichen Einsatz pumpten.

Das Wasser stand Marlowe bis zum Bauch, und er fragte sich, ob man ihn von den Ketten befreien würde, wenn es noch höher stieg. Er glaubte es nicht. Vorn hörte er einen der Zimmermannsleute rufen: »Hier! Hier drüben! Verflucht noch eins!«

Darauf hörte man Männer durchs tiefe Wasser stapfen, und die Stimme des Schiffszimmermannes wurde laut und eindringlich: »Geh und sag dem Captain, dass eine Planke lose ist, zwischen den Spanten ganz achtern auf der Steuerbordseite, am Ende der Bilge. Sag ihm, ich versuche, das Loch zu stopfen, aber er sollte sich besser darauf vorbereiten, dass wir ein Lecksegel brauchen!«

Der Zimmermannsmaat eilte an ihm vorbei. *Ein Lecksegel. Verdammt*, dachte Marlowe. Der Zimmermann glaubte nicht, dass er das Leck stopfen konnte. Es war so schlimm, dass Press ein altes Segel nehmen und von außen vor das Leck legen musste, damit der Druck der eindringenden Fluten es an Ort und Stelle hielt.

Es war sehr gut möglich, dass er ertrinken würde. Doch machte ihm das keine Angst. Die Aufregung, die Gefahr, die aufkommende Panik waren ihm nach der Finsternis eine Erleichterung.

Marlowe lauschte aufmerksam, und da die Luken aufgeworfen waren, konnte er eine Menge dessen hören, was an Deck geschah. Er hörte die Befehle, als das Segel an der Bordwand herabgelassen wurde, Anweisungen, die zwischen dem Zimmermann, der sich noch im Laderaum befand, und den Offizieren oben an Deck hin und her gingen.

Es dauerte eine Stunde, bis das alte Segel vor dem Leck lag. Das Wasser stand Marlowe bis zur Brust, als es endlich nicht mehr weiter stieg und langsam, ganz langsam zurückging, da die Pumpen endlich Wirkung zeigten. Der erschöpfte Zimmermann taumelte nach achtern und kletterte wieder hinauf, ohne auch nur einen Blick in Marlowes Richtung geworfen zu haben.

Eine weitere Stunde verging, bis das Wasser wieder unterhalb vom Kabelgatt stand, die *Queen's Venture* unterwegs war und die alte Routine von neuem begann. Jetzt jedoch war Marlowe nicht mehr in seinem eigenen Elend verloren. Er war am Leben, hellwach, sein Verstand arbeitete sauber und schnell.

Zwei Tage, so schätzte er, saß er noch im Kabelgatt. Da spürte er, wie sich die Schiffsbewegung ohne Vorwarnung veränderte, und er vermutete, dass sie sich in geschütztem Gewässer befanden. Dann zog man die Ankertrosse aus dem Kabelgatt und machte sie zum Ausrennen bereit, und Marlowe wusste, dass sie irgendwo angekommen sein mussten, vermutlich in St. Mary's.

Darauf, das wusste er, hatte Press gewartet. Hier wollte Press ihm ein Ende bereiten. Doch Thomas Marlowe war weder ängstlich noch verzweifelt oder für den Tod bereit. Jetzt war er schlicht und einfach bereit.

23

St. Mary's. Erst zum zweiten Mal war Roger Press in den runden, geschützten Hafen gesegelt, doch schon hatte er das Gefühl, heimzukehren. Der südöstliche Wind hatte die drei Schiffe mit Leichtigkeit durch den Kanal zwischen der kleinen Insel und Madagaskar getrieben, und gerade ausreichend Wind wurde in den Hafen geschleust, dass den Schiffen Raum zum Manövrieren blieb, als sie ihren Ankerplatz ansteuerten.

Auf dem großen Haus am Hügel und den Kanonenbatterien über dem Hafen flatterte der Union Jack im Wind, den sie unten im Hafenbecken gar nicht spürten. Einige Schiffe lagen vor Anker, Rotmeerpiraten, Inselhändler und natürlich die *Speedwell.* Alles war, wie er es zurückgelassen hatte. Hier war nun seine Heimat, sein Königreich.

Dann sah er – oben bei den Uferbatterien über ihnen – eine weiße Rauchwolke an der Mündung einer Kanone. Er erschrak, biss auf seinen Zahnstocher. Und dann, eine Sekunde später, der Kanonendonner, und eine zweite Rauchwolke aus dem Geschütz daneben. Kanonendonner – und eine dritte Wolke. Kugeln flogen keine. Press lächelte. Tasker hatte einen Salut arrangiert. Guter Mann.

Siebzehn Kanonen, deren Donner im Hafen hallte. Press hielt seinen Blick auf den Union Jack gerichtet, während er den Zahnstocher über seinen Gaumen streichen ließ. Vielleicht war es nicht gerade die Flagge, die man hissen sollte. Vielleicht brauchte er eine eigene Flagge. Rot, mit dem Bild seiner schreienden Feinde, die unter steinbeladener Planke erdrückt wurden. Press. Er lächelte bei dem Gedanken.

Die *Queen's Venture* fuhr voraus, die Marssegel gesetzt. Oben auf dem Vordeck stand Josiah Brownlaw, der ehemalige Dritte Offizier und jetzige stellvertretende Erste Offizier, bereit, den Anker zu setzen. Clayford war auf der *Elizabeth Galley*, und Tom Montgomery, der Zweite Offizier der *Venture*, hatte das Kommando auf der *Bloody Revenge*. Ihm gingen die Leute aus. Aber jetzt waren sie zu Hause.

Gleich hinter Brownlaw, vorn am Kranbalken, befand sich das Spinngewebe der Leinen, die das Lecksegel an Ort und Stelle hielten. Das war knapp gewesen. Das dicke Ende einer Planke war völlig verrottet. Niemand konnte sagen, wann das Leck bemerkt worden wäre, wenn Marlowe nicht gerufen hätte. Vielleicht erst, wenn die *Queen's Venture* voll gelaufen und gekentert wäre. Der Zimmermann hatte den Pumpensumpf nicht besonders sorgfältig ausgelotet, doch nachdem das Leck gestopft war und Press ihn ordentlich verdroschen hatte, war er seiner Pflicht weit aufmerksamer nachgekommen.

Es war eine Ironie des Schicksals, dass Marlowe sie gerettet hatte. Es würde nicht das Mindeste an dem grausamen Tod ändern, den Press für seinen ehemaligen Quartermaster vorgesehen hatte. Es war eben eine Ironie des Schicksals.

Sie querten den Hafen und kamen zu einer Stelle, die zwei Kabellängen vom alten Holzpier entfernt lag, und Press rief: »Hol auf, Vor- und Großmars! Komm rum! Lass fallen!«

Über ihnen hoben sich die Marssegel wie der Vorhang im Theater, das Schiff drehte sich in den Wind, und Brownlaw gab den Männern das Zeichen, den Anker loszulassen. Klatschend fiel er ins blaue Hafenwasser, die *Queen's Venture* setzte zurück und hielt an. Press sah an der Bordwand hinunter. Er konnte die Ankertrosse im Wasser sehen. Es war glasklar.

Backbord und luvwärts von der *Queen's Revenge* drehte die *Elizabeth Galley* in den Wind und setzte ihren Anker unter dem erfahrenen Kommando von Israel Clayford zehn Meter neben ihnen. Dünne Ansteckleinen, deren Enden zu dicken Affenfäusten verknotet waren, segelten über die Lücke hinweg und landeten mit leichten, dumpfen Schlägen auf den Decks der *Queen's Venture*. Die Männer hoben sie auf, zogen sie an Bord. An den freien Tampen waren schwerere Taue befestigt, die beide Schiffe aneinander binden sollten, und sie krochen wie Schlangen übers Wasser, als die Männer sie einholten, Hand über Hand.

Die *Queen's Venture* war ein müdes Schiff, ein angeschlagener Faustkämpfer, der aus eigener Kraft nicht mehr stehen konnte, sondern seinem Kameraden einen Arm um die Schulter legen musste, um sich auf den Beinen zu halten. Sie wollten die beiden Schiffe wie ein Floß zusammenbinden, die *Queen's Venture* und die *Elizabeth Galley*, und die *Galley* würde die *Venture* über Wasser halten. Das Lecksegel hatte den Wassereinbruch verlangsamen, jedoch nicht aufhalten können. Sollte eine weitere Planke nachgeben, mochte allein die *Galley* noch verhindern, dass Press' Flaggschiff auf Grund ging.

Erste Maßnahme wäre, die Beute zu entladen, dann das Schiff an den Strand zu bringen und wieder instand zu setzen.

Press sah, wie die Taue übers Wasser kamen, Brownlaw ließ eine der Leinen mittschiffs zum Gangspill bringen, während Clayford an Deck der *Galley* das Gleiche mit der anderen Leine tun ließ. Ein paar Minuten dauerte es, die Winden einzurichten, dann stampften die beiden Mannschaften im Kreis, zogen die Schiffe zueinander.

Auf der Steuerbordseite ankerte die *Bloody Revenge* mit backgesetztem Großmarssegel.

Roger Press schüttelte den Kopf, staunte über den Anblick. Zwei große Kähne, gebaut wie Kriegsschiffe. Die Schaluppe *Speedwell*, die Brigg *Bloody Revenge*. Er hatte das Kommando über eine Flotte, die mächtigste Streitmacht auf dem Indischen Ozean. Weshalb sich mit St. Mary's begnügen? Er besaß die Mittel für weit größere Eroberungen.

Es dauerte eine halbe Stunde, die beiden Schiffe zusammenzubringen, und Press merkte, dass er immer unruhiger wurde, auf und ab lief, sich mit dem Zahnstocher in den Gaumen bohrte. Er hatte erwartet, dass Tasker kommen und ihn begrüßen würde. Der Bootsmann der *Speedwell*, der die Verantwortung für den Tender übernommen hatte, war mit einem Boot herübergekommen, als die *Venture* eben vor Anker lag. Er meldete, dass alles in Ordnung sei und er schon seit einiger Zeit nichts mehr von Tasker gehört habe. Und das, so schien es Press, war ihm nur recht. Offenbar hatte er sich nicht die Mühe gemacht, mit dem Ersten Offizier Kontakt aufzunehmen.

Und vom Kanonensalut abgesehen, hatte sich Tasker auch nicht die Mühe gemacht, Kontakt zu seinem Kommandeur aufzunehmen.

Press stellte sich Tasker und die Männer in dem großen Haus vor, besinnungslos oder schlafend nach einem wilden Besäufnis. Es sah Tasker nicht ähnlich, doch hatte Press mehr als einmal schon erlebt, dass Männer den Verstand verloren, wenn ihnen die Piraterie zu Kopf stieg. Es wurde Zeit, sich darum zu kümmern.

»Brownlaw, ich will ... hört auf, kommt her!« Brownlaw ließ sein, was er gerade tat, und hastete nach achtern. »Ich will an Land. Lasst das Beiboot bemannen und gebt Clayford Nachricht, er soll sein Boot ebenfalls besetzen. Dreißig Mann von seinen Leuten. Ich nehme siebzig mit. Pistolen und Entermesser. Clayford kommt mit.«

Press wollte Clayford unter keinen Umständen mit dem Schatz allein lassen, wenn nur ein Hanftau ihn an Ort und Stelle hielt. Brownlaw dagegen war jung und unerfahren. Er hatte die Lage im Griff, wenn Press nicht da war, doch hatte er weder den Mumm noch den Antrieb, seinen Kapitän zu hintergehen. »Ihr übernehmt das Kommando auf den Schiffen, bis ich zurück bin. Möglicherweise müssen wir da oben für etwas Disziplin sorgen.«

»Aye, Sir«, sagte Brownlaw und wollte der Anordnung bereits nachkommen, doch Press sagte: »Moment noch ...«

Roger Press hielt inne und starrte zu dem großen Haus hinauf, ließ sich die Zahlen noch einmal durch den Kopf gehen. Auf der *Queen's Venture* und der *Speedwell* hatte er zusammen etwa zweihundertfünfzig Mann. Einhundert nahm er mit. Zwanzig waren krank oder im Kampf verwundet. Somit blieben fast genauso viele Gefangene wie Besatzung an Bord der drei Schiffe.

Das würde nicht genügen. Nicht, solange Marlowe und Billy Bird und dieser andere ... Bickerstaff sich noch an Bord befanden. Jeder dieser drei konnte die Männer organisieren, die Schiffe wieder übernehmen und dazu die Beute, die er, Press, erobert hatte. Nein, das würde nicht genügen.

»Außerdem nehmen wir ... fünfzig Gefangene mit, sperren sie in die Zellen im großen Haus. Sorgt dafür, dass Bird, der kleine Geck, darunter ist, und auch Bickerstaff. Holt Marlowe aus dem Laderaum und seine Metze aus der Kajüte.«

»Aye, Sir.« Brownlaw eilte davon.

Press glaubte nicht, dass er bewaffnete Männer brauchen würde, um Tasker zur Einsicht zu bringen. Er wollte nur Eindruck schinden, wenn er durch den Ort marschierte. Die paar hundert Piraten und Huren, die St. Mary's bevölkerten, würden für jemanden, der die Herrschaft auf ihrer Insel beanspruchte, sicher nur eine zweifelhafte Loyalität aufbringen. Doch kannte sich Press mit solchen Leuten aus, wusste, dass sie Macht in Form von Männern und Waffen respektierten. Und diesen Respekt würde er bekommen, indem er ihnen so oft wie möglich zeigte, wer und was alles seinem Kommando unterstand.

Zehn Minuten später waren die Boote bemannt. Elizabeth wurde aus der Kajüte geholt, die sie nicht hatte verlassen dürfen, seit man im Golf von Aden in See gestochen war. Sie war in keiner Weise belästigt worden. Press hatte mit dem Gedanken gespielt, dann aber doch nichts unternommen. Er hatte andere Sorgen.

Es reichte schon, wenn Marlowe glaubte, er würde sie sich nehmen. Doch damit wollte er warten, bis Marlowe zusehen konnte.

Dann tauchte Marlowe aus der Luke auf, die Hände vor dem Leib gefesselt. Er sah aus, wie Press es erwartet hatte. Zwei Wochen alter Bart, dreckig, fahl, blinzelnd und humpelnd. Seine Kleider waren zerrissen, seine Strümpfe hingen um die Knöchel, sein Haar war wirr und verfilzt. Man sah, was er war: ein gebrochener Mann. Press hoffte, er trüge noch genügend Feuer in sich, um Interesse an seinem Tod zu zeigen… und dem seiner Frau.

»Marlowe, schön, dass Ihr Euch zu uns gesellen könnt«, sagte Press grinsend, wackelte mit seinem Zahnstocher.

Marlowe sah ihn an, neigte den Kopf, die Augen wie Schlitze. »Ich fühle mich erfrischt, Captain Press. Sind Eure

Salzwasserbäder für alle zugänglich oder nur den Ehrengästen vorbehalten?«

Press legte die Stirn in Falten, sah Marlowe scharf an. Er hatte keine freche Antwort erwartet, hatte im Grunde gar keine Antwort erwartet. Er hatte gedacht, Marlowe sei nur noch ein sabbernder Idiot, nach zweieinhalb Wochen in Ketten im Kabelgatt, mit gerade so viel Essen und Wasser, dass er am Leben blieb, allein, ohne einen Menschen, der auch nur ein Wort mit ihm wechselte.

Doch war er kein sabbernder Idiot, kein gebrochenes Wrack. Er hatte noch immer Feuer, leuchtend hell, und Press wollte nichts lieber, als es austreten, wie Glut, die aus einem Kamin auf den Teppich gefallen war.

Doch dafür wäre später Zeit. »Schafft sie ins Boot. Gehen wir«, sagte Press und kletterte zur Gig hinab.

Es war nicht weit übers stille Wasser zum Anleger hinüber. Press ging an Land, seine Männer hinter ihm, und sie warteten, während die Boote umkehrten, um die Gefangenen zu holen, die Clayford aussortierte, zusammenstellte und an den Händen fesselte.

Vierzig Minuten später hatte Press seine Armee hinter sich versammelt, die Gefangenen in ihrer Mitte, und ein weiteres Mal führte er sie durch den Ort – seinen Ort – und den Hügel zum großen Haus hinauf. Er stapfte voran, ausdruckslos, doch wie ein Raubtier ließ er das Gebäude und das Gelände in der Ferne nicht aus den Augen.

Er sah kein Lebenszeichen, niemanden, der ihnen entgegen kam. Tasker musste wissen, dass er wieder da war, denn er hatte die Flotte begrüßt. Wo also blieb er?

Press' Gefühle standen Kopf. Wut, Sorge, Enttäuschung. Vor allem jedoch Wut. Er ging schneller, lief mit seinen langen, dürren Beinen, und die Männer hinter ihm hatten alle Mühe, Schritt zu halten.

Das große Tor im Palisadenzaun war verschlossen, und es standen keine Wachen davor, obwohl Press Tasker angewiesen hatte, zu jeder Zeit mindestens zwei Mann dort zu haben. Press drückte ans Tor. Es schwang nach innen, unverriegelt und widerstandslos, und Press trat hindurch.

Jetzt hörte er etwas, Geschrei, Gejohle und … Gesang. Er spitzte die Ohren. Ja, es war Gesang, und er kam aus dem Großen Saal. »Tasker«, murmelte Press, »du nichtsnutziger Sohn einer Hündin, lässt die Bastarde saufen.«

Sein Blick schweifte über Haus und Grundstück und blieb an einer Gestalt hängen, die reglos neben dem Haupteingang des Hauses saß. Der Mann lehnte an der Mauer, rührte sich nicht, und er sah beunruhigend vertraut aus.

»Kommt mit«, sagte Press über seine Schulter hinweg und lief eilig über das Gelände, während seine Männer ihm folgten.

Auf halbem Weg zum Haupteingang konnte Press sehen, dass die Gestalt, die dort ans Haus gelehnt saß, Tasker war. Er hielt eine Flasche Rum im Arm, wie einen Säugling und sein Kopf ruhte an der Mauer. Er rührte sich nicht.

»Du kleiner, dummer Wicht«, sagte Press und lief noch schneller, stellte sich bereits den harschen Tritt vor, den er seinem ehemaligen Stellvertreter versetzen wollte.

Zehn Meter vor dem Mann wurde Press langsamer und blieb dann stehen. Tasker sah nicht gut aus. Sein Gesicht war grau und starr, und die Art und Weise, wie er saß, hatte etwas Unnatürliches an sich. Tatsächlich sah er aus wie tot.

Roger Press spürte, wie sich sein Magen seltsam verkrampfte, und die Erinnerung an Nombre de Dios kam ihm in den Sinn. Er hatte alles geplant und fehlerlos ausgeführt. Hatte Marlowe und die anderen in den sicheren Tod geschickt, während er und seine Auserwählten sich mit der Beute aus dem Staub machten. Er hatte den Fang nur noch in die Boote schaffen und abfahren müssen, so nah war er dran gewesen. Doch Marlowe hatte überlebt. Er war zum Anleger gekommen, und Press' ganzer Plan war gescheitert.

Weshalb kam ihm jetzt diese Erinnerung?

Langsam trat Press an Tasker heran, musterte sorgsam die reglose Gestalt. Der Mann war tot. Ohne Zweifel. Was hatte ihn umgebracht? Grassierte das Gelbfieber? Die Pest? Hatte er sich zu Tode gesoffen?

Press sah sich um, als müsse er die Antwort irgendwo auf dem Gelände finden.

Und dann schoss eine Muskete, der Doppelknall von Zünder und Pulver, und der Staub wirbelte vor Press' Füßen auf. Er sprang zurück, blickte hoch. Aus allen Fenstern des großen Hauses beugten sich Männer herab, zielten mit Musketen auf sie, und plötzlich war das Gelände innerhalb des Palisadenzauns wie ein Pferch, in dem man Schlachtvieh hielt.

Press fuhr herum. Weitere Männer drängten durchs offene Tor herein, hielten die Musketen auf sie gerichtet, bereit, jeden niederzuschießen, der nach einer Pistole griff oder seine Muskete von der Schulter nahm.

Wieder fuhr er herum. Noch mehr Männer kamen von beiden Seiten um das Haus gelaufen. Männer, die wie Piraten aussahen, mit Pistolen und Musketen und Entermessern. Ebensoviele Männer, wie Press hatte. Vielleicht mehr noch, und sie hatten ihre Waffen schussbereit.

Einer dieser Männer trat vor, ein großer Kerl, größer noch als Press, und fast einen halben Zentner schwerer. »Werft eure Waffen weg, ihr Schweinehunde, sonst schießen wir euch nieder!«

Press drehte sich halb im Kreis, sprachlos, und bevor er seine Stimme wiederfand, bevor er seinen Männern befehlen konnte zu kämpfen, warfen sie ihre Waffen fort und hoben widerspruchslos die Hände. Die Gefangenen hoben ihre gefesselten Handgelenke, um zu zeigen, dass sie keine Gefahr darstellten.

»Da rüber!«, sagte der große Mann, nickte mit seinem vorstehenden Bart zum Zaun und deutete mit einer der beiden Pistolen, die er in Händen hielt. Press' Leute wichen zurück, ließen einen Haufen Musketen und Pistolen im Staub liegen.

Und noch immer bekam Roger Press kein Wort heraus.

»Ah, Roger Press. Ich dachte mir schon, dass du eines Tages kommen würdest.«

Wieder fuhr Press herum. *Nein, nein, nein! Das kann nicht sein!*

Eliphant Yancy stand neben dem leblosen Jacob Tasker. Er grinste, versetzte dem Leichnam einen Stoß mit dem Fuß, und der Tote sank vornüber zu Boden.

Press spürte, wie in ihm ein Schrei heranwuchs, tief in seinem Inneren. »Aaaahhh, du Schweinehund!«, brüllte er, wobei der Schrei immer lauter wurde, und dann stürmte er voran, drängte an dem großen Mann vorbei, den Blick zielstrebig auf Yancys Kehle gerichtet.

Dann aber stolperte er, brach zusammen, glaubte einen Augenblick, man habe auf ihn geschossen, doch in Wahrheit hatte ihm der große Mann einen Hieb in den Magen versetzt. Er ging zu Boden, keuchte, trat im Staub um sich.

»Roger, Roger, du meine Güte«, hörte er Yancy sagen. »Du hast es noch nie verstanden, ein guter Gast zu sein. Auch damals nicht, als ich dich von dieser Sandbank gerettet habe, weißt du noch? Hast versucht, eine Meuterei gegen mich anzuzetteln. Ich schätze, auch den Dons warst du kein guter Gast. Der Inquisition gefällt es gar nicht, wenn jemand lebend entkommt. Zumindest kein Pirat.«

Press sog Luft in seine Lungen. Tausend Worte drängten

sich in seinem Kopf, doch keines bekam er heraus. Er hörte Yancys Schritte auf der Treppe und dann auf der Erde, und er wusste, dass der kleine Mistkerl über ihm stand.

»Nun liegst du mir also wiederum zu Füßen?«, hörte er Yancy sagen.

»Dafür werde ich dich töten«, keuchte Press. Es waren die ersten Worte, die er herausbrachte.

»Ja, ja. Mein Gott, bist du ermüdend.« Yancy hielt inne. Press machte sich für einen Tritt oder Hieb bereit, doch statt dessen hörte er Yancy stöhnen. »O Roger, ist es denn die Möglichkeit? Du hast mir auch Thomas Marlowe mitgebracht? Und Elizabeth?« Yancy stieß sein hohes, quiekendes Lachen aus. Stets erinnerte es Press an eine Ratte, die man zerquetschte.

»O Roger, mein Bester«, sagte Yancy, als er nicht mehr lachen musste, »du hättest mir keine größere Freude bereiten können, selbst wenn du mir den Schatz des Großmoguls bringen würdest.«

24

Marlowe streckte die Arme durch Eisenstäbe, blickte über den Korridor hinweg in die Zelle gegenüber.

»Gott im Himmel, Roger, hast du eigentlich in deinem Leben schon mal irgendetwas nicht verpfuscht?«, rief er über den Gang. »Du warst der reichste Mann der Christenheit, und das … wie lange? Zwei Wochen? Und dann lieferst du alles an Yancy ab, wie einen Tribut. Mein Gott, was für ein Trottel.«

»Halt dein dummes Maul.« Die Stimme kam aus der dunklen Zelle, der Sprecher war nicht zu sehen.

Sie saßen im Gefängnis, im untersten Teil des großen Hauses, noch unter dem Erdgeschoss. Das Gefängnis bestand aus zwei großen, steinernen Räumen, vorn mit Gitterstäben, die einander gegenüber lagen, von einem zwei Meter breiten Gang getrennt. Die Zellen waren kühl und feucht, Licht fiel durch einen Schlitz, zwanzig Zentimeter hoch und sechzig breit, ganz oben in der Mauer, herein.

Eine Treppe führte vom Gang ins Erdgeschoss. Zwei Stufen, ein Absatz, dann eine Hundertachtzig-Grad-Wende und fünf weitere Stufen zum großen Haupteingang hinauf. Ein gelangweilter Wächter saß auf einem Stuhl am Fuß der Treppe. Mehr war nicht vonnöten. Die Gitter waren undurchdringlich, die Eisenstäbe dick und stabil.

Marlowe, Bickerstaff, Billy Bird und ihre Leute, die als Gefangene mit an Land gekommen waren, befanden sich in der einen Zelle. Zwei Drittel von Press' Leuten hockten in dem gegenüberliegenden Raum, bei Press. Ein Drittel hatte es vorgezogen, sich Yancy anzuschließen.

Tatsächlich wäre es mehr als ein Drittel gewesen, doch war Yancy nicht so dumm, allzu viele Männer von zweifelhafter Loyalität in seine Privatarmee aufzunehmen. Yancy wählte die wenigen, die er wollte, und sperrte den Rest ein.

Er hatte die verfeindeten Mannschaften getrennt. Marlowes Vermutung nach wollte er nicht, dass sie sich gegenseitig umbrachten. Das war Yancy vorbehalten. Er nahm an, dass Yancy die Offiziere sicher nicht gemeinsam mit der Mannschaft eingesperrt hätte, wenn er mehr als zwei Zellen gehabt hätte, doch das war nicht der Fall.

Was aus dem Rest der Männer von der *Elizabeth Galley* und der *Bloody Revenge* geworden war, wusste Marlowe nicht. Er dachte sich, dass sie wohl noch auf ihren Schiffen saßen und auf Nachricht von Press warteten. Vermutlich würde Yancy sie sich holen, wenn ihm danach war.

Er wusste nicht, wo sich Elizabeth befand, doch konnte er es sich vorstellen.

Marlowe überlegte, ob seine Lage nun besser oder schlechter als noch vor drei Stunden war, als Roger Press ihn gefangen gehalten hatte. Seine Sorge um Elizabeth bedrückte ihn am meisten. Daran hatte sich rein gar nichts geändert.

Allerdings konnte er sich nun an Press' untröstlichem Kummer freuen. »Du hättest mich töten sollen, Press. Du hast die Gelegenheit in den Wind geschossen. Jetzt wird Yancy dich schlachten. Du hast deine Chance gehabt.«

»Mich schlachten? Ich denke, er wird in diesem Augenblick wohl deine kleine Metze metzeln. Sie ordentlich durch den Wolf drehen. Was sagst du dazu, Marlowe?«

»Ich sage, er hat es schon einmal versucht und dabei fast sein Haus verloren. Elizabeth kann für sich selbst sorgen.« Aus seinen Worten sprach eine Zuversicht, die nicht der Wahrheit entsprach. Doch er würde Press nicht die Freude machen, sich an seiner Angst zu weiden.

»Der Captain sagt, Ihr sollt das Maul halten«, knurrte Israel Clayford. Er lehnte am Eisengitter der Zelle, ein Riese von einem Mann, und sah finster aus.

»Misch dich nicht ein«, sagte Marlowe. »Dein Captain ist ein toter Mann. Kümmere dich lieber um deinen eigenen Hals.«

Press trat aus dem Dunkel und schob wie Marlowe seine Arme durch das Gitter. »Hör zu, Marlowe«, sagte er leise, »Ich weiß, dass du mich ebenso gern umbringen würdest wie ich dich. Aber ich sage dir: Lass es uns vorerst vergessen und zusammenarbeiten. Wird uns nicht viel nützen, wenn der Bastard Yancy uns beide tötet, habe ich Recht?«

Marlowe lächelte, dann lachte er, und sein Vergnügen war

ehrlich. »Du meinst, ich helfe dir, deinen dürren Hals zu retten, und dann fällst du mir wieder in den Rücken?«

»Verflucht, Marlowe! Siehst du denn nicht, dass wir beide tot sind, wenn wir nicht zusammenarbeiten, und es wird nicht angenehm, das kann ich dir garantieren. Ich wette…«

Der Wächter war aufgestanden, und mit zwei Schritten stand er vor der Zelle. Er schlug mit der flachen Seite seiner Klinge an die Gitterstäbe. Erschrocken wich Press zurück, rief: »Hundsfott!«

»Schluß damit«, knurrte der Wächter, sah erst Press, dann Marlowe an. »Noch ein Wort, und einer von euch wandert ins Loch.«

Marlowe und Press sahen dem Wächter nach, als dieser sich wieder auf seinen Stuhl an der Treppe zurückzog. Marlowe wusste nicht, was das »Loch« war. Er verspürte kein Interesse, es herauszufinden.

Elizabeth lag ausgestreckt auf dem Himmelbett in Yancys Schlafgemach. Der Raum war von Kerzen sanft beleuchtet, deren Lichtschein sie umfing, während sich der Rest im Dunkel verlor. Unter anderen Umständen hätte sie das Zimmer vielleicht hübsch gefunden, warm und romantisch.

Ihre Handgelenke waren zusammengebunden und ans Kopfteil des Bettes gefesselt, was sie zwang, liegen zu bleiben. Sie biss die Zähne zusammen und zerrte, riss an den Fesseln, drehte ihre Handgelenke im groben Seil.

Seit zwanzig Minuten kämpfte sie. Ihre Gelenke waren wund und bluteten an manchen Stellen, und sie war nicht freier als in dem Moment, als Henry Nagel sie aufs Bett gezwungen und gefesselt hatte.

»Scheißkerl, Scheißkerl«, murmelte sie, während sie sich

wand und es schließlich aufgab, sich fallen ließ, von der Anstrengung erschöpft. »O Gott«, flüsterte sie.

Offenbar hatte Yancy seine Lektion beim letzten Mal gelernt und ließ Elizabeth nun nicht mehr frei im Zimmer herumlaufen. So gefesselt konnte Yancy mit ihr verfahren, wie es ihm beliebte. Vielleicht mochte sie den einen oder anderen Tritt an den Mann bringen, doch schlussendlich konnte er sie nach Herzenslust misshandeln.

»O Gott«, sagte sie wieder, zunehmend verzweifelt.

Seit einer Stunde war sie nun allein im Zimmer. Anfangs hatte sie sich nicht zu rühren gewagt, sondern nur still dagelegen und gelauscht, in der Hoffnung, etwas zu hören, das ihr einen Hinweis darauf geben mochte, was vor sich ging.

Yancy hatte seine Falle zuschnappen lassen, hatte Press' Männer und Thomas, Billy, Francis und deren Leute eingesperrt, wie sie vermutete. Sie selbst hatte man mit vorgehaltener Waffe in der Eingangshalle festgehalten, während die Männer eine halb verborgene Treppe ins Kellergeschoss hinunterstiegen. Schließlich hatte man sie in einen Saal geführt, allein, abgesehen von drei Wächtern, die sie im Auge behielten.

Zwei Stunden hatte Elizabeth dort gesessen, bis Nagel zurückgekommen war und sie in Yancys Schlafgemach gebracht hatte. Sie wusste nicht, was aus den anderen geworden war, ob Thomas lebte oder Yancy ihn bereits ermordet hatte. Sie wusste nicht, was mit ihr geschehen würde, doch konnte sie es ahnen.

Ihr Blick wanderte zu den Klingen an der Wand. Ein Paar langer, schmaler Rapiere hing dort gekreuzt als Schmuck, den Waffen sehr ähnlich, an denen Bickerstaff sie im Fechtkampf unterrichtet hatte. Wenn es ihr möglich wäre, sich zu befreien und eine dieser Klingen in die Hand zu bekommen, würde sie den dreckigen Wurm aufspießen, sobald er zur Tür hereinkäme.

Wieder riss sie an ihren Fesseln, biss die Zähne vor Schmerz zusammen, doch es hatte keinen Sinn. Nagel war ein Seemann. Er wusste, wie man etwas so zusammenband, dass es zusammengebunden blieb.

Dann Schritte auf dem Flur, leise Schritte, und sie wusste, dass es nicht Nagel war. Still lag sie da, hörte, wie sie näher kamen, und sie war sicher, dass es nur die leisen, schnellen Schritte Eliphant Yancys sein konnten. Bloße Gewalt nützte ihr in dieser Lage nichts. Sie hatte keine Möglichkeit, ihn aufzuspießen, wenn er eintrat. Ihr blieb einzig, die willige Liebhaberin zu spielen, bis sie die Hände frei hatte.

Die Vorstellung war ihr ebenso widerlich wie der Gedanke daran, vergewaltigt zu werden.

Die Schritte verstummten. Die Tür zu Yancys Schlafgemach besaß – wie sämtliche Türen zu den Gemächern im großen Haus – ein schweres Schloss, das von innen wie von außen zu öffnen war. Jedes Zimmer konnte als Zuflucht oder als Gefängnis dienen.

Elizabeth hörte, wie der Schlüssel auf der anderen Seite der Tür im Schloss gedreht wurde. Die Tür ging auf. Im Dunkel halb verloren stand dort Eliphant Yancy, trug seine protzigen Seidenkleider, schleifte seinen langen Umhang mit dem roten Futter hinter sich her. Einen Moment lang stand er da, sah sie an, und sie bemühte sich um einen verführerischen Blick, doch fiel es ihr schwer, gefesselt wie sie war. Vermutlich war der Anblick, den sie, ans Bett gebunden, bot, dem kleinen Gockel verführerisch genug.

»Eliphant, warum kommst du erst jetzt?«, fragte sie, als interessierte es sie.

Yancy trat ein, und Elizabeth sah sein schmales Wieselgesicht, das sorgsam rasierte Oberlippenbärtchen mit dem

Ziegenbart, über den er strich, während er sie betrachtete, ganz wie es seine Art war. Sie wusste, dass er glaubte, diese Geste ließe ihn nachdenklich, intelligent wirken.

Er wandte sich um, schloss die Tür und verriegelte sie, legte den Schlüssel auf den Tisch neben der Tür, dann kam er herüber, entschlossen, siegesgewiss. »Ich hatte zu tun, meine Liebe, viel zu tun. Doch das muss ich Euch nicht erst erklären.« Mit großer Geste entledigte er sich seines Umhangs, warf ihn auf einen Stuhl.

»Das müsst Ihr nicht«, sagte Elizabeth beschwichtigend. »Dieser Hundsfott Nagel hat mich gefesselt. Lasst mich frei, und ich massiere Euch die Schultern. Ihr braucht etwas Zuwendung.«

Yancy trat einen Schritt auf sie zu. »Der Hundsfott Nagel hat Euch auf meinen Befehl hin gefesselt. Fast hättet Ihr bei Eurem letzten Besuch mein Haus abgebrannt. Ihr erinnert Euch?«

»Ich? Ihr glaubt, es sei meine Schuld gewesen? Ich habe keine Ahnung, wie es zu dem Feuer gekommen ist, wenn ich mich auch erinnere, dass es mich fast das Leben gekostet hätte. Aber kommt doch zu mir, ich will es wiedergutmachen.«

Er lächelte sie an, dann warf er seinen Kopf in den Nacken und lachte. »Wisst Ihr, ich bin nicht so dumm, zu glauben, dass Ihr mich begehren würdet! Ihr werdet mich bekommen, ob Ihr wollt oder nicht, nur werde ich mich nicht zu dem Gedanken verleiten lassen, dass Ihr so etwas wie Liebe für mich empfinden mögt. Eines Tages wird es vielleicht der Fall sein. Aber jetzt noch nicht.«

»Woher wollt Ihr das wissen? Ihr seid ein gut aussehender Mann, und mächtig dazu. Vielleicht empfinde ich doch etwas für Euch.«

»Vielleicht. Aber was werdet Ihr tun, wenn ich Eure Fesseln löse, hm? Euch meiner erwehren? Mich schlagen? Mich treten? Was werdet Ihr tun?« Er trat ans Bett, strich mit einem Finger über ihre Wange, an ihrem Hals hinab, über ihre Brüste. Elizabeth schloss die Augen, gab ein Schnurren von sich, während sie die Zähne zusammenbiss.

»Was werdet Ihr tun, Teuerste?«

Sie schlug die Augen auf. »Wieso löst Ihr meine Fesseln nicht und findet es damit heraus?«, flüsterte sie.

Wiederum fuhr Yancy mit seiner Fingerspitze über ihr Gesicht. »Das werde ich tun.« Er langte um seine Hüfte herum und zog ein nadelspitzes Stilett hervor, hielt es hoch, ließ das Kerzenlicht darauf tanzen. »Ich bin kein Narr«, sagte er. »Aber ich glaube, es würde mir gefallen, wenn Ihr Euch wehrtet. Diese Eingeborenenmädchen sind so ergeben. Stets legen sie sich ohne Widerstand bereit. Ich glaube, mir steht der Sinn nach ein wenig Herausforderung.«

Elizabeth lag ganz still, als er das Messer nah an ihrem Gesicht vorüberstreichen ließ, die Spitze keinen Daumenbreit über ihrer Haut. Sie fühlte, wie die Klinge ihren Arm berührte, leicht wie eine Feder, und Yancy ließ die Spitze sanft an ihrem Arm hinunterfahren, bis sie den Stahl an ihren Handgelenken spürte. Mit einer kurzen Bewegung schnitt er die Fesseln auf.

»Oh«, stöhnte Elizabeth unwillkürlich. Eine Woge der Erleichterung ging über sie hinweg, als sie die Arme sinken ließ und sanft die wunde Haut an ihren Handgelenken rieb.

Yancy hatte einen schweren Fehler begangen und merkte es nicht. Ihre Arme und Gelenke hatten so schrecklich weh getan, und sie war so ungeheuer hilflos gewesen, dass ihr Wille schon schwächer geworden war. Doch nun war sie wieder kampfbereit.

Sie kuschelte sich tiefer ins Bett, sah Yancy in die Augen,

biss sanft auf ihre Unterlippe. Mit den Künsten der Verführung war Elizabeth wohl vertraut.

Yancy warf das Stilett beiseite. Er kniete neben ihr auf dem Bett, und sie strich mit ihrer Hand an seinem Oberschenkel hinauf. Sie wandte ihr Gesicht ab, ließ eine Strähne ihres langen, blonden Haares über die Wange fallen.

Sie wagte nicht, die Rapiere anzusehen. Doch als sie Yancys Bein und seine Taille streichelte und ihre Hand über seine Brust fahren ließ, berechnete sie Zeit und Entfernung, überlegte, ob sie lieber zu den Waffen oder gleich zur Tür stürzen sollte.

Yancy beugte sich über sie, stützte sich auf beiden Seiten ab und begann sie grob am Hals zu küssen. Sie wand sich unter ihm, stieß ein dunkles Stöhnen aus, schluckte fest, um ihren Ekel zu ersticken. Sie kam zu dem Schluss, dass sie es zur Tür schaffen konnte, doch bliebe nicht genügend Zeit, aufzuschließen, und von außen wieder abzusperren, es sei denn, Yancy wäre außer Gefecht gesetzt. Und dafür brauchte sie das Rapier.

Entscheidend war die Wahl des rechten Zeitpunkts, und sie wusste, dass sie noch eine Minute seine Schamlosigkeit ertragen musste. Sie fuhr mit ihren Fingern durch sein Haar, machte ihren Hals lang, konzentrierte sich in Gedanken auf Marlowe House, ihren geliebten Garten, die langen Ritte über die Felder.

Yancy fuhr mit seinem Mund über ihren Hals, an ihrer Brust herab, und seine Hände packten ihre Brüste. Sie hörte, wie er zu keuchen begann. Sie strich mit der Hand über seinen Rücken und an seinem Bein hinab, wand sich unter ihm. Er griff nach ihrem Mieder und riss daran, küsste sie grob oberhalb der Brüste, wurde von seiner Begierde fortgerissen, und alle Vorsicht war vergessen.

Elizabeth presste die Lippen fest zusammen, strich mit

der Hand an der Innenseite von Yancys Oberschenkel hinauf und immer weiter. Sie fühlte seine Erregung unter dem weiten Hosenstoff. Sie strich mit der Hand darüber, und er drückte sich gegen sie, gab einen kehligen Laut von sich. Sie streckte ihre Hand aus, umfasste seine Hoden.

Yancy stöhnte, und dann ahnte er die Gefahr. Er wollte sich aufrichten, doch sie drückte zu, quetschte ihn mit einem Griff, der in einem halben Jahr auf See an Kraft gewonnen hatte.

»Luder!«, brüllte er, versuchte auf die Knie zu kommen, brach jedoch vor Schmerz zusammen. Elizabeth ließ los, rollte zur Seite, als Yancy eben auf sie fallen wollte.

Sie rollte auf der anderen Seite aus dem Bett, fiel zu Boden und sprang auf. »Aaaah!«, schrie Yancy vor Schmerz und Wut. Elizabeth rannte um das Bett herum, mit Blick auf die Tür, dachte: *Vielleicht kann ich es schaffen...*

Doch da kam Yancy vom Bett hoch, gebückt, taumelte zur Tür, mit dem Stilett in der Hand. Halb verlor er sich im dunklen Schatten des Raumes, halb stand er im gelben Licht des Kerzenscheins. »Geh nur, lauf zur Tür, du mieses Luder, wenn du glaubst, dass du es schaffst!«, zischte er.

Elizabeth blieb stehen, trat einen Schritt zurück und riss das Rapier von der Wand. Die Waffe tanzte in ihrer Hand, fühlte sich so vertraut an wie ihre Haarbürste oder ein Glas, doch bemerkte Yancy nichts von der Leichtigkeit, mit der sie die Klinge schwang. Er stand zwischen ihr und der Tür, richtete sich langsam auf, zog eine Grimasse. »Komm schon... aber wenn du gehen willst, musst du an mir vorbei...«

Sie trat ihm entgegen, hielt die Spitze ihrer Klinge auf Höhe seiner Augen. Er richtete sich weiter auf, und seine Grimasse entspannte sich zu einem Grinsen, als der Schmerz nachließ. »Ich habe gesagt, ich möchte einen Kampf, und Ihr enttäuscht mich nicht, was, Teuerste?«

Elizabeth hielt inne. Sie war angespannt, jeder Nerv stramm wie die Takelage eines Schiffes. Im trüben Licht schien alles schärfer, die Geräusche klar und deutlich. Yancy grinste sie an, hielt das Stilett vor sich ausgestreckt. Messer gegen Rapier… es sollte eigentlich kein Problem sein.

Sie stach zu, mit ausgestrecktem Arm, hinteres Bein gerade, vorderes gebeugt, die Spitze auf seine Brust gerichtet. Zu ihrer Verwunderung fing er ihre Klinge mit dem Heft an seinem Stilett und schlug sie beiseite. Er versuchte, ihr das Rapier aus der Hand zu drehen, sie zu entwaffnen, doch kannte sie den Trick und sprang zurück, *en garde*, riss ihre Klinge frei.

Wieder griff sie an, umgehend, automatisch, und diese schnelle Attacke traf Yancy überraschend. Er konnte nur noch aus dem Weg springen, vor ihr fliehen, während sie ihm folgte, die Spitze ihres Rapiers wie eine Schusswaffe auf ihn gerichtet.

Yancy wich zurück. »Wie ich sehe, seid Ihr kein dummes, kleines Ding mit einer Klinge in der Hand«, sagte er höhnisch, herablassend. »Gut, gut. Ich werde Euch ein wenig aufschlitzen, bevor ich mich an Euch reibe. Bevor ich den Hundsfott Marlowe vor Euren Augen töte.«

Elizabeth drückte sich an die Tür, tastete nach dem Schlüssel auf dem Tisch, während sie die Spitze ihres Rapiers zwischen sich und Yancy hielt.

Yancy wich zurück, wollte ihr nicht den Rücken zuwenden. Sie fluchte leise und klopfte die Tischplatte mit der Hand ab, doch konnte sie den Schlüssel nicht finden.

Dann wandte sich Yancy ab, riss das zweite Rapier von der Wand und fuhr herum, so dass sich Elizabeth nicht mehr um die Tür kümmern konnte. Er hielt das Rapier niedrig, lockte mit dem Stilett, das er nun in der Linken hielt. »Komm, komm, versuch, mich aufzuspießen, kleines Luder…« Kreisend kam er ihr entgegen.

Elizabeth trat weg von der Tür, damit sie Raum zum Kämpfen bekam, wie sie es gelernt hatte.

Yancy hielt inne. Er wartete auf ihren Angriff, und sie war klug genug, sich darauf nicht einzulassen, nur hatte er die Zeit auf seiner Seite. Jeden Augenblick konnte jemand Yancy zu Hilfe eilen. Yancy zu töten würde nichts nützen, wenn Nagel draußen vor der Tür stand.

Sie näherte sich ihm, und er wich nicht von der Stelle. Sie griff an, mit aller Kraft, und Yancys Rapier kam hoch, schlug ihre Klinge beiseite, und er stach mit seinem Stilett zu, verfehlte ihren Bauch um Haaresbreite, als sie auswich.

Verflucht noch eins!, dachte sie. Yancy war schnell wie eine Schlange, schneller als Bickerstaff oder irgendeiner der anderen Männer, mit denen sie geübt hatte. Sie zog einen Kreis um ihn.

Blitzschnell fiel Yancy über sie her, stieß mit dem Rapier zu, und sie parierte nur noch instinktiv: Attacke, Parade, Riposte, Parade, das Klirren von Stahl auf Stahl im kleinen Raum. Ein Streich mit dem Stilett, der ihn aus dem Gleichgewicht warf, und Elizabeth konnte beiseite springen und tat dann einen Satz nach vorn. Sie traf ihn an der Schulter und stieß ihm die Klinge ins Fleisch, bevor er zurückweichen konnte.

»Aaaah, verdammt! Elende Hure!«, schrie er zornig. Er hielt die Hand mit dem Rapier an seine Schulter, und Elizabeth sah die Gelegenheit. Wieder attackierte sie, stürmte voran.

Es war zu spät, noch zu parieren. Yancy drehte sich, und ihre Klinge, die auf seine Brust gezielt hatte, traf ihn am Oberarm, ging durch Stoff und Fleisch, wie ein Messer durch einen Braten. Yancy heulte laut auf und wich zurück, aufs Bett und dann darüber, rollte übers Laken und kam auf der anderen Seite wieder auf die Beine.

Elizabeth rannte zur Tür, griff nach dem Schlüssel auf dem Tisch, doch hörte sie, wie Yancy sich von hinten auf sie stürzte.

Sie fuhr herum, die Klinge erhoben, als er attackierte, seine Deckung aufgab. Sie fing sein Rapier ab, warf es beiseite und stach erneut zu. Er parierte ihre Klinge mit seinem Stilett, drückte seitwärts und hielt sie unten.

Sie standen einander gegenüber, beide zu nah, als dass sie kämpfen konnten. Elizabeth roch seinen Atem, fühlte, wie der Druck an ihrer Klinge nachließ, als er mit dem Stilett auf sie einstechen wollte, und sie trat ihm in den Unterleib. Er brach zusammen, noch immer zu nah, um ihn aufspießen zu können, und so holte sie mit der Hand aus und traf ihn mit dem stählernen Handschutz ihrer Waffe seitlich am Kopf.

Yancy wurde durch den Hieb zur Seite geschleudert, und sein Kopf traf die Tischkante, als er zu Boden ging. Elizabeth hörte den dumpfen Schlag, sah, dass sein Kopf auf unnatürliche Weise abknickte, und dann lag er am Boden und rührte sich nicht mehr.

Einen Moment lang stand sie da, schnappte nach Luft, die Spitze ihres Rapiers auf dem Boden, kampfbereit, falls Yancy sich bewegen sollte. Eine ganze Minute blieb sie so stehen, keuchte, beobachtete, ob Yancy ein Lebenszeichen von sich gäbe, lauschte, ob sie vom Korridor her etwas hörte. Sie wunderte sich, dass der Lärm keine Leute angelockt hatte, doch vielleicht war es nichts Ungewöhnliches, Schreie aus Yancys Schlafgemach zu hören.

Endlich brachte sie ihr Keuchen unter Kontrolle, und sie hörte sonst nichts. Sie trat Yancys Rapier fort von ihm, stellte ihres an die Wand und hob das Stilett auf. Sie stieß

Yancy mit den Zehen an, bereit zuzustechen. Er rührte sich nicht. Sie ging neben ihm in die Hocke, tastete an seinem Hals nach dem Puls. Einige Versuche waren nötig, doch schließlich fand sie ihn, stellte fest, dass noch Leben in ihm war und wusste nicht, ob sie darüber froh sein sollte oder nicht.

Sie biss die Zähne zusammen, rollte ihn auf den Bauch, trat zurück, wartete, dass er sich bewegte, doch nichts geschah. Eine Sekunde noch, dann setzte sie sich rittlings auf ihn, packte ihn beim Haar, riss seinen Kopf zurück, zog seinen Hals lang. Sie drückte ihm die rasiermesserscharfe Klinge an die Kehle und hielt inne.

Tu es, tu es endlich… beschwor sie sich selbst, doch sie brachte es nicht fertig. »Oh, verdammt will ich sein, ich schwache Närrin«, flüsterte sie, ließ Yancys Kopf fallen. Dumpf schlug sein Kinn am Boden auf, doch er rührte sich nicht.

Sie stand auf, torkelte zum Bett hinüber. Sie war sehr müde, und ihr tat alles weh. Sie fand die Stricke, mit denen man sie ans Bett gefesselt hatte, und einige Stücke waren lang genug für ihr Vorhaben.

Neben der Fechtkunst hatte Elizabeth während ihrer Zeit auf See eine ganze Menge darüber gelernt, wie man Dinge verzurrte, da ihr die Aufgabe zugefallen war, ihre und Marlowes Sachen in der Großen Kajüte gegen das Rollen des Schiffes zu sichern. Diese Lektion wandte sie nun bei Yancy an. Rundtörns um die Handgelenke, Webleinstege dazwischen und schließlich zwei halbe Schläge, das Ende zwischen den Händen festgezogen… allein würde Yancy sich niemals befreien können. Sie schnitt die überschüssige Leine ab, band sie mit einem doppelten Schotensteg an ein anderes Stück und fesselte Yancys Fußgelenke auf die gleiche Art und Weise.

Als das getan war, schob sie das Stilett in ihren Rock. Sie hob beide Rapiere auf, nahm den Schlüssel und entriegelte die Tür, öffnete sie langsam, spähte auf den Gang hinaus. An beiden Enden leuchteten schwache Laternen, doch im matten Licht war weiter nichts zu sehen. Sie trat wieder in den Raum zurück, holte das zweite Rapier, dann trat sie leise auf den Flur hinaus. Sie schloss die Tür, verriegelte sie und lief leise zur Haupttreppe hinüber.

Sie würde Thomas finden. Sollte er noch leben, würde sie ihn befreien und sie würden diese gottverdammte Insel verlassen. Sollte er jedoch tot sein…

Sie verdrängte den Gedanken, lief schnell und leise den Gang entlang, bewaffnet und kampfbereit.

25

Elizabeth kam zum oberen Ende der breiten Treppe und blieb stehen, kauerte im Schatten. Einige Minuten wartete sie, lauschte, ob sich etwas bewegte, jemand Alarm gab, ob Wachen patrouillierten, sonst was. Sie wusste nicht, wie spät es war, schätzte aber, dass es gegen zwei Uhr morgens sein musste, eine tote Zeit. Nichts rührte sich.

Sie nahm die Treppe wie eine Katze, zügig, alle Sinne geschärft, das stille Haus erhellt allein vom schwachen Licht einiger Laternen. Die Treppe führte in die große Eingangshalle hinab, und jenseits der polierten Fliesen lag die Haustür.

Elizabeth lief an der Wand entlang, hielt sich im Schatten, lief zu der Tür, die halb in der Wand verborgen lag und durch die man Marlowe und die anderen geführt hatte, vor Stunden schon. Gefängnis, Folterkammer, Hinrichtungskeller, sie hatte keine Ahnung, was sich am Ende dieser Stufen befinden mochte.

An der Tür blieb sie wieder stehen, sah sich um, dann hob sie den Riegel langsam an und drückte die Tür auf. Sie war auf quietschende Scharniere vorbereitet, eine knarrende Tür, doch sie ließ sich lautlos bewegen. Sie drückte sie gerade so weit auf, dass sie sich hindurchschieben konnte, dann zog sie die Tür ins Schloss.

Fast schwarz war es dahinter, abgesehen von einem schwachen Lichtschein am Ende der Treppe, in dem man eben erkennen konnte, dass diese zu einer Art Absatz führte, dann kehrt machte und vermutlich weiter in den Keller ging.

Sie tastete mit den Zehen, fand die erste Stufe und nahm sie, dann die nächste und übernächste, bewegte sich langsam dem Licht entgegen. Fünf Stufen, und sie stand auf dem Absatz. Sie schlich zum Rand der zweiten Treppe, lugte um die Ecke und zog sich schnell wieder zurück.

Am Fuß der Treppe saß ein Wächter, einer dieser verfluchten Piraten. Er lümmelte auf einem Stuhl, hatte ihr den Rücken zugewandt. Das Licht kam von einer Laterne am Haken über seinem Kopf. Sie konnte nicht sagen, ob der Mann schlief oder wach war, hatte nicht gesehen, was jenseits von ihm sein mochte, am Ende des Korridors.

Leise atmete sie ein, machte sich für das bereit, was sie gleich tun musste. Die Treppe war zu schmal für ein Rapier, sie würde das Stilett nehmen müssen. Leise, vorsichtig legte sie die Waffen auf den Boden, zog das Stilett aus ihrem Rock und schob sich um die Ecke.

Eine Stufe abwärts. Der Wächter saß zwei Meter weiter, und sie merkte, dass sie nicht wusste, was sie tun sollte. Ihn erstechen? Einen Schritt weiter, und ein Steinchen löste sich unter ihrem Fuß, wie Donnergrollen in der Stille des Kerkers.

Der Wächter stöhnte, sprang auf, fuhr herum, eine Hand am Entermesser. Elizabeth erstarrte. Sie sah, dass der Mann erst erschrocken, dann verdutzt und schließlich ob ihres Anblicks erfreut war. Sie fuhr herum und floh.

Die Treppe hinauf, an der Wand entlang und auf den Treppenabsatz, wo sie stehen blieb und das Stilett zückte, während ihr die Schritte des Wächters folgten. Der große Mann bog um die Ecke, erwartete nicht, dass sie dort stehen würde. Abrupt hielt er inne, atmete scharf ein, Elizabeths nadelspitze Klinge unter seinem Kinn.

»Halt!«, zischte sie ihn an. »Runter mit dir.«

Der Wächter trat einen Schritt zurück, dann noch einen, blickte über seine Schulter, um zu sehen, wohin er trat, hielt die Hände erhoben, wandte sich nie mehr als einen kurzen Augenblick von Elizabeth ab. Einen Schritt zurück, noch einen, und schließlich stand er am Rand der letzten beiden Stufen.

»Umdrehen. Treppe runter«, sagte Elizabeth leise und gab sich alle Mühe, so bedrohlich wie möglich zu klingen. Der Mann nickte, wandte sich halb um. Dann zuckte seine Hand vor, packte ihr Handgelenk, riss es zur Seite, und Elizabeth stöhnte auf, als sie seine Kraft zu spüren bekam, denn er drehte ihr den Arm um.

So fest sie konnte, stieß sie ihn zurück, stemmte sich mit beiden Beinen ab, um ihm die Schulter an die Brust zu rammen. Sie spürte, dass er rückwärts taumelte, wie ein gefällter Baum, dann stürzten beide die Treppe hinab.

Elizabeth bemerkte flatternde Rockschöße und rudernde Arme, klirrende Waffen und verblüfftes Stöhnen. Sie landete auf dem Piraten, hörte ein seltsames Knacken, und dann einen Schmerzensschrei.

Sie stieß sich ab, das Stilett noch in der Hand, drückte es dem Piraten an die Kehle. »Still!«, zischte sie. Sie sah, dass der Arm des Mannes in einem unnatürlichen Winkel unter ihm verklemmt war, doch erstickte er seinen Schrei aus Todesangst.

Langsam stand Elizabeth auf, dem Mann den Dolch vors Gesicht haltend. »Gib einen Laut von dir, und ich schneide dir die Kehle durch«, zischte sie. Der Pirat biss die Zähne zusammen und keuchte vor Schmerz, kniff die Augen zusammen, doch er nickte, und Elizabeth trat einen Schritt zurück. Dann nahm sie die Laterne vom Haken, trat in einen schmalen Gang zwischen vergitterten Zellen.

Und plötzlich sah sie – direkt vor sich – genau das, was sie sich mehr als alles andere ersehnt hatte. Thomas, ihren Mann, der sie mit großen Augen ansah.

»Elizabeth? Mein Gott …«

»Thomas! Oh …« Sie eilte ans Gitter, nahm seine Hände, die er ihr entgegen streckte. Sein Haar war wirr und voller Stroh. Erschöpft sah er aus und verschlafen, ansonsten jedoch unversehrt.

»Thomas, bist du …?«

»Mir geht es gut. Und du? Hat dieses Schwein …?«

»Nein, nein. Ich habe Yancy gefesselt, aber es könnte sein, dass man ihn bald entdeckt. Wir müssen weg.«

»Der Wächter hat Schlüssel an seinem Gürtel.«

Elizabeth ließ ihn los, lief zu dem Wächter, der stöhnend versuchte, seinen gebrochenen Arm unter sich hervorzuziehen. An seinem Gürtel hing eine Lederkordel mit mehreren Schlüsseln. Elizabeth schnitt sie ab, hastete zur Zelle zurück. Sie nahm einen der Schlüssel, bekam ihn ins Schloss, doch wollte er sich nicht drehen lassen.

»Versuch die anderen«, flüsterte Thomas. Elizabeth zog den Schlüssel heraus, schob einen anderen hinein, drehte und hörte, wie sich das Schloss mit einem Klicken öffnete.

»Männer«, flüsterte Thomas den anderen zu. »Folgt mir.

Wir haben keine Waffen, mit denen wir uns den Weg freikämpfen könnten, also müssen wir ganz leise sein. Kommt mit.«

Er schob sich zur Zelle hinaus, trat beiseite, als die anderen ihm folgten.

»Marlowe!«, flüsterte eine Stimme aus der Zelle gegenüber. Überrascht wandte sich Elizabeth um. Roger Press drückte sein Gesicht gegen das Gitter.

»Marlowe! Du kannst mich nicht zurücklassen!«

»Ach, nein?«

»Marlowe, du Schweinehund! Ohne mich und meine Männer kannst du nicht entkommen.«

»Ich vermute, ich könnte *mit* dir und deinen Männern nicht entkommen. Dafür würdest du sicher sorgen.«

»Hurensohn! Wenn du mich nicht rauslässt, wecken wir das ganze gottverfluchte Haus! Du wirst es niemals bis zum Hafen schaffen!«

»Das müssen wir riskieren. Lebwohl, du stinkender Hundsfott. Ich hoffe, Yancy überlebt, damit er dich auf einen Pfahl spießen kann.« Thomas schob sich durch seine Männer, den Gang entlang, und Elizabeth folgte ihm. Er nahm dem Wächter das Entermesser ab und stieg die Treppe hinauf.

»Marlowe! Marlowe, du Scheißkerl!«, schrie Press, so laut er konnte; der Lärm erfüllte den ganzen Raum. Elizabeth stürmte die Treppe hinauf, nahm die Rapiere, gab eines Billy Bird, das andere Bickerstaff, und einer nach dem anderen kamen die Männer herauf.

Hinter ihnen war Press' Gebrüll zu hören, glücklicherweise jedoch gedämpft von dicken Wänden. Es war nicht laut genug, um das Haus zu wecken, doch falls jemand wach sein sollte, ein Wächter beispielsweise, würde er es sicher hören.

Eilig kamen die Männer durch die Tür, und der letzte schloss sie hinter sich, so dass Press' Flüche nun nicht mehr zu hören waren.

Elizabeth und Thomas standen Seite an Seite, lauschten, doch das Haus lag in tiefem Schlummer.

»Kommt«, sagte Marlowe, und er führte die Männer hinaus ins Freie, auf den Rasen, über den man zum Tor im Palisadenzaun gelangte, zur Straße, die zum Hafen führte, zum Meer und fort von diesem schrecklichen Ort.

Lord Yancy kam zu sich, schlug die Augen auf und schrie vor Schmerz, wimmerte dann wegen der Qualen, die ihm der Schrei bereitete. »O Gott, o Gott«, stöhnte er, schloss die Augen gegen die blitzenden Lichter und das Hämmern in seinem Kopf. Ganz still lag er da, bis sein Atem wieder ruhig ging.

Weder Arme noch Beine konnte er bewegen. Er fragte sich, ob sein Genick gebrochen war, und merkte, dass sich Panik in ihm breit machte. Er zwang sich zur Ruhe. Er spürte seine Glieder, das brennende Gefühl an seinen Handgelenken. Er war an Händen und Füssen gefesselt und lag am Boden.

»Schlampe!«, schrie er, was neuerliches Hämmern in seinem Kopf auslöste, und er musste still liegen, bis es nachließ.

Der Himmel draußen war schwarz, der Raum von Kerzen erleuchtet, die noch nicht ganz abgebrannt waren. Er konnte nicht sehr lange bewusstlos gewesen sein, was bedeutete, dass das Biest vielleicht noch im Haus war. Er wehrte sich gegen die Fesseln um seine Handgelenke, doch saßen sie fest und rührten sich nicht. Kalt und dick und taub fühlten sich die Finger an. Er war gut verschnürt.

»Schlampe!«, schrie er wieder, und diesmal war das Hämmern nicht so lähmend. Er suchte den Boden ab. Sein Stilett und beide Rapiere waren fort. In einer Tasche seines Umhangs, der auf dem Stuhl lag, hatte er ein Klappmesser. Er überlegte, wie schwierig es wäre, das Messer zu holen und sich freizuschneiden, im Gegensatz zu der praktischeren Lösung, einfach um Hilfe zu schreien. Er stellte sich vor, wie Henry Nagel ihn finden würde, geschunden und gefesselt von einer Frau, und er hatte das unbestimmte Gefühl, dass dies das Ende seiner Herrschaft auf St. Mary's wäre.

Mit großen Schwierigkeiten wand er sich, bis er kniete. Er versuchte zu hüpfen, doch der Schmerz war überwältigend, zuckte wie ein Blitz von seinen Knien auf, und sein Kopf fühlte sich an, als würde er gleich explodieren. Stöhnend kippte er zur Seite und robbte über den Boden, die schlimmste Erniedrigung, die ihm je widerfahren war.

Einige peinlich quälende Augenblicke später war er auf der anderen Seite des Zimmers. Er fand das Klappmesser, und mit tauben Fingern versuchte er, es aufzuklappen, hielt es dann unbeholfen fest, während er an den Fesseln sägte.

Viermal ließ er das Messer fallen und war den Tränen der Verzweiflung nah, als er spürte, dass die Fesseln leicht nachgaben; ein Strang war durchtrennt. Mit neuerlichem Elan sägte er weiter.

Er stöhnte vor Erleichterung, als die Fesseln abfielen. Ein scharfes Prickeln war zu spüren, als das Blut ungehindert in seine Finger floss. Er befreite seine Füße und erhob sich, kam zitternd auf die Beine.

Was jetzt, was jetzt… hol das Biest zurück…

Er hatte sich vor der Verlegenheit gerettet, wie ein gefesseltes Schwein auf dem Weg zur Schlachtbank gefunden zu werden, doch wäre es nicht gut, wenn seine Bande herausfand, dass eine Frau ihn überwältigt hatte.

Such die Hure, hol sie her, gib es ihr richtig…

Wohin würde sie gehen? Zum Hafen? Was würde sie tun?

Sie würde Marlowe befreien!

»Gottverdammtnochmal!«, sagte Yancy laut. Selbstverständlich würde sie versuchen, Marlowe zu befreien. »Gottverdammt!«

Er humpelte durchs Zimmer und versuchte die Tür zu öffnen, doch war sie verschlossen. Er fluchte, suchte den Schlüssel auf dem Tisch, konnte ihn nicht finden. Mit einer Kerze suchte er den Boden um den Tisch ab, doch der Schlüssel war nicht mehr da.

Er war eingesperrt, aber das machte nichts. Er humpelte durch den Raum, zog einen alten Wandteppich beiseite, der drüben beim Bett hing. Dahinter war eine kleine Tür verborgen. Diese stieß er auf, trat in den dunklen Gang dahinter.

Die Luft war staubig, und es roch wie in einer Gruft. Adam Baldridge war ein Mann mit Weitsicht gewesen und hatte die Notwendigkeit eines zweiten Ausgangs in seinem Schlafzimmer vorausgesehen. Doch auch Yancy war ein Mann mit Weitsicht. Er wusste, dass er, wenn er diesen Ausgang einmal benutzen musste, vermutlich Waffen brauchte, und daher hielt er sie dort bereit.

Er nahm die beiden Pistolen, deren Knäufe zusammengebunden waren, hängte sie sich um den Hals. Ein Gürtel mit Degen und Dolch darin hing von einem Haken. Diesen nahm er, schlang ihn um seinen Bauch.

Die steile, schmale Treppe hinab, die in denkbar engstem Raum gebaut war, so dass seine Schultern an die Wände stießen, als er hinuntereilte, wobei die Kerze knisterte und flackerte und zu verlöschen drohte.

Er kam zur Tür am Fuß der Treppe, entriegelte sie und drückte sie auf, so gut es ging. Auch diese lag hinter einem

Wandteppich verborgen, welcher die Eingangshalle zierte, und Yancy musste den schweren Stoff beiseite schieben, bevor er in den großen, offenen Raum treten konnte.

Die Tür zum Keller war verschlossen. Es war still, alles ruhig. Entweder war sie gar nicht hier gewesen, oder sie waren schon über alle Berge. Er hetzte durch die Halle, warf die Tür auf, nahm eilig die Treppe.

Vom Absatz aus konnte er den Wächter sehen, der am Boden lag, bewusstlos oder tot, zwei Stufen unter ihm, mit verdrehtem Arm.

»Schlampe!«, schrie Yancy, sprang die Stufen hinunter, am Wächter vorbei. Die Tür zur Zelle, in der Marlowe und seine Männer gesessen hatten, stand offen. Die Zelle war leer.

»Schlampe!«, schrie Yancy wiederum mit hoher Stimme, blind vor Zorn.

Eine Stimme hinter ihm, heiser, eindringlich, ließ ihn herumfahren. »Yancy!« Roger Press schob sich an das Gitter, sah auf Eliphant Yancy herab.

»Press, was ist hier passiert?«, wollte Yancy wissen.

»Marlowes kleine Metze hat ihn befreit. War sie nicht in deiner Obhut?«

»Sie ist den Idioten entkommen, die sie bewachen sollten. Nachdem ich mit ihr fertig war«, sagte Yancy und merkte dann, wie unangemessen es war, Press als Ebenbürtigen anzusprechen, als menschliches Wesen, und deswegen fügte er hinzu: »Wenn es dich auch nicht zu interessieren hat. Du bist ein toter Mann, so oder so.«

Yancy wandte sich um und steuerte die Treppe an, lief schnell, doch Press rief: »Warte! Warte, Yancy, es gibt noch etwas, von dem du nichts weißt!«

Yancy blieb stehen, doch er drehte sich nicht um, überlegte, ob er ihn anhören sollte oder nicht. Press war eine

Schlange, und wie die Augen einer Schlange konnten seine Worte hypnotisieren.

Doch das galt für schwache Menschen. Yancy wusste, dass er nicht so dumm war, sich von Press' schönen Worten einwickeln zu lassen. Er wandte sich um. »Was?«

»Marlowe will zum Hafen und versuchen, auf sein Schiff zu gelangen …«

»Du meinst, darauf wäre ich nicht selbst gekommen?«

»Nein, warte doch. Etwas weißt du nicht. Als ich Marlowe auf den Fersen war, habe ich das Schatzschiff des Großmoguls gekapert. Mein Schiff und Marlowes sind beide randvoll mit dem Schatz beladen, mit größerem Reichtum, als du in deinem ganzen Leben je gesehen hast. Wenn ich dir nicht helfe, wird Marlowe damit fortsegeln!«

»Wenn du mir nicht hilfst?« Yancy lachte auf. »Du hast mir schon genug damit geholfen, dass du ihn mir gebracht hast. Ich kann Marlowe und seiner jämmerlichen, kleinen Bande den Schatz auch allein abnehmen! Aber vielen Dank, dass du mir davon erzählt hast!«

»Es geht nicht nur um Marlowe!«, sagte Press, und Yancy hörte die Aufrichtigkeit in seiner Stimme. »Ich habe zweihundert Mann an Bord zurückgelassen, als ich an Land gegangen bin. Kannst du zweihundert ausgebildete Männer überwältigen? Männer auf einem Kriegsschiff? Wenn Marlowe die Männer an Bord überzeugt, dass ich tot bin, stechen sie in See, und du kannst sie nicht mehr aufhalten. Vielleicht bringen sie Marlowe um, vielleicht auch nicht, aber in jedem Fall ist der Schatz verloren. Sie müssen sehen, dass ich lebe, sonst segeln sie, und keiner kann sie aufhalten. Verstehst du?«

Yancy zögerte, spürte, dass er an Press' Logik wie an einem Hang abglitt.

Dann brachte Press sein bestes Argument vor. »Du

könntest die Hälfte des Schatzes haben, oder gar nichts, so einfach ist das.«

Yancy traf einen Entschluss. Er würde sich den Schatz holen. Er würde Press einfach hintergehen, so bald die Beute in Sicherheit wäre, und ihn wieder ins Gefängnis werfen. Er hatte genügend Leute, mit denen er Press bis dahin in Schach halten konnte. Er ging durch den schmalen Gang, nahm die Schlüssel, die an der anderen Zellentür hingen, und ließ Press und seine Männer frei.

»Wie lange sind Marlowe und die anderen schon fort?«, fragte Yancy, während er den Schlüssel im Schloss drehte.

»Halbe Stunde ungefähr«, sagte Press. Aus seiner Stimme sprach ein Eifer, fast ein Triumph, der Yancy nicht geheuer war, doch stand die Tür nun offen, und es war zu spät, sie wieder zu verriegeln. »Wahrscheinlich sind sie inzwischen längst im Hafen.«

Yancy zog die Tür ganz auf. »Mir nach!«, rief er und lief zur Treppe, seinen unliebsamen Verbündeten auf den Fersen.

Marlowe und seine Leute waren am Hafen, oder besser: Sie ruderten durch den Hafen, auf vier Boote verteilt. Sie waren auf keinerlei Widerstand gestoßen. Das große Haus schlief tief und fest. Die Wächter am Palisadentor hielten Ausschau nach Gefahr von außen, nicht von innen.

Sie legten nur leise Neugier an den Tag, als Marlowe das Tor hinter ihnen aufzog, wandten sich um und wurden von Honeyman mit einem schweren Knüppel, den er beim Haus gefunden hatte, außer Gefecht gesetzt. Als sie zu Boden gingen, verursachten sie kein größeres Geräusch als ein Brotbeutel, der aus zwei Metern Höhe herunterfiel. Man zerrte ihre leblosen Leiber ins Dunkel und nahm ihnen die Waffen ab.

Den Hügel hinab, die dunkle Straße entlang – noch vier Stunden, bis der Morgen graute. Sie liefen schnell und leise, und falls jemand sie gesehen hatte, so schlug doch niemand Alarm.

Vom Palisadenzaun bis hin zum Anleger drangen nur die üblichen Laute der Nacht an ihre Ohren. Nichts Alarmierendes begegnete ihnen in der reglosen, düsteren, teilnahmslosen Welt.

Auf dem Wasser konnten sie die dunklen Umrisse der vier ankernden Schiffe ausmachen. Ihnen am nächsten lag die *Bloody Revenge*. Dahinter das dunkle Gewirr, das scheinbare Durcheinander von Rundholz und Rahen der *Queen's Venture*, an deren dem Meer zugewandten Seite die *Elizabeth Galley* vertäut lag. Dreißig Meter jenseits der *Elizabeth Galley* lag der Tender *Speedwell*. Alle vier Schiffe wie Steine in einem Fluss. Friedlich wirkten sie, wie schlafend.

Nicht mehr lange, dachte Marlowe.

Die Boote der *Queen's Venture* und der *Bloody Revenge* waren noch da, am Pier vertäut, genau dort, wo Press sie zurückgelassen hatte.

»Wir dürfen Yancy keine Boote lassen, für den Fall, dass er uns angreifen will«, sagte Marlowe. »Billy, teilt Eure Männer auf. Nehmt das lange Ruderboot und die Gig dort. Ich bringe meine Männer in den anderen unter. Wir steuern Eure Brigg an, weil sie mit keinem anderen Schiff vertäut ist. Ich glaube kaum, dass viele Männer an Bord sind, höchstens eine Ankerwache. Nehmt sie gefangen, macht die Segel los. Ladet die Kanonen. Ich denke, wir können uns im Dunkeln aus dem Hafen schleichen.«

»Gut«, sagte Billy Bird, dann zögerte er. »Aber … zum Teufel mit der Brigg, sage ich. Marlowe, wollt Ihr einfach so davonsegeln? Euer eigenes Schiff zurücklassen?«

»Allerdings. Was habt Ihr denn gedacht?«

»Nun, da ist eine verdammte Riesenbeute auf Press' hässlichem Kahn. Und auf Eurem ebenso. Die können wir doch nicht Yancy überlassen.«

»Wollt Ihr etwa sagen …«

»Zumindest sollten wir die verfluchte *Queen's Venture* mitnehmen. Sie einfach aus dem Hafen bringen. Das Lecksegel hat so lange gehalten, da wird es auch noch etwas länger halten. Unsere Männer gehen an der Bordwand rauf, nehmen sie ein, dann nehmen wir Euer Schiff und segeln beide aufs offene Meer.«

»Und lassen Euer Schiff zurück?«

»Der elend lecke Eimer … mit meinem Anteil der Beute könnte ich zehn von der Sorte kaufen.«

»Bitte, Marlowe«, meldete sich Bickerstaff zu Wort, »sag mir, dass du es nicht ernstlich in Erwägung ziehst.«

»Na ja, es könnte tatsächlich sinnvoll sein …«

»Ich fürchte, du übernimmst dich. Lass es sein. Rette deine Haut.«

»Wir dürfen Yancy diesen Schatz nicht überlassen«, hielt Billy Bird dagegen. »Und wir können das Schiff nicht einfach versenken, denn das Wasser ist zu flach, und diese Eingeborenen können tauchen wie die Fische. Nein, wir müssen es mitnehmen.«

»Wir haben drei Entermesser, zwei Rapiere, vier Pistolen und ein Stilett für fünfzig Mann«, rief ihm Bickerstaff in Erinnerung.

»Oh. Stimmt …« Marlowe schien einen Moment ratlos.

»Erst nehmen wir die *Bloody Revenge* ein«, schlug Billy Bird vor. »Sollte keine große Hürde sein, wie Ihr schon sagtet, und dürfte mit dem, was wir haben, leicht zu schaffen sein. Wir befreien meine Leute. An Bord sind reichlich Waffen. Danach machen wir uns über die großen Schiffe her.«

In der Dunkelheit konnte Marlowe Bickerstaff kaum sehen, obwohl er keine zwei Meter entfernt stand, doch spürte er den scharfen Blick des Freundes. Bickerstaff seufzte. Es war Marlowe Bestätigung genug.

»Guter Plan, Billy. Gehen wir.«

Sie verteilten die Männer auf die Boote, Marlowe, Bickerstaff, Billy Bird und Honeyman gemeinsam im großen Boot, aufgrund der Tatsache, dass sie vier der fünf Klingen bei sich hatten. Die fünfte gab man Burgess, und zwei von Billy Birds Männern bekamen je eine Pistole. Den Rest wies man an, von hinten nachzurücken, sich zu greifen, was sie finden konnten – verlorene Waffen, Belegnägel, Handspaken – und sich in den Kampf zu stürzen.

Wie riesengroße Wasserkäfer paddelten sie durch den Hafen. Die Riemen knarrten in den Dollen, denn sie hatten keine Zeit gehabt, diese zu umwickeln. Zwanzig Meter vor der *Bloody Revenge* wurden sie von der nicht eben übermäßig aufmerksamen Ankerwache gesichtet.

»Heda! Boote, ahoi! Wer seid ihr?«

»Captain Press!«, rief Marlowe mit den Händen vor dem Mund.

»Was? Captain Press ist an Bord?«

»Captain Press!«, rief Marlowe erneut, zweideutig und wenig hilfreich.

Stille. Die Ruderer legten sich in die Riemen. Zehn Meter noch. Fast konnte Marlowe die Verwirrung im Kopf der Ankerwache hören. Dann: »Bleibt zurück, da! Bleibt zurück, sage ich!«

Sieben Meter noch, und der Mann rief, nicht zum Boot hinunter, sondern in Richtung seiner Kameraden. »An Deck! Alle Mann an Deck!« Nackte Füße liefen übers Deck, eine Stimme rief in eine Luke: »An Deck! Zu den Waffen! Zu den Waffen!«

Dumpf schlug das Beiboot an die Bordwand, und Marlowe kletterte eilig das Fallreep hinauf. Einmal trat er Billy Bird versehentlich an die Schulter, da Billy direkt hinter ihm hinaufstieg. Sie stürmten über die Gangway und duckten sich rechts und links, als die Ankerwache eine Donnerbüchse ins Leere schoss, wobei der Mann sich selbst und das Deck beleuchtete. Einer von Billy Birds Leuten schoss ihn mit seiner Pistole nieder.

Verschlafen und überrascht stiegen die Männer durch die Luke herauf. Einer nach dem anderen kam durch die schmale Öffnung, doch Honeyman und Burgess warteten schon und nahmen sie in Empfang. Nicht mit kaltem Stahl, sondern mit Belegnägeln, die kaum mehr als dumpfe Schläge taten, wenn sie die ahnungslosen Männer der Reihe nach ausschalteten.

Weitere Männer stürmten unter dem Achterdeck hervor; Marlowe, Bickerstaff und Bird nahmen sie in Empfang, Klinge gegen Klinge, doch die halbnackten Kerle, aus tiefem Schlaf aufgeschreckt, waren den entschlossenen, kampfbereiten Angreifern nicht gewachsen. Eine Minute des Kampfes, schon warfen sie ihre Klingen fort und flehten um Gnade.

Immer mehr Leute kamen über die Reling herauf, von den Booten unten, und sie trieben die Gefangenen nach vorn, schleppten die Verwundeten und Besinnungslosen aus dem Weg.

»Das haben wir gut gemacht«, sagte Billy Bird schließlich und stützte sich auf sein Rapier.

Marlowe nickte. »Wir sollten uns beeilen. An Bord der *Queen's Venture* wird man die Schüsse gehört haben, wenn auch wohl nicht oben im Haus. Vielleicht müssen wir von daher keine Schwierigkeiten fürchten. Zumindest nicht gleich.«

Dann wurde achtern, im Dunkel unter dem Deck, ein

Knistern und Zischen laut. Die beiden Männer drehten sich um. Eine Lunte brannte im Zündloch einer Kanone, unverkennbar. Im trüben Licht der Funken konnten sie noch sehen, wie sich der Mann, der sie gezündet hatte, aus dem Staub machte.

Billy trat einen Schritt an die Kanone, da ging sie los, eine mächtige, gelbrote Flamme schoss aus der Mündung, beleuchtete Wasser und Boote. Die Kanone selbst warf sich gegen ihr Brooktau. Der Donner hallte durch den ganzen Hafen.

Der Lärm verklang, bis er nicht mehr als ein Klingeln in den Ohren war. »Das haben sie sicher gehört«, sagte Billy Bird.

26

Yancy war noch immer damit beschäftigt, die Männer vor der Tür zu versammeln, als die Kanone losging. Siebzig seiner Männer, fünfzig von Press' Leuten, sie alle blickten auf, wie vom selben Bindfaden bewegt.

»Was zum Teufel war das?«, wollte Yancy wissen, und dabei war seine Stimme fast ein Quieken.

»Kanone«, sagte Press.

Yancys Kopf fuhr herum, blickte wütend in das pockennarbige Gesicht, das unbekümmert zum Hafen hinübersah. »Werd nur nicht dreist, du Hurenbock, sonst lasse ich dich gleich hier und jetzt pfählen.«

Press sah auf ihn herab, wackelte mit dem Zahnstocher zwischen den Lippen. Yancy hatte befohlen, ihm das verfluchte Ding abzunehmen, aber anscheinend hatte er noch eines in seinem Rock versteckt gehabt. »Ich glaube kaum, dass jetzt der rechte Zeitpunkt wäre, mich zu pfählen, Eliphant...«

»Lord Yancy.«

»Verzeiht mir, Lord Yancy«, leierte Press. »Meine Männer haben Befehl, eine Kanone abzufeuern, wenn es Schwierigkeiten gibt. Wenn ich mich nicht täusche, wird Marlowe jetzt bei meinen Schiffen angekommen sein.«

Yancy biss die Zähne zusammen, blickte über den Hafen hinaus. Press überragte ihn um gut eine halbe Elle, und Yancy hasste es, neben ihm zu stehen. Überlegte, ob er ihn zwingen sollte, auf den Knien zu rutschen. »Meine Schiffe, Press. Nicht deine«, korrigierte er. Jetzt schon wurde Press allzu unverschämt.

»Dann lasst mich vorschlagen, dass wir hinunter zu ›Euren Schiffen‹ gehen«, sagte Press, doch inzwischen war Yancy zu sehr mit seiner wachsenden Sorge beschäftigt, als dass er ihm für diese Frechheit eine Schelle verpassen wollte.

»Kommt mit, Männer! Runter zum Hafen! Beeilt euch! Verflucht, da gibt es einen Schatz zu holen!«

Das waren die motivierendsten Worte, die Yancy hätte sagen können. Sie drängten voran, folgten Press und Yancy und überquerten das Gelände, strömten zum Tor hinaus, ohne die bewusstlosen Wächter im Dunkel zu bemerken. Dann stürmten sie den Hügel hinunter zum Hafen.

Eben erst war Josiah Brownlaw in unruhigen Schlaf gesunken, bedrückt von der Last seiner Verantwortung, als die Donnerbüchse schoss.

Ruckartig setzte er sich auf, als ein Schuss aus anderer Waffe antwortete. Er sprang aus dem Bett, nahm Degen und Pistole. Die Schüsse waren nicht an Bord der *Queen's Venture* abgefeuert worden, sondern auf einem der anderen Schiffe, der *Bloody Revenge* oder der *Speedwell*. Es machte keinen Unterschied. Er trug Verantwortung für alle Schiffe.

Er kauerte unter den niedrigen Balken seiner winzigen Kabine, tat die beiden Schritte zur Tür und hetzte unter dem Achterdeck heraus, wobei er beinah mit dem Mann zusammenstieß, der ihn hatte holen sollen. Brownlaw rempelte ihn beiseite, lief aufs Mitteldeck, die Stufen zur Gangway hinauf.

Einer der Männer von der Ankerwache stand dort, der Mann, dem Brownlaw aufgetragen hatte, ein Auge auf die Zurrings des Lecksegels zu haben. Die musste man immer wieder überprüfen. Wenn ein Tau riss oder sich nur löste, würde man es reparieren müssen, und zwar umgehend. Sollte sich das Lecksegel lösen, würden die Fluten die Pumpen sehr bald überfordern.

Doch betrachtete der Mann keineswegs die Zurrings. Stattdessen blickte er übers Wasser hinüber zu der gekaperten Brigg, mit unsicherer, besorgter Miene.

»Was ist geschehen?«, wollte Brownlaw wissen.

»Schüsse aus Handfeuerwaffen, Mr. Brownlaw, von der Brigg …«

Sie standen da und lauschten. Sie hörten, wie Stahl auf Stahl klirrte, hörten schnelle Schritte. Brownlaw musste handeln. »Lasst die Männer antreten, Pistolen und Entermesser. Auch die Leute vom anderen Schiff.« Nach wie vor war die *Queen's Venture* mit der gekaperten *Elizabeth Galley* vertäut.

Die Ankerwache lief davon, und Brownlaw starrte übers Wasser, kaute auf seinen Fingernägeln. *Was geht da vor sich, was, was, was?* Es mochte ein Angriff vom Ufer her sein, oder eine Meuterei, oder die Gefangenen versuchten, das Schiff zu übernehmen.

Es wurde ganz still auf der Brigg, so still, dass Brownlaw

nur noch hörte, wie seine eigenen Leute an Deck gelaufen kamen, das Klappern von Waffen, das laute Gerede verunsicherter Männer.

Dann schoss auf der anderen Seite der Brigg eine Kanone, eine ihrer großen Kanonen, spie Flammen übers Wasser. Der Knall hallte überall im Hafen nach, und Brownlaw sprang vor Überraschung glatt vom Deck, ließ beinah seine Pistole über Bord fallen.

»Verdammt!«, rief er. Ein einzelner Schuss war das Notsignal, das Press ihnen ausdrücklich befohlen hatte.

Selbstverständlich sind sie in Not, du Idiot!, schalt Brownlaw sich selbst. *Schließlich kämpfen sie mit jemandem! Triff eine Entscheidung, triff eine Entscheidung, verdammt!* Er war wie gelähmt.

Stell fest, was da vor sich geht…

»Ho, Brigg ahoi! Heda!«, rief er, und während er es tat, merkte er, wie dumm es war anzunehmen, dass jemand reagieren würde, was zu seiner Überraschung aber doch geschah.

»Holla! Mr. Brownlaw, seid Ihr das?«

»Aye! Johnson?« Johnson war der Kapitänsmaat, der das Kommando auf der *Bloody Revenge* hatte.

»Aye, Sir!« Er klang aufgebracht. Seine Stimme zitterte.

»Was ist los, Johnson?«

»Die Gefangenen haben versucht auszubrechen, Sir! Sind irgendwie an Waffen gekommen. Ich weiß nicht, wie. Ich glaube, wir haben sie wieder im Griff!«

Kein Wunder, dass Johnsons Stimme derart zitterte. Verflucht beängstigend. »Braucht Ihr noch mehr Männer? Als Wache?«

Darauf folgte langes Schweigen, dann: »Aye, Sir! Wir haben hier ein paar Verwundete. Was könnt Ihr uns schicken?«

Brownlaw hatte etwa sechzig Mann auf den beiden großen Schiffen, weitere zwanzig auf der Brigg und noch einmal zwanzig an Bord der *Speedwell*. Leider waren fast alle Boote an Land, er hatte nur noch den Lastenkahn. »Fünfundzwanzig Mann«, verkündete er schließlich.

»Ich danke Euch, Sir!«, rief Johnson. Brownlaw wandte sich den Männern unten auf dem Mitteldeck zu. »Ihr habt Johnson gehört. Sie hatten Schwierigkeiten mit den Gefangenen. Fünfundzwanzig in die Barkasse. Fahrt rüber und geht ihnen zur Hand!«

Mehr musste er nicht sagen. Die Männer waren gut ausgebildet und gewöhnt, zusammenzuarbeiten. Zügig wurden sie sortiert, und fünfundzwanzig stiegen in die Barkasse.

Brownlaw sah ihnen nach, als sie zur Brigg hinüber ruderten, und er empfand große Erleichterung, ein fast benebelndes Gefühl der Freude. Er hatte schreckliche Angst gehabt, seiner Verantwortung nicht gewachsen zu sein. Stattdessen jedoch wurde während seiner Wache eine Gefangenenrevolte niedergeschlagen, und er hatte weitere Männer abgestellt, um die Sache zu beenden.

Nicht einmal der Hundsfott Press konnte an seinen Führungsqualitäten etwas aussetzen.

»Da kommen sie, unter der Gilling«, sagte Johnson, flüsterte, und während er sprach, erkannte Marlowe die dunklen Umrisse des Bootes, das zur *Bloody Revenge* herüberkam.

Als Belohnung für Johnsons gute Mitarbeit zog Marlowe die Pistole zurück, die er ihm ins Kreuz gedrückt hatte, und wendete sie von ihm ab. Er konnte den Schweiß des Mannes riechen, den unangenehmen Gestank der Angst.

»Burgess«, flüsterte Marlowe, und der Bootsmann erschien an seiner Seite. »Nehmt diese Pistole. Wenn die Männer im Boot heraufkommen, schickt Johnson sie nach unten, sagt ihnen, da würden die Gefangenen festgehalten. Wir greifen sie uns, sobald sie durch die Luke kommen.«

»Sollte Johnson Alarm schlagen, erschießt ihn. Nicht in den Kopf, ins Kreuz, hier.« Marlowe stach Johnson mit dem Finger in den unteren Rücken, nicht so sehr um es Burgess vorzuführen, sondern eher Johnson.

»Aye, Sir, ins Kreuz. Wird wohl eine Riesensauerei. Hab schon gesehen, wie jemand so noch wochenlang gelebt hat«, sagte Burgess, nahm die Waffe und zog seinen Dreispitz tief in die Stirn. Burgess war an Johnsons Seite sicher weit weniger verdächtig als Marlowe.

Marlowe ging übers Deck, stieg durch die Luke zum Zwischendeck hinab, wartete bei den anderen. Kurz darauf rumpelte das Boot längsseits, Schritte trampelten und kletterten an der Bordwand hinauf, und Johnsons Stimme – vor Angst gepresst – schickte sie nach unten.

Oben übers Deck und die Leiter ins trübe beleuchtete Zwischendeck hinab, und plötzlich waren Roger Press' Leute von Musketen umgeben, die auf sie gerichtet waren. Thomas Marlowe hielt einen Finger an seine Lippen, hielt sie zum Schweigen an. Sie verstanden die Warnung und gaben keinen Laut von sich, als man ihnen Musketen, Pistolen, Entermesser und Dolche abnahm. Man sperrte sie im Dunkeln ein, wo vor einer halben Stunde noch mehr als dreißig von Billy Birds Leuten festgesessen hatten.

Der Riegel wurde vorgeschoben und gesichert, und Marlowe nickte, sah sich unter den Versammelten um. Die *Bloody Revenge* gehörte ihnen, auf der *Queen's Venture* war man überzeugt, dass alles in Ordnung sei.

Es war eine Stunde vor Sonnenaufgang. Im Morgengrauen würden sie aufbrechen und zwischen den Batterien hindurch die Ausfahrt wagen müssen. Zweifelsohne waren

Yancy und seine Leute schon auf dem Weg zum Hafen, alarmiert von der großen Kanone, die irgendein Held abgefeuert hatte.

Sicher habe ich mich schon in schlimmerer Lage befunden, dachte Marlowe, hatte aber keine Zeit, darüber nachzudenken, wann.

Anfangs hatte Yancy die Geschwindigkeit vorgegeben, war eilig den Hügel hinabgeschritten. Doch Press' lange Beine trugen ihn mit jedem Schritt anderthalb mal so weit wie Yancy. Bald schon musste Yancy rennen, um Press folgen zu können, woraufhin wiederum Press zu laufen begann, was die Männer ihm nachtaten. Yancy konnte Press nicht befehlen, langsamer zu gehen, denn es hieße, zuzugeben, dass er dem schlaksigen Schweinehund nicht folgen konnte. Er durfte Press unter keinen Umständen vorauslaufen lassen.

Als sie schließlich zum Anleger kamen und auf die abgewetzten Bohlen traten, schnappten alle nach Luft, Yancy, Press, die schwer bewaffneten Männer. Einen Moment lang konnten sie nur keuchen.

»... müssen rüber zu den Schiffen. Wo sind deine Boote?«, schnaufte Yancy. Noch bekam er nicht wirklich wieder Luft, doch musste er als Erster sprechen.

Press richtete sich auf, schob mit großer Geste seinen Zahnstocher in den Mund. »Hatte hier vier Boote angebunden. Marlowe scheint sie sich genommen zu haben.«

»Gottverdammt! Nagel, wo zum Teufel steckst du? Nagel!«

Henry Nagel trat aus dem Dunkel hervor. Er schien kaum noch etwas von der Ehrerbietung an den Tag zu legen, die man von ihm gewohnt war.

»Ja, Lord Yancy?«

»Verflucht, wir brauchen Boote, Nagel!«, schrie er, hielt sich kaum zurück. Yancy hörte das hohe Quieken in seiner Stimme, nicht eben gebieterisch. Darauf wollte er achten.

»Ein paar Männer, die von Press' Schiff kommen, sagen, der Schatz vom Großmogul höchstpersönlich befände sich an Bord der Schiffe«, sagte Nagel. Es war eine bloße Feststellung, offen ausgesprochen, doch lag darin die Last einer Beschuldigung.

»Ja, das stimmt. Dafür brauchen wir die gottverfluchten Boote!«

»Ein paar Männer haben sich gefragt, wie es kommt, dass wir davon nichts wissen.«

Yancy runzelte die Stirn, trat einen Schritt näher an Nagel heran, bis er das Gesicht des Mannes in der Dunkelheit erkennen konnte, und er hoffte, Nagel könne auch das seine sehen. »Wage nicht, an mir zu zweifeln, Hundesohn! Ich gebe dir Bescheid, wenn es an der Zeit ist, hörst du mich?«

Himmelarsch noch eins!, dachte Yancy. In der Eile hatte er vergessen, Nagel mehr von dem Schatz zu erzählen, und jetzt glaubten Nagel und die anderen, er wolle sie hintergehen.

Das durften sie nicht denken.

Es mochte sein, dass er sie alle irgendwann hintergehen würde, doch durften sie ihn dessen nicht beschuldigen, wenn er es noch gar nicht tat.

Nagel schwieg einen Augenblick lang. »Da ist das Kanu, da drüben«, sagte er schließlich, nickte zu einem kleinen, lecken, halb vermoderten Einbaum, der am Pier vertäut lag. Schließlich fügte er fast widerwillig hinzu: »Und die beiden großen Boote mit den Drehbassen im Bug sind drüben an der Südspitze.«

»Ja, ja, natürlich«, sagte Yancy. Zwei große Barkassen. Er

hielt sie bewaffnet und verborgen, für den Fall, dass er ein Schiff beim Ein- oder Auslaufen angreifen wollte. Die waren ideal.

»Nehmt ein paar Männer…«, begann Yancy, hielt dann inne. Sollte er Nagel allein schicken, die Boote zu bemannen, damit der sich den Schatz nehmen und damit verschwinden konnte? Nein, das war nicht gut. Selbst gehen? Mindestens vierzig Minuten würde es dauern, bis er bei den Booten war, dann noch einmal zwanzig, um zum Anleger zu rudern. Nagel zurücklassen? Press?

Verflucht, jeden einzelnen dieser treulosen Gesellen muss ich im Auge behalten!

»Wir gehen alle! Zu den Booten!« Yancy lief voraus, den Pier entlang, zur Straße parallel zum Hafen. Wenigstens kannte Press den Weg nicht. Diesmal würde er nicht wieder vorauslaufen können.

Eine ganze Weile – fast eine Stunde – wurde Johnson von der Ankerwache nun schon mit vorgehaltener Waffe bedroht, und aus seiner beträchtlichen Erfahrung in diesen Dingen wusste Marlowe, dass ein Mensch nur gewisse Zeit mit einer Waffe im Kreuz einzuschüchtern war. Aber er brauchte Johnsons Hilfe.

Marlowe stieg zum Hauptdeck hinauf, sah Johnson auf der Luke sitzen, die Hände im Nacken gefaltet. Burgess kauerte vor ihm, die Waffe auf seine Brust gerichtet.

»Johnson, wie geht es?«, fragte Marlowe.

»Ging schon besser«, knurrte Johnson. Die Angst war verflogen.

Marlowe ging neben ihm in die Hocke. »Johnson, seht Ihr das?« Er hielt drei goldene Dublonen hoch, die Billy Bird aus einem Versteck in seiner Großen Kajüte geholt hatte, und sah, wie Johnsons Augen etwas größer wurden.

»Ich schätze, das dürfte mehr sein, als Euch dieser Dreckskerl Press für die ganze Fahrt bezahlt. Gefällt es Euch, für Press zu arbeiten, Johnson? Oder wäre es vielleicht an der Zeit, die Seiten zu wechseln?«

Zehn Minuten später rief das neueste, treue Mitglied in Marlowes Mannschaft: »Heda, *Queen's Venture*, ahoi! Mr. Brownlaw?«

»Johnson?«

»Aye, Sir! Alles in Ordnung, hab die Schurken alle eingesperrt, Sir! Dachte mir, ich schicke Eure Männer zurück und komme selbst mit rüber, um Meldung zu machen!«

»Sehr schön. Tut das«, kam die Antwort aus dem Dunkel.

Johnson wandte sich um. »Gut, Männer, ab ins Boot!«

Auf dieses Kommando hin kletterten fünfundzwanzig von Marlowes und Billy Birds Leuten an der Bordwand hinunter, nahmen die Plätze der fünfundzwanzig ein, die Brownlaw herübergeschickt hatte und die nun an einem finsteren Ort im Laderaum der *Revenge* festsaßen.

Die Männer machten dabei gerade so viel Lärm, wie beim Hinunterklettern glaubwürdig war, übertönten die Geräusche der anderen vier Boote, die hinter der *Bloody Revenge* vor Brownlaws Blicken verborgen waren. Sie legten im selben Moment ab und liefen die *Elizabeth Galley* an, die sie entern und einnehmen wollten, um dann zur *Queen's Venture* hinüberzusteigen.

Johnson kletterte ins Boot hinunter, und zuletzt kamen Thomas und Elizabeth, die sich auf die hinterste Ruderbank setzten, Johnson im Heck ihnen gegenüber.

Marlowe hob sein Ruder an, stellte es auf. »Nimm deinen Riemen, Liebste, halt ihn so«, sagte Marlowe leise zu seiner Frau. Elizabeth nahm den Riemen, der quer auf den Duchten lag, und stellte ihn mit einiger Mühe auf, bis sie ihn – wie die Männer – senkrecht hielt. Mit dem Dreispitz auf dem Kopf würde man sie nicht als Frau erkennen, nicht in der Dunkelheit.

Es war Nacht, noch immer, wenn auch nicht mehr lange. Marlowe meinte, ein leichtes Nachlassen der Finsternis zu erkennen, einen ersten Hauch von Licht. In einer Stunde graute der Morgen.

Thomas Marlowe war schwer bewaffnet – das Entermesser, das er der Wache abgenommen hatte, ein Kurzschwert, zwei Paar Pistolen – und musste Johnson nicht mit vorgehaltener Waffe bedrohen. Johnson war nun auf seiner Seite, und es herrschte das unausgesprochene Einverständnis, dass er im Fall eines Verrats als Erster sterben würde.

Marlowe nickte dem Mann zu, Johnson rief: »Abstoßen! Riemen bei! Riemen an!«, und der Bugmann stieß sie ab. Elizabeth ließ ihren Riemen sinken, langsam, bis er ihr zu schwer wurde, dann ließ sie ihn mit dumpfem Schlag in die Dollen fallen. Sie sah zu Marlowe hinüber und beobachtete ihn, ahmte seine Bewegungen nach. Vorbeugen, Ruderblatt senken, durchziehen und zurücklehnen, Ruderblatt anheben, nach vorn, senken. Sie sah mitnichten wie ein alter Hase an den Riemen aus, doch machte sie sich immerhin so gut, dass sie nicht auffiel.

Langsam ruderten sie zur *Queen's Venture*, damit Elizabeth leichter den Rhythmus halten konnte und die anderen mehr Zeit bekamen, auf die andere Seite der Schiffe zu gelangen.

Schließlich tauchte die *Queen's Venture* in Marlowes Augenwinkel auf, da er achteraus sah. Sie steuerten die Außenbordtreppe an, und Johnson rief: »Riemen auf!« Alle Riemen richteten sich gleichzeitig auf, abgesehen von Elizabeths, da der Befehl für sie sehr überraschend kam. Doch brachte sie den Riemen aufrecht, bevor er sich irgendwo verfing, und keiner ließ eine Bemerkung fallen.

Das Boot stieß an die Bordwand der *Venture*, und Johnson kletterte hinauf, verschwand aus Marlowes Blickfeld. Marlowe hatte ihm sorgfältige Anweisungen gegeben; er sollte Brownlaw Meldung auf der Gangway machen, in Hörweite. »In dem Augenblick, in dem ich nichts mehr höre, entern wir«, sagte er, und aus der Drohung sprach deutlich, wem die erste Kugel galt.

Doch Johnson zeigte die Loyalität eines wahren Piraten, der seine Treue stets demjenigen verspricht, der ihm am meisten nützte, und vom Boot aus konnte Marlowe ihn deutlich verstehen: »Mr. Brownlaw, Sir! Gott im Himmel, ich hätte nicht geglaubt, dass ich noch einmal mit Euch sprechen würde! Diese Gefangenen – ich habe es inzwischen rausgefunden – kannten einen geheimen Weg zum Laderaum. Einen Durchgang im Vorschott, Sir. Sie haben gewartet, bis sie sicher waren, dass nur noch die Ankerwache wach war …«

Johnson sprach laut und schnell, ein Mann, der von den Ereignissen der Nacht noch aufgeregt war, ließ Brownlaw nicht zu Wort kommen. Er solle keine Gelegenheit haben zu fragen, weshalb die anderen Männer nicht an Bord kamen, damit er die anderen Boote nicht hörte.

Doch war Brownlaw nicht der Einzige, der wach war. Von der anderen Seite des Decks her kam eine überraschte Stimme, jemand rief: »Heda!« und ein anderer »Enterer!« Ein Schuss ging los, dann noch einer, und schon war Marlowe aufgesprungen.

»Jetzt, Männer, los!«, rief er, griff nach der Sprosse der Außenbordleiter, erklomm die Bordwand und stürmte über die Gangway.

Johnson, der unbewaffnet war, stand auf der Seite, und

der Bursche, den Marlowe für Brownlaw hielt, stürmte übers Deck, schwenkte seinen Degen und schrie: »Zu mir! *Queen's Venture* zu mir!«

Es waren viele an Deck, Press' Leute, fast sechzig, wie Marlowe schätzte. Doch hatte er ebenso viele und dazu die Überraschung auf seiner Seite.

Die Männer aus den Booten stiegen über die Reling auf der anderen Seite, kamen über die Gangway der *Elizabeth Galley* und machten sich mit Klinge und Pistole über die Verteidiger her. Die Blitze aus den Mündungen beleuchteten das Deck, dass es wie ein verblasstes Schlachtengemälde wirkte, Männer in unterschiedlichen Haltungen erstarrt, zielend, hackend, blockend, fallend und dann wieder von Dunkelheit verschlungen.

Die fünfundzwanzig Mann aus Marlowes Boot waren alle an Bord. »Kommt mit! Schreit wie die Teufel!«, rief Marlowe und stürmte voran, über die Gangway der *Queen's Venture*, lief hinüber zu der Seite, an der die *Elizabeth Galley* festgemacht war, stürzte sich in den Kampf.

»Tod, Tod, Tod, Tod!«, schrien die Piraten, dass sich ihre Stimmen zu einem wilden, unmenschlichen Kreischen aufschaukelten, und sie fielen jenen in den Rücken, die eine Sekunde zuvor noch gar nicht gewusst hatten, dass sie dort waren.

Die Männer der *Queen's Venture*, die dort auf der Gangway standen, machten kehrt, hoben Klingen und Pistolen an, wurden niedergeschossen, vom Angriff zurückgetrieben. Marlowe kam als Erster an. Mit einer seiner Pistolen schoss er in die Menge, griff nach der nächsten, doch bevor er das Zündschloss spannen konnte, musste er einem Entermesser ausweichen, das an ihm vorbeizischte und ins Deck ging.

Marlowe ließ die Pistole fallen, sprang mit dem Entermesser in seiner Rechten vor, traf ins Leere. Der Mann, der ihm gegenüberstand, griff an, und Marlowe parierte die Attacke, zückte sein Kurzschwert, das er mit der Linken hielt, stand bereit.

Noch ein Angriff, und Marlowe schlug die Klinge mit seinem Entermesser nieder, stach mit dem Kurzschwert zu, traf den Mann an der Schulter. Der Kerl schrie auf, wich zurück, und wieder traf Marlowe ihn mit seinem Schwert, trat nah heran, stieß den Mann hart von der Gangway. Mit rudernden Armen stürzte der Kerl aufs Mitteldeck, und Marlowe hörte den dumpfen Schlag auf der Hauptluke, wandte sich dem nächsten zu.

Ein Riese ragte vor ihm auf, schwang sein Entermesser, als sei es aus Papier. Marlowe fing die Klinge ab, fühlte den klirrenden Aufprall noch in seinem Arm, wich vor dem Gegenschlag zurück. Der Bursche war gefährlich. Marlowe trat einen Schritt zurück, hielt sein Schwert bereit.

Der Riese war kein geschickter Kämpfer. Er warf sich auf Marlowe, schnitt mit seinem Entermesser durch die Luft. Neben ihm schoss jemand eine Pistole, beleuchtete den Mann von unten.

»Burgess!«, rief Marlowe, merkte, wie der Verdacht auf neuen Verrat in seinem Schädel loderte, doch trat Burgess zurück. »Marlowe?«

»Aye!«

»Kampf einstellen! Kampf einstellen!«, brüllte Burgess mit seiner tiefen, eindrucksvollen Stimme, und der Schlachtenlärm verklang. Die Männer der *Elizabeth Galley* hatten die Verteidiger in die Zange genommen, sie zerstreut, stießen nun auf ihre Verbündeten.

»Ein paar von den Burschen sind hinaufgeklettert!«, rief eine Stimme aus dem Dunkel, dann Honeyman: »Ein paar sind in der Achterluke verschwunden.«

»Gut, die stöbern wir gleich auf.« An Deck, wo man eben

noch eine Schlacht geschlagen hatte, war nun alles still und wartete auf Marlowe.

Von der anderen Seite des Mitteldecks kam Johnsons Stimme: »Brownlaw, blöder Hund, gebt auf!«

Marlowe drehte sich um, alle drehten sich um. Die Silhouette eines Mannes – offenbar Brownlaw – stand am anderen Ende des Vordecks, beim Bug. Kaum mehr als Umrisse waren zu erkennen, doch sah Marlowe, dass er ein Entermesser in der Hand hielt.

Billy Bird trat vor. Er hatte die Gabe, wie jedermanns Freund zu klingen, die fröhliche Stimme der Vernunft. »Kommt schon!«, rief er. »Das Schiff ist eingenommen, aber Euch und Euren Leuten wird nichts geschehen, wenn Ihr uns etwas entgegenkommt. Das ist doch nicht zu viel verlangt.«

Sie sahen, wie Brownlaws Silhouette zurückwich, mit hoch erhobener Klinge.

»Kommt schon«, versuchte Billy es noch einmal. »Mit dem Entermesser könnt Ihr doch nicht viel anfangen!«

Dann drehte Brownlaw sich um und hackte mit drei wilden Hieben das Lecksegel fort.

27

»Das war's dann wohl«, sagte Billy Bird.

Fluchend drängte sich Marlowe durch seine Männer, rannte die Gangway hinunter und übers Vordeck, wo Brownlaw ans Schanzkleid gelehnt stand und seine Klinge zitternd vor sich ausgestreckt hielt. Die ausgefransten Enden der Zurrings lagen an Deck.

Marlowe spähte über die Reling. Er sah das Wasser dort

unten und merkte, dass der Himmel heller wurde. Weder vom Segel noch von den durchgehauenen Zurrings war etwas zu sehen. Das ganze Ding schien schon auf den Grund des Hafens gesunken zu sein.

Marlowe – wütend wie ein verwundeter Wolf – fuhr herum und knurrte Brownlaw an. Brownlaw drückte sich fester ans Schanzkleid, warf sein Entermesser aufs Deck, eine Geste der Unterwerfung. Zwei Schritte, und Marlowe war bei ihm, packte ihn beim Kragen, riss ihn zu sich heran. Ganz nah beieinander waren ihre Gesichter, und Marlowe sah in seine furchtsamen Augen. Brownlaw schüttelte den Kopf, ein stummes Flehen um Gnade, und Marlowe merkte, dass er dem Mann nichts antun würde.

Fünfzehn Jahre zuvor hätte er Brownlaw getötet, schon aus Prinzip, nach seinen damaligen Vorstellungen, doch jetzt nicht mehr. Er war zu alt, hatte schon zu viel Blut vergossen.

Du hast Glück, mein Lieber, dachte Marlowe, als er Brownlaw aufs Deck stieß und sich Billy Bird zuwandte, der an seine Seite eilte.

»Das Segel ist weg. Sie wird schnell voll Wasser laufen«, sagte Marlowe.

»Ich könnte die Männer ein neues Segel vorspannen lassen. Wir haben viele gute Leute.«

Marlowe erinnerte sich ans Kabelgatt, wie schnell das kalte Wasser um ihn herum gestiegen war. »Keine Zeit. Sie wird gesunken sein, bevor wir fertig sind. Holt mehr Taue, um die beiden Schiffe zusammenzubinden. Holt gut durch und macht sie fest! Brecht die Luken auf! Wir bringen soviel wie möglich auf die *Elizabeth Galley*. Dann schneiden wir den Kahn ab und machen uns auf den Weg, sobald es hell wird.« Er sah nach Osten. Die Berge waren schwarz vor einem tief hängenden Band dunkelgrauen Himmels. »Uns bleibt noch eine Stunde. Was immer wir in einer Stunde umladen können, gehört uns.«

Es war ganz still an Deck, wenn auch nur für drei Sekunden, dann drehte sich Billy Bird um und rief: »Ihr habt ihn gehört, Männer! Uns bleibt eine Stunde, um zu holen, was wir können. Also los! Unten sind noch unsere eigenen Leute eingesperrt. Holt sie rauf und schickt die verfluchten Gefangenen ans Werk! Entladen wir den Kahn!«

Die Männer an Deck zerstreuten sich in zehn verschiedene Richtungen. Nie zuvor hatte Marlowe etwas derartiges gesehen … die Mannschaften dreier Kriegsschiffe machten ein- und dasselbe Schiff bereit. Nie zuvor hatte er gesehen, dass Seeleute so schnell arbeiteten, so zielstrebig und gemeinsam.

Man löste die Keile der Hauptluke auf der *Queen's Venture* und der *Elizabeth Galley*, klappte die Lukendeckel auf, hob die Grätings an. Ein anderer Trupp machte die Stagtalje los, jenen großen Flaschenzug, der direkt über der Hauptluke hing und dafür benutzt wurde, Ladung zu bewegen. Sie legten die Fallen der Stagtaljen längs Deck und ließen sie bemannen. Andere rissen die Achterluken auf, und auf der *Queen's Venture* wurden deren Öffnungen mit Äxten vergrößert.

Von unten kamen verdreckte Gefangene, Marlowes und Billy Birds Männer, die nicht mit an Land gewesen waren. Sie waren halbverhungert und verwirrt und versuchten, diese plötzliche Wendung ihres Schicksals zu begreifen, dieses Glück, das ihnen zuteil wurde. Wie Schlafwandler führte man sie an die Fallen von Stag- und Rahtalje, damit sie sich beteiligten.

Von unten kamen außerdem die wohlgenährten Männer, die zu Roger Press gehörten. Mit Klingen und Pistolen trieb man sie herauf. Diese Männer hatten sie gezwungen, die

Queen's Venture mit Beute zu beladen, und nun zwang man sie, eben diese wieder zu entladen.

Es war eine erstaunliche Leistung, zumal weder Marlowe noch Billy Befehle erteilen mussten. Honeyman koordinierte das Vorgehen, ebenso Burgess und der Bootsmann der *Revenge*, und alle arbeiteten, was das Zeug hielt. Jeder einzelne von ihnen war Seemann, nicht wie die Leute auf Kriegsschiffen, die nur für eine einzige Aufgabe ausgebildet waren, sondern Männer auf der Piratenroute, deren Tod oder Reichtum von ihrem eigenen Antrieb abhing. Sie wussten, was zu tun war, und das taten sie, zügig und zielstrebig.

Als die erste Kiste mit Beutegut aus dem Laderaum der *Queen's Venture* schwebte und sich am Ende der Stagtalje drehte, war es so hell, dass Marlowe das Treiben auf seinem eigenen Schiff erkennen konnte. Auch dort arbeiteten die Männer mit der Stagtalje, holten so viel wie möglich aus dem Laderaum der *Elizabeth Galley*, Proviant, Wasser, Ausrüstung, um Raum für den Schatz zu schaffen.

Die erste Kiste schwebte übers Deck der *Queen's Venture*, dann übers Deck der *Elizabeth Galley* und durch die Hauptluke in den Laderaum hinab. Schon wurde die Talje so schnell wie möglich wieder eingeholt, und die nächste Schatzkiste, der nächste Seidenballen, die nächste Gewürztonne wurde hochgehievt und hinübergeschwenkt, von der *Queen's Venture* zur *Elizabeth Galley*.

Marlowe lief am Vordeck der *Queen's Venture* auf und ab. Ihm blieb nur wenig anderes, als zu warten. Zu warten, bis sie so viele Schätze verladen hatten, wie sie übernehmen konnten, auf den Augenblick zu warten, an dem er den Männern befehlen musste, den Rest zurückzulassen, die Segel zu setzen, die Leinen loszumachen und die Taue zu kappen, mit denen die *Galley* an die *Venture* gefesselt war.

Als er eben daran dachte, ging ein kleiner Ruck durch die *Queen's Venture* und sie neigte sich ein Stück fort von der *Galley*. Die Taue knarrten, knackten, da die Fasern rissen. Schon hatte sie ein paar Grad Schlagseite.

»Sie läuft voll«, sagte Marlowe, zu Billy Bird gewandt, und Billy nickte.

»Ich denke, uns bleibt nicht mehr viel Zeit«, sagte Billy.

Dann war vom Deck der *Speedwell* her, trotz allen Lärms, den das Entladen der *Queen's Venture* machte, übers Wasser hinweg laut und deutlich der Befehl: »Feuer!« zu hören, und das Grau des Morgens zerriss, als der Tender seine volle Breitseite in die *Elizabeth Galley* feuerte.

Oben auf dem Hügel, in der Zelle, in der vormals Roger Press und seine Leute gesessen hatten – gänzlich vergessen von jedermann, nur nicht vom Gefängniswächter, der ihm zweimal täglich Essen und Wasser brachte –, starrte Peleg Dinwiddie die offene Gittertür an.

Wochenlang hatte er allein in der Zelle gehockt, allein mit seinen Gedanken, die schlimmste Folter von allen. Selbst die Streckbank, so schien es ihm, wäre leichter zu ertragen gewesen, Daumenschrauben, Brandeisen, Auspeitschen. Alles hätte menschlichen Kontakt bedeutet, einen Schmerz, der die Gedanken vertrieb, die ständigen, ausufernden Gedanken.

Wochenlang nichts und dann eine denkbar außergewöhnliche Reihe von Ereignissen. Erst wurden Roger Press und Thomas Marlowe als Gefangene hereingeführt. Dinwiddie erkannte die meisten Männer, die man mit Marlowe in eine Zelle sperrte. Es waren seine ehemaligen Kameraden, Männer unter seinem Kommando. Manche kannte er nicht, etwa diesen Gecken, den Marlowe »Billy« nannte.

Doch sie kamen in eine andere Zelle, und Press und seine

Leute kamen in die Zelle, in der Dinwiddie saß. Peleg hatte sich im Hintergrund gehalten, im Dunkel, wollte nicht bemerkt werden. Und wurde natürlich trotzdem bemerkt, nicht von Press, aber von anderen, und diese Männer, die ihn sahen, redeten nicht mit ihm. Sie musterten ihn nur, wandten sich ab.

Er war dreckig, seine einst feinen Kleider fast schon Lumpen, und seit zwei Monaten wuchs ihm ein Bart. Er fürchtete, wie ein Irrer auszusehen, den man weggesperrt hatte.

Dinwiddie hatte als schweigsamer, unsichtbarer Zeuge der Ereignisse dabeigesessen, als erst Marlowe von Elizabeth und dann Press von Yancy befreit wurde. Die Zellen waren leer, die Tür blieb offen, und noch immer saß Dinwiddie dort, rührte sich nicht, starrte ins Leere.

Doch nun schlugen seine Gedanken eine neue Richtung ein. Marlowe war da, war frei, befand sich auf St. Mary's. Es konnte nur bedeuten, dass er zur *Elizabeth Galley* wollte, um in die Heimat zu segeln.

Heimat. In seinem düsteren Wahn war Dinwiddie nicht einmal mehr sicher, was das bedeuten sollte. Irgendein mythischer Ort, ein Land, in dem es nicht nur steinerne Zellen und Selbstgeißelungen gab.

Marlowe, *Elizabeth Galley*, Heimat. Er brauchte zwei Stunden, um aufzustehen und einen Schritt zur Tür zu machen. Er blieb stehen, lauschte. Der Wächter mit dem gebrochenen Arm hatte sich seit einer Stunde nicht mehr bewegt. Nichts geschah, nichts rührte sich. Dinwiddie tat noch einen Schritt zur Tür.

Wer auch immer das Kommando auf der *Speedwell* führen mochte, hatte Wind davon bekommen, was sie vorhatten. Marlowe wusste nicht, woher.

Vielleicht war einer von Press' Leuten hinübergeschwommen. Vielleicht hatten sie ein Boot geschickt, um sie auszukundschaften. Vielleicht ahnten sie es nur. Es war auch eigentlich egal. Sie hatten sich zusammengereimt, dass sie die Beute fortgeschafft wollten, und eben das versuchten sie nun zu verhindern.

Eisen schlug in die Bordwand der *Elizabeth Galley*, und Marlowe spürte den Treffer selbst noch auf dem Deck der *Queen's Venture*. Es kreischte durch die Luft, und die Stagtalje war gekappt. Die eisenbeschlagene Kiste stürzte aufs Deck, fünf Meter tief, schlug wie eine Kanonenkugel ein. Die Kiste platzte auf, und es regnete Goldmünzen übers Deck, doch achtete niemand darauf. Es gab im Augenblick Wichtigeres zu bedenken.

»Ihr da!« Honeyman deutete auf die Männer, die das nun nutzlose Fall der Stagtalje hielten. »Macht eine neue Talje fest, schnell! Ihr da«, er deutete auf einen anderen Trupp bei der Hauptluke, »schafft die Gurte da runter. Die nehmen wir für das leichtere Zeug.«

Reges Treiben an Deck, was Marlowe jedoch ignorierte, als er über die Gangway zur *Elizabeth Galley* hinüberlief und ihm bewusst wurde, dass er zum ersten Mal wieder auf seinem eigenen Schiff war, seinem geliebten Schiff, seitdem sie die kleine Flotte wieder in Besitz genommen hatten. Er spürte eine Erleichterung, eine Geborgenheit, als sei er eben in Jamestown an Land gegangen. Absurd, und doch war es so.

Hinunter in den Laderaum der *Galley*, wo Flanders die Männer anleitete, die dort entluden; Bickerstaff zog gemeinsam mit den Männern an der Stagtalje der *Galley*. »Flanders, lasst es vorerst sein!«, rief Marlowe, und wieder schoss die *Speedwell*. Die *Galley* erbebte, ein Stück vom Schanzkleid barst, die Männer dahinter warfen sich zu Boden. Das Klirren, als die Kugel eine der großen Kanonen auf der *Galley* traf, von der *Queen's Venture* ein langes Kreischen, dann nichts mehr.

»Wir werden die Kanonen bemannen und es den Schweinehunden heimzahlen müssen. Francis, würdest du ein paar Mann zum Pulverausteilen abstellen?«

»Würde ich.« Das war nicht Piraterie, es ging um die Verteidigung ihres eigenen Schiffes, und Marlowe wusste, dass Bickerstaff keine Bedenken hatte, sich daran zu beteiligen.

Flanders teilte Männer den Kanonen zu, Bickerstaff nahm ein halbes Dutzend mit hinunter ins Pulvermagazin. Oben wurde weitere Beute herübergehievt, ein großes Bündel mit Elefantenzähnen hing auf der *Venture*, ging hinüber und in den Laderaum der *Galley.*

Auf dem Vordeck der *Venture* drängten sich die Männer um die Stagtalje, wie Ameisen um einen Zuckerhaufen, machten eine neue Leine fest, eifrig darauf bedacht, auch noch den letzten roten Heller aus dem Laderaum des sinkenden Schiffes zu holen.

Die *Queen's Venture* ruckte, rückte wieder einen halben Meter von der *Galley* ab, dass die strammen Taue, mit denen die Schiffe zusammengebunden waren, ächzten und stöhnten, das Holz knarrte und sich Marlowe gut vorstellen konnte, wie das Wasser immer höher stieg. Inzwischen würde es den Männern, die dort unten arbeiteten, fast bis an die Hüften reichen. Sollten die Taue, welche die beiden Schiffe zusammenhielten, nachgeben, würde die *Venture* sofort kentern und sie mit sich reißen. Darüber mussten sie sich im Klaren sein. Und das waren sie wohl auch, doch die Gier war stärker als ihr Selbsterhaltungstrieb.

Überall auf dem Mitteldeck der *Galley* wurden die Kanonen losgemacht und zurückgerollt, wurde der Zunder angesteckt, bereit das Pulver zu entfachen. Von unten kamen die Männer herauf, von Bickerstaff geschickt, trugen lange lederne Pulverkartuschen. Pulver, Munition, Pfropfen, man stampfte alles fest, dann wurden die Kanonen ausgerollt.

Marlowe sah am Lauf der Kanone entlang, die ihm am nächsten stand. Die *Speedwell* wurde immer deutlicher, da der Morgen nun dämmerte, die Reling nicht mehr grau und schwarz, sondern mattrot, mattgrün. Hundert Meter noch entfernt, eine halbe Kabellänge, ein Schuss auf kürzeste Distanz, es schien beinah, als ruhte die Mündung der Kanone auf dem Tender. Kein Wunder, dass die Schüsse derart verheerende Wirkung gezeigt hatten.

»Wartet nicht auf mich!«, rief Marlowe. »Schießt, was Ihr könnt!«

Trupps traten zurück, Geschützführer nahmen eine letzte Peilung vor, Zunder berührte die Pulverspur, und überall auf dem Mitteldeck der *Galley* schossen die Sechspfünder ihre vernichtende Eisenladung. Die Kanonen kamen eben am Ende ihrer Brooktaue zum Stehen, als die *Speedwell* antwortete. Der Rumpf erbebte, zwei Wanten rissen, ein Splitterregen explodierte am Großmast. Doch schienen die Kanonen des Tenders nun leiser, weit weniger eindrucksvoll, nachdem die größere Batterie der *Galley* geschossen hatte. Marlowe sah mindestens zwei Kanonen auf der *Speedwell*, die nicht schossen, und er hoffte, die Breitseite der *Galley* hatte sie unschädlich gemacht.

»Alles lose! Fier weg, langsam, langsam!«, kam von hinten eine Stimme, und Marlowe wandte sich um, sah eine große Truhe mit Eisenbeschlag, die mit der neuen Stagtalje der *Queen's Venture* auf die *Elizabeth Galley* hinübergehievt wurde. Ein Moment verging, als man das Takel der *Venture* löste, dann schwebte die Truhe in den dunklen Laderaum der *Galley* hinab, wo sie von unsichtbaren Helfern drei Decks tiefer in Empfang genommen wurde.

Die Stagtalje der *Elizabeth Galley* war noch nicht wieder aus dem Laderaum aufgetaucht, als bereits die nächste Truhe von der *Queen's Venture* angehoben wurde.

Oh, lieber Gott, dachte Marlowe, *wir werden reich sein, wenn wir denn nicht tot sind.*

Peleg Dinwiddie wurde mit jedem Schritt kühner. Zur Zelle hinaus, an der Wache vorbei, die sich nicht rührte, die schmale Treppe hinauf. Er kam in die große Eingangshalle und lauschte lange, doch schien das Haus menschenleer zu sein.

Mein Haus, höhnte er, *das mir Yancy vermacht hat, als er starb.* Immer wieder führte er sich seine Dummheit vor Augen, als bohrte er mit der Zunge in einem entzündeten Zahn herum. Eben graute der Morgen. Grau und braun breitete sich der Hafen mit hellen Lichtern unter ihm aus. Kanonenschüsse. Die *Elizabeth Galley* und Press' Tender belegten einander mit Breitseiten. Marlowe würde nicht mehr lange vor Anker bleiben, wenn nun schon geschossen wurde.

Dieser Gedanke trieb Dinwiddie an, und er humpelte übers Gelände, durch das Tor. Es schwang im ablandigen Wind, der stets mit der aufgehenden Sonne kam.

Er stolperte und rannte die Straße vom großen Haus zum Anleger hinunter. Eine Meile war dieser entfernt, doch kam es ihm wie zwanzig Meilen vor. Rauch türmte sich wie feste Materie zwischen den Schiffen, durch die Wolke sah man Mündungsfeuer blitzen, und dahinter grollte der ferne, dumpfe Donner der Kanonen.

Gott, wie er sich danach sehnte, an Bord zu sein! Übers Deck zu wandern, während ihm das Eisen um die Ohren flog, sich von körperlicher Gefahr und dem selbstlosen

Schutz des Schiffes läutern zu lassen! Darin lag Erlösung, dort würden seine Sünden im Feuer der Schlacht verbrennen. Er lief schneller.

Keuchend, stolpernd kam er endlich zum Anleger und blieb stehen. Er befand sich auf Augenhöhe mit den Schiffen, konnte sie deutlich erkennen. Der Himmel im Osten war gelborange und hellblau, Grau fand sich nur noch im Westen. Die Breitseiten hatten nicht aufgehört, der ständige Kanonendonner, der Rauch, der sich auf Rauch türmte, so dass der Tender Dinwiddie fast verborgen blieb.

Die Männer auf der *Queen's Venture* waren verzweifelt damit beschäftigt, den Frachtraum zu entladen, und Dinwiddie sah auch, weshalb. Sie hatte schwere Schlagseite. Anscheinend hielten nur die Taue, mit denen sie an die *Elizabeth Galley* gebunden war, sie noch aufrecht. Er musste hinüber, doch waren alle Boote fort. Er fühlte sich wie Moses, der vor sich das Gelobte Land sah.

Er lief den Anleger entlang, suchte überall – auch darunter – nach irgendeinem Fortbewegungsmittel. Nichts. Er lief zur anderen Seite. Dort lag, an einem Pfahl, halb voll Wasser gelaufen, ein Einbaum, und in zehn Zentimeter hohem Wasser schwamm darin ein grobes Paddel. Er war so seeuntüchtig, wie ein Boot nur seeuntüchtig sein konnte, aber in Dinwiddies Augen sah das Ding aus wie die königliche Yacht.

Er band die Leine los, zog den Einbaum am Anleger entlang auf den Strand. Unbeholfen stapfte er durch den Sand zu seinem Boot hinab, legte es auf die Seite und kippte das Wasser aus. Dann schob er den Einbaum wieder ins Wasser, stieg – vorsichtig, ganz vorsichtig – in das wacklige Gefährt. Einen Moment lang saß er da, versuchte, sein Gleichgewicht zu finden, dann tauchte er zaghaft das Paddel ins Wasser und zog es durch.

Der Einbaum kam in Bewegung, und Dinwiddie paddelte, spürte, wie er Schwung bekam. Das Boot wankte und wippte auf den kurzen Wellen, die um die Landzunge kamen, doch der Windschutz war ausreichend, und Dinwiddie fühlte, dass er eine Chance hatte.

Sollte das Kanu überschwemmt werden, sollte es sinken oder kentern, wäre er tot. Er konnte nicht schwimmen.

Sein Blick war stur auf die *Elizabeth Galley* gerichtet, mit jedem Paddelschlag wurde er kühner. Der Einbaum ließ sich leicht bewegen, trotz der gelegentlichen Wellen, die an den Bug schwappten und Wasser über das niedrige Freibord spritzten. Schlag um Schlag kamen die Schiffe näher.

Dinwiddie, der Seemann, mit seinem erfahrenen Wetterblick. Er sah eine Bewegung links von sich. Etwas war dort auf dem Wasser. Er drehte sich um.

Zwei große Boote mit je fünfzig Mann an Bord, so schien es, mit Drehbassen im Bug, ebenfalls auf dem Weg zur *Elizabeth Galley* und zur *Queen's Venture*. Es war nur wenig Fantasie vonnöten, um zu erraten, wer sie waren.

Dinwiddie stöhnte laut auf. Es war ein Rennen, er in seinem kleinen Kanu gegen Yancy und Press in ihren großen Booten. Alle wollten zur *Queen's Venture*, alle wollten dort sein, bevor Marlowe die Leinen kappen und fliehen konnte.

Eine Rauchwolke, ein Lichtblitz vom Bug des Bootes, das ihm am nächsten war, dann der Knall der Drehbasse. Yancy näherte sich schießend.

»O Gott!«, sagte Dinwiddie laut, tauchte sein Paddel tiefer ein. Das Kanu schoss voran, schnitt mit seinem flachen Bug durch eine kleine Welle, was Gallonen von Wasser übers Dollbord schwappen ließ und das kleine Boot vom Kurs abbrachte.

»Verdammt!« Dinwiddie schwang das Paddel auf die andere Seite, wollte den Bug herumbringen. Die nächste Welle schwappte ans Boot, diesmal mehr breitseits. Das Kanu fing an zu kippeln. Mit aller Kraft versuchte Dinwiddie, es aufrecht zu halten. Und dann schlug das Boot um.

28

Yancy stand im Heck, schrie die Männer an: »Pullt, ihr Schweinehunde, pullt!« Wütend funkelte er sie an, sah den Schweiß, der ihnen von der Stirn lief, selbst in der kühlen Morgenluft, sah die Muskeln an Hälsen und Unterarmen, die Zähne vor Anstrengung gefletscht. »Pullt, ihr faulen, nichtsnutzigen Schweinehunde!«

Anfangs hatte er nur Marlowe wiederhaben wollen. Und Elizabeth. Um sie zu bestrafen, sie zu besitzen, ihr zu zeigen, was für ein Mann er war. Doch das war nur noch ein Teil davon. Ein kleiner Teil.

Als sie den Hügel hinabgelaufen waren, hatte Yancy Gelegenheit gehabt, sich die Schiffe dort vor Anker richtig anzusehen. Zwei große Schiffe, eine Schaluppe, eine Brigg. Eine mächtige Armada. Mit einer solchen Flotte konnte er weit mehr beherrschen als nur das winzige St. Mary's.

Immer wieder hörte er Press' Worte in seinem Kopf: *Als ich Marlowe auf den Fersen war, habe ich das Schatzschiff des Großmoguls gekapert.*

Anfangs hatte ihn das nicht beeindruckt. Es war nur Geld, und davon hatte er genug.

Erst als er über die Worte nachsann, wurde ihm deren wahre Bedeutung bewusst. *Das Schatzschiff des Großmoguls.* Das bedeutete nicht Reichtum. Reichtum war nicht das richtige Wort. Es bedeutete ein Kaiserreich. Er musste es sich nur nehmen.

Wütend sah Yancy Press an, der neben ihm im Heck saß. Er musste Press in seiner Nähe wissen, doch war dessen selbstgefällige Miene wie ein Splitter unter seinem Daumennagel. Gern hätte er ihn geschlagen, freute sich darauf, freute sich auf den Augenblick, in dem er Press nicht mehr brauchte.

»Nagel!« Der große Mann stand im Bug, machte sich an der Drehbasse zu schaffen. Auch ihn musste Yancy im Auge behalten. »Beeil dich mit dem gottverdammten Ding, sonst ramm ich dir mein Schwert in den Arsch! Hörst du mich?« Seine Stimme war schrill, fast ein Kreischen, würdelos, doch das kümmerte ihn nun nicht mehr. Mit jeder Faser seines Körpers war er darauf bedacht, die Schiffe zu erreichen und sie einzunehmen.

Nagel zog ein finsteres Gesicht, trat zurück, steckte das Pulver im Zündloch an. Die Kanone feuerte, Kugel und Kartätsche. Eine halbe Meile waren sie noch von den Schiffen entfernt. Es war sehr gut möglich, dass die kleine Kanone nicht einmal so weit schießen konnte. Doch das machte nichts. Vielleicht beunruhigten die Schüsse die Leute auf den Schiffen. Und irgendetwas musste Yancy unternehmen.

Die Schüsse von der *Speedwell* hatten nachgelassen, doch die *Elizabeth Galley* feuerte weiterhin aus allen Rohren, nachdem nur eine Kanone und vier Mann außer Gefecht gesetzt waren. Über ihnen das Quietschen von Blöcken, das Knarren von Tauen, während Kisten, Fässer, Bündel von der *Queen's Venture* entladen wurden und zur *Galley* hinüberschwebten. Der dicke, erstickende Qualm aus den Kanonen wirbelte über Deck, verhüllte das aufkommende Tageslicht zum Teil.

Bickerstaff war an Deck. »Ich habe einen Mann im Magazin gelassen«, meldete er Marlowe, »der die Munition ausgibt. Ich dachte, dass ich an Deck wohl eher von Nutzen bin.«

»Gut. Ich…«, setzte Marlowe an, dann wurde eine Stimme von der *Queen's Venture* laut. Billy Bird. »Marlowe! Ich schätze, uns bleibt nicht mehr viel Zeit!« Seine Worte wurden von einem Ächzen der *Venture* untermalt, einem Knarren, als sich die beiden Schiffe aneinander rieben. Die *Venture* bekam immer mehr Schlagseite, und die Taue, die sie am anderen Schiff festhielten, die Nagelbänke, an denen die Taue festgemacht waren, würden nicht mehr lange halten.

Marlowe blickte durch den Rauch hinüber. Er sah den irrsinnigen Winkel, in dem die Masten der *Queen's Venture* standen. »Großer Gott!«, rief er. Während des Kampfes war er so abgelenkt gewesen, dass er nicht darauf geachtet hatte, wie weit das Schiff bereits gesunken war. Er konnte kaum glauben, dass es noch schwamm.

»Holt die Männer aus dem Laderaum, wir müssen los! Mehr können wir nicht mitnehmen!«, rief Marlowe. Dann, jenseits von Billy, übers Wasser hinweg, hörte man einen scharfen Knall, kleiner als eine Kanone, doch zweifelsohne größer als eine Handfeuerwaffe.

Marlowe neigte den Kopf, sah Bickerstaff in die Augen.

»Drehbasse vielleicht?«, sagte Bickerstaff. Dann ging die Breitseite der *Galley* wieder los, und eine Antwort war nun nicht mehr möglich.

Marlowe hetzte die Leiter zur Gangway hinauf und zur anderen Seite, wo die *Queen's Venture* lag. Hinter ihm krachten die Kanonen, die *Speedwell* antwortete, schickte Kugeln und Kartätschen kreischend übers Deck, zerschlug Holzbauten, Takelage, trieb die Männer auseinander.

Marlowe lief das schräge Deck der *Queen's Venture* hinunter. Auf ihrer unteren Seite zeigten die Kanonen fast ins Wasser. Wenn er sie über Bord kippen konnte, gewannen sie vielleicht noch eine halbe Stunde, doch bezweifelte er, dass ihm so viel Zeit bliebe.

Zum unteren Ende des Vordecks hinab, und mit einem Fuß auf dem flachen, ehemals lotrechten Schanzkleid blickte Marlowe übers Wasser hinaus.

»Da.« Bickerstaff, der ihm gefolgt war, deutete aufs östliche Ende der Bucht. Zwei Schatten bewegten sich dort übers Wasser. Für ein ungeübtes Auge mochte wenig zu erkennen sein, nichts zu identifizieren, doch Marlowe sah sofort zwei Boote, große Boote, voll bemannt, die zu ihnen herüberkamen.

»Es dürfte keine Kunst sein, sich auszumalen, wer da drin sitzt«, sagte Marlowe.

»Nein, und verdammt viele sind es außerdem«, meinte Billy Bird.

»Ich fürchte, wir sind hier nicht mehr willkommen«, sagte Marlowe. Die Bugkanone auf einem der Boote ging los, und wenige Meter vor der *Queen's Venture* war das Wasser von Eisenstücken übersät, wie bei einem plötzlichen Regenschauer. Sie feuerten Kartätschengeschosse, bestehend aus Hunderten von Musketenkugeln oder verdrehten Eisenkrampen, die dafür gemacht waren, Menschentrauben aufzulösen.

»Wir müssen die Gefangenen loswerden«, fuhr Marlowe fort, setzte sich über den dumpfen Donner der Kanone hinweg, als der Schall schließlich die Munition einholte. »Die machen mit Yancy gemeinsame Sache, und dann werden sie zu viele für uns. Honeyman!«

Der Quartermaster kam gelaufen. »Holt die Riemen aus den Booten. Wir lassen die Gefangenen treiben. Das dürfte sie eine Weile beschäftigen.«

»Guter Gedanke«, sagte Billy Bird, und Bickerstaff: »Was um alles in der Welt ist das?«

Marlowe folgte Bickerstaffs Zeigefinger. Da zappelte etwas oder jemand im Wasser, fünfzig Meter weiter. Er konnte nicht sagen, was es sein mochte.

»Hier.« Billy reichte ihm ein kleines Fernrohr. Bickerstaff nahm es, zog es auseinander, richtete es auf das zappelnde Etwas. Ein Moment der Stille, dann sagte Bickerstaff: »Es ist Peleg Dinwiddie. Er klammert sich an einen Baumstamm oder so.«

Peleg Dinwiddie? Wie seltsam, diesen Namen zu hören. Marlowe hatte seinen ehemaligen Ersten Offizier schon völlig vergessen. Hundert Jahre schien es ihm her zu sein, dass er ihn zuletzt gesehen hatte. Was war aus ihm geworden? Was führte er im Schilde?

Bickerstaff bot Marlowe das Fernrohr an, und Marlowe nahm es, richtete es auf den Mann im Wasser. Es war kein starkes Rohr, doch stark genug, dass Marlowe Dinwiddie erkennen konnte, sein Gesicht, selbst unter dem Bart. »Wieder eine Fehlentscheidung des alten Peleg, würde ich vermuten«, sagte Marlowe, schob das Fernrohr zusammen. »Billy, lasst Eure Männer die Gefangenen zusammentreiben!«

»Marlowe.« Bickerstaff hielt ihn zurück, als er eben gehen wollte. »Du willst doch Dinwiddie nicht im Stich lassen, oder?«

»Ihn im Stich lassen? Nein, er hat mich im Stich gelassen, wie du dich vielleicht erinnern wirst. Ich entspreche nur seinem Wunsch.«

»Er versucht offensichtlich, das Schiff zu erreichen.«

»Und macht seine Sache denkbar schlecht, genau wie seine Arbeit als Erster Offizier.« Marlowe wollte gehen, doch Bickerstaff packte ihn beim Arm, drehte ihn wieder um.

»Du darfst ihn nicht zurücklassen«, sagte er, eine schlichte Feststellung.

»Verflucht soll er sein, sage ich.«

»Marlowe, egal, mit welcher Versuchung Yancy ihn gelockt hat, welche Flausen er ihm in den Kopf gesetzt haben mag, warst du doch derjenige, der ihn hierher gebracht hat. Du hast ihn rekrutiert, ihn überredet, auf die Piratenroute zu gehen. Er war dir einstmals treu ergeben, und du auch ihm.«

Marlowe hielt Bickerstaffs Blick stand, wütend ob der Parteinahme für seinen treulosen Offizier, wütend ob dieser Unterbrechung im kritischen Moment. Wieder ächzten die Taue, mit denen die *Queen's Venture* gehalten wurde, und die Batterien der *Elizabeth Galley* und der *Speedwell* gingen los, Rauchschwaden zogen über sie hinweg, ohrenbetäubender Lärm der Kanonen, Kugeln und Kartätschen zerfetzten Takel, Reling und Menschen, die lauten Stimmen der Männer bei der Arbeit, beim Kämpfen oder Sterben, und auf diesem kleinen Flecken an Deck war Stille, als die beiden einander in die Augen sahen.

Marlowe merkte, dass er sich Dinwiddie vorstellte, den sturen, fantasielosen, unbeweglichen Dinwiddie, wie er an jenem Tisch im Palmer House gesessen hatte. Der Ausdruck in Dinwiddies Augen, als er Madagaskar vor seiner Nase baumeln ließ. Der findige Dinwiddie in seinen albernen Kleidern, auf dem Weg zum Gouverneursdiner.

Ich habe den armen Kerl von Anfang an nicht ernst genommen. Ich bin ebenso schuldig wie Yancy.

»Na, gut«, sagte Marlowe schließlich. »Wir nehmen die Gig… nein, wir nehmen das Beiboot.«

Vielleicht fiel ihnen noch etwas ein, wie sie gegen die feindlichen Boote vorgehen konnten, damit es den Aufwand lohnte, Dinwiddies fetten Wanst zu retten.

Bickerstaff ließ Marlowes Arm los. »Du tust das Richtige.«

»Ja, ja, immer das verdammt Richtige.« Er wandte sich um. »Billy Bird, Ihr werdet während meiner Abwesenheit das Kommando übernehmen. Holt die Leute von der verfluchten *Queen's Venture*, bevor sie kentert. Alle Mann in die Masten! Segel lösen!« Wieder wandte er sich um. »Honeyman, schickt ein paar Mann ins Beiboot. Mit Musketen, wenn sie haben, aber vergeudet keine Zeit mit der Suche danach. Baut im Bug eine Drehbasse auf. Vier davon stehen auf dem Achterdeck, und ich sehe Pulver und Munition daneben. Schnell!«

Honeyman rief Befehle, Billy Bird rief Befehle. Marlowe ging übers Deck, Bickerstaff dicht hinter ihm. »Du hast doch nicht die Absicht, selbst zu gehen?«, fragte Bickerstaff.

»Das habe ich sehr wohl. Oder hast du auch damit ein moralisches Problem? Etwas, das ich, gefallene Seele, die ich bin, nicht sehen kann?«

»Nein, aber ich habe gedacht, du würdest hier gebraucht.«

»Das stimmt. Und ich werde im Boot gebraucht. Komm schon, wir haben keine Zeit für Diskussionen.«

Sie sprangen wieder aufs Deck der *Elizabeth Galley* hinüber, liefen auf die Seite, wo die Boote vertäut lagen, wo die Angreifer an Bord gekommen waren. Da sie weit unten im Wasser lagen, waren die Boote vom unablässigen Beschuss der Speedwell größtenteils verschont geblieben. Der Lastkahn hatte ein sauberes Loch auf beiden Seiten abbekommen, und die Bugspitze eines der Beiboote war weggeschossen, doch davon abgesehen, waren sie intakt.

Übers Deck kamen unter Führung Honeymans zwanzig Mann gelaufen. Burgess schleppte eine Drehbasse, hielt sie wie einen Säugling in den Armen. Die anderen trugen Musketen, Pistolen, Entermesser. Sie schwärmten über die Reling, reichten die Drehbasse hinunter, bauten sie auf, kletterten hinunter und nahmen ihre Plätze auf den Bänken ein, legten die Riemen in die Dollen.

Marlowe und Bickerstaff kamen zuletzt, saßen im Heck. Die *Speedwell* feuerte, die Kugel schlug nur knapp über ihren Köpfen im Rumpf ein, dass es feine Splitter regnete.

»Ruder an!«, rief Marlowe, die Riemen kamen herab, und die Männer pullten entschlossen, gewillt, die *Elizabeth Galley* zwischen sich und die Breitseiten der *Speedwell* zu bringen.

Sie kamen unter der Gilling der *Galley* hindurch, ums Heck der *Queen's Venture*, und die *Speedwell* war nicht mehr zu sehen. Marlowe bewegte die Pinne. Jetzt konnte er Dinwiddie sehen, der sich an irgendetwas klammerte, konnte die beiden Boote sehen, die sich eilig der *Queen's Venture* näherten. Es würde knapp werden.

Die Männer stemmten sich in die Riemen, brachten das große Boot durch den Hafen. Im Bug lud Burgess die Drehbasse, streute Pulver ins Zündloch.

»Da!« Bickerstaff deutete mit ausgestrecktem Arm. Eines der großen Boote war ausgeschwenkt, kam ihnen entgegen.

»Die wissen nicht, was wir vorhaben, wollen uns aber trotzdem aufhalten!«, brüllte Marlowe gegen den Kanonendonner an.

Zwanzig Meter von Dinwiddie entfernt, und das andere Boot kam eilig näher. Das Krachen einer Drehbasse, und Eisensplitter rissen die Fluten auf, prasselten an den Rumpf des Bootes, schlugen in den Arm des Mannes auf der zweiten Bank, der seinen Riemen losließ, vor Schmerz aufschrie und eine Hand auf die blutende Wunde presste.

»Keine Gnade, Burgess!«, rief Marlowe. Burgess hatte

die Drehbasse bereits auf das nahende Boot gerichtet, zielte direkt auf den Bug, direkt auf den Mann, der fieberhaft damit beschäftigt war, die kleine Kanone nachzuladen.

Burgess klickte seine Pistole über der Pulverspur am Zündloch. Die Funken rieselten herab, winzige, zarte Lichter, dann blitzte das Pulver, und krachend ging die Drehbasse los, drückte das Boot seitwärts, und der Schlagmann im nahenden Boot war weg, war rückwärts in seine Kameraden geflogen und unter dem Dollbord verschwunden.

Das dürfte ihre Begeisterung dämpfen, dachte Marlowe. Und dann kam – von jenseits des Bugs – eine Stimme wie eine Erinnerung, wie aus einem Traum, trieb durch den Kanonendonner herüber. »Hilfe! Hilfe! Hilfe!«

Peleg Dinwiddie.

Marlowe stand halb auf, sah über den Bug hinweg. Dinwiddie klammerte sich an einen gekenterten Einbaum und war im Begriff abzurutschen. Zwei Bootslängen voraus. Noch ein Ruderschlag. »Streichen! Streichen!« Die Riemen gingen ins Wasser, die Dollen knarrten unter dem Druck, als das Boot an Geschwindigkeit verlor, und schließlich lagen sie ganz still im Wasser. Marlowe blickte in das bärtige, graue, verängstigte Gesicht, die großen Augen Peleg Dinwiddies. Der Mann bot einen erschreckenden Anblick.

Einer der Ruderer hielt ihm seinen Riemen hin, und Dinwiddie griff danach, zog sich selbst heran. Hände wurden nach ihm ausgestreckt und packten ihn, hievten den kraftlosen, fast leblosen Leib übers Dollbord.

Bickerstaff, der neben ihm im Heck saß, hatte eine der Musketen genommen. Er richtete sie seitlich auf das nahende Boot, feuerte, begann nachzuladen. Im Bug gab Burgess einen weiteren Schuss mit der Drehbasse ab, und einige Männer zuckten zusammen, fluchten erschrocken.

»Haut rein, alle Mann!«, rief Marlowe. Er hatte seine moralische Pflicht getan, dem Evangelium nach Francis Bickerstaff genügt. Es wurde Zeit, so schnell wie möglich umzukehren.

Die Männer legten sich in die Riemen, pullten, Marlowe drückte die Pinne hart hinüber. Das Beiboot wendete mit weitem, elegantem Bogen, fort von den nahenden Feinden, fort vom halbversunkenen Einbaum, zur *Elizabeth Galley* zurück.

Marlowe sah zu dem anderen Boot hinüber. Dreißig Meter zurück spie die Drehbasse Qualm und Flammen und Kartätschen aus. Der Schuss riss das Wasser auf, doch hatte man zu niedrig gezielt, und die Eisenkrampen trafen nicht.

Die *Elizabeth Galley* lag fast im Rauch verborgen, doch Marlowe sah, wie sich aus der grauen Wolke ihre Mars- und Brammasten erhoben, aufrecht wie uralte Bäume. Neben ihr ragten die Spieren der *Queen's Venture* im schrägen Winkel auf, da das Schiff nun sinken wollte und nur noch die Taue, mit denen es an die *Galley* gebunden war, es daran hinderten.

Er sah Männer auf den Rahen der *Elizabeth Galley*. Die festen Bündel eingerollter Segel taumelten herab, bereit, gesetzt zu werden. Er hörte, dass die Kanonen erheblich langsamer geworden waren, und fragte sich, ob die *Speedwell* wohl genug hatte.

Wind von Land her kam nun auf. Er hob den Rauch zu einer großen Decke an, schob ihn vorwärts, blies ihn fort. Hinter den beiden Schiffen sah Marlowe, dass die *Speedwell* in der Tat des Kampfes müde war. Sie hatte ihren Anker gelichtet, ein Marssegel gesetzt und fuhr aus der Reichweite der *Galley*. Besiegt oder vertrieben, das war egal, solange sie den Kampf einstellten.

»Captain!« Burgess, der am Bug stand, drehte sich halb um. Sie ruderten zur *Galley*, das angreifende Boot backbord achteraus, und seine Drehbasse wollte sich so weit nicht drehen lassen. »Captain! Einen letzten Schuss noch!«

Marlowe nickte, drückte die Pinne von sich, und das Beiboot kam von der *Galley* ab, bis Burgess mit seiner Waffe zielen konnte. Marlowe blickte über seine Schulter. Die anderen, Yancys Männer, pullten wie besessen. Zwanzig Meter waren sie entfernt, und auch dort drüben beugte sich ein Mann über eine Drehbasse, so wie Burgess sich über die seine beugte.

Marlowe sah, wie die Flamme aus der anderen Kanone spie, doch das Krachen kam von Burgess' Drehbasse, ein tiefer, kehliger Laut, und Marlowe dachte: *Er hat eine Kugel geschossen*, da trafen die Kartätschen des Angreifers. Männer wurden von ihren Bänken gerissen, Riemen gingen über Bord, Männer schrien, hielten sich die blutigen Wunden.

Marlowe hustete im Rauch, der von der kleinen Kanone nach achtern wehte. Er fühlte einen pochenden, dumpfen Schmerz in seiner rechten Hand. Er hob sie an, starrte auf die schmerzende Stelle. Das Brennen wurde schärfer, immer schärfer, wie das Bild in einem Fernrohr, und er merkte, dass ihm zwei Finger – der kleine und der Ringfinger – fehlten. Blut lief über seine Hand, am Arm herab.

»Aaaah, verflucht noch eins!«, rief er, machte Schmerz und Schrecken Luft. Er biss die Zähne zusammen, klemmte die Hand unter seinen Arm, presste die Wunde zusammen.

Er drehte den Kopf, um nachzusehen, wo das andere Boot war, und stellte überrascht fest, dass es angehalten hatte, dass sich dort Männer auf ihre Riemen stützten, andere sich am Bug zu schaffen machten. Ein Loch war sauber herausgeschossen, gleich am Vordersteven, und sie waren nah genug, um zu sehen, wie die Männer Jacken und Leinen und was sie sonst noch haben mochten, in das Loch stopften.

Und es fiel ihm wieder ein. *Kanonenkugel.* Er sah nach vorn, um Burgess zu rufen, doch der Bootsmann war über seiner Drehbasse zusammengesunken, hatte die Kartätsche allem Anschein nach voll abbekommen.

Bickerstaff war da, an der Wange blutverschmiert. »Francis! Du bist verletzt!«

»Nur ein Kratzer! Aber du! Lass mich deine Hand sehen!«

Widerwillig zog Marlowe seine Hand unter dem Arm hervor. Sobald er den Druck von der Wunde nahm, schoss der Schmerz bis in die Schulter.

Bickerstaff untersuchte die Hand, aber Marlowe musste sich abwenden. Bei allen Verstümmelungen, die er in seinem Leben gesehen und verursacht hatte, konnte er den Anblick seiner eigenen Fingerstümpfe doch nicht ertragen.

Er spürte einen Druck, zwang sich, hinzusehen. Bickerstaff hatte Takelgarn um den Mittelhandknochen gewickelt, um die Blutung zu stillen.

»Danke«, sagte Marlowe, dann rief er mit lauter Stimme: »Kommt, Männer! Schiebt die Verwundeten beiseite, wenn sie nicht rudern können! Seht, wie sie dort drüben die Segel losmachen! Fahren wir zurück zur *Galley* und lassen diese elende Insel hinter uns!«

Darauf schienen die Männer gewartet zu haben. Sie schoben die Verwundeten und auch die Toten zur Seite, nahmen die übrig gebliebenen Riemen auf und ruderten dem Schiff entgegen. Bickerstaff griff nach einem Riemen, und auch Dinwiddie, der am Boden des Bootes gelegen hatte und unverletzt geblieben war, hob einen auf.

Zügig näherten sie sich den beiden Schiffen, doch auch das Beiboot mit Yancys Männern kam näher, und es sah so aus, als würden sie die schwer krängende *Queen's Venture* wohl gleichzeitig erreichen.

»Kommt schon! Pullt! Pullt!«, trieb Marlowe die Männer an. Er wusste nicht, ob sie noch genügend Kampfeswillen hatten, um gegen eine weitere Bootsladung bewaffneter Briganten anzutreten.

Direkt auf die niedrige Reling der sinkenden *Venture* hielt er zu. Das Boot gegen die Reling fahren, die Verwundeten aufs und übers schräge Deck tragen, hinüber auf die *Elizabeth Galley*, Leinen kappen und los.

Er blickte nach links, sah das andere Boot kommen, auf dem Weg zur selben Stelle an der Reling der *Venture.* Doch Marlowe sah, dass sein Boot zuerst ankommen würde, den anderen um gut eine Minute voraus.

»Pullt! Pullt!« Es war einer dieser albernen, sinnlosen Befehle, die er selbst überflüssig fand, denn mehr schafften die Männer nicht, und dennoch konnte er nicht an sich halten.

Vier Minuten, die ihm wie eine Stunde oder länger erschienen, und rumpelnd ging das Beiboot längsseits der krängenden *Queen's Venture*. Die Männer warfen ihre Riemen fort und hielten sich an der niedrigen Reling des Schiffes fest. Die Unversehrten oder Leichtverletzten sprangen übers Dollbord auf das Schiff und halfen ihren Kameraden hinüber.

Marlowe und Bickerstaff hoben die Verletzten über die Reling, und ihre Kameraden trugen oder zogen sie das schräge Deck hinauf, in den Schutz der *Elizabeth Galley.*

Dann stieg Dinwiddie aus, stand auf der Reling des sinkenden Schiffes, reichte Marlowe eine Hand, was Marlowe ignorierte. Er kletterte aus eigener Kraft heraus, sah sich um. Das lange Beiboot war zehn Meter zurück, ganz nah und doch zu weit, als dass es sie einholen konnte.

Er streckte seine Hand aus, und Bickerstaff griff danach. Bickerstaff umfasste Marlowes Unterarm, ganz wie Marlowe es bei Bickerstaff tat, und eben half er seinem Freund aus dem Boot, als die Drehbasse im nahenden Boot krachte.

Ein grauenvolles Kreischen wollte Marlowes Kopf schier zum Bersten bringen, und er merkte, wie er sich drehte, als wirbelte ihn jemand über den Tanzboden. Seine Augen waren von Rot erfüllt, er sah nur Rot, sonst nichts. Er sank aufs Deck, rutschte ab, blieb an der Reling liegen. Seine ganze rechte Seite brannte fürchterlich.

Er schlug die Augen auf und sah zu seiner Überraschung, dass alles noch wie vorher war: das Wasser, das Deck, der mittlerweile blassblaue Himmel über ihm. Er warf einen Blick auf seinen Arm, den Arm, der eben noch Bickerstaffs gehalten hatte. Doch da war kein Arm mehr, nur noch eine zerfetzte Masse von Knochen und Fleisch und bluttriefendem Stoff. Er sah aufs Deck. Da lag Bickerstaff, die Augen weit offen, ein Dutzend Löcher in seiner Brust. Eine Blutlache unter ihm, die ins Speigatt rann.

»Francis«, sagte Marlowe. »Francis, was habe ich getan…« Es war kaum mehr als ein Flüstern. Sein Kopf war völlig leer.

»Kommt schnell!«, rief Dinwiddie. Er packte Marlowe beim Kragen, versuchte, ihn aufzustellen.

Marlowe sah ihn an. »Wir haben dich geholt«, sagte er. »Francis sagte, wir müssten es tun. Wir haben dich geholt. Und jetzt ist er tot.«

»Kommt schon!« Dinwiddie packte Bickerstaffs leblosen Körper, schwang ihn über seine Schulter, ächzte, als er das steile Deck erklomm. Er reichte Bickerstaffs Leiche über die breite Lücke, kam zurück, rutschte, zerrte Marlowe auf die Beine. Alles fühlte sich schwer an, trübe, Marlowe wurde schwarz vor Augen. Er spürte nur den Schmerz, den unfassbaren Schmerz in seinem Arm, die Qual.

Dinwiddie hob ihn über die Reling. Die Männer der *Eli-*

zabeth Galley nahmen ihren Kapitän, zogen ihn das letzte Stück aufs Deck der *Galley*.

Marlowe merkte, wie um ihn alles verschwamm, wusste, dass er viel Blut verlor, dachte, das wird wohl das Ende sein. Francis war tot. Er wollte nicht mehr leben. Alles drehte sich, die Takelage über ihm kreiselte, er schloss die Augen, spürte das warme Deck, auf dem er lag.

Peleg Dinwiddie sah, wie sie Marlowes blasse Gestalt auf dem Deck ablegten, Bickerstaffs blutigen, leblosen Leichnam daneben.

Schließt seine Augen! Lieber Gott, will ihm nicht jemand die Augen schließen?, dachte Dinwiddie, doch brachte er es selbst nicht fertig. Er konnte nicht Hand an diesen vorwurfsvollen Blick legen.

Wir haben dich geholt. Francis sagte, wir müssten es tun.

Natürlich. Marlowe hätte sicher nicht alles riskiert, um ihn zu retten. Aber Francis war ein echter Mann, ein wahrer Freund, ein bescheidener, moralischer Mensch. Deshalb war natürlich Francis von der Kartätsche getroffen worden. Nicht Marlowe. Nicht er. Francis. Immer traf es die Guten.

Dinwiddie merkte, dass der Schmerz darüber wie glühende Kohle in ihm brannte. Er war wieder auf der *Elizabeth Galley*, stand mitten im Kanonendonner, hatte seinen Kameraden an Bord geholfen. Doch war er nicht geläutert, noch lange nicht. Er fühlte sich schmutziger als je zuvor.

Links von ihm, unten am schrägen Deck, war das Beiboot kaum sieben Meter entfernt und kam heran, fünfzig Bewaffnete, bereit, das Deck der *Queen's Venture* zu erklimmen, über die Reling der *Galley* zu schwärmen. Sich mit geladenen Waffen und gezückten Schwertern auf seine Kameraden zu stürzen.

Eine Waffentruhe stand vor seinen Füßen, und er wusste,

was darin war, hatte sie hundertmal inspiziert, als er noch Offizier gewesen war, vor Ewigkeiten. Glimmender Zunder bei den Kanonen unten auf dem Mitteldeck. Er lief, ohne nachzudenken, handelte aus einem nebulösen Gefühl heraus, einer Ahnung dessen, was er alles wieder gutmachen würde.

Stieg aufs Mitteldeck hinab, hob den Zunder auf. Vorn kappten Männer das Ankertau, denn es war nicht mal mehr Zeit, es durchs Klüsenrohr ausrauschen zu lassen. Zurück auf die Gangway. Die Waffentruhe aufgeworfen. Auf der einen Seite eine ordentliche Reihe von Handgranaten mit hölzernen Zündern und geringelter Lunte.

Er nahm eine heraus, hielt den Zunder daran, wartete, bis die Lunte zischte und sauber brannte. Nahm noch eine und hielt auch deren Lunte an den Zunder, bis sie brannte.

Unter ihm rumpelte das Boot eben an die niedrige, fast schon gesunkene Reling der *Queen's Venture*, und die ersten Bewaffneten stiegen herüber.

Dinwiddie sprang auf die Gangway der *Queen's Venture*, aufs Mitteldeck und dann hinunter, rutschte und stolperte, weil es so steil war, schrie, so laut er konnte. Es war ein Schrei, der aus dem Herzen und dem Bauch kam, und sein ganzes Leben, alles, was er je gewesen war oder getan hatte, alle schrecklichen Fehler, die er im letzten halben Jahr oder auch davor begangen hatte, das alles legte er in diesen Schrei.

Er sah, wie Köpfe überrascht herumfuhren, sah, wie man Pistolen auf ihn richtete, doch war es dafür längst zu spät. Er warf sich zwischen die Männer auf dem Deck der *Venture,* wie eine Kegelkugel, stieß sie beiseite, stürzte sich ins Beiboot.

Mit mächtigem Krachen fiel er über die Duchten, dass ihm die Luft wegblieb, doch hielt er die Granaten nur noch fester. Er hörte überraschte Stimmen: »Granate! Er hat eine

Granate!« Hände rissen an ihm, zerrten an seinen Armen, prügelten auf ihn ein. Er kniff die Augen zusammen, ballte seine Fäuste um die Eisenkugeln, dann rollte er schnell herum, um die Explosionen nicht mit seinem Körper zu dämpfen.

Noch mehr Stimmen. Durch zusammengekniffene Augenlider sah er helles Rot aufblitzen.

Billy Bird stand auf dem Achterdeck der *Elizabeth Galley* und sah mit einer seltsamen Mischung aus Entsetzen, Bewunderung und Ekel, was vor sich ging. Dieser Bursche – Billy Bird hatte keine Ahnung, wer es war – war mit zwei glimmenden Granaten ins Boot gesprungen, hatte alle Hände abgewehrt, die nach ihm griffen, hatte die Bomben in genau dem rechten Moment freigelegt.

Die beiden Explosionen, die keine zwei Sekunden nacheinander erfolgten, hatten diesen Mann und die Hälfte der Bootsmannschaft in Stücke gerissen. Er hörte, wie Eisenkrampen durch die Lüfte kreischten, sah, wie das herumfliegende Metall seine blutige Spur zog, wie es die Männer niedermähte.

Fünf Sekunden zuvor hatte Billy noch überlegt, wie er sich gegen diese Schweinehunde wehren, das Schiff von der *Venture* befreien und in See stechen sollte. Er hatte sich gefragt, ob diese fünfzig bewaffneten, wild entschlossenen Männer seine größere, aber müde, hungrige, unorganisierte Mannschaft überrennen und das Schiff an sich reißen konnten. Doch dieses Problem war nun wie weggewischt, sowohl im übertragenen Sinne als auch buchstäblich.

Nicht alle waren bei der Explosion umgekommen. Manche rückten selbst jetzt noch vor, stiegen über die verstümmelten Leichen ihrer Kameraden, wollten aufs Deck der *Venture*, nach wie vor entschlossen, den Kampf auszutragen, bereit, sich in die Schlacht zu stürzen, trotz ihrer dezimierten Zahl.

Doch das war nicht das Problem.

»Honeyman, jetzt!«, rief Billy. Die Ankertrosse riss unter dem letzten Hieb, und auf der Backbordseite der *Elizabeth Galley* fielen Männer mit Äxten über die Zurrings her, mit denen ihr Schiff an die *Queen's Venture* gefesselt war. Es war, als hackte man Holz, so stramm waren die Taue, und nach einigen Hieben zerrissen sie knallend, was nach Pistolenschüssen klang.

Ein Kanoniersmaat, der unvernünftig nah bei den Tauen stand, wurde vom Rückschlag getroffen und glatt von der Gangway gefegt, dass er aufs Mitteldeck stürzte.

Das letzte halbe Dutzend musste nicht gekappt werden. Da nun das ganze Gewicht des Schiffes auf ihnen lastete, riss ein Tau nach dem anderen, die ganze Reihe durch, von vorn bis achtern, wie inszeniert.

Ein Beben ging durch die *Queen's Venture.* Sie gab ein tiefes Stöhnen von sich und rollte zur Seite. Wie gefällte Bäume klatschten die Masten aufs Wasser, die Backbordseite verschwand, und vom Deck der *Galley* aus war nur noch der große, weiße, von Unkraut überwucherte Rumpf zu sehen, als sich das Schiff auf die Seite legte.

Der Druck, den die *Venture* beim Rollen auf die *Galley* ausübte, und das Wasser, das sie dabei in Bewegung brachte, trieben die *Galley* vom sinkenden Schiff ab.

»Marssegel setzen!«, rief Billy, und die Männer, die ungeduldig an den Nagelbänken warteten, ließen die Leinen fliegen, und die großen Segel wurden durchgeholt.

»Lauft zu mit euren Fallen!« Die Rahen begannen ihren stetigen Aufstieg die Marsmasten hinauf, die Segel fingen den Wind ein, und es kam Leben in die *Galley*, als sie von der *Queen's Venture* abrückte.

Die *Venture* hielt sich ein paar Sekunden auf der Seite, als ruhte sie nur aus, dann begann sie zu sinken. Schnell und immer schneller verschwand sie in den Fluten, da ihr Rumpf nun nicht mehr schwimmen wollte. Das Wasser strudelte und blubberte um sie herum, stieg über ihre Wasserlinie, über die Geschützpforten, die nun in den Himmel blickten, dann über ihre Reling.

Schließlich waren nur noch der oberste Teil von Achterdeck und Poop zu sehen, dann verschwanden auch diese, und eine Sekunde später wurden die Masten und Rahen unter Wasser gerissen.

Die Männer standen an der Reling der *Galley* aufgereiht, starrten schweigend dorthin, wo das Schiff eben verschwunden war. Auch Billy starrte, konnte sich einfach nicht abwenden.

Welch eine Verschwendung, dachte er, *welch elende Verschwendung*. Nichts anderes konnte er denken, und er war nicht einmal sicher, was er damit meinte.

29

Das Beiboot mit Lord Eliphant Yancy, Captain Roger Press und allem an Bord, was von ihrem gemeinsamen Kommando geblieben war, jenes lange Boot, dessen klaffende Löcher sie eilig mit Jacken gestopft hatten, und in dem die halbe Mannschaft fieberhaft schöpfte, um sich über Wasser zu halten, lief endlich knirschend auf den Sand.

Yancy stand auf und schob sich durch die Männer, sprang in den Sand. Er achtete auf niemanden, lief eilig zur Straße hinauf und am Hafen entlang. Er blieb stehen und sah eben noch, wie erst das Poopdeck und dann die Masten seines neuen Flaggschiffs, der *Queen's Venture*, im Wasser versanken.

Er wusste nicht, wie viel Beute noch an Bord war, und auch nicht, ob es möglich wäre, sie zu heben. Die Antworten auf diese Fragen waren wohl »nicht viel« und »wahrscheinlich nicht«.

Marlowes Schiff, die *Elizabeth Galley* – wie sehr ihn dieser Name verhöhnte! –, stach in See, Vor- und Großmarssegel in der stetigen Morgenbrise gesetzt, und während er hinübersah, setzte man eben die Fock.

Yancy knirschte mit den Zähnen. Er merkte, dass sein ganzer Körper bebte. Keine zitternden Hände, kein Schaudern, wie er es kannte. Eine Erschütterung wie bei einem Erdbeben ging von den Füßen aus, stieg auf und breitete sich über seine Gliedmaßen aus, bis sein ganzer Körper vibrierte. Plötzlich fürchtete er, irgendetwas in seinem Körper könne versagen – sein Herz, sein Hirn, sein Magen – und vor innerem Druck platzen. Er war nicht böse. Darüber war er weit, weit hinaus.

Schritte auf den Planken hinter ihm, und er fuhr herum, wollte etwas sagen, doch Kiefer, Zunge und Hirn schienen verriegelt, erstarrt, gelähmt.

»Großer Gott, Yancy«, sagte Press, als amüsierte es ihn. Er nahm den Zahnstocher aus dem Mund, richtete ihn auf Yancy. »Du siehst aus, als würde dich gleich der Schlag treffen!«

Das schien etwas zu bewegen, und Yancy merkte, dass er wieder denken konnte.

Erst dachte er daran, sie zu verfolgen. Die *Bloody Revenge* lag noch vor Anker, und auch die *Speedwell*. Doch die Schaluppe war reichlich ramponiert, was selbst vom Anleger aus zu erkennen war. Die Brigg wäre niemals in der Lage, die *Galley* einzuholen.

Noch ein Gedanke, und er konnte ihn in Worte fassen. »Nagel, schick irgendeinen Hurensohn zur Batterie auf dem Hügel. Sag den Hunden da oben, sie sollen das verfluchte Schiff in Stücke schießen, dass es nur so splittert, hörst du? Sprengt es aus dem Wasser! Ich will nicht mal mehr Trümmer sehen! Ich will, dass es in die Luft fliegt! Hast du mich verstanden?«

»Aye. Stokes, du gehst. Und beeil dich.«

Stokes nickte und war schon unterwegs.

Yancy wandte den anderen den Rücken zu, verschränkte die Arme, sah der *Elizabeth Galley* nach.

Sie würde es nicht schaffen. Es war genügend Wind, doch die Flut kam ihr entgegen. In zwanzig Minuten wäre Stokes oben bei der Batterie, gäbe seinen Feuerbefehl weiter, und fünf Minuten später stünde das Schiff unter Beschuss. Es wäre nicht zu verfehlen, nicht auf die Entfernung. Die Kanoniere würden das Schiff in Stücke sprengen.

Natürlich wollte Yancy das Schiff haben, wollte diesen ungeheuren Schatz, den der Hundsfott Marlowe ihm gestohlen hatte. Doch wenn er es nicht haben konnte, sollten sie wenigstens alle sterben. Er würde dabeistehen und zusehen, wie sie im Kreuzfeuer der Batterien untergingen. Er stellte sich die Qualen an Deck vor, da ihnen die Flucht nun doch nicht mehr gelingen wollte.

Vielleicht verließen sie das Schiff. Vielleicht ruderten sie ans Ufer. Vielleicht bekam er Marlowe und Elizabeth am Ende doch noch in seine Gewalt. Er spürte leisen Optimismus, wo eben nur Zorn gewesen war.

Schwitzend und schnaufend stolperte Barnaby Stokes – sechzehn Jahre alt und schnellster Läufer unter den Piraten auf St. Mary's – durch das Tor zur Batterie, welche über die Hafeneinfahrt von St. Mary's wachte.

Er taumelte durch den Eingang, über den flachen, gepflasterten Boden, vorbei am Ofen zum Erhitzen von Kartätschen, vorbei an dem gelangweilten Kanonentrupp, der im Schatten saß, Rum trank und ihn mit milder Neugier musterte. Er sank gegen die flache Mauer, an der die fünf großen Zweiunddreißigpfünder warteten, und blickte übers Wasser hinaus. Er schnappte nach Luft, warf einen Blick hinunter auf den Hafen, um festzustellen, ob er zu spät kam.

Kam er nicht. Das Schiff hatte alle Segel gesetzt und fuhr mit günstigem Wind, doch gegen die Flut, und es würde noch gut fünf Minuten dauern, bis es in Reichweite kam.

Stokes richtete sich auf, atmete ruhig, ließ den Anblick auf sich wirken. Es war wunderschön, fast zu schön, um wahr zu sein. Der hellblaue Himmel, das aquamarinblaue Wasser, dahinter das Dunkelblau des offenen Meeres. Der grüne Dschungelteppich auf den Hügeln, wie ein fein geschnitztes Spielzeug. Der Morgen schien ihm viel zu schön, als dass man ihn mit Rauch, pfeifenden Kanonenkugeln und Tod verderben sollte.

Doch hatte es davon an diesem Morgen schon so viel gegeben, dass er sich dachte, ein wenig mehr könne wohl nicht schaden. Außerdem wäre es ein großer Spaß, hoch oben auf der Batterie zu stehen und ein Schiff in Trümmer zu schießen, dessen Kanonen nicht weit genug reichten, um sich wehren zu können.

»Was ist los?« Der Hauptmann der Batterie schlenderte heran. Sein langes Hemd hing aus der dreckigen Kniebundhose.

»Yancy sagt, Ihr sollt das Schiff da unten in Stücke schießen. Es ihm richtig geben.«

Der Hauptmann blinzelte, warf einen Blick hinunter auf das Schiff, spuckte aus, blinzelte und grinste. »Ja, das lässt sich machen«, sagte er. »Kommt, Männer, heute Morgen gibt es was zu tun!«, rief er, und die anderen kamen murrend auf die Beine. Sie schlurften an die flache Mauer, sahen zum Hafen hinunter. »Yancy sagt, wir sollen es in Stücke schießen«, erklärte der Hauptmann seiner Mannschaft.

Das weckte ihr Interesse und ihre Lebensgeister, und sie machten sich daran, die mächtigen Kanonen zu laden. Die Mannschaft bestand aus zehn Leuten, so viele wie man brauchte, um eine der Kanonen zu bedienen.

Sie bewegten sich langsam, zielstrebig, rollten die Kanone zurück, rammten Pulver und Munition hinein. Stokes dachte, dass diese Männer, die doch nichts weiter zu tun hatten, als die Batterie zu bemannen und Kanonen abzufeuern, weder sonderlich gut organisiert waren noch zügig arbeiteten, doch hütete er seine Zunge. Sie hatten Zeit. Heikel würde es erst werden, wenn sie nachladen mussten, wenn das Schiff direkt unter ihnen fuhr.

»Ausrollen!«, rief der Hauptmann, und die Männer stemmten sich in die Kanonentakel; die Geschütze rumpelten, quietschten, ruckten unter Protest bis an den Schutzwall. Der Hauptmann sah am Lauf entlang, befahl, die Kanone ein Stück herumzurücken, machte sich an der Elevation zu schaffen. »So ist es gut. Wir lassen den Kahn einfach mitten reinsegeln.«

Vier Minuten warteten sie schweigend, nur die Vögel sangen und Insekten summten, der Wind ging durchs dichte Laub. Der Hauptmann beugte sich über den Lauf, grinste. »Jungs, da kommt er, direkt auf uns zu, der blöde Hund! Gib mir mal den Zunder rüber.«

Einer der Männer reichte seinem Geschützführer den Zunder, und alle traten zurück, stellten sich im Kreis um die Kanone, mit etwa einem Meter Abstand, um vor dem Rückschlag in Sicherheit zu sein, bereit, vorzuspringen und nachzuladen.

»Komm schon, komm…«, murmelte der Hauptmann über den Lauf gebeugt, hielt den Zunder über die Pulverspur.

Die Männer reckten ihre Hälse, wollten den Schaden sehen, den der erste Schuss anrichtete. Es war amüsanter als alles, was sie in letzter Zeit erlebt hatten.

»Los geht's…« Der Hauptmann richtete sich auf, hielt den Zunder ans Pulver. Es zischte, knisterte, und mit einem gewaltigen Donner von Flammen, kreischendem Metall und brennendem Pulver feuerte die gewaltige Kanone ihre zweiunddreißig Pfund schwere Kugel, und der zehn Fuß lange, drei Tonnen schwere Lauf explodierte in tausend kreischende Einzelteile.

Stokes, der drei Meter Abstand gehalten hatte, flog rückwärts, stürzte, schlidderte über die glatten Pflastersteine. Es summte und klingelte in seinem Kopf. Brust und Magen schmerzten auf eine Art und Weise, die er nicht beschreiben konnte, so dass er einen Moment später, als er die Augen wieder aufschlug, überrascht feststellte, dass da keineswegs ein Wesen auf ihm hockte und auf ihn einhackte, denn genauso fühlte es sich an.

Er war rückwärts gegen den Ofen geflogen, saß halb aufrecht. Er hatte Risse in Brust und Bauch, alles war voller Blut.

Von der Kanone war nichts übrig, nur ein kleines Stück vom Lauf auf dem Wrack der Lafette. Auch vom Kanonentrupp war nichts geblieben, nur Einzelteile und Blutlachen, unfassbar rot im Sonnenschein.

Stokes sank in sich zusammen, schloss die Augen, machte sich bereit, den anderen zu folgen, wo immer sie auch sein mochten.

Hochzufrieden betrachtete Lord Yancy die Rauchwolke oben an der Batterie, die Wasserfontäne neben dem Schiff. Sie hatten danebengeschossen, was seine Freude etwas schmälerte, wenn auch nicht sehr. Stokes hatte es rechtzeitig zur Batterie geschafft, und das allein war entscheidend.

Sobald das Schiff näher käme, würden die Männer an der Batterie wieder schießen, und wenn sie das taten, würde der Kanonentrupp auf der gegenüberliegenden Landspitze, mit dem augenblicklich kein Kontakt möglich war, merken, was vor sich ging, und sich an der Kanonade beteiligen. Gefangen im Kreuzfeuer, wäre die *Elizabeth Galley* schnell zerstört.

Yancy verschränkte die Arme, fing im Stillen an zu zählen: *Hunderteins, hundertzwei, hundertdrei…*, war neugierig, wie lange sie brauchen würden, um den nächsten Schuss abzufeuern. Er ging davon aus, dass sie alle Kanonen geladen und schussbereit hatten und nur die Reihen abschreiten mussten, um zu feuern. Sie hatten doch wohl Zeit genug.

Hundertvierunddreißig, hundertfünfund… Yancy runzelte die Stirn. Offenbar hatten sie die Kanonen nicht vorher geladen. Offenbar luden sie erst jetzt nach. Ein derartiger Mangel an Voraussicht missfiel ihm außerordentlich.

Hunderteinundfünfzig, hundertzweiundfünfzig… Yancy hörte auf zu zählen. Eine Minute, um eine einzige Kanone nachzuladen? Faule Bande, er würde sie alle züchtigen. Die *Elizabeth Galley* fuhr direkt unter ihren Kanonen, so schien es zumindest von Yancys Standpunkt aus betrachtet. Jetzt war der richtige Moment, zu feuern. Noch eine Minute, und die beste Gelegenheit wäre vorüber. Noch drei, und sie wäre hinter der Landzunge verschwunden.

Die folgenden Minuten waren von schrecklicher, drückender Stille erfüllt. Yancy spürte, wie sich sein Magen vor Zorn beängstigend zusammenkrampfte. Er versuchte, das

Gefühl zu unterdrücken, doch wollte es ihm nicht gelingen. Der Klüverbaum der *Elizabeth Galley* war schon hinter der Landzunge verschwunden, und noch immer kam nichts von der Batterie. Das Zittern begann von neuem, ging ihm durch und durch.

Schweigen von der Batterie. Yancy lauschte, alles in ihm konzentrierte sich auf seine Ohren. Insekten summten, der heisere Schrei eines Vogels. Füße scharrten, ein Flüstern. Sonst nichts.

Zur Hälfte war die *Elizabeth Galley* nun nicht mehr zu sehen. Yancy erwartete, dass die Batterien nun das Feuer eröffneten, von beiden Seiten. *Sie wollten sie nicht in der Einfahrt versenken.* Er klammerte sich an den Strohhalm. *Sie haben gewartet, bis sie ins tiefe Wasser kommt, wollten sie nicht zum Hindernis machen, mitten in der Einfahrt…*

Und dann – als versänke die Sonne hinter dem Horizont – verschwand das Heck der *Elizabeth Galley* hinter der Landzunge und war nicht mehr zu sehen.

Yancy zitterte am ganzen Leib, konnte sich nicht mehr beherrschen. Er ballte die Fäuste, knirschte mit den Zähnen, kniff die Augen zusammen, spannte seine Muskeln, gab sich alle Mühe, zu verhindern, dass sein Hirn explodierte. Er stellte sich vor, wie seine Adern heraustraten, sein Herz anschwoll und platzen wollte, wie eine Seifenblase in seiner Brust.

Dann hinter ihm ein leises Kichern. Es wuchs heran, bis es zu einem Lachen wurde, ein heiseres, bellendes Lachen, ein obszöner Laut, und zunächst dachte Yancy, er allein würde es hören, die Götter verhöhnten ihn, doch dann merkte er, dass es Roger Press war.

Er fuhr herum. Press' schlaksige Gestalt krümmte sich, und er lachte, während die Männer um ihn zurückwichen, als wäre er plötzlich an der Pest erkrankt.

Yancy trat einen Schritt auf ihn zu und blieb stehen, wusste nicht, was er tun sollte. Es war unglaublich.

Press richtete sich auf, wischte Tränen aus seinen Augen, rollte den silbernen Zahnstocher über seinen Gaumen. »Oh, Yancy, das hat wirklich Klasse! Ich bringe dir vier Schiffe, ich bringe dir den Schatz des Großmoguls, dazu Marlowe und seine Schlampe obendrein, und du lässt sie entkommen! Alles auf einmal! Mein Gott, du bist so jämmerlich, du dummer, kleiner Wicht!«

Press stemmte seine Hände in die Hüften, grinste höhnisch, rollte seinen Zahnstocher herum. Hundert Dinge wollte Yancy tun und sagen, alles gleichzeitig, aber er sah nur diesen Zahnstocher. Mit drei schnellen Schritten trat er an ihn heran. Seine Hand zuckte hoch, packte das verfluchte Ding, riss es Press aus dem Mund und warf es weg.

Press' Grinsen erstarb. Seine Augenbrauen schoben sich zusammen, seine Lippen wurden spitz, und schnell wie eine Schlange schoss seine rechte Hand hervor, schlug Yancy hart ins Gesicht. »Den hebst du auf, du kleiner Gnom, du hast hier nicht mehr das Kommando«, zischte Press.

Yancy taumelte zurück. *Ein Schlag!* Er konnte sich nicht erinnern, jemals geschlagen worden zu sein, nicht mehr, seit er vierzehn gewesen war. Und sicher nicht von jemandem, der später damit hätte prahlen können.

Seine Hand legte sich um den Griff an seinem Degen. Er zog ihn langsam aus der Scheide. »Jetzt stirbst du«, sagte er nur, trat Press einen Schritt entgegen, der einen Schritt zurückwich.

»Gebt mir eine Klinge!«, schrie Press die versammelten Männer an, die zur Hälfte seine alte Mannschaft waren. »Gebt mir eine Klinge!« Doch keiner rührte sich.

Yancy griff an, zwei Schritte, sah den entsetzten, überraschten Blick auf Press' Gesicht, als er ihm den Degen in den Magen rammte, wobei die scharfe Klinge kaum auf Widerstand traf, als sie durch seine Eingeweide ging und hinten wieder herauskam.

Lord Yancy stieß den Degen weit hinein, bis ans Heft. Er sah Press' Augen, groß vor Schreck und Schmerz, hörte, wie Press schreien wollte, doch war seine Kehle voller Blut, und es kam nur Blut hervor, kein Laut.

Yancy lächelte, wollte die Klinge herausziehen, doch Press sprang vor, schlang seine Arme wie Spinnenbeine um ihn, umarmte ihn wie einen lieben Freund. Yancy spürte eine Woge von Panik und Ekel aufkommen, versuchte das schreckliche, blutende Ding zurückzustoßen, doch Press hatte noch Kraft in den Armen und hielt Yancy fest.

Dann spürte er, wie Press' rechter Arm nach unten fuhr, während die Linke seinen Hals umfasste, fühlte die Hand unter seinem Rock, als sie nach dem Dolch in seinem Kreuz griff.

»Nein, nicht, du Schweinehund!« Yancy versuchte ihn wegzustoßen, doch Press hielt ihn fest. Er spürte, wie Press' Blut über ihn rann, roch Blut und trockenen Schweiß und dachte, gleich würde ihm übel werden. Er fühlte, wie der Dolch aus der Scheide kam, drückte, so fest es ging, doch er konnte Press nicht abschütteln. Er schrie, schloss die Augen und wartete auf das Messer in seinem Rücken.

Henry Nagel stand am Rand der Männer, Yancys Männer und Press' Männer, Zeugen des kurzen, blutigen Endes ihrer Anführer.

Widerwillig hatte er sich eingestanden, dass Yancys Schnelligkeit und die Wucht, mit der er Press aufspießte, ihn doch beeindruckten. Nagel wusste, dass dafür einiges an Kraft im Arm vonnöten war.

Henry hatte vermutet, dass der Stoß Yancy den endgültigen Sieg über Press bescheren würde, doch täuschte er sich. Noch immer hatte Press etwas in petto, der miese Hund, er würde nicht allein sterben. Er fand Yancys Messer, zückte es, trieb es dem schreienden Feind in den Rücken, riss es heraus, rammte es noch einmal hinein, bis die beiden Männer auf dem Anleger zusammensanken, einander wie Liebende umarmten.

Schweigend standen die Männer im Kreis und sahen zu. Yancy gab einen Laut von sich, wie ein langer Seufzer, Press zuckte noch mehrmals, doch mehr nicht, und dann waren beide tot.

Einen Moment später blickte Nagel auf, gleichzeitig mit Ismael Clayford, dem großen Kerl, der Press' rechte Hand gewesen war. Ihre Blicke trafen sich, und sie starrten einander an, bis Nagel schließlich zum Hafen nickte und sagte: »Die Schaluppe ist reichlich ramponiert, aber ich denke, damit könnte man sich ohne weiteres auf dem Roten Meer herumtreiben.«

Clayford nickte. »Die Brigg auch. Wir könnten zusammenarbeiten.«

Nagel nickte. »Wir könnten abstimmen lassen, wer wo Captain wird, wer Quartermaster und so weiter.«

Clayford nickte. »Finch ist unser Studierter, hat eine hübsche, runde Handschrift. Sollen wir ihn einen Vertrag aufsetzen lassen?«

»Denke schon.« Damit wandte sich Nagel um, stampfte den Anleger hinunter, und die anderen folgten ihm. Er sah zum großen Haus auf dem Hügel hinauf. Bereit für einen Drink. Bereit, diesen Ort endgültig hinter sich zu lassen.

Billy Bird hatte unter seinen Leuten einen Burschen, den sie den »Doktor« nannten. Er war kein echter Doktor der Medizin, und auch sonst kein Doktor, doch war er Assistent eines Apothekers gewesen und durch eifriges Ausprobieren seiner Fertigkeiten unter der Bruderschaft der Küste hatte er manches von der Chirurgenkunst gelernt.

Während die *Elizabeth Galley* noch auf die Hafenausfahrt zuhielt, befahl Billy den Männern, Marlowe nach unten zu tragen, damit man sich dort um ihn kümmerte. Billy hegte keine große Hoffnung, dass Marlowe überlebte; er nahm auch nicht ernstlich an, dass sie davonkommen und das offene Meer erreichen würden.

Der Wind stand gut, doch kam die Flut, und sie hatten Schwierigkeiten, dagegen anzukommen. Bei ihrer Geschwindigkeit würden sie sich einige Minuten unterhalb der Batterien befinden, lang genug, um im Kreuzfeuer der Kanonen zu versinken. Und doch sollte sich der Doktor Marlowes annehmen, denn Billy war von Natur aus Optimist.

Der erste Schuss überraschte ihn nicht so sehr wie der Umstand, dass er das Schiff verfehlte. Er begriff nicht, wie das möglich war. Aber beim zweiten Schuss wären sie in Reichweite, und dann würde ein Hagelsturm aus Eisen folgen.

Er machte sich bereit, wartete darauf … und wartete noch immer. Es war die absolute Folter. Er fühlte sich wie einc Maus, mit der die Katze spielte. Wenn er zu den großen Kanonen hinaufsah, backbord und steuerbord, fühlte er sich, als stünde er nackt auf dem Achterdeck.

Der Indische Ozean lag vor ihnen, und sie waren für die Hälfte der Kanonen außer Reichweite, als Billy einen Funken Hoffnung spürte. Zehn Minuten später hatten sie die Batterien passiert, den Hafen hinter sich, ohne dass ihnen jemand folgte und ohne einen einzigen Treffer der Hafenbatterie. Billy Bird wusste nicht, was geschehen war. Aber er war nicht sonderlich neugierig. Er war nur dankbar.

Vierzig Minuten später kam der Doktor an Deck, die

Schürze blutverschmiert. Er hatte etwas in blutiges Leinentuch gewickelt, das er über Bord warf, dann ging er zu Billy Bird hinüber, wischte seine Hände an der Schürze ab.

Billy deutete mit dem Kinn zur Reling, wo der Doktor das Bündel über Bord geworfen hatte. »Marlowes Arm?«

Der Doktor nickte. »Was davon übrig war.«

»Wird er überleben?«

Der Doktor zuckte mit den Schultern. »Er ist kräftig, und der Arm ist glatt abgerissen. Er hat eine gute Chance. Besser als die meisten, schätze ich.«

Billy nickte. Oft genug hatte er diese Situation erlebt. Der Doktor hatte getan, was er konnte, und jetzt blieb ihnen nur zu warten; Marlowe würde überleben oder nicht. Ändern konnten sie daran nichts mehr.

Billy überlegte, ob er bei Elizabeth eine Chance auf etwas Bleibenderes haben mochte, wenn Marlowe denn tatsächlich sterben sollte. Und dann errötete er vor Verlegenheit darüber, dass er es tatsächlich dachte, räusperte sich und wandte sich ab, als könne der Doktor erraten, welch herzlose Gedanken ihm durch den Kopf gingen.

Sie hatten Marlowe vor der Operation etwas Rum eingeflößt, und es war vor allem ein Reflex, der ihn schlucken ließ. Drei Mann hatten ihn festgehalten, während der Doktor seinem Geschäft mit Messer und Säge nachging, die Pulsadern mit einem Tenakel herauszog, sie abband und dann eine saubere Wollmütze über den Stumpf zog.

Marlowe wurde etwa nach der Hälfte der Prozedur ohnmächtig. Elizabeth saß an seiner Seite, hielt seine unversehrte Hand, sah ihm durch einen Tränenschleier ins Gesicht. Wäre er wach gewesen, hätte sie sich gezwungen, ungerührter zu erscheinen, doch da er seine Umgebung nicht wahrnahm, ließ sie Trauer und Angst freien Lauf.

Bald nachdem die Operation beendet war, setzte das Fieber ein. Der Doktor kam einmal die Stunde unter Deck, fühlte Marlowes Stirn, seinen Puls, gab sich Mühe, ermutigende Worte für Elizabeth zu finden, die an seiner Seite blieb.

Elizabeth tupfte ihm die Stirn, löffelte Brühe in seinen Mund, sang ihm leise etwas vor, wie sie es bei einem schlafenden Kind getan hätte. Das Fieber wütete weiter, und Marlowe blieb bewusstlos.

Er war bewusstlos, als Madagaskar hinter dem Horizont verschwand.

Er war bewusstlos, als sie Francis Bickerstaffs Leichnam in altes Segeltuch wickelten, zwei Kanonenkugeln an den Füßen, die Bibel und *Hamlet* auf der Brust. Elizabeth wusste, dass es die beiden Bücher waren, die er bis in alle Ewigkeit bei sich haben wollte, und selbst wenn Francis persönlich darüber gespottet hätte, fühlte sie sich bei dem Gedanken, es getan zu haben, doch besser.

In den bedeckten, frühen Morgenstunden drehten sie bei und bestatteten jene, die bei ihrem letzten Kampf auf St. Mary's umgekommen waren. Zuletzt Francis Bickerstaff. Marlowe war im Fieberwahn, sah nicht, wie Elizabeth die Predigt las, sah nicht, wie sie mittendrin beinah zusammenbrach, sich beugte, als drückte die Trauer sie zu Boden, wie Billy zu ihr trat, ihr sanft die Bibel aus der Hand nahm, einen Arm um sie legte und ihr weinendes Gesicht an seine Brust legte, während er die letzten Worte las.

»Wir übereignen den Leichnam unseres Freundes Francis Bickerstaff der Tiefe des Meeres. Möge Gott seiner Seele gnädig sein.«

Mehr Zeremonie, als unter Rotmeerpiraten üblich war. Billy hatte diesen Francis Bickerstaff im Grunde nicht gekannt, war ihm erst einen Monat zuvor im Golf von Aden begegnet, doch nach der echten Trauer auf den Gesichtern der Männer zu urteilen, die mit ihm gefahren waren, vermutete er, dass dort ein guter Mann sein feuchtes Grab fand.

Er klappte das Buch zu, nickte, und die Männer hoben die Planke hinten an.

Marlowe sah nicht, wie der Leichnam Francis Bickerstaffs von der Planke glitt und in den Indischen Ozean fiel, ein matter, weißer Fleck, der abwärts kreiselte und schließlich von blauschwarzer Tiefe verschlungen war. Er sah es nicht, und das ist ein Segen, dachte Elizabeth, denn die Trauer hätte ihn schneller getötet, als das Fieber es vermochte.

Marlowe blieb noch eine Woche in diesem Zustand fiebrigen Deliriums, schwitzte und zitterte, geplagt von wilden, wirren Träumen, die von Schuld und Verlust handelten, fließenden Träumen, die keinen Sinn ergaben, abgesehen von dem schrecklichen Gefühl, das aus ihnen sprach.

Elizabeth blieb an seiner Seite, fütterte ihn, badete ihn, sprach mit ihm, sang für ihn, schlief in der Koje, die man an seiner Seite aufgestellt hatte. Der Doktor kam regelmäßig, sah nach Marlowes Zustand, ließ ihn zur Ader, trug Umschläge auf und verabreichte ihm peruanische Rinde.

Oben, auf dem sonnenbeschienenen Deck, hatte inzwischen wieder eine gewisse Routine begonnen. Billy Bird hatte das Kommando auf der *Elizabeth Galley*, Honeyman war zum Quartermaster gewählt worden, die Mannschaft hatte sich auf ihre Wachen eingespielt. Doch davon bekam Elizabeth nur wenig mit; sie kapselte sich in ihrer dämmrigen Unterwelt ab, wo es nach Krankheit, Arznei und Bilge stank.

Kurz nach Mittag, etwa 33° 45’ südlicher Breite, ließ Marlowes Fieber nach. Plötzlich war sein Verstand ganz klar, und seine Haut fühlte sich kühl an. Nicht diese ungesunde

Kälte, die Bibbern und Zähneklappern hervorruft, sondern eine angenehme Kühle. Er schlug die Augen auf und sah Elizabeth an, und sie sah ihn an. Tränen liefen über ihre Wangen, und er hätte sie gern in den Arm genommen und getröstet.

Er streckte ihr die rechte Hand entgegen, doch da stimmte etwas nicht, denn so sehr er sich bewegen mochte, sah er doch weder seine Hand noch seinen Arm. Er sah an sich herab, verwirrt, sah Elizabeth an, suchte nach einer Erklärung.

Sie lächelte, die Tränen liefen schneller, und sie schluckte, streichelte sein Gesicht. »Er ist nicht mehr da, Liebster«, flüsterte sie, »aber du wirst ihn nicht brauchen, denn ich bin ja da.«

Sie fütterte ihn, gab ihm Wasser, wechselte seine Kleider. Sie erzählte ihm, was geschehen war, und rief Billy Bird, der sich freute, dass er lebte und ihnen vermutlich erhalten bleiben würde. Billy erzählte von jenen Teilen des Kampfes, von denen Elizabeth nichts wusste.

»Aber was ist mit Francis? Wo ist Francis?«, fragte Marlowe, und er war nicht glücklich, als er die Mienen der beiden sah.

Auf Marlowes Gesundung und die Rekapitulation dessen, was am Schluss auf St. Mary's vorgefallen war, folgte tiefe Trauer, aus der er nicht wieder auftauchen wollte. Und er gab sich auch keine große Mühe, ganz wie ein Mann, der über Bord gegangen ist und aufgegeben, sich dem Meer übereignet hat.

Er saß in der Großen Kajüte, starrte aus dem Fenster aufs Wasser, das achteraus rollte, stellte sich vor, wie Francis Bickerstaffs Leichnam tiefer und immer tiefer im Meer versank, wo kein Lebender je sein würde, von Wesen bewohnt, die niemand zu ersinnen in der Lage war.

Immer wieder, Tag für Tag, quälte er sich selbst mit diesem Bild. Er aß kaum, sprach kaum. Elizabeth gab den Versuch auf, ihn herauszuholen. Billy Bird behielt das Kommando, fuhr das Schiff ums Kap der Guten Hoffnung in die nördlichen Passatwinde und über die Weite des Atlantiks. Kaum jemals sahen sie Segel in der Ferne, und Wind und Wetter waren ihnen die ganze Zeit über gewogen.

Während der gesamten Überfahrt blieb Marlowe in seiner ureigenen Hölle, watete durch seine trübe Existenz von Trauer und Vorwürfen, und in dieser dunklen Zeit schien ihm allein Elizabeth real… und der fürchterliche Schmerz in seinem Arm, der nicht mehr da war.

Dann spürte Marlowe eines Morgens, wie sich die Bewegung des Schiffes veränderte, und der Seemann in ihm registrierte die Veränderung, trotz seines Mangels an Interesse für irgendetwas. Er wusste, dass sie sich in einem Gewässer befanden, das von Land umgeben war. Doch auch das konnte ihn nicht aus seinem Sessel am Heckfenster holen.

Zwei Stunden später sah er an Steuerbord die vertraute Silhouette von Cape Charles und an Backbord Cape Henry, und er wusste, dass sie sich im Schutz der Chesapeake Bay befanden.

Eine halbe Stunde später hörte er Elizabeths leise Schritte vor der Kajütentür. Sie kam herein, trat zu ihm, sagte: »Thomas, willst du nicht an Deck kommen?«

Er stieg mit ihr aufs Achterdeck, ignorierte die verlegenen Blicke, das zögerliche Nicken der Männer, die nicht wussten, was sie zu ihm sagen sollten. Er stand an der Reling auf der Wetterseite, auf seinem alten Platz, und es war, als zöge er einen altvertrauten Handschuh an, den er seit Jahren nicht getragen hatte. Er blickte voraus, am Großsegel vorbei.

Steuerbord voraus lag Point Comfort, die Landzunge an der Einfahrt zum James River, dem letzten Stück Wasser zwischen ihnen und ihrem Zuhause.

Frühling in Virginia. Der Himmel war blau, die Luft vom Duft des fruchtbaren Landes erfüllt. Überall um sie herum nun Grün, wo monatelang nur Blau gewesen war.

Point Comfort. Zuhause. Marlowes Hand begann zu zittern, seine Lippen bebten, und wortlos stampfte er voran, die Leiter hinunter, nach achtern in die Abgeschiedenheit der Großen Kajüte. Er hörte Elizabeths Schritte hinter sich. Natürlich wusste sie, dass er sie brauchte, in eben diesem Augenblick.

Er stieß die Tür auf, ging zur Backskiste, sie folgte ihm, und beide setzten sich. Er legte einen Arm um sie, vergrub sein Gesicht an ihrer Schulter und weinte, weinte und dachte, er könne nie mehr aufhören.

Er weinte um Francis Bickerstaff und alle anderen, um alles, was er verloren hatte, weinte über seine eigene Dummheit. Er weinte, weil er begriff, dass er mit Marlowe House einst alles gehabt hatte, was er sich wünschte, dass er der Mann geworden war, der er hatte sein wollen, der Mann, den Francis Bickerstaff aus ihm gemacht hatte. Doch dann hatte er beinah alles weggeworfen, weil er glaubte, er könne noch reicher werden.

»O Gott, mein Gott, Elizabeth, wie konnte ich so dumm sein?«, fragte er an ihrer Schulter. Sie antwortete ihm nicht, und es musste auch nicht sein, denn er wusste die Antwort, und er wusste auch, dass er nie mehr so dumm sein würde.

Es hatte ihn einen Arm gekostet. Es hatte ihn Francis gekostet. Fast hätte es ihn Elizabeth gekostet, mehrmals sogar. Er weinte um das alles, den ganzen James River hinauf, und als sie schließlich vor Anker gingen, war seine Trauer ausgeweint. Er ging wieder an Deck. Ein neuer Mensch in einen neuen Frühling.

Sie fuhren mit dem Boot ans Ufer und mieteten eine Kutsche, die sie nach Marlowe House brachte. Sie ließen Billy Bird das Kommando, überließen es ihm, die Beute aufzuteilen. Die offizielle Zählung stand noch aus, doch auch so wussten alle an Bord, dass jeder einzelne von ihnen unbeschreiblich reich wäre, und wenn sie nicht alles in einer einzigen, wilden Orgie verprassten, wie es ihresgleichen für gewöhnlich zu tun pflegten (zumal so mancher an Land sie dazu ermutigte), würde keiner von ihnen je wieder arbeiten müssen.

Thomas und Elizabeth Marlowe saßen schweigend beieinander, als sie die lange Auffahrt zum Marlowe House nahmen. Die ersten Blumen blühten, die jungen Blätter an den Bäumen schimmerten grün. Ihr Haus war gut versorgt worden, wie Marlowe vermutet hatte. Es sah aus, als seien sie nur vierzehn Tage fort gewesen, länger nicht.

Die Kutsche hielt, Marlowe stieg aus und half Elizabeth. Sie standen vor ihrem Zuhause, hielten einander und atmeten tief, freuten sich über die Blumen, den Wald, die Felder. Thomas lächelte, das erste Mal, seit sie St. Mary's hinter sich gelassen hatten.

Sie waren daheim. Er war daheim. Diese Heimat wollte er nicht wieder verlassen, nie mehr.

Er dachte an Yancy und Press und ihren Kampf, König der Insel zu werden. Dummköpfe. In Wahrheit wollten sie genau das, was er hier auf Marlowe House hatte, nur wussten sie es nicht, und auch er hatte es nicht gewusst, bis jetzt. Für diese Lektion hatte er den höchsten Preis bezahlt, der ihm je abverlangt worden war. Jetzt jedoch verstand er, was es hieß, was das Wort bedeutete: Heimat.

Epilog

Die Schaluppe *Mercy* aus Newport fuhr in den Hafen der Insel St. Mary's ein. Vom Achterdeck aus betrachtete Captain Patrick Quigley die Batterien, die höhnisch auf ihn niederblickten, große Geschütze, die sein Schiff in Trümmer schießen konnten, bevor er noch die Einfahrt passiert hatte.

An Deck herrschte ungewohnte Stille, da die anderen, die fünfzig Mann, die mit ihm segelten, ebenfalls zu den bedrohlichen Kanonen hinaufblickten und warteten.

Dort oben war kein Rauch zu sehen, es flatterten keine Flaggen am Mast. Soweit er sehen konnte, rührte sich dort gar nichts. Er merkte, wie er sich entspannte, zumindest ein wenig.

So sehr er auch versuchte, sich als wilden Seeräuber darzustellen, war ihm doch alles sehr neu, und er war ganz und gar nicht sicher, wie man ihn hier aufnehmen würde.

Von anderen, die in solchen Dingen bewanderter waren, hatte er gehört, St. Mary's sei der rechte Ort, wenn man Proviant, Pulver, Munition und Informationen darüber brauchte, wo die Schiffe des Großmoguls am ehesten abzufangen seien. Er hatte sich eine Insel vorgestellt, auf der es vor Menschen nur so wimmelte, voller Schiffe, eine Bukanierversion von Newport, wo der Rum in Strömen floss und dralle, junge Frauen willens waren, alles zu tun, was sich ein Seemann fern der Heimat wünschen mochte.

Aus diesem Grund überraschte es ihn, festzustellen, dass der Hafen allem Anschein nach verlassen war. Ein paar klapprige Kähne trieben vor Anker, ein anderer war halb gesunken, und es schien, als sei ein Schiff am Strand kielgeholt und dann zurückgelassen worden.

»Warte mit dem Anker!«, rief er dem Maat vorn beim Kranbalken zu, dann sagte er zum Rudergänger: »Aufschießen, da vorn!«

Die *Mercy* drehte in den Wind, die Marssegel killten, und man warf den Anker in fünf Faden tiefes Wasser.

Captain Quigley stand abseits, während die Männer an Deck herumliefen, um das Schiff klarzumachen. Er sah sich den Ort durch sein Fernrohr an; ein paar Leute, mehr nicht. Er sah zum großen Haus am Hügel auf. Ein Teil des Daches war verkohlt. Es sah aus, als hätte es irgendwann gebrannt, wenn auch schon vor längerem. Es war nie repariert worden.

Langsam bekam er ein mulmiges Gefühl in der Magengrube. Er hatte erwartet, mit einem Kanonensalut und gedippten Flaggen – mit aller Förmlichkeit – begrüßt zu werden. Er hatte erwartet, dass ein Boot herüberkäme, um sich zu erkundigen, wer er sein mochte. »Ich bin Captain Patrick Quigley von der Schaluppe *Mercy* aus Newport. Wir fahren auf der Piratenroute!« Seit Monaten übte er diese Worte, doch sah es jetzt so aus, als würde niemand ihn fragen.

Der Maat wies die Mannschaft an, das Beiboot über die Reling zu bringen, und bewaffnete Männer nahmen ihre Plätze auf den Ruderbänken ein. Als sie fertig waren, stieg Captain Quigley hinunter und setzte sich ins Heck. Schweigend pullten sie durch den Hafen zum alten, hölzernen Anleger hinüber, wobei sie alle unruhig in die Runde blickten, auf etwas warteten, ohne zu wissen, worauf.

Doch kam nichts, was einem menschlichen Gruß gleichgekommen wäre. Inzwischen war nicht einmal mehr etwas von den wenigen Gestalten zu sehen, die Quigley durch sein Fernglas entdeckt hatte, und er fragte sich, ob er sie wirklich gesehen hatte.

Das Boot kam zum Anleger. Quigley stand auf, stellte einen Schuh auf die knarrende Leiter und kletterte hinauf, trat beiseite, um die anderen durchzulassen.

Erst hatte er gedacht, jemand hätte ein Kleiderbündel auf die Planken geworfen und dort liegen lassen. Er trat einen Schritt näher, hielt die Luft an, flüsterte: »Gottverdammt noch eins ...«

Zwei Skelette – noch mit Schuhen an den Knochenfüßen – lagen aufeinander. Im einen steckte ein Degen, im anderen ein Dolch. Quigley hätte sich bei diesem Anblick wohl übergeben, doch lagen die Knochen schon so lange dort, dass sie abgenagt und ausgeblichen waren, mehr oder weniger auf einem Haufen, weitgehend unberührt, so dass man deutlich sehen konnte, wie die beiden gefallen waren und sich gegenseitig in die Hölle mitgenommen hatten.

Quigley lächelte amüsiert über die Dummheit der Männer. Was hatten sie gewonnen? Um ihn sammelte sich seine Mannschaft, verteilte sich auf dem Anleger, stand vor dem seltsamen Anblick.

Nachdem Patrick Quigley genug von den Skeletten hatte, trat er zurück und sah die Straße zum großen Haus hinauf. Es war eindrucksvoll, selbst auf die Entfernung, doch sah er die Spuren der Vernachlässigung: das verkohlte Dach, das wuchernde Gras am Palisadenzaun, der an manchen Stellen eingefallen war. Ein schönes Haus. Welch eine Verschwendung, es derart verfallen zu lassen.

Und dann merkte er, wie eine Idee in ihm heranwuchs, und er sah sich um, wollte wissen, ob die anderen das Gleiche dachten. Fünfzig bewaffnete, loyale Männer hatte er bei sich. Keine große Streitmacht, doch stärker als alles, was die Insel aufbrachte, soweit er sehen konnte.

Wie schwierig wäre es, sich St. Mary's anzueignen? Wer wollte sich ihm widersetzen?

Er hatte auf der Piratenroute segeln wollen, im Roten Meer fette Beute machen und als reicher Mann nach Hause zurückkehren. Doch wie standen seine Chancen? Er musste schon großes Glück haben, ein Schatzschiff aufzutreiben, und selbst wenn es ihm gelänge, wäre es doch sehr gut möglich, dass er wie der gute, alte Thomas Tew endete, mit seinem Gedärm in Händen.

Hier jedoch konnte er sich als eine Art Mittelsmann einrichten, Handel treiben mit Piraten und Kaufleuten, die diese Gewässer befuhren. Das war wahrer Reichtum, der nicht vom Glück abhängig war und einen nicht fliegenden Kanonenkugeln aussetzte.

Er sah sich in dem großen Haus, wie er hinunter auf den Hafen blickte – ganz wie er nun hinaufblickte. Umgeben von eingeborenen Mädchen, deren Willfährigkeit Legende war. Plötzlich schien ihm der Gedanke an eine Rückkehr nach Newport, ins kalte, windige, winterliche Newport – heim zu seiner dürren Xanthippe und den garstigen Kindern –, unvorstellbar.

Ernstlich unvorstellbar, angesichts der Tatsache, dass er mit seinem bewaffneten Trupp nur landeinwärts marschieren und die Insel einnehmen musste. Dann konnte er sich als oberster Kaufmann einrichten. Eine Art Gouverneur.

Gouverneur? Lord im Herrenhaus! Quigley lächelte leise. *Von wegen Lord.* Er wäre König von St. Mary's!

Wieso war eigentlich noch nie jemand auf die Idee gekommen?